노래와 시의 세계

노래와 시의 세계

김 대 행

도서출판 역락

책 머리에

'노래를 잃은 카나리아 운운'이란 말이 예전에 널리 통용되었다. 그 말은 때로 '인간'을 잃은 인간들을 가리키는 말로 쓰이기도 했고 비인간적인 환경 속에서 숨가쁘게 현대를 살아야 하는 인류의 질곡(桎梏)을 뜻하는 말로 쓰이기도 하였다.

우아해 보이는 이 비유가 대체로 우울한 의미를 지녔다는 것은 우리의 삶이 늘 그렇게 상실의 연속이었기 때문인지도 모른다. 20세기가 한 순간에 몽땅 사라지는, 아니 지나간 천 년이 이 12월로 끝나는 것같은 호들갑 속에서 새삼스럽게 노래 잃은 카나리아를 생각하는 것도 그런 생각을 깔고 있기 때문일지 모른다.

오늘날의 시에서 밀도 높은 사변(思辨)을 맛볼 수는 있더라도 노래를 느끼기 어렵게 되어 간다는 생각을 나는 오래 전부터 해 온 모양이다. 그리고 그 역사는 아주 오랜 것이라고 해야 옳을 것이다. 공자(孔子)가 가려 뽑은 시 삼백 편부터가 노래를 떠나는 과정이었다고 해도 좋을 것이니까. 그러니 저 아득하기 짝이 없고 우리에겐 실감조차 나지 않는 기원전부터 시는 노래이기를 멈추고 글이기를 지향했던 것인가. 참으로 오랜 역사다.

그런 역사를 거슬러 보려는 것일까, 나는 시에서 노래의 자질을 되새겨 본 것이다. 시가 노래이기를 포기한다면 무엇으로 시는 시다울 수 있을까에 대한 고민도 함께 해 보았다. 그런 생각의 단편들을 여기 한데 모았다. 물론 아직도 내 의문에 답을 구했다고 하기 어렵다. 그러면서도 감히 한 권 책으로 묶어 여기 내놓는다.

책을 낼 때마다 느끼는 것이지만 사람은, 특히 공부를 하는 사람은 너무 많은 빚을 지면서 한 세상을 사는 것 같다. 이 책도 그런 빚더미 속에서 탄생을 한다. 빚을 질 수 있는 사람이 주변에 있다는 사실이 한편으로 고맙고 그 빚을 갚을 길이 별로 없을 것이라는 암담함이 다른 한편으로 괴롭다. 여기 그 이름을 일일이 기록하기 어려울 정도의 많은 사람들에게 빚을 진 고마움을 기록해 둔다.

부디 이 책이 내 생각의 방황을 제대로 보여줄 수 있기를, 그리고 그 많은 사람들께는 고마움의 인사가 될 수 있기를 바란다.

1999년 12월 10일
김 대 행

목   차

제1부 노래와 시의 거리

제2부 일노래의 이념과 표상

제3부 노래와 시의 전통좌우

제4부 노래하는 사람의 시선

제1부 노래와 시의 거리

노래와 시 그리고 민주주의

시의 조건에 대한 질문

시가 무엇이냐고 묻는 일은 어리석은 짓이 될 것이다. 물음은 간단해 보이지만 시는 그렇게 쉽게 대답할 수 있는 것이 아니며, 시란 그런 답변을 넘어서는 그 무엇이라는 대답이 오히려 더 적절할 수도 있기 때문이다. 어찌 보면 선문답(禪問答)처럼 보이지만, 사실이 그러하다.

그럼에도 불구하고 우리가 시를 이야기할 수밖에 없을 때, 이럴 때는 물음을 바꾸어 보는 것도 한 방법이 된다. 시가 무엇이냐고 묻는 대신에, 시가 반드시 갖추어야 할 것이 무엇이냐고 묻는 방법이 그것이다. 물론 질문이 매우 작고 국지적(局地的)이다. 이 점에서 시는 우리가 작은 손바닥으로 그 지극히 작은 한 부분을 겨우 쓸어 볼 수 있는 거대한 코끼리라 할 수 있고, 결국 우리가 만질 수 있는 것은 장님의 코끼리일 수밖에 없다는 한계가 분명해진다.

그러나 삼라만상의 어느 무엇이 그러하지 않은 것이 있단 말인가? 우리는 인간의 지혜에 관련되는 모든 것이 장님의 코끼리 문답으로 채워져 있음을 부인할 수 없다.

그것을 알면서도 그 거대한 코끼리에 도전하는 것이 인간의 운명이라고 치부하는 우리다. 강아지나 고양이는 그런 일을 할 수도 없고, 또 하지도 않는다는 자위와 오만도 거기에 담겨 있다. 또 우리가 만지는 것이 코끼리의 발바닥 근처에 불과하더라도 거기를 지나는 피는 분명 코끼리의 피가 아니냐는 논리를 앞세워 이 일이 부질없지 않음을 주장할 수 있는 다행함도 있다.

이 글 또한 그런 제한들 속에서 시를 생각하려는 것이므로 이제 우리가 하고자 했던 방식으로 질문을 던져 보자. 시가 꼭 갖추어야 할 것은 무엇인가?

이 물음에 대한 대답 또한 무수할 것이다. 그러나 그 대답 중 하나가 '노래'라고 한다 해서 별다른 반론이 있을 것 같지는 않다. 아니 시가 갖추어야 할 것이 노래가 아니라 시는 곧 노래가 아니냐는 지적이 오히려 반론이라면 반론이 될는지 모른다.

그렇다! 노래는 시의 요소이기 이전에 시의 존재론적 본질이다. 따라서 노래는 시의 필요충분조건이라고까지 해도 좋다. 이 글은 바로 여기서부터 논의를 시작하고자 한다.

왜 노래인가

널리 알려진 것이 오히려 불명확하다는 사실은 일종의 코미디이다. '노래'라는 것도 이런 범주에 들 것으로 보인다. 이 세상에 노래를 모를 사람이 어디 있을까마는, 어디서부터 어디까지가 노래이고, 노래는 왜 하는 것이냐고 물으면 대답이 옹색해 진다. 노래와 노래 아닌 것의 구분은 손과 손목의 경계를 대라는 것처럼 난처하고, 왜 노래하느냐는 물음은 멀쩡하게 살아 가는 사람에게 왜 사느냐고 묻는 것처럼 황당해 보여서 질문의 가치조차를 의심케 한다.

그러나 우리가 살아 가는 일에는 답변하지 않을 자유와 권리가 있겠으나 노래에 대한 대답은 할 수 있어야 한다. 그 까닭은 시가 곧 노래라는 대전

제를 수용하기 때문이며, 시인은 공연히 노래하는 사람도 아니거니와 누구
나 그저 사니까 살아가듯이 그저 시를 쓰니까 곧 시인일 수는 없기 때문이다.

노래가 노래인 자질을 이야기와의 대비에서 구한다면 리듬의 유무라 할
수 있다. 다시 말하면 리듬은 노래를 노래답게 하는 본질적인 요소라 할
만하다.

리듬에 관하여 치밀하게 고찰하는 일은 지나치게 원론적이므로, 그것이
흐름의 구획과 관계된다는 점, 그 구획은 인간의 생리적·심리적 특질에 근
거를 두고 있다는 점, 따라서 그 구획은 강-약, 장-단, 긴장-이완, 들-남
…… 등의 대립성을 단위로 하여 형성된다는 점만을 지적하기로 한다. 따
라서 활주로를 미끌어져 가는 비행기의 움직임이나 천둥 치고 비가 쏟아지
는 데서는 리듬을 느낄 수가 없는 대신에, 바닷가에서 바라보는 바닷물의
출렁임이나 군대의 행진에서는 리듬을 느끼게 됨이 당연해진다.

그것이 노래의 자질이라는 점이 확인되었으므로 이제 다음 질문을 던져
보자. 우리는 왜 노래하는가? 굳이 시인이 아니더라도 사람들은 왜 노래를
부르는가? 이에 대한 대답을 마련하기 위하여 오늘날 길거리에 무수히 널
려 있는 노래방을 찾아 실증적 조사를 하지 않아도 좋다. 아주 훌륭한 설
명 자료가 우리의 시조 작품 가운데 이미 마련되어 있기 때문이다.

> 노래 삼긴 사람 시름도 하도 할사.
> 일러 다 못 일러 불러나 푸돗던가.
> 진실로 풀릴 것이면 나도 불러 보리라.
>
> — 신 흠(申欽)

노래를 만들어 낸 사람이란 시름 많은 사람이라는 말은 얼마든지 공감할
수 있다. 그 시름이 감정이거나 사변(思辨)이거나 간에 생각이 많은 자에
게만 시름이 있기 때문이다. 인간이란 시름의 존재이며, 시름을 지녔기에
인간은 인간다울 수 있다고 한다면 그것은 지나친 단정일는지.

그보다도 더 주목되는 것은 '풀다'에 있다. 이야기[일러]로는 다 풀 수
없기에 불러서 시름을 푸는 것이 노래라고 이 시조는 못박고 있다. 이러한
인식의 타당성을 여기서 논의하는 대신에 이 노래가 오랜 세월에 걸쳐 뭇
사람의 공감 속에 있었다는 사실을 통하여 수용함이 좋을 듯하다. 옳은 소

리가 아니면 사람들이 벌써 외면하지 않았겠는가.

그렇다면 이제 좀 분명하게 말할 수가 있게 되었다. 노래는 왜 하는가? 그것은 '풀기' 위해서다. 시가 노래로서의 본질을 외면할 수 없는 한, 이 명제는 오늘날의 시에도 공통된 전제일 수밖에 없다. 시는 풂을 위한 것이다.

풀이의 신명을 위하여

시가 풂이라야 한다는 전통적 인식을 받아들이더라도 짚고 넘어가야 할 것이 하나 있다. 노래하면 왜 풀 수 있는가 하는 점이다. 그것은 노래의 본질에 대한 재확인이 될 수도 있다.

노래가 리듬을 기본 자질로 지닌다는 점은 앞에서 이미 살폈다. 바로 이 리듬이 풂을 가능하게 해 준다고 할 수 있다. 왜 그런가? 리듬이 지닌 대립성의 구조 때문이다. 대립성의 구조는 왜 풂을 가능하게 하는가? 그것은 우리의 생리적·심리적 기반이 대립성의 구조인 리듬을 통하여 조절되기 때문이다.

이런 설명이 어떻게 가능한가를 추상적으로 살피기보다는 경험적·실증적으로 이해하는 것이 손쉬울 것이다. 시계 소리를 한 예로 생각해 보자. 시계는 언제나 균일하게 똑-똑-똑-똑 하면서 움직이거나 짹-짹-짹 하면서 움직인다. 어느 시계나 마찬가지임을 우리는 들어서 안다. 그러나 우리가 그것을 표현할 때에는 똑-딱-똑-딱 하거나 짹-깍-짹-깍으로 표현한다.

이것은 시계 소리를 그럴 듯하게 표현하고자 그러는 것이 아니라 우리가 듣기를 그렇게 듣는다는 말이다. 왜 우리는 시계 소리를 그렇게 듣는가? 우리가 그러기를 생리적으로 또 심리적으로 바라고 있기 때문이다.

왜 그렇게 바라는가? 사람이 본시 그러하기 때문이다. 주의 깊게 살펴보자. 사람이 하는 일의 대부분은 대립적인 짝맞추기로 되어 있다. 숨을 들이쉼-내쉼, 걸음의 왼발-오른발, 심장의 수축-이완 등이 그러하다. 이처럼 사람의 생리 자체가 대체로 대립적 짝맞추기로 되어 있기에 그와 동질적인 구조로 세상을 인식하려는 경향을 지닌다.

　음악에서는 이러한 리듬이 강-약의 박(拍)으로 이루어지는데 강박을 중심으로 모이는 약박의 수효와 질에 따라 그 유형이 결정되며, 그 리듬이 인간의 생리적인 그것보다 빠르면 고양되고 느리면 침잠된다. 고양되거나 침잠되거나 심리적 긴장을 형성하는 효과는 마찬가지다. 폭포수처럼 쏟아지는 굉음에 숨가쁜 긴장을 느낀다면, 머리칼 떨어지는 소리조차 들릴 듯한 고요에서 또한 숨막히는 긴장을 느끼는 점은 동일하다.

　시에서는 이 리듬이 어떻게 형성되는가에 대해서는 설명을 줄이기로 한다. 저마다 이것이 시의 리듬이라고 인식하는 틀이 있다면 그것을 계속 견지해도 좋을 것이다. 그만큼 리듬의 자질은 다양하기 때문이다. 시라면 곧 자유시로 대변되는 오늘날에는 더욱 그러해서 리듬은 다양한 방법으로 획득될 수 있다. 박목월(朴木月)의 〈불국사(佛國寺)〉라는 시에서 '흰 달빛/ 달 안개'와 '바람 소리/ 솔 소리'가 번갈아 나옴으로써 '청각-시각'의 대립적 교체를 보여 주는데, 이를 가리켜 의미의 리듬이라고 하는 것도 그 한 예가 될 수 있다.

　우리가 분명히 해 두고자 하는 것은 리듬이 왜 풂의 기능을 갖게 되는가에 대한 해명이다. 그 까닭은 이러하다. 본시 리듬으로 흐름을 인식하고자 하는 인간의 본성적 지향이 리듬의 구조물을 만나게 되면 본능적으로 동화하려는 경향을 보이게 된다. 그 리듬 구조물이 인간의 생리적 리듬보다 빠르면 빠르게, 느리면 느리게, 이렇듯이 자연스럽게 동화해 가는 동안에 심리적으로 최면의 상태에 빠지게 된다. 오케스트라의 굉음에 이은 정음(停音)의 시간이 올 때 청중들이 숨을 죽이고 귀를 기울이는 이유가 여기에 있다.

　이처럼 리듬 구조물에 생리적 리듬을 동화하는 동안에 형성되는 최면의 효과는 그 의식으로 하여금 일체의 주변적인 것으로부터 떠나게 만든다. 말하자면 판단 정지의 상태로서 일종의 몰입이며 무아(無我)의 경지다. 이 때 모든 시름은 사라져 존재하지 않는다. 노래가 지닌 풂의 기능이 바로 여기서 생겨난다.

　시인은 인간의 삶에서 오는 모든 시름의 풂이 노래를 통해서 이루어진 점에 주목할 필요가 있다. 그 가장 대표적인 예가 굿이다. 어떤 종류 어떤 형태의 굿이건 그 진행이며 엑스타시까지가 대부분 노래로 이루어짐을 우리는 안다. 또 있다. 살아 온 이야기를 주절주절 늘어 놓던 노인네가 갑자기 타령조로 이야기를 엮어 갈 때면 눈물이 반, 타령이 반이 됨을 본다. 몰입이면서 또한 삶의 전량(全量)이 노래에 투입되는 순간이라 할 수 있다.

시는 노래의 그러한 기능에 기대어 출발하였다는 점을 우리가 받아들인다면, 이제 우리가 분명하게 해 두어야 할 것은 시가 일종의 품이라는 사실이다. 달리 생각해도 좋다. 시름 많은 우리 삶에서 시가 그러한 기능을 지니지 못하는 것이라면 시는 왜 읽는 것일까? 시인은 모름지기 독자가 되어 그렇게 물어야 하며, 그러면 시의 길이 어느 만큼은 보이리라 믿는다.

노래하는 마음의 길

시가 노래이고, 따라서 노래의 리듬에 기대어 시름을 품이 온당하다고 했다 하여, 그러면 시는 너절한 신세 타령이나 늘어 놓는 가락일 뿐이어도 좋단 말인가 식의 오해는 없었으면 한다. 시의 기능은 그러한 노래의 기능을 떠날 수 없음이 분명하지만, 노래방에서 대중가요의 사랑 타령을 하듯이 가락만 있으면 곧 시가 된다고 할 수 없음이 자명하기 때문이다.

이를 분명히 하기 위하여 어려운 이론을 들추어 내는 일은 삼가기로 한다. 그 어떤 이론보다도 훨씬 실감이 나고 알기 쉬운 설명 자료를 제주도 민요 가운데서 들을 수 있기 때문이다.

> 내 노래랑 산 넘엉 가라.
> 내 노래랑 물 넘엉 가라.
> 산도 물도 내넘지 말앙
> 요 집 올레 지넘엉 가라.

제주도의 부녀자들이 맷돌[ᄀ래]을 돌리면서 부르는 노래 사설 가운데 하나다. 노래를 부르는 방식도 특이해서 두 사람이 교대로 노래를 부르기는 하는데, 갑이 한 소절을 부르고 나면 을이 한 소절을 부르는 교환창의 어울림을 제외하고는 갑과 을이 서로 아무 상관 없이 각자 자신의 노래를 부른다.

노래하는 방식과 노래말을 연관지어 보면 이 사설이 지닌 뜻이 드러난다. '내 노래야 산 넘어 가라' 또는 '내 노래야 물 넘어 가라'는 명령 또는 권유에 담긴 것은 무엇인가? '산도 물도 말고 이 집 올레나 넘어 가라'는 또 무엇인가?

'올레'라는 것은 대문에서 길에 이르는 고샅길을 뜻하는데, 실제로 올레는 고샅길처럼 길지가 않다. 이는 제주도의 취락 구조가 길로부터 좀 들어간 자리에 대문을 세우게 되어 있는 특이성과 연관되므로 '울타리' 정도의 뜻으로 이해해도 무방하다. 그러고 보면 이 노래말의 핵심어는 '이 집 울타리나 넘어가 다오'가 되지 않을까 싶다. 산을 넘어 멀리 가기를, 물을 넘어 멀리 멀리 사라져 가기를 바라다가, 그것은 아득한 일이라고 단념하면서 이 집 울타리 밖이나 넘어 가라는 말은 무엇을 뜻하는가?

이 사연을 노래의 전달 기능에 연결시킬 수도 있겠다. 누가 내 노래 듣고 내 사연 좀 알아 달라는 하소연으로 새김직도 하다. 그러나 그런 해석은 어쩐지 미흡해 보인다. 진정 누가 듣기를 바란다면 '여보소 저기 가는……' 식으로 하는 것이 더 적절할 뿐더러, '산 넘어'나 '물 넘어'가 어울리지 않는다. 산너머에 있는 사람이 그 사연을 듣는다 한들 무얼 어찌하겠는가?

산을 넘어 가기를 바란 것은 노래가 아니라 노래하는 자기 자신의 삶이었다고 보는 것이 노래의 문맥을 꼼꼼히 살핀 결과라 할 수 있다. '산 넘어'는 곧 '산 넘어 남촌'이요 '꽃 피는 남촌'일 것이다. 제주도와 같은 환해(環海)의 고도(孤島)에서 '물 넘어'는 곧 '머나먼 저 육지'를 뜻할 것이 자명하다.

그렇다면 이 노래에는 허공을 날아 가듯이 자신을 그렇게 멀리 멀리 가져 가고 싶은 마음이 여실하다. 그러나 그것은 다만 꿈일 뿐. 가능한 것은 겨우 이 집 울타리나마 벗어날 수 있을까 하는 기대뿐이라는 사연이 이 노래의 결말이다.

그렇다면 여기서의 노래는 시름을 푸는 수단을 넘어서서 노래하는 사람 자신임을 우리는 이해할 수 있게 된다. 구름에, 달에, 수많은 사연을 실어 보내던 사람보다도 한결 더 간절하게 자신을 송두리째 노래에 실어 시름 많은 삶의 울타리를 벗어나 보고픈 염원이 우리의 가슴을 친다. 이 점에서 이 때의 노래는 단순히 노래가 아니라 그 사람 자신이 된다. 이를 가리켜 가탁(假托)이니 투사(投射)니 하는 것은 오히려 그 간절함을 약화시키는 표현이 될 듯싶다.

노래란 본디 그러했을 것이다. 따라서 노래하는 마음은 기교가 아니라 삶 그 자체이며 인간 그 전부였다고 해야 옳다. 그 넝쿨진 사연과 시름의 가닥을 한데 뭉뚱그리고 피울음 울듯이 진하게 토해 낸 외마디 소리가 곧 노래였음을 이 짧은 노동요 한 마디가 우리에게 일러 주고 있다. 시인은 이제 독자가 되어 이 노래의 참모습을 헤아려야 할 것이다. 우리 시의 어느 구절을 독자가 이리 함께 울어 줄 것인가를.

시와 노래의 불행한 별거

시가 곧 노래였던 시절에는 시를 위한 리듬을 따로 걱정할 필요도 없었고, 시가 삶을 드러내는 방법을 알아 내느라 걱정할 일조차 없었다. 노래는 본시 그러했기 때문에. 삶이 주는 흥분과 절망이 응축되면 저절로 리듬과 박자가 어우러지면서 노래가 되어 나왔고, 거기에는 참기 어려운 몸의 뒤틀림이 춤이 되어 어울렸기에 인위적으로 지어 보이려 애쓸 일이 없었다.

그러기에 공자(孔子)는 '사무사(思無邪)!'라고 극찬해 마지 않으면서 시 삼백편을 가려 『시경(詩經)』을 엮어 내고는 인간답게 되려는 사람은 모름지기 이를 읽으라고 가르쳤던 것이다. 익히 아는 이야기지만, 『시경』 가운데 절반이 넘는 시편은 '풍(風)'이라고 하는 민요이며, 민요이기에 우리가 지금껏 살펴 온 노래의 본질인 리듬과 삶의 마음이 진술하면서도 알뜰하게 거기 담겨 있는 것이고, 공자처럼 인간의 품성을 중시하는 눈에 그것은 도달해야 할 목표와 같은 것으로 보였을 것이다.

그러나 이러한 출발이 실은 노래와 시의 불행한 결별을 비롯하게 했다는 점은 참으로 역설적이다. 입으로 노래하던 민요를 글로 옮겨 놓고 그것을 본받으라고 하는 데서부터 이미 시는 문자 행위의 길을 가기 시작하였던 것이고, 그러기에 응어리진 소리의 분출이었던 노래가 지닌 자질들 가운데서 대부분을 잃고 그저 미이라와 같은 노래의 형해(形骸)만을 거머쥐게 된 것을 가리켜 시라 부르게 되었다. 이 점이 미심쩍다면 우리나라에서도 한 시(漢詩)는 '시'라 하고 국문으로 된 노래는 '시가'라고 하는 까닭을 음미 할 필요가 있다.

시의 불행하고 고단한 역정은 여기서 비롯되었다. 시가 곧 노래였던 시 절에는 따로 걱정하지 않아도 되었던 리듬의 문제가 문자로 된 시에서는 중요한 현안으로 떠오르게 되었다. 노래를 노래로 하던 사람들은 노래가 곧 노래하는 마음이었으나 글자로 시를 쓰게 되면서는 '노래하는 마음'이 란 과연 무엇이냐 하는 고민이 떠오르게 되었다. 시의 음악성에 대한 고민 이다.

한시가 율시나 절구라는 형식을 개발하여 고저의 평-측(平仄)을 가지고 시의 리듬을 삼는다든지, 영시가 강-약(强弱)을 가지고 그러저러한 시의 정형을 만들고 리듬을 구현하고자 한다든지, 일본이 7-5의 음절수를 가지 고 이러저러한 시형을 바꾸어 가면서 리듬을 살려 보고자 한 것은 잃어 버 린 노래의 꿈을 어떻게든지 다시 이루어 보려는 안간힘으로 이해할 수 있다.

거룩한 어조로 말하는 '시정신(詩精神)'이란 무엇인가? 그것을 포에지 (poesie)라 해도 좋고 포에틱 스피리트(poetic spirit)라고 해도 좋다. 그 용어를 무어라 하건 시가 추구하는 것은 삶의 응축이 무엇이라야 하느냐를 헤아리는 노력일 따름이다. 노래가 시였던 시절에는 고민하지 않던 일이 시가 노래이고자 하면서 등장한 번민인 셈이다.

그래서 한시는 '경(景)' 또는 '경중정(景中情)' 등의 슬로건을 내걸었 고, 일본의 대표적 시 장르인 와까(和歌)도 이런 지향과 크게 다르지 않으 며, 흥미롭게도 서양의 이미지즘은 한시의 그 경지에서 아이디어를 얻어 회화시를 외쳐댔다.

서양이건 동양이건 사람다운 것이 어떤 것이냐 하는 생각이 시대마다 달 라서 시가 노래해야 할 것이 이것이라는 생각이 그에 따라 변해 온 것도 주지의 사실이다. 고전주의 시대에는 이성(理性)을, 낭만주의 시대에는 자 연의 유로(流露)와 개성을, 상징주의는 이원적 세계의 조화로운 결합을 외 쳐대면서 현실은 상징이라고 언명하였다. 길다고는 하기 어려운 우리의 현 대시 역사도 마찬가지다. 시대가 어두우면 외치거나 절망하거나 하였고,

시에 몰두하면 소리냐 정신이냐 하면서 흔들렸다.

이 모든 것은 시가 노래와 결별하면서 비롯된 일종의 공백 메우기였다. 종합예술의 형태로 있던 시대의 노래가 지녔던 자질을 노래 아닌 언어만으로 구현하려 할 때 생기는 한계를 극복하기 위한 노력이었다. 그러한 노력의 결과로 인류가 문화의 다양화라는 길을 걸어 왔음은 분명하다. 이것은 인류 문화사의 귀중한 소득이다. 그러나 그러면 그럴수록 시는 노래와 점차 멀어지는 길을 걸어 왔다. 시가 노래라는 전제에서 보면 불행일 수밖에 없다.

민주의 시학을 위하여

시를 말하는 데 웬 민주주의냐고 의아하게 생각할는지 모른다. 그러나 문학의 역사는 슬프게도 반민주의 길을 걸어 왔다는 사실만은 분명하다.

애당초 노래만 있던 시대에는 모든 시가 한결같았고, 거기에 귀천이나 고하의 구별이 있을 리 없었다. 이것이 깨어지기 시작한 것은 문자 시대부터였다. 예나 이제나 문자는 상층인들의 소유였고, 문자로 하는 문학과 말로 하는 문학의 구별이 생기면서 상층의 것은 고급이고 하층의 문학은 저급이라는 편가르기가 시작되었으며 그러한 인식이 점차 굳어져 이제는 그런 역사나 내력조차 생각지 못하게 되어 버렸다. 평등이 철저히 깨어진 현장이 곧 문학의 세계였음은 이 점에서 분명하다. 시의 세계에서 본다면 노래로부터의 결별이 곧 반민주의 길이었다는 말이 가능해진다.

이제 문제는 확연해진다. 시가 노래와 갈라서는 그 순간부터 그 고단한 창작의 괴로움이 시작된 것이 분명한 이상, 민주의 시학이 지향해야 할 길은 다름 아닌 노래의 회복이다. 시가 시인 이유가 노래임에 있다는 점에서도 그러하고, 시가 노래로부터 멀어지면 질수록 시는 시답지 않았던 역사에 비추어서도 그러하며, 시가 진정한 노래의 정신을 회복해야만 민주의 정신이 구현된다는 점에서도 그러하다.

이런 주장이 다소 과격해 보인다면, 난해시가 세상에 던진 파문을 생각하는 것으로도 충분한 확인이 가능할 것이다. 시가 난해해졌을 때 그 시가 갖는 의미는 무엇이었는가? 남은 몰라도 좋고, 표현 본능에 기대어 나는 시를 쓴다고 강변도 하였다. 그렇다면 시는 무엇인가? 고독하거나 우울한 사람의 백일몽 같은 넋두리를 위하여 문학이 한 자리를 비워 둘 수 있다고 생각하는 사람은 아무도 없을 것이다.

그러나 여전히 문제는 남는다. 음악을 떠난 노래인 시가 어떻게 그 음악성을 지닐 것인가에 대해 명쾌한 대답은 아직도 미궁이다. 그러나 그것은 비평가나 학자들의 임무가 아니라 위대한 영혼을 지닌 예술가인 시인의 몫이다.

이 말이 미덥지 않다면 이렇게 생각해도 좋다. 우리는 김소월과 한용운을 가리켜 1920년대의 쌍벽이라고 이야기한다. 그러나 주위를 둘러 보자. 김소월의 시를 암송하는 사람은 많아도 한용운의 시를 암송하는 사람은 흔치 않다. 그것은 무엇을 뜻하는가?

이 질문과 그 해답 속에 시의 음악성이 지닌 모든 비밀이 담겨 있다.

노래였던 시의 전통

시는 본디 노래였다. 동서양을 막론하고 그것이 그러하였다. 군자가 반드시 익혀야 할 필독서인 『시경』이 노래를 수록하는 방침을 앞세운 결과로 나온 것임은 이미 앞에서 살폈다.

우리 문학사의 경우도 예외가 아니다. 기록이 남아 전하는 상고의 것인 〈공무도하가(公無渡河歌)〉나 〈황조가(黃鳥歌)〉 혹은 〈구지가(龜旨歌)〉가 모두 노래였음은 물론이다. 그 곡조가 어떠하였는지 또는 박자가 어떠하였는지는 알 길이 없지만, 분명 그것들은 '노래했다'고 기록되어 있다. 또 그 작자에 대해서도 아직껏 논란의 여지가 없지 않지만 그들이 시인임은 분명하다.

신라 때에 이루어진 향가의 경우도 예외는 아니다. 소를 끌고 가다가 철쭉꽃을 꺾어 바치며 〈헌화가(獻花歌)〉를 노래한 견우노옹(牽牛老翁)이나,

부처님 앞에서 눈뜨기를 기원하면서 〈도천수관음가(禱千手觀音歌)〉를 노래
하여 소원을 이룬 희명(希明)이나, 역신(疫神)에게 아내를 빼앗기고 덩실
덩실 춤을 추면서 〈처용가(處容歌)〉를 노래한 처용(處容)이나, 염불만 하
고 지내면서 서천(西天)에 가기를 바랐던 〈원왕생가(願往生歌)〉의 광덕(廣
德)이나, 이 모두는 그저 그러한 평범한 사람들이면서 노래로 시를 읊었
다. 이 노래들에 담긴 서정의 밀도며 인식의 깊이 또한 만만치 않다.

승려들도 시인이었다. 경덕왕 때의 충담사(忠談師)는 〈찬기파랑가(讚耆
婆郎歌)〉와 〈안민가(安民歌)〉라는 두 편의 시를 노래했다. 월명사(月明師)
는 〈도솔가(兜率歌)〉와 〈제망매가(祭亡妹歌)〉를 노래했고, 영재(永才)는
도둑과 맞닥뜨린 현장에서 〈우적가(遇賊歌)〉를 노래했다. 균여(均如)의 〈
보현십원가(普賢十願歌)〉 11수는 당시 사람들이 벽에다 써붙이고 이를 외
워 노래했다는 기록까지 있다.

화랑이며 벼슬아치들도 시인이었다. 융천사(融天師)는 하늘에 변괴가 생
기자 이를 물리치기 위해 〈혜성가(彗星歌)〉를 지어 불렀고, 신충(信忠)은
〈원가(怨歌)〉를 지어서 임금을 원망하였으며, 득오(得烏)는 〈모죽지랑가
(慕竹旨郎歌)〉를 지어 선배 화랑을 추모하였다.

이들은 모두 지을 상황이 되매 노래를 지었고 또 노래로 불렀다. 노래와
시가 한 덩어리로 인식되었던 흔적이 역연하다.

고려 때의 우리 문학사도 노래로 장식되어 있다. 대부분의 노래들은 지
은이를 알 수가 없지만 노래로 불린 악보까지 남아 있어서 노래하는 시의
전통이 어느 정도였던가를 충분히 짐작할 수 있다.

물론 고려 때의 노래에도 지은이가 분명한 것이 있기는 하다. 〈정과정
(鄭瓜亭)〉은 정서(鄭敍)의 작품이라는 데 이견이 없으며, 〈한림별곡(翰林
別曲)〉도 딱히 어떤 한 사람은 아닐지라도 최씨 무단정권시대의 그러그러
한 선비들이었으리라는 점은 충분히 짐작이 된다.

이런 전통은 조선조로 넘어오면서도 지속되었다. 새 왕조가 수립된 것을
찬양하기 위하여 〈신도가(新都歌)〉며 〈상대별곡(霜臺別曲)〉 등이 지어졌
고, 국가적 위업으로 승화시키기 위하여 〈용비어천가(龍飛御天歌)〉며 〈월
인천강지곡(月印千江之曲)〉 등이 창작되었다.

조선조의 선비들은 거개가 시인이었다. 이황(李滉)처럼 수준 높은 학자

도 이현보(李賢輔)의 〈어부가(漁父歌)〉를 찬양하는 글을 남겼는가 하면, 스스로 〈도산십이곡(陶山十二曲)〉을 지어 노래했으며, 이이(李珥), 정철(鄭澈), 윤선도(尹善道)…… 그 어느 누구 할 것 없이 시조를 노래했다. 시조는 잘 알려진 바와 같이 그 곡이 전형화되어 있는 노래였다.

가사도 애당초에는 노래하는 시였다. 정철의 〈사미인곡(思美人曲)〉이나 〈속미인곡(續美人曲)〉 등의 가사는 그의 필적으로 남아 전하는 것이 아니라 여기 저기서 노래로 부르는 바를 채록한 것이라는 기록이 나온다. 박인로(朴仁老)의 경우도 마찬가지다.

오늘날 가사를 노래하는 음악의 정체는 알 수 없지만 16세기경까지는 가창의 전통이 유지되었을 것으로 보인다. 그러던 것이 차차 소리내어 읊는 음영을 통해 즐기는 방식으로 전환하였다. 오늘날에도 농촌에 가면 가사 작품을 외워서 음영하는 것을 듣기가 어렵지 않다.

시가 노래 그 자체였던 전통은 오래도록 지속되었다. 19세기 말에서 20세기초에 이르는 개화기에도 애국가나 창가는 물론이고, 『대한매일신보』에 '사회등'이라는 고정란이 있어 여기에 민요 형식을 본뜬 시사만평이 연재되었던 것도 그러한 전통의 지속이라고 보아야 할 것이다.

시가 노래와 결별을 한 것은 1920년대의 일이다. 이를 일러 자유시의 등장이라고 문학사는 기록하고 있다. 그 이후 시는 노래보다는 독서하는 시로 바뀌어 갔다. 노래로 존재했던 시의 급격한 변모였고, 이런 변모를 구별해서 말하기 위해 고전시에는 시가라는 명칭을 붙이는 것이 널리 통용되고 있기도 하다.

노래와 시의 결별

시가 곧 노래였던 인식은 이처럼 뿌리 깊은 것이었지만, 이와는 달리 노래와 시가 별개라는 인식도 일찍이 있어 왔다.

그것은 한자의 전래에서 비롯된 것이었다. 고구려 을지문덕(乙支文德)이 수(隋)나라 장군 우중문(于仲文)에게 써 주었다는 시가 가장 오래 된 작품으로 일컬어지는가 하면, 신라 때의 시인으로 우리는 혜초(慧楚)나 최치원 (崔致遠)과 같은 이름을 얼른 떠올릴 수 있다. 이 밖에도 최광유, 최승우, 박인범 등의 작품이 전하고 있어 삼국시대에 이미 한자로 쓰는 시문학이 상당한 정도에 이르렀음을 알게 한다.

고려 때에 오면 한시 문화가 난숙한 경지에 이르렀으며, 그 후 조선조에 이르러서 더욱 융성하게 된 역사는 여기서 일일이 되풀이할 필요가 없을 것이다. 그러던 것이 대체로 19세기말을 분기점으로 하여 한시의 전통은 서서히 사라져 이제는 더 이상 창작되지 않기에 이르렀다. 20세기 이후에 는 한시 대신에 우리 글로 쓰는 시가 문학으로서의 시라는 인식을 굳히면 서 자리잡게 되었으며, 입으로 가창하는 것을 가리켜 더이상 시라는 명명 을 하지 않게 되었다.

노래와는 분리된 별개의 시문학이 한자로 이루어졌던 역사적 사실은 문 학을 대하는 계층적 차이를 여실하게 보여 주는 문학사적인 현상이다. 삼 국시대에 이미 나타난 현상이지만, 노래는 누구나 부를 수 있으되 시를 짓 는 것은 한자를 아는 사람이라야 했다. 한자를 아는 사람은 누구인가? 두 말할 것도 없이 당대의 상층 사회를 구성하는 사람들이었다.

신라 때만 하더라도 당나라의 빈공과(賓貢科)라는 시험에 합격하는 것을 영광으로 알고 거기서 글솜씨를 드러내는 것을 자랑할 수 있었던 것은 이 른바 식자층이었다. 이처럼 상층에 속하는 사람은 글로 시를 짓고 그렇지 않은 사람은 소리내어 노래를 부르는 데서부터 시문학은 고급스러운 것이 고 노래는 하층민의 것으로 아무나 할 수 있는 것이라는 인식이 생긴 것은 동서양의 문학사가 모두 한결같이 걸어 온 길이기도 하다.

문자가 없던 구비문학의 시대에는 문학이 모두의 것이었다. 이 때가 문 학의 행복한 공유기였다. 그러던 것이 분리의 길을 걷게 된 것이다. 문자 를 구사할 줄 아는 것이 사회의 상층인에 한정되고, 그들이 문필을 통해 언어문화를 창조해 나가기 시작하면서 문학은 마치 별다른 능력이 있어야 만 누릴 수 있는 것처럼 인식되는 역사가 시작된 것이다.

하바드대학교의 고스만(Lionel Gossman)교수가 『역사와 문학 사이』라 는 책1) 가운데 나오는 '문학교육과 민주주의 Literary Education and Democracy' 라는 글에 이와 똑같은 인식이 드러나 있다. 고스만에 의하면, 문학의 세계가 이처럼 계층적 분리를 드러내고 있음은 민주주의를 지향하는 우리의 삶에서 심각한 이율배반이 아닐 수 없다는 것이다.

동양의 전통을 생각해 보더라도 사정은 그러하다. 지성인이면 반드시 읽어야 하는 경전의 하나인 『시경』의 시작이 이 지방 저 지역의 민요인 풍(風)으로 시작되는 것을 이미 보았듯이, 글로 쓴 한시가 문학의 시작은 결코 아니었다. 말하자면 시의 출발은 그 엄격한 정형시가 아니라 모두가 노래로 불렀던 작품들이라는 증거다. 여기에 문학에 계층적 차이를 두었던 자취는 엿보이지 않는다.

이것을 '시경'이라 하지 않고 '가경(歌經)'이라 불렀던들 노래하는 시로서의 본질이 그대로 유지되었을는지도 모를 일이다. 그러나 '시'라는 명칭을 사용하면서부터 글로 적은 것은 시요 입으로 노래하는 것은 '노래'라는 두 갈래의 인식이 굳어지게 되었다. 엄밀하게 말한다면 시와 노래의 갈림길은 여기서 마련되었다고 할 수 있다. 시는 고급문화요 노래는 하층민의 것이라는 인식의 출발도 여기였을 것이다.

시와 노래가 분리된 사정은 이러하지만, 그 갈라섬이 시작부터 그대로 굳어진 것은 아니었다. 시와 노래의 분리가 이루어지고 나서도 한참 동안은 둘의 복합적인 세계를 열심히 추구하였다.

한나라 때에 '악부'라는 관청을 두어 음악을 관장하였는데 이 관청의 이름을 딴 시의 장르가 중국에서는 줄기차게 전통을 이어 왔다. 즉 '악부시'라고 하면 노래하기 위한 시를 말하는데 이러한 악부시의 창작이 5언시나 7언시와는 별개의 장르로 성립되었던 것이다. 절구나 율시의 세계가 문자시로서의 독자성을 추구하는 데 반해 악부시는 노래와의 공존이라는 시가 본래의 본질을 유지하는 데 의의를 둔 셈이다. 이 점에서 시와 노래의 공존이었다.

중국에 노래를 추구하는 악부시가 있다는 사실은 한반도의 선비들을 곤혹스럽게 만들 수밖에 없었다. 중국의 언어가 지닌 특징이 우리 말과 매우 다르고 또 우리 한자음을 통해서는 중국어의 그것을 구현하기 어렵기에 한시를 짓기 위해서는 중국어의 성률을 따로 공부하지 않으면 안 되었으므로

---

1) Lionel Gossman, *Between History and Literature*, Havard University Press, 1990.

이 일만도 한시 창작의 애로였다. 그런데다가 중국음악이 지닌 특성이 우리 음악과는 매우 다르고 언어마저 차이가 커서 중국의 악부시가 지니는 질서를 한반도의 선비들이 터득하여 시를 짓기란 여간 어려운 일이 아니었다.

퇴계(退溪) 이황(李滉) 같은 큰 학자가 우리나라에는 우리의 노래라야 한다는 선언을 함과 동시에 시조를 창작하게 되는 이유도 여기에 있었던 것이다. 중국의 언어와 음악이 우리의 그것과는 현저하게 다르다는 점을 제대로 인식하고 중국의 악부에 맞먹는 것이 우리의 시조(당시로서는 가곡)라는 점을 강조하게 된 것이다. 당시의 선비들이 〈한림별곡(翰林別曲)〉과 같은 노래들을 부르는데 이 노래는 너무 '장난스럽고 뽐내어 방탕하는 기상이 있다'고 비판하면서 시조를 노래해야 한다고 하였다.

퇴계의 이런 일은 두 가지 의미를 갖는다. 시와 노래의 관계로 본다면, 시는 시로서의 전통인 한시로 지어 읊어야 하고 노래는 노래로서의 본질이 유지될 수 있는 우리말 노래로 지어 불러야 한다는 인식을 살필 수 있다. 그러나 문학의 작자라는 측면에서 본다면, 시를 짓는 일이나 노래를 짓는 일이나 상층인의 소관사로서, 시는 상층문화요 노래는 하층문화라는 구분을 인정하지 않고 있음을 보게 된다. 장르의 변별성은 인정하되 향유의 보편성은 추구해야 한다는 인식의 표현으로 해석된다.

이러한 인식은 많은 선비들에게 그대로 통용되었다. 정철과 윤선도 혹은 박인로를 비롯한 많은 시인들이 시조나 가사를 노래했던 것은 그러한 인식을 지니고 있었던 증거가 된다. 한글로 쓴 소설은 더러 기피하면서도 우리말로 된 노래는 열심히 지었던 데 대한 설명은 이래서 가능하다. 물론 여기에는 유학이 지닌 전통적인 음악관이 작용했다는 설명도 필요하겠지만 이 자리에서는 논외로 해 둔다.

노래와 시의 만남

시와 노래를 별개의 장르로 인식하면서 그것에 계층적 차이를 두지 않았던 전통은 일찍부터 있었던 것이라고 해야 옳다. 향가의 충담사나 월명사 혹은 영재나 신충과 같은 지식인들의 존재에서 우리는 그것을 감지할 수 있다. 향가의 향찰을 해독하는 데서 알 수 있듯이 그것은 노래의 말을 그대로 기록한 것이다. 〈삼국유사(三國遺事)〉에도 찬(贊)은 한시로 적으면서 노래말은 우리말을 향찰로 굳이 적었던 것이다.

고려가요도 마찬가지다. 〈청산별곡(靑山別曲)〉이니 〈서경별곡(西京別曲)〉이니 〈쌍화점(雙花店)〉이니 하는 노래들은 민요의 모습을 두드러지게 지니고 있지만 현존하는 노래의 모습 자체는 궁중음악의 그것이었던 것으로 판독되고 있다. 고려 때에도 한시는 한시로서의 장르적 독자성은 물론 상당한 수준을 유지했지만 노래는 노래대로 상층인들이 향유했던 증거라고 할수 있다.

이러한 사정이 조선조에 들어와서도 마찬가지였음은 앞에서 살핀 바와 같다. 그러나 향유의 계층에서 보면 두루 통용되었다 하더라도 그 장르의 변별성은 그대로 인정하여 시와 노래를 별개로 인식한 것만은 분명하다. 시와 노래가 각각의 질서를 지니고 제각각의 길로 나아갔다고 할 수 있다.

그와 비슷한 문화적 현상은 이른바 개화기에도 드러난다. 최남선(崔南善)의 경우를 생각해 보자. 최남선을 문학사에서 언급할 때 그가 도입한 〈해(海)에게서 소년(少年)에게〉류의 신체시에 주로 눈이 쏠린다. 그러나 최남선이 나중에 심혈을 기울여 몰두했던 것은 창가(唱歌)의 창작이었다. 〈경부철도가〉나 〈세계일주가〉 등이 그것이다. 그럼에도 불구하고 신체시를 강조하는 것은 시인은 글로 읽는 것을 써야 인정된다는 문학사가의 선입견이 강하게 작용하고 있는 것은 아닌가 싶다.

또 있다. 『독립신문』이나 『대한매일신보』에 투고되는 '애국가류'의 작품들은 거의가 노래부르기 위한 가사였으며 그것을 투고할 정도의 사람은 대체로 지식인들이었다. 특히 『대한매일신보』의 '사회등'란에 실리는 민요풍의 글은 신문사의 논설진이 쓴 사회만평이었다.

이들이 대체로 지식인의 소작이었던 것은 인정하지만, 그렇다고 해서 이 노래 가사들을 시문학사의 중요한 논의거리로 삼지는 않는 이유가 무엇인가? 여기에도 시와 노래의 분리라는 장르적 변별이 크게 작용하고 있는 셈이다.

시와 노래가 한 자리에서 만나는 일은 1920년대 후반을 훨씬 지나고서야 이루어졌다. 그리고 그것도 잠깐이었다. 식민지 현실에 대한 인식이 본격화되고 그에 대한 대응으로서 프롤레타리아 문학이라는 이념을 붙든 쪽이 있었는가 하면, 이와 다른 한 계열에서는 민족문학을 강조하면서 시조와 민요에 관심을 기울였던 것이고, 후자에 의해 시와 노래는 화합의 실마리를 찾았던 것이다.

이들을 가리켜 민족문학계열이라고 한다. 그들은 민족정신의 징표로서 시조를 부흥하려고도 하였으며, 여기에 선두 그룹이 된 것은 이병기, 이은상 등이었다. 그런가 하면 서구의 낭만주의시가 그러했듯이 민요의 발굴과 과감한 도입을 통해 새로운 세계를 열어 보려고 하였는데 그 대표적인 시인이 김동환, 주요한, 김소월 등이었다.

이들은 시조의 형식을 빌어 새로운 창작을 하기도 하였고, 민요의 노래말을 그대로 혹은 그 소재와 율조를 수용하여 시를 지었다. 그러나 주목할 일은 그러한 장르적 자질의 수용이 노래와 시의 합일을 이루어내는 일과는 거리가 멀었다는 점이다.

오히려 시조 형식을 빌어 창작함으로써 시조창과 노랫말을 완전하게 분리시켰던 것이다. 오늘날 시조를 창으로 짓거나 듣지 않고 문자행위를 통해서 향유하게 된 계기도 여기에 있으며, 창작한 시조를 가리켜 굳이 '시조시'라고 '시'라는 말을 집어 넣는 까닭도 여기에 있다 하겠다.

민요시의 경우도 같다. 민요의 정서와 율조를 도입하기 위해 여러 가지 시도를 하였지만 그 주된 특색이 7·5조의 형식으로 나타난 것은 흥미롭기까지 하다. 널리 알려진 바와 같이 7·5조는 일본의 전통적 율격이며 우리 전통 민요의 그것과는 거리가 멀다. 그럼에도 불구하고 노래의 노래적 성격을 구현한다는 노력이 전혀 의도하지 않은 방향으로 진행된 예라 하겠다.

그러나 이러한 노력의 소산으로 이 시기에 창작된 시와 시조가 새로이 도입된 서양 음악으로 작곡되어 널리 불리게 된 점은 흥미롭다. 오늘날에 와서야 비로소 깨닫는 것이지만 서양음악과 우리 전통음악은 선율이나 리듬의 구조가 많이 다르다. 그럼에도 불구하고 이러한 접합이 이루어진 것은 또 다른 측면에서의 고찰을 요한다. 여기서는 다만 노래와 시가 그러한 만남을 이룩한 문화적 사실을 기억해 두고자 한다.

그리고 보면 노래와 시의 만남이라는 것은 언제나 불완전했다고 할 수밖에 없다. 그리고 그 까닭은 시와 노래를 별개의 장르로 인식하고 각각의 장르에 서로 다른 특성을 부여하려는 인위적 인식 때문이라고 할 수 있다. 이 점에서 본다면 조선조의 시조는 노래와 시를 동질적인 것으로 인식했던 장르라 할 수 있다. 정해진 음악에 맞추어 새로운 시를 창작하기도 하고 또 전해지는 시조를 노래하기도 했던 점에서 이런 해석이 가능할 것이다.

노래와 시의 해후를 위하여

노래와 시가 본디는 하나였지만 각기 저마다의 길을 걸어 온 내력이 이처럼 오래고 분명한데 이것이 다시 만나는 길은 과연 있을 것이며 또 필요한 일인가? 이 문제에 대하여 서투른 답을 하고픈 생각은 없다. 문화라는 것은 삶의 표현이 이루어내는 것이고 삶이 달라지면 문화의 양식도 달라지는 것은 자명하므로 섣부른 미래학자처럼 예언적 발언을 할 필요는 없다고 본다.

그러나 노래와 시의 분리를 보여 주는 역사에서 우리가 주목할 점은 두 가지로 압축할 수 있다. 하나는, 음성언어와 문자언어의 분리라는 언어문화적 측면이며, 다른 하나는, 문학에서의 계층성이라는 잠재적 인식의 문제다.

노래는 음성언어로 시는 문자언어로 각기 향유된다고 딱 잘라 분별하기는 어려울 것이다. 글로 쓴 시도 읊는 것과 연관된다는 점을 생각하면 이 점이 더욱 선명해진다. 그렇기는 해도 글로 쓴 시는 음성의 문제와 많이 거리가 멀어져 있으며 그런 점에서 노래와의 변별성을 구현하고자 한다는 점은 부인할 길이 없다.

그렇기는 해도 시가 문자언어로 이루어지는 활동이라는 본질만을 앞세운다면 시는 어째서 시인가를 되묻게 될 수밖에 없다. 자유시의 시대로 들어선 이래로 율조의 문제가 간과되고 행이나 연의 구분이 그저 임의적이라고 치부해버린다면, 그것이 시인 이유와 본질적 근거는 무엇인가에 대한 대답이 좀더 구체화되어야 할 것이다. 시는 본디 노래의 자질을 출발점으로 삼았음이 분명하기 때문이다.

계층의 문제 역시 마찬가지다. 시는 특정한 어떤 사람에 의해서만 창작이 가능하다는 인식이 분명하다면 그 시를 읽을 사람은 과연 누구인가도 물어야 한다. 문자를 소유하는 데 따른 우월감이 시인의 우월감으로 연결된다면 그 시는 지상의 어디에 홀로 있어야 하는 것일까?

이 문제는 시인은 어째서 시인인가 하는 질문으로 연결된다. 노래하지 않은 시가 시일 수 있는가 하는 질문과도 상통한다. 오늘날 시를 비평하는 글에서 시작품을 일부러 행 구분을 하지 않고 줄글로 옮겨 놓고 이것이 시라는 징표가 무엇이냐고 묻는 경우를 종종 본다. 이것은 노래를 잃은 시에 대한 비판도 될 것이다.

남은 할 수 없는 일을 할 수 있는 재능을 지녔다는 의미에서 시인이 시인일 수 있다면 그 가치가 무엇인가를 물을 수도 있다. 가령 김삿갓의 경우를 보자. 김삿갓은 한자의 음과 우리말을 넘나들면서 희작시를 많이 남겼다. 그러나 그의 의식 속에는 한자를 아는 자의 오만은 없었을 것인가? 한자를 아는 자만이 그 시가 노리는 비꼼을 알아 듣는 귀를 가지게 되는 것은 그의 우월감을 입증한다.

노래를 던져버린 시가 우월감의 발로로 이어지는 표본을 우리는 난해시에서 발견하게 된다. 저만이 혼자 부르며 도취하는 것이 문학이라면 다시 문학이란 무엇인가 하는 환원적 질문에 부딪칠 것이다. 그래서 시인은 어째서 시인인가를 다시 물어야 할 것이다.

시와 노래의 분리가 시와 삶의 분리와 무관하지 않다는 인식에 도달할 수도 있다. 조선조 때 융성했던 시조의 창작에는 승려들의 참여가 거의 없었다. 그러나 승려들이 창작한 가사는 상당수에 달한다. 불교뿐만 아니라 동학도 천주교도 가사를 통하여 포교하고 의식을 행했던 것을 입증한다. 노래적 성격의 동참에 의해서 가사는 시로서의 장르성을 유지했고 그 존재가 가능했던 것이다.

그러면 왜 승려가 지은 시조는 없는가? 그 까닭은 시조 중에 고향을 그리워하는 작품이 없다는 점과 통한다. 그 이유는 창작 환경과 관계가 깊다. 고향 그리움은 대체로 개인적 정서다. 객창 희미한 등불 아래 앉아서 혹은 저물어 가는 하늘을 바라보는 낯선 타향길에서 떠올리는 것이 고향이다. 따라서 고향 그리움은 시로 쓴다. 시조는 여럿이 모인 공개된 자리에서 노래하는 것이기에 개인적 정서에 함몰되지 못한다. 그래서 공유하는 정서를 노래한다. 승려는 시조를 노래하는 자리에 가지 않았고 시조는 홀로 개인적 정서에 빠져들지 않았다는 말이 된다.

시와 노래가 창작되는 환경과 관련해서 본다면 시는 개인의 것이고 노래는 공동의 것이라는 규정이 가능하다. 따라서 상층문화의 주역으로서의 시, 우월감의 표현으로서의 시, 개인 정서에의 함몰로서의 시 ─ 이런 성격을 극대화했을 때 시의 자리는 어디일 것인가가 역시 의문으로 남을 수밖에 없다.

지금 시가 어떤 상황이며 시인이 어떠한가에 대하여 오늘의 시인에게 책임을 물을 까닭은 없다. 문화는 삶의 양식에 따라 변화하는 것이므로 그것이 지금처럼 변해 온 것은 당연하기 때문이다.

그러나 앞으로도 영원히 그것이 그러해야 할 것인가? 혹은 앞으로 그렇기만 할 것이라고 단언할 수 있을까?

그 대답을 정확하게 해 줄 수 있는 것도 삶의 모습일 것이다. 앞으로 우리가 어떻게 살아 가느냐에 따라 문화의 모습은 달라질 것이기 때문이다.

조선조 때의 시인은 모두가 선택된 사람들이었다. 그들은 대개 사대부였으며 그러한 선민의식이 시조나 가사의 명맥을 잇고 문학사의 물결을 형성하였다. 현대로 오면서도 사정은 마찬가지였다. 최남선이나 이광수나 모두가 선각자였다. 1920년대 혹은 1930년대까지만 하더라도 대부분 시인의 약력에서는 동경 유학의 기록이 나온다. 이들은 선민이었다. 시는 선구자 혹은 그 길을 가고자 하는 사람들에 의해서 창작되었다.

그러나 모든 계층이 조화롭게 살아 간다는 민주주의의 이념과 그러한 선민의식의 화합은 어떻게 가능할 것인가? 문학이 특정인의 전유물로 되었을 때 그 문화적 양식이나 관습이 기대어 뿌리를 내릴 자리는 어디인가?

이제 시인은 대답해야 한다. 역사를 거슬러 가는 환원은 어디에도 없는 것이지만, 역사적 변화의 외피를 벗고 보면 거기에는 회귀라는 구심력과 탈피라는 원심력이 함께 작용하고 있음을 본다. 노래와 시의 관계에 대한 근원적인 물음은 미래의 시가 어떠해야 할 것인가를 묻는 것과도 통한다.

지금까지 우리는 작품이 지니는 가치의 문제는 논외로 하였다. 그 점이야말로 문학에 대한 또다른 측면의 접근이요 함부로 논단할 일도 아니라는 생각 때문이었다. 우리의 관심은 다만 노래와 시의 관계가 역사적으로 어떠했는가 하는 점에만 있었다.

그러한 관찰의 결과로 도달하게 된 지점이 '어째서 시인인가' 하는 질문이라면 참고할 만한 사실이 있다고 본다. 시로서의 성패는 묻지 말자. 다만 지난날 정치·사회적으로 어려웠던 시절에 작곡이 되어 인구에 회자된 시는 어떤 것들이었는가? 그리고 오늘날 북한에서는 왜 시라는 장르 못지않게 가사라는 장르가 중시되는 것인가?

다시 견해차를 전제하면서 이 한 마디를 덧붙이고자 한다. 시가 긴장과 압축으로 이루어져야 한다는 점만을 강조한다면 그 긴장의 이완은 어디서 찾을 것인가? 세상이란 웃음과 눈물이 공존하고 행복과 불행이 살을 맞부비고 있다는 점을 도외시해서는 안 될 것이다.

시가 선구자이거나 선택된 사람의 긴장감을 노래하는 것으로만 치달아서 여염의 사람들은 도달하기 어려운 경지라면, 그래서 노래가 주는 이완과는 거리가 멀다면 그 때에 생각할 말은 이것이다. 시와 민주주의는 영원히 화합할 수 없는 거리에 있는 것인가? 시와 노래가 다른 것이라고 생각될 때마다 시인은 이 말을 반추해야 할 것이다. 그것이 시의 사명이고 시인의 임무이다.

말노래와 글노래의 두 얼굴

— 고려시가의 경우 —

고려시가의 양면성

'고려 때의 시가는 구비문학(口碑文學)'이라고 굳이 말하는 것은 새삼스러운 바가 없지 않다. 그것들이 향유된 시기가 고려시대이고, 또 한글이 조선조에 들어와서야 창제되었다는 사실만 연결하여 생각한다면 구비문학이라는 규정에 이견이 있을 수 없다.

그러나 이제 다시 '고려 때의 시가는 기록문학(記錄文學)'이라 한다 해도 말은 성립된다. 고려시가의 어느 작품도 오늘날 구비(口碑) 전승되는 사례가 없다는 점, 그리고 우리는 고려시가의 모든 작품을 문헌에 정착된 모습으로만 바라볼 수 있다는 점에서 본다면, 이런 모순된 규정도 타당해 보인다.

이처럼 두 가지 상반된 성격 규정이 하나의 대상에 대해 동시에 가능하다면, 그 규정으로 사용되는 용어에 문제가 있다는 생각을 하게 되는 것은 자연스럽다.

'구비성(口碑性)'이라는 말에 담긴 내포는 대체로 음성(音聲), 구어(口語), 구술(口述), 구연(口演), 구전(口傳) 등과 연관되는 것이 보통인 듯하다. '기록성(記錄性)'이라는 말을 '구비성(口碑性)'과의 상관에서 생각해 보면, 문자(文字), 문어(文語), 작문(作文), 문장(文章), 독서(讀書) 등과 연관될 것이다. 이런 대비라면 대체로 궁중의 악장(樂章)이었던 사실이 분명한 고려시가들은 '구비' 쪽으로 분류되어 마땅할 것이다.

이런 판단에는 의심의 여지가 거의 없기 때문에 고려시가를 두고 그 구비적 성격을 논의할 필요조차 없게 된다. 따라서 우리의 관심은 구비성의 맥락으로 나아가게 된다. 구비성의 맥락이란 지금까지 논란이 되어 온 '민요적 성격'과 관계된다. 고려시가의 한 부류를 가리켜 속요(俗謠)라고 부르기도 하고, 전체를 가리켜 고려가요(高麗歌謠)라고 불렀던 것은 그 맥락을 민요에서 찾을 수 있다는 견해를 바탕으로 한다.

이에 대한 반론도 많이 제기되었다. 무엇보다도 고려시가는 궁중악 그것도 악장의 가사였으므로 고려시가를 민요의 맥락에 연결하는 것은 터무니없는 노력이라는 것이다.[1] 그렇게 추정할 근거는 충분하다고 할 수 있다. 오늘날 연행(演行)되는 정악(正樂)과 민속악(民俗樂)이 보여 주는 것과 같은 음악적 성격상의 차이가 그 중요한 근거이며, 민요의 전승론적 상황이 고려시가의 그것과 전혀 다르다는 점[2]도 차이를 강조할 수 있는 단서가 된다.

그렇다면 대부분 작자가 명기되어 있지 않고, 그 상황 설정이나 정조(情調)가 조선시대의 시조나 가사와는 상당히 구별되는 고려시가는 실로 어떤 맥락에서 창작되고 전승되었던 것인가? 또 오늘날 우리가 보는 고려시가의 여러 특질은 어떤 성격과 관련을 지님으로써 그리된 것인가? 이것이 고려시가의 논의를 몽롱하게 하는 핵심인 셈이다.

그러나 그것을 해결해 낼 수 있는 직접적이고 결정적인 단서는 아직은 없어 보인다. 여기서는 이런 난감한 문제의 해결을 위하여 몇 가지 추정을 해 보고자 한다. 그러기 위해서는 먼저 고려시가 자체의 구비적 자질이 분

---

1) 여증동, 고려노래 연구에 있어서 잘못 들어선 점에 대하여, 권영철 외, 『백강 서수생박사 환갑기념논총 한국시가연구』, 형설출판사, 1981. 강등학, 고려가요에 대한 종합적 논의, 성균관대 인문과학연구소 편, 『고려가요 연구의 현황과 전망』, 집문당, 1996.
2) 민요의 전승론적 특질은 대체로 연희자(演戱者)의 비전문성(非專門性), 작시(作詩)의 현장성, 노랫말의 유동성, 연행(演行)의 단순성 등으로 지적된다. 이에 비해 고려시가는 『악장가사』나 『시용향악보』 같은 문헌에 매우 정교한 음악적 구조를 가진 악보로 기록되어 있다는 점에서부터 민요와는 큰 차이를 지니고 있음이 지적된다.

명하게 관찰되는 일이 필요할 것이다.

aaba의 구비적 자질

〈청산별곡〉이나 〈가시리〉가 노래로서의 유창성을 느끼게 하는 자질은 여러 가지이지만, 그 가운데 대표적인 것으로 *aaba*로 관찰되는 말의 짜임을 들 수 있다.

<u>살어리</u> <u>살어리랏다</u> <u>청산에</u> <u>살어리랏다</u>
　　a　　　*a*　　　*b*　　　*a*

이 구조는 '<u>우러라</u>(*a*) <u>우러라 새여</u>(*a*) <u>자고 니러</u>(*b*) <u>우러라 새여</u>(*a*)'나 '<u>가던 새</u>(*a*) <u>가던 새 본다</u>(*a*) <u>믈 아래</u>(*b*) <u>가던 새 본다</u>(*a*)'에서 거듭 확인되며, 이 단위가 확대되었다고 할 수 있는,

<u>살어리 살어리랏다</u> <u>가던 새 가던 새 본다</u> <u>가다가 가다가 드로라</u>	<u>靑山애 살어리랏다</u> <u>믈 아래 가던 새 본다</u> <u>에졍지 가다가 드로라</u>	<u>멀위랑 도래랑 먹고</u> <u>잉 무든 장글란 가지고</u> <u>사스미 짐ㅅ대예 올아셔</u>	<u>靑山애 살어리랏다</u> <u>믈 아래 가던 새 본다</u> <u>奚琴을 혀거를 드로라</u>
a	*a*	*b*	*a*

등의 노랫말에서 거듭 확인할 수 있다.

또 〈가시리〉의 '<u>가시리</u>(*a*) <u>가시리잇고</u>(*a*) <u>ᄇᆞ리고</u>(*b*) <u>가시리잇고</u>(*a*)'나 이를 다시 확대한 '<u>가시리 가시리잇고</u>(*a*) <u>ᄇᆞ리고 가시리잇고</u>(*a*) <u>날려는 엇디 살라 ᄒᆞ고</u>(*b*) <u>ᄇᆞ리고 가시리잇고</u>(*a*)'와 같은 단위로까지 전개된다.

'<u>형님</u>(*a*) <u>형님</u>(*a*) <u>사촌</u>(*b*) <u>형님</u>(*a*)'과 그 확대형이라 할 수 있는 '<u>형님 오네</u>(*a*) <u>형님 오네</u>(*a*) <u>분고개로</u>(*b*) <u>형님 오네</u>(*a*)'로 대표되는 민요는 물론이고, 구연(口演)을 전제로 한 작시(作詩)에서 가장 대표적으로 나타나는 표현이 *aaba* 구조라는 점은 이미 논의된 바 있으며,[3] 심지어 오늘날에도

---

3) 김대행, 『한국시의 전통연구』, 개문사, 1980, p.43.

군이 형식을 갖춘 노래가 아니라 즉석에서 가창적 분위기를 형성할 목적을
가질 때 이런 표현은 널리 활용되고 있는 것을 본다.

이 표현은 다음에 살피게 될 반복과 함께 옹(Ong, Waler)이 지적한 바
있는 구술 표현의 장황하거나 다변적(多辯的)인 성격을 연상케 한다. 노래
가 구술담화(口述談話, oral discourse)의 하나인 이상, 발화(發話)되는
순간 사라져 버리는 구어(口語)의 특성에 자연스럽게 연결되는 특성이
다.4)

반복과 병렬의 구비성

병렬(parallelism)을 설명하는 서양의 이론서들이 구약의 시편을 예로
들거나 히브리적인 전통을 말하는 것은 구비적 전통에서 그 뿌리를 찾을
수 있다고 보기 때문이다. 동일한 통사 구조의 병치를 기본 형식으로 하는
것이 병렬의 요건인데, 그 실상은 동일한 구의 반복과 같은 단순한 형태에
서 연의 단위까지로 확대될 수 있고, 그 기능도 첨가적, 대립적 혹은 전개
적 병렬에 이르기까지 여러 유형으로 분류가 가능하다.5)

고려시가에서 동일구를 반복하는 형태가 매우 빈번하게 보임은 일일이
말할 필요도 없고, 〈한림별곡(翰林別曲)〉이나 〈동동(動動)〉의 분절된 각
연까지도 병렬적 질서로 이해할 수 있게 된다. 또 도무지 변화가 없는 형
태적 반복처럼 보이는 〈한림별곡(翰林別曲)〉도 제1연과 제8연이 매우 이
질적인 것이라는 점을 인정하게 되면 전개적 병렬이라는 해석이 가능해진
다. 실제로 조선시대의 장형 가사에서 보듯이 다른 장르의 시가에서도 장
형화의 원리로 이 병렬이 중요한 기능을 담당하게 된다.

옹의 설명을 받아들인다면 구술 표현의 장황하거나 다변적인 특징은 여

김대행, 『우리 시의 틀』, 문학과비평사, 1989, pp.95~107.

4) 옹(Ong, Walter, *Orality and Literacy: The Technologizing of the Word*,
   Methuen, 1982, pp.39~41.)은 과잉적 또는 물량적(redundant or copious)이
   라고 설명한다.

5) 김대행, 『한국시의 전통연구』, 개문사, 1980, pp.40~58.

기서 나아가 첨가적인 특성을 지니게 되는 것으로 보인다.6) 〈동동(動動)〉
의 경우, 정월부터 순차성을 가지고 다달이 이어지고 있다는 질서는 있지
만, 그 다달 사이에 선조적(線條的) 일관성이 정연하게 내포되어 있는 것
은 아니다. 그들은 다만 '그리고'로 바꿀 수 있는 첨가성으로 이어지고 있
다고도 바꾸어 말할 수 있게 된다.7)

이러한 병렬적 성격은 〈청산별곡〉, 〈정석가〉, 〈쌍화점〉, 〈만전춘〉 등에
서 거듭 확인되며, 고려시가의 이러한 특성 때문에 '연장체(聯章體)'라는
용어까지 생긴 것으로 이해할 수 있다. 결국 연장체라는 특징 또한 구비성
의 또 다른 증거라고 할 수 있게 된다.

연장체가 아닌 〈사모곡(思母曲)〉에서도 '호미와 낫'이 '아버지와 어머니'
와 병렬 구조로 되어 있는 등 구비적 작시 원리로 병렬의 작용이 널리 관
찰된다는 점이 고려시가의 중요한 특징이 된다.

환유적 표현의 구비성

옹의 견해에 따르면, 쓰기적 사고는 생활 경험으로부터 일정한 거리를
두고 지식을 구조화하며, 그 결과로 분석적 범주화로 나아간다.8) 그러나
말하기적 사고는 범주화보다는 직접적으로 밀착시켜 사고하는 경향을 보인
다. 따라서 추상적이기보다는 구체적이며, 그 구체적인 대상은 생활 주변
의 사소한 것일 수 있고, 직접적 체험을 공유하는 사람끼리의 소통을 지향
한다.

---

6) 옹, 앞 책, pp.37~38. 구술어(口述語)의 이러한 특징은 '집합적'인 특성으로 이어
지기도 한다. 옹은 소련의 예를 들면서 상투적으로 굳어진 형용어군을 구술문화의
특징으로 지적하고 있다. 우리가 북한의 문체에서 발견하는 장광설적 요소도 이러한
특성과 관계가 있을 것이다.

7) 특기할 것은 이러한 병렬 구조가 구술 표현이 아닌 한시(漢詩)에서도 중요한 기법으
로 인식되어 온 점인데, 그 원류적 모습은 『시경(詩經)』에서 찾을 수 있을 것이다.
『시경』이 보여 주는 세계가 민요의 그것과 무관한 것이 아니라는 점에서 본다면, 한
시의 대구(對句) 표현 또한 근원적으로는 구술문화의 영상이라고 할 만하다.

8) 옹, 앞 책, p.42.

비교적 근래에 작시된 민요나 유행가 표현에서도 흔히 보는 바이지만,
이별은 대부분 인천항이나 부산항에서 이루어지며, '배추 씻는 저 처녀야'
를 부르거나 '연밥 따는 저 처녀'가 등장하는 것도 이러한 구체성으로 이해
할 수 있다. 범주화 이전의 구체성이 곧 환유적(換喩的) 정형성9)을 띠게
된 것을 여기서 살피게 된다.

〈청산별곡〉이 '머루 다래'나 '나마자기 구조개'를 말하고, 〈서경별곡〉이
'질삼뵈'를 지적하며, 〈동동〉이 '별해 브론 빗'이나 '분디남ㄱ로 갓곤 져'를
등장시키는 것도 이러한 생활적 구체성으로 이해할 수 있다. 이런 관점에
서 보면, 고려시가의 대부분이 생활적이고 구체적인 심상(心象)으로 되어
있음을 보게 된다.

이런 생활적 또는 환유적 구체성이 굳이 구비성의 특징인가 아니면 시적
특징인가 하는 것은 또 다른 관찰을 요하기도 한다. 본디 모든 문학은 형
상으로 창조되는 것을 중핵적인 본질로 한다. 그렇기는 해도 산문 양식의
형상성이 서사적 성격을 지니는 데 반해 시는 압축적 성격을 지니는 데다
가 감정이니 정서니하는 것은 매우 추상적인 것이므로 이를 확연하게 나타
내고자 형상적 구체성을 강조하게 되고, 그래서 심상이 강조되는 특질을
지닌다. 이런 관점에서 본다면 형상성이 유독 구비성과만 관련을 갖는 것
으로 보는 것은 지나치다고 할 수 있다. 그러나 시가 본래 노래에서 출발
했다는 사실은 시의 본질이 구비성에 그 연원을 두고 있다는 말도 된다.
따라서 구비성이 요구하게 마련인 구체성의 현대화된 명칭이 심상이라고
보는 것이 오히려 타당하지 않을까 한다.

구비성으로서의 음악적 율격

〈서경별곡〉의 율격에 대하여 『시용향악보(時用鄕樂譜)』가 어떤 시사를
줄 수 있지 않을까 한다.

---

9) '환유적'이라는 개념은 야곱슨(Jakobson, Roman, *On Language*, Havard Uni-
   versity Press, 1990, pp.115~133.)에 의한다.

西		京			이			
아	즐				가			
西		京	이		셔	울	히	
마		르			는		위	
두		어	렁		셩	두	어	
					령		셩	
다	링			디	러		리	

16정간으로 한 장단을 이루는 이 악보는 '서경이/서울히/마르/는 위'의 네 덩어리를 等價의 박자로 설정하고 있음을 본다. 이 구절은 많은 율격론자들에 의하여 이른바 3음보로 관찰되어 온 것이다. 국어의 통사론적 또는 형태론적 구조로 본다면 세 개의 분절로 구분하여 무리가 없어 보인다. 그러나 의심스러운 것은 이 노래의 작시를 지배한 율격적 요소가 무엇이었을까 하는 점이다.

최근에 전개되는 우리 율격론에서 매우 의아스러운 부분이 바로 이 대목이다. 상식에 의하건대, 율격은 그 음성적 실현에서 구체화되며, 그 구연의 모습이 율격의 실상을 구체적으로 확인할 수 있게 해 준다. 그것이 현대시를 두고 논의하는 것이라면 그 낭독의 실상을 두고 본질이나 형식이 탐구되는 것은 마땅하다. 그런데 낭독이 아니라 가창되는 노래말에서 가창 말고 다른 음성적 실현이 가능할 것인가는 의문이다.

예컨대 '아리랑 아리랑 아라리요'는 가창의 질서에 따라 '아리랑/아리랑/아라리/요'로 이루어진 것으로 봄이 타당할 것이다. 이를 '아리랑/아리랑/아라리요'의 3음보로 인식하고 작시했다고 한다면 그 낭독의 구체적 모습이 과연 그러했을까에 대한 의문을 갖게 한다. 율격론이 향유(享有)의 실상을 떠나면 공허할 수 있다는 것을 여기서 확인하게 된다.

결국 오늘날과 같은 낭독의 모습과는 거리가 있었던 고전시가의 율격을 오늘날의 독법(讀法)으로 논의하는 것은 문제의 선후를 뒤바꿀 우려가 있다. 가령 가창으로 향유되던 시조의 작시를 지배한 원리가 무엇인가 하는 것과 시조가 오늘날의 낭독법으로도 율성(律性)을 지닌 것으로 인식된다는 것은 전혀 별개의 문제인 것이다.

여기서 우리는 〈서경별곡〉을 비롯한 고려시가에서 음악적으로나 문학적
으로 하나의 단위가 되는 구절에서 앞부분보다 뒷부분에 보다 적은 말을
놓는 현상에 주목하게 된다. 그리고 그것이 그리된 이유를 율격에서 짐작
해 본다. 즉, 이러한 말놓기가 형성된 율격적 요인이 '말은 길게, 소리는
짧게(語短聲長)' 또는 뒷 부분을 약하게 하여 유장함을 느끼게 하는 한국
음악의 특성10)과 관련되리라는 점을 생각볼 수 있게 된다. 〈청산별곡〉이
나 〈한림별곡〉 또한 마찬가지로 그러하여, '살어리/살어리/랏/다'와 '元淳文
/仁老詩/公老四/六'과 같은 박절(拍節) 분배를 보여 준다. 그렇다면 노래말
의 의미론적 구분은 세 마디인데 그 음악적 박절은 넷으로 이루어지는 특
징을 확인하게 된다. 우리 민요를 두고 '선율적인 민요에서 3음보가 두드
러진다'고 말하는 것은 그 근원이 이러한 음악적 박절에 있는 것이므로 이
를 두고 음보(音步)라는 용어를 쓸 수 있겠는지 의문이다.11)

이 점과 관련하여 〈서경별곡〉, 〈정석가〉, 〈가시리〉에 나타나는 '나눈'의
정체를 생각해 볼 필요도 느낀다. 세 노래에서 이 말이 나타나는 위치에
주목하면 그 앞의 말이 2음절로 되어 있음을 보게 된다. 다른 부분이 3음
절 이상으로 되어 있는 것에 비해 적은 음절수이다. 이 숫자만으로 미루어
본다면 가창적 박절 구조에서 모자라는 부분을 채우는 이른바 '소리는 있
고 노랫말은 없음(有聲無詞)'12)에 해당하는 것이 아닌가 의심해 본다.

〈가시리〉의 악보는 이러한 구조를 짐작할 수 있게 해 준다.13)

---

10) 이혜구, 『한국음악서설』, 서울대출판부, 1975, pp.425~429.
    장사훈, 『최신 국악 통론』, 세광음악출판사, 1985, pp.34~35.
11) 음보(音步)라는 용어가 음운상의 자질을 요건으로 하는 것이고 보면, 가창 질서에
    의한 작시로 이루어진 의미론적 구분은 '마디'가 적당할 것임을 필자는 『한국시가
    구조연구』(1976)와 『우리 시의 틀』(1989)에서 거듭 논의한 바 있다.
12) 이를 가리켜 여음, 후렴 등으로 부르는데 그것이 마땅하지 않다는 것은 성호경(『한
    국시가의 유형과 양식 연구』, 영남대출판부, 1995)이 지적한 바 있다.
13) 그렇기는 해도 '잡ᄉᆞ와 두어리마ᄂᆞᄂᆞᆫ'과 '선ᄒᆞ면 아니올셰라'에 '나ᄂᆞᆫ'이 삽입되지 않
    은 것은 여전히 해명되지 않는다.

가	시			리			가			시	리		
이		쏘	나		눈								
브		리	고		가				시	리			
이		쏘	나		눈					위			
증			즐		가								
大			평		聖					代			

〈서경별곡〉은 악보에 실린 것과 같은 첫 연의 음악을 뒤이어 되풀이했을 것이라는 가정을 가지고 재구성해 본다면,14)

긴		히				쏜				
아	즐					가				
긴		힛	쏜			그		츠	리	
잇		가	〔나〕			〔눈〕			위	
두			어	렁		셩		두	어	
						렁			셩	
다	링			디		러			리	

信		잇				쏜				
아	즐					가				
信		잇	든			그		츠	리	
잇		가	〔나〕			〔눈〕			위	
두			어	렁		셩		두	어	
						렁			셩	
다	링			디		러			리	

---

14) 노랫말에 〔 〕표를 한 곳은 첫 연에서는 노랫말이 없는데도 말 놓기의 재구(再構)에서 새로이 들어간 부분임을 표시한 것이다.

배	[타]		들			면			
아	즐					가			
배	[타]		들	면		것		고	리
이		다		[나]	[ㄴ]				위
두			어	령		셩		두	어
						렁			셩
다	링			디		러			리

와 같은 말 놓기를 재구해 볼 수 있고, 〈정석가〉의 경우도

		딩	아		돌			하	
		當	今		에				
계	샹				이			다	
		딩	아		돌			하	
		當	今		에				
겨		샤	이		다	先	王		
					盛	代	예		
노					니		ㅇ		
와	지	이	다						

와 같은 악보에 따라서 다른 연들의 말 놓기를 재구해 보면, 말의 배열이 동일하지 않아 다소의 문제가 없지 않지만, 대체로 다음과 같은 모습의 가능성을 추정할 수 있다.15)

---

15) ( ) 표시는 원래 노랫말이 있던 자리에 공백이 생긴 것을 뜻하는 표시임.

			삭	삭		기				( )	
			셰	몰		애					
별	헤					**나**		**논**		( )	
			삭	삭		기				( )	
			셰	몰		애					
별		헤	**나**		**논**			( )		( )	
						구		은		밤	
닷						되				를	
심	고	이	다								

이러한 말 놓기는 하나의 추정이기는 하다. 그러나 절가(節歌)의 형식으로 되풀이되는 노래에서 우리가 확인할 수 있는 것은 음악적 절주와 말의 호흡이 대체로 큰 변화 없이 되풀이된다는 점이다. 그렇기 때문에 말 놓기의 또다른 변형을 생각한다 하더라도 노랫말의 의미를 구현하는 부분이 아닌 데서 변화가 일어날 가능성이 높다고 할 수 있다. 따라서 굳이 또다른 변형을 추정한다면 다음과 같은 말 놓기도 생각해 볼 수 있다.

			삭	삭		기				( )	
			셰	몰		애					
별	헤		**나**		**논**					( )	
			삭	삭		기				( )	
			셰	몰		애					
별		헤	**나**		**논**		구		은		
					밤		( )		( )		
닷					되				를		
심	고	이	다								

이러한 말 놓기의 추정이 그런 대로 타당하다고 인정된다면, 그리고 이 밖에도 〈청산별곡〉의 '멀위랑 ᄃᆞ래랑 먹고'의 '먹고'가 『시용향악보』에서는 'ᄠᅡ먹고'로 된다든가 하는 등의 변화도 박절에 따른 말 놓기의 차이에 따라 생겨나는 차이로 볼 수 있다는 점을 감안한다면, '나는'[16]뿐만이 아니라

'아으'나 '위' 등의 표현이 음악적 이유로 사용된 조율적 요소임을 추정할
수 있지 않을까 한다.17)

고려시가의 문어적 표현

지금까지 고려시가를 지배한 음악적 조건을 생각해 본 것인데, 이는 고
려시가가 강한 가창적(歌唱的) 질서 위에서 작시(作詩) 또는 변개(變改)되
었음을 확인하게 해 준다. 그런데 같은 가창(歌唱)이라고는 해도 성격을
다소 달리하는 것이 있음도 주목된다.

작자가 정서(鄭敍)로 밝혀진 〈정과정(鄭瓜亭)〉이 그것인데, 앞에서 살핀
네 가지 측면에서 보건대 이 노래는 이질적이다. 이 노래의 앞 부분이 이
제현(李齊賢)의 〈소악부(小樂府)〉에 실린 점으로 보거나, '넉시라도 님은
흔디 녀겨라 아으 벼기더시니 뉘러시니잇가'가 〈만전춘〉에 '넉시라도 님을
흔디 녀닛景 너기다니 벼기더시니 뉘러시니잇가 뉘러시니잇가'로 수용된
것으로 보아 이 노래가 매우 널리 유통되었던 것으로 여겨도 좋을 것이다.

그럼에도 불구하고 앞의 네 가지 측면이 두드러지지 않는 것을 보면 구
비성보다는 문어성(文語性)이 더 강하다는 느낌을 갖게 한다.18) 여기서
문어성(文語性)이라고 한 것은 옹이 말한 문자적 사고의 성격으로 보아야
할 것이다. 고려시가의 이러한 특징은 흔히 악장으로 분류되는 〈용비어천
가(龍飛御天歌)〉에서 발견할 수 없는 모습인데, 이는 고려시가의 구비성과
는 달리 〈용비어천가〉가 문자성에 더 기울어진 작시 과정을 거쳤던 것으로
뒷받침되는 특성이기도 하다.

---

16) '나눈'의 모습은 〈학연화대처용무합설(鶴蓮花臺處容舞合設)〉에 들어 있는 〈북전(北
殿)〉에서도 볼 수 있다.
17) 노래 중간에 삽입되는 조율적 유성무사(有聲無詞)의 표현과 노래 말미에 있는 '얄
리 얄리' 등의 표현을 동일시할 수 있겠는지는 그래도 의문이다. 기능을 생각해 보
더라도 중간의 것은 음악적 박절의 조율에 더 중점이 놓일 것이고, 말미의 것은
노래 전체의 분위기 조성에 비중이 있지 않을까 싶고, 그렇다면 동질적이라 하기
어려울 것이다.
18) 최용수(『고려가요연구』, 계명문화사, 1996)는 고려시가를 군신가(君臣歌)와 민요
의 두 유형으로 나누고, 〈정과정〉을 군신가 중 '호소'로 분류하고 있다.

이런 점은 〈만전춘〉에서도 발견된다. 반복적 병렬을 노래의 자질로 원용하고 있기는 하지만, '경경고침상(耿耿孤枕上)'이나 '소춘풍(笑春風)' 등의 표현은 이미 구비성과 거리를 두고 있는 표현이라고 할 수 있다. 추정하건대 이는 조선시대에 활발하게 창작된 시조나 가사들에서 볼 수 있는 '청산리 벽계수(靑山裏碧溪水)'와 같이 범주화의 추상도가 높은 문자적 사고의 흔적이라 할 수 있겠다. 이 작품이 혼성이라든가 시기적으로 늦은 것이라는 점이 지적되는 것도 이런 요인과 무관하지 않을 것이다.

〈한림별곡〉도 문자적 사고의 경향에 드는 작품이라는 점은 분명할 듯하다. 사물의 목록화가 구비적 특성을 지닌다는 지적은 있지만, 구비적 전승의 유래를 가졌다는 사실에도 불구하고 문자적 사고의 특징인 범주화의 경향을 '위 景ㅅ긔 엇더ㅎ니잇고'에서 드러내 보인다고 할 수 있다.

고려시가는 민요였을까

고려시가가 가창물(歌唱物)이라는 점은 새로운 사실이 아니고, 중요한 것은 그 가창이 어떤 맥락에서 이루어졌고 또 어떻게 받아들여졌을까 하는 점이다. 이 점에서 고려시가는 일률적으로 말하기 어려울 정도의 다양성을 지녔음이 표면적으로도 추정되고, 그 다양성 때문에 논의가 쉽지 않았고, 그 어려움 때문에 여러 견해가 제시되기도 하였다. 구비성과 기록성을 살피는 이 자리에서도 어려움은 여전하다.

고려시가 가운데는 〈가시리〉처럼 순우리말 표현으로 된 것이 상당하지만 〈한림별곡〉처럼 한자어로 연결된 것이 있어 문체의 다양성을 보여 준다. 또 〈청산별곡〉처럼 연장체 또는 절가(節歌)라고 하는 형식이 있는가 하면, 〈이상곡〉처럼 연(聯) 나누기가 어려운 형식이 있어 분절의 다양성을 보여 준다. 〈정읍사(井邑詞)〉처럼 긴 가사가 일관성을 가지고 이어진 노래가 있는가 하면 〈사모곡(思母曲)〉이나 〈유구곡(維鳩曲)〉 또는 〈상저가(相杵歌)〉처럼 긴 노래의 한 부분인지, 아니면 그것으로 끝난 짧은 노래인지 구별이 가지 않는 것도 있다.19)

이렇듯 그 성격이 다양함에도 불구하고 '속요(俗謠)'라는 명칭을 쉽사리 부여했던 초기의 연구들은 이것이 가창되었다는 점에 일차적으로 주목한 결과라 할 수 있다. 그 말하기의 방식이 민요의 그것과 흡사할뿐더러 그 정조(情調)가 시조나 가사의 그것과는 매우 다르기 때문이었다. 그러나 이 것이 민요와 연결될 수 없다는 견해는 우선 음악의 성격과 연행 환경의 이 질성을 주요 논거로 하여 이를 부인한다.

여기서 이런 의문이 제기된다. 고려시가가 구어적 특성이 강하고 가창된 것임에도 불구하고 민요와는 다르다면, 그렇다면 그것은 고려 궁정만이 지 닌 특유의 음악 질서를 새로이 창안하여 구축한 것이라고 해야 할까? 아악 (雅樂)이나 당악(唐樂)이 송(宋)나라로부터 영향을 받은 점을 생각하면 그 럴 수도 있겠으나, 〈정읍사〉 등과 같은 경우를 생각하면 향악(鄕樂)이 삼 국시대의 그것이나 그 연장인 당대(當代)의 음악 문화와 전혀 무관할 수는 없다고 생각하는 것이 오히려 순조로울 듯하다. 향가의 잔영으로 〈도이장 가(悼二將歌)〉며 〈정과정(鄭瓜亭)〉을 논의할 수 있는 근거도 여기에 있다.

궁중 음악이었던 고려시가가 당대(當代)의 음악과 관계를 가졌을 가능성 은 그 연희를 둘러싼 환경에서 찾을 수 있지 않을까 한다. 『고려사』 악지 (樂志)는 고려의 속악으로 〈무고(舞鼓)〉, 〈동동(動動)〉, 〈무애(無㝵)〉의 셋을 들었고, 『악학궤범』에 오면 이것이 정재(呈才)로서 더욱 다듬어진 모 습을 보게 된다. 정재란 노래와 춤 등의 재예(才藝)를 연희하는 헌기(獻 技)를 뜻하는 것이고, 우리의 관심사인 고려시가는 춤과 함께 연희되었던 무곡(舞曲)이거나 유희곡이었다.20)

이 연희를 담당한 것은 기녀와 악공이었다. 그들의 음악은 성현(成俔)의 『악학궤범』 서문에 악(樂)은 '제사에 쓰는 것[有用於祭祀者]'과 '조회나 잔 치에 연주하는 것[有奏於朝會宴饗者]' 그리고 '향리에서 우리말로 익히는

---

19) 김흥규(고려속요의 장르적 다원성, 『한국시가연구』 창간호, 한국시가학회, 1997) 는 고려속요를 단일한 갈래로 보는 것이 온당하지 않으므로 그 성격을 구분하여야 할 필요성을 강조하면서 이 작품들을 가리켜 민요적 원질을 보존하고 있는 노래라 고 하였다.

20) 김병국(시조 발생의 문학사적 의의, 김열규외 편, 『고려시대의 가요문학』, 새문사, 1982)은 고려시가의 특정을 무무, 의식요, 유희요 등으로 규정하고, 여기서 시조 로 변화해 간 것은 개인적 서정시로의 변화라는 데 의미를 부여하였다.

것〔有習於鄕黨俚語者〕' 21) 세 가지로 그 용도가 구분되는데 향악 정재(鄕
樂呈才)는 바로 이 향당리어(鄕黨俚語)와 가장 관계가 깊은 것으로 이해할
수 있으며, 궁중 음악이라 해서 모두가 엄숙한 제의만을 연상할 필요는 없
겠다는 생각도 이래서 가능해진다. 궁정이면 궁정, 농촌이면 농촌을 오직
하나의 문화만으로 규정해 버리는 것은 사람의 삶을 바로 본 것이라고 하
기 어렵고, 연향(宴饗)이 시사하듯이 궁정의 위의(威儀)에 못지 않은 오락
또한 있었을 것을 상상하는 것은 자연스러운 일이 아닌가 한다. 기녀(妓
女)와 악공(樂工)들은 그런 필요 때문에 당악(唐樂)과 향악(鄕樂)의 정재
(呈才)를 연희했을 것이다.

고려시가는 민요가 아니었을까

그렇다면 기녀와 악공들은 그 음악을 어디서 구했을 것인가를 생각해 본
다. 고려 시대의 작곡이나 전수 환경이 어떠했을까를 짐작하게 하는 단서
는 그리 흔하지 않고, 오늘날의 가곡이나 가사 또는 판소리 등의 전수가
구전심수(口傳心授)로 이루어지는 것을 통해 그러한 방법에서 그리 크게
벗어나지 않았을 것으로 추정할 수 있다. 그러는 사이에 거기서 새로운 변
주가 생겨나면 시나위니 거문고의 '류' 또는 판소리의 '제'와 같은 것이 새
로이 등장하고 전수되고 발전하는 것과 크게 다른 바가 있었을 것 같지는
않다.
새로운 곡목의 탄생이 대체로 이러했다는 것은 충렬왕(忠烈王)으로 대표
되는 궁중 분위기에 대한 기록과 김원상(金元祥) 등과 석천보(石天輔) 등
이 관련되었다는 남장별대(男粧別隊)에 대하여 다시 생각할 필요를 느낀
다. 남장별대를 만드는 데 전국의 무녀와 기녀를 뽑아 올렸다는 고려사의
기록은 향당리어(鄕黨俚語)의 음악이 궁중에 들어오는 일반적 경로를 추리
할 수 있게 해 준다. 궁중의 기녀와 악공은 재능이 있는 사람들로 충원되
는 것이 일반적이었을 것이고, 남장별대 사건은 그 규모가 컸거나 세인의

---

21) 我國之樂有三 曰雅 曰唐 曰鄕 有用於祭祀者 有奏於朝會宴饗者 有習於鄕黨俚語者

관심을 끌었기에 후대에 기록까지 되었을 것이다.

이런 과정은 세간의 음악이 궁중에 유입되는 경로로 아주 자연스러워 보인다. 궁중으로 들어오는 재인(才人)들은 그들의 음악적 재능만이 아니라 세간의 음악도 함께 가지고 왔을 것이다. 물론 그 음악의 성격을 추정할 단서는 없다. 그러나 그들이 무녀나 기녀 가운데서 선발이 되었다면, 그리고 실제로 궁중에 와서 음악에 종사할 재능을 지녔다면 그 음악은 〈논매기소리〉나 〈어사용〉 같은 노동요는 아니었을 것이다. 기녀나 무녀는 최소한 〈수심가〉나 〈육자배기〉 정도의 선율요에 능하거나, 세간에서도 그런 것을 연희하는 일에 종사했으리라고 보는 것이 마땅하다.

그들이 가지고 온 음악이 새로운 것이고 연희의 조건이 마땅한 것이면 궁중이라는 음률의 기조에 맞게 새로이 조율되고 그에 따라 노랫말이 손질되었을 것이다. 〈정과정〉이 문어적(文語的) 특성을 지녔음[22]에도 불구하고 '아으'라는 조음구가 세 번이나 들어간 것도 음악적 재편으로 볼 수 있고, '西京이 아즐가'에서 보는 것과 같은 '아즐가'가 의미 맥락과 무관하게 되풀이되는 것도 그런 데서 연유할 것이다.

이렇게 추정하고 보면 〈동동〉의 '녹사(錄事)님'도 이해가 된다. 녹사(錄事)는 하급 벼슬이어서 궁중에서 언급하기에는 어울리지 않는다는 것은 궁중의 노래가 궁중인의 시점에서 작사된다는 기준에서 본 판단이라 할 수 있다. 그러나 궁중의 구성원이 함께 노래할 것이 아닌 바에야 기녀는 기녀의 시점에서 노래하고 구경꾼은 그들의 재주를 즐기면 되었다고 추정해 볼 수 있다.

그렇게 해야 〈쌍화점(雙花店)〉이 지닌 우유성(寓喩性)에도 불구하고 그것이 궁중 연희로 통용될 수 있었던 상황을 이해할 수 있다. 만약에 김원상(金元祥)이나 석천보(石天輔) 등이 이것을 작시했다면 그와 같은 간신들이 오늘날 우리가 해석하는 것과 같은 사회적 의미를 함축하는 노래를 지었을리가 만무하고, 당사자인 임금 또한 자신의 귀에 거슬리는 내용으로 추정되는 것을 감지했다면 그것을 천연덕스레 즐기기만 하지는 않았을 것[23]이 분명하므로 세간의 노래를 그저 뜻없이 들었다고 해야 자연스럽다.

---

22) '잔월효성(殘月曉星)'이라는 표현이 그 단적인 예가 될 수 있다.
23) 이 점에 대해서는 김대행(〈쌍화점〉의 반전 구조, 『고려시가의 정서』, 개문사, 1986.

이러한 추정이 타당하다면 지금까지 논란이 되어 온 고려시가의 민요적 맥락에 대한 찬반론은 지나치게 명목에 기울었던 데서 야기된 것이 아닌가 싶다. 민요라고 하면 민중과 비전문성을 먼저 전제하는 농사소리 중심의 정의에 치중한 데서 민요 무관설이나 유식한 작자층설이 제기된 것으로 해석되기 때문이다. 그러나 민요 가운데는 소리꾼 민요라고 해서 전문적인 창자라야 능히 해 낼 수 있는 수준의 음악이 있고, 그것은 주로 세속적 의미의 정재(呈才)라고 할 수 있으며, 그것을 담당하는 것은 훈련된 기능인이었고, 그들이 주로 기녀나 무가였던 것은 후대의 상황으로 미루어 추정이 가능하다.

결국 궁중에서 정재(呈才)로 연행되던 시가들은 세간의 전문적 창자들이 노래하던 것을 기반으로 했으며, 음악의 성격이 다른 데서 오는 차이는 궁중의 음률에 맞게 재편되었을 것이다.

그 흔적을 우리는 〈동동〉의 기구(起句)나 〈정석가(鄭石歌)〉의 첫 연이 그 나머지 문맥과는 다소 동떨어진 느낌을 주는 데서 발견하게 된다. 또 〈가시리〉의 문맥에 어울리지 않는 '위 증즐가 태평성대(大平盛代)'라는 표현에서도 이를 확인할 수 있다.

또 〈정석가〉와 〈서경별곡〉에 공통되는 '구슬이 바위에 지신들…'이 당대에 널리 유포되었던 증거를 이제현(李齊賢)의 〈소악부〉24)에서 찾으면서, 이러한 근거를 통해, 인구에 회자되던 그 구절이 궁중에서 재편되는 두 노래에 공통되게 나타났음을 추정할 수 있게 된다.

그런가 하면 〈만전춘〉의 매우 이색적으로 보이는 연들의 조합이나25) 마

---

pp.196~197)이 논의한 바 있다.

24) 『익재난고(益齋亂藁)』 제4 〈소악부(小樂府)〉. 縱然岩石落珠璣 纓縷固應無斷時 與郎千載相離別 一點丹心何改移

25) 성현경(〈만전춘별사〉의 구조, 한국어문학회 편, 『고려시대의 언어와 문학』, 형설출판사, 1982)은 이 〈만전춘〉이 매우 통일적인 구조로 되어 있다고 한 바 있다. 같은 작품을 두고 '이질적' 혹은 '통일적'이라는 상반된 견해가 제시되는 것은 그 관점의 차이에서 비롯되는 현상으로 보인다. 제아무리 무질서한 것들이라 할지라도 하나의 제목 아래 모일 때에는 그 나름의 통일성을 지니게 마련이다. 그럼에도 불구하고 그 이질성을 드러내는 것은 그들 사이에 상당한 거리가 보이는 측면이 있기 때문이다. 미시적으로 보는가 거시적으로 보는가, 소재적으로 보는가 주제적으로 보는가 등의 관점 차이가 여기 관계한다.

지막 구의 '원대평생(遠大平生)에 여흴술 모르읍새'의 동떨어짐도 역시 이런 음악적 재편의 연장선에서 이해할 수 있다. 또 정석가(鄭石歌)의 연마다에서 되풀이되는 첫구의 반복, 또 고려시가의 특징이라 할 수 있는 유성무사(有聲無詞)의 빈번함까지도 또한 음악적 재편 과정의 산물임을 생각할 수가 있게 되며, 그 기반은 민요라 할 수 있게 된다.

말노래로서의 고려시가

살펴 온 바와 같은 추정이 타당한 것이라면 다음과 같은 해석도 덧붙일 수 있을 것이다. 고려시가를 전해 주는 『악장가사』나 『시용향악보』 같은 문헌은 궁중악 담당층 또는 그에 준하는 능력을 가진 쪽에서 출판하였을 것이며, 그것은 전문적 창자 또는 연주자들을 위한 교과서 역할을 했을 것이라는 점이다. 여지껏 이 문헌들의 성격이 후련하지 않았던 것은, 이들이 수록하고 있는 곡목들의 성격이 노동요에 가까운 것, 정재에 포함된 것, 경기체가라고 불리우는 조선초기의 창작곡 등으로 종잡기 어려울 정도로 다양한 데다가 심지어 무가(巫歌)들까지 수록되어 있어서 성격을 짐작하기 어려웠던 데서 비롯한다.

그러나 고려시가에 기반이 된 민요적 성격을 전문적 가창자의 그것으로 규정한다면, 그것을 연희하고 전수하기 위한 교재로서의 출판은 쉽사리 이해된다. 목판본은 개인의 힘으로 엄두를 낼 수 있는 일이 아니므로 궁정의 것이라고 하고, 그러자니 그 성격이 매우 무잡해 보이는 의혹에 대하여, 궁정이라고 하면 군왕과 그에 준하는 인물만을 연상하는 데서 벗어남으로써 그 가능성을 설명할 수가 있게 된다.

여기서 한 걸음 더 나아가 후일에 나온 안상(安瑺)의 『금합자보(琴合字譜)』나 양덕수(梁德壽)의 『양금신보(梁琴新譜)』 또는 서명응(徐命膺)의 『대악후보(大樂後譜)』 등이 보여 주듯이, 이러한 음악들이 딱히 궁중이 아닌 상층인들의 음악으로 한 문화를 이루고 있었으며, 그 자리를 점차 가곡에 물려 주었다는 점, 그리고 정현석(鄭顯奭)의 『교방가요(敎坊歌謠)』가

보여 주는 것과 같은 정재(呈才) 연희의 부분적 민간 전승을 확인하기에
이르면 고려시가의 상충문화성은 타당성을 갖게 된다. 조선조의 모습에서
보는 바와 같이, 그리고 유행에서 보는 바와 같은 문화적 차별성은 그 생
산과 향수라는 유통을 통하여 사회적 정체감을 획득하는 데 있음26)을 재
삼 확인하게 된다.

지금까지의 논의를 또 다른 측면에서 살피는 것으로 보완하고자 한다.
그것은 고려시가의 노랫말에서 방언 표기를 전혀 발견할 수 없다는 사실이다.

우리가 볼 수 있는 자료들은 하나같이 조선시대에 나온 것이므로 서울
방언으로 표기되어서 그렇다면 문제는 간단하다. 그러나 상당한 세월이 흐
른 뒤에 기록된 것이라 할지라도 지역적 특성을 가진 것이라면, 그 흔적을
남겼을 가능성이 있다. 그러나 고려시가는 그런 자취를 보여 주지 않는다.

이것을 넓은 유통의 결과로 보고자 한다. 오늘날에도 지역성이 강한 노
래들은 방언으로 불리고 채록되는 반면, 유통이 비교적 널리 이루어진 소
리꾼 민요들은 음악의 지역적 특성에도 불구하고 방언의 흔적이 적다. 판
소리가 그 대표적인 예인데, 그 어조의 특이성이나 아니리 부분에서 현장
감이나 극적 효과를 겨냥하는 의도를 제하고는 대체로 방언적 특성을 버리
는 경향이 있다. 그 반증으로 신재효(申在孝)의 〈남창 춘향가(男唱春香
歌)〉 중 변학도 생일잔치에서 기생이 불러 준 〈권주가(勸酒歌)〉가 "잡으랑
께 잡으랑께……"하는 방언으로 되어 있는 것을 들 수 있다. 호남지방의
문화를 바탕으로 한 판소리이면서도 이런 표현이 매우 특이하게 느껴지는
것은 신재효의 웃음을 겨냥한 의도의 산물로 이해할 수 있다. 이런 것도
고려시가의 구비성을 설명해 주는 한 단서가 되지 않을까 한다.

그러고 보면 고려시가는 그 작시 원리로서 구어적 성격을 바탕으로 하고
있으며, 그 향유와 전승에서 두루 구비성을 바탕으로 하고 있다는 결론에
이르게 된다. 지금 우리가 볼 수 있는 것이 문헌의 기록에 한정되기는 하
지만 그 자질은 구어적 성격으로 파악하는 것이 정당할 것이다.

마지막으로 용어를 정리해 두고 싶다. 앞부분에서 거론은 했지만 깊이
따지지 않고 사용해 온 '구비성'과 '기록성'이라는 용어는 차라리 '구어성'과

---

26) du Gay, Paul ed., *Doing Cultural Studies*, Sage, 1997.

'문어성' 아니면 '구술성'과 '문필성'으로 바꾸어 부르는 것이 고려시가를 논의하는 데는 오히려 적절하지 않을까 한다. 구전된 결과에 주목하여 논의한다면 몰라도, 고려시가처럼 구전된 것은 분명하되 어느 시점에서 고정되어 버린 것을 두고 구비성을 말하는 것은 무의미할 수도 있거니와, 우리가 보다 관심을 가져야 할 부분은 작시에 작용한 사고의 특성이 아닐까 한다.

노래하기와 세상 살아가기

'문학성'이라는 것

'꽃 피는 동백섬에 봄이 왔건만…'으로 시작되는 조용필의 〈돌아와요 부산항에〉는 문학인가 아닌가? 그것은 시(詩)인가 아닌가? 또 사설시조와 혹종의 관련을 깊게 지니고 있다고 말하기도 하는 랩 음악의 노랫말은 시인가 아닌가?—이런 질문에 딱부러지게 '그렇다' 아니면 '아니다'로 대답할 수 있는 사람이 얼마나 될까?

그런 망설임에는 문학은 얼마간 고상한 것이라는, 그래서 속된 모든 것을 다 뭉뚱그려 말하기가 고약하다는 생각이 담겨 있다고 본다. '문학(文學)'이라는 용어 자체에 들어가 있는 '문(文)'이 글을 뜻하는 것이고, 영어 쪽의 'literature'도 어원이 글과 관계가 깊다는 생각이 먼저 되면 대중가요를 문학으로 인식하기가 쉽지 않다.

그러나 질문을 조금 바꾸어 보면 좀 다른 상황이 벌어진다. 대중가요가 문학과는 좀 다른 어떤 거리를 두고 있다는 생각에 근거를 두고 〈춘향전(春香傳)〉이 문학인가 아닌가를 판단하라면 질문이 잘못되었다고 나무라기까지 할지 모른다. 그 까닭은 〈춘향전〉이야말로 우리의 고전 가운데 고전이라는 딱 박힌 상식이 자리잡고 있기 때문이다.

생각해 본다. 〈춘향전〉과 〈돌아와요 부산항에〉가 무엇이 다를까? 하나는 소설이요, 하나는 대중가요라고 할 것이다. 그러나 〈춘향전〉은 판소리 〈춘향가〉를 글로 옮겨 놓은 것이요, 그래서 〈춘향전〉의 여러 이본들 가운데서도 완판본 〈열녀춘향수절가〉를 대표격으로 인식하고 있는 것이다. 그런데 판소리야말로 대중의 지지와 그들이 지불하는 경제적 대가에 의해서 창작되고 향유되고 변전해 온 것이 아닌가?

그래서 질문은 다시 원점으로 돌아간다. 도대체 문학인 것과 아닌 것의 구분은 무엇인가? 이 문제에 답하기 위해서는 다시 질문을 바꾸어야 한다. 문학이 무엇인가가 분명해져야 그에 비추어 어떤 것을 문학인가 아닌가로 구분할 수 있기 때문이다. 그래서 이런 질문이 남게 된다. 도대체 문학이란 무엇인가?

그런데 문학을 업으로 삼는 사람을 가장 곤혹스럽게 하는 질문 가운데 하나가 '문학이란 무엇인가'하는 것이다. 누구나 대답은 할 수 있지만 그 어느 것도 만족스러울 수는 없음은 물론이다. 어떤 경우에는 '대도무문(大道無門)'과 같은 선문답이나 '소이부답(笑而不答)'과 같은 알 듯 모를 듯한 눈짓이 오히려 어울릴 수도 있다.

이 글도 그런 곤혹스러움을 안고 있기는 마찬가지다. 그러나 노래를 노래로만 여기고 문학과는 거리가 있는 것으로 생각하는 것은 오늘날의 대중가요에 대한 편견에서 비롯한 것이라는 생각도 해 본다. 대중가요도 엄연한 문학이다. 이 말은 노래와 시가 별개의 것이 아니라 시대적인 관습의 차이일 따름임을 뜻한다. 그래서 문학성을 생각한 다음에 고려시가를 주된 대상으로 삼아 말노래와 글노래의 양면성을 따로 생각해 보려는 것이다.

고려시대의 시가를 총칭하는 명칭으로 '고려시가'를 사용하는 것을 호사취미라든가 괴팍성으로 바라볼 필요는 없다. 흔히 통용되는 용어로 '고려가요'가 보편적이고 그렇게 사용되어도 무방하다고 본다. 그러나 '고려가요'라는 용어는 '속요(俗謠)'라는 말과 친근해 보이는 관계로 '경기체가(景幾體歌)'라는 것을 포괄하기도 하고 못하기도 하는 용어상의 넘나듦이 있어 보인다. 그런 혼란이나 오해를 없애고 고려시대에 불렀던 노래 전체를 아우르기 위해 이런 용어를 굳이 사용하고자 한다.

새삼스러운 말이 되겠지만, 고려시대의 시가는 음악으로 연창(演唱)되던 것이다. 따라서 고려시가를 논의하려면 음악과 문학의 복합성을 먼저 생각하는 일이 필요하다. 더구나 고려시가 중 어떤 것은 정재(呈才)라는 형식으로 춤과 함께 연행되었던 기록도 남아 있다. 이런 점에서 본다면 고려시가는 여러 예술의 종합성까지 지니고 있는 셈이다.

이처럼 다면적인 대상을 논의하는 시각이 어느 한 국면에만 치중된다는 것은 결코 바람직하다고 하기 어려울 것이다. 그러나 아무리 종합적이고 입체적인 대상이라 할지라도 그 이해나 설명은 평면적이고 순차적이며 부분적일 수밖에 없다. 이 점이 이 방면에 대해 인간의 지혜가 갖는 한계다. 그래서 먼저 문학성만을 떼어 생각해 보려는 것이다.

욕망과 갈등의 보편성

고려시가를 대표하는 작품 가운데 하나라 할 수 있는 〈청산별곡(靑山別曲)〉은 오늘의 관점에서 보아도 흥미롭다. 그 첫 연은 이렇게 시작된다.

　　살어리 살어리랏다 청산에 살어리랏다.
　　멀위랑 ᄃᆞ래랑 먹고 청산에 살어리랏다.
　　얄리얄리얄랑셩 얄라리얄라

청산에서 살고 싶다는 이 첫 연 때문에 노래 전체의 제목도 〈청산별곡〉으로 굳어진 것으로 보이는데, 작품 속의 화자가 그리는 것은 청산만이 아니라 바다이기도 해서 제6연은 '해초며 굴조개랑 먹고 바다에 살어리랏다'로 이어진다. 가서 살고픈[1] 곳은 청산과 바다라는 것이 이 노래의 핵심인데, 산과 바다를 상징으로 이해하면 곧 온 세상이라는 말이 된다. 우리가 항용 '하늘과 땅'으로 온 우주를, '육지와 바다'로 온 지구를 뜻하는 것이

---

1) '살어리랏다'를 '살고 싶구나'로 풀이하거나, 아니면 '살아야 했을 것을'로 풀이하는 차이가 있다. 그러나 그 어느 쪽으로 풀이하거나 간에 '살고 싶다'는 소망을 담고 있다는 점에는 차이가 없다고 볼 수 있다.

이를 뒷받침한다.

그러고 보면 이 노래는 온 세상 어디든 가서 살고 싶다는 말이겠는데, 다만 거기 함축된 하나의 조건은 '지금 자신이 발을 디디고 있는 곳만 빼고'라는 것이다. 그러니 내 지금 사는 곳을 떠나 이 세상 그 어디인가 저 먼 딴 곳에 가서 살고 싶다는 뜻이 된다.

이것이 뜻하는 바를 두고 매우 꼼꼼한 해석이 이루어져 있다. 이를 실연(失戀)의 노래로 보았던 초기의 연구2)에 이어, 어떤 이는 여기서 삶의 근거를 잃은 유랑민의 고달픈 삶을 읽어 내기도 했으며3), 또 어떤 이는 고려시대에 변방의 국방을 위하여 강제 이주를 단행했던 역사 기록에서 근거를 찾아 그런 이주 때문에 겪게 된 실향(失鄕)의 결과라고 점치기도4) 했고, 소외된 선비들의 한탄 섞인 푸념 소리를 엿듣거나, 농민 반란군 또는 노예 혁명에 가담한 무리들의 쫓기는 심경을 간파하기도5) 하였으며, 유형(流刑)을 당한 상층인들의 심리적 비탄과 자진(自盡)을 감지하기도6) 하였다.

이 모두는 그럴 듯한 개연성을 갖는 해석이다. 그러나 여기서 한 걸음을 더 옮겨 볼 필요가 있다. 모두가 그럴 듯하다면 그것은 어느 한 가지로 규정하기보다 그 모두를 포함하여 해석함이 더 마땅함을 말해 주는 것으로 볼 수 있을 것이다.

사실 그러하다. 지금 자신이 몸담아 있는 곳이 아닌 그 어딘가에 늘 그려 오던 그런 세상이 있으리라고 그리며 사는 것은 인간이면 그 누구나 가지고 있는 아련한 꿈이 아니겠는가. 하루의 삶이 고단할 때, 직장의 이런저런 일로 마음이 어지러울 때, 혼탁한 도회지에서 우리의 마음이 황폐한 것을 느낄 때, 우리 육신과 마음을 아늑하게 해 줄 저 먼 곳 어딘가를 꿈꾸며 우리는 살아 왔고, 앞으로도 또 그렇게 살아 갈 것이다.

---

2) 조윤제, 『한국시가사강』, 을유문화사, 1954, pp.147~148.
   양주동, 『여요전주』, 을유문화사, 1955, p.307.
3) 신동욱, 청산별곡과 평민적 삶 의식, 김열규외 편, 『고려시대의 가요문학』, 새문사, 1982, pp.1~36.
4) 박노준, 『고려가요의 연구』, 새문사, 1990, pp.92~102.
5) 김학성, 『한국고전시가의 연구』, 원광대출판국, 1980, pp.133~139.
6) 윤영옥, 『고려시가의 연구』, 영남대출판부, 1991, p.228.

이를 일러 필자는 '피안지향성'으로 명명한7) 바가 있는데, 〈청산별곡〉이 많은 사람들의 마음에 유달리 호소하는 바가 큰 것도 우리 마음 속에 잠자고 있는 그 꿈을 건드려 주기 때문이라고 생각해 왔다.

그 증거도 충분하다. 김소월(金素月)의 시가 사람들의 사랑을 받는 이유 가운데 하나는 바로 이런 피안지향성(彼岸指向性)에 뿌리를 내리고 있어서라고 할 수 있다. 그의 〈엄마야 누나야〉는 곧 〈청산별곡〉의 현대판이라 할 만한데, 그와 꼭 같은 심성이 영국 시인 예이츠(W. B. Yeats)의 〈이니스 프리 호도(The Lake of Innisfree)〉에 그대로 드러나 있음을 보면 소월의 정서가 이 세상 어디서나 통하는 인간적 보편성에도 맥이 닿아 있음을 알 수 있다.

사람들에게 그러한 심성적 보편성이 있음은 욕망의 이론으로 충분히 설명될 수 있다. 인간에게 성취하고픈 욕망이 있게 마련이라는 점은 새삼스러운 이야기가 아니다. 욕망의 정도와 질이야 사람마다 다르겠지만, 욕망이 있기에 꿈도 마련되고 불만도 생겨난다. 그래서 그 건너편을 꿈꾸다 못해 형상화하기에 이른다.

이를 가리켜 역설적 상황 설정8)이라고도 할 수 있다. 역설이 수사학이나 분석적 개념의 차원을 넘어 인간 존재의 본질에 맥이 닿아 있다는 점을 길게 말할 필요는 없을 것이다. 이쯤 되면 〈청산별곡〉의 피안 지향은 고려시가의 수용 운운을 떠나 이 세상을 살아 가는 우리 모두가 원형질처럼 지니고 있는 것—그러니까 인간다움의 필요조건이 아닌가 싶다.

고려시가의 가치를 말하란다면, 그 꼭꼭 감추어져 있는 우리 심성의 한 모서리를 스스럼 없이 아주 자연스러운 언어로 드러내고 있는 점이 아닌가 싶다. 거기에 비하면 오늘날 우리는 말을 너무 어렵게 빙빙 돌린다.

---

7) 김대행, 『한국시의 전통 연구』, 개문사, 1980, pp.150~151.
8) 김대행, 『문학이란 무엇인가』, 문학사상사, 1992, pp.49~54.

피안 지향의 공감 원리

시―혹은 노래라고 해도 좋겠는데―그것은 본디가 거짓말의 세계라는 생각은 그런대로 설득력을 갖고 있다. 의사진술(擬似陳述) 운운하는 리챠즈 (I. A. Richards)식의 설명을 추종해서가 아니라, 시는 사실의 세계가 아니라 '말로 그러하다'고 외쳐서 마음을 가라앉히고, 잠들게 하고, 편안하게 하며, 즐겁게 하려는 것이라는 생각을 하기 때문이다.

시가 빈 찻잔에 커피를 남실거리게 하지는 못하는 법이고, 아무리 간절한 초혼(招魂)의 노래를 불러도 죽은 사람이 다시 살아 오게 만든 시는 있은 적이 없다. 그것은 다만 언어로 '대신하게' 하였거나, 아니면 언어로 '그렇게 있게' 하였을 따름이다.

우리의 논의를 분명하게 하기 위하여 시라는 말을 노래로 바꾼다고 해도 마찬가지이다. 노래는 다만 흔들리는 마음을 고요하게 해 주기도 하고, 방황하는 넋을 길찾아 잠들게 하는 힘을 가질 따름이다. 그것은 현실적 실재 (實在)가 아니라 언어적 실재(實在)다.

노래에 대하여 이런 생각의 축을 따라 가노라면 〈청산별곡〉과 다시 만나게 된다. 지금 여기가 아닌 피안(彼岸)을 그토록 갈망하던 그 작품 속의 화자는 거기도 영원한 안식처는 아님을 이내 알아차린다. '올 이도 갈 이도 없는 밤은 또 어찌할'(제4연) 것이며, '너처럼 시름 많은 나도 자고 일어 우니는'(제2연) 그 곳. 그래서 자신의 위안은 '사슴이 장대끝에 올라 해금을 켜는 것을 들으며'(제7연) 또 '살진 강술을 빚어 소매를 잡는'(제8연) 술과 놀이의 세계에서 위안을 구하고 만다. '노세 노세 젊어서 놀아'의 고려판이라 할 만하다.

〈청산별곡〉만 그런 것이 아니다. 절절이 간장이 타는 노래라고 극찬해 마지 않았던 〈가시리〉의 세계는 무엇인가? 그것이 이별의 안타까움에만 머물지 아니하고 '설운 님 보내옵나니 가시는듯 다시 오소서'라는 기원과 다짐을 둠으로써 잡은 소매를 놓을 수 있었던 것은 말을 통해 심리적 실재가 구축된 결과라 할 수 있다.

〈서경별곡(西京別曲)〉에서도 같은 모습이 확인된다. '구슬이 바위에 떨어진들 끈이야 끊어지리까'라고 다짐을 하고서야 이별로 흔들리는 마음을 가다듬을 수 있었음은 노래가 하는 구실을 극명하게 보여 주는 것이고, 이러한 공감은 고려시가가 지닌 문학적 성격에 대한 논의의 시각을 정서의 문제로 집약하게 해 준다.9)

정서 유발의 두 유형 - 1) 결손(缺損)

작품의 질에 대해서 찬반이 엇갈리고 있는 〈가시리〉의 경우를 가지고 생각해 보기로 한다. 이 노래가 현대적인 시론의 공세 앞에 다소 무력한 것은 아무런 형상화의 장치도 지니고 있지 않다는 점 때문이다. 오로지 이런 관점에서만 문학을 보고자 하는 사람들에게는 이 작품이 별반 두드러진 가치를 인정받기 어렵다. 그러나 그에 대한 반론도 만만치 않다. 이 작품이야말로 진솔한 감정을 곡진하게 표현해서 시가 작품의 백미를 보이고 있다는 것이 찬사의 한 모습이다. 이렇듯 상반된 평가는 문학을 보는 관점의

---

9) 이러한 특성이 과연 고려시가만의 것이라고 할 수 있는가 하는 의문이 제기된 바 있다. 그 의문은 조선시대의 '만횡청(蔓橫淸)'류 또한 유사한 정서를 지니고 있다는 논거를 바탕으로 설득력 있게 제시되었다. 이에 대한 나의 의견은 이러하다. 단적으로 말해서 고려시가가 조선 초기에 지어진 것이 분명한 시조들과는 심리적 동태가 다르다는 것을 확연하게 느낄 수 있다는 데서 특질론은 가능해진다고 할 수 있다. 그 동태의 차이는 인간 보편의 욕망에서 비롯된 갈등의 문제인가, 아니면 특정한 삶의 조건과 관련된 것인가에 있다. 향가의 경우를 두고 말하더라도 〈제망매가〉는 보편적 심성의 문제라 할 수 있으되 〈찬기파랑가〉와 〈모죽지랑가〉는 그렇게 말하기 어려울 것이다. 〈제망매가〉조차도 특정 종교의 영향권에서 그다지 자유롭지 못하다는 점에서 고려시가와의 차이를 말할 수도 있겠다. 그리고 만횡청류가 보편적 갈등의 문제로 나아가고 있음을 볼 때, 언제 어디서도 이러한 욕망과 갈등의 문제는 공통된다고 말하는 것은 이 논의와 별개의 문제라 할 수 있다. 문학사에서 늘 문제되는 것이기도 하지만, 여름에도 지는 나뭇잎은 있게 마련이되 그것을 일러 가을의 징후라고는 하지 않는다. 또 한 잎의 단풍이 물들었다 해서 천하에 가을이 왔다고는 하지 않는다. 그러나 고려시가의 작품 수효가 워낙 적다는 것, 그래서 산술적 통계가 별다른 의미를 지니기 어렵다는 점은 이미 앞에서 말한 바 있다. 중요한 것은 이것이다. 인간의 활동을 환원적으로 살피면 모두가 '인간은 결국 인간'이라는 단 하나의 명제로 축약되어버린다는 점이다. 문학의 이해도 인간의 이해를 벗어나지 않는다는 점에 나는 강조점을 둔다. 특질론은 원심적(遠心的)이라는 점에서 환원론의 구심적(求心的) 시각과는 거리를 갖는다고 할 수 있다.

차이에서 비롯되는 것으로 이해할 수 있다.

이 작품에 대한 혹평이 엄존함에도 불구하고 그것을 내팽개쳐버리거나 일방적으로 폄하하기만 하는 것보다는 다시 꺼내어 읽고픈 마음이 생기게 되는 것은 무엇에서 연유하는가? 그 한 가지 단서를 우리는 이 노래의 작품적 출발10)이 되고 있는 심리상태에서 찾아볼 수 있을 것이다.

여기서 작품적 출발의 현실적 동기가 된 것을 이별의 상황이라고 단정해도 좋을 것이다. 이 이별의 상태라는 것은 인간의 삶 속에서 아주 보편적으로 체험하게 되는 상황이며, 그런 상황이 되면 누구나 심리적 평정을 잃게 마련이다. 따라서 이 시의 동기가 되는 심리상태가 보편성을 지니고 있기에 일단 공감의 폭을 넓게 확보할 바탕이 된다는 말도 가능하다.

그러나 이 작품의 공감은 단지 그러한 현실적 상황의 보편성에만 있다고 보기는 어렵다. 그 보편적 상황이라는 것이 구체적으로는 이별의 상황이라고 지적할 수 있지만, 이별을 굳이 체험해 보지 않았다고 하더라도 그 상황은 충분히 공감된다. 그 까닭은 이별이라는 상황의 심리적 속성에 있다. 이별이란 결국 무엇인가? 갖추어져 있음으로써 평정을 유지할 수 있는 상황으로부터 무엇인가를 앗아가버림으로써 평정을 깨뜨리는 것이라고 추상화할 수 있다. 말하자면 결손(缺損)에 의한 평정의 파괴다.

물론 결손에 의한 평정의 파괴는 이별로만 형성되는 것은 아니다. 이루고자 애를 써도 이루어지지 않는 꿈도 결손의 모습으로 평정을 깰 것이고, 육체적 굶주림이나 심리적 굶주림도 또한 결손에 의해 평정을 깨는 일이다. 그리고 인간의 욕망이 무한하다는 점을 감안하고 본다면 인간은 늘 결손에 의한 평정 깨기를 반복하는 삶을 계속한다고도 볼 수 있다. 이별이라는 상황이나 거기서 촉발되는 온갖 경과가 공감을 널리 확보하게 되는 까

---

10) '작품적 출발'이라는 표현은 매우 어색한 것이 사실이다. 그럼에도 이런 용어를 굳이 사용하는 까닭은 다음과 같다. 현실과 문학은 동일한 것이 아니다. 그러므로 작품의 형성에는 현실적 동기라고 할 수 있는 것과 작품의 문맥에만 관련되는 작품내적 동기라고 할 수 있는 것의 두 요소가 함께 작용한다. 따라서 작품의 창작 동기라 할 수 있는 현실의 문제만도 아니고, 그렇다고 작품의 내용을 이루는 요소만도 아닌, 그 양자를 포괄하는 의미를 드러내기 위해서 이런 말을 사용한다. 그런 노래를 부르게 된 동기이자 그것이 노래로 성립할 수 있는 요소를 갖추는 출발점이라는 뜻 정도로 이해되었으면 한다.

닭이 바로 여기에 있지 않은가 한다. 그것은 결손에 의한 평정 깨기가 우리 인간의 보편적인 삶의 모습이라는 점에서 동질적인 공감을 얻게 마련이다.

고려시가의 상당수가 이러한 결손으로부터 유도되는 상황의 문제를 정서의 출발점으로 삼고 있음을 보게 된다. 〈청산별곡〉이 그러하고, 〈서경별곡〉이 그러하며 〈동동(動動)〉과 〈정과정(鄭瓜亭)〉이 그러하다. 다소 애매한 부분이 없지는 않지만 〈이상곡(履霜曲)〉조차도 이런 부류에 넣어서 크게 잘못은 없을 것이다. 따라서 우리는 고려시가의 정서적 유형 가운데 하나를 결손에서 유발되는 정서라고 정리할 수 있을 것이다.

〈서경별곡〉이 이별에 의한 평정의 깨어짐에서 생기는 정서를 노래하고 있다는 점은 '여히므논 질삼뵈 브리시고 괴시란디 우러곰 좃니노이다'에서 확연하게 드러난다. 또 〈동동〉은 정월을 노래한 '누릿 가온디 나곤 몸하 흐올로 녈셔'를 위시하여 상당수의 달노래가 외로움의 정서를 표백하고 있음에서 확인될 수 있다. 그런가 하면 〈정과정〉은 '충신연주지사(忠臣戀主之詞)'라는 세간의 인식에서 이미 결손이 확인되고 있으며, 〈이상곡(履霜曲)〉이 결손인가의 여부는 '잠짜간 내 니믈 너겨 깃돈 열명길헤 자라 오리잇가'의 해석이 결정할 것이다. 이런 작품들에 대한 지금까지의 해석에 기대어 우리는 고려시가의 정서 유형 가운데 하나를 결손에서 유발되는 정서라고 정리해도 좋을 것이다.

정서 유발의 두 유형 - 2) 잉여(剩餘)

고려시가 가운데는 결손에서 유발되는 정서와는 전혀 다른 출발점을 갖는 또 하나의 유형이 있다. 그것을 대표할 만한 것이 〈쌍화점(雙花店)〉이 아닌가 한다. 이 작품에 대해서도 우리는 많이 엇갈리는 평가를 마련할 수 있다. 그것은 이 노래가 지니고 있는 의사표시적 측면에 대한 윤리적 재단과 암시성에 대한 분석적 관점의 차이에서 비롯된다.

그러나 그런 평가와 무관하게 이 노래의 동인(動因)이 무엇인가를 생각함으로써 앞서 살핀 것과는 상이한 정서의 모습을 확인할 수가 있다. '네 마리라 호리라'라는 문맥을 두고 여러 가지 해석이 가능하겠지만, 그것이 어떤 일의 책임을 남에게 전가하는 노릇이며, 그러한 전가 행위는 그렇게 함으로써 의도하는 바를 성취하려는 욕구를 강조하고 있다는 해석이 성립된다. 그것은 자기 의지의 추구라고도 할 수 있다. 따라서 그것이 정당한가 혹은 건강한가 하는 판단을 덮어 두고 그 심리와 행위의 연관성이라는 측면에서만 살핀다면, 그것은 이미 있는 것에 무언가 또 다른 요소를 추구하여 보태고자 하는 노력으로 볼 수 있다.

이미 어떤 상황이 이루어져 있는데 거기에 무언가를 추가적으로 추구한다는 것은 앞에서 살핀 결손의 심리상태가 빚어내는 평정 깨지기와 거리가 있다. 그것은 추가(追加) 또는 잉여(剩餘)에 의한 평정 깨기라고 불러 무방할 것이다.

사람의 욕망이라는 것에만 초점을 맞추어 생각한다면 잉여에 의한 평정 깨기도 또한 무엇인가를 추구함으로써 생기는 것이고, 추구하여 얻고자 한다는 것은 그것이 모자란다는 말도 될 터인즉, 그러므로 잉여라고 하는 것도 결국은 결손에 의한 것으로 환원되지 않겠는가 하는 이론이 있을 수 있다. 사실 어디까지가 결손이고 어디서부터가 잉여냐 하는 것을 분명하게 잴 수 있는 자가 따로 있는 것도 아니다.

그럼에도 불구하고 우리가 결손과 잉여를 나눌 수 있는 근거는 시가 작품의 문맥이 내보이는 언어의 모습에 자재(自在)하고 있다. 지금 우리가 살피기 시작한 〈쌍화점〉의 언어는 있던 무엇이 빠져나감으로써 어찌되었다는 상황의 설정을 찾아보기 어렵게 한다. 그보다는 오히려 추가적으로 무엇을 얻으려 하는 것을 그 언어 자체가 극명하게 보여주고 있다. '내 손목을 쥐는' 사건이 어떤 결손된 욕구에 의해서 이루어졌다는 근거는 보이지 않는 대신에 그 사건에 의해 갈등이 촉발되었으므로 그것은 추가적이고, 이를 근거로 잉여에 의한 평정 깨지기라고 할 수 있다.

이렇듯이 잉여적인 요소의 출현으로 평정이 깨지는 정서적 동향을 우리는 많은 작품에서 찾아볼 수 있다. 어머님의 사랑을 노래한 〈사모곡(思母曲)〉이 그러하며, 비둘기를 노래한 〈유구곡(維鳩曲)〉이라든가, 방아찧기와 효도를 연관시킨 〈상저가(相杵歌)〉에서 그런 자취를 발견하게 된다.

그러나 뭐니뭐니 해도 이런 유형의 가장 대표적인 것으로는 〈한림별곡

〈翰林別曲〉〉과 〈만전춘(滿殿春)〉〉을 들 수 있을 것이다. 〈한림별곡〉을 말할 때는 이상스럽게도 그 제1연만을 거론하면서 작품의 특성을 설명하는 관습이 있는데, 그 작품의 진수는 제8연까지를 다 읽어야만 드러난다고 볼 수 있다.

이 노래의 제1연은 시문(詩文)을, 제2연은 서적(書籍)을, 제3연은 글씨를 노래하고 있다. 여기까지는 우리가 경건 또는 고아한 정신세계의 표방이라고 보아 무방하다 할 수 있다. 그러나 제4연부터 그 대상의 성격이 크게 달라진다. 술(제4연), 꽃(제5연), 음악(제6연)으로 이어지는 세 연은 앞의 세 연과는 달리 흥 또는 오락과 관련된 것들이다. 이것이 제7연에서 산에 오르는 정경으로 바뀌고, 제8연에 이르러 그네를 뛰는 것으로 바뀐다.

〈한림별곡〉의 여덟 연을 3-3-2의 세 덩어리로 묶어 볼 수 있는 단서가 되기도 하는 그 대상의 질적 차이는 그 작자층과 관련하여 볼 때 추가적 욕구의 발로임을 엿보게 한다. '한림(翰林)의 제유(諸儒)'인 작자의 사회적 신분 또는 본능이 억제된 가면(假面, persona)으로 볼 때 그들이 내세워 표방하고 추구하는 것은 시문(詩文), 서적(書籍), 글씨임이 당연할 수 있다. 그러나 그것이 앞세워진 다음은 점차 흥취의 세계로 나아가고 그 도를 더함으로써 추가적인 전개과정을 보인다. 그 종착점이 그네로 설정되었는데, 그네의 문화적 상징이 '초월(超越)'이나 '비상(飛翔)' 또는 '승화'를 넘어서서 '성(性)'의 의미까지를 포함한다는[11] 점은 음미할 만하다.

'호두[唐楸子]나무'며 '조협[皁莢]나무'에 '홍(紅)실로 홍(紅)그네'를 매고 '정소년(鄭少年)'을 불러 그네를 밀라고 하는 것은 어떤 종류의 행위일까? 애매해 보이는 측면이 아주 없는 것은 아니지만, '호두나무'며 '쥐엄[주엽, 皁莢]나무'를 지정하여 그네를 매는 것이 일상에서 그리 흔하기만 한 노릇은 아니고 보면, 이러한 설정이 예사로운 흥취 자체의 묘사라기보다 은밀한 어떤 일의 상징으로 보아 무방할 듯도 싶다.

그처럼 예사롭지 않은 뜻을 지닌다면, 이 노래는 결과적으로 그러한 행위를 강하게 추구하는 정서적 동향을 이끌어 가고 있는 것이라 할 수 있고, 그래서 이 노래는 결손이 아니라 잉여에 의한 평정 깨지기가 그 동기

11) 편찬위원회, 『한국문화상징사전』, 동아출판사, 1992, pp.87~89.

가 되고 있음을 단적으로 보여준다. 이황(李滉)이 〈한림별곡〉을 가리켜 지
나친 호기와 방탕을 보여준다고 악평을 한 것도 이런 궁극적 추구에 이르
는 지향을 두고 한 말이 아닌가 싶다.

이러한 잉여의 연장선상에 놓인 것으로 〈만전춘〉을 더 들 수 있겠다. 이
노래는 여러 작품의 혼성(混成)이거나 뒤늦은 훗날의 조합일 가능성이 많
이 지적되기도 하지만, 일단 한 편의 질서를 지닌 자체가 작품으로서의 완
결성을 고려한 것이라고 볼 수도 있다. 그런 전제 아래에서 본다면 '얼음
위에 댓닢 자리를 보아'서 '얼어죽기를 불사'하는 정서의 기미가 확연하고,
그것은 분명 결손이 아닌 잉여적인 평정 깨기라고 할 수 있을 것이다.

여기에 덧붙여서 〈정석가(鄭石歌)〉까지도 이런 유형의 노래로 볼 수 있
을 것이다. 〈정석가〉야말로 이별의 노래로 보아서는 안 되며 잉여적 추구
라고 볼 때 비로소 노래의 진의가 드러난다는 점은 그 표현이 불가능한 것
의 전제에 의해 주지(主旨)를 강조하고 있음을 통해 확인된다. 이는 마치
김소월(金素月)의 〈진달래꽃〉을 이별의 노래로 볼 때 시적 가치가 훨씬 감
소되고 마는 것과 같은 이치라고 할 수 있다.

이처럼 고려시가에는 결손과는 정반대라고 할 수 있는 잉여적 추구가 빚
어내는 평정 깨지기가 정서의 출발점으로서 뚜렷하게 한 유형을 이루고 있
음을 주목할 필요가 있다.12)

---

12) 이 부분에 대한 반론이나 이견이 없지 않을 것이다. 이 내용을 발표하는 자리에서
도 토론자는 결손과 잉여의 구분이 모호함을 지적하면서 〈쌍화점〉도 '도덕적 떳떳
함의 결손'으로 볼 수 있지 않은가 하는 의문을 표시하였고, 〈사모곡〉도 〈목주가
(木州歌)〉와 연관지어 이해한다면 '어머니의 사랑 결손'이라고 볼 수 있지 않은가
하는 반론을 제기한 바 있다. 그러나 중요한 것은 작품적 출발이 어디서 이루어지
고 있는가 하는 점이다. 〈쌍화점〉은 '내 손목을 잡음'에서 시작하고 있고, 〈사모곡〉
은 어머니 사랑에 대한 송가(頌歌)라 할 수 있다. 〈쌍화점〉의 도덕적 결손은 손목
을 잡힌 이후의 일이며, 〈사모곡〉의 어머니 예찬은 그것의 있음에 의해 촉발된 것
이라는 점에서 잉여로 본다. 〈사모곡〉을 〈목주가〉와 연관시키는 것은 여전히 하나
의 가능성일 따름이지 확연히 그러하다는 결론은 아니다. 특히 오랜 세월을 두고
구전(口傳)되어 온 고전시가는 공감과 보편성의 축에서 보는 것이 중요하다. 이 노
래의 전승력은 보편성에 있는 것이지 그 설화 주인공의 특수성에 있다고 하기 어렵
다. 개인적 특수성에 의한 창작 동기를 미시적(微視的)으로 따지는 현대의 시를 보
는 눈과 구전 문학을 바라보는 차이가 중요하게 부각되는 것이 바로 이 지점이라고
본다.

질서화(秩序化)의 두 유형 - 1) 표현동기

심리의 평정 상태가 깨지면 사람은 어떤 방법을 통해서든지 거기서 벗어나고자 한다. 다시 말해 평정이 깨지는 상태가 심리적 혼란이라면, 그 회복은 질서화라고 할 수 있는데, 인간은 누구나 심리적 평정을 유지하기 위해 질서화하는 본능을 지니고 있다. 그러한 평정 회복을 위한 노력 가운데 하나가 노래 행위라고 전제하고 보면, 그 노래가 어떻게 평정 회복을 시도하는가를 중심으로 해서 그 질서화의 과정을 살필 수 있고, 그 질서화 과정에서 나타나는 지향의 성격을 갈라 정서의 성격을 헤아려 볼 수가 있을 것이다.

여기서 우리가 생각하게 되는 것은 노래의 문학적 측면인 말의 두 가지 동기에 관한 것이다. 인간이 말을 하는 욕구가 표현동기와 전달동기의 두 기둥에 의지해 이루어진다는 것은 널리 알려져 있고, 노래 또한 그것이 일차적으로 본질에 근거하여 성립한다는 점에서 표현과 전달의 두 가지 동기와 무관하다고 하기 어렵다.

이런 기준에서 정서 표출의 양상을 살핀다면, 우선 표현동기를 전면에 내세우고 있는 언술로 된 작품으로는 〈청산별곡〉과 〈동동〉 그리고 〈유구곡〉, 〈사모곡〉, 〈상저가〉를 들 수 있다. 이 노래들은 누구에게 말을 전하기보다는 깨어진 심리의 평정을 스스로 다짐하고 위안함으로써 해소하여 질서화하고 있다는 점에서 표현동기에 기반을 두고 있다고 해석된다.

이를 좀더 구체적으로 살펴 보면, 〈청산별곡〉은 앞에서 제시된 심리의 불안정을 놀이와 술로 해소하는 것이 자기표현적인 행위라고 할 수 있고, 〈동동〉 또한 자신의 심리상태를 응시하면서 그것을 표백(表白)하는 것을 지향하고 있다는 점에서 표현동기에 뿌리를 내리고 있음을 볼 수 있다. 그런가 하면 〈유구곡〉, 〈상저가〉, 〈사모곡〉 들은 그 노래들이 표방한 가치가 윤리적 성격을 짙게 지니고 있음에도 불구하고 자기 내면의 다짐으로 시선을 고정하는 표현을 함으로써 전달의 의도를 상쇄하고 있다는 점에서 표현적이다.

질서화의 두 유형 - 2) 전달동기

　반면에 전달동기를 앞세움으로써 질서화하고 있는 노래로는 〈서경별곡〉을 위시하여 〈가시리〉, 〈정과정〉, 〈이상곡〉 그리고 〈한림별곡〉, 〈쌍화점〉, 〈만전춘〉 등을 들 수 있다. 〈서경별곡〉이 사공을 탓하고 있는 점에서, 〈가시리〉가 떠나는 님에게 다짐을 둠으로써, 그리고 〈한림별곡〉은 정소년(鄭少年)에게, 〈쌍화점〉은 새끼광대를 위시한 여러 유형의 인물들에게 무엇인가를 구체적으로 전하는 의도를 내비치고 있음이 문면에서 드러난다.

　또한 〈이상곡〉과 〈만전춘〉은 '아소 님하'를 부르는 형태로 전달의 의도를 확연하게 하고 있다. 그런데 '아소 님하'계열의 노래라는 것이 따로 지목될 정도로 한 유형성을 보이고 있고, 또 이 계열의 노래가 '님'을 향한 구체적 전언(傳言)을 담고 있음을 주요한 특질로 하는데, 〈정과정〉이 '아소 님하' 계열의 노래의 효시로 일컬어짐으로써 대표성을 지닌다는 점을 통해서도 전달동기가 강화된 노래라 할 수 있다.

　몇 편 남지 않은 고려시가 작품들을 가지고 산술적인 계산을 통해서 무엇을 추론해보려는 일은 무모할는지도 모르겠다. 그러나 우리에게 끼쳐진 고려시가들 가운데서 상당수의 작품이 표현동기보다는 전달동기를 겨냥함으로써 심리의 질서화나 평정의 회복을 기도하고 있다는 것은 그 나름의 의미를 지닐 수도 있을 것이다.

　표현동기에 기반을 둔 노래들이 독백(獨白)의 정서에서 평정을 구하고자 하는 것이라면, 전달동기에 기반을 둔 노래들이 지향하는 것은 내면의 독백보다는 관계의 형성에서 평정을 얻고자 하는 것이라고 해석하고자 한다. 감추어 두기보다는 알리고자 하는 욕구가 선행한다는 뜻도 된다.

　그런 점에서 고려시가는 민요의 모습을 많이 지니고 있다고도 할 수 있다. 민요에서 '불러들이기'나 '관계의 형성'은 아주 보편화된 방식 가운데 하나13)라는 점도 이 해석을 뒷받침하는 논거가 될 수 있다. 물론 고려시가의 음악적 성격에 대한 해석은 그것이 민요일 수 없음을 입증하고 있음이 사실이지만, 우리에게 끼쳐진 악보의 모습이 그 노랫말의 원출처를 고

---

13) 김대행, 『국어교과학의 지평』, 서울대출판부. 1995. pp.231~236.

스란히 증명한다고 보기는 어렵다는 점도 고려에 넣을 만하다.

또 이러한 판단에 관련해서 살펴볼 만한 역사적 기록들도 있다. 조선조에 들어와서 여러 가지로 박해를 받은 고려시가가 있는데, 그것들이 공교롭게도 전달동기에 기반한 노래들에 집중되어 있다는 점이다. 예컨대, 〈서경별곡〉이 『성종실록(成宗實錄)』에서 비판을 받고 있는가 하면, 〈만전춘〉, 〈이상곡〉, 〈쌍화점〉 등이 성종에서 중종 연간에 화제거리가 되고 개산(改刪)되는 운명을 겪게 되는 것은 흥미롭다.

전달동기가 아닌 표현동기에 기반한 것으로 보이는 〈동동〉이 이런 비판의 대열에 끼이게 된 까닭은 짐작하기 어렵지만, 전달동기에 기반한 노래들이 갖는 전달의 효과 또는 파급과 관계 형성이라는 국면이 단지 예술의 한 양상이라기보다는 사회적 의미를 갖는다고 판단했던 결과가 아닌가 싶다. 오늘날과 같은 시대에도 금지가요가 규정되는 것도 같은 이치일 것이다.

물론, 조선조에 들어와서 남녀상열지사(男女相悅之詞)라는 말로 그 노래들을 지칭하여 매도한 것이 정치적 의도에서 나온 것이라는 해석도 제기되어 있고, 사회적으로 표방한 가치와의 괴리 때문에 그러했다는 해석14)도 나와 있지만, 유독 그 작품들의 분포가 전달동기쪽에 집중되어 있는 것은 노래가 지니는 사회성과 관련하여 그 관계 형성에서 빚어지는 파급의 효과를 의식했던 것은 아닌가 짐작해 본다.

정서 유형의 의미

고려시가의 정서적 동인이 결손과 잉여의 양쪽에 다 걸쳐 있었다는 것과 그 표출의 양상이 표현동기와 전달동기의 양쪽을 보여주기는 하되 전달동기 쪽에 더 큰 경사를 보인다는 점을 살펴 보았다. 그러면 이런 결과가 우리에게 시사하는 것은 무엇인가? 우선, 결손에 의한 정서 유발에 못지 않게 잉여에 의한 정서 유발이 상당하다는 점은 고려시가를 논할 때 흔히 등장하는 한(恨)의 정서론에 대한 반성을 요구하고 있는 것은 아닌가 한다.

---

14) 김영수, 『조선초기시가론연구』, 일지사, 1989, pp.168~181.

사실 한(恨)의 명확한 개념이 무엇인가에 대해서도 논의가 많고, 지금은 언어철학자와 심리학자들까지 이 문제에 관심을 보이고 있지만, 오랜 동안 이 용어는 거의 선험적인 판단에 기대는 것처럼 사용되어 온 것도 사실이다. 그러나 좌절이나 돌이킬 수 없음이 한의 한 요소라고 한다면, 고려시가는 좌절이나 돌이킬 수 없음보다는 어떻게든 그것을 해소하는 모습을 보이고 있다는 점에서 한과 거리가 있다. 우리가 흔히 예로 들기 좋아하는 〈청산별곡〉이나 〈서경별곡〉 혹은 〈가시리〉에서 보듯이 그 깨어진 평정은 자기 독백이나 대상의 전환을 통해서 그것을 해소하는 모습을 보여준다는 점에서 그러하다.

그렇기는 하더라도 문제는 있다. 〈청산별곡〉이 추구하듯이 놀이와 술에 탐닉함으로써 결손으로 유발된 정서적 흔들림의 원인이 현실적으로 해소되는가? 그것은 그럴 수 없다. 여기서 우리가 분명히 해 두어야 할 것은 노래와 현실의 관계에 관한 것이다.

노래의 공리성이나 목적론적인 측면에만 주목을 하다가 보면 노래라든가 언어를 통해서 현실의 고난이나 결손이 해결되어야만 하고 그리 될 수 있는 것처럼 생각되기도 한다. 그러나 언어나 노래를 통한 해결은 어디까지나 언어적 해결이요 예술적 해결일 따름이다. 아무리 애절하게 말을 한다한들 죽은 사람이 살아오기야 하겠는가? 이런 점에서 언어와 노래는 그 세계에서만 해결을 지향하는 것이고, 따라서 심리적인 해결일 따름이다. 이 경계를 명확하게 인식하는 것은 문학을 바로 보는 일과 통한다. 고려시가는 언어적 현실과 삶의 현실을 구분하고 있었다는 말이 이래서 가능해진다.

예술이 무엇이냐를 설명하는 관점은 여러 가지가 있다. 그런 견지에서 생각한다면, 고려시가는 예술이 가면무도회와 같은 거짓이라는 관점과 부합할 것이다. 예술과 놀이의 동질성을 설명하는 이론 가운에 하나가, 예술이나 놀이나 모두 다 마치 그런 것처럼 꾸미는 일이라는 점에서 가면무도회와 같은 연극이라는—그래서 허구라는 것이다. 이런 관점에서 볼 때 고려시가가 언어적 진실과 삶의 진실을 분간하고 있다는 점은 중요한 의미를 지닌다. 곧 고려시가의 문화에서는 노래가 연극과 같은 성격의 예술로 보았음을 입증하는 징표이다.

이런 관점에 기반을 하고 있었기에 고려시가가 강렬한 전달동기를 추구

할 수 있었으리라는 추론도 가능하지 않을까 한다. 전달을 통해서 자신의 심리적 불안정을 극복하되 그것은 현실적 해소라기보다는 심리적 해소라는 점을 전제하고 보면, 그 전달을 통한 관계의 형성이 결국은 예술적 관계를 지향한 것임을 생각하게 된다. 이 점은 조선조의 시조를 비롯한 여러 작품 세계가 교훈적 전달을 집요하게 추구했던 것과 상이한 측면이라는 점에서 고려시가의 특징으로 부각시켜 생각해도 좋을 것이다.

사실 조선조의 시조가 지녔던 주된 경향 중의 하나가 교훈적 설복에 있었던 것은 우연의 결과라고 하기 어렵다. 조선조 건국 초기부터 추구되었던 경건주의적 지향과 이념적 경직성은 필연적으로 그런 교훈성을 전면에 내세우는 문학 세계의 형성으로 몰아갔을 것임을 짐작하기 어렵지 않다. 바로 이 점이 고려시가와 조선조의 시가가 지니는 변별성이라고 할 수 있다.

그리고 그러한 사회적 변화를 입증하는 근거로 우리는 남녀상열지사(男女相悅之詞)로 고려시가를 비판한 태도를 들 수 있을 것이다. 문학이 그저 가면무도회나 연극행위와 같은 것으로 인식되었다면 그것이 무엇을 추구하건 비난이나 규제의 대상으로 삼지는 않았을 것이기 때문이다.

고려시가는 예술적 지향이었는데 그것이 조선조의 공리적 지향과 맞닥뜨리면서 어쩔 수 없이 비판의 표적이 되었던 것으로 보아 무리가 없을 것이다. 그러한 문학관은 결국 그 시대 삶을 지배했던 세계관과 깊은 관련을 가진다는 데 이견이 없다. 한 역사학자가 말하기를, 고려시대의 역사를 보는데 조선조 사회를 보는 잣대로 재려고 하는 것은 어리석다고 하는 것을 들은 적이 있는데, 그것이 구체적인 역사로 어떻게 입증이 되는지는 나로서 알 수가 없지만, 적어도 고려시가에 관해서는 그러한 말이 가능함을 살핀 셈이 아닌가 한다.

'아소 님하'로 끝을 맺는 노래가 한 유형을 이루고 있을 정도로 전달동기가 강하다는 사실과, 그러한 발상의 조선조적인 형태가 '아희야'로 끝을 맺는 것이라고 할 수 있는데, '님하'와 '아희야'의 거리만큼이나 그 문학적 지향 자체가 변해버린 것은 단순히 세월의 변화에 기인한다기보다는 그 삶을 지배한 철학의 차이에 더 큰 원인이 있었을 것이라고 본다는 말이다.

그것이 단순히 지배이념의 차이에 기인하는 것인지, 아니면 그 문학을 향유한 계층의 차이 혹은 향유방식의 차이에 두루 관여하는지 아직 확실한 단서는 갖고 있지 못하지만, 그 여러 요소들이 두루 이해될 때 고려시가의 전모와 비밀이 모습을 드러내지 않을까 한다.

고려시가의 다양성과 향유층

지금까지 정서의 유형과 공감의 보편성을 살폈지만 고려시가가 그런 것만으로 일률적으로 재단되기는 어렵다. 오히려 이 시대의 노래들은 현란할 정도의 다양성을 지니고 있다는 점이 특색이라고까지 할 수 있다.

〈만전춘〉에서는 고독의 그림자를, 〈이상곡〉에서는 간절한 애정의 표백을, 〈쌍화점〉에서는 심리적 반전이 주는 갈등을, 〈정석가〉에서는 간절한 기도의 목소리를, 〈처용가〉에서는 신명(神明)이 어우러진 벽사진경(辟邪進慶)의 한바탕 춤을, 〈사모곡〉에서는 어머니의 사랑을, 〈상저가〉에서는 노동과 윤리의 합창을 들을 수가 있다. 참으로 다양한 노래의 세계다. 여기에 경기체가(景幾體歌)라고 일컬어지는 것까지 합하면 더욱 화려하다. 〈한림별곡〉에서는 글하는 선비들의 경건성에서 점차 도도한 취흥으로 변모되는 시상의 전개를 볼 수 있는가 하면, 〈관동별곡(關東別曲)〉과 〈죽계별곡(竹溪別曲)〉에서는 승경(勝景)의 찬양과 흠모를 엿볼 수 있다.

이별의 서러움을 노래로 삭이는가 하면, 신념의 경지로까지 승화된 사랑의 모습을 내보이기도 하고, 고독에 못지 않은 성취의 소망도 표출하는 다양성이 고려시가에는 담겨 있다. 우리 삶에서 심성의 일렁임을 자아내는 모든 일을 그 많지 않은 작품들이 골고루 보여 주고 있음을 본다. 한 마디로 다양한 심성의 표출이다. 이런 다양성이 지닌 뜻을 한 가지로 규정해 말하는 것은 어려운 노릇이다. 필자는 이를 그 향유층의 문제과 관련하여 생각해 보고자 한다.

잘 알려진 바와 같이 고려시가는 민요적인 색채가 강하다. 그런 특징은 말을 엮어 내는 데서 아주 강하게 나타난다. 오늘날 전국적인 분포를 보이는 '형님/형님/사촌/형님'형의 조사법(措辭法)을 가진 민요를 나는 aaba형15)이라고 명명한 바가 있는데, 이 aaba형이 조금 확대되면 '형님 오네

/형님 오네/분고개로/형님 오네'가 된다. 이것이 그대로 나타나는 모습이 '살어리/살어리랏다/청산에/살어리랏다'이고, '울어라/울어라 새여/자고니러/울어라 새여'가 된다. 이런 형식이 놀랍게도 홍사용의 〈나는 왕이로소이다〉에도 그대로 나타나는데, '나는 왕이로소이다/나는 왕이로소이다/시왕전에서도 쫓겨난/나는 왕이로소이다'가 그 예다.

그런데 한 가지 주목해야 할 사실은, 이 고려시가들이 대부분 궁중에서 공연되던 레파토리라는 점이다. 이 노래들이 『악학궤범(樂學軌範)』에 실려 있는 모습은 궁중 음악으로서의 그것이며, 이것이 실려 있는 또 다른 문헌인 『악장가사(樂章歌詞)』나 『시용향악보(時用鄕樂譜)』는 궁중음악을 정리한 발간이었으리라는 것이 마땅한 추정이다.

이런 생각에 제동을 거는 기록도 있다. 조선 초기의 실록에는 고려시가 가운데 어떤 것들의 이름을 구체적으로 거론하면서 '남녀상열지사(男女相悅之詞)' 운운하면서 그것을 노래하는 일이 마땅찮음을 역설한 것이 보인다. 이래서 고려시가에 그런 꼬리표가 붙기도 하였다. 그러나 고려시가를 둘러싼 이런 논란은 그 음악 자체의 폐기를 주장한 것이 아니라 궁중의 제례 때 그런 음악을 연주함은 적절하지 않다는 지적으로 보는 것이 순리적이다. 그래야만 고려시가를 두고 논란을 벌이면서도 『악학궤범』, 『악장가사』, 『시용향악보』 등의 책에 그 노래들을 실어 펴낸 궁중의 이중적 처사가 비로소 이해될 수 있다.

거기에다가 고려시가는 민요이면서 동시에 궁중 음악이기도 했다는 점이 중요하다. 말하자면 계층의 차별 없이 이 노래를 공유했다는 뜻이다. 문학이나 예술을 이야기할 때 흔히 언급되는 계층성의 문제가 고려시가에서는 예외가 된다는 것은 무엇을 뜻하는가는 생각해 볼 만한 가치가 있다.

문학연구의 새로운 시각을 위하여

고려시가가 지닌 문학성을 살펴 보는 일이 어쩌면 오늘날 문학연구의 가

---

15) 김대행, 『우리 시의 틀』, 문학과 비평사, 1989, pp. 86~126.

치를 짚어 보는 일과 맞먹는 것일 수 있다는 생각을 해 본다. 그것은 시대를 초월해서 보편적 공감을 맛보게 하는 원천과도 관계가 있을 것이다. 이 지점에서 머리에 떠오르는 것은 문학연구의 목적이란 무엇인가 하는 것이다.

그러나 그처럼 크고 중한 문제에 답하는 것이 이 글의 주된 책임은 아닐 것이다. '문학이란 무엇인가'라는 질문에 답하는 것이 문학연구자에게 가장 곤혹스러운 것이라고 앞에서 말했듯이, '왜 문학연구를 하는가' 또한 곤혹스럽기는 마찬가지이기 때문이다.

다만 한 가지 분명히 생각나는 것은 학문적 순수성에 못지 않게 문학의 효용성이 삶과의 밀착도도 요구하고 있다는 점은 우리 연구자들에게 시사하는 바가 크다는 사실이다. 특히 문학의 연구가 문학연구자들의 관심사로만 치달으면 치달을수록 문학이 삶과 밀착되게 하라는 요구도 높아진다는 점을 기억할 필요가 있다. 인문학의 위기라고 하는 말 가운데 이미 그런 함축이 들어 있다고 보아도 무방하다.

문자가 생겨난 이래 문자를 소유할 수 있는 상층인들만에 의해서 밀교적(密敎的) 또는 비의적(秘義的) 성향을 보이면서 문학이 전개되어 온 것도 사실이다. 그러한 전개의 역사가 문학의 비민주성으로 이어졌다는 진단은 이래서 경청할 만하다고 본다. 그러기에 문학연구가 짊져야 할 앞으로의 과제는 '민주성의 회복'이라는 견해16)는 시사하는 바가 크다고 할 수 있다.

정서의 유형이나 삶의 보편성을 통한 공감이 결국은 향유층의 다양성에도 원인이거나 결과로서 작용하였으리라는 이 글의 추리가 문학연구의 그러한 지표를 다시 생각하게 해 주는 계기가 되기를 희망하고, 그렇게 되리라고 믿는다.

---

16) Lionel gossman, Literary Education and Democracy, *Between History and Literature*, Havard University Press, 1990, pp.9~29.

노래에서 시까지의 걸음걸이

노래의 시학 : 사설시조 〈어이 못 오던가〉의 경우

일반적으로 노래로 창작되고 불리었던 시조 작품들은 이렇다 할 제목조
차 없이 인구(人口)에 회자(膾炙)되었다. 〈어이 못 오던가〉도 그 첫머리가
이렇게 시작되기에 갖다 붙인 것이다. 하기는 1930년대의 김영랑(金永郎)
같은 시인도 작품 제목을 따로 붙이지 않아서 그 시의 첫머리를 따서 제목
을 삼은 일이 있다. 이 노래의 전문은 다음과 같다.

> 어이 못 오던가 무슴 일노 못 오던가
> 너 오는 길에 무쇠 성(城)을 쓰고 성(城) 안에 담 쓰고 담 안에 집을 짓고
> 집 안에 두지 노코 두지 안에 궤(櫃)를 쓰고 그 안에 너를 필자형(必字形)으
> 로 결박(結縛)ᄒ여 너코 쌍배목(雙排目) 의결쇠 금(金) 거북 자물쇠로 슈긔슈
> 긔 잠가 잇더냐 네 어이 그리 아니 오더니
> 혼 해도 열두 둘이오 혼 둘 셜흔 눌의 날와 볼 홀니 업스랴

이 작품이 실려 있는 문헌은 『병와가곡집(瓶窩歌曲集)』, 『진본 청구영언
(珍本靑丘永言)』, 『가람본 청구영언(靑丘永言)』, 『가람본 청구영언(靑丘詠
言)』, 『고금가곡(古今歌曲)』, 『육당본 청구영언(六堂本靑丘永言)』, 『홍비

부(興比賦)』의 7종이다. 다른 시조 작품이 그러하듯이 문헌에 따라 표기상의 차이가 있지만 시상이 달라질 정도로 이질적인 것은 드물다.

다만, '필자형(必字形)으로'라는 표현은 그 형상성이 매우 두드러져서 눈길이 가는데, 이것은 『병와가곡집(瓶窩歌曲集)』에만 보이고 다른 본에는 나타나지 않는 점이 특이하다. 또한 '업스랴'로 끝이 나는 것이 이 노래의 보편형임에 비해서 유독 『고금가곡(古今歌曲)』만은 '이시랴'로 끝을 맺고 있으며 그 때문이겠지만 '뿔뿔리 그리다가 어더 붓은 김의 노흘 줄이 이시랴'로 노랫말이 달라진 점이 독특하다.

한편, 읽어내는 데 특별히 난해한 어구는 없으나, '슈긔슈긔'는 그 정확한 뜻을 헤아리기가 쉽지 않다. 비슷한 표현이 박인로(朴仁老)의 가사 작품 〈누항사(陋巷詞)〉에 나오기는 하지만, 거기에는 '헌 먼덕 수기 쓰고'로 되어 있기도 하려니와 뜻으로 보더라도 '숙여' 정도가 될 것이므로, 이 노래의 '슈긔슈긔'와는 서로 통한다고 보기 어렵다.

이와 똑같은 표현이 나오는 다른 예는 '한숨아 셰한숨아'로 시작되는 노래인데 '크나큰 잠을쇠로 숙이숙이 추엿는디'라는 표현이다. 이것은 자물쇠의 잠긴 것을 형용하는 말이라는 점에서 공통되지만 그 뜻을 짐작하게 하는 단서는 없다. 다만 이형상(李衡祥)의 『지령록(芝嶺錄)』에 나오는 〈금속행용가곡(今俗行用歌曲)〉 중에 이 노래를 한역한 것이 있는데 이 부분을 '龍鐈鑰鐵儌儌然鎖停(용악약철기기연쇄정)'이라고 한역(漢譯)하고 있어 그 뜻을 미루어 짐작할 수 있게 한다.

그런데 '기(儌)'는 '취해서 춤추는 모양〔醉舞貌〕'이라고 되어 있다. 술에 취해서 춤을 추는 모양을 한 가지로 말하기는 어려울 것이고, 자물쇠를 채워 놓은 모습이 춤을 추는 그 자체의 모습과 어떻게 통하는지는 헤아리기 쉽지가 않다. 그렇다면 '슈긔슈긔'는 그 앞뒤의 문맥이 여러 가지 잠금 장치의 나열인 것으로 미루어 그 형상이 '어지럽다'는 뜻 정도가 되지 않을까 싶다.

'날 와 볼 홀니 업스랴'도 이것만 가지고는 뜻을 헤아리기가 어려운데, 다른 문헌에 실린 것들의 도움을 받아서 뜻을 짐작할 수가 있다. 즉, '할니'가 『진본 청구영언(珍本靑丘永言)』에는 '날 보라 올 할리'로 되어 있는가 하면, 『가람본 청구영언(靑丘詠言)』에는 '날 와 볼 훈 날이'로 되어 있음을 본다. 그렇다면 이 '할리'는 '하루'임을 짐작하기 어렵지 않고 그렇게 보면 그 앞의 문맥 '훈 해도 열두 둘이오 훈 달 셜흔 늘'이라는 말과 뜻이 통한다. 그 많은 날 중에 날 보러 올 하루가 없더냐는 뜻이 된다.

이런 정도의 일차적 독서를 마치면 이 노래의 뜻이 대체로 분명해진다. 성격 규정을 한다면 '만나지 못해 애태우는 노래'가 될 것이다. 오지 않는 사람에 대한 그리움과 거기에 얽힌 야속함으로 마음을 끓이고 있는 노래라고 보아 무방하다. 그런 점에서 고독을 노래한 수많은 노래와 궤를 같이하고 있다.

드러냄의 노래

사실 이 노래는 그 동안의 연구사에서 별반 주목을 받지 못해 왔다. 사설시조에 관한 논의가 여러 각도에서 풍성하게 이루어졌음에도 불구하고 이 작품이 주목을 받지 못한 까닭이 어디에 있는지는 단언하기 어렵다. 짐작컨대는 사설시조를 논의할 때 등장하게 되는 여러 요소 —— 예컨대, 희극성이라든가 외설스러움 또는 허풍스러움 등의 요소가 두드러지지 않아서 특별한 조명이 가해지지 못했던 것이 아닌가 생각된다.

이 노래는 『병와가곡집(瓶窩歌曲集)』을 비롯하여 총 7종의 문헌에 기록되어 전하는 점으로 볼 때 이 정도라면 두드러지게 세인의 사랑을 받은 작품이라고 하기는 어렵다. 그렇다고해서 아주 관심의 권외에 있었던 하찮은 작품이라고 하기도 어렵다. 그럼에도 불구하고 연구사에서는 주목의 대상이 되지 못했는데, 이를 일러 감동의 오류(affective fallacy)[1]라고 할 수 있지 않을까 한다. 말하자면 연구자들의 관심이 집중되는 화제라든가 유행에서 멀었기 때문에 그리된 것이지, 이 작품 자체가 논의할 만한 요소를 가지고 있는가 여부와 무관하다는 뜻이다.

그 단서를 우리는 다음 시조와의 대비에서 찾을 수 있을 것이다.

---

1) 이 용어의 번역은 적당하지 않다. '영향의 오류'라고도 하는데 적절한 말이 달리 없기도 하려니와 멋대로 새 말을 만드는 것도 도움이 되지 않을 것 같기에 흔히 쓰는 용법을 따르기로 한다.

어이흐야 못 오던야 무슴 일노 못 오던야
줌총급어부의 츅도지난이 가리윗더냐 무슴 일노 못 오던야
아마도 빅논지즁의 디인논이 어려워라

이 노래는 『시조(時調)』와 『남훈태평가(南薰太平歌)』 두 문헌에 실려 전하는 것이어서 사람들의 입에 오르내린 정도는 미미했을 것으로 짐작되고, 또 두 문헌의 편찬 시기가 후대로 내려온다는 점과 그 이전의 기록에는 나오지 않는 점으로 미루어 역사가 그리 오래지 않은 작품으로 단정해도 무리는 없을 듯하다. 그럼에도 불구하고 노래의 격조는 사뭇 근엄하다. 사람 기다리는 괴로움이라는 주제를 '디인논(待人難)'으로 밝혀 적기도 했는가 하면, 정석적(定石的)인 고사의 인용을 통해 엄숙성을 더하고 있기도 하다. 이 점이 우리의 대상 작품인 〈어이 못 오던가〉와 다른 점이고, 이 정도의 차이에서 비롯되는 특이성만으로도 우리의 대상 작품은 충분히 주목할 만하다는 점이 인정된다.

그 차이를 좀더 구체적으로 살펴보자. 〈어이 못 오던가〉의 특이성은 우선 말의 형용에서부터 드러난다. 물론 '어이 얼어 잘이 므스 일 얼어 잘이'라든가 '어이흐야 못 오던야'와 시작이 비슷한 것은 시조가 갖는 공식적(公式的) 관용성(慣用性)에 비추어 새삼스러운 일이라고 하기 어려울 것이다.

그러나 '너 오는 길에 무쇠 셩을 쓰고'에서부터 괴로움의 형용은 특이성을 지니게 된다. 이 특이성은 '츅도지난(蜀道之難)'과 대비해 보면 더욱 분명하게 드러나는 점이기도 한데, 후자가 관념화(觀念化) 또는 평판화(平板化)되어 이론으로 터득된 관습적 언어라고 한다면 전자는 그 과장성만큼이나 절실한 체험의 언어라고 할 수 있다. 특히 후자가 이른바 '〈정석가식 표현(鄭石歌式表現)〉'이라고 해서 널리 생활화된 가정적(假定的) 발상에 근거를 두고 있다는 점과, 그러면서도 동일한 표현을 반복한 것이 아니라 그 발상을 취하되 새로운 형상화를 얻어냄으로써 죽어버린 말 [cliché]에 떨어지지 않고 생명력을 갖게 된 점도 유의할 대목이다.

이 생명력과 또 이 생명력에 바탕을 두어 형성되는 표현의 생동성(生動性)은 그 뒤에 이어지는 연쇄적 표현의 줄기참과 구체성에 힘입어 더욱 박

진감을 갖게 된다. 성→담→집→뒤주→궤→결박→자물쇠로 이어지는 연쇄는 시점상(視點上)으로는 초점화(焦點化)라서 점강적(漸降的)이지만 기다림의 갈등이라는 의미에서는 점차로 확대되기에 점층적(漸層的)이다. 시점(視點)과 의미가 엇갈리면서 갈등을 절실하게 드러낸다는 점에서 표현의 묘를 얻었다 아니 할 수 없다. 이 점이 '촉도지난 운운'의 관념적 표현과 다른 점이다.

이런 표현상의 차이는 말로 늘어놓고 보면 말하기의 차이라고 할 수밖에 없겠지만, 그런 차이가 드러나는 근본은 무엇인가에 대한 성찰을 요구한다. 그것은 단순히 늘어놓는 말의 결과적 차이가 아니라 말에 대한 태도의 차이에 기인하리라는 짐작이 그것이다.

사실, 인간이 오욕칠정(五欲七情)의 흔들림을 겪게 될 때 그에 대처하는 방법은 저마다 다를 수 있다. 그 방법의 다름은 체질의 차이에 기인할 수도 있고 관습의 이질성에서 비롯될 수도 있다. 그러나 그 색다름은 드러내느냐 아니면 감추느냐 하는 두 방향으로 크게 묶어 나누어 볼 수 있다. '임금님 귀는 당나귀 귀'라는 설화는 전자의 예가 되고 "강직하고 과감하고 질박하고 말이 무거우면 인에 가깝다.〔剛毅木訥近仁〕"는 『논어(論語)』의 가르침은 후자의 설명이 된다. 인간이 감정의 흔들림을 당해서 취할 수 있는 행동은 크게 이 두 길 이외에는 다른 길이 있을 수 없다.

바로 여기에 문학을 하는 태도의 갈림길이 놓이게 된다. 문학이란 어차피 말을 하는 행위이기는 하지만, 참을 수 있는 한의 최소 언어로 자기를 드러내야 한다고 생각하는 태도가 있는가 하면, 이와는 반대로 가슴 저 밑바닥에 자리하고 있는 깊은 마음까지를 송두리째 다 드러냈을 때 비로소 문학하는 보람을 찾는다는 생각도 있을 수 있고 또 그래 왔다. 전자는 절제된 언어의 길로 나아가게 되고 후자는 요설적(饒舌的)인 언어로 나아가는 것이 통례다. 나는 이런 두 경향을 '감춤과 드러냄' 혹은 '경건 지향과 즐거움 지향' 등으로 나누어 살핀2) 바가 있다.

이런 기준에서 본다면, 우리의 논의 대상인 〈어이 못 오던가〉는 감춤보다는 드러냄을 지향하는 문학이고 경건보다는 즐거움 지향의 문학이라고 보아 무방할 것이다. 이 작품의 특징은 바로 여기에 있다.

---

2) 김대행, 『시가시학연구』, 이대출판부, 1991.

태도와 표현의 거리

우리가 논의의 대상으로 삼고 있는 〈어이 못 오던가〉는 무수한 열거를 통해 장형화로 나아가고 있을 뿐더러 뭐 그리 본받을 만한 교훈적 의의나 경건성을 지녔다고 하기 어려운 사물들이 연쇄적으로 표현되고 있음을 본다. 사실 열거나 연쇄의 표현은 민요나 휘몰이잡가 등에서 흔히 보는 장형화(長型化)의 원리이기도 하고, 별로 대단치도 않은 사물들의 나열 또한 그런 특징으로 지목되기도 한다. 그런 점에서 사설시조 일반이 지니고 있는 보편적 특질의 어느 부분을 공유하고 있다고 할 수 있다.

그러나 이 노래는 자세히 보게 되면 여타의 사설시조와는 좀 다른 점이 있다. 그 차이는, 표현상으로는 사설시조 일반이 지니는 어떤 공식성을 나누어 갖고 있지만 그 태도의 관점에서 본다면 어떤 유형의 사설시조와는 이질적이라는 데서 발견된다. 한 예를 들어 그 차이를 대비해 보자.

　　개를 여라믄이나 기르되 요 개ㅈ치 얄믜오랴
　　뮈온 님 오며는 쏘리를 홰홰 치며 쒸락 ㄴ락 쒸락 반겨서 내둣고 고온 님 오며는 뒷발을 버동버동 므르락 나오락 캉캉 즈져서 도라가게 혼다
　　쉰밥이 그릇 그릇 난들 너 머길 줄이 이시랴

이 노래는 우아(優雅)의 희극적(喜劇的) 표출이라고 분석[3]되기도 하고, 따라서 사설시조의 미의식을 대표하는 유형으로 지적되기도 하는 것이다. 인간 본연의 현실적 욕구가 해학을 통해서 형상화되고 있다는 이 작품에서 우리는 삶이나 갈등 그 자체를 대하는 태도가 웃음을 지향하고 있음을 읽게 된다. 다시 말하면 현실의 암울이나 괴로움을 극복하기 위한 방편으로서 웃음을 택하여 그것을 해소하려 하기보다는 아예 삶의 태도 자체가 웃음의 추구에 겨냥되어 있다는 말이다. 그러기에 갈등은 갈등 그 자체의 감동으로 전해지기보다는 웃음의 소재 정도로 변질된다.

그러나 우리의 논의 대상인 〈어이 못 오던가〉는 이와 다르다. 기다림의

---

3) 김학성, 『한국고전시가의 연구』, 원광대출판국, 1980, p.204.

갈등은 그 자체로서 핍진하게 그대로 전달되고 있는 반면에 그것을 형상화한 표현만은 웃음을 불러온다. '날 와 볼 하루가 없으랴'에서 우리는 갈등과 아쉬움의 몸부림을 읽게 되고 '무쇠 성(城)'에서 비롯하여 '금거북 자물쇠'에 이르기까지 특히 '필자형(必字形)으로 결박(結縛)'하는 대목에 이르러서는 〈정석가〉식 표현(鄭石歌式表現)에서 맛보는 웃음의 여유를 머금을 수가 있게 된다.

이런 관점에서 본다면 이 노래는 삶의 비장함이 비장함을 그대로 지닌 채로 해학적인 표현과 연합해서 이루어진 작품이라고 할 수 있을 것이다. 그러기에 태도 자체가 해학적으로 치환되어버린 여타의 사설시조와는 다르다. 드러냄과 즐거움 지향이면서도 태도까지를 해학으로 전환하지 않고 표현만 그러하다는 점에서 이 작품은 독자적인 가치를 인정받을 만하다. 사실 사설시조의 미적 특징이 우아의 희극적 표출이라고 지적되는 점에 비추어보면 이 작품은 그 점이 다르기에 그 동안 연구사에서 주목을 받지 못한 것이 아닌가 짐작되기도 한다. 그렇지만 그 치지도외(置之度外)가 실은 이 작품의 특색이며 가치라고 해야 할 것이다.

그렇다면 그 가치를 어떻게 이해할 수 있을까? 이것을 우리는 애태움과 웃음의 미묘한 결합이라고 말해도 좋을 것이다. 애태움은 애태움으로 그대로 있되 그것을 웃음으로 감싸 놓을 줄 아는 태도라는 점에 이 작품의 묘처가 있다는 뜻이다.

실제로 현실의 실상을 웃음으로 치환해버릴 때 그 실상은 사라져버리고 웃음만이 남는다. 우리가 웃음을 제아무리 추구한다지만 웃음 그 자체가 현실일 수는 없으며 어디까지나 현실을 가리는 장막같은 것이라는 점은 주목할 필요가 있다. 대부분의 웃음에서 웃음의 소재가 3인칭의 그것임은 이를 말해준다. 사설시조에서 웃음을 추구한 내용을 가진 것들이 대체로 작자가 알려지지 않은 익명성을 지니고 있는 점이라든가, 그 웃음들이 대체로 터무니없음에서 비롯한다는 것 등은 모두 현실과의 거리를 입증한다.

그런데 〈어이 못 오던가〉는 그렇지 않다. 애태움과 간절함은 그 현실 그대로 절실하게 그려주면서 그 표현에서만은 웃음을 통한 질서화를 꾀하고 있는 것이다. 이런 문학적 발상은 삶의 지혜를 우리에게 들려주기도 한다는 점에서 뜻이 깊을 것이다. 고난의 극복은 웃음으로 가능하지만 웃음 그

자체가 만병통치약일 수는 없으며, 그러나 웃음을 통해 흐트러진 삶을 정
돈하면서 삶의 소용돌이 속을 직시하라는 격언을 들려주는 것이다.

삶을 골계(滑稽) 그 자체로 치환해버리는 것은 현실로부터의 도피거나
은폐는 될는지 몰라도 살아가는 길은 될 수 없다고 일러주는 것—그것이
바로 태도로서의 진지함과 표현으로서의 해학이 빚어내는 조화라고 할 수
있다. 우리가 문학에 대해서 말하고 또 분석을 행할 적에, 태도와 표현의
거리를 무시한 채로 언표(言表)에 나타난 해학의 유무만 가지고 문학작품
을 재단하는 것은 실상을 왜곡할 수도 있다는 경고를 이 작품은 우리에게
들려준다.

노래와 시의 징검다리 : 변영로의 〈논개〉

변영로(卞榮魯)의 〈논개(論介)〉는 1920년대 시작품이다. 예전에는 한자
로 쓴 것은 시(詩)라 하고 우리말로 된 것은 다 노래로 불렀는데, 우리말
로 된 것도 시라고 부르기 시작한 것이 1920년대라 할 수 있다. 말하자면
노래에서 시로 넘어가는 문학사적인 전환기가 1920년대인데, 우리가 살필
시작품 〈논개(論介)〉의 전문은 다음과 같다.

거룩한 분노는
종교보다도 깊고
불붙는 정열은
사랑보다도 강하다
　　아, 강낭콩 꽃보다도 더 푸른
　　　그 물결 위에
　　양귀비꽃보다도 더 붉은
　　　그 마음 흘러라

아릿답던 그 아미(蛾眉)
높게 흔들리우며
그 석류(石榴) 속 같은 입술

'죽음'을 입맞추었네!
　　아, 강낭콩 꽃보다도 더 푸른
　　　그 물결 위에
　　양귀비꽃보다도 더 붉은
　　　그 마음 흘러라

흐르는 강(江)물은
길이길이 푸르리니
그대의 꽃다운 혼
어이 아니 붉으랴
　　아, 강낭콩 꽃보다도 더 푸른
　　　그 물결 위에
　　양귀비꽃보다도 더 붉은
　　　그 마음 흘러라

　'논개(論介)'는 진주(晉州)의 기생, 왜란(倭亂) 당시 진주 촉석루(矗石樓)에서 취흥(醉興)에 겨운 왜장(倭將) 케다니〔毛谷六助〕를 껴안고 남강(南江)의 푸른 물에 뛰어들어 순국(殉國)한 실존 인물임을 누구나 안다. 변영로의 〈논개〉는 이 실존 인물을 두고 쓴 시로 1924년 8월 22일 평문관(平文館)에서 발행된 시집 『조선의 마음』에 실려 있는 작품이다.

　모든 작품에서 다 마찬가지지만, 이 시를 대할 때 묻게 되는 질문은 크게 두 가지로 나뉜다. 하나는 무엇을 노래하고 있는가라는 물음이고, 다른 하나는 어떻게 노래하고 있는가 하는 질문이다. 시를 보는 눈은 사람에 따라 다르겠지만 결국 최종적으로 귀착되는 질문은 이 두 가지에 뿌리를 내리고 있다. '무엇'과 '어떻게'는 존재와 방법을 두루 포괄하는 근원적 질문이기 때문이다. 변영로의 〈논개〉는 그 두 가지 근원적인 문제에 대한 답을 비교적 선명하게 제시하고 있다.

　이 시가 논개(論介)라는 역사 속 실존 인물을 기리는 시임은 누구나 안다. 그러하기 때문에 그 노래하는 방식의 문제는 시인의 속마음, 다시 말하면 의도를 분명하게 드러내게 된다.

　그런 관점에서 이 시를 읽을 때, 맨 먼저 우리가 받게 되는 최초의 인상은 푸른색에 대조되면서 선명하게 떠오르는 붉음의 이미지다. 세 개의 연으로 이루어진 이 시의 매 연마다에 되풀이되고 있는 후렴구 "아, 강낭콩 꽃보다도 더 푸른/ 그 물결 위에/ 양귀비꽃보다도 더 붉은/ 그 마음 흘러라"를 통해 붉음의 이미지는 거듭 거듭 강화되고 진한 인상을 남긴다.

이러한 대조는 마치 『두시언해(杜詩諺解)』에서 강렬한 인상을 얻었던 "가람이 파라니 새 더욱 희고, 뫼가 푸르니 꽃빛이 불붙는 듯하도다."를 연상케 한다. 더구나 이 푸름에 대비된 붉음의 이미지는 매연에서 각각 상이하게 형상화되면서 강조된다. 첫째연에서 분노와 정열의 대조, 둘째연에서 아미(蛾眉)와 입술의 대조, 셋째연에서 강물과 붉은 혼의 대조가 그것이다.

이처럼 〈논개〉는 각 연의 의미 지향이 각기 다른 듯하면서도 궁극적으로는 푸른색에 대비되는 붉은 이미지에 귀결되고 있다는 점에 특색이 있다. 특히 각 연의 의미 지향을 좀더 세분해 보면 붉음의 이미지 지향이 더욱 구체적으로 드러난다.

첫연에는 '종교보다도 깊은 분노'와 '사랑보다도 강한 정열'이 제시되어 있다. 분노의 시퍼런 불꽃과 분노의 새빨간 불꽃을 연상하기 어렵지 않은 이 대조를 보다 구체적으로 각인시키는 것이 후렴이다.

후렴에서 일단 그 의미를 완결한 다음에는 둘째 연에서 논개의 행위가 형상화되는데, 이것 역시 푸름과 붉음의 대비로 되어 있다. "아리땁던 그 아미(蛾眉)/ 높게 흔들리우며"는 논개의 고귀한 의지의 상징이겠고, 이 상징은 나아가 "석류(石榴)속 같은 입술/ 죽음을 입맞추었네!"로 연결된다. 아미(蛾眉)의 색채를 구태어 말하고 있지는 않지만 그것은 결국 '강낭콩꽃: 양귀비꽃'처럼 석류 같은 입술에 대비되는 푸르름의 형상일시 분명하다.

다른 관점에서 보아도 그러하다. 아미(蛾眉)가 지상(地上)의 아름다움이라면 죽음을 통해 이루는 것은 천상(天上)의 아름다움 혹은 영원성에 관계된다. 아미(蛾眉)가 '높게' 흔들린다는 것은 지상의 고도(高度)를 나타낸다기보다 승화되는 모습을 형상함일 것이다.

이러한 형상화를 거쳐 셋째연에서는 의미적 완결이 이루어진다. "흐르는 강물은/ 길이길이 푸르리니/ 그대의 꽃다운 혼/ 어이 아니 붉으랴"는 바로 이처럼 일관된 의미의 대단원인 셈이다. 푸른 강물은 영원한 것, 그에 대비되는 붉은 넋은 더 영원한 것 — 한용운(韓龍雲)의 시 〈논개의 애인이 되어서 그의 묘(廟)에〉를 굳이 인용하지 않더라도 푸른 강물의 대조로 더욱 뚜렷하게 부각되는 붉은 넋의 형상을 보게 된다.

이렇게 볼 때 이 시의 세 연 각 행은 모두 붉은 색의 형상화와 그 붉음의 영원성을 위하여 의미의 초점이 모아지고 있으며, 그 붉음을 선연하게 하고자 푸른색이 대조의 배경으로 동원되고 있는 셈이다.

그렇다면 그 '붉음'의 정체는 무엇인가? 이는 두말할 나위도 없이 '일편 단심(一片丹心)'으로 널리 관용되는 그 붉음이다. 그 대상이 때로 한 개인 일 수도 있고 혹은 조국 또는 민족 등으로 다를 수는 있다. 그러나 그 대상이 무엇이건 간에 자기 전부를 내던지는 열과 성으로서 단심(丹心)은 우리에게 귀중하고 수범적(垂範的)인 덕목의 하나가 되어 왔다. 시 〈논개〉는 바로 그 단심(丹心)의 송가(頌歌)요 찬양이라는 점을 이 시는 가리지도 않고 선명하게 드러내고 있다.

시인은 어째서 시인인가

이 시가 무엇을 노래했고 어떻게 그것을 노래했는가를 알고 난 다음에 우리가 할 일은 무엇인가? 시인은 어째서 시인인가라는 질문과도 통하는 의미의 탐색이다.

시를 쓴다는 것이 표현(expression)의 욕구에 기인하건, 아니면 무엇인가에 들린(possession) 결과이건 간에 한 편의 시는 그것을 쓰지 않고는 견딜 수 없는 충동의 결과인 것이다. 그렇다면 〈논개〉는 무엇의 결과로 썼다고 짐작할 수 있는가? 우리는 여기서 이 시가 발표된 시기인 1920년대에 주목하게 된다.

다 알고 있는 바와 같이 1920년대의 시에 결정적인 영향을 끼친 요소는 두 가지로 집약된다. 하나는 3·1운동이라는 역사적 사건이며, 다른 하나는 그 전 시대인 1910년대의 문학적 흐름이다. 후자는 교훈성 또는 합목적성(合目的性)의 추구로 달려감으로써 그에 이어 온 1920년대로 하여금 반동적 경향을 띠게 하였고, 그것이 퇴폐주의라고도 부르는 허무적 분위기였다. 따라서 1920년대의 시는 그 정도와 수준은 어떠하든지 간에 개인적 정서의 표백을 지향하게 되었음을 우리는 익히 알고 있다.

그러나 3·1운동의 실패라는 역사적 사건은 그 영향이 결코 단순하지 않았다. 1910년대의 목적성에 대한 반동으로서의 개인주의가 3·1운동의 실패로 인해 병적인 허무주의로 흘러가버린 것은 그 다양한 영향 가운데 커다란 한 주류가 된다. 현실은 '말세(末世)-이상화(李相和)'이고, '석양(夕陽)-황석우(黃錫禹)'이며, '허무(虛無)-오상순(吳相淳)'의 현장으로 파악되었고 그 심리적 갈등의 해결은 '꿈의 나라-박영희(朴英熙)', '밀실(密室)-박종화(朴鍾和)', '침실(寢室)-이상화(李相和)'로 방어기제(防禦機制)를 형성하게 된다.

3·1운동은 민족적 저항이었지만 현실로서는 뼈저린 실패에 이른 운동이었다. 그것은 좌절을 낳았다. 이러한 현실적 갈등을 꿈 속에서 찾을 수밖에 없는 것으로 판단한 것이 1920년대의 커다란 흐름이었으며, 그 결과가 『폐허』와 『백조』 동인들의 활동이었다.

이처럼 참담한 현실로부터의 도피 혹은 좌절이 가득한 가운데서도 현실 속에서 또다른 대상(代償)의 가치를 추구하는 경향이 없지 않았다. 그 경향의 한가운데에 이 시 〈논개〉가 있는 것이다.

가령 주요한(朱耀翰)의 〈아름다운 새벽〉이 전원(田園)에 가치를 옮겨놓음으로써 식민지 현실의 심리적 갈등을 해소하려 한 것이라면, 이 〈논개〉류의 시들은 이른바 민족혼의 되새김을 통해 좌절을 극복하려는 의지를 보인 것으로 해석할 수 있다. 역사소설이 왜 그리고 어떤 시기에 특별한 뜻을 갖는가라는 질문과도 통하게 되는 이러한 유형의 움직임은 문학사 속에서 빈번하게 나타난다.

가령 속칭 '개화기'로 일컫는 19세기말에서부터 20세기초에 이르는 시기에 이루어진 산문문학의 현상이 그러하다. 한 쪽에서는 새로움에 대한 호기심으로 신소설이 태동하게 되는 데 반해서 다른 한 편에서는 『을지문덕전(乙支文德傳)』, 『신립대장전(申砬大將傳)』, 『강감찬장군전(姜邯贊將軍傳)』 등 민족의 영웅이야기도 나왔고, 비스마르크나 쟌다크와 같은 서양 역사상의 영웅이야기가 쏟아져 나왔던 것이다. 이것은 주체성의 기둥을 세움으로써 자기를 확립하려 했던 의지의 발로였던 것으로 이해된다.

〈논개〉는 1920년대라는 시대와 관련하여 그러한 뜻을 갖는다. 문단의 거대한 흐름이 '꿈'과 '밀실' 혹은 '외나무다리 건너'에서 갈등을 해소하려 하고 있을 때 변영로의 이 시는 민족혼의 한 기둥을 붙잡은 것이다. 그 의지가 붉은 마음으로 형상화되고 되풀이 강화된 것이다.

이러한 사실은 비교적 의지의 편에서 조국을 생각했던 것으로 보이는 한용운(韓龍雲)의 시에서 거듭 확인된다.

> 논개여, 나에게 울음과 웃음을 동시에 주는 사랑하는 논개여
> 그대는 조선의 무덤 가운데 피었던 좋은 꽃의 하나이다. 그래서 그 향기는 썩지 않는다.
> 나는 시인으로 그대의 애인이 되었노라.
> 그대는 어디 있느뇨. 죽지 않은 그대가 이 세상에는 없고나.
> ― 〈논개의 애인이 외어서 그의 묘(廟)에〉

우연의 일치라고 보기에는 너무 우연하게도 같은 시기에 논개를 노래하고 있음은 논개가 지닌 역사적 상징성 내지는 현장성 때문일 것이다. 식민지 현실의 정서적 대상(代償)으로서, 그리고 그 저항의 의지에 대한 상징으로서 논개는 1920년대의 암울을 어루만져 주는 한 위안일 수 있었으리라. 그리고 보면 시인이 시를 쓰는 까닭은 삶의 조건이 그렇게 하기를 요구하기 때문이라는 답도 나올 듯하다.

더구나 이 시를 시대적 요청 혹은 시대적 발언으로 이해하려 할 때 그를 뒷받침할 근거는 노래하는 방식에서도 찾을 수 있다.

조금만 주의를 기울여도 이내 알 수가 있는 사실이지만, 이 시에 등장하는 이미지들은 모두가 토속적인 것이다. 강낭콩꽃, 양귀비꽃, 아미, 석류 등 그 어느 하나라도 우리의 진한 흙냄새가 배지 않은 것이 없다. 이것은 아마도 시인의 의도적인 배려일 것이다. 단성(丹誠)으로 귀결되는 이 시의 의미 지향을 위해서는 필수 불가결하고 마땅히 그래야 했던 토속성의 추구였을 것이다.

그런가 하면 이 시의 세 연에서 되풀이되고 있는 후렴구에도 주목을 요

한다. 흔히 근대시의 전단계인 개화기의 시가들에 후렴구가 등장하고, 이
것이 근대시로 이행하는 전단계가 되며, 이러한 후렴구는 서구(西歐) 찬송
가의 형태에서 영향받아 나타났다고들 한다. 그러나 이것은 잘못된 관찰임
이 금방 드러난다. 우리 고전시가를 보면 후렴구의 사용은 노래의 자질로
서 매우 보편적이었다. 고려가요 〈정석가(鄭石歌)〉며 〈동동(動動)〉이 그
좋은 예가 된다. 경기체가(景幾體歌)는 아예 양식적 요소로 "위 경(景)ㅅ
긔 엇더ㅎ니잇고"를 되풀이하였으며, 조선조에 들어서도 윤선도의 〈어부사
시사(漁父四時詞)〉며 그 밖에도 〈감군은(感君恩.)〉 등의 노래에 두루 후렴
구가 들어 있다.

　〈논개〉가 후렴구를 지닌 것은 가창을 위한 노래로서의 자질을 높이면서
그 의미를 거듭거듭 각인하려는 의지의 소산으로 이해하는 것이 좋겠다.
앞서 말한 개화기의 소설 『을지문덕전』이나 『강감창장군전』 등이 수구적인
태도로 고소설의 문체를 채용했던 것과 마찬가지로 〈논개〉의 후렴도 형식
속에 민족혼을 스며들게 한 장치로 볼 수 있지 않을까 한다.

　이제 우리가 앞에서 제기하였고, 또 언제나 가슴에 묻고 있어야 할 질문
에 대답할 차례가 되었다. '시인은 어째서 시인인가'하는 질문이다. 〈논개〉
를 통해서 우리는 이런 답을 마련할 수 있게 되었다.―"시인은 자기가 살
아 가고 있는 세상에 대한 답변으로, 그리고 질문으로 시를 쓴다."가 그것
일 것이다. 〈논개〉는 1920년대라는 격동의 시대를 살았던 한 시인이 그
사회와 역사 속에 던진 질문이자 동시에 그 답변인 셈이다.

간절함과 읊조림 : 박두진의 〈해〉

　박두진(朴斗鎭)은 1939년 『문장』지 6월호에 실린 〈향현(香峴)〉과 〈묘
지송(墓地頌)〉으로 우리 문학사에 처음 등록을 한다. 그의 등단을 위한 추
천은 〈낙엽송〉을 거쳐 〈의(蟻)〉와 〈들국화〉로 1940년 1월에 완성되지만
그의 첫 작품 두 편은 지금도 두고 두고 거론될 만큼의 의미를 지닌 것이
었다. 뿐만 아니라 그의 첫 두 작품은 한 시인의 시세계를 규정할 만한 정

도의 특성을 갖춘 것이었다.

우리가 살필 시작품 〈해〉는 그의 작품 활동으로 보면 제2기에 해당하는 해방 후에 씌어진 시로서 1946년 『상아탑』 5월호에 발표되었으며, 그의 시집 『해』에 실려 있다. 시집의 제목을 삼을 만큼의 중요성이 있는 〈해〉의 전문은 다음과 같다.

해야 솟아라. 해야 솟아라. 말갛게 씻은 얼굴 고운 해야 솟아라. 산 넘어 산 넘어서 어둠을 살라 먹고, 산 넘어서 밤 새도록 어둠을 살라 먹고, 이글 이글 애띤 얼굴 고운 해야 솟아라.

달밤이 싫여, 달밤이 싫여, 눈물같은 골짜기에 달밤이 싫여. 아무도 없는 뜰에 달밤이 나는 싫여……

해야, 고운 해야, 늬가 오면 늬가사 오면, 나는 나는 청산이 좋아라. 훨훨 훨 깃을 치는 청산이 좋아라. 청산이 있으면 홀로래도 좋아라.

사슴을 따라, 사슴을 따라, 양지로 양지로 사슴을 따라, 사슴을 만나면 사 슴과 놀고,

칡범을 따라, 칡범을 따라, 칡범을 만나면 칡범과 놀고……

해야, 고운 해야, 해야 솟아라. 꿈이 아니래도 너를 만나면, 꽃도, 새도, 짐 승도 한자리에 앉아, 워어이 워어이 모두 불러 한자리 앉아 애띠고 고운 날을 누려 보리라.

'간절함'의 시인 박두진(朴斗鎭)

이른바 '청록파(靑鹿派)'의 일원으로서 『청록집(靑鹿集)』에 참여하고, 또 는 대학의 교수로서 시에 관한 이론 및 비평서4)를 내고, 열 권이 넘는 시

---

4) 『시와 사랑』, 『한국 현대시론』, 『현대시의 이해와 체험』 등이 그것이다.

집5)과 전집6)을 내면서 이런 저런 변모도 보였지만, 그 모두를 첫 두 작품의 변주 또는 발전·심화라고 해도 과히 지나친 말은 아니다.

이러한 단정은 그의 시 세계에 대한 여러 유형의 평가에서 두루 확인할 수 있다. 그의 시는 자연에 대한 주목으로서 그 대상은 산, 하늘, 해, 바다로 이어진다7)고 한 것이나, 그의 자연은 민족과 인류, 현실과 영원, 현세적·정치적 이상과 종교적·궁극적 생활 양식이 아무런 모순 없이 일원화된 세계8)라고 해석하는 것, 이런 해석에서 나아가면 그의 고소(高所) 이미지가 바로 휴머니즘으로 이어지는 것9)이라는 진단 등이 그러하다. 이들은 그 설명의 용어나 층위가 다소 상이할 따름이지 결국은 동일한 특질이라 할 수 있는 '자연'의 의미를 밝혀 말하고 있는 것이다.

박두진의 시가 지닌 또다른 특징은 그의 시가 지닌 율격에 있다. 이 또한 많은 사람이 밝혀 놓은 것이다. 그의 초기 시 가운데 상당수의 작품들이 시행을 잘게 자르지 않은 줄글로 되어 있는데, 겉모양은 줄글이어도 실은 두 마디 대응 연첩을 기본으로 하는 전통적 율격으로 되어 있다10)는 점은 이미 널리 알려져 있다.

박두진의 줄글이 지닌 율격적 특성은 그 호흡의 급박함으로 해석되고, 그 급박함은 결국 노래하는 마음이 그다지도 간절함 때문이라는 결론에 이르게 된다. 이러한 간절함은 이 시인의 작품 세계 전반을 관류하는 한 특징이 된다. 그의 후기 시에 빈번하게 나타나는 기도의 시편들, 특히 같은 말을 되풀이하는 시편들에서 이러한 간절함은 쉽게 확인된다.

비교적 담담하게 우회의 길을 더듬는 후기의 시에서도 이러한 간절함은 확인된다.

---

5) 『해』, 『오도(午禱)』, 『박두진 시선』, 『거미와 성좌(星座)』, 『인간 밀림(人間密林)』, 『하얀 날개』, 『고산식물(高山植物)』, 『사도행전(使徒行傳)』, 『수석열전(水石列傳)』, 『야생대(野生代)』 등이 있다.
6) 1982년 범조사에서 간행.
7) 정한모, 『현대시론』, 민중서관, 1973, p.192.
8) 김현자, 「박두진과 생명의 탐구」, 김용직 외, 『한국현대시사연구』, 일지사, 1973, pp. 512~513.
9) 오세영, 『현대시와 실천비평』, 이우출판사, 1983, pp.167~174.
10) 김대행, 『한국시가구조연구』, 삼영사, 1976, pp.74~76.

이는 먼
해와 달의 속삭임
비밀한 울음.

한 번만의 어느 날의
아픈 피 흘림.

먼 별에서 별에로의
길섶 위에 떨궈진

다시는 못 돌이킬
엇갈림의 핏방울.

꺼질 듯
보드라운

황홀한 한 떨기의
아름다운 정적.

펼치면 일렁이는
사랑의
호심(湖心)아.

— 〈꽃〉의 일부

   같은 말을 되풀이한다는 것은 그만큼 강렬한 소망이라는 뜻이 되고, 그만큼 미진하다는 뜻도 되며, 그만큼 지속적이라는 뜻도 된다. 박두진의 그런 특징은 그의 시 세계 전체를 일관한다. 이 특징을 우리는 '간절함'이라고 불러도 좋을 것이다.

   한 마디로 규정하는 것이 필요하다면, 그리고 그것이 가능하다면 박두진은 간절함의 시인이라 할 수 있다. 그 간절함은 한결같이 추구한 자연의 세계와 율격적 호흡의 끈기 있고 절절함에 있다.

   다만 그 자연이 무엇을 뜻하는가에 대한 해석은 여러 가지일 수 있겠지

만, 그것은 그다지 중요하지 않다. 아주 소박하게 말한다고 하더라도 언어
는 필연적으로 다의적(多義的)이며, 시란 더더구나 그 다의성을 생명으로
하는 장르이기에 더욱 그러하다.

더불어 사는 세상

작품을 보는 시각은 매우 다양하고 그 각각의 시각 나름대로 다 타당한
것이겠지만, 여기서는 〈해〉가 무엇을 어떻게 노래했는지에 초점을 맞추어
본다. 그렇게 하면 '왜'라는 질문에까지 이어지는 답이 나오기를 기대도 한다.

〈해〉가 해를 노래한 것이라는, 그것도 '솟아' 주기를 간절히 노래한 것
이라는 점은 표면상으로도 분명하게 드러나 있다. 그런데 해라고 하는 것
은 아침이면 늘 떠오르는 것임을 모르는 사람은 없다. 늘 떠오르는 해, 일
출시간이 되면 떠오를 바로 그 해라면 시인이 '해야 솟아라'하면서 외치는
것은 잠꼬대로 치부되기 쉽다. 그렇듯이 외칠 일이 아니라 차라리 기상대
에 일출 시간을 물어보고 나서 그 시간까지 잠자코 기다리는 것이 현명하다.

그런데 아무도 이 시를 잠꼬대로 보려고는 않는다. 잠꼬대가 아니려면
이 해는 일출 시간에 떠오르는 그 해가 아니라 다른 무엇이라고 생각해야
한다. 그 생각은 크게 두 가지로 갈린다.

하나는 해가 조국의 광복을 가리키는 것이라고 생각한다. 해는 광명의
상징이고, 빛이 삶에 투영되는 것은 희망과 밝음이다.[11] 일제의 사슬에서
벗어난 8·15해방을 '광복절'이라는 공식 명칭으로 부르는 것을 보면 이것
은 매우 당연해 보인다.

그렇게 생각할 심증은 더 있다. 이 시가 1946년에 발표되었다는 시기적
인 문제가 그 하나다. 시인 자신도 해방이 이 시의 모티브가 되었다고 분
명하게 말한 바 있다.[12] 시인의 말이 아니더라도 그렇게 생각할 증거는
충분하다.

---

11) 김재홍, 『한국현대시인연구』, 일지사, 1986, pp.398~436.
12) 박두진, 『한국현대시론』, 일조각, 1971, pp.384~385.

'산 너머 산 너머서 어둠을 살라 먹고'라든가 '달밤이 싫여'라고 외치는 데서 밝음과 어둠의 대칭적 구도를 볼 수가 있는[13] 데서도 암흑의 세월과 광명의 세상은 쉽게 떠올릴 수 있게 된다. 더구나 그 '해'의 세계는 박두진의 다른 시에서 '금빛 기름진 햇살-〈청산도〉'이거나 '화안히 비춰 줄 그런 태양-〈묘지송〉'이고, 혹은 '따신 햇볕살-〈햇볕살 따실 때에〉'의 이미지를 고수하고 있어서 이 점이 더욱 확인된다. 이 점은 유치환(柳致環)의 〈생명(生命)의 서(書)〉가 해를 '불사신(不死身)같이 작열(灼熱)하는 백일(白日)'로 그려 낸 것에 비겨 보면 박두진이 바라보는 해의 특징이 사랑스럽고 고움에 있음을 알게 해 준다.

박두진의 해가 이처럼 밝고 따뜻한 것이기에 그 해는 자연스럽게 산이며 하늘과 같은 자연들과도 곱고 순하게 어울린다. 해가 있는 산은 사슴을 만나 사슴과 양지로 놀러 가고, 칡범까지도 정겹게 노는 청산이 된다. 이것은 〈해〉만이 아니라 박두진의 다른 시에서도 두루 나타나는 자연의 이미지다.

그래서 생각은 다시 발전한다. 저토록 화평하고 아늑한 해가 비치는 곳, 그것은 골짜기이건 산이건 평원이건 그냥 밝기만 하거나 대낮이기만 한 것은 아니리라는 데 생각이 미친다. 여기서 쉽게 떠올리는 것이 '원초적 생명의 세계' 또는 '기독교적 상상의 낙원'에 대한 바램을 읽어 내게 되는 것이다.

이 또한 매우 당연한 해석이다. 한 시인의 작품 세계에 그의 종교적 성향이 깊은 영향을 미칠 수 있다는 것은 췌언을 필요로 하지 않는 것이고, 박두진의 시편에 두루 그려진 산이며 들이며가 선악과 이전의 낙원을 연상하게 하는 화평과 아늑함을 지니고 있다는 점에서 이런 해석도 정당화된다.

그러기에 그것이 휴머니즘이라는 말도 설득력을 갖게 된다. 원초적 낙원이란 기실 무엇인가? 그것을 체험해 본 자가 그 누구도 없는 것이라면 인류의 소망과 상상이 그려 낸 세계임이 분명하다. 그래서 그것은 원초적 낙원이 아니라 궁극적으로 도달하고자 하는 소망의 세계이다. 그 소망의 세계란 모두가 한데 어울려 화평을 누리는 곳이라면 이것이 바로 인간다운 삶의 세계일 것이다. 그것은 바로 더불어 사는 세상이고, 휴머니즘이 구현되는 세상이다.

---

13) 김현자, 앞 논문, p.512.

읊조리는 외침

박두진은 〈해〉의 첫 구절 '해야 솟아라, 해야 솟아라'를 가리켜 자신의 '최대 고음의 장엄한 가락'이라고 말했고, 특히 '용출적(湧出的)'이라는 말로 강렬함과 돌발성을 지적한 바 있다.

실로 그러하다. 양주동이 고려가요 〈가시리〉의 첫 구절 '가시리 가시리잇고 브리고 가시리잇고'를 두고 한 말이 생각난다. "기구(起句)의 문득 돌올(突兀)함이 천인(千仞)의 단애(斷崖)와 같고, 행문(行文)의 이어 급박(急迫)함이 일조(一條)의 급류(急流)를 연상케 한다."14)고 하였다. 이 말은 그대로 〈해〉의 첫 구절에 돌려 무방하다.

말이란 첫 마디만 떼면 상대가 누구이든 그 내용이 아무리 못할 말이든 얼마든지 할 수 있다. 그런데 그토록 어려운 첫마디가 이 시의 결론이니 그 만큼 호흡은 가쁘다. 호흡이 가쁜 만큼 바램도 간절하다.15) 이 시의 미덕은 첫부분부터 시작되는 이처럼 강렬한 간절함에 있다.

그 간절함이 시작에서만 강조되는 것이 아니라는 점 또한 이 시의 중요한 특징이다. 전체적인 호흡의 급박함이나 대응 연첩16)의 율격적 유창성은 충분히 강조된 바 있지만, 자세히 살피면 그 이상의 것이 드러난다.

그것은 우리 민요나 고시가에서 흔히 발견되는 말놓기 정형으로 이미 *aa′* 또는 *aaba*형으로 명명되는17) 것들이다.

---

14) 양주동, 『여요전주』, 을유문화사, 1963, p.424.
15) 이 시가 원초적 낙원에 대한 갈망보다는 조국 광복으로 해석되는 소지가 많은 것은 이처럼 가쁜 호흡 때문이기도 하다. 시인 자신도 이 점을 강조하고 있다. 그런데 좀 묘한 것은 해방과 발표 시기의 관계가 좀 걸린다는 점이다. 해방은 1945년이고 이 시의 창작 시기가 1946년이라면 '해야 솟아라'가 아니라 '해는 솟았다'가 오히려 자연스러울 것이다. 해가 조국의 광복이라면 이미 솟은 해를 두고 '솟아라'고 할 수 있는 심리적 상황이 어떤 것인지에는 생각이 좀체 미치지를 않는다. 이것은 나의 상상력이나 이해력 부족을 의미하는지도 모를 일이다.
16) 김대행, 『한국시가구조연구』, 1976, pp.37~41. 여기서 수립된 가설은 다음 책에서 더욱 구체화한다. 김대행, 『우리 시의 틀』, 문학과 비평사, 1989, pp.70~84.
17) 김대행, 『우리 시의 틀』, 문학과 비평사, 1989, pp.90~126.

<u>해야 솟아라</u>. <u>해야 솟아라</u>. 말갛게 씻은 얼굴 <u>고운 해야 솟아라</u>.
    a   *a*   *b*   *a*

<u>달밤이 싫여</u>. <u>달밤이 싫여</u>. 눈물 같은 골짜기에 <u>달밤이 싫여</u>.
    a   *a*   *b*   *a*

<u>사슴을 따라</u>. <u>사슴을 따라</u>. 양지로 양지로 <u>사슴을 따라</u>.
    a   *a*   *b*   *a*

*aaba*형식은 같은 말을 두 번 되풀이한 다음 그 세 번째에 다른 말을 끼워 변화를 주고 나서 같은 말을 한 번 더 되풀이함으로써 핵심어를 강조하는 말놓기인데, '형님 형님 사촌 형님'이나 "형님 오네, 형님 오네, 분고개로 형님 오네." 혹은 "말도 마소, 말도 마소, 시집살이 말도 마소." 등 민요에서 흔히 쓰이는가 하면, "살어리 살어리랏다 청산에 살어리랏다"나 "가시리 가시리잇고 ᄇ리고 가시리잇고" 등 우리 고시가에서 두루 발견되는 전통적 표현 방식이다. 이런 점에서 보면 〈해〉의 시적 조사법(措辭法)은 *aaba*의 전통에 바탕을 둔 것이라 할 수 있다.

*aaba*의 조사법은 다시 *aa′*의 조사법과 절묘하게 어울리면서 장형화로 나아간다. '눈물 같은 골짜기에 달밤이 나는 싫여'는 '아무도 없는 뜰에 달밤이 나는 싫여'로 변화를 겸한 되풀이를 보인다. '산 너머, 산 너머서'나 '늬가 오면, 늬가사 오면' 혹은 "나는 나는 청산이 좋아라. 훨훨훨 깃을 치는 청산이 좋아라" 등이 모두 이런 예에 속한다.

일부분의 변화를 거침으로써 동어반복의 상투성을 덜되, 핵심어의 반복을 통해 간절함을 더욱 드러내면서 말은 길어지고, 여기에 두 마디 대응 연첩의 율격이 결합함으로써 호흡은 급박해진다. 그리고 그 급박함이 간절함을 더욱 두드러지게 드러내는 것은 당연한 효과이다.

여리고 맑음의 의미

시인은 왜 시를 쓰는 것일까? 이에 대한 대답을 한 마디로 하는 것도 우습고, 그럴 수도 없는 노릇이다. 다만 시인은 느낀 바 있고 생각한 바 있어서 시를 쓰리라고 막연하게 짐작한다.

그 느낌이란 무엇이며 생각이란 무엇인가? 사람은 어떤 때 생각하는 것이며, 어떤 느낌이라야 시가 될 수 있는 것일까? 친구의 말은 말할 것도 없거니와, 사랑하는 사람의 말조차도 들을 만한 말이 있고 그렇지 않은 것이 있다는 점을 생각하면 시인의 느낌이나 생각이라고 다 좋은 이야기가 될 수는 없을 것이다.

여기서 '왜'라는 질문이 도드라진다. 시인이 무엇을 어떻게 노래했는가의 근원적 가치 평가는 이 왜에 비추어 볼 때에 비로소 완성된다고 할 수 있다. 세상의 온갖 소리에는 하찮은 넋두리도 있고, 우주를 울리는 진리도 있을 것이다. 그 값이야말로 노래하는 솜씨나 재료보다는 왜 그 노래를 부르는가에서 매겨진다. 노래에는 만인에게 그럴 듯한 공명이 담겨 있어야 하기 때문이다. 이제 그것을 찾을 차례다.

해가 광명을 뜻하는 것에는 이의가 없겠으나, 박두진의 〈해〉가 어떤 세계를 그토록 간절하게 바랐던 것인가 하는 데는 아직도 의문의 여지가 있다. 그러기에 작품을 다시 한 번 꼼꼼히 들여다본다. 왜 그것을 노래했는가 하는 증거를 작품 속에서 찾기 위함이다.

그러고 보면 〈해〉의 해가 단순한 광명이 아님이 이내 드러난다. 그 해는 빛으로 형상화되지 않고 '말갛게 씻은 얼굴'이며 '고운' 해이다. 그리고 '이글이글하는 앳된 얼굴'의 해이다. 그런 해라면 일출 순간의 해일시 분명하다. 일출의 해에는 눈부신 빛도 뜨거운 광열도 없다. 동해에서 바라보는 일출의 해는 눈을 감지 않고도 바라볼 수 있고, 해사하게 웃는 어린아이의 얼굴을 하고 있다. 〈해〉가 노래한 해는 그처럼 곱고 맑고 앳된 얼굴의 해이다.

일출은 어둠을 몰아내지만 결코 사람을 눈부신 어지러움으로 몰아가지는 않는다. 이 시인이 해를 두고 생각한 것은 그 최소한의 빛과 온기가 아니었나 싶다. 그 증거가 '양지(陽地)로 양지로'라고 강조한 것이다. 차가운 밤공기에 얼어 산에서 밤을 지샌 뒤에 마악 떠오르는 햇살에 몸을 나른하게 녹이는 정도의 따스함 — 그것은 따사로움이지 작열이 아니다.

그러고 보면 이 시인은 어린이처럼 고운 세상을 그리고 있는 것이라고 해야 옳다. 조국의 광복과 같은 소용돌이를 여기에 갖다 붙이는 것은 이육

사(李陸史)의 〈청포도(靑葡萄)〉에 나오는 '고단한 몸의 손님'을 광복에 갖
다 대는 것 이상으로 어색하다. 차라리 사슴과 칡범으로 패를 가르는 세상
을 두고 곱고 앳되게 한데 어울리는 세상을 갈망했노라고 했더라면 더 그
럴 듯했을 법하다.

　이런 생각은 이 시인이 매우 소박하다는 생각을 갖게 한다. 그러기에 그
꿈이 매우 순수해 보인다. 그렇다. 시인은 갈등이 아예 없는 세상, 너와
내가 한데 어울려 사는 세상을 언제나 꿈꾸며 사는 존재일 것이다. 그것은
이루기 힘든 세상이기에 그 꿈은 그만큼 더 간절할 것이다.

　결국 시인 박두진의 시가 말이 많은 것은 간절함 때문이며, 그 간절함은
〈해〉가 보여 주는 순수함이라고 결론지어 무방할 것이다.

〈해〉의 자리 매김

　해는 하늘에 있는 것이지만, 우리 문학사 속의 〈해〉는 조금 독특한 자리
에 두어야 할 듯하다. 그 독특함으로 두 가지 정도를 생각할 수 있겠다.

　하나는 이 시인이 음악시인이라는 점이다. 1930년대를 거치면서 우리
시가 방법적 세련을 거쳐 거듭거듭 변모했다는 것은 대체로 공통된 인식이
다. 그리고 그 방법적 세련을 대표하는 것은 형상화 방법의 다양성이라 할
수 있다. 정지용(鄭芝溶)이나 김광균(金光均) 또는 김기림(金起林)이 그런
경향을 대표한다. 이것은 주요한(朱耀翰)의 〈불놀이〉가 지닌 긴 호흡의 노
래와 우리 시가 결별했음을 뜻한다. '노래하는 시'이기보다 '쓰는 시'로의
변모이고, '노래로서의 시'보다는 '글로서의 시'를 지향한 것이다.

　박두진의 시는, 특히 〈해〉는 짧은 시행이기를 거부하고 줄글로 엮으면서
거기에 두 마디 대응 연첩과 aa' 또는 $aaba$형의 조사법을 채용함으로써
노래의 자질을 확실하게 지향했던 것이다. 문장 시인을 지향하는 당대의
풍조에서 음악 시인을 지향하는 경향에 앞장선 것이 〈해〉다.

　두 번째로는 시인의 자리에 관한 것이다. 글로 쓰는 시의 지향이 가져온
당연한 결과이겠지만 이 시기의 시인들은 자신의 자리를 대체로 '바라보는'

위치에 두었다. 마치 한 폭의 산수화를 그리듯이 그 시선은 먼 데에 두고 눈을 가늘게 뜨고 바라보는 자—그것이 시인이었다. 같은 청록파인 박목월(朴木月)이나 조지훈(趙芝薰)이 모두 그러하였다. 그들은 '구름에 달 가듯이 가는 나그네-박목월의 〈나그네〉'를 바라보고 '하이얀 미닫이가 우련 붉은-조지훈의 〈낙화(落花)〉' 것을 바라보는 사람들이었다. 격조(格調)와 원경(遠景)의 우아함은 그들의 몫이었다.

박두진의 〈해〉에는 그런 바라봄의 거리가 없다. 따라서 결코 우아하지 않다. 오히려 서두르고 목마름만 간절하게 드러나 보인다. 심지어는 수다스럽다는 말까지 듣기도 한다. 이것은 박두진이 한복판에서 외치고 있는 시인임을 말해 준다.

가끔 이런 생각을 해 본다. 혁명의 구호와 시의 외침은 어떻게 다른 것일까? 간절함도 소망도 같은 것이라면, 그 둘은 어떻게 달리 나타나는 것일까? 잠정적으로 생각해 보는 답은 삭임과 정돈에 관련된 것이다. 삭임은 생각을 깊게 할 것이고, 정돈은 말에 질서를 부여해 줄 것이다.

박두진의 〈해〉가 혁명의 구호로 나아가지 않고 시가 된 것은 혁명가가 아닌 시인의 작품이기 때문일까? 아닐 것이다. 그가 추구한 세계가 혁명과는 거리가 먼 순수와 고움에 있었기 때문일 것이다. 바램은 간절해서 숨은 가쁘고 간절했지만, 그가 꿈꾼 것은 세상을 뒤바꾸는 일이 아니었다.

그래서 이 시인에게, 그리고 〈해〉에게 시사의 의미 있는 한 자리를 아껴 두는 것이다.

제2부 일노래의 이념과 표상

일노래와 우리 삶의 형상

서정과 민요

'서정(抒情)'이라는 말의 기본적인 의미에서부터 논의를 출발하고자 한다. 서정이라는 말은 아주 널리 쓰이지만, 그 뜻을 명징하게 말하기는 망설여진다. 서정이라는 단어에 대한 독립적인 인식보다도 '서정시'라는 양식의 개념에 먼저 익숙해져버린 때문이 아닌가 한다. 서정시라는 양식은 서정만이 아닌 다른 요소들도 포괄하여 형성되는가 하면, 같은 서정이라도 서정시의 하위종(下位種)들에 따라 다양한 면모를 지니기도 하기 때문에, 서정시를 통해 습득된 서정의 개념은 그만큼 다양하고 포괄적일 수밖에 없다.

그런데 민요는 개인 창작시와는 달리 즉흥성, 공식성, 전형성, 보편성 등의 속성을 지닌다. 이 점에서 민요는 문학의 원초적 모습을 담고 있기도 하고, 양식화의 측면에서 본다 하더라도 소박한 수준에 머문다는 것이 널리 알려져 있다. 민요의 이런 특성들은 그 서정에 관한 논의가 원론적인 요소에 대해 주목하면서 이루어져야 할 것임을 시사한다.

따라서 시대에 따른, 혹은 지역 편차가 갖는, 아니면 민족마다가 상이하게 지닌 구체적 양식으로서의 서정시가 장식적 혹은 변이적 요소로서 분별되고 설명된다면, 민요에 관한 논의는 그 장식적 혹은 변이적 요소를 사상

(捨象)해버리고 서정의 개념을 원론화할 필요가 있다. 예를 들어, 국어사전은 '서정시'를 다음과 같이 설명하고 있음을 본다.

> "시의 3대 부문의 하나. 서사시·극시와 달리 주관적이며 관조적 수법으로 자기 내부의 감정을 운율적으로 나타냄. 대개 짧은 형식으로 되며, 주로 연애·종교·자연 그리고 사상적 갈등을 나타낸 것으로 그 원조로는 그리스의 여류 시인 사포를 꼽음. 리릭(lyric). 주관시."[1]

여기서 수법이며 형식 또는 내용에 해당하는 설명은 모두 양식화된 장르 종으로서의 서정시가 갖는 특질에 대한 풀이에 해당한다. 그러므로 민요의 서정을 살피기 위해서는 서정의 사전적 정의인 '자기의 감정을 주관적으로 나타내는 일'이라는 개념에서 출발할 필요가 있다. 정교하게 다듬고 양식화 또는 창안(創案)에 골몰하지 않은 채로 창조되고 향유된 것이 민요라는 점을 드러내기 위해서 이런 전제는 필요하다.

그러고 보면, 서정의 요체는 '감정'을 '주관적으로' 나타낸다는 두 가지가 된다. '감정'은 서정의 질적 요소를 규정하는 말이고, '주관적'은 표출의 방식을 지칭하는 말이라고 할 수 있다. 따라서 민요의 서정을 논의하는 일은 이 두 요소를 바탕으로 하여 이루어질 수 있다. 즉, 우리 민요가 '무엇'에 대한 '어떤' 감정을 노래하고 있으며 그 드러냄의 방식에 '어떠한' 성향이 있는가 하는 분석적 의문을 제기할 수 있고, 그러한 분석에서 드러나는 특질은 무엇을 뜻하는가 하는 해석적 질문이 추가될 수 있을 것이다.

물태인정과 민요

민요가 그 감정의 대상으로 하는 것은 삼라만상, 다시 말해 물태인정(物態人情)의 모든 것이라고 할 수 있다. 적어도 민요에서는 감정의 대상에 어떤 제한이 있는 것 같지는 않다. 예를 들어, "가는 댕댕 느렁넝출 광풍에

---

1) 이희승, 『국어대사전』, 민중서림, 1982. 이하 사전적 풀이는 모두 이 사전에 따름.

도 못 잊었나/ 달은 밝아 요요한데 임의 생각 절로 난다 〈모심기노래2), 함양〉"는 노래에서는 그저 무심해 보이는 식물인 느렁넝출의 흔들림이 감정의 대상이 되고 있고, 그런가 하면, "가랑비 세우가 올 줄 알면 청사도 복을 줄에 널까/ 나갔던 님이 오실 줄 알면 문을 걸고 잠이 들까 〈농요(農謠)3), 창원〉"같은 것에서는 비가 내린다는 일상적 자연현상이 감정의 대상이 되고 있기도 하다.

이처럼 민요가 감정의 대상으로 삼는 것은 『천자문(千字文)』의 첫머리인 '천지현황(天地玄黃)'에서 그 맨마지막인 '언재호야(焉哉乎也)'에 이르기까지, 혹은 저 광대한 '우주일월(宇宙日月)'에서부터 하찮기 그지없는 '우수마발(牛搜馬勃)'에 이르기까지 거의 무한하다. 그리고 그 대상을 어떤 형식으로 분류해 본다 해도 그 범위는 다양하며 종류는 포괄적이다. 예를 들어, 그저 세상사인 것이 있는가 하면 절실한 자신의 문제가 있기도 하고, 남의 문제가 있는가 하면 나의 문제도 있으며, 일의 세계가 있는가 하면 놀이의 세계도 있고, 사물의 세계가 있는가 하면 감정 그 자체의 세계도 있다.

"백설같은 이 나비야 부모님 몽상을 입었는가/ 소복단장을 곱게 하고 잔디밭으로 날아든다 〈모심기노래, 울산〉"는 노래는 사물의 세계이며 남의 문제라고 한다면, "요 세상에 여즈로 나고 일부종사 웨 못하여 히/ 형구종신 몸이 되어 날날에 요런 가탄 히/ 날을 세워 히/ 이여도사 히/ 이여싸 히 〈해녀노래, 서귀〉4)"같은 노래는 자신의 문제이며 감정 그 자체의 세계를 드러낸 것이다.

민요가 감정의 대상으로 하는 세계가 이렇듯 무한하다는 것은 예를 더들 필요가 없을 정도로 널리 인식된 것이기도 하다. 다만 이런 민요의 감정적 대상을 '물태인정(物態人情)'이라는 말로 포괄할 수 있지 않을까 한다. 이 말은 본디 정약용(丁若鏞)이 문체의 변화 이유를 논하는 글에서 새롭게 의미를 부여한 말로서, '물태(物態)는 냉·난(冷煖)의 실정에 따라,

---

2) 모를 심을 때 부르는 노동요를 〈모심기노래〉로 불러 둔다. '이앙요(移秧謠)', '모심는 노래', '모심기소리', '모심는소리' 등이 두루 사용된다.
3) 김소운, 『조선구전민요집』, 영창서관, 1949, p.270에서는 '농요(農謠)'라 하여 이 노래가 모심기, 논매기 등의 농사 노작(勞作)에 두루 불려진다고 설명하고 있으며, 임동권의 『한국민요집 I』에서는 이앙요(移秧謠)로 분류하고 있다.
4) 한국정신문화연구원, 『한국구비문학대계 9』, 1983, p.445.

인정(人情)은 이·해(利害)의 실정에 따라 변화하게 마련이므로 그것을 드
러내는 문체 또한 변화하게 마련'이라는 논의의 과정에서 구체화된 개념이다.
    따라서 물태인정이라는 말이 득·실(得失)의 추구라는 과정에서 필연적으
로 연유하는 변화의 관점을 포함한다5)는 점에서나, 그 기반이 되는 요소
와 현상의 구조를 염두에 두고 있다는 점에서나 민요의 감정 대상을 포괄
하는 용어로 적합할 듯하다. 민요가 무엇을 감정 대상으로 하느냐의 문제
가 단순히 대상의 물목화(物目化)6)에 그치지 않고 그 삶의 동향까지를 드
러내리라는 점에서도 물태인정이라는 말은 충분한 함의(含意)를 지니며7),
인정(人情)이 사람에 관계되고 물태(物態)가 사물에 관계된다는 점에서도
넉넉한 포괄성을 지닌다고 할 수 있다.
    민요가 드러내고자 하는 감정의 대상이 물태인정이라는 말로 대표될 수
있느냐의 문제를 거론하는 것은 단순히 용어 그 자체의 규정에 뜻이 있지
않다. 물태인정이 말 그대로 세상의 모든 것을 아우르면서 노래의 본질까
지도 요소로 지닐 수 있다는 점을 검토함으로써 민요의 포괄성을 확인하고
자 함이다. 역사적 실체로서의 여러 서정 문학 양식들은 그것이 배경으로
하는 여러 조건들에 따라 감정의 세계가 제한되는 것이 흔히 목격된다. 향
가나 고려 시가에서 볼 수 있는 감정적 특색들은 그것이 시대적으로 혹은
양식적으로 제한된 결과로서의 모습이라고 할 수 있다. 이에 반하여 민요
는 그 대상이 물태인정의 모든 것으로 확산되어 있다는 것을 확인하자는
것이 이 부분의 의도다. 이 점에서 민요는 우리 삶의 모든 것을 감정화한
다고 정리할 수 있을 것이다.

---

5) 송재소, 『다산시 연구』, 창작과 비평사, 1986, pp.49~50 참조.
6) '물목화(物目化)'라는 용어는 널리 공인되지 않은 것이다. 여기서는 사물의 단순한
    나열이나 제시라는 뜻으로 쓰며, 흔히 말하는 목록형 제시(catalog) 수법도 이와
    유사한 개념이 될 것이다.
7) 다산(茶山)의 물태인정론을 지칭하여 유물론적인 문학관이라고 규정한 연구가 있기
    도 하다. (리선한, 정다산 문학사상론, 조선문화연구소편, 『제2차 조선학 국제학술
    토론회 론문집』, 1989, pp.265~268) 이는 문학과 현실의 관계를 관심사로 해서
    주목한 결과일 것이다. 그러나 이 연구에서는, 다산이 인간의 사유기관을 '인심(人
    心)'으로 본 것은 비과학적이라고 분명히 못박고 있기도 하다.

민요의 주관성

민요가 감정의 대상으로 삼는 것은 제한이 없음을 살폈다. 그러면 그 대상에 대하여 감정을 형성하는 태도는 어떠한가를 살펴보자. 이것은 민요가 대상의 무엇을 노래함으로써 자신의 감정을 드러내는가 하는 문제와도 관련을 갖는 것이며, 그래서 민요가 지향하는 것이 무엇인가 하는 문제와도 관련이 깊다. 따라서 물태인정을 물태인정 자체로 노래하는 것인가 아니면 물태인정이 나에게 야기하는 문제인가 하는 것이 이 부분의 주요 관심사가 된다. 이것은 민요가 노래하는 감정이 '무엇'이냐 하는 문제의 또 다른 측면을 드러내는 일이기도 하다.

감정의 대상인 물태인정과 자신의 관계를 설정하는 방식은 주객 대응(主客對應)의 특질과 형상화(形象化)의 특질에서 단서를 얻을 수 있다. 민요에서 주객 대응과 형상화를 이루고 있는 구조적 기저가 은유적 관계와 환유적 관계의 두 축임은 이미 분석된 바 있다.8) 대상과 주체의 관계 설정에서는 유사성의 원리에 의거해서 은유적 대응을 이루고, 그 형상화를 위해서는 사물의 부분을 드러냄으로써 환유적 치환을 보인다는 것이다. 이것을 달리 말하면, 대상에 의해서 자신의 감정이 촉발되는 한편, 자신의 감정을 표현하기 위해서는 자기까지가 속해 있는 물태의 부분을 드러낸다고도 할 수 있다.

이러한 구조 원리는 보다 깊은 의미를 지닌다고 할 수 있다. 즉, 대상과의 은유적 관계나 자기 표현의 환유적 관계가 모두 다 대상과 자신이 하나의 범주 속에 있음을 인식함으로써 가능한 것이다. 하나의 범주 속에 있기에 대상과 자신이 같은 층위에서 연상됨으로써 은유가 가능해지는가 하면, 역시 같은 범주에 있기에 자신을 표현하기 위해 객체의 무엇을 쳐들어서 표현하는 환유가 가능해지기도 한다.

이 말은 결국 노래하는 주체와 대상이 동일한 국면에 있다는 인식을 드러낸다. 대상이 곧 나요 내가 곧 대상이라는 뜻이다. 모든 것이 나의 문제이기도 하다는 말도 가능하다. 그렇기 때문에 대상을 바라보되 대타적(對

---

8) 김대행, 『한국시의 전통 연구』, 개문사, 1980, pp.93~102 참조.

他的)인 시선이 아니라 대자적(對自的)인 시선으로 바라보게 되며, 그렇게 해서 대상에서 발견되는 어떤 것도 결국은 자신의 감정이 되고 자신의 모습일 수밖에 없게 된다. 이런 점에서 민요의 감정은 '나'의 주관적 드러냄이라는 설명이 가능해진다. 이 점이 민요의 주관성이다. 그러나 그 주관성에도 경계가 있고 그에 따른 특질이 있다는 점은 뒤에서 상론하게 된다.

감정의 거리

'거리'라는 용어는 다소 애매한 점이 있다. 부스(Wayne C. Booth)에 의하여 구체화되고 정치(精緻)하게 다듬어진 것으로 일컬어지는9) 이 용어는 일상어에서 흔히 사용되기도 하는 개념과 뒤섞임으로써 불명확해지기도 한다. 즉, '거리가 멀다'는 말과 '거리가 있다'는 말에서 이 단어가 보여주는 뜻처럼 '거리'는 단순한 측정의 기준일 수도 있고 그와는 반대로 이미 간격이 있음을 드러내는 용어가 되기도 한다.

부스가 지적(知的), 도덕적(道德的), 미적(美的), 정서적(情緒的) 거리 등의 요소로 소설에서의 거리 문제를 거론한 것이라든가, 이를 다시 관계라는 측면에서 설화자(narrator), 내재된 작자(implied author), 인물, 독자 간의 거리로 나누어 논의하고 있는 것은 후자의 관점에 속한다. 물론 그 거리의 정도에 차이가 있을 수 있음을 밝히고는 있다10)고 하더라도, 어떤 행위 어떤 진술도 현실 그 자체일 수 없기에 거리가 있는 것이라는 관점이므로 이는 이미 간격이 있음을 전제한 것이 된다.

여기서 간격이 있다는 것은 작품의 발화(utterance)가 현실 그 자체와 동일시될 수 없음을 뜻한다. 문학이 가공의 진실이라는 설명을 빌어오지 않더라도 이런 전제는 충분히 이해될 수 있다. 이 점은 무대 위에서 악역을 하는 배우가 현실의 악인이 아니라는 것과 같다. 고로 문학적인 발화의

---

9) Wallace Martin, *Recent Thories of Narrative*, Cornell University Press, 1986, p.159.

10) Wayne C. Booth, *The Rhetoric of Fiction*, The University of Chicago Press, 1961, pp.155~159.

형성이나 수용에 참여하는 사람이 그 발화에 대해서 필요한 만큼의 간격을 지니는 것은 필연적이다.11) 다만 문제는 그 정도의 차이인데, 이론적으로는 그 간격이 영(零)으로 되는 경우도 없지는 않을 것이다. 슬픈 영화를 보고 눈물을 흘리는 것도 이러한 자아동일시(自我同一視) 현상이라 할 수 있다. 그러나 그 경우라고 하더라도 문학적 발화와 현실을 완전히 동일시한다는 것은 이론상의 가정일 뿐 실제로 존재하기는 어려울 것이다.

이런 이유 때문에 문학적 발화에 대한 거리의 문제가 발생한다. 그 진술이 현실 그 자체와 완전히 동일시되는 경우는 없다고 하더라도 어떤 정도로 동일 혹은 이질적으로 인식되고 있는가가 이 부분의 관심사가 된다. 그런 점에서 민요는 다소 특이한 특성을 지니기도 한다.

민요도 담화(discourse)의 구조로 되어 있으므로 당연히 설화자(narrator)가 있다. 또 현장에서 창작되는 극소수의 예외도 있지만 대부분의 노랫말은 전승되어 온 것이다. 그러므로 내재된 작자(implied author)가 있게 마련이다.

그러나 소설의 경우와 다른 것은 인물(character)과 독자[청자] (reader, listner)의 성격이다. 민요에 따라서는 등장인물이 있기도 하지만 서정을 주로하는 경우에는 등장인물의 존재가 보편적인 현상이라고 하기 어렵다. 독·청자 경우도 그렇다. 민요의 경우는 노래하는 사람이 곧 독·청자가 되는 경우가 매우 많다. 그러고 보면 민요에서는 독자나 등장인물에 대한 거리의 문제가 논외로 된다. 따라서 민요의 언술에서 주목할 수 있는 거리 문제는 설화자와 내재된 작자의 관계로 일단 국한된다.

민요의 이런 구조는 그 언술과 현실이 대단히 밀착되어 있음을 시사한다. 거리가 없다는 사실은 그 요소들 사이에 벽이 없음을 말해 주고, 벽이 없다는 것은 동일시가 가능하기 때문이다. 거기에다가 설화자와 내재된 작자의 관계에서도 그러한 긴밀성이 발견된다. 그 긴밀성은 민요의 언술이 보여주는 대명사나 종결어미를 통해서 드러나기도 하고, 민요의 연행성(演行性)을 고려할 때 부각되기도 한다.

---

11) Joseph T. Shipley, *Dictionary of World Literay Terms*, The Writer, Inc., 1970, pp.87~88, 258.

우선 대명사의 문제를 생각해 본다. 앞에 인용한 노랫말들을 통해서도 짐작할 수 있는 바지만, 민요에 나오는 대명사는 '나' 또는 '우리'가 대부분이다. "남훈전 달 밝은데 순임금의 놀음이요/ 오뉴월이 당도하니 우리 농부 시절이라 〈모심기노래, 청양〉" 같은 것이 그 예이며 아주 보편적이다.

또 우리 말에 일인칭의 주어는 생략되는 경우가 흔하다는 점과 관련하여 보면 굳이 대명사가 문면에 드러나지 않더라도 실질적인 주체가 일인칭임이 분명한 경우가 대다수다. "깜둥부시 딸각 쳐서 담배 한 대 먹어 보세/ 담배맛이 요러하면 쌀밥맛은 어떠한고 〈모심기노래, 함안〉"에서 이 언술의 통사론적인 분석이 어떠하든지 간에 그 의미의 실질적인 주체는 '나'다.

이렇듯이 대명사가 일인칭으로 되어 있다는 것은 설화자, 내재된 작자, 독자 간의 거리가 거의 영에 가깝다는 뜻이 된다. 민요의 노랫말은 유형을 형성하면서 일정하게 양식화되어 있으므로 그 고정성을 생각한다면 그것은 남이 지어낸 말이며 생각이라는 인식이 있을 수 있다.

그러나 민요의 실상은 다르다. 유형화된 각편에서 약간씩의 차이를 보이기는 하지만 그 내용을 이루는 언술은 남의 말이 아니라 나의 말이며 생각이라는 인식이 보편화되어 있다는 사실을 일인칭 대명사가 드러내 준다.

민요의 이런 특성은 종결어미에서도 같은 모습으로 나타난다. "심어 주게 심어 주게 심어 주게 원앙의 줄모를 심어 주게 〈모심기노래, 명주〉"에서 보는 '-게'라든가 "절우자 절우자 이 모자리를 절우자 〈모찌기노래, 중원〉"의 '-자' 등은 청유의 뜻을 지니는 종결어미로서 전달의 의도를 강하게 지닌다. 또 "날 오란다네 날 오란다네 산골 처자가 날 오란다네 〈모심기노래, 창원〉"의 '-네'는 간접화법적인 의미를 내포하는 종결이므로 이 또한 전달의 의도가 강하다고 볼 수 있다. 이런 의미에서 '-네'를 화법형(話法形) 어미라고 부를 만하다.

민요가 구비전승되기 때문에 구어체를 채용한다는 것은 자명한 이치지만 전달의 의도를 강하게 드러내는 화법형 어미를 사용하고 있다는 것은 그 연행성과 깊은 관련이 있지 않은가 한다. 비록 일정한 양식으로 고정되어서 전승되는 내용이기는 하지만 민요는 불가불 그 현장에서의 전달이라는 의도를 강하게 지니기 때문에 이런 종결 형식을 지니게 되는 것이라고 추론할 수 있기 때문이다.

현장에서의 전달이라는 성격을 강하게 드러내 보여주는 연행적 특성으로, 시간에 따라 노랫말이 달라지는 현상도 음미해 볼 가치가 있다. "해 돋았네 해 돋았네 시살 봉창에 해 돋았네/ 일어나소 일어나소 잠든 가장아 일어나소 〈모심기노래, 울산〉"는 모심기를 시작하는 아침에 부르는 노래이고, "오늘 해가 요만 되면 점심참이 다치 오네/ 새별 같은 저 밥고래 반달 겉이도 떠 나오네 〈모심기노래, 울산〉" 등은 점심 때가 아니면 부르지 않는 노래이며, "해 다 지고 저문 날에 어떤 수자가 울고 가노/ 부모형제 이별하고 갈 곳이 없어 울고 간다 〈모심기노래, 울산〉"는 해 질 무렵이 되어야만 부를 수 있는 노래다.12)

이렇듯이 노래가 시간적으로 구분되어 있다는 사실은 연행 현장과의 긴밀한 관련을 시사하는 징표이고, 그런 점에서 노래와 현실의 관계가 밀접한 상관을 갖고 있다는 말도 된다. 민요 연행과 현실의 이런 긴밀성과 아울러 종결어미의 전달성 그리고 대명사의 동질성 등을 연관시켜 고려하면 민요에 대한 거리의식의 윤곽이 떠오르게 된다. 즉, 민요는 다른 문학 양식과는 달리 서술자, 내재된 작자, 독자 등의 관계가 동일시에 근접하는 성격을 갖고 있다는 점이다. 노랫말을 듣고 즐기는 식의 향유와는 달리 민요의 노랫말 그 자체가 연행자 자신의 투영으로 나타난다고 규정지을 수 있다.

민요의 설화자와 노래하는 사람이 이렇듯 동일시되고 발화 내용 또한 현실과 거리를 두지 않는 속성 때문에 동일한 노랫말이 오랜 세월을 두고 꾸준히 되풀이 노래된다고 볼 수 있다. 이 점은 흔히 유행가라고 부르는 것이 갖고 있는 동일시 현상과 비슷하며, 바로 그런 점이 유행가를 인구에 회자하게 하는 요인이 된다는 점과도 상통한다.

민요와 현실의 이러한 무거리성(無距離性)은 상황이 반드시 일치하지 않을 경우에도 통용된다. 예를 들어, "삼가 합천 공골못에 연실 따는 저 처자

---

12) 〈모심기노래〉로 불리는 모든 노랫말이 일정한 시간성을 지니고 있는 것은 아니다. 그러나 일이 시작될 때와 끝날 때, 그리고 점심때라는 구분은 명확하여 그에 관련된 화제가 등장한다. 그 밖의 시간에는 여러 가지 다채로운 화제가 다양하게 등장하되 특히 일이 힘들게 느껴질 때면 해학적인 내용이나 성에 관련된 내용이 등장하는 것도 시간성과 무관하지는 않을 것이다.

야/ 연실던실 내 따 주께 요 내 품에 잠을 자게 〈모심기노래, 함양〉" 같은 노랫말에 나타난 사건이 그 연행의 현장 상황과 일치하는 경우는 그리 많지 않을 것이다. 그러나 설화자이자 곧 내적 작자이면서 또한 독자이기도 한 창자들은 공통된 심리적 체험과 욕망의 기저를 가지고 있기 때문에 공감에 의한 구체성과 현실성을 확보하게 된다. 민요 언술에 대한 향유자의 무거리적인 인식이 공동 체험과 연합하는 부분이다.

결국 민요는 노랫말의 언술과 현실 사이의 거리가 영에 가까운 것으로 인식되고 있는 장르라고 할 수 있으며, 바로 이 점이 공감의 요소가 되어 전승을 가능케 한다는 점에서 개인 창작과 차이를 지니게 된다고 할 수 있다. 그리고 이런 무거리 또는 동일시 현상은 공동체적 삶을 살아가고 동일한 장에서 같은 일을 하는 사람끼리의 체험적 혹은 연상적 동질성을 바탕으로 하여 성립이 가능하다고 할 수 있을 것이다. 그러므로 민요는 누가 지었는가에 상관없이 부르는 사람들 자신의 노래로 귀결되며, 그러기에 자신의 감정을 드러내는 장르인 셈이다.

대상과의 거리

민요의 발화가 전승된 구조체임에도 불구하고 그것을 창자 자신의 언술과 동일시하는 현상이 있음을 살핀 것은 민요가 드러내고 있는 감정이 어떤 것인가를 살피기 위한 정지작업에 해당한다. 이 과정을 통해서 우리는 민요에서 설화자, 내적 작자, 청자, 창자 등을 구분하지 않고 하나로 묶어서 생각해도 좋을 만큼 거리가 없음을 확인하게 되었다. 그 결과 민요의 노랫말이 드러내는 감정의 모습을 보편화된 공감의 구조물로 이해할 수 있게 되었다.

이제 민요의 감정이 '어떤' 것인가를 살피기 위해서 또 다른 거리의 문제를 생각할 필요가 있다. 그것은 작품의 플롯이나 정서에 대하여 취하는 거리인데, 부스에 의하면 미적 거리(aesthetic distance)로 설명되기도 한다. 낭만주의적 작품은 정서적으로 몰입되는 반면에 자연주의나 사실주의적 작품은 거리를 유지한다고 할 때의 '거리'는 바로 이 미적 거리를 지칭함이다. 그러므로 미적 거리는 작품에서 형상화되는 대상에 대한 태도와 관련되어 형성되는 것임이 드러난다.

민요가 어떤 감정을 노래했는가 하는 문제는 이 미적 거리의 개념을 통해서 바라볼 때 그 한 면모가 파악된다. 민요에서는 플롯의 문제가 제기되기 어려우므로 감정적인 거리가 소설보다 더욱 분명해지기도 하는데, 감정적 대상에 대한 진술이 동일시의 원리 위에 서 있다고 본다면 민요는 그 감정적 태도를 두 가지로 내보이고 있음을 발견하게 된다.

그 하나는 대상과의 동질성을 바탕으로 하여 감정이 형성되는 경우로,

> 우리 조선 만백성은 흉년 질가 수심이네
> 청춘과수 유복자는 병이 날가 수심이네   〈모심기노래, 함안〉

에서 보듯이, '수심이네'라는 핵심어에 의해 병렬되고 있는 이 두 줄의 노래는 동질성에 바탕을 두고 감정이 형성되는 예다. 그러나 다음의 예는 대상과의 이질성을 바탕으로 하여 감정이 형성됨을 보여주는데,

> 소지를 곯고 청수 떠서 국화정자 놀러 가네
> 우리는 언제나 활량 되어 국화정자 놀러 갈고   〈모심기노래, 대구〉

에서 '놀러 가네'와 '놀러 갈고'의 의미적인 이질성이 암시하는 바와 같이 이 두 줄의 노래는 노래의 대상과 자신이 전혀 다르다는 인식을 바탕으로 함으로써 감정이 촉발되고 또 형성되고 있다.

대상과의 이질성과 동질성이 어떤 경로로 감지되는가 하는 문제는 이미 밝혀진 바 있다. 이 세상의 삼라만상이란 어느 것 없이 여러 측면의 다양한 모습을 지니게 마련이므로 하나의 사상(事象)에는 긍정적 가치도 부정적 가치도 있게 마련이다. 그런데 민요의 감정적 주체가 대상과 자신을 대응시켜 파악할 때, 대상의 긍정적 측면에 대하여는 자신을 이질적인 것으로, 대상의 부정적 측면에 대하여는 자신을 동질적인 것으로 인식하는 특징을 지니고 있다.13)

가령 '꽃'이라는 대상의 경우만 예로 하더라도 "명사십리 해당화야/ 네 꽃 진다 설워 마라/ 명년 춘삼월 돌아오면/ 그 꽃은 다시 피련마는/ 우리 네 인생 한 번 가면/ 움이 날까 싹이 날까/ 가련한 게 인생이라 〈상여소리, 중원〉"에서 보듯이 졌다가도 다시 필 수 있는 꽃의 긍정적 측면에 대하여 인생은 부정적인 모습으로 대응됨으로써 감정을 형성한다.

반면에 "노류장화 꺾어 쥐고 뉘를 잡고 희롱할꼬/ 느실느실 곱게 핀 꽃 너와 나와 섧게 지네 〈이별요, 서울〉"는 '노류장화'가 암시하듯이 꽃의 부정적 측면을 드러낸 것이며, 여기에 대해 노래의 주체는 꽃의 불행함을 자신과 동일한 것으로 대응시킴으로써 감정이 촉발된 것을 보여준다.

그런데 부정의 긍정은 부정이고 긍정의 부정도 역시 부정이다. 따라서 대상의 부정적 모습에 대하여는 동질적이라는 인식으로 나아가고, 반면에 대상의 긍정적인 모습에 대하여는 이질적이라는 인식에 의해 촉발되고 형성되는 민요의 감정은 전체적으로 부정적인 모습을 띨 수밖에 없다.

민요가 이처럼 부정에서 형성되는 감정을 드러내고 있음은 대상과의 이질성이 강조되고 있음을 뜻하는 것이며, 그것이 바로 대상과의 거리라고 할 수 있다. 이처럼 민요는 대상에 몰입하기보다는 대상과의 미적 거리를 유지하는 감정을 드러낸다. 민요의 이런 성격은 대상과의 관계를 보여주는 수사학적 장치에 의해서도 뒷받침된다. 먼저 대상의 긍정적 측면에 대한 이질성을 드러내는 예로,

        샛별같은 밭골에서 반달각씨 떠나온다
        너가 무슨 반달이냐 초생달이 반달이지   〈모심기노래, 하동〉

같은 것을 들 수 있는데, 이 표현의 수사학적 장치는 대조라고 할 수 있다. 반면에 감정 형성 대상의 부정적 측면에 대한 동질성을 드러낸 예로는,

        빵긋빵긋 웃는 임을 못 다 보고 황천 가오
        칠십 노모 홀로 두고 황천 가는 날만할까   〈모심기노래, 창원〉

---

13) 김대행, 『한국시의 전통 연구』, 개문사, 1980, pp.175~182 참조.

와 같은 것이 있는데, 이 표현을 이루고 있는 수사학적 장치는 비교의 구조라고 할 수 있다. 이처럼 민요의 수사적 장치가 대조 또는 대비 그리고 비교 등의 구조에 의거한다는 사실은 그 감정적 기저가 '몰입'보다는 '거리의 유지'에 있음을 더욱 분명하게 확인시켜 준다.

이런 점에서 우리 민요는 카이저(Wolfgang Kayser)가 말하는 서정적 거시(擧示, Lyrisches Nennen)라든가 서정적 단언(斷言, Lyrisches Ansprechen) 또는 서정적 표현(表現, Lyrisches Ausdrucken)이라고 할 만한 서정적 모습들은 찾기 어렵다고 할 수 있다.

카이저가 장르로서의 서정양식이 아니라 '서정적'인 것을 언어적인 근본 태도의 한 가지로서 언어의 기능에 관계된다고 본 설정에서 알 수 있듯이 카이저의 서정적 태도란 대상과 심적인 것이 상호 침투되어 고조된 감정의 알림을 일컫는다. 상호침투의 기본 전제 위에서 서정적 거시는 대립에 의해, 서정적 단언은 극적 작용에 의해, 서정적 표현은 완전한 융합에 의해 형성된다는 차이를 카이저는 설정하고 있다.14) 따라서 카이저가 말하는 '서정적인 것'은 우리가 생각하는 단순히 주관적 감정을 노래한 것과 거리가 있다. 서정이라는 것이 대상과의 상호 침투에 의한다는 전제가 우리의 경우와 이미 다르기 때문이다.

굳이 카이저의 설명이 아니라 슈타이거(Emil Steiger)의 '회감(回感, Erinnerung)'15)인 요소로 보거나 조동일의 '자아화(自我化)'16)의 기준에 비춰본다 해도 우리 민요의 서정은 대상과의 일체감과는 거리가 있다. 이러한 대상과의 일체감 결여는 우리 민요에 찬가류의 감정을 드러내는 내용이 드물다는 점과 관계가 깊은 것으로 본다.

카이저가 이미 지적한 바 있듯이 대상과의 교감을 통해 일체감을 형성한다면 그것은 자연스럽게 찬가의 모습을 띠게 될 것이다. 그러나 일체감보다는 거리의 유지를 기본적 특징으로 하는 우리 민요에서는 거리감이 선행

---

14) Wolfgang Kayser, 김윤섭 역, 『언어예술작품론』, 대방출판사, 1982, pp.524~535.
15) Emil Steger, 이유영·오현일 역, 『시학의 근본개념』, 삼중당, 1978, p.17.
16) 조동일, 『문학연구방법』, 지식산업사, 1980, pp.171~173. 이 용어는 널리 사용되고 있지만 다소 미심쩍은 요소가 없지 않다. '자아'라는 용어가 서사양식이나 극양식을 설명할 때 등장하는 '자아'라는 개념과 동일한 것인지가 의문시되지만 이 문제는 별개로 하고 우선 '자기 자신의 감정화' 정도로 이해해 두기로 한다.

하므로 찬가가 형성될 수 없을 것임은 자명하다. 그 결과 민요 노랫말이
드러내는 감정은 애처로움이 주조를 이룰 수밖에 없는 것도 필연적 귀결이다.

  얼핏 생각하면 고난의 연속일 수밖에 없는 우리의 삶에서 배태된 노래가
애상성(哀傷性)을 주조(主調)로 하는 것은 당연하지 않은가고 반문할 수도
있다. 그러나 반드시 그렇지만도 않은 것이 서양에서 일찌기 찬가 양식을
화려하게 발전시킨 사실이라든가, 가까운 대만의 고산족(高山族) 노동요가
분방열렬(奔放熱烈)하며 이는 '노동에 대해 호탕한 정이 발동하고 새로운
생활을 동경하는 데서 우러나오기 때문에 자유분방'[17]하다는 설명을 보면
우리와는 상황이 사뭇 다르다는 것을 짐작할 수 있다. 그런가 하면, 중국
동향족(東鄕族)의 노동요 가운데 노동의 즐거움을 노래하는 양식이 있
다[18]는 명을 보거나, 한족(漢族)의 산가(山歌)가 '강렬한 희망과 이상적
대담성을 강렬하게 표출한다'[19]는 기록과 비교해 보면 애상성이 우리 민요
의 주요한 특질임을 확인할 수 있다.

  이런 애상성이 어디서 유래하는 것인지 또는 그런 특징이 지니는 의미는
무엇인지를 쉽사리 단정할 수는 없다. 다만 그것이 민요가 지니고 있는 대
상과의 거리라는 감정적 구조와 밀접한 관련을 갖고 있으리라는 점은 의심
의 여지가 없다. 애상성 자체가 대상에 대한 몰입이 없이 자기 존재를 되
돌아보고 확인하는 거리감에서부터 나오는 것임이 확인되었기 때문이다.
이 문제는 뒤에서 다시 논의하기로 하고 여기서는 민요의 감정이 어떤 것
이냐에 대한 분석의 결과가 '대상과의 거리 유지에 의한 애상성'이라는 점
만을 확인해 두기로 한다.

들려주기와 보여주기

  민요가 물태인정에 대해 거리를 유지하면서 느끼는 주관적인 감정을 내
용으로 한다면 그것을 어떻게 드러내는가가 이제부터의 관심사다. 그 드러

17) 許良國·曾思奇 편저, 『고산족풍속지』, 중앙민족학원출판사, 1988. p.147.
18) 마백상(馬自祥), 『동향족풍속지』, 중앙민족학원출판사, 1989. p.55.
19) 강명돈(姜明惇), 『한족민가개론』, 상해문예출판사, 1982. pp.102~104.

냄의 방식은 어떠하며 여기에 어떤 특질이나 유형화의 가능성이 있는가를
살피기로 한다. 이를 위하여 다음과 같은 민요를 보자.

> 남 날 적에 나도 나고 내 날 적에 남도 났건만
> 어떤 사람 팔자 좋아 책상 앞에 앉아서
> 호의호식하고 팔자 좋게 지내건마는
> 어떤 사람 팔자 좋아 겨울이면 뜨신 방 찾아
> 각자 장판 소로반죽에 이불 담요 피어 놓고 포시라이 놀건마는
> 나는 어이하여 팔자가 기박하에
> 석자 시 치 감발에다 육날이 미틀이에다
> 목발 없는 지게에다 썩은 새끼 지게꼬리에
> 황경피 낫잚에다 지게 꽂아 짊어지고
> 산천을 후어보니 눈은 설산가산한데
> 쳐다보니 만학이요 내려다보니 절벽이라
> 양지짝을 쳐다보니 빠끔한 곳 한 곳 있네
> 올라가 찾아보니 노리 누었던 자리로다
> 지게꼬리 괴어놓고 낭글 하자 생각하니
> 손은 시러 생강이요 발은 시러 뻬쳤도다
> 나무할 곳 없네 어이어이 내 신세야
> 나의 신세 이리 될 줄을 어떤 기누구 알았실고   〈어사용, 영양〉

이 노래는 나무할 때 혼자서 부르는 노래로, 민요 가운데서도 형식이 가
장 산만한 것 가운데 하나다. 혼자서 부르는 노래이기에 독백의 특색을 지
니기도 하고, 노동의 효율을 높이는 의도가 전면에 나서지 않는 특색도 있
다. 따라서 민요 가운데서 특이한 유형이기도 해서 민요의 보편적 특성을
살피는 데 적당하지 않을 수도 있다.

그러므로 이 사례를 가지고 민요 전반을 규정지어 얘기하는 것은 유보하
되 이 노래가 자기의 감정을 그저 느끼는 대로 드러내고 있다는 점에 일단
유의해 두기로 한다. 느끼는 대로 드러낸다는 것은 별다른 문학적 장치를
구사하지 않고 있음을 뜻한다. 이를 다른 말로 한다면 직정적 서술(直情的
敍述)이라고 할 수 있다.

이와는 다소 다른 면모를 보이는 노래를 통해서 감정을 드러내는 방식을 살펴 보기로 한다.

> 아가 아가 우지 마라
> 군밤 닷 되 찐밤 닷 되 문턱 밑에 묻어 두었다가
> 움이 나고 싹이 나면 너의 어미 오마드라
> 병풍에 그린 장닭이 짧은 목 길게 빼고
> 두 날개 투덕 치면 너의 어미 오마드라
> 저기 가는 노구 할머니
> 우리 어머니 보시거든 편지 한 장 전해 주소
> 조그마한 백수병에다 젖 좀 짜 보내라고
> 부디 부디 전해 주소   〈우지마라, 안악〉

이 노래는 고려 시가인 〈정석가(鄭石歌)〉에서 보이는 터무니없음의 표현 방식을 원용하여 시적 의미를 강조하고 있는가 하면, 두 사람의 진술을 포함함으로써 상황을 제시하고 정조(情調)를 형상화하고 있다. 이런 점에서 앞의 노래에 비하면 시적 장치가 상당한 정도로 마련된 셈이다. 그렇기는 해도 감정의 표현 자체는 직정적인 서술을 크게 벗어나지 않는다. '편지 한 장'이라든가 '백수병에 젖' 같은 것이 환유적인 형상화라고 볼 수도 있기는 하지만, 그것을 가리켜 우회적이라거나 객관적 형상화라고 하기에는 그 정도가 미미하다.

이런 직정적 서술의 성격은 다음 노래에서도 재확인할 수 있다.

> 울 어머니 천당 가고 우리 형님 시집 가고
> 울 아버지 날 줄라고 댕기 가음 사러 가고
> 내 혼자만 집 볼 때에 복술이개 앞에 앉고
> 개야 개야 복술개야
> 어미 개는 어디 두고 너 혼자만 여기 와서
> 내 가슴은 네가 안고 네 가슴은 내가 안고
> 아침 해가 밤 되도록 울고 울고 또 울어서
> 내 눈물에 네 뺨 젖고 네 눈물에 내 뺨 젖어

젖고 젖고 또 젖더니 구비구비 배였구나
외롭고도 가없어라
너는 커서 큰 개 되고 나는 커서 어른 되면
너 간 데는 내 모르고 내 간 데를 너 모르면 누를 안고 운단 말고
어느 때라 다시 만나 내 설움에 네가 울고 네 설움에 내가 울꼬
개야 개야 복술개야
인연 없이 만났건만 어이 그리 정답을꼬   〈복술개야, 평양〉

형식적인 측면에서는 상당히 정돈된 모습을 보이고 있는 노래다. 우리 민요와 시가를 이루어내는 가장 기본적인 형식성인 병렬의 요소에 의해 노래가 이어지고 전개되는가 하면, 이른바 *aaba*[20]의 전형적 표현인 '개야 개야 복술개야'와 같은 표현도 등장하여 노래로서의 자질을 다듬어 놓고 있다. 그렇기는 해도 직정적 서술이라는 측면에서는 앞의 〈우지 마라〉보다도 더 직접적인 모습을 보이고 있다.

일일이 예를 들기는 어렵지만, 민요가 감정을 드러내는 방식이 이렇듯이 직정적인 서술을 주된 특징으로 한다는 점은 분명하다. 민요가 다른 서정시 양식에 비해서 원초적인 모습을 지니고 있다든지, 평판성(平板性)을 보인다든지 하는 설명이 가능한 것도 이런 요소에 근거한다고 할 수 있다. 민요란 그 노래를 시적으로 형상화하기 위해서 골똘히 방법을 모색하는 것이라기보다는 직접적으로 표현하고 전달하는 현장성과 구전성에 바탕을 두기 때문에 이런 특성이 형성된 것으로 판단되기도 한다.

멜로스와 옵시스

민요의 이러한 특성이 무엇을 뜻하는가를 분명하게 하기 위하여 프라이(N.Frye)가 유형화한 바 있는 멜로스(melos)와 옵시스(opsis)의 두 요소를 가지고 생각해 보는 것이 유익할 듯하다. 프라이에 의하면, 이 두 요

20) 김대행, 『한국시의 전통 연구』, 개문사, 1980 및 『우리 시의 틀』 문학과 비평사, 1989 참조.

소는 서정시의 기반을 형성하고 있는 잠재의식적인 연상인데, 이를 다른 말로 바꾼다면 '허튼소리(babble)'와 '낙서(doodle)'가 된다는 것이다.

허튼소리로 명명되는 멜로스는 압운이라든가 동음이의(同音異義)에 의한 어희(語戱, pun) 등의 효과가 형성되는데 노래의 리듬 또한 이 요소의 연상에서 형성된다. 멜로스의 이러한 성격을 가장 기본적으로 지닌 것이 주문(呪文)이며, 노동요나 자장가 등이 이 효과에 기대어 육체적인 반응을 얻어내는 것이라 할 수 있다. 프라이가 굳이 지칭하지는 않았다고 하더라도, 노동요 뿐만 아니라 〈신세타령〉류의 민요나 그 밖에 장형화하는 노래들이 모두 멜로스적 요소인 주문적(呪文的) 효과에 기대어 노래로서의 자질을 일차적으로 확보하게 된다고 보아 무방할 것이다.

옵시스는 낙서라는 명명이 시사하는 바와 같이 시각적인 자질을 가리킨다. 이 점에서 청각에 호소하는 멜로스와 다르다. 프라이는 옵시스라는 요소가 서정시에서 그 자질을 구체화하게 된 것은 인쇄술이 등장하면서부터라고 지적하고 있기도 하지만 다만 인쇄상의 효과로서만 옵시스적 요소가 구현되는 것은 아니다. 프라이가 옵시스의 기본형을 수수께끼에서 찾고 있듯이 언어를 시각적인 모습으로 바꾸는 전과정에서 찾아볼 수 있다. 프라이의 예에 의하면 신체를 '뼈의 집'이라 하고 바다를 '고래의 길'이라고 하는 식의 이른바 케닝(kenning)이라는 수사법이 기본형식이고, 상형문자나 표의문자가 역시 이런 요소를 구현한다고 설명된다.

이처럼 옵시스라는 것은 시각에 호소하는 시적 방식인데 이를 위하여 추상적인 것의 구체화를 추구한 결과 기상(奇想, conceit)과 같은 시적 형상화 유형이 등장하게 되는 요인이 되기도 한다. 그러고 보면 결국 옵시스는 언어의 최면성을 떠나 이성적 지각을 추구할 때 실현성을 높일 수 있는 요소라고 할 수 있고, 우리가 살피는 민요의 경우는 노래하고 노래되기 위한 것이므로 이와는 거리가 멀다고 할 수 있다. 민요가 감정의 직정적 서술에 주로 의존하는 것은 서정의 두 방식 가운데 멜로스의 축에 기대어 있기 때문이라는 이해도 가능하다.

그렇기는 하지만 민요에서도 옵시스의 요소를 추구한 것이 전혀 없는 것은 아니다. 그런 예는 주로 〈모심기노래〉에서 발견되는데,

모시야 적삼 속적삼에 분통같은 저 젖 보소
많이 보면 병날 끼고 쌀낱만치만 보고 가소   〈모심기노래, 울산〉

같은 노래가 이런 요소를 보여준다. 여기서 '쌀낱만치'라고 표현한 것은
흥미롭다. '잠깐' 혹은 '조금'이라고 바꾸어 말할 수 있는 이 형상화는 옵
시스 지향이 상당 수준에 이른다고 할 추상인 것의 구체화에 해당한다.
'담배씨만큼'이나 '좁쌀만큼'으로 다양하게 각편을 이루면서 전승되고 있
는 사실도 이런 옵시스 지향의 성격을 확실하게 해 준다.
　이와는 다른 성격의 옵시스 지향도 발견된다.

물꼬는 철철 헐어 놓고 주인 활량 어데 갔노
문어 전복 손에 들고 첩의 방에 놀러 갔네   〈모심기노래, 고령〉

　이 노래가 광범한 분포를 보인다는 사실과 모심기를 처음 시작할 때 부
르는 노래라는 점 그리고 가장 많이 부르는 노래 가운데 하나라는 등의 연
행적 정황을 고려에 넣음으로써 이 노래가 드러내는 감정의 모습은 이해된
다. 힘든 일에 대한 두려움과 의무감, 면하고 싶은 욕구와 그러지 못하는
당위, 신세에 대한 한탄과 희구……. 이 노래는 이렇듯이 뒤섞이는 감정을
복합적으로 담고 있음을 알아차릴 수 있다. 실제로는 그럴 수 없음에도
'주인 활량'이라고 지칭된 점이라든가 농촌에서는 귀물일 수밖에 없는 '문
어 전복'이 등장하고 '첩의 방'이 놀이의 자리로 형상화된 것은 그 뒤섞이
는 감정을 웃음으로 해소하려는 태도임도 읽어낼 수 있다.
　지금 우리의 관심사는 그렇듯이 복합적인 감정이 직접적 노출이 없이 구
체적 형상을 통해 암시되고 있다는 점이다. 이것은 직정적 서술이라기보다
간접적이며 옵시스 지향의 형상화라고 할 수 있다. 암시를 통한 옵시스 지
향을 보여주는 또 다른 예로서,

해 다 지고 저문 날에 어떤 행차가 떠나가노
이태백이 본처 죽어 이별 행상이 떠나가네   〈모심기노래, 울산〉

같은 것도 주의 깊게 관찰할 필요가 있다.

이 노래는 해가 지는 저녁 무렵에 부르는 노래인데, '행상'이며 '이태
백'의 등장과 함께 '본처 죽어'가 의미심장한 바 있다. 이태백의 본처에
관련된 고사가 별로 두드러진 바 없다는 점을 생각하면 이 노래의 함의를
짐작할 수 있다. 이태백이 술과 함께 일생을 보냈다는 사실은 하루 종일
모심는 일을 한 사람에게 마땅히 느껴질 노동의 괴로움과 대조가 될 법하
다. 그 괴로움의 형상이 '본처 죽은 행상'으로 구체화되고 있다. '본처'에
게는 노동이 주역으로 맡겨질 수밖에 없었던 생활 관습이 저녁에 떠나가는
'행상'을 연상하게 만들었다고 볼 수 있다. 이것은 감정의 암시이자 동시
에 추상적이 아닌 구체적 형상화를 통해서 그것을 성취하고 있으므로 역시
옵시스 지향이다.

이러한 옵시스 지향을 '보여주기'라고 한다면, 멜로스에 의한 감정 표현
은 '들려주기'라고 할 수 있다. 민요는 대체로 들려주기 지향이라는 사실
을 앞에서 이미 보았지만 보여주기 지향 또한 이렇듯 양식화되어 있음을
보게 된다. 그리고 그것이 주로 〈모심기노래〉에서 나타난다는 점에 대해서
는 따로 고찰할 필요가 있겠으나 우선 몇 가지 추론은 가능할 것이다.

보여주기의 양식화와 민요의 연행

그 추론의 한 단서는 앞에서 주로 인용한 〈모심기노래〉에서 찾을 수 있
다. 〈모심기노래〉가 영남지역21)의 것으로서 이들이 대체로 교환창 방식으
로 연행된다는 사실에 그 단서가 있는 셈이다.

민요의 노래적 성격을 구현하는 중요한 자질 가운데 하나가 병렬의 요소
라는 사실은 널리 알려진 바 있다. 그것은 분명한 들려주기 지향이다. 그

---

21) 영남지역의 〈모심기노래〉는 전승되는 양도 풍부하고 교환창으로 한 편의 구조를
　　이루는 양식화까지 보이고 있다. 이 점에서 매우 정제된 노래라 할 수 있다. 그
　　밖의 지역에서는 선후창으로 부르는 경우가 많고, 따라서 노래 한 편 한 편의 독
　　립성이나 완결성이 상대적으로 떨어진다. 그러나 노랫말은 여러 지역에서 두루 불
　　리는 경우가 많다. 이 글에서 주로 거론하는 것은 영남지역의 〈모심기노래〉다.

런데 이들 〈모심기노래〉가 교환창으로 주고받으면서 성립된다는 그 연행의 상황 자체가 이미 병렬적이므로 들려주기 지향보다는 보여주기 지향의 시도를 할 여지가 그 연행방식에서 확보된다고 볼 수 있다. 물론 〈모심기노래〉가 연행상황만이 아니라 그 언어적 진술에서도 병렬성을 보이는 것은 물론이지만, 다만 들려주기에만 의존하지 않을 수 있는 여유는 우선 연행상황에서 확보된다고 할 수 있다.

교환창이라는 연행상황으로 해서 그 병렬은 물음에 대한 대답, 일반적인 것의 구체적 형상화, 보편화된 것의 자아화, 객체적 사실의 주체적 전이 등이 가능하게 되는데 그 실천적 방식으로 문답, 해석, 전이, 첨가, 확대 또는 축소, 대비, 유추, 묘사, 서사 등의 다양한 유형이 등장함을 볼 수 있다.

"다풀다풀 다방머리 해 다 진 뒤 어디 가노/ 우리 부모 산소에 젖 먹으러 내가 가네"는 문답의 예고, "남산이라 저 모롱이 점심이라 더디 오네/ 미나리라 시금초라 맛보니라 더디 온다"는 해석의 예가 되며, "개똥밭에 잡풀들은 이슬 맞고 굽힌다네/ 양친 부모 모신 앞에 잔을 들고 굽힌다네" 등은 전이를 보여주는가 하면, "노랑노랑 상처매는 발끝마다 향내 나네/ 말을 몰고 꽃밭 가니 발끝마다 향내 나네"같은 것은 첨가라 할 수 있다. "달이 돋네 달이 돋네 비개모에 달이 돋네/ 달이 돋고 꽃 핀 방에 놀다 가도 무관이오"는 서경에서 사건으로의 확대를 보여주며, "늦었다오 늦었다오 점슴참이 늦었다오/ 일즉었네 일즉었네 오늘 아침 일즉었네"는 대비 또는 대조의 예가 될 것이고, 이런 예들은 유추며 묘사 또는 서사의 요소들을 얼마간 지니고 있음도 확인된다.

이러한 실천의 유형들은 고전적 수사학이 말하는 설명(expository)의 수사학을 생각하게 한다. 그것은 설명이 곧 보여주기의 한 방식이라는 점에 주목할 필요가 있다. 그리고 보면 〈모심기노래〉의 보여주기 지향은 그 연행방식인 교환창에서 연유하는 부분이 상당하다는 판단이 일단 가능하다.

이러한 판단은 교환창으로 불리는 다른 형식들과의 대비를 통해서 보다 심화된 추론을 얻을 수 있을 것이다. 그 한 예로 교환창의 또 다른 사례를 보자.

갑: 이여이여 이여동호라
을: 이여동호라 이여동호라
갑: 이여 호민 눈물이 난다
을: 이여동호라 이여동호라
갑: 이엿 말랑 말아근 가라
을: 나 놀래랑 산 넘엉 가라
갑: 우리 어멍 날 무사 나근
을: 나 놀래랑 물 넘엉 가라
갑: 절 일 적마다 날 울리던고
을: 산도 물도 내넘지 말앙
갑: 물 일 적마다 날 울리던고
을: 요 짓 올레 지넘엉 가라　　　　　　　　　　　　　〈맷돌노래, 표선〉

　이 노래는 비록 교환창이기는 해도 갑과 을이 서로 자기 노래를 부른다
는 점에서 〈모내기노래〉와는 차이가 있으며,

갑: 이여이여 어허어 이여도호라
을: 앞동산에 피는 꼿은 연에 열년 피건마는
갑: 전승 구진 이히이 날 난 어멍
을: 옛날도 숭년지난 보리 혼 바리 심엉 트멍에 줍저 둠서
갑: 어딜 가난 어허어 올 충을 몰라
을: 조지지성 톳다다그네 불에 기시런도 보까났져
갑: 하도도 올린 보리도 욤안 フ레 벌러질로구나
을: 경혼 때예 치메끈 붕우리멍 밧을 샀건마는
갑: 이여도호라 어허어 이여도호라
을: 옛날 어른덜 산 때예들은　말로 어허어 가마귀フ루 펄개끄지 간 바꽈단
　　먹었져
갑: 옛날 어른덜으은 미녕 창 혼 필썩 해영 났당
을: 미녕 혼 필에 피 두 말썩 펄개フ슬 간 바꽈단 먹었져
갑: 미녕 아정 봄 나민 동춘더레 걸으멍 요새엔 채나 있져마는 우리 어멍네
　　살아난 생각호민
을: 두설 난거 떼어 뒤근 어허어 재수 구지민 못바꽝오민 즈냑 굶으멍 살았져
　　　　　　　　　　　　　　　　　　　　　　　　　　〈맷돌노래, 서귀〉

라는 노래는 교환창이지만 앞부분에서는 갑과 을이 각기 자기 노래를 하다
가 중간 이후서부터 뒤섞이는 예다. 물론 같은 화제를 가지고 부분적으로
병렬적인 지향을 보이기는 하지만 이것은 양식화된 것이라기보다는 공통된
화제에 대한 공감의 표시라고 하는 것이 옳다. 이런 교환이 이 뒷부분에
가면 다시 각자의 노래를 각기 하는 식으로 전환하는 것으로 보아 이런 분
석은 타당해진다.

 여타 교환창이 보여주는 이런 모습은 〈모심기노래〉 연행의 독특성에 대
한 생각을 하게 한다. 하루 종일 계속되는 노동을 지속하면서 하나의 화제
로 이야기를 엮어 가기 어려우므로 짧은 형식으로 정형화된 여러 가지의
화제를 등장시키는 것으로 양식화된 것이 〈모심기노래〉이며, 그 짧은 형식
의 교환창은 병렬적 구조를 기반으로 하면서 들려주기와 보여주기의 두 방
향 지향이 가능했고, 특히 보여주기는 다양한 유형의 설명 방식을 근간으
로 하면서 물태인정의 자아화 또는 대상화가 가능했던 것으로 분석할 수
있다.

민요 서정 세계의 성격

 민요가 우리를 둘러싸고 있는 물태인정을 주관화하여 노래하되 그것을
문학적 구조물로 인식하기보다는 자신의 언어로 치환하는 태도를 보이며,
들려주기와 보여주기의 방식에 의거하되 대상과는 거리를 유지하는 태도를
지니고 있고, 그런 결과 애상적인 감정의 특성을 지니게 되었다는 것이 지
금까지의 분석 결과다. 이제 그러한 민요의 서정적 성격이 지니고 있는 의
미는 무엇인가를 생각해 볼 차례다.

 민요에 나타나는 애처로움은 필연적으로 한(恨)이라는 정서 논의를 낳게
된 것도 사실이고, 그런 감정이 민요에서 농후하게 드러난다는 사실을 부
정하는 견해도 있다.[22] 그런 판단이 나오게 된 것은 민족적 자긍심과 관
계가 있을 것으로 짐작된다. 이왕이면 발랄하고 긍정적인 태도가 민족문학

---

22) 조동일, 민요에 나타난 해학, 『우리문학과의 만남』, 홍성사, 1978, pp.112~113.

의 특색을 이루었기를 바라는 심경도 짐작이 가기는 한다.

그러나 사실은 사실이고 희망은 희망일 따름이다. 슬픔이 주조를 이루고 있으면 그것은 사실로 인정되어야 한다. 그것이 해학에 의해서 차단되었으니 슬픔은 특색이 아니라고도 하지만 차단되었건 방치되었건 그 방향에 상관 없이 드러난 슬픔은 슬픔이지 기쁨일 수는 없다.

그렇다면 그 까닭은 무엇인가? 민요의 주된 정조가 애상성을 띠게 된 원인은 여러 가지 방향으로 짐작해 볼 수가 있다.

우선 우리 선인들의 삶이 고난의 연속이었기에 그런 고난이 필연적으로 슬픔의 호소라는 결과를 초래했으리라는 해석도 가능하다. 문학이 삶의 반영이라고 소박하게 해석할 때 이런 짐작은 도출된다. 그리고 여러 가지 정황으로 미루어 볼 때 노동 위주의 환경에서는 고된 일과 더불어 살 수밖에 없었을 것이다. 또 지배의 대상이기만 했던 서민층의 삶이라고 하는 역사적 관점까지 동원하면 이런 해석은 더욱 설득력을 갖기도 한다.

그런 해석의 개연성을 인정한다 하더라도 문학이 삶의 반영이라고 할 때 인간의 삶이 행복이라고 말할 수 있는 현재적 시간을 얼마나 가질 수 있는지에 대한 통찰은 필요할 것이다. 또 고난과 핍박 속에 사는 사람이면 반드시 한탄과 슬픔만으로 날을 보내며 사는 것인가 하는 의문에 대해서도 사실 증거를 가지고 반론할 수 있어야 한다. 불행한 사람은 꿈을 더 노래하고 행복한 사람일수록 불안을 더 말한다는 경험칙에 입각한 증거도 그렇거니와 문학의 역설적 성격도 궁핍성 반영으로 보는 데 대한 반론의 증거가 된다.

다음으로 우리 민족의 소극적 성격을 지적하는 경향도 있다. 적극적으로 현실을 개조하려는 노력보다는 모든 것을 운명적으로 돌려버리는 태도가 슬픔의 표백으로 나타난다는 추론이다. 여기에는 서구의 역사학자가 퍼뜨린 정체성론(停滯性論)이 원용되기도 하고, 야스퍼스(K.Jaspers)의 비극적 안정감(Geborgenheit ohne Tragik)이라는 명제도 소견논거로 이용된다.

그러나 이런 추론이 최선답으로서의 정당성을 확보하기 위해서는 문학이 삶을 지시적 언어로 기록한 증서와 동일하다는 증거를 확보하거나, 문학이 현실을 개조하는 도구로만 존재한다는 유일성이 입증되어야 한다. 우리의 경험으로 미루어 보건대 문학은 전달의 효용에 기대는 공리성도 지니고 있지만 표현 본능의 결과로 표출되는 공리성 또한 만만치 않게 지니기 때문이다. 이런 점에서 소극적 성격에서 슬픔의 원인을 찾으려는 추론은 증거를 더 확보할 필요가 있다.

이와는 달리 민요가 지닌 슬픈 감정이 형성된 까닭을 삶의 질서에 대한 관점에서 찾을 수 있을 것 같다. 다시 말하면 삶의 원리로서 자연의 질서에 조화되고자 하는 노력이 오히려 그에 이를 수 없는 슬픔을 낳았다는 추론이다.

우리 민족이 오랜 동안 삶의 질서를 자연의 이법에서 찾으려고 했다는 증거는 풍성하다. 민요는 물론이거니와 많은 문학작품이 그러하고, 성인들의 말씀으로 알려진 여러 유형의 강령들도 그것을 표방했다. 그만큼 널리 보편화된 사고방식이었다는 말이 된다. 그러기에 자연의 이법에서 배우고, 닮고, 실천하고자 노력 했음을 여러 증거가 보여준다.

그러나 인간은 자연의 일부이기는 하되 자연 그 자체일 수 없고, 유한한 능력과 삶이라는 안목으로 바라보면 인생은 하잘 것 없는 존재라는 인식에 도달하게 됨도 사실이다. 그러기에 자연을 배우자는 이념이 그 부조화를 달래 주고 채찍질해 주기도 하지만 인간이 지닌 무한한 욕망의 본능과 삶의 유한성 때문에 좌절을 불러오기도 하는 양면성을 지니기도 한다. 갈등은 여기서 시작되고 증폭될 수 있다. 민요가 물태인정을 감정의 대상으로 하면서도 대상과 미적 거리를 유지하는 모습을 보이는 것은 바로 이런 인식과 갈등의 한 표상이라고 할 수 있다.

현실의 애상과 언어의 해학

자연과의 조화를 지향하는 일이 갈등의 요인도 되었지만 그렇다고 해서 민요의 주체들이 그 자연을 극복의 대상으로 삼은 것 같지는 않다. 이런 태도는 소극성론의 빌미가 되기도 하였다. 그러나 여기에 대해서는 다른 해석도 가능하다. 그것은 현실과 언어의 관계에 관한 관점의 차이에서 비롯될 수 있다는 관점이 그것이다.

민요의 언술 그 자체가 그것을 향유하는 사람과 거리를 가지지 않는 특징을 지녔다는 데서도 얼마간 시사되는 바이지만 사람들은 민요를 노래했지 이것을 가지고 무엇을 하려고 하지는 않았던 것 같다. 언어와 현실은 별개의 것이라는 인식의 발로다. 실제로 언어를 지녔다고 해서 현실 그 자체를 지닌 것은 아니다. 언어가 현실의 어떤 것을 지시하는 지도와 흡사한 성격을 갖는다고 비유한다면 서울 지도를 갖고 있다고 해서 서울을 소유한 것은 아닌 것과 같다. 이 점에서 민요는 언어는 언어로 현실은 현실로 철저히 분리해서 생각했다는 판단이 선다.

그런 언어관을 지닌 민요가 현실 그 자체를 극복 또는 개혁하는 쪽으로 나아가지 않았던 것은 지극히 당연한 일이다. 언어는 언어일 뿐이므로 언어를 통하여 표출되는 슬픔도 언어를 통해서 극복하려고 했던 것은 필연적일 수밖에 없다. 민요에 슬픔과 해학이 동시에 나타나고, 특히 슬픔을 해학으로 차단하고자 했다는 분석이 제시된 바 있는데 이것은 이런 관점에서 옳은 분석이다.

다만 해학이 있으니 슬픔의 문학이라고 본 것은 오해라는 주장은 분명 오해다. 슬픔과 해학이 공존하고 있다고는 할 수 있을지언정 해학을 지우개로 해서 슬픔의 감정이 지워진다고 보는 것은 산술적인 가상일 뿐이다. 만약에 해학에 의해서 슬픔이 해소되었다면 민요에는 슬픔은 없고 해학만 있어야 옳을 것이다. 문학은 언어에 의한 갈등의 해소 과정이라는 성격을 지니기 때문이다.

민요의 감정이 슬픔으로 주조를 이룬 것은 사실로 인정하고 그것을 언어에 의한 해학으로 해소했다는 추론을 하면서 민요의 해학에 대해서 살필 필요를 느낀다. 사실, 민요뿐만 아니라 우리 문화 전반에서 해학은 뚜렷하게 양식화의 경향을 보이고 있으며 그 문화적 기능도 현저함에 대해서는 이미 분석한 바 있다. 일상생활은 물론 판소리나 시조에서 이런 현상은 얼마든지 목격하게 된다. 그것을 일러 '즐거운 웃음'이 아니라 '웃는 즐거움'이라고 명명한 바도 있다. 즐거워서 웃는 것이 아니라 슬픈데도 그 슬픔을 웃음으로 차단한다는 뜻이다. 장례에서 코미디를 연출하는 진도의 〈다시래기굿〉이 그런 사고를 담고 있다고 주장하기도 하였다.23) 민요에서

도 그런 예를 얼마든지 볼 수 있는데 상황 전개의 이해를 위해 다소 긴 인
용이 필요할 것 같다.

> 갑: 나는 무슨 날에 난고
> 을: 그런 사름도 있고 저런 사름도 있나
> 갑: 나는 원통이여 분통하다
> 을: 널보다도 이상 서룬 사름 있나
> 갑: 날랑 나컨 남ᄌ로 나시민
> 을: ᄆ딱 남자로 나민 너네 오래비덜 어떵ᄒ랜 말이냐
> 갑: 놈이 운덜 내 울리야
> 을: 웃을 적 웃을 적 있건마는
> 갑: 어떤 사름은 팔ᄌ나 좋앙
> 을: ᄒ고 말고 다 훌 수 있나
> 갑: 고대광실 ᄂ끈 집에
> 을: 잘도 혼다 잘도 혼다
> 갑: 멍에 느진 좋은 밧테
> 을: 아이고 요 놈은 보리만 시상에 훌타난 놈이여
> 갑: 하드레 더럼아 홍애로다
> 을: 힘도 좋앙 노상 헤여 봐도
> 갑: 앞에 보난 정동 화리
> 을: 보리 홀트멍 정동 화리 노민 더워서 못 산다
> 갑: 뒤엔 보난 쪽지 벵풍
> 을: 점점 보라 이 소리 점점   〈보리 훑는 노래, 남원〉

갑은 매기고 을은 그 소리를 받는 형식으로 되어 있는데 갑은 신세타령
의 애상적인 감정을 '들려주기' 방식에 주로 의존하면서 불러나간다. 흥미
로운 것은 을의 뒷소리가 특히 주목할 만하다. 을은 갑의 슬픔에 동참하거
나 함몰되지 않는다. 일부러 하는 딴소리고 억지소리다.

이것은 슬픔을 웃음으로 차단하는 언어임이 문맥상으로 드러난다. 머리
를 문에 부딪고 아파서 쩔쩔매는 아이에게 "그렇게 해서 머리가 깨지겠

---

23) 김대행, 즐거운 웃음과 웃는 즐거움, 『시가시학연구』, 이대출판부, 1991 참조.

냐?"고 해서 웃겨 아픔을 잊게 하는 것이나, 〈아리랑〉에서 '십리도 못 가서 발병 난다'로 처리하는 것과 방식이 같다.

　나는 최근 한 굿판에 가서 이런 인식의 자취를 다시 확인한 바 있다. 굿이 벌어지고 이어 접신(接神)의 단계마다에서 할머니들은 두 손을 비비면서 소지를 올리고 큰 절을 하고 꼬깃꼬깃한 돈을 꺼내 소원을 빈다. 그러는 중에는 몇 번이고 절을 하면서 입으로는 연상 소원을 중얼거리다가 엉엉 울기까지 하는 사람도 있고 눈시울이 뻘개지는 사람도 있다. 그러다가 굿의 거리마다에서 벌어지는 여흥의 단계가 되면 언제 울던 사람이냐는 듯이 나와서 춤을 덩실덩실 춘다. 그러고는 다시 접신의 단계가 되면 울고 절하고를 되풀이한다. 그리고는 또 웃고 손뼉 치고 춤춘다.

　굿 자체가 거리마다 그런 구조를 되풀이하면서 진행되고 사람들도 그 구조에 익숙하다. 그것은 웃음에 의한 슬픔의 차단이며, 눈물과 웃음의 공유이고, 굿 그 자체가 현실은 아니라는 인식의 발로이기도 하다. 그 사실을 할머니들은 잘 알고 있다. 그 역도 가능하다. 굿이나 현실이나 눈물과 웃음의 공존임을 그들은 잘 알고 있음이 역력하다. 또 사실이 그러하다.

　민요는 인간과 언어와 현실의 관계에 대해 그런 인식을 극명하게 드러내는 것을 커다란 특징으로 하고 있음이 분명하다.

민요가 바라보는 노래의 세계

노래가 노래를 노래하기

제주도 민요가 여타 지역의 민요에 비해 매우 특이하다는 것은 새로운 이야기가 아니다. 이미 많은 선행 연구가 이러한 특이성을 구명한 바 있다.[1] 그런가 하면, 이 지역 민요 자료의 수집이 오래 전부터 그리고 광범위하게 이루어진 바 있다.[2] 이 또한 제주 민요의 특이성이 자료에 대한 관심을 불러 일으켰기 때문일 것이다.

이처럼 제주도 민요가 전반적으로 특이하다는 점을 고려에 넣더라도, 그 중에서도 다음 노래는 매우 특이해 보인다.

> 갑: 이여이여 이여동ᄒ라
> 을: 이여동ᄒ라 이여동ᄒ라
> 갑: 이여ᄒ민 눈물이 난다
> 을: 이여동ᄒ라 이여동ᄒ라

---

1) 일본인[高橋亨]의 『濟州島の 民謠』를 위시한 수많은 업적을 일일이 예거하기는 어렵다.
2) 다까하시[高橋亨], 고정옥(高晶玉), 김영돈(金榮敦), 현용준(玄龍駿), 진성기(秦聖麒) 등의 자료정리가 대표적이다. 최근에는 문화방송이 제주도의 민요를 광범위하게 녹음, 정리한 바 있다.

갑: 이엿말랑 말아근 가라
을: 나 놀래랑 산 넘엉 가라
갑: 우리 어멍 날 무사 나근
을: 나 놀래랑 물 넘엉 가라
갑: 절 일 적마다 날 울리던고
을: 산도 물도 내넘지 말앙
갑: 물 일 적마다 날 울리던고
을: 요 짓 올레 지 넘엉가라
갑: 설룬 어멍 날 울랭 ᄒ랴
을: 이여동ᄒ라 이여동ᄒ라
갑: 나 전성이 날 울리더라

〈맷돌노래, 표선〉

　이 노래가 보여주는 바와 같이 노래에서 노래를 언급하고 있다는 점이
우선 특이하며, 같은 노래를 함께 하지 않고 갑과 을이 각기 다른 노래를
하고 있다는 점에서 노래하는 방식도 특이하다. 이런 모습은 다른 지역의
민요에서 찾아보기 어려운 현상이며, 이 특이성은 단순히 독특하다는 정도
를 넘어서서 삶과 노래의 관계에 대해 시사하는 바가 적지 않은 것으로 보
인다.
　이 글은 그 특이성의 정체를 분석적으로 살핌으로써 노래의 본질과 기능
에 대한 인식을 구체화하고 삶과 노래의 관계를 살피고자 한다.

제 각각 노래하기

　앞의 노랫말을 살펴보면 갑과 을 두 사람이 각기 다른 노래를 하고 있음
을 알 수 있다. 이런 노래 방식 즉, 동일한 장면에서 서로 다른 두 노래가
동시에 연행(演行)되는 일은 매우 드문 현상이다. 이미 널리 알려진 사실
이지만 노동 현장에서 불려지는 기능요는 한 가지 노래를 공동으로 부르는
것이 통례로 되어 있다. 이는 기능요가 공동작업을 수행하는 국면에서 불
려지게 되므로 화제의 공동성이 우선하는 속성이 있기 때문이다. 그런데도

앞의 예는 공동작업을 하면서 각자가 서로 다른 노래를 부른다는 점이 특이하며, 여타 지역에서 찾아보기 힘든 방식이다.

또, 공동으로 노래를 부르는 경우, 앞소리와 뒷소리의 관계에 따라 선후창(先後唱)과 교환창(交換唱)으로 나누는 것이 보통이다. 이 중 교환창 가운데는 앞소리를 이어받아서 노래를 전개시켜 가는 '이어받기'의 유형이 있는가 하면, 앞소리를 그대로 되풀이하는 '반복하기'의 유형이 보편화된 방식이다. 교환창이 주로 이 두 방식에 의해 연행되는 현상은 제주도는 물론 전국 각지역에서 두루 볼 수 있다. 그런데 앞의 예가 보여주는 노래 방식은 갑과 을이 서로 돌려가며 노래를 하기[交換唱]는 하되, '이어받기'나 '반복하기'와는 달리 '각각 하기'라는 점이 특이하다.

이렇듯 서로 딴 노래를 하고 있으면서도 장면적 동일성을 확보하는 방법 즉, 이 노래들의 결합을 가능하게 해 주는 것은 '이여이여 이여동ᄒ라'라고 하는 상용구(常用句)의 사용이다. 그런데 이 상용구는 제주도 민요 가운데 노동요의 여음으로서 보편화된 것이다. 그렇다면 이 상용구의 공동 사용에 의해 동일한 장면에서 한 가지 일을 함께 한다는 동질성을 확보하게 될 뿐, 실은 공동의 정서보다는 각각의 정서에 치중하고 있다는 해석이 가능하다.

대부분의 민요가, 특히 같은 일을 하는 노동요가 공통된 정서의 공유(共有)를 지향하는 것이 주된 성향이라는 것은 널리 알려진 특성 가운데 하나다. 사실, 그러한 정서의 공유를 통해 민요는 전승이 가능하며, 현장 연행에서의 폭넓은 참여가 가능한 것이기도 하다. 그런데 유독 제주도의 민요 가운데 '각각 하기'를 통한 '개인적 정서에의 치중'을 지향하는 연행방식이 있다는 것은 어떤 의미를 지니는가 ― 이것이 여기서의 관심사 가운데 하나다.

노동 아닌 것을 이야기하는 노동요

노동의 현장에서 노래되는 관심사를 화제(話題, topic)라고 한다면, 노동요의 화제는 노동의 문제와 노동 이외의 문제로 대별된다.

노동의 문제란 노래하는 현장에서 벌어지고 있는 노동에 대하여 언급하는 것으로 노동의 의의를 부여한다거나 소망을 담아 표현하는 특성이 있다. 그런 점에서 노동에 대한 생각을 직접적으로 표현하는 특성을 갖는다. 힘든 노동의 고통을 토로한다든지 노동을 하는 과정에서 배고픔을 호소하는가 하면 그렇게 힘든 노동을 함으로써 풍년이 오고 즐거움을 맛보게 되리라는 기대를 드러냄으로써 위안을 삼는 등의 내용이 바로 그것이다.

반면에 노동 이외의 문제는 노동과 전혀 무관한 것을 노래하게 된다. 그 자리에 있지도 않은 '처녀'를 부른다든지 남녀의 애정행각을 화제로 삼는 경우가 그것이다. 이것은 심리상태나 의도의 전달을 하되 대상을 달리하여 불러들이는 간접화[3]의 어법을 취하는가 하면, 노동 현장으로부터 눈을 딴 데로 돌림으로써 그 고된 실상으로부터 벗어나고자 하는 전환을 의도하기도 하는데, 이러한 전환의 속성상 엉뚱한 데로 화제가 치닫게 됨으로써 해학적인 상황이나 과정을 지향하게 되기도 한다.

그러나 앞에서 살펴본 제주도 민요 가운데서도 을이 부른 노래의 화제는 특이하다. 민요 특히 노동요에서 '노래' 자체를 화제로 삼는 경우가 매우 드문데 여기서는 화제로 삼고 있다는 점에서 그 특이성이 드러난다. 더러 노래를 화제로 삼는 경우가 있더라도 다음과 같은 내용이 대체적인 경향이다.

> 상사데 소리에 논 잘 매면 올올롤롤 상사디야
> 막걸리 한 잔 마시구 해지 올올롤롤 상사디야
> 옛날 옛적 신농씨도　　　올올롤롤 상사디야
> 이 노래를 불렀건만　　　올올롤롤 상사디야
> 우리 농사꾼 이 노래를　　올올롤롤 상사디야
> 부지런히 부르면서　　　　올올롤롤 상사디야
> 농사일을 잘 하며는　　　올올롤롤 상사디야
> 농사 지어 대풍되네　　　올올롤롤 상사디야
>
> 〈논매는 노래, 홍천〉

---

3) 간접화에 대해서는 다음 논문을 참조. 김대행, 『시가시학연구』, 이대출판부, 1991, pp.55~74; 김대행, 〈구지가(龜旨歌)〉를 위한 이용후생적 질문, 『국어교과학의 지평』, 서울대출판부, 1995, pp.227~239.

이 노래의 화제가 노래임은 분명하지만, 그 관심이 노래 자체에 있는 것이라고 보기는 어렵다. '농사일을 잘 하며는 농사 지어 대풍 되네'가 보여 주는 바와 같이, 노래가 노동의 효과를 높여 주는 공리적인 측면을 드러냄으로써 노동에 대한 보상을 기대하도록 유도하고 있다. 그런 점에서 현장 노동의 고무라는 노래의 기능을 이용하고 있는 것이다. 또 이런 유형은 매우 보편적이기도 하다.

그러나 앞의 제주도 민요는 현장의 노동과 아무런 관련 지음이 없이 '노래' 그 자체를 화제로 삼고 있다는 점이 매우 독특하다. 일을 하고 있는 현장에서 부르는 노래이면서도 노래를 노동에 연관시키지 않고 노래 그 자체로 부각시켜 화제로 삼은 것은 어떤 의미를 갖는가 — 이 점을 구명해 보려는 것도 이 글의 관심사다.

분포의 광범함

노래를 화제로 삼은 민요는 통시적·공시적으로 보편성 또는 전형성이 입증된다.

우선, 제주도의 민요 자료가 다까하시〔高橋亨〕의 『제주도의 민요(濟州島の 民謠)』[4] 이전으로 거슬러 올라가지 못한다는 아쉬움이 있지만, 노래를 화제로 삼는 민요가 여러 자료집에 꾸준히 그리고 광범하게 수록되고 있음을 본다. 이는 노래를 화제로 삼는 제주 민요가 고태성(古態性)을 지닌 것이라고 볼 수 있는 근거가 된다.

그런가 하면, 노래를 화제로 삼는 민요는 기능적으로 그리고 지역적으로 고른 분포를 보이고 있음을 확인하게 된다. 우선,

　　　갑: 이여이여 이여도ᄒᆞ라 이여이여 이여도ᄒᆞ라
　　　을: 독은 울어그네 날이나 새건만
　　　갑: ᄒᆞ당 말민 놈이나 웃나

---

4) 이 책에 발문을 쓴 오오따니〔大谷森繁〕의 진술에 따르면 다까하시〔高橋亨〕는 1929 년에 제주도 민요를 조사한 것으로 되어 있다.

> 을: 내사 울어그네 어느 날 샐까
> 갑: 이 놀래로 산 넘엉 가카

라는 자료는 〈맷돌노래〉[5]로 안덕(安德)지역에서 채록된 것이며, 맷돌노래로 이와 유사한 것이 애월(涯月), 서귀(西歸), 대정(大靜), 표선(表善) 등지에서 다수 채록되어 있다. 그런가 하면, 보리 훑는 노래로도 불리는 것을 보는데,

> 갑: 재주가 좋으니 잘 넘어간다
> 을: 나 소리라근 산 넘엉 가라
> 갑: 잘도 혼다 잘이나 혼다
> 을: 나 소리라근 물넘엉 가라
> 갑: 물도 산도 이넘지 말라
> 을: 사르릉 살짝 다 녹앙 가라
> 갑: 요집 올레 지넘엉 가라
> 을: 안동 ᄀ뜬 나 어껠 아졍
> 갑: ᄒ고 말고 두 번이나 홀까
> 을: 사르릉 살짝 다 녹앙 가라

라는 노래는 남원(南元)지역에서 채록된 것이며, 비슷한 노래가 김매는 노래로 불리는 사례를 많이 볼 수 있는데, 그 예로,

> 나 놀래라근 산 넘엉 가라 산도 넘고서 물 넘엉 가라
> 어기여뒤에랑도 사니로고나 어긴여랑도 산니로고나 〈진사디〉
> 어긴녀랑 사니로고나 여야뒤야 사니로고나
> 나 놀래랑 물 넘엉 가라 나 놀래랑 산 넘엉 가라 〈쪼른사디〉

---

5) 맷돌노래의 정확한 명칭은 〈ᄀ래 ᄀ는 소리〉라야 하지 않을까 싶다. 마찬가지로 김 매는 노래도 〈검질소리〉로 함이 옳을 것이고, 풀무 노래도 〈불미소리〉라야 할 성싶다. 표준어로 표기하는 것과 현지 용어로 표기하는 것은 그런 대로 일장일단이 있겠으나 여기서는 여러 자료에서 통용되는 쪽을 택한다.

는 것은 '긴 사디'와 '쯘른 사디'로 대정(大靜)지역에서 불린 것을 채록한 것이며, 비슷한 노래가 제주(濟州), 안덕(安德), 남원(南元), 성산(城山) 지역에서 불리고 있음6)이 확인된다. 그런가 하면 무속 노래적인 바탕을 지닌 〈서우젯소리〉로 불리는 경우도 있어,

> 나 소리야 저 산 넘엉 가라 나 놀래야 이 산 넘고 가라
> 아하아양 어허어아어허어요
> 서우젯소리 흐거든에 심방이카부댕 흐지 맙서
> 아하아양 어허어아어허어요

같은 사례가 구좌(舊佐)지역에서 채록된 것도 보인다. 그런가 하면, 풀무 노래로 불리운 사례도 다수 보고되어 있으며, 따비소리, 자장가, 나무 쪼 개는 소리 등으로 불린 사례 또한 다수 채록되어 있음을 본다.

이런 사례들로 미루어 보건대 노래를 화제로 삼는 민요는 거의 모든 노 동요에 두루 통용됨을 짐작할 수 있으며, 지역적으로도 특정 지역에 한정 되지 않고 제주도 거의 전역에 고르게 분포되어 있는 것임을 미루어 알 수 있다. 혹 채록된 자료가 없는 지역이 통계상으로 나타난다 하더라도 그것 은 조사하는 과정의 문제로 볼 수 있으므로, 그 지역적인 광포성(廣布性) 과 기능적인 통용성(通用性)을 단정해도 무리가 없을 것이다.

여기에 추가하여, 다음의 자료들은 이 민요 유형의 성격을 짐작하게 하 는 또 다른 단서가 되기도 한다.

> 나 놀래야 산 넘엉 가라 나 놀래야 물 넘엉 가라
> 산을 넘곡 물 넘엉 가민 어멍 얼굴 보리연마는
> 아니 가난 그리멍 산다

〈정가(情歌), 한림〉

---

6) 예를 들어 성산지역에서 〈김매는 노래〉로 채록된 것은 다음과 같다. "갑:검질 짓곡 고지진 밧듸/을:사디 불렁 검질 매게/갑:놀레 놀레 요 놀레야/을:앞발로랑 허우쳐 가고/갑:검질 버친 사디로다/을:뒷발로랑 거더차며/갑:나 놀레랑 내 넘엉 가라/ 을:요 검질을 메여나 보자/갑:나 놀레야 산 넘엉 가라/을:산천 산천 무신 산천/ 갑:어긴여랑 사디로다/을:검질 튼는 산천인가"(강성균, 제주도 김매는 노래 연구, 『민요론집』 1, 민요학회, 1988, p.60)

> 나 노래 산 너멍 가라 나 노래 물 너멍 가라
> 물 넘은 덴 아방이 살고 산 넘은 덴 어멍이 산다
> 물도 산도 넘지나 말안 요집 올래나 지넘엉 가라
>
> 〈시집살이노래〉

　이 자료들이 〈정가(情歌)〉라든가 〈시집살이노래〉로 분류되어 있긴 하지만, 그 내용이 앞서 살펴본 노동요들과 동공이곡(同工異曲)이라는 점이 주목된다. 물론 이는 분류자의 임의성이 작용한 결과이기도 할 것이다. 그러나 어떤 노래가 기능요도 되고 비기능요도 된다는 것은 그만큼 보편성을 지닌 노래임을 스스로 입증하는 근거로 보아 무방할 것이다.

　지금까지 우리는 노래 자체를 화제로 삼는 민요가 고태성(古態性)·광포성(廣布性)·통용성(通用性)·보편성(普遍性)을 두루 지녔음을 살핀 셈이다. 이만한 대표성을 지닌 것이라면, 이 유형의 노래를 단서로 노래 인식을 귀납하여 제주 민요의 대표적 속성으로 규정해서 별 무리가 없을 것이다.

노동 촉진을 위하여 부르는 노래

　다음 노래의 문맥은 '닭울음 : 노래'의 대응이 이루어져 있어서 '노래'의 의미가 분명하게 드러난다.

> 갑: 돍은 울민 날이나 샌다
> 을: 요 돔비도 콜앙도 아들 풀젠 ㅎ난
> 갑: 나 놀레랑 놀레 불렁 요 ㄱ레 ㄱ랑 굴자
> 을: 이연이연이연 이여도ㅎ라
>
> 〈맷돌노래, 애월〉

　문맥이 보여주듯, '닭울음:노래'의 내포는 '날이 샘:ㄱ래 ㄱ롬'으로 대응하고 있다. 이 내포의 연계를 가능하게 하는 공통된 기반은 소리의 기능이다. 즉 닭소리의 기능은 날이 새게 하는 것이고, 노래소리의 기능은 ㄱ래를 갈게 하는 것이라는 인식이 문맥적 의미다.

노래의 기능에 주목하여 이루어진 노랫말의 예는 많다. 다음 노래는,

> 앞멍에랑 들어나 오라 뒷멍에랑 물러나 나라
> 어는 제랑 앞멍에 가코 사대불르멍 앞멍에 가게
> 일천 제미 제미도 아니여 요 검질랑 질긴냥 말라
> 버석버석 메여 나가게 사대 불렁 앞멍에 가자
>
> 〈김매는노래, 애월〉

라고 함으로써 노래를 통한 노동의 촉진 의도를 '사대 불렁 앞멍에 가자'
로 드러내고 있다. 이는 노래가 노동과 병행한다는 일상성과 노동의 촉진
효과라는 효용성에 대한 인식의 표현으로 보아 무방할 것이다. 이처럼 노
래의 일상성과 효용성을 노래한 문맥은 매우 흔하다. 예를 들어,

> 선소리랑 궂일망정 훗소리랑 크징크징
> 먼 뒷 사름 듣지 좋게 믿듸 사름 구경 좋게
> 검질 사대 느직느직 검질 손이랑 ᄌᆞ직ᄌᆞ직
>
> 〈김매는 노래, 한림〉

하는 노래는 일상성과 효용성을 드러낸 점에서 앞의 예와 지향이 같다.
 그런데 그러나 다음의 예는 노래의 효용성에 더욱 중점을 둔 생각의 흔
적을 보여준다.

> 요 놀레 불렁 요 밧을 이기자   힛
> 자던 아기 일어나듯   힛
> 요 놀레 불렁 요 일 홀 적   힛
> 정신 다 ᄒᆞ영 못 홀로고   힛
> 요 놀레로 ᄒᆞ여 보자   힛
> 요 따비여 저 따비여 눌려나들라   힛
>
> 〈따비질노래, 안덕〉

　노래 불러서 '밧을 이기자'라든가 기진한 상태(정신 다 흐영)에서도 노래를 통해서 힘을 내자(요 놀레로 흐여 보자)는 문맥은 노래가 노동하는 사람의 의식이나 정신에 새로운 힘을 돋구어 준다는 판단을 갖고 있기에 가능한 표현일 것이다. 그러고 보면 노래가 노동에 주는 효용성은 정신적 각성 내지는 청신감의 조성을 통한 분발과 의지의 증대 가능성으로부터 연유하는 것으로 이해할 수 있다.

　이를 가리켜 노래의 조흥적 효과라고 할 수도 있다. 그러나 '흥'이라는 말이 통상적으로 흥겨움의 뜻을 내포한다는 점에 비추어볼 때, 이를 조흥이라고 하는 것이 꼭 적합하다고는 하기 어렵다. 노동의 고통으로부터 벗어나 힘을 더하게 하는 것을 가리켜 흥겨움이라고 하기에는 무리가 있을 것이기 때문이다. 따라서 정신적 분발의 효과라고 규정해 둔다.

　이제 이와는 또 다른 측면의 효과를 노리는 노동요를 본다. 다음에 인용하는 노래는 노동에 힘을 돋귀 줄 뿐만 아니라 노동 자체의 수행에도 효과를 발휘하게 된다.

　　　요 소리에 잘도 벌러진다　　　　　헤
　　　요 놀레로 흐고 가자　　　　　　　헤
　　　흔 소리에 굽을 갈라 자쳐나가자　　헤

　　　　　　　　　　　　　　　　　〈나무 쪼개는 노래, 안덕〉

　이 문맥이 보여주듯이 '소리에 잘도 벌러지'게 하는 효과를 노래가 갖고 있는 것으로 인식하고 있다. 이 효과는 '굽을 갈라' 주는 효과이며, '굽'이 '분별'과 '질서'를 뜻하는 것이라면, 이는 노래가 노동 자체에 질서를 부여하는 기능이 있다는 인식의 표백임이 분명하다.

　노동에 질서를 부여한다는 것은 무엇을 뜻하는가? 민요 가운데서 기능요를 생각할 때 먼저 떠올리게 되는 것이 노동의 동작과 노래의 박자 간에 상관성이 있어서 노래에 맞추어 노동의 완급을 조절하게 되는 효과다. 다음 노래는 그런 기능을 구체적으로 보여준다.

어야뒤여 사대로다 사대 불렁 매여 가자
사대소리가 좇아가민 검질 손도 좇아간다

〈김매는노래, 제주시〉

느린 박자가 느린 동작에, 잦은 박자가 **빠른** 동작에 연관되리라는 것은 자명하므로 이 문맥이 보여주는 노동과의 연합성은 쉽게 이해된다. 노래의 **빠르고** 느림이 노동에 절주를 부여함으로써 노동 효과를 증진하게 된다.

그러나 노동의 동작과 노래 박자 간에 상관성이 있다 해서 모든 노동 동작과 박자가 꼭 일치한다고 생각하는 것은 잘못이다. 예를 들어, 모내기소리는 모심는 손의 동작과 노래 박자 간에 일치점을 찾아보기 어렵고, 〈베틀노래〉나 〈물레노래〉도 또한 같다. 다만, 해가 저물어 갈 때 부르는 잦은소리는 늦은 소리에 비해 **빠르다.** 그러나 그 빠른 소리에 맞추어 움직이는 노동의 손길이 전반적으로 **빠를** 따름이지 마치 행진곡의 그것이나 포크댄스의 그것처럼 박자와 동작 간에 일대일의 대응이 이루어지는 것은 아니다. 따라서 민요가 노동에 기여하는 효과는 일 전체의 완급을 조절하는 효과라 할 수 있다.

이런 점을 아울러 생각할 때, 노래가 노동에 부여하는 효과를 지칭하는 명칭이 조흥보다는 일 전체의 조절이라는 쪽에 부합하도록 명명되어야 할 것임이 드러난다. 그런 측면을 강하게 드러내는 노래가 다음과 같은 것이다.

아 흔 놀레	똠 디리멍
아아아양	에에에요[7]
또 흔 놀레	높게 놀멍
아아아양	에에에요
저 독안 앞으로	무쉐를 넹경
아아아양	에에에요
전포격으로	놀아를 보세
아아아양	에에에요

〈불미노래, 안덕〉

---

7) 이 노래의 실제 연행은 '아 흔 놀레 아아아양 똠 디리멍 에에에요……'의 순서로 진행된다. 행의 구분이 색다르게 되어서 혼동될 염려가 없지 않으나, 채록자의 의도를 존중하여 그대로 싣는다.

'혼 놀레에 똠 디리'고 다시 '혼 놀레에 높게 놀아'서 일을 계속하는 것은 노래가 일하는 동작에만 부합하는 것이 아님을 드러낸다. '똠을 들이는' 것은 일에서 휴식으로 전환하는 것이기 때문이다. 휴식적 전환은 결과적으로 노동의 효과를 증진하는 것이라는 점에서 노동의 촉진이라고도 할 수 있겠으나, 일의 완급을 조절하는 것이 우선이라는 점에서 노동 촉진 효과는 이차적이다. 따라서 질서부여의 효과라고 명명해 둔다.

지금까지의 여러 문맥이 보여주듯이, 노래를 화제로 한 노래는 노래가 노동에 기여하는 바를 인식하고 있다. 그것은 정신적 분발과 질서의 부여 그리고 절주(節奏)의 조성과 함께 전환의 효과에 관한 것이다. 이것이 바로 노래를 화제로 삼은 노래의 의미적 내포다. 노래의 이런 의미를 가리켜 노동을 위한 '조율(調律)' 효과라고 부르고자 한다. 조율이라는 말이 지니고 있는 '고르게 함'이라는 뜻을 음악적 용어가 아닌 보편적 의미로 수용한 것이다.

이런 인식은 노래가 지니는 일반적인 속성에 해당한다는 점에서 보편적인 것이기도 하다. 그러나 제주 민요는 그런 인식을 노래의 문맥 속에서 극명하게 표출하면서 노래를 노래한다고 할 수 있다. 이 점에서 제주 민요는 노래의 효용론을 스스로 전개하고 있는 셈이다.

심리상태의 언어적 전환

다음 노래는 '노래'가 필요한 것이라는 인식을 문맥에서 시사하고 있음이 분명하다.

이엿 말랑 말아근 흐라 이여 흐믄 나 눈물 난다
말앙 가믄 놈이나 웃나 대로 한질 놀레로 가라
놀레 몰른 아기네덜아 나신데레 베우레 오라
싀 술 적의 불르단 놀레 아홉 상지 반이여마는
반 상지만 더 베왕 가라

〈맷돌노래, 제주시〉

반 상자를 더 배워서 열 상자를 채우라고 하는 것은 그것이 필요한 것이라는 유추를 낳는다. 그러나 그것이 왜 필요한가에 대해서는 아무것도 시사하지 않는다. 혹, 반 상자를 더하면 열 상자가 된다는 사실과 관련하여 아귀를 채운다는 뜻을 생각할 수 있고, 그렇다면 완수 또는 정돈의 의도를 유추할 수 있겠다. 그렇기는 해도 왜 그 일이 필요한가에 대해서는 문맥이 아무것도 말해 주지 않는다. 그러기에 '아홉 상자 반'이 적지 않은 수효라는 점과 관련하여 '많은 양'을 의미하리라는 유추에 초점을 맞출 수 있다. 결국, 이미 노래가 많지만 더 많아야 하리라는 뜻이 담겨 있다는 해석이 가능해진다.

그렇다면 그 많은 양의 노래를 배워야 할 필요는 무엇인가? 이 점에 대해서 우리는 몇 가지 추리를 할 수 있고, 그것을 문맥을 통해 확인할 수 있다.

먼저, 노래 또는 언어가 심리 상태를 표출하는 기능이 있다는 것은 익히 아는 바다. 제주 민요의 노래 인식도 그런 자취를 보여준다.

불으거든 노래영 말라 불으거든 풍류영 말라 나에게는 우염이러라
우념 조탠 우염당 지난 어듸 우념 조하니 한다

〈저마요(杵磨謠)〉

노래와 관련해서는 흥겨움이라든가 즐거움 등의 심리상태를 우선 떠올릴 수 있다. 노래하는 자리가 우리에게 주는 인상이나 경험적 사실들을 통해 이런 연상은 가능하다. 그러나 노래가 언제나 흥겨움과 같은 심리상태와 연합하는 것도 아니며, 노래를 해서 꼭 흥겨워지는 것만도 아니다. 노래를 통해 오히려 우울해질 수도 있고, 우울하기에 노래하는 일도 얼마든지 있다.

위에 인용한 문맥은 노래의 그늘진 측면을 드러낸다. 이 문맥에서 노래는 풍류와 동류항으로 연합하고 있어 일단 통상적인 흥겨움의 내포를 환기한다. 그러나 그것은 노래 일반이나 타인의 경우일 뿐, 이 문맥의 시적화자에게는 '노래:우념'의 대응으로 인식되고 있음을 보게 된다. 풍류와 같은 흥겨움이나 쾌감이 아니라 근심과 걱정의 표현이라는 것이 여기서 단적으로 드러난다.

이 근심과 걱정은 흥겨움이나 쾌감과 달리 부정적인 방향으로 전개되며, 이는 심리적 안정상태와 거리가 있다는 점에서 갈등의 상태라고 할 수 있다. 그렇다면 노래는 갈등의 표출이라는 인식을 이 문맥은 담고 있는 셈이다. 이러한 노래 인식은 여러 군데서 볼 수 있다.

> 갑: 여기여랑 서아디야
> 을: 검질 제운 요 놀레여
> 갑: 앞 멍에야 들어나오라
> 을: 뒷멍에야 무너나라
>
> 〈김매는 노래, 안덕〉

노래의 출처를 '검질 제운'으로 분명하게 규정한 문맥을 통해서 노동의 괴로움으로부터 비롯되는 심리상태를 유추할 수 있으며, 이 또한 부정적인 방향성을 지니므로 갈등의 드러냄이라고 할 수 있다. 결국 제주 민요의 노래 인식은 갈등의 언어적 표출이라는 기능에 일단 주목을 하게 한다.

대리 성취로서의 노래

언어가 표현 기능과 전달 기능에 기반을 두고 있다는 것은 새삼스러운 이야기가 못된다. 그러나 민요가 노래되는 場을 생각해 보면, 같은 언어라 해도 전달의 측면이 많이 약화되어 있음이 사실이다. 따라서 민요의 언어가 표현 자체의 기능에 집중되는 것도 당연하다. 다음 노래는 그런 표현성의 측면을 잘 드러낸다.

> 갑: 요 소리라근 산 넘엉 가라
> 을: 이 소리라근 물 넘엉 가라
> 갑: 어허두리야 더럼마아
> 을: 물도 산도나 내넘지 말앙
> 갑: 넘고 넘어 갈 데 가라

을: 요집 올레나 지넘엉 가라

〈김매는노래, 남원〉

노래가 산 또는 물을 넘어서, 혹은 그것도 아니면 '올레'나 벗어나 주기를 바라는 것은 무슨 의미를 가지는가? 우선 '넘어'라는 단어가 암시하는 바를 새겨 보면 이 의미가 드러난다. '넘어'라는 말은 '여기'에 대응하는 '넘어 저기'를 지향하고 있음이 분명한 이상, 여기서 '노래'는 자신의 투영 혹은 감정이입된 실체임이 드러난다. 자신으로서는 성취할 수 없는 '벗어남(넘어)'을 노래가 대리하여 성취해 달라는 바램이 거기 담겨 있다. 노래소리가 발도 없이 먼 곳으로 퍼져 가는 속성은 이런 연상에 의한 내포를 가능하게 한다.

그런 대리 성취의 모습을 좀더 구체적으로 드러내는 문맥이 다음과 같은 노래다.

나 놀내야 산 넘어 가라 나 놀내야 물 넘어 가라
저 산 뒤에 나 어멍 잇당 설운 아기 소리영 하게

이 문맥은 '어멍'이라는 전달 대상을 분명하게 제시함으로써 노래가 화자의 대리물(설운 아기)임을 표층에 드러내고 있다. 그러나 노래가 곧 화자 자신은 아니다. '설운 아기의 소리'이지 '설운 아기' 그 자체로 표현되지 않은 점이 이런 인식을 보여준다. 즉, 노래는 어디까지나 사실의 지도일 따름이지 사실 그 자체는 아니라는 인식이다. 사실의 지도라는 말은 사실의 대리물이라는 뜻이기도 하다.

그러기에 노래는 어디까지나 심리적 대리물일 따름이요, 그 심리의 주인은 아니라는 인식이 제주 민요에는 강렬하게 드러나고 있다.

나 놀래야 산 넘엉 가라 나 놀래야 물 넘엉 가라
산을 넘곡 물 넘엉 가민 어멍 얼굴 보리연마는
아니 가난 그리멍 산다

〈정가(情歌), 한림〉

여기서 '노래:나'의 대응이 분명히 드러나고 그 대응은 '넘어감:아니 감'의 대립적 관계로 설정되어 있다. 또 이 노래의 앞뒤 두 줄을 이루는 구성 방식은 민요의 전형적인 구조인 병렬구조로 되어 있고 앞에서는 대상인 세계를 그리고 뒤에서는 시적자아를 드러내되 양자의 관계가 부정적으로 대응하는 보편적 형태를 보이고 있다.

이렇듯이 '노래'와 '나'는 서로 대립적인 대응으로 제시되고 있기는 하되 그 대응의 바탕은 노래의 속성인 공간 이동의 자유로움이다. 결국 노래의 자유로움에 비해 시적 자아는 그렇지 못함이라는 대립이 생기겠지만 그 대립은 '넘어가라'로 전개된다는 데 중요한 의미가 있다. '넘어가라'는 노래에 부치는 시적 화자의 소망이다. 따라서 그 소망은 자아의 한계를 인정하면서 노래가 이를 대리 성취해 달라는 희구로 해석된다.

'노래'와 '나' 사이의 부정적 대응 그리고 대리 성취의 희구는 다음 문맥에서도 확연하게 드러난다.

> 나 놀래랑 산 넘엉 가라 산도 물도 지넘엉 가라 이어이어 이어도허랑
> 놀렌 부르민 산이나 넘나 이어이어 이어도허랑 이어이어 이어도허랑
> 〈멧돌 방아노래, 애월〉

여기서도 역시 노래가 공간 이동의 자유로움을 지녔다는 긍정적 측면에 대해 부정적으로 대응하는 시적 자아의 확인을 볼 수 있지만, 그것이 단순한 이질성의 대조에 그치지 않고 '넘어 가라'는 소망을 투영함으로써 대리 성취에 대한 희구를 드러내고 있다. 결국 대리 성취로서의 노래 인식은 '넘어 가라'에 핵심이 놓여 있다고 할 수 있다.

갈등 억압·은폐로서의 노래

노래가 갈등을 표출하고 노래에 의탁하여 대리 성취를 바라는 것은 일차적이고 기본적인 심리적 드러냄이다. 그러나 언어는 언어일 따름이지 사실을 어쩌지는 못한다는 한계가 있다. 그러기에 갈등의 사실적 표출을 넘어

서는 또 다른 방법이 모색되는 것은 당연하다. 다음 문맥은 그 모색의 한 양태를 보여준다.

이허도 가면 나 눈물 난다 이허 말은 말아서 가라
울며 가면 남이나 웃나 대로 한길 노래로 가라

'울음:노래'의 대응을 극명하게 보여주는 이 문맥을 통해 우리는 노래가 눈물의 대치물임을 간파하게 된다. 심리상태는 눈물 흘려야 할 갈등에 처해 있지만 노래로 그것을 전환하려는 태도의 표현이다. 여기서 노래는 눈물을 치환할 수 있는 효능을 가진 것이라는 생각이 담겨 있음을 보게 된다. 따라서 노래 그 자체는 즐거운 것일 수도 있다. 그럼에도 불구하고 이 문맥에서의 노래는 기쁨이나 즐거움의 표출이 아니다. 이런 점에서 이 노래 또한 슬픔의 속성을 지닌다.

그러나 속성은 그러하더라도 슬픔을 치환하는 노래라는 점에서 본다면 그 기능은 갈등의 억압과 은폐를 위해 작용한다고 할 수 있다. 노래를 한다고 해서 현실이나 심리상태가 달라지는 것은 아니되 그것을 노래로 위장하여 억압하고 은폐한다는 점에서 보면 현실이나 심리의 언어적 전환이다. 그런 전환이 다음 문맥에서는 다소 약화된 모습으로 나타난다.

갑:이연말도 말아근 가라 대로 한질 놀래로 가라
을:이여도ᄒ라 어어어 이여도ᄒ라
갑:산엔 가민 꼿셍이소리 집에 들민 정ᄀ레소리
을:대로 한질 이히이 놀래로 가라

〈맷돌노래, 서귀〉

'말' 대신 '노래'를 하라는 당부는 무엇을 뜻하는가? '말'이 사연을 뜻하리라는 것과 그것도 갈등의 표출인 사연일 것이라는 점은 '말라'와 '가라'의 연합을 통해 유추할 수 있다. 즉, 갈등을 감추고 그 대신 노래를 하라는 뜻이므로 이 또한 갈등의 억압과 은폐이며 그런 점에서 현실이나 심리의 언어적 전환이라고 할 수 있다.

현실이나 심리의 언어적 전환은 언어 또는 노래에 대한 인식 가운데 매우 특이한 것이다. 언어의 기능을 분류하는 방법은 여러 가지가 있지만, 표현적(expressive), 지령적(directive), 정보적(informative), 친교적(phatic), 미적(aesthetic) 기능으로 나눌 때 그 어디에도 이 전환의 기능은 속하지 않는다. 굳이 귀속시킨다면 미적 기능에 가깝다고 할 수도 있겠으나 그것과는 본질이 같지 않다. 결국 언어가 무엇을 투명하게 지시하는 기호라는 관점을 가지고는 이런 언어적 전환을 설명하기 어렵다.

이것은 사실의 세계와 언어의 세계가 분리되어 별도로 존재할 수 있다는 인식을 보여준다는 점에서 매우 고급스러운 언어 의식이라고 할 수 있다. 사실의 지시라는 성격으로만 언어 또는 노래가 존재하는 것이 아니라 그것을 통해서 새로운 세계를 이루어내는 것이 가능하다는 생각에 뿌리를 두고 있다. 따라서 이것은 언어를 통한 존재의 형성이라는 인식론으로까지 이어지게 된다. 그러한 인식의 연장선상에 있는 또 다른 언어적 전환이 바로 언어적 반동이라 할 것이다.

언어적 반동으로서의 노래

언어는 언어요 사실은 사실이라는 생각을 가질 때 현실과 언어 표현은 부합하거나 혼합되지 않고 이중적 가치로 병행하거나 분리된다. 언어의 전달 기능에 기대어서 무엇을 성취하거나 표현 기능에 기대어서 자기를 드러내거나 하는 대신에 언어를 통해 새로운 존재를 건설함으로써 현실 속의 갈등을 해소하기를 지향한다. 다음 문맥은 그런 태도를 보여준다.

> 놀래호건 숭시엥 말라 일도 버친 놀래일러라
> 굽엉 일엉 쌍일러라 소리로나 이겨라 한다
>
> 〈자탄가(自嘆歌), 안덕〉

'일도 버친 놀래'라는 점에서 이 노래는 갈등의 표출일 수 있고, '소리로나 이겨라' 하는 점에서 이 노래는 언어를 통한 갈등의 은폐로도 볼 수 있다. 그러나 중요한 점은 갈등을 단순히 은폐 또는 억압하는 데서 넘어서서

'이겨라' 하는 데에 있다. 이 점에서 노래를 목적론적인 관점으로 보고 있지 않은가 하는 의문도 생기지만 노래가 힘든 일을 대신해 주거나 종결지어 주지는 못한다는 점에서 무슨 목적을 성취하기 위해 노래하는 목적론적 인식이라고는 하기 어렵다. 그보다는 오히려 노래 자체에 의해 새로운 존재 또는 세계를 구축함으로써 일의 세계를 잊게 한다는 점에서 언어와 노래에 의한 존재의 건설을 의식한 것으로 봄이 옳다.

다음 문맥에서도 우리는 '질행 좆은' 데 따라 하게 되는 노래라는 인식을 보게 된다.

> 놀래 아니 불렁근 간들 지서멍으로 날 생겨 주랴
> 우리같은 주넌배 주속 질행 좆인 놀래로구나
> 〈자탄가(自嘆歌), 중문〉

이런 관점에서 본다면 '질행 좆은' 노래가 갈등의 표출에 봉사하는 것처럼 보이기도 하지만, 그것이 '주넌배'와 연합하고 있다는 점에서 '질행'의 극복을 위한 노래임을 알아볼 수 있다. 그러나 그 노래가 '질행'을 대신해 주거나 중단시켜 주는 것이 아니라는 점은 분명하고, 그러기에 언어적 전환에 의한 새로운 세계의 구축이라 할 수 있다.

이처럼 언어로 새로운 세계를 구축하는 일은 일상생활에서 갈등을 이기기 위해 욕을 하는 것과 같은 기반을 지니고 있다. 욕을 하는 것도 갈등의 해소를 위한 방어기제의 하나다. 그러나 아무리 험한 욕을 한다 해도 그 사실이 달라지지 않는다는 점에서 보면 욕은 심리적 갈등을 언어적으로 전환하는 행위일 뿐, 사실의 개조나 변화를 유발하지는 못한다. 그러고 보면 욕은 사실 세계와는 다른 세계를 언어로 건설함으로써 사실 세계를 은폐하는 구조와 같다.

그러나 은폐가 자신의 심리 억압을 통해 별도의 세계를 구축하는 데서 머무르는 데 반해 욕은 대상에 대한 임의적 해석이나 명명을 통해 별도의 세계를 구축한다는 점에 차이가 있다. 이 점에서 욕은 사실에 대한 언어적 반동이라 할 수 있으며 앞의 인용에 나타난 '소리로나 이겨라'거나 '질행 좆인 놀래'는 자기 심리의 억압에서 나아가 대상을 향해 임의적 해석을 부여하고 있다는 점에서 그리고 소극적 은폐라기보다는 적극적 치환이라는 점에서 언어적 반동의 구조를 취한 것이라 할 수 있다. 결국 언어적 반동으로서의 노래란 심리적 갈등을 언어적으로 해소하는 행위다. 제주 민요는 노래가 언어적 구조물이라는 사실을 철저히 인식하고 있음을 여기서 더욱 분명히 확인하게 된다.

노래의 본질과 기능에 대한 인식

노래를 노래한 문맥을 통해 확인된 노래의 의미는 노동의 조율, 갈등의 언어적 전환의 둘로 압축됨을 확인하였다. 이 두 가지 의미는 노래의 본질과 기능에 대해 서로 다른 인식을 보여주는 것으로 이해된다.

먼저 노래는 노동 촉진, 정신적 분발, 질서 부여의 세 측면에서 노동의 조율 기능을 갖고 있음을 인식한 자취를 보았다. 노래가 이런 측면의 효과를 가질 수 있음은 언어 또는 노래가 갖는 지령적(directive) 기능 때문이며 이는 주로 청자에 관여한다. 따라서 통달의 목적이 두드러진 용법을 지향하게 된다.

노동의 조율을 지향하는 노래들의 실상은 이러한 특성을 드러낸다. 즉, 노래를 화제로 삼은 것들 가운데서도 노동의 조율을 지향하는 문맥으로 된 것은 '각각 하기'로 된 교환창이 별로 많지 않다는 점이 그것이다. 이는 혼자서 노래한다기보다 함께 노래하고 있음을 전제로 한 것이며 그런 점에서 집단의 노래가 갖는 공동성을 보여준다.

그러나 노래의 집단성 또는 공동성을 이처럼 충분히 인식하면서도 노래를 화제로 삼는 노래의 주된 분포가 '각각 하기'에 집중되어 있다는 점이 주목된다. 이는 노래가 갖는 집단성과 공동성이라는 본질과 기능을 몰라서가 아니라 '각각 하기'가 보여주는 것과 같은 개인성과 개별성에 보다 중요한 의의를 두고 있다는 뜻으로 해석된다. 그 개인성과 개별성을 구체적으로 보여주는 것이 갈등의 언어적 전환으로서의 노래를 드러내는 문맥이다.

이러한 노래는 갈등의 표출, 대리 성취, 억압 은폐, 반동 형성의 네 가지로 유형화됨을 앞에서 본 바 있다. 이들은 모두 언어를 통해 심리적 갈등을 해소하는 방어기제들이다. 또 그것들이 함께 부르는 합창이거나 선후창의 형태를 취하지 않고 교환창 그것도 각각 하기의 형식으로 나타난다는 점과 관련해서 보면 개인적 갈등의 언어적 전환이라는 점이 이해된다.

그런데 그 개인적 갈등을 해소하는 태도는 어디까지나 노래적이다. 노래적이라는 말은 현실적이라는 말의 상대 개념이다. 즉, 갈등의 해소를 현실의 극복으로 이루고자 시도하는 대신에 노래함으로써 그것을 해소하려 한다는 점이다. 그 해소의 방식으로 선택되는 것이 언어적 방어기제다. 이것은 현실이 쉽사리 극복될 수 없다는 인식과도 맞물리게 되지만 노래를 이루고 있는 언어의 표현 기능에 깊숙하게 의지하고 있음을 보여주기도 한다. 여기서 언어와 현실을 분리하는 의식을 보게 된다.

이 두 가지를 아울러 생각하면 노래의 본질과 기능에 대한 생각의 골자가 드러난다. 그것은 개인적 삶의 갈등을 응시하면서 그 해결을 언어를 통해 해결하는 방식으로서 노래를 선택한다는 생각이다. 이것은 현실과 언어를 분리해서 보는 태도와 관련된다. 현실은 현실, 언어는 언어라는 생각의 반영이다. 언어로 우리가 어찌할 수 있는 현실은 없다는 말도 된다.

언어와 현실이 어떤 관계에 있는가에 대한 생각은 두 유형으로 나누어 생각할 수 있다. 하나는 언어와 현실이 밀착되어 있다는 생각이고, 또 하나는 언어와 현실은 무관하다는 생각이다. 전자는 '말이 씨 된다'는 속담 등에서 보는 바와 같은 주술적 언어관에 이어진다. 언어로 무엇을 할 수 있으며, 그러기에 통달과 감화가 가능하다고 본다. 따라서 청자쪽을 지향한다. 그러나 후자는 화자쪽에 주목하는 점에서 표현적이라는 점이 다르다. 그 표현이 무엇을 어찌하는 결과가 혹 있게 된다 해도 그것은 이런 관점이 애초에 의도하는 바가 아니라 우연한 결과일 수 있다는 생각이다. 이점에서 언어와 현실은 엄격히 분리된다.

전자의 언어관이 목적문학의 성립과 전개에 기여하는 반면에 후자의 언어관은 순수문학에 기여한다는 점도 중요하다. 결국 제주 민요가 생각하고 있는 '노래'의 본질과 기능은 자기 삶의 표현이며 자신의 문제를 언어적으로 해결하려는 노력일 따름이지 무엇을 어찌할 의도를 지니고 있는 것은 아니라는 생각을 반영한다. 이런 점에서 제주 민요의 노래 인식은 서정시의 독백성과 밀접한 연관을 갖는다.

　제주 민요에서의 '노래'도 청자를 지향하는 기능으로서 노동의 조율 기능을 지닌다는 점을 살핀 바 있다. 그러나 그것이 청자를 지향한다는 점에서 언어와 현실의 결합을 상정하고는 있으나 갈등의 현실까지는 괘념하지 않은 채로 그 현장의 노동을 고무 추동하는 데 그치고 있다는 점도 시사적이다. 즉, 노래의 대상 지향성을 인식하고는 있으되 그것이 현실의 변화나 극복을 지향하는 데까지는 나아가지 않는다는 것이다. 따라서 제주 민요가 생각한 노래의 본질과 기능은 자기 내면 지향적이며 그 갈등의 독백이라는 순수 서정의 성격에 초점이 모아진다. 이런 생각이 제주도라는 생활환경과 어떤 관계를 갖고 있는가 하는 것도 헤아려야 할 것이다.

삶과 노래의 관계

　노래란 개인적 삶의 언어적 해결이라는 인식과 연관하여 삶과 노래의 관계를 생각해 볼 수 있다. 그 삶은 어떤 삶이었기에 그런 해결을 지향했는가 하는 점과 그 해결방식을 통해서 드러나는 제주 민요의 문학적 특성은 무엇인가 하는 점이 그것이다.

　먼저 어떤 삶이었는가 하는 문제부터 생각해 본다. 노래를 화제로 하고 있는 제주 민요는 그 삶의 구체적 모습을 직접적으로 말해 주지는 않는다. 어쩌면 노래 자체를 화제로 함으로써 빚어지는 집중성과 단순성 때문일 수도 있다. 그러나 노래로 현실의 무엇을 어찌해 보겠다는 생각이 아예 없다는 것도 노래에 현실의 모습을 직접 담지 않는 한 요인으로 볼 수 있다. 그러기에 현실의 모습은 다만 암시될 뿐이다.

　간접적 시사인 암시를 통해 드러나는 삶의 모습은 어떤 것인가? 그 추리의 단서로 '내 노래야 산 넘어 가라 내 노래야 물 넘어 가라'를 들 수 있다. '산 넘어'와 '물 넘어'가 암시하는 것은 산과 물로 폐쇄된 공간에 내가 있는 현실이라고 할 수 있다. 이것은 제주도가 남해 먼 바다의 외딴 섬이라는 사실과도 맞아떨어진다.

폐쇄된 공간에서 삶을 영위한다는 것은 어떤 것인가? 그것은 '하나 뿐인 지구'라는 표어에서 느끼는 것과 같은 절박감과 흡사할 것이다. 혹은 벼랑 위에 서 있는 사람이 그러하듯 더이상 물러설 수 없음의 심경과도 통할 것이다. 그것은 한계상황을 뜻한다.

그러한 한계상황의 구체적 모습을 우리는 제주 민요의 갈피갈피에서 만나게 된다.

> 갑: 옛날 어른덜 살 때예들은 말로 어허어 가마귀ᄆ루 펄개ᄁ지 간 바꽈 단 먹었져
> 을: 옛날 어른덜으으은 미녕창 ᄒ 펄썩 해영 놨당
> 갑: 미녕 ᄒ 펄에 피 두 말썩 펄개ᄆ슬 간 바꽌단 먹었져
> 을: 미녕 아정 봄 나민 동총더레 걸으멍 요새엔 채나 있져마는 우리 어멍네 살아난 생각ᄒ민
> 갑: 두 설 난 거 떼어 둬근 어허어 재수 구지민 못 바꽝 오민 ᄌ녁 굶으멍 살았져
> 을: 기영도 ᄉ뭇 ᄒ 멧특썩 걸으멍 ᄒ여당 우리 멕이멍 살려 놔도 어멍 설운 중 모른 아기덜
>
> 〈맷돌노래, 서귀포〉

참으로 어쩔 수 없는 가난의 모습이 여기에 적나라하게 드러나 있음을 본다. 이 이상의 한계 상황을 상상하기도 쉽지 않다. 더구나 그것은 육지처럼 이어져 있는 공간이 아니라 바다로 단절된 공간이다. 이런 상황에서 인간이 시도할 수 있는 해결 방법은 어떤 것인가. 우선 벗어남과 몰입의 두 방향을 생각할 수 있고, 이 중 벗어남을 추구한다 하더라도 탈출에서부터 현실의 격파냐 아니면 죽음에 이르기까지 다양한 방법이 있을 수 있다.

그런데 노래를 노래한 제주 민요가 보여주는 해결 방법은 어떤 것인가? 그것은 그 삶으로부터의 벗어남이라기보다는 몰입이다. 여기서 몰입은 흔히 그 현실에 철저해지는 경향을 동반함이 보통이다. 그런 몰입은 그 철저성 때문에 현실의 폭로나 비탄에 빠져들게 되기도 한다. 위에 인용한 서귀포의 맷돌노래는 그런 경향을 보여준다.

그러나 노래를 화제로 삼아 노래를 규정한 민요가 보여주는 태도는 이와

다르다. 현실에 몰입하되 그 몰입은 현실을 자기 것으로 인정하는 태도라고 할 수 있다. 이 말을 달리하면 현실순응적이라고도 할 수 있다. 삶의 인식과 지향은 여기서 출발한다. 따라서 현실을 외면하거나 도피하지 않는다.

그러나 삶은 갈등이며 그 갈등은 해소되어야 한다. 그 해소의 방법이 노래라는 언어적 전환의 방식이다. 삶의 현실은 그대로 인정하면서 자신의 안정을 추구하는 지향이다. 이것은 폐쇄된 공간에 처했다는 삶의 인식과 맥을 같이하는 대목으로 이해된다. 어찌할 길이 없는 막다른 곳에서 죽음을 택하거나 현실의 격파를 꾀하지 않는 한 그 삶과 어깨를 겯고 살아가야 한다는 생각은 당연하다. 이런 것을 동양적 지혜라고도 하고, 삶과의 조화라고도 한다.

이런 점에서 제주 민요가 택한 삶의 방식은 현실에의 몰입이면서 동시에 벗어남이다. 몰입하되 벗어남의 방식을 통한 조화로 그 갈등을 해소하려한 것이다. 그 벗어남의 방식이 노래의 언어적 방어기제다. 이것이 벗어남이라고 하는 것은 현실과 언어가 서로 다른 세계이기 때문이다. 이런 점에서 현실과 언어의 두 세계는 분리되어 있다. 그러나 그 두 세계 자체로서는 서로 다르지만 인간은 이것의 공유가 가능하다. 제주 민요의 노래 인식은 이 두 세계를 공유함으로써 갈등을 헤쳐나가는 모습을 보여준다.

인간은 현실과 언어의 두 세계를 양쪽 접시에 담고 있는 천평과 같다. 저울이 균형을 유지하기 위해서는 현실의 무게만큼 언어가 생산되어야 한다. 그것이 제주 민요의 노래 인식이다. 따라서 삶이 괴로우면 괴로울수록 노래는 풍성해진다. 노래는 그런 점에서 삶을 반영한다. 문학이 근본적으로 괴로운 삶의 몫이라는 규정은 이래서 가능하다.

제주 민요의 노래 인식이 보여주는 짙은 서정 지향은 궁극적으로 그 삶이 배태한 것이며 이런 지향은 노래의 본질과 기능을 언어구조물의 그것으로 파악함으로써 가능했다는 것이 이 글의 요점이다. 이만한 요점을 얻기 위해서 매우 먼 길을 돌아온 것 같지만 민요를 두고 이만한 논의가 가능한 그 자체가 제주 민요의 독특함이며 또한 문학성의 풍요로움을 의미한다고 본다.

문학적 삶과 해학

제주 민요에 나타난 노래에 대한 생각들을 일러 우리는 문학적 삶이라 할 수 있다. 그것은 현실적 삶에 대응하는 의미로서의 문학적 삶이다. 노래에 대해 깊은 관심을 표명하면서 드러낸 삶의 태도는 몰입과 동시에 벗어남이며, 그 벗어남은 언어적 전환을 통해서 이루어진다는 점에서 문학적이다. 언어에 의해 세계를 구축하고 있다는 점에서이다.

삶에 대한 이런 태도가 언어와 사실을 별개로 인식하는 것과 연합해서 이루어진 것임은 물론이다. 그러기에 이러한 삶, 즉 문학적 삶에서는 자신조차도 언어로부터 분리하여 대상화할 수 있게 된다. 현실의 언어적 전환이 반동의 형성으로 나아가는 데서 이미 짐작되는 바이지만 그러한 분리와 대상화는 필경 해학적 태도로 발전하게 된다. 슬픔을 슬픔에의 몰입으로 극복하는 대신에 해학으로 그것을 차단할 수 있는 발상이 여기서 가능해진다.

함께 일을 하면서 교환창을 하되 상대방의 정서에 함몰되지 않고 거기서 빠져나와 객관화하면서 해학적 태도로 변모해가는 다음 노래는 그러한 과정을 압축적으로 보여준다.

갑: 요 나이사 멧 나이러랜
을: 스므나믄 설나믄에 ──────────── 이어부르기
갑: 벳또롱 알을 남을 준덜
을: 요네 산천 놈을 주랴 ──────────── 이어부르기
갑: 요만 일사 놈을 주나
을: 잘도 ᄒ다 잘사 ᄒ다 ──────────── 선후창과 언급
갑: 요 나이사 멧 나이러랜
을: 흔져 우경 ᄒ야 보세 ──────────── 이어부르기
갑: 사르룽살짝 다 녹여 보자
을: 어야두리 더럼하고 ──────────── 선후창의 모습
갑: 날만 못ᄒ 정녀도 산다
을: ᄒ고 말고 그 뿐이 아니고 ──────────── 언급의 형태
갑: 나는 무슨 날에 난고

을: 그런 사름도 있고 저런 사름도 있나·················· 분리(객관화)
갑: 나는 원통이여 분통하다
을: 널보단도 이상 서룬 사름 있나·················· 정서적 분리
갑: 날랑 나컨 남즈로 나시민
을: 문딱 남자로 나민 너네 오래비덜 어떵ᄒ랜 말이냐········ 해학적 언급

〈보리 훑는 노래, 남원〉

처음에는 갑의 노래에 몰입했다가, 다음에는 그것을 바라보는 언급의 형태를 취하다가 나중에는 갑의 정서로부터 분리되고 드디어는 그것을 객관화하여 해학적 언급으로 나아가는 과정이 일목요연하다. 이것은 대상에의 몰입이며 동시에 벗어남의 공존 양상이다. 그러나 그것은 언어적 벗어남이라는 점에서 문학적 삶이다.

문학적 삶은 현실이라는 잣대만을 가지고 본다면 소극적인 삶이라고 규정될지도 모른다. 그러나 그것은 현실이라는 잣대만을 가지고 본 것이다. 문학적 삶은 현실에 대하여 아무런 개혁의 힘도 발휘하지 못하기 때문이다. 그런 점에서 패배주의적 태도의 발로라고 규정할 수도 있을 것이다. 그러나 생각해 본다. 현실의 문제를 완전히 극복한 삶은 가능한가? 인간이 무한한 욕망의 존재라는 본질을 포기하지 않는 한 그것은 불가능했고 또 앞으로도 그러할 것이다. 이런 판단은 현실과의 조화라는 동양적 지혜를 다시 한 번 생각하게 한다. 제주 민요는 그 척박한 절해 고도의 한계상황에서 자진(自盡)하지 않고 살아 남아 인간이기를 지향한 동양적 삶의 지혜에 맥이 닿아 있음을 느끼게 한다. 그러기에 그들은 슬픔조차도 웃으면서 그 갈등으로부터 벗어나는 태도를 보여준다.

제주 민요만 그런 것은 아니다. 우리 문학의 전통에는 이와 같은 해학적 벗어남이 보편적인 양상이라는 점을 여러 측면에서 찾아본 바8)도 있다. 따라서 이를 한국 문학의 보편적 특질이라고 말해도 좋을 것이다. 그러나 여기서 살핀 제주 민요의 노래 인식의 여러 요소들이 우리 문학에 두루 적용할 수 있는 준거틀이 될는지는 더 많은 검증이 필요할 것이다.

---

8) 김대행, 『시가시학연구』, 이대출판부, 1991, pp.353~378.

노동요가 들려 주는 민요론

제주 노동요 창법의 특이성

제주 노동요의 창법에 대하여는 일찌기 김영돈 교수가 주목한[1] 바 있다. 독창(獨唱), 선후창(先後唱), 교창(交唱)의 세 가지 유형으로 구분되는 점은 다른 지역의 그것[2]과 동일하지만, 이 가운데서 유독 교창의 경우는 제주 노동요에서 현저하게 나타나는 특성을 지니고 있다.

물론 이런 창법이 다른 지역에서 전혀 발견되지 않는 것은 아니다. 예컨대 전남지역의 민요 가운데는 각 절의 노랫말이 서로 연관이 되는 내용으로 이루어지는 경우와 내용상 관련이 없이 독립된 구절로 이루어지는 경우의 두 가지가 있으며 심지어는 앞뒤 구절의 선율이 서로 다른 경우까지도 보고되어 있다.[3] 영남지역에서도 모노래가 대구(對句)나 문답(問答)의 형식으로 된 교환창이 남녀 사이 혹은 남자들로 이루어진 두 패 사이에서 교환됨으로써 완성된다는 사실은 널리 알려져 있다.[4]

---

1) 김영돈, 『제주도민요 연구-여성노동요를 中心으로』, 동국대박사학위논문, 1983, pp.38~46.
2) 장덕순 외, 『구비문학개설』, 일조각, 1971. pp.89~92.
3) 이정란, 전남지역 민요의 음악적 특징, 『한국민요대전 2 -전라남도편』, 문화방송, 1993. pp.55~56.

　그렇기는 하되 다른 지역의 그것은 극히 제한적으로 나타나는 데 비해서 제주 노동요에서는 교환창이 매우 흔한 창법이라는 점과 그 하위 유형도 여러 가지가 있다는 점에 주목한다면 이런 사실만으로도 그 중요성이 인정된다.

　교환창은 세 가지 방식으로 분류되는 하위 유형을 보여 준다. 김영돈교수는 이를 (1)앞소리 사설을 따라 부르기, (2)앞소리와 다른 사설 부르기, (3)앞소리 사설을 이어받아 부르기로 명명하였고 이러한 분류는 그 이후의 연구자들에 의하여 그대로 통용되고 있다.5)

　이 책에서도 제주 민요의 가창 방식이 다른 지역에 비해 특이한 점을 지니고 있음에 주목하고 그 가운데서 노래를 화제로 삼아 노래한 노동요를 대상으로 하여 제주 민요가 노래를 어떻게 인식했는가를 살핀 바 있다.6) 여기서는 그 후속 작업으로 이러한 창법의 특이성이 우리에게 민요에 관해 무엇을 말해 주는가를 살피고자 한다.

　그런 일을 하고자 하는 이유는 이러하다. 창법이 이러저러하다는 사실이 단순히 음악적 기교 혹은 방법적 차이에 불과한 것인가? 혹은 그렇게 함으로써 노래하는 방식의 다양성을 추구하는 정도의 의의에 국한되는 것인가? 제주 노동요의 실상은 그런 정도의 단순한 의의를 벗어나 무언가 중요한 시사를 주리라는 예감을 갖게 한다. 그것이 단순히 예감이 아니라 사실로 판명이 된다면 그것은 제주 노동요의 민요론적 가치를 입증하는 일이 되리라는 전망도 가능하다. 본고는 그 전망을 노동요의 노래 동기를 규명하는 쪽으로 모아 민요 이해의 한 틀을 마련하고자 한다.

　이를 위하여 본고는 제주 노동요의 교환창이 보여 주는 세 방식 즉 '이어받기', '반복하기', '각각 하기'의 세 유형 이외에 '논평하기'를 추가하여 네 유형을 논의의 대상으로 삼고자 한다. 이어받기가 앞사람의 사설을 이어받아 사설의 맥락을 진행시키는 방식이라면 반복하기는 앞사람과 동일한 사설을 되풀이하는 것이고, 각각 하기는 번갈아 노래하기는 하되 갑(甲)은 갑(甲)의 사설을 을(乙)은 을(乙)의 사설을 노래하는 방식이다. 네 번째 유형인 논평하기는 이상의 세 유형 어디에도 속하지 않는 것으로 앞

4) 조동일, 『경북민요』, 형설출판사, 1982, pp.38~39.
5) 강성균, 제주도 김매는 노래 연구, 『민요론집』 창간호, 민요학회, 1988, pp.63~64.
6) 이 책의 앞 장인 '거리두기와 바라보기의 노래' 참조.

사람의 사설 내용을 비롯하여 상황적 화제에 대한 자신의 판단을 제시하는
것으로 감상 혹은 비평적 내용을 담는 것이 보통이다. 그 예로 다음과 같
은 사설을 들 수 있다.

> 갑: 어떤 사름은 팔즈나 좋앙
> 을: 흐고 말고 다 훌 수 있나
> 갑: 고대광실 느끈집에
> 을: 잘도 흔다 잘도 흔다
> 갑: 멍에 느진 좋은 밧테
> 을: 아이고 요놈은 보리만 시상에 훌타난 놈이여
> 갑: 하드레더럼아 흥에로다
> 을: 힘도 좋앙 노상 해여 봐도
> 갑: 앞에 보난 정동화리
> 을: 보리 훌트명 정동화리 노민 더워서 못 산다
> 갑: 뒈엔 보난 쪽지벳풍
> 을: 점점 보라 이 소리 점점
>
> 〈보리 훑는 노래, 남원〉

　여기서 을의 사설은 갑의 사설에 대한 논평이거나 의견의 개진 또는 상
황에 대한 언급으로 되어 있다. 앞의 사설에 관련하여 뒤의 언급이 형성되
었다는 점에서 본다면 앞 사설이 뒤의 사설을 규정한다고 할 수 있고, 이
런 점에서 본다면 이어받기와 흡사한 성격을 지닌다고도 볼 수 있지만, 이
어받기는 주로 그 노래의 사설을 완성시키기 위한 진행임에 반하여 논평하
기는 완성을 위한 순차적 진행과는 무관하게 독자적으로 자신의 생각을 개
진한다는 점에서 이질적이다. 따라서 이는 이어받기와는 다른 별도의 한
창법으로 설정하여 고찰할 필요가 있다. 그리고 이런 일은 노동요의 세계
를 이해하는 데 풍부한 함의를 지닌다는 점에서도 중요한 의의가 있다.

노동요의 노래 동기와 교환창의 유형

　다소 새삼스럽고도 멍청한 질문을 하나 던져 보자. 그 힘든 노동을 하면

서 더 힘들게 만드는 노래는 왜 부르는가? 어찌 보면 그 대답은 너무 자명한 것처럼 보인다. 그러나 자명해 보이는 것일수록 그 근원의 규명은 철저하지 못한 경우가 많다. 또 이런 원론적인 질문이 없더라도 노동요는 노동의 현장에서 노래되어 왔고 또 노래될 것이기 때문에 질문이 새삼스러울 수도 있다.

　여기서 제기하는 질문의 해명도 사정은 마찬가지다. 노동을 하면서 노래를 하는 이유를 발생론적으로 살핀 것은 고정옥(高晶玉)이다. 동작에 수반하여 의미 없는 소리가 나올 수 있고, 그 소리를 발하는 데서 쾌감을 느끼게 되는 경험적 바탕 위에서 노동요가 형성되었다는 것이다. 무의미한 소리가 의미 있는 사설로 발전하는 데는 노래하는 쾌감이 정력의 절감 효과와 집중력 증대 효과에 기여를 했으리라는 추론도 제시한 바 있다.[7]

　애당초에는 자연스럽게 노래하게 되었으리라는 이 가설은 김무헌[8] 등에 의해 유지되었으며 노래뿐만이 아니라 인간의 문화 전개가 그러했으리라는 개연성 때문에 어느 만큼의 설득력을 가진다고 할 수 있다. 그러나 자연히 그러했으리라는 설명은 거기서 그치지 않고 노래의 기능을 드러내는 측면으로 이어진다.

　노동요를 노래함으로써 작업의 동작에 조화와 질서를 부여하게 된다는 설명은 노동요의 기능적 효용 측면에 주목한 것이고, 이러한 설명은 임동권(任東權), 최철, 정재호(鄭在鎬), 강성균(姜性均) 등에 의해 지속적으로 검토되고 있다. 그것은 노래의 절주(節奏)에 의한 행동 통일의 효과[9]로 명명되기도 하고, 단조로움의 탈피[10]라는 측면이 강조되는가 하면, 그 연장선에서 노래가 지니는 흥겨움이 강조되고 그 결과 노동의 고통 경감[11], 의욕과 기쁨의 증대[12]를 통해 노동을 즐겁게 하게 된다는 데까지 발전하게 된다.

　이처럼 효용적 기능에서 노동요의 성립을 설명하지 않고 다른 각도에서

7) 고정옥, 『조선민요연구』, 수선사, 1949, p.19.
8) 김무헌, 『노동민요론–문학사회학적 해석』, 집문당, 1986, p.22.
9) 정재호, 민요, 『한국민속대관』, 고대민족문화연구소, 1983, p.264.
10) 정재호, 앞 글.
11) 황정수, 민요의 기능, 최철 편, 『한국민요론』, 집문당, 1986, p.91.
12) 김무헌, 앞 책.

고찰한 견해도 제시되어 있다. 문화론적 관점에서 바라본 이 견해에 의하면 노동요를 노래하는 일 자체가 사회 공동체의 구성원임을 확인하는 사회문화적 행동이었으며, 집단적인 노동에서 노래를 함께 함으로써 상가적으로 신명의 세계를 고조시켜 가는 일종의 미적 쾌감을 수반한다는 것이다.13)

이 밖에도 노동요의 주술적 기능에 주목한 견해도 있다. 노동의 결과가 확실하게 그리고 빨리 나타나기를 희망하는 기원을 말로 나타냄으로써 실제로 그렇게 되리라고 믿었으리라는 해석이다. 그러던 것이 주술적 기능이 사라지면서부터는 서정적인 것으로만 이해되었으리라는 설명이다.14)

이상의 견해들은 노동요를 노래하는 동기를 설명하는 데 필요하고 바른 지적이기는 하지만 그것으로는 여전히 충분하지 못하다는 느낌을 갖게 된다. 그런 느낌을 갖게 되는 까닭은 각각의 견해들이 지니고 있는 설명력이 제한적인 데서 연유한다. 노래의 절주(節奏)에 맞춤으로써 행동의 조정과 통일이 가능했다는 설명은 〈타작노래〉처럼 동작의 박절(拍節)이 명확한 노동의 경우에는 부합되는 설명이지만 김매기처럼 동작의 구분이 명확하지 않은 경우에는 설명력을 잃는다. 단조로움의 탈피나 흥겨움에 이은 신명의 조성 효과도 모든 노동의 경우에 걸쳐 노래의 동기를 포괄적으로 설명하는 데는 역시 모자란다. 노동요가 사회구성원의 문화공동체 형성적인 기능을 갖는다는 설명도 노래의 결과로서는 그러하다 할지라도 동기 자체를 설명하는 데는 의문이 남는다.

결국 논의는 원점으로 다시 돌아간다. 일을 하는 것은 그 자체로만으로도 힘에 겹다. 하물며 노래까지 하는 것은 더욱 힘에 겹다. 그런데도 노동을 하면서 노래를 한다. 왜 그런가? 우리의 답은 여기서부터 찾아야 한다.

노래가 즐거워서 한다고 하는데, 노래가 즐겁다는 것은 흥겨운 음악의 속성을 일반화할 때나 가능한 말이므로 모든 노래가 즐겁다고는 하기 어렵다. 노동요는 반드시 흥겨운 노랫말만을 입에 올리는 것도 아닐 뿐더러 가락이 흥겹기만 한 것도 아니다. 제주 노동요의 경우는 선율이나 사설에서

---

13) 조경만, 농민의 일과 놀이:논일노래 및 관련 연행의 세계, 『한국민요대전 2-전라남도편』, 문화방송, 1993. pp.20~22.
14) 조동일, 『경북민요』, 형설출판사, 1982. pp.39~40.

애조가 두드러질뿐더러 일하기소리는 많으나 흥청거리는 놀이판의 유희요
는 적은15) 것으로 보고되어 있다.

그렇다면 노동요에서 느끼는 흥겨움이 존재한다 하더라도 그것은 우리가
일반적으로 말하는 흥겨움과는 다른 것임이 드러난다. 따라서 용어로는 동
일하게 '흥겨움'으로 명명된다 하더라도 그 성격의 추구는 층위를 달리해
서 이루어져야 하리라고 본다. 그 설명의 단서가 그리고 왜 힘든 일을 하
면서 노래까지 하는가에 대한 설명의 자료가 제주 노동요의 교환창에서 발
견되리라는 것이 이 글의 가정이다. 이제 그것을 살필 차례다.

노동요를 노래하는 동기를 살피기 위하여 교환창을 네 유형으로 범주화
하고자 한다. 그 네 유형은 단순히 창법상의 차이를 보여주는 데서 그치지
않고 노동요를 노래하는 네 가지의 동기에 대한 시사를 지니고 있다는 가
정을 갖고 있기 때문이다. 환언하면, 창법은 노래의 의도가 구조화의 요소
로 작용하여 형성된 것이라고 본다는 뜻이다.

인간이 언어를 사용하는 데는 언어사(言語事)16)에 관련된 제요소들이
관여적으로 작용하게 마련이다. 언어사란 언어를 존재하게 하는 요소인 화
자, 청자, 언어기호, 지시물, 상황맥락 등을 가리킨다. 노래의 경우는 언어
기호보다는 노래라는 양식성을 통해 구현되므로 화자, 청자, 노래, 지시물,
상황맥락 등의 요소가 관여할 것이다. 이런 요소들에 의해 구현되는 자질
은 표현성(화자), 의도성(청자), 양식성(노래), 정보성(지시물), 상황성(상
황맥락) 등이 된다.

이상의 다섯 가지 자질을 살피기 위하여 화제, 율격, 어조의 세 측면에
서 분석하기로 한다. 화제는 무엇을 노래했는가를 살피자는 것으로 화자의
표현의도와 청자에게 지향하는 의도 그리고 지시물에 관련된 정보의 성격
을 통해서 그 노래 동기를 추리할 수 있을 것이다. 율격17)은 노래의 양식

---

15) 이보형, 제주도 소리, 『팔도 소리』, 한국브리태니커, 1983, p.67.
16) 이 용어는 필자가 임의로 정한 것이다. '언어'라고 하면 흔히 언어기호만을 지칭하
　　는 것으로 생각하는 경향이 있는데, 언어의 통찰을 위해서는 화자와 청자 그리고
　　지시대상, 상황맥락 등이 두루 다 살펴져야 한다는 점을 강조하고자 함이다. 김대
　　행, '토끼는 앞발이 짧다'를 위한 국어교육학, 『국어과학의 지평』 서울대출판부,
　　1995 참조.
17) 여기서의 율격론은 율격 자체의 특질보다는 노래의 양식적 특성을 부각시키고자

성과 상황성에 관련된 설명을 제공해 줄 것이고, 어조란 화제 및 주제에 대한 화자의 태도를 드러내는 것이므로 이를 통해 지시물에 관련된 정보는 물론 화자의 표현성과 청자를 향한 의도성을 추리할 수 있을 것이다. 교환 창이 이루어지는 관계의 양상에 주목하면 논의의 단서를 발견할 수 있으리라 본다.

이러한 과정은 노래의 동기를 추찰하는 간접적 경로이다. 노래의 동기를 직접적으로 설명하는 제주 노동요가 있음18)은 흥미롭지만, 그러한 자료를 통해 우리가 알 수 있는 노래 동기도 부분적이라는 한계가 있다. 따라서 비록 간접적 경로를 통해서나마 노동요의 노래 동기를 포괄할 수 있는 틀을 모색하려는 것이다.

반복하기와 동화의 원리

교환창 가운데 반복하기 유형은 다음과 같은 사설 구성을 보인다.

갑: 본디 ᄌᆞ냑 어둑는 집의
을: 본디 ᄌᆞ냑 어둑는 집의
갑: 오늘이옝 붉은 때 ᄒᆞ라
을: 오늘이옝 붉은 때 ᄒᆞ라

반복하기의 창법은 제주 노동요에 흔히 통용되는 것으로 보고된 바 있다. 실제로 〈잠녀노래〉나 〈흙덩이 바수는 노래〉 등에서 이 창법에 관련된 자료를 많이 보게 된다.

그런데 이 유형에서 가장 두드러진 현상은 율격적 특징으로서 두 마디 대응을 단위로 하는 짧은 호흡을 기본구조로 하고 있다는 점이다. 이런 특징은 반복하기 유형의 보편적 현상이다.

하는 것이다. 따라서 분석적 고찰보다는 율격적 호흡에 나타나는 성향을 중심으로 관찰하는 것이 필요하다.

18) 이 책의 앞 장인 '민요가 바라보는 노래의 세계' 참조.

이처럼 짤막한 율격적 호흡을 기본으로 하는 것은 그럴 만한 이유가 있
는 것으로 짐작된다. 즉, 같은 내용을 되풀이하자면 기억하기에 용이해야
할 것이고 그러기 위해서는 사설이 짧아야 하거나 익히 알고 있거나 이미
기억된 것이라야 할 것이다. 다음의 예를 보자.

> 갑: 서궁아기 더럼마
> 을: 서궁아기 더럼마
> 갑: 요 벙에영 저 벙에영
> 을: 요 벙에영 저 벙에영
> 갑: 혼저 혼저 부서지라
> 을: 혼저 혼저 부서지라
> 갑: 쉐돌ᄀ뜬 요 벙에야
> 을: 쉐돌ᄀ뜬 요 벙에야
> 갑: 박달 곰베 메여 들곡
> 을: ᄇ삭 ᄇ삭 부서 보자
> 갑: 박달 곰베 메여 들곡
> 을: ᄇ삭 ᄇ삭 부서 보자
> 갑: 홍에로다 호옹에
> 을: 홍에로다 호옹에
>
> 〈흙덩이 바수는 노래, 애월〉

이 예에서 흥미로운 것은 노래의 중간 부분에서 갑과 을이 노래를 교환
하지 않고 각기 두 번씩을 계속 노래하고 있는 점이다. 이는 이 사설이 한
유형으로 굳어진 노래로서 그 사설을 갑과 을이 공히 기억하고 있음을 시
사한다. 거기다가 이 노래의 화제는 현재 작업중인 그 일과 밀접히 관련되
어 있다는 점도 주목을 요한다.

따라서 기억의 용이성과 관련된 사설의 특성은 화제의 선택에서 두 가지
경향으로 이어지는 것이 보편적 현상이다. 하나는 사설 자체가 이미 공유
하고 있는 유형에 충실함으로써 반복하기에 용이해지는 길이고, 다른 하나
는 목전의 일이나 공동 관심사를 화제로 함으로써 기억이 쉽도록 하는 길
이다. 실제로는 대부분 전자의 경우를 추구하는 것으로 보인다.

그렇다면 반복하기 유형의 화제는 공동 관심사와 관련된다는 점을 특징으로 지적할 수 있겠다. 이미 전형화된 유형의 사설을 선택하는 경우는 더 말할 나위도 없거니와 목전의 대상을 화제로 삼는 경우도 노래하는 사람 사이에 관심으로서의 공동성이 전제되기 때문이다. 이 공동성은 노래가 반복되고 있다는 사실을 통해서 어조로서의 공동성 또한 지니게 됨은 물론이다.

결국 반복하기 유형이 지닌 특징은 화제와 어조에서의 공동성 그리고 율격적 호흡의 단형성으로 요약된다. 이 공동성과 단형성이 노래하는 두 그룹 사이의 일체감을 형성하게 됨은 자명하다. 따라서 반복하기의 창법이 지니고 있는 노래의 원리는 동화(同化)의 원리 또는 일체감(一體感) 형성의 원리라고 할 수 있을 것이다.

노동요가 노동의 박절(拍節)과 관련된다고 말할 수 있는 자질이 바로 여기에 있다. 공동 작업의 현장에서 너와 나의 구분은 물론 남다른 생각이 허용되지도 않고 아무나 그것을 시도하지도 않는다. 다른 요소가 끼여들 틈을 주지 않고 한 가지 일을 동시에 한다는 일체감을 형성함으로써 동일한 과정을 거치는 작업으로 나아갈 수가 있기 때문이다. 이러한 동화원리에 의해서 공동체 의식이 가장 단단한 모습으로 나타나는 것이 반복하기 유형이 지닌 의미라 할 수 있다.

이어받기와 대화의 원리

이어받기 유형은 다음과 같은 사설 구성을 보인다.

　갑: 본디 ᄌ냑 어둑는 집의
　을: 오늘이엥 붉은 때 ᄒ랴
　갑: 어둑경은 밤이엥 말라
　을: 밤도 아니 어두워러라

이처럼 앞 사람이 제시한 사설에 뒤를 이어 그 내용을 순열적으로 전개시키는 것이 이어받기 유형의 특징이다. 그런데 이러한 창법은 제주 뿐만

이 아니라 영남지방의 모내기소리에서도 볼 수 있으므로 제주 노동요만의 특징이라고 하기는 어렵다. 그러나 그것이 노동요 일반에 널리 보편화된 현상이라기보다는 제한적이라는 점에서 자료적인 가치를 가진다.

이어받기 창법의 사설이 택하는 화제는 선창자에 의해서 규정되지만 그 것은 뒷사람이 충분히 이어받을 수 있는 가능성이 고려되어야 한다. 그러 한 고려에서 가장 보편적인 것은 이미 노동요로 정착된 유형적 사설의 선 택이다. 이 점은 영남지역의 모내기소리에서도 마찬가지다.

> 남: 동에 동산 돋은 해는 일모서산을 넘고 넘네
> 여: 우루 임은 어데 가고 저녁 할 줄 모르시네
>
> 〈모내기소리, 경북〉

이 사설이 고정된 유형으로서 정형화되어 있는 것은 물론 아니다. 그러 나 "해도 지고야 정저문 날에 골개 골서 그늘겼네 우루야 임은 어데 가고 저녁 할 줄 모르시노"와 같이 사설에 다소간의 넘나듦은 있다 해도 일모 (日暮)의 화제와 '우리 임은...운운' 하는 대응의 방식은 유형의 구조로서 전형적이다.

그러나 이와는 다른 이어받기 유형도 볼 수 있다.

> 갑: 안중답답 애답답ᄒᆞ난 안안주나 먹으민 좋나
> 을: 먹으라코 쓰라콧 ᄒᆞ민 가지낭긔 모람이 연다
> 갑: 가지 좃곡 입 좃인 낭긔 여름이나 드물이 열라
> 을: 여름철도 봄철도 몰랑 웃인 어멍 무신 철 알리

이 노래는 앞 사설의 어휘를 이어받아 노래를 전개시키고 있다는 점에서 꼬리따기적인 성격을 지니고 있다. 갑의 노래에 대하여 을은 어떤 사설을 이어야 한다는 것이 유형으로 굳어져 있는 것은 아니어서 그 선택은 자유 로울 수 있다. 그러나 그 선택의 자유는 제한적이다. 앞 노래의 어떤 자질 이 이미 후속의 사설을 규정하고 있기 때문이다.

이렇듯이 앞 사설이 뒤의 사설을 어떤 형태로든 규정한다는 점에서 이 창법의 사설은 대응적인 구조를 갖는다고 할 수 있다. 대응의 구현 방식은

문답의 형태일 수도 있으며, 혹은 병렬적인 대구의 방식일 수도 있다.19)

구조가 이러하므로 그 사설은 대응이 용이할 수 있도록 선택되어야 한다. 그 길은 결국 유형화된 공동의 사설을 택하는 방식이 될 수밖에 없다. 공동의 화제이며 유형화된 내용이므로 어조에 있어서도 공동성을 지향하게 됨은 당연하다.

그러나 주고 받음의 대응이 가능하기 위해서는 각자의 사설이 의미론적 완결성을 지향할 필요가 있다. 반복하기는 의미의 완결성보다는 반복의 편이성을 도모할 필요상 어떤 노래의 한 구절을 던지는 것으로 족하다. 그러나 문답이건 대구(對句)건 간에 대응이 이루어지기 위해서는 의미론적 종결이 불가피하며, 그런 목적을 달성하기 위해서 말의 길이는 길어질 수밖에 없다. 그 결과는 율격적 호흡의 장형화로 이어진다. 앞의 예에서 보듯이 이어받기의 사설은 반복하기의 사설보다 긴 네 마디20)의 구조로 되어 있다.

앞의 사설이 뒤의 사설을 규정한다는 점과 관련된 화제 및 어조의 공동성 그리고 율격적 호흡의 장형성은 선창(先唱) 사설과 후창(後唱)의 사설이 연관성을 가지고 대응됨을 뜻한다. 이러한 연관성은 화행이론(話行理論)에서 말하는 협동원리 가운데 한 격률에 해당한다.21) 관련의 격률이 지켜질 때 대화의 협동원리를 충족시키면서 효율적인 의사소통이 이루어진다는 설명이다.

이어받기의 사설이 공동성과 의미론적 단위성을 지니면서 대응하고 있음은 이 창법이 대화의 원리에 의해 이루어져 있음을 시사한다. 대화의 원리를 통해 이루고자 하는 목적은 일종의 의사소통이다. 선창자와 후창자의 사설 선택은 그런 점에서 자신의 의사 표현이면서 동시에 공동의 목표를

---

19) 김영돈(『제주도 민요 연구』 p.45)은 Zulu, Xhoso, Sotho 등의 외국 사례를 통하여 병렬의 보편성을 설명하였고, 조동일(『경북민요』, p.38)은 경북 민요의 교환창 형식에서 문답과 대구적 성격을 설명한 바 있다.
20) 여기서 '마디'란 용어는 흔히 '음보'라 하는 것을 대신하는 말이다. 음보라는 용어는 정확하지 못하므로 마디로 바꾸어야 한다는 입장에 대해서는 김대행 『우리 시의 틀』, 문학과 비평사, 1989 참조.
21) 김태자, 『발화분석의 화행의미론적 연구-어학의 문학에로의 접근』, 탑출판사, 1989, p.87.

찾아가는 협동 작업의 성격을 지닌다.

그렇기는 해도 이어받기의 대화원리는 자유분방한 의사의 선택이 아니라 주어진 유형들 가운데서의 선택이라는 점에서 제한적이다. 이 제한성은 양식성을 이루는 요소가 된다. 주어진 사항 가운데서 선택하도록 제한되어 있다는 것이 이미 양식화되어 있음을 뜻한다. 문화의 모든 양식은 일종의 질서화된 것이라는 점에서 볼 때 이처럼 제한성을 내포한다.

이 점에서 이어받기 유형은 공동성과 개별성의 중간적 성격 혹은 그 이중성을 지닌다고 할 수 있다. 함께 노래하는 선창자와 후창자 사이에 공동성이 분명하게 있어 그 유대가 이루어짐과 동시에 대등하게 대응하고 있다는 점에서 개별성과 독자성이 있기 때문이다. 이 점에서 이어받기는 앞에서 살핀 반복하기 유형과 다음에서 살필 각각 하기의 중간적 성격을 지닌다 할 수 있다.

이 창법이 지닌 이중적 성격은 노래하는 이유를 두 가지 방향에서 살피게 한다. 하나는 작업의 공동성에 기여하는 쪽이고 다른 하나는 개별성의 인식으로 나아가는 쪽이다. 집단적으로 노래하는 경우에는 이어받기의 사설로 유형화된 것밖에는 채택할 수가 없겠지만 단 두 사람이 노래하면서 작업을 하는 경우에는 각자의 개별성이 인식되면서 사설은 개작 혹은 수정될 수 있다.

이처럼 대화의 원리가 지닌 노래 동기에 관한 시사는 공동성과 개별성의 이중적 혼재 현상이다. 따라서 함께 일을 한다는 동류의식과 자신의 삶은 그와는 별개라는 데서 공동체의식과 표현 동기의 이중적 표출이 노래를 끌어낸다 할 수 있다.

각각 하기와 독백의 원리

각각 하기의 유형은 다음과 같은 사설 구성을 보인다.

갑: 이여 이여 이여도ᄒ라
을: 이여도ᄒ라 이여도ᄒ라

    갑: 집의 반초 싱그도 말라
    을: 요 ᄀ레라그네 질긴 양 말라
    갑: 웃인 부모 발어름 소리
    을: 혹을 돌라그네 짓으렌 말가
    갑: 귀에 쟁쟁 열리염서라

이처럼 갑과 을은 각기 자기의 사설을 노래하며 두 사설 사이에는 아무
런 연관이 없다. 공동성이 있다면 동일한 율격적 구조를 지닌다는 점과 민
요로 유형화된 사설들이 주로 선택된다는 점 정도다.

    이 창법은 제주 노동요에서만 발견되는 독특한 것이다. 전라남도에서 수
집된 자료 가운데는 다른 사설을 부르기로 지칭되는 것들이 있어서 제주
노동요의 각각 하기와 어떤 관계가 있는가를 검토할 필요를 느낀다.

    가: 오동동초야 달은 밤 밝고 임의 생각 절로나 나네
    나: 성제나 성제 몰을 타 타고 성제고개 넘어를 가네
    가: 불 떨어졌네 헤헤에헤 불 떨어져 졌네 남향초당 불 떨어졌네
    나: 비 묻어 오네 헤헤헤헤 비 묻어오 오네 곡성산천 비 묻어 오네
    가: 잘도나 허네 헤헤헤헤 잘도나 허이 허네 우리 농군 잘도나 허네
    나: 못다나 맬 밭 다 매고나 난께 에헤 골목 골목 연기만 나네
                                    〈논매는소리, 곡성〉

이 예에서 가와 나는 각기 무관한 사설을 노래한다는 점에서 보면 각각
하기다. 그러나 제주 노동요의 각각 하기와 비교할 때 다음과 같은 점에서
차이를 보인다. 첫째는 곡성 〈모내기소리〉는 가와 나가 각기 상대방의 노
래가 끝나기를 기다려서 자신의 노래를 하는 데 비해 제주 노동요는 상대
방의 노래 종결과 관계 없이 섞어서 부르되 각자의 노래를 한다는 점이 다
르다. 이 점에서 곡성 모내기소리는 상대방에 응답하는 성향을 보이므로
그 대응의 구조라는 점에서 이어받기와 흡사한 데가 있다. 그러나 제주 노
동요의 각각 하기는 말 그대로 상대방과 전혀 무관하게 자신의 사설만을
이어간다. 이 점에서 그 독립성이 더욱 두드러진다.

    함께 노래를 주고받는 상대방과 무관하게 각각 노래를 하는 데 선택되는

화제는 주로 유형화된 것이다. 그러나 그 화제의 성격이나 어조에서 곡성 〈모내기소리〉의 그것이 보여주는 것과 같은 격려나 해학보다는 애조를 띤 것들이 주류를 이룬다. 제주 노동요의 사설에서 대종을 이루는 것이 이런 애조와 관계된다는 점도 이런 창법과 밀접한 관계가 있어 보인다.

율격의 호흡은 짧되 각자의 노래는 짧은 율격 호흡과 관계 없이 전편의 완성을 추구하면서 진행된다. 따라서 율격의 호흡이 단속적인 것은 상대방의 사설에 의해서 이쪽이 간섭받기를 배제하기 위함일 수 있으며, 작업의 동작과 연관성을 지닐 수도 있을 것으로 이해된다. 고로 각각 하기는 함께 일을 하되 노래로서는 개별화를 추구하며, 이 창법이 지니고 있는 공동성이 있다면 아마도 작업의 진행과 관련되는 정도일 것임을 여기서 추리할 수 있다.

그러고 보면 각각 하기가 추구하는 것은 각자의 삶과 관련된 생각들이며 이 점에서 개별적이다. 공동의 작업을 하면서도 개별성을 추구하고 있다는 데서 노래가 지향하는 성격과 동기가 드러난다. 그것은 독백의 원리라 할 수 있다.

독백의 원리는 인간의 표현 본능에 관계된다. 사람에게는 표현하고야 말려는 욕구가 있다. 평소에는 과묵하던 사람도 술에 취하게 되면 고집스럽게 혹은 반복적으로 이야기를 계속하는 것을 보게 된다. 이것은 표현 본능의 한 모습일 것이다.

표현 본능은 단순히 본능으로서의 의의만 가진다기보다는 그것을 성취함으로써 일종의 쾌감을 수반하리라는 것은 충분히 짐작할 수 있다. '임금님 귀는 당나귀 귀'의 고사가 그것을 말해 주는가 하면 시어머니 초상에 구박받던 며느리가 가장 섧게 운다는 경험적 일반의 사실은 이를 입증한다.

여기서 노동요를 노래하는 또 다른 동기에 대한 설명의 단서가 나선다. 자신이 지니고 있는 생각을 노래에 실어 표현함으로써 심리적 정화의 쾌감을 느끼기 위해 노래한다는 점이다. 노래하면 흥겹다는 말이 이 부분에서도 가능하다면 그것은 노래가 지니는 음악으로서의 흥겨움보다는 할 말을 하고 났을 때의 후련함에 관련된다. 힘든 노동을 하면서도 굳이 노래를 부르게 되는 이유가 여기에 있다. 이 이유는 노동의 고통을 더는 것과 간접적으로 관련되기는 하지만 직접적 연관의 맥락 위에는 있지 않다고 함이 옳다.

논평하기와 교감의 원리

논평하기 유형은 다음과 같은 사설 구성을 보인다.

> 갑: 그만 저만 ㅎ염시난 다 짖여졈수다
> 을: 게메 말이쥬기마는도 ㅎ끔만 더 짖여 보라
> 갑: 솔랑 솔랑 돌랑 돌랑 짖여지라
> 을: 돌랑 돌랑 퀴어난 어디 ㅎ여지커라 짖당 보민 다 헐어만불고
> 갑: 그만저만 ㅎ염시난 다 짖어졌수다
> 을: 다 짖어졋건 설러불쥬기 믄 ㅂ사지곡 어디 뒈커라
>
> 〈방아노래, 애월〉

갑의 사설 내용에 대하여 을의 사설이 상관적이라는 점에서 본다면 일종의 이어받기라고도 볼 수 있다. 그러나 이어받기가 문답 또는 대구의 관계로 병렬된다는 점에 비하여 논평하기에서 을의 사설은 갑의 사설 내용에 대한 가치판단을 포함한 논평이라는 점에서 큰 차이를 보인다.

이런 창법에서 모색되는 화제는 얼마든지 자유롭다. 그 자유는 개별성 또는 독자성을 뜻한다. 갑은 민요의 유형적 성격으로부터까지 자유로울 수 있으며 을의 사설은 더욱 자유롭게 자신의 의견을 개진할 정도에까지 이른다.

어조 또한 자유로이 선택된다. 그 선택은 사설 창안자의 관점과 태도에 의하여 결정된다.

> 갑: 허두리더럼아 산이로고나
> 을: 중석께나 ㅎ였더냐
> 갑: 어야두리야 흥애로다
> 을: 자리회 사발이나 훌터 먹었느냐
> 갑: 막걸리 ㅎ 통 아져 오라시민 더 먹엉 잘 해지켜마는 못 먹어부난 못ㅎ키여
> 을: 요놈 저놈 막걸리통이로구나
> 갑: 순다리통이라도 아져 오라시민 먹어지키여
> 을: 배만 생긴 놈이로구나
>
> 〈보리 훑는 노래, 남원〉

갑의 사설은 화제와 어조의 선택에서 자유롭고 을은 그 사설에 대한 논평에서 해학적인 지향과 비판적인 태도를 보인다. 이 선택은 임의적이다.

> 갑: 물옷 흔 사발 숨은 거 주민 얼만사 배고판디 밧 흐나씩 주멍 사 먹었져
> 을: 설룬 아기덜아 난 아매영 숭년을 지어도 물옷은 먹엉 못 살커라라
> 갑: 감제 두 불 전분 토육흐여당 떡흐난 썩은 내만 팍팍 나멍 목 먹더라
> 을: 아이고 우린 저 바당에 강 톳 비어당 숨아근 느쟁이 놓앙 범벅 해연 먹으멍 살았져
> 갑: 느쟁이민 원 좋주 보리쏠 흔 방울이민 톳 흔 박세기씩 노멍 숨안 먹었져
> 을: 사름 흔 세상 삶도 베라벨 꼴 다 보멍 사는구나
> 갑: 두물레기 캐어당 데와근 일곱 식귀가 흔 사발썩 먹어불민 두물레기도 못 참예흐였져
> 을: 아이고 사름 멩도 검도 이 고생흐멍 누게 살랜 흐여시랴
> 갑: 구제기 잡아근 헹게썹에 싸먹으멍도 살았져두어 그렇게 굶으멍 살암시난 늙었구나
> 을: 아이구 사름 베민흔 적은 흔 입이라도 소섬동어귀굳이 아구리도 무사 경 커져신고
>
> 〈맷돌노래, 서귀포〉

다소 긴 인용을 보인 까닭은 사설이 보여주는 심리적 태도를 살피기 위함이다. 갑은 지난날의 어려웠던 삶을 화제로 삼았고, 을은 그에 대하여 때로는 공감을 표시하기도 하고 또 자신의 경험으로 이입(移入)하여 사설의 전이(轉移) 효과를 확장하는가 하면 해학적인 태도로 해소하기도 한다. 논평의 태도가 얼마든지 자유로울 수 있음을 보여 주는 좋은 예다.

이러한 논평이 이루어지기 위해서는 하나 하나의 사설마다 의미론적 완결성을 추구하게 마련이고, 그 결과로 사설의 율격적 호흡은 장형화된다. 더구나 유형적 사설이 아니라 창안된 사설이므로 그 율격적 호흡은 일치를 보이기도 어렵다.

각각 하기의 화제와 어조 그리고 율격이 보여주는 이러한 특색은 그러한 사설이 독자성을 전제하되 그 독자성은 무관한 독자성이 아니라 상관적임을 시사한다. 이 상관적인 요소와 자유로운 개별성을 추구하는 사설의 특

성이 연합하는 데서 교감(交感)의 원리가 작용함을 보게 된다. 교감이란 상대방의 객관성을 전제하면서 동참과 공감을 추구하는 것이기 때문이다. 이 점에서 교감과 동화는 다르다.

교감의 원리에 의한 각각 하기의 창법은 노래하는 판의 형성과 관련된 동기를 읽게 한다. 인용한 예들에서 갑은 노래하는 판을 주도하는 사람이라 할 수 있고 을은 그에 동참함으로써 판을 이루어 가는 사람이라 할 수 있다. 이러한 구조는 판소리의 추임새를 연상케 하는가 하면, 가면극이나 광대산받이에서 관객이 참여하여 형성되는 극적 진행을 떠올리게도 한다.

전통 공연 예술의 중요한 특색이 열린 무대라는 점은 서구의 그것과 변별되는 중요한 특질이다. 서구의 무대극이 폐쇄된 실내를 상정하고 오직 한 군데만 개방된 '제4의 벽'을 통해 그것을 훔쳐 보는 구조인 데 반해서 우리 전통 공연 예술은 연행자(演行者)와 관객의 구분을 무시하면서 동참하는 구조로 되어 있다. 이것을 판이라 할 수 있다. 제주 노동요의 각각 하기는 그러한 판을 형성하는 성격을 지닌다. 그러한 판의 구조를 이루어 낼 수 있는 자질이 바로 交感의 원리에서 비롯됨을 우리는 확인한 셈이다.

제주 노동요와 민요 논의

우리의 질문은 이러했다. 왜 그 힘든 일을 하면서 노래까지 하는가? 일에 동작 조절의 효과를 주고 흥겨움을 통해 일의 고통을 던다고 하는데 그 흥겨움의 정체는 무엇인가? 이제 이런 문제에 대한 해명은 어느 만큼 이루어졌다고 본다.

일차적으로 노동 현장의 공동체 의식을 확보하는 데서 출발하는 것이 노동요의 원리이지만 그 공동체 의식은 똑같은 내용을 같이 노래함으로써만 성취되는 것이 아님을 확인한 셈이다. 또 노동요가 형성하는 흥겨움이라는 것도 음악적 쾌감보다는 표현 본능의 충족에서 오는 쾌감과 아울러 판의 조성으로 성취되는 것임을 보았다. 노동요의 원리를 동화(同化), 대화(對話), 독백(獨白), 교감(交感)의 네 가지로 분별한 것은 그 공동성과 개별성을 통한 노래의 공리성(功利性)을 구명하려는 의도였다.

이 논의의 진행 과정에서 드러난 것이지만, 이제 우리는 민요가 지닌 다소 이질적이면서도 협동적인 두 방향의 역동적 작용을 알 수 있게 되었다. 그것을 동질성의 추구와 이질성의 추구로 나누어 생각할 수 있을 것이다. 동질성의 추구는 반복하기와 이어받기에서 주로 드러난 것으로 작업의 집단성과 공동체의식의 구체화를 지향함을 보았다. 그런가 하면 이질성 추구는 각각 하기와 논평하기에서 주로 드러났으며 삶의 개별성에 대한 인식을 지향함을 본 바 있다.

여기서 동질성의 추구와 이질성의 추구는 변별적이고 상대적이기는 하지만 결코 배타적인 작용이 아니라는 점에 주목할 필요가 있다고 본다. 그 근거는 이질성의 추구가 강하게 드러나는 각각 하기나 논평하기의 유형에서조차도 공통된 상관축(相關軸)에 의해 사설이 전개된다든가 판의 형성을 위한 교감이 작용한다는 데서 분명해진다. 변별성은 그 정도의 차이에 있을 따름이다.

그러나 그 작용은 상대적이기 때문에 민요 뿐만 아니라 다른 예술 장르에 이르기까지 그 성향을 결정짓는 요소가 될 수 있다고 본다. 예컨대, 동질성의 추구가 강조되는 군가나 창가의 경우에서는 규칙적이고 짧은 호흡의 율격이 강조되면서 합창적 요소가 표면화될 것임은 자명하다. 반면에 이질성의 추구가 강조되는 판소리의 경우에서는 유장하고 장형인 율격적 호흡이 요구되고 독창적 요소가 요구됨을 보여 준다.

이 점에서 동질성 추구가 구심적이라면 이질성 추구는 원심적이다. 제주 노동요는 이 두 측면을 두루 보여주는 풍성한 자료를 지니고 있다는 점에서 민요론적 가치의 일단이 인정된다. 그러나 그 의의는 교환창이 지닌 이러한 자질에 한정되지 않는다. 이른바 선후창이라 할 수 있는 다음의 예를 보자.

　　갑: 요 산중에 놀단 낭 오느올나알은 지와가 안다
　　을: 어허어어어허어어허어어 어허어어어 잘도 싸진다
　　갑: 요 톱이 잘도 좋안 대톱이 자알도 드은다
　　을: 자알도 그차지는구나 에에에헤에에 흥아기로고나

갑: 자알도 가안다 자알도 나가아안다
을: 실금실금 둥겹시난에 요처룩 그차가나안 몬 그차지는구낭아

〈톱질소리, 애월〉

　이런 유형의 노래에서 후창은 대체로 동일한 후렴을 반복하는 것이 통례
다. 그러나 인용한 예는 후렴에서도 다양한 변화를 보이고 있음이 주목된
다. 유형이 지닌 전형성으로부터 벗어나고자 하는 노력을 봄과 동시에 규
격화되지 않은 자유로움을 구사함으로써 판의 진행에 동참하는 교감의 원
리가 작용하고 있음을 본다.
　이런 현상은 동작의 절주가 분명하여 율격의 호흡이 단형화하고 그 성격
상 동질성의 추구 성향이 강한 후렴들에서도 발견된다.

갑: 진도 바당　　　혼 골로 가믄　　　이여싸
을:　　　이여싸　　　　　이여싸　　　이여싸나
갑: 혼 착 손에　　빗창 줴곡
을:　　　이여싸　　　　이여싸
갑: 혼 착 손에　　테왁을 줴영
을:　　이여도싸나힛　　이여싸
갑: 혼 질 두 질　　들어간 보난
을:　　어기여차　　　이여도싸나

〈해녀노래, 구좌〉

　흔히 의미 없는 여음이라고 일컫는 후렴이 여기서는 다양하게 변하고 있
음을 본다. 후렴을 창하는 것은 선후창으로 분류되는 창법이고, 그 지향은
동질성의 확보이지만 제주 노동요는 그것을 단순한 반복으로 지속하는 대
신에 변화를 추구하려는 지향을 여기서 확인하게 된다. 동질성의 추구에서
도 이질성의 지향을 놓치지 않음으로써 두 가지 상반된 자질의 역동적 긴
장을 잃지 않는 구조를 이루고 있는 셈이다.
　제주 노동요의 민요론적 가치는 이런 역동적 긴장이라는 측면에서 결론
을 지을 수가 있다고 본다. 공동 작업의 일체감을 지향하되 참여하는 개인
의 개별성을 사상해버리지 않는 역동적 긴장감이 한 편의 노래는 물론이고

노동요 전체 특히 교환창의 네 유형에서 드러난다는 점에 제주 노동요의 가치가 있다는 점을 우리는 확인한 셈이다. 그것은 제주 노동요만의 몫이 라기보다는 힘든 노동을 하면서 노래를 하는 이유에 대한 확인이며 민요의 비밀을 푸는 열쇠라 해도 좋을 것이다.

거리 두기와 바라보기의 노래

연행 방식의 특이성

　제주 민요가 지닌 특성이 한두 가지가 아니지만, 그 가운데서도 다음과 같은 유형은 매우 특이하여 주목할 만하다는 점을 앞에서 지적한 바가 있다.

　　갑: 요 나이사 멧 나이러랜
　　을: 스므나믄 설나믄에
　　갑: 벳또롱 알을 남을 준덜
　　을: 요네 산천 놈을 주랴
　　갑: 요만 일사 놈을 주나
　　을: 잘도 혼다 잘사 혼다
　　갑: 요 나이사 멧 나이러랜
　　을: 혼져 우경 흐야 보세
　　갑: 사르롱살짝 다 녹여 보자
　　을: 어야두리 더럼하고
　　갑: 날만 못혼 정녜도 산다
　　을: 흐고 말고 그 뿐이 아니고
　　갑: 나는 무슨 날에 난고

> 을: 그런 사름도 있고 저런 사름도 있나
> 갑: 나는 원통이여 분통하다
> 을: 널보단도 이상 서룬 사름 있나
> 갑: 날랑 나킨 남ㅈ로 나시민
> 을: 믄딱 남자로 나민 너네 오래비덜 어떵ㅎ랜 말이냐
>
> 〈보리 훑는 노래, 남원〉

이 노래의 특이성은 '처음에는 갑의 노래에 몰입했다가, 다음에는 그것을 바라보는 언급의 형태를 취하다가, 나중에는 갑의 정서로부터 분리되고, 드디어는 그것을 객관화하여 해학적 언급으로 나아가는 과정'이 일목요연하게 드러나는 점에서 이를 구조적 특이성이라 할 수 있다. 대부분의 교환창(交換唱)이 앞의 노래를 반복하거나 이어받거나 하는 데 비해서 이 노래는 '이어받기→언급하기→분리되기'의 과정을 보인다는 점에서 매우 독특한 구조를 취하고 있음을 '민요가 바라보는 노래의 세계'는 지적한 것이다.

제주도 민요는 참으로 특이하게도 민요에 대한 인식을 민요 스스로가 밝혀 주고 있다는 점에 주목한 앞 장의 발상은 그에 이어지는 '제주 노동요가 들려주는 민요론'에서 좀 더 구체화되었다.

제주 노동요의 연행 방식이 반복하기, 이어받기, 각각 하기, 논평하기의 네 유형으로 분류된다는 사실을 밝힌 이 논문은 이를 기반으로 민요 일반을 관류하는 기능적 인식의 측면을 살피는 데 중점을 두었다. 각 유형의 연행(演行) 방식을 성립케 하는 원리를 각기 동화(同化)의 원리, 대화(對話)의 원리, 독백(獨白)의 원리, 교감(交感)의 원리로 입론한 이 논문의 주된 관심은 왜 민요를 노래하는가에 집중되어 있었다.

다소 멍청한 질문일 수도 있는 것이지만 힘든 노동을 하면서 노래를 하는 이유를 '노동의 괴로움을 줄이고자'라고 말하는 것은 설명의 과정이 해명되지 않는다는 점을 전제로 살핀 노래하기의 네 유형은 각기 판의 형성과 관련되는 공동 의식과 표현 동기 위에서 성립하는 것으로 결론지은 바 있다. 이 공동 의식과 표현 동기가 동질성 추구와 이질성 추구라는 두 방향으로 작용하는데 제주 노동요는 그 두 유형을 아울러 지니고 있음을 살

핀 것이다.

이제 이 문제를 다시 거론하는 까닭은 이러하다. 그러한 역동적 긴장 가운데서 동질성을 지향하는 요소는 다른 지역의 민요에서도 널리 발견되는 민요의 공리적 측면이지만 이질성을 지향하는 경우는 그러한 공리성과는 거리가 있는 것으로 보인다. 그렇다면 오히려 판의 분열을 가져 올 수도 있는 그런 경향이 무슨 기능을 겨냥하여 조성되는가가 궁금하기 때문이다. 또 그것이 문화적으로 맥락을 찾아 볼 수 있는 일인가 하는 점도 궁금하기 때문이다.

결론을 앞세운다면 이러한 이질성 지향은 차단구조(遮斷構造)로 명명할 수 있으며 차단구조는 특이한 해학적 효과를 형성하는데 그러한 구조와 기능은 우리 문화의 거의 전영역에 보편적이라는 것이다. 이 점을 살피고자 한다.

교환창의 여러 유형

제주 노동요 중 교환창 가운데 논평하기에 해당하는 자료의 한 예를 앞에서 제시했거니와 이 교환창의 특징은 앞에서 노래한 내용에 대한 논평이 뒷사람에 의해서 이루어진다는 점이다. 다른 지역에서는 발견하기가 쉽지 않은 사례로 이를 가리켜 '논평하기'의 방식이라 할 수 있는데,

앞에서 예를 든 노래의 앞 부분에 해당하는 노래말을 살펴 본다.

    갑: 어떤 사름은 팔즈나 좋앙
    을: 흐고 말고 다 훌 수 있나
    갑: 고대광실 느끈집에
    을: 잘도 흔다 잘도 흔다
    갑: 멍에 느진 좋은 밧테
    을: 아이고 요놈은 보리만 시상에 훌타난 놈이여
    갑: 하드레더럼아 홍에로다
    을: 힘도 좋앙 노상 해여 봐도

갑: 앞에 보난 정동화리
을: 보리 홀트멍 정동화리 노민 더워서 못 산다
갑: 뒤엔 보난 쪽지벵풍
을: 점점 보라 이 소리 점점

〈보리 홅는 노래, 남원〉

이 노래말의 구조를 살펴 보면 갑의 사설에 대하여 처음에는 자신의 생각을 표출함으로써 공감적 반응을 보이다가 뒤로 가면서는 그 사설에 대한 평가를 행하고 있음을 알 수 있다. 사설은 어디까지나 말이라는 점에서 앞부분이나 뒷부분이 말에 대한 반응으로서는 동일하지만, 그 반응이 다루고 있는 화제를 살피면 차이가 드러난다.

전자는 갑의 심리상태를 화제로 삼고 있다면 후자는 갑의 사설 자체를 문제 삼고 있다는 점이 다르다. 이를 가리켜 이질성의 방향으로 전개되는 반응이라고도 할 수 있는데 이것은 언어에 대한 언어라는 점에서 메타언어적이라고도 할 수 있다.

이러한 사설의 교환은 다음의 반복하기 유형과 큰 차이가 있다.

갑: 본디 ᄌᆞ냑 어둑는 집의
을: 본디 ᄌᆞ냑 어둑는 집의
갑: 오늘이옝 붉은 때 ᄒᆞ랴
을: 오늘이옝 붉은 때 ᄒᆞ랴

여기서의 갑과 을은 동일어의 반복이라는 완전한 일치를 보임으로써 존재의 구별조차도 힘드는 동일화의 현상을 보여 준다. 그러나 다음의 경우에서는 이와 같은 완전한 동화가 이루어지지는 않는다.

갑: 본디 ᄌᆞ냑 어둑는 집의
을: 오늘이옝 붉은 때 ᄒᆞ랴
갑: 어둑경은 밤이옝 말라
을: 밤도 아니 어두워러라

이 방식의 특성은 갑과 을이 상호 연속된 질서 위에서 사설을 이어 가고 있는 점이다. 그 점에서 각자의 역할은 다르면서 같다고 할 수 있다. 하나의 연결된 맥락에서 각자의 역할을 맡아 그 맥락의 진전을 함께 이루어 내기 때문이다. 앞의 예에서는 갑과 을 두 사람이 하나로 겹쳐짐으로써 역할 분담보다는 2인 1역의 상태로 맥락을 진전시켰다면 후자에서는 각자의 존재를 분명하게 하면서 맥락이 전개되는 점이 다르다. 이를 가리켜 이어받기 방식이라 하고 대화의 원리에 의한 교환이라고 한 바 있다.

반복하기와 이어받기 구조가 지닌 동화의 원리나 대화의 원리는 맥락이라는 관점에서 보면 모두가 진행에 협동하고 있다고 할 수 있다. 2인 1역이나 1인 1역이거나 간에 두 사람의 교환창에 의해 맥락이 순차적으로 진행하여 발전하게 된다. 이 점에서 반복하기와 이어받기 방식은 맥락의 순행적 전개를 가능하게 하는 것으로 볼 수 있으며 따라서 맥락 전개의 관점에서 이를 가리켜 진행 구조라 할 수 있다. 대분의 서사물이나 극적 구조를 가진 양식들은 이 진행 구조에 의존하여 스토리와 플롯을 전개해 가게 된다는 점에서 매우 보편적인 구조라 할 수 있으며 일상생활의 언어도 도달해야 할 귀결점이 있는 대화라면 대체로 이러한 진행 구조를 갖는다.

차단구조의 불연속성

이제 우리가 주목하고자 하는 교환창 방식인 차단구조는 진행 구조와 전혀 다른 성격을 지닌다는 점이 금방 드러난다. 차단구조에서는 앞의 말이 뒤의 말에 의해서 진행을 차단 당하거나 귀결점을 향한 방향의 노선에서 이탈을 보이게 된다. 다음의 예가 그러하다.

갑: 안중답답 애답답ᄒ난 안안주나 먹으민 좋나
을: 먹으라코 쓰라콧 ᄒ민 가지낭긔 모람이 연다
갑: 가지 좃곡 입 좃인 낭긔 여름이나 드물이 열라
을: 여름철도 봄철도 몰랑 웃인 어멍 무신 철 알리

여기서의 갑과 을은 각기 다른 내용을 말하고 있다. 같은 장르의 노래를 하고 있고, 같은 율조의 노래를 하고 있으며, 공유한 문화를 노래하고 있는가 하면, 동일한 판에서 노래하고 있다는 구심점을 빼고 나면 갑과 을은 서로 무관하다. 특히 맥락의 전개 측면에서 볼 때 갑은 갑의 맥락을 을은 을의 맥락을 추구하고 있을 따름이고, 그렇게 해서 맥락은 전개되지만 다분히 이중적이다. 이를 가리켜 '각각 하기'라 하고 독백의 원리에 의한 구조라 할 수 있다.

이 방식에서는 맥락의 공유성이 외형적인 것, 즉 판의 공유나 같은 율조 그리고 같은 장르 혹은 같은 문화라는 것들에 의해서 성립될 따름이다. 따라서 도달점을 겨냥한 사설의 내면적 전개라는 점에서는 공동성이 결여됨으로써 판의 분리를 초래하게 된다. 갑과 을 두 사람 사이에 내면적으로 강조되는 것은 이질성이다. 만약에 두 사람 가운데 한 사람이 자신의 세계를 확고히 지키지 못하고 맥락을 포기하게 되면 이내 이어받기나 반복하기로 바뀌게 된다는 점에서 두 사람은 서로 별개다.

동일한 상황을 공유하여 판이 형성될 때 우리의 관습은 동일한 맥락에 참여하여 그 전개에 따른 진행을 돕는 것이 경험 세계의 어법이다. 그러나 각각 하기의 유형은 그러한 동참이 이루어지지 않는다는 점에서 차단구조를 지닌다고 할 수 있다. 특히 이 유형의 차단은 공유한 판에서 화자 간의 맥락이 연결되지 않는다는 점에서 화자 간의 차단이라는 특성을 지닌다.

또 하나의 차단구조는 '논평하기'의 유형이 보여 주는 사설에서 나타난다. 다음의 예에서 사설의 맥락이 본디 지향하던 방향으로부터 일탈하는 대목이 '막걸리 혼 통……' 이후라는 점을 눈여겨 볼 필요가 있다.

갑: 허두리더럼아 산이로고나
을: 중석께나 흐였더냐
갑: 어야두리야 홍애로다
을: 자리회 사발이나 훌터 먹었느냐
갑: 막걸리 혼 통 아져 오라시민 더 먹엉 잘 해지켜마는 못 먹어부난 못흐키여
을: 요놈 저놈 막걸리통이로구나
갑: 순다리통이라도 아져 오라시민 먹어지키여

을: 배만 생긴 놈이로구나

〈보리 훑는 노래, 남원〉

초반부에서 갑은 전형화된 노래를 채용하여 부르는 맥락을 지향하다가 '막걸리 흔 통 아져 오라시민……'에서는 을의 말에 대한 반응의 맥락으로 바뀜을 볼 수 있고, 이어 다시 '순다리통이라도……'로 발전함으로써 다른 맥락을 형성하게 됨을 볼 수 있다. 이는 귀결점을 향하여 진행되는 일관성의 원리에서 본다면 일탈이다. 이 일탈은 이제까지의 맥락이 진행되어 온 방향이라는 측면에서 보면 차단구조라 할 수 있다. 앞의 화자 간의 차단과 다른 점은 맥락의 차단이라는 성격에 있다.

차단구조의 심리적 기제

화자 간의 차단과 맥락의 차단은 그 구조가 같지 않다. 그럼에도 불구하고 이를 차단구조로 묶어 생각할 수 있는 근거는 그 심리적 기제(機制)가 진행의 구조와 같지 않다는 변별성에 있다.

진행의 구조는 앞에서 살핀 바와 같이 하나의 화제를 공유함으로써 이를 중심으로 상호 몰입하는 심리 상태가 된다는 것은 쉽게 알 수 있다. 이에 반하여 차단 구조는 텍스트가 지닌 화제의 일관성으로부터 일탈함으로써 집중보다는 분산을, 동화(同化)보다는 이화(異化)를 추구하는 심리 상태를 기반으로 함이 드러난다.

그러나 진행 구조가 지닌 동화의 기제에 비하여 상대적으로 이화(異化)라는 변별성을 지녔다고 하더라도 각각하기와 논평하기의 심리적 기제는 각기 다르다는 점이 다음 예에서 드러난다.

갑: 물웃 흔 사발 숨은 거 주민 얼만사 배고판디 밧 흐나씩 주멍 사 먹었져
을: 설룬 아기덜아 난 아매영 숭년을 지어도 물웃은 먹엉 못 살커라라
갑: 감제 두 불 전분 토육흐여당 떡흐난 썩은 내만 팍팍 나멍 목 먹더라
을: 아이고 우린 저 바당에 강 톳 비어당 숨아근 느쟁이 놓앙 범벅 해연 먹으

    멍 살았져
갑: 는쟁이민 원 좋주 보리쏠 흔 방울이민 톳 흔 박세기씩 노명 숢안 먹었져
을: 사름 흔 세상 삶도 베라벨 꼴 다 보명 사는구나
갑: 두물레기 캐어당 데와근 일곱 식귀가 흔 사발썩 먹어불민 두물레기도 못
   참예ᄒ였져
을: 아이고 사름 맹도 김도 이 고생ᄒ명 누게 살랜 ᄒ여시랴
갑: 구제기 잡아근 헹게썹에 싸먹으멍도 살았져두어 그렇게 굶으멍 살암시난
   늙었구나
을: 아이구 사름 베민흔 적은 흔 입이라도 소섬동어귀끝이 아구리도 무사 경
   커져신고

〈맷돌노래, 서귀포〉

이 예는 각각 하기와 논평하기의 두 양상이 교묘하게 배합된 경우라 할 수 있다. 시작 부분에서의 을은 동일한 화제에 대한 개인적 반응을 나타냄으로써 각각 하기와 유사한 심리 상태를 보인다. 그러나 을의 사설은 갑에 대한 논평이라는 점에서 본다면 이중성이 드러난다.

각각 하기와 논평하기의 이 미묘한 차이는 결국 화제의 공통성과 내포의 이질성 때문에 발생하는 것으로 볼 수 있다. '물웃'을 공통 화제로 삼았다는 점에서 보면 동일하면서도 그 주제는 사뭇 다르다. 주제가 사뭇 다르다는 점에서는 각각 하기이고, 공통된 화제에 대한 언급이라는 점에서는 논평하기가 된다.

이 예가 보여 주는 이러한 심리적 움직임은 차단구조가 협동의 원리로부터 벗어나려는 노력의 표현인 것으로 보인다. 이를 가리켜 이화(異化)의 심리 상태라고 할 수 있는데, 동일한 화제에 대하여 다른 화자가 한 표현에 대하여 언급하는 것은 그 표현에 동화하지 않고 제3자로서 바라보는 심리 상태라 할 수 있다. 이와는 달리 동일한 화제에 상대편 화자와는 다른 주제를 제시하는 것은 화제의 동일성에도 불구하고 다른 화자와 거리를 두는 심리 상태라 할 수 있다. 따라서 각각하기는 '거리 두기'의 심리적 기제를 바탕으로 하며, 논평하기는 '바라보기'의 심리적 기제를 바탕으로 하는 셈이다.

거리 두기가 화제의 동일성에도 불구하고 이화의 길을 가게 되는 것은

상대방 화자와의 차별성을 강조하기 때문이며, 바라보기가 주제의 동일성에도 불구하고 이화의 길을 가게 되는 것은 우월성을 강조하기 때문이라할 수 있다. 그렇다면 이러한 특성을 가지고 이화의 정도를 측정할 수 있을 것인가 생각해 보자.

화제의 동일성이라는 측면에서 보면 거리 두기의 이화(異化) 정도가 덜하다고 할 수 있으되, 그 심리 상태가 차별성의 강조에 있다는 점에서 보면 이화의 정도가 오히려 더하다고도 할 수 있다. 그러나 화자 상호간의 긴밀도라는 기준에서 살핀다면 차별성을 강조하는 거리 두기는 그 만큼 상호간에 멀어져 있으므로 긴밀하지 못하고, 반면에 바라보기는 일단 그 화자를 지향을 하고 연계가 되어 있다는 점에서 긴밀하다 할 수 있다. 따라서 어느 것이 이화의 정도가 더 심한가 하는 정도의 문제는 관점에 따른 문제이지 일률적으로 규정할 수 없는 것이라 할 수 있다.

앞의 예에서도 이 두 가지 유형의 이화적 심리 기제가 교묘하게 작용함으로써 점차로 바라보기 쪽으로 움직여 가는 것을 볼 수 있다. 이를 통하여 우리는 바라보기의 이화가 거리 두기의 이화(異化)를 거치면서 형성되는 것을 발견하게 된다. 이는 두 유형의 이화 작용 간에 상호 작용이 있어서라기보다는 동화를 꾸준히 요구하게 마련인 판의 조건 때문인 것으로 추리할 수 있다. 비록 거리 두기의 심리 상태에 있었다 하더라도 어차피 공동성을 지니게 마련인 한 판에서는 그러한 거리 두기가 오랫 동안 지속될 수 없음을 입증하는 예가 된다. 이것은 판의 조건과 기능에 관계된 문제다.

차단구조의 문화적 의미

우리의 관심은 위의 예가 궁극적으로 도달한 바라보기의 심리 상태가 거리 두기의 상태를 거쳐서 형성되는 기제에 있다. 이러한 기제가 뜻하는 바와, 그 결과로 형성되는 차단 효과가 지니는 의미는 무엇인가 살펴 본다.

바라보기가 거리 두기를 거쳐서 형성된다는 사실은 우월성에 기반한 심리 상태가 차별성으로부터 유래함을 뜻하게 된다. 이러한 심리적 기제는 경험 일반에 비추어서도 쉽게 입증될 수 있을 것으로 보인다. 즉 우리가 사상(事象)을 인식하는 과정은 일차적으로 대상 자체의 분석으로부터 시작한다. 그러나 이러한 분석은 그 대상이 삼라만상 속에서 지니는 관계에 의해서 재규정되며 궁극적으로는 그것을 인식하는 주체 자신과의 동질성 혹은 이질성을 발견하는 것으로 완결된다고 할 수 있다. 이것은 사실의 확인에 해당한다. 그러한 확인이 이루어진 다음에 그에 대한 평가가 이루어진다는 것은 우리의 일반적 관행이다. 사실의 확인이 없이 이루어지는 평가란 없다는 점에서 이 점이 확인된다.

그러고 보면 바라보기의 상태에 도달하기 위해서는 필연적으로 나와의 차별성이 부각되어야 하는데 그 차별성으로부터 자신의 우월성을 확인하는 심리 상태에 이를 때 바라보기의 구조를 갖게 된다고 할 수 있다. 이화를 지향하는 거리 두기와 바라보기 사이에서 이루어지는 이러한 관계가 차단의 구조에 이름으로써 형성되는 미적 효과와 깊은 관련을 가진다는 점에 대하여 생각해 본다.

지금까지 살핀 바와 같이 차단 효과가 차별성의 확인을 거친 다음에 형성되는 우월성의 기제를 갖는다는 사실은 희극의 인물이 보통보다 열등한 사람이라는 조건을 떠올리게 한다. 열등한 인물의 행위로부터 우리는 웃음의 단서를 발견하게 된다는 점이다. 그것이 왜 그러한지에 대해서는 분명하게 논의된 바 없지만 우리의 일상적 경험은 그 점에 쉽게 동의하게 해 준다. 그렇다면 이화에 의한 차단구조가 갖는 미적 기능은 해학적 효과의 형성이라는 결론을 얻게 된다.

앞에서 예를 든 제주 민요의 논평하기 유형이 지닌 바라보기의 기제에서 우리가 발견하는 웃음의 출처는 바로 여기에 있음을 알 수 있다. 즉 바라보기가 지닌 차별성의 인식이라는 요소가 희극의 기능과 같은 웃음을 형성한다는 점이다.

이러한 사실은 우리 문화 전반에서 광범위하게 확인할 수 있다. 우리 문화 속에서 차단의 구조를 통해 웃음을 자아내는 전형적 인물로 우리는 〈춘향전〉의 '방자'와 〈적벽가〉의 '정욱'과 같은 유형을 들 수 있으며, 가면극에 나오는 '말뚝이' 또한 이러한 인물임을 쉽게 짐작할 수 있다.

이러한 인물들은 문맥의 차단이라는 구조를 통하여 신분의 열세를 역전시키는 우월성을 형성함으로써 웃음을 자아내는 인물들이다. 이 밖에도 남사당 〈덧뵈기〉의 '산받이'나 가면극의 '새면'들도 이러한 차별성을 기반으로 웃음을 자아내는 데 조력한다. 이 밖에도 〈적벽가〉의 '군사 점고' 대목에 나오는 여러 형상의 부상병들도 이러한 차단구조를 통하여 웃음을 자아내는 것을 확인할 수 있으며, 그런 특성은 판소리나 가면극의 미학적 자질이 되고 있기도 하다.

현대에 와서 채만식(蔡萬植)의 소설 〈치숙(痴叔)〉이 보여 주는 웃음의 구조도 이러한 예라 할 수 있다. 아저씨를 맹렬하게 비판하는 그 행위는 차별성의 확인을 통한 우월성의 표출이며, 바로 그러한 구조 때문에 이 작품은 먼저 웃음부터 자아낸 다음에 그러한 웃음이 지니는 어처구니 없음의 의미를 생각하게 한다.

그러나 문학 속에 나타나는 이러한 차단구조가 실은 일상의 어법 속에 널리 유통될 정도로 뿌리가 깊은 것임을 확인하는 일은 어렵지 않다. 문상을 갔을 때 상주를 웃기는 것이 훌륭한 문상으로 인식되고 있는 전통이라든가, 쩔쩔맬 정도의 일을 당했을 때 함께 그 당혹함 속으로 몰입하는 대신에 바라보는 입장이 되어 말을 던짐으로써 그 당혹으로부터 빠져 나오게 하는 사례를 우리는 흔히 볼 수 있다. 한 예로, 문에 머리를 부딪고 쩔쩔매는 아이에게 "그렇게 해서 머리가 깨지겠니?" 해서 어처구니 없이 웃게 만드는 경우를 들 수 있다. 이는 차단을 통한 국면의 전환이라 할 수 있다.

차단구조에 의한 웃음의 유발은 이처럼 문학뿐만 아니라 일상어에 이르기까지 우리 문화 전반을 관류하고 있는데 그 의미는 무엇인가? 차단에 의해서 슬픔으로부터 빠져 나오고, 차단에 의한 웃음으로 고통으로부터 해방되고, 차단에 의해서 번뇌로부터 잠시나마 자유로울 수 있다면 그것은 삶에 리듬을 부여해 주는 일이라고 할 수 있다. 삶 자체는 리듬을 지닌 것이 아니지만 거기에 리듬을 부여하여 긴장과 이완 그리고 몰입과 해방의 삶을 영위함으로써 인간은 비로소 안정감을 얻을 수 있었을 것이다.

가면극이나 인형극 같은 서민층의 예술들이 이러한 차단구조를 통해 웃음의 효과를 이루어내는 것은 그런 점에서 의미가 깊다 하겠다. 고통스러운 삶의 현장에서 그 고통의 차단이 바라보기에 의해 가능하다는 인식이 그러한 미적 구조를 형성해 낸 것이라고 본다면 투쟁에 의한 극복보다는 웃음에 의한 차단을 지향한 특성이 바로 우리 문화의 특성이라고 결론지을 수 있겠다.

제주 민요의 한 유형이 바라보기에 의한 차단구조가 지니는 문화적 의미는 결국 우리의 삶에 대한 철학적 관점을 압축하는 언어 형식이라는 데 있다. 그러기에 이러한 차단 효과는 고된 노동의 현장에서 민요를 노래하게 하는 힘이 되었을 것이다. 오히려 노래하는 힘까지 보태야 하는 노력이 추가적으로 요구됨에도 불구하고 노래하였던 것이라 할 수 있다.

차단구조는 이만큼 큰 힘을 가진 문화적 양식이라는 것이 이 부분의 결론이다.

제3부 노래와 시의 전후좌우

옛노래의 문법을 찾아서

문법을 생각하는 까닭

'문법(文法)'은 본디 언어활동의 규칙을 가리키는 말이니까 언어학에서나 쓰는 용어임이 분명하다. 그러나 '정치의 문법'이라는 말도 쓰고, '문화의 문법', '토론의 문법'이라는 말도 쓰는 것은 모두 '지켜지는 규칙'이라는 데 초점을 맞추어 그 관습이나 특징적 운용법을 가리키는 뜻으로 차용한 것으로 보인다. 여기서도 그런 용법을 따른다.

그렇다면 옛노래의 문법에서 문제 삼을 것은 무엇인가? 예를 들면 이런 것이다. 〈월인천강지곡(月印千江之曲)〉과 〈석보상절(釋譜詳節)〉의 문체 인상은 같지 않다. 후자는 '산문'을, 전자는 '율문'을 느끼게 한다. 바꾸어 말하면, 〈월인천강지곡〉이 보여 주는 율문성은 시가의 언어 운용이 산문의 그것과는 다른 어떤 관습에 해당한다는 말이 된다. 따라서 분명히 있는, 그 관습의 구체적 모습을 들춰내 보려는 것이다.

그러나 여기서의 주된 관심이 「월인석보」에 담겨 있는 두 문체가 서로 어떻게 다른가를 밝히는 데 있는 것은 아니다. 그보다는 〈월인천강지곡〉이 지니고 있는 율문적 인상을 전제로 삼아 시가를 시가답게 하는 요소가 무엇인가를 헤아려 보자는 것이다. 또 나아가 하나의 시조면 시조, 가사면

가사라는 각각의 양식이 저마다 그 양식다움으로 어떤 규칙을 지니고 있는
가를 살피자는 것이다.

　이러한 것을 문제삼는 일은 이른바 특성의 집합을 추구하는 관점에 해당
할 것이다. 따라서 암암리에 표준에 대한 정의를 가정하고 있음은 물론 주
어진 자료를 표준으로서의 동질성으로 체계화하고자 하는 태도라 할 수 있
다.

　그런데 〈월인천강지곡〉은 이른바 악장(樂章)이라고 하는 독자적 양식이
므로 그 양식 특유의 문법을 지니고 있을 것이지만, 그런 한편으로 악장은
한국의 고전시가라는 커다란 묶음 속에 들어 있다. 이 말은 〈월인천강지곡〉이
악장 특유의 문법을 지님으로써 악장으로서의 정체성(正體性)을 확보하게
됨을 뜻한다.

　그러나 이 세상의 모든 것이 그러하지만, 한 사상(事象)의 정체성이라는
것은 오로지 그것이 지닌 특수성만의 집합을 뜻하지는 않는다. '학생' 또는
'군인'으로 구분되는 집단의 정체성은 대개 특수성으로 설명되지만 그 특수
성조차도 사람이 지니는 보편성과 사회활동상의 집단적 성향 자체가 지니
는 일반성을 공유함으로써 성립한다. 따라서 고전시가의 어떤 양식이 지닌
정체성으로서의 특성도 개별적 특유성과 시가로서의 보편성을 아울러 가짐
으로써 성립한다는 점을 강조하는 것은 우리 시가 전체에 대한 이해와 설
명의 틀을 마련하는 데 매우 중요하다.

　따라서 여기서는 시가 양식이 제각기 지닌 개별성을 개별적인 특성으로
드러내되 그것이 여타의 시가 양식들과 어떤 내통이 있는지 그래서 우리
시가의 보편적 특질을 구성하는 데 어떤 역할을 담당하는지도 살피고자 한
다. 사실 우리 시가의 보편적 특질이라는 것은 산문과의 구별을 구현하는
것이지만 그 특질은 역시 여러 양식이 제공하는 개별적인 문법들의 집합으
로 구성되는 것으로 봄이 정당하기 때문이다.

향가 : 첫 구의 단소함

　『삼국유사(三國遺事)』의 본문은 띄어쓰기를 하지 않았다. 익히 아는 바

와 같이 한문은 띄어쓰기를 하지 않는 것이 그 나름의 규칙이어서 그리된 것으로 보인다. 그런데 유독 14수의 향가(鄕歌)를 향찰로 표기한 대목에서는 철저히 띄어쓰기를 하고 있어서 향가 해독(解讀)의 매우 중요한 단서가 되기도 하였다. 14수 가운데 〈처용가(處容歌)〉만은 예외인데, 그 까닭은 알 수 없으되 이 노래의 해독 단서는 고려 때의 〈처용가(處容歌)〉가 제공해 주고 있어서 해독상의 큰 어려움은 없다.

이처럼 띄어쓰기로 표기된 데 어떤 정해진 규칙이 있었는지를 딱 잘라 말하기는 쉽지 않다. 실제로 해독을 할 때 문맥의 의미와 띄어 쓴 구가 잘 부합하지 않아서 띄어 쓴 두 구를 적절히 붙여서 새기기도 하고, 그런가 하면 적절하게 나누어 새기기도 한다.

예를 들어, 〈원가(怨歌)〉의 띄어 나누어진 여섯째 구는 '行尸浪' 석 자뿐인데 이것만으로 독립적으로 새기기가 마땅찮기 때문에 향찰 해독자 모두가 그 뒤에 이어지는 '阿叱沙矣以支如支'를 합쳐서 '녈 믈결 애와티듯'이나 '녈 믌겨랏 몰애로다'로 새긴다. 이것은 두 구를 하나로 합쳐서 새기는 예이다.

한편 〈도솔가(兜率歌)〉의 첫 구는 길게 이어져서 '今日此矣散花唱良巴寶白乎隱花良汝隱'으로 되어 있는데, 향찰 해독자들은 한결같이 이를 둘로 '— 唱良'과 '巴寶 —' 사이를 나누어서 두 개의 구로 새기고 있음을 본다. 이것은 한 구가 너무 길어서 둘로 나누는 예가 된다.

그런데 『삼국유사』를 표기한 사람이 그야말로 '제 멋대로' 띄어쓰기를 한 것이 아니라고 한다면 이렇듯 두 개의 구를 임의적으로 합치고 한 구를 마음대로 쪼개고 하는 것이 향가의 정체성이라 할 독자적 형식성을 제대로 살피는 데 도움이 될 것인가 하는 의문이 생긴다. 이런 의문이 생기는 까닭은 향가를 표기한 『삼국유사』의 원문이 꼭 하나의 의미 덩어리로만 나누어 띄어 쓴 것 같지는 않아 보이기 때문이다. 이런 의문의 단서를 우리는 8구체와 10구체라고 하는 향가의 첫 구에서 발견하게 된다.

흔히 8구체와 10구체로 일컬어지는 향가의 첫 구는 다른 구에 비해서 그 길이가 현저하게 짧은 것이 특색이다. 그 실상을 보이면 다음과 같다.

去隱春皆理米(간 봄 그리매)   〈모죽지랑가(慕竹旨郞歌)〉
君隱父也(君은 어비여)   〈안민가(安民歌)〉
咽嗚爾處米(열치매)   〈찬기파랑가(讚耆婆郞歌)〉
膝肹古召旀(무루플 고조며)   〈도천수관음가(禱千手觀音歌)〉〉
月下伊底亦(둘하 이뎨)   〈원왕생가(願往生歌)〉
生死路隱(生死路는)   〈제망매가(祭亡妹歌)〉〉
舊理東尸汀叱(녜 싯ㅅ믌ㄹ)   〈혜성가(彗星歌)〉
物叱號攴 栢史(믈힛 자시)   〈원가(怨歌)〉
自矣心米(제 ᄆᅀᆞ매)   〈우적가(遇賊歌)〉

  사실 『삼국유사』의 향가 표기는 구의 길이가 지나치게 들쭉날쭉해서 문
맥에 따라 적절한 재조정이 필요할 것처럼 느껴지는 것도 사실이다. 그러
나 이른바 4구체를 제외하고는 그 첫 구가 이처럼 네 글자에서 길어야 여
섯 글자로 한정된 것은 그저 예사로운 일이라고만은 하기 어려울 듯하다.
  이 점은 『균여전(均如傳)』에 기록된 〈보현십원가(普賢十願歌)〉의 표기에
서도 비슷한 경향을 띠고 나타난다.

心未筆留(ᄆᅀᆞ미 부드루)   〈예경제불가(禮敬諸佛歌)〉
今日部伊冬衣(오늘 주비ᄃ리)   〈칭찬여래가(稱讚如來歌)〉
火條執音馬(브져 자ᄇ며)   〈광수공양가(廣修供養歌)〉
顚倒逸耶(顚倒이라)   〈참회업장가(懺悔業障歌)〉
迷悟同体叱(迷悟同体ㅅ)   〈수희공덕가(隨喜功德歌)〉
彼仍反隱(뎌 너븐)   〈청전법륜가(請轉法輪歌)〉
皆仏体(한 부톄)   〈청불주세가(請佛住世歌)〉
我仏体(우리 부톄)   〈상수불학가(常隨佛學歌)〉
覺樹王焉(覺樹王ᄋᆫ)   〈항순중생가(恒順衆生歌)〉
皆吾衣修孫(한 내이 닷ᄀᆞᆯ손)   〈보개회향가(普皆廻向歌)〉
生界盡尸等隱(生界 다ᄋᆞᆯ든)   〈총결무진가(總結無盡歌)〉

  이 예들이 보여주듯이 〈보현십원가〉 11수의 첫 구는 향찰 표기로 많아
야 여섯 자 적으면 석 자로 되어 있어 다른 구들이 일곱 자에서 열두 자
정도로 비교적 균형 잡힌 표기를 하고 있는 것에 비해 분명히 잣수가 적게

표기되어 있다.

굳이 〈보현십원가〉의 표기까지 더듬어서 그 첫 구의 길이를 살피는 까닭은 『균여전』에 실린 이 11수의 표기는 구의 길이에 들쭉날쭉이 덜할 뿐더러 10구체의 향가가 '8구+2구'의 구조로 되어 있음을 정연하게 보인다는 점에서 형식적으로 잘 다듬어진 것이라는 데 있다. 다시 말하면, 이만큼 다듬어진 표기에서도 첫 구가 다른 구에 비해 현저히 단소(短小)한 표기로 되어 있는 것은 예사로운 일이 아니리라는 생각에서다.

향가 첫 구의 표기가 이처럼 단소(短小)하다는 것은 그 첫 구의 노래말이 다른 구에 비해서 짧다는 뜻이 되고, 이 점을 고려한 탓인지 실제의 말로 새긴 표현을 보더라도 다른 구의 길이에 비해서 분명히 짧게 되어 있다. 그렇다면 향가의 첫 구는 다른 구에 비해서 길이가 현저히 짧고, 그것을 글자 수로 규정할 수는 없더라도 우리말의 한 어절 또는 두 어절의 길이를 넘어가지 않는 길이로 된다는 점만은 규정적으로 말할 수 있을 듯하다. 그리고 이를 향가 양식의 한 문법이라고 말해도 좋을 것이다.

향가와 음악과 고전시가

그렇다면 이토록 향가의 첫 구를 짧게 하는 문법은 무엇을 의미할까? 그 의미를 찾아 보기 위해서 우리는 그 첫 구의 말들이 채 종결되지 못한 채로 구를 바꾸고 있음에 주목할 수 있다. 우리 시가의 '말 엮기'에서는 작건 크건 하나의 뜻 덩어리를 이루는 구나 절로 단위를 삼는 데 반해 향가의 첫 구는 그 뜻이 덩어리를 이루지 못한 채로 잘려져 구를 이룬다는 점은 매우 색다른 특색이라 할 수 있다.

대체로 우리말로 된 시가는 글자의 수효에서 몇 자로 되어 있다는 식의 엄밀한 규칙을 보이지 않는 대신에 말 마디가 모여서 하나의 뜻 덩어리를 형성하는 것을 단위로 하는 특성이 있음을 본다. 고려시가에서는 '살어리 살어리랏다'가 한 덩어리를 이루고, 이것이 다시 '청산에 살어리랏다'라는 덩어리와 만나서 '살어리 살어리랏다 청산에 살어리랏다'의 덩어리가 된다.

시조 또한 '동창이 밝았느냐'가 한 덩어리가 되고 '노고지리 우지진다'가 한 덩어리가 되며, 이 두 덩어리를 이어 놓으면 다시 큰 덩어리로 묶이는 특색이 있고, 이것이 시의 구절을 나누는 기준이 되는 것으로 공감되고 있다. 가사에서도 '강호에 병이 깊어'가 하나의 의미 덩어리를 이루고, 이것이 다시 '죽림에 누웠더니'라는 덩어리로 이어지면서 큰 덩어리로 묶이는 의미상의 조직을 이룬다.

이처럼 의미의 짝을 이루는 현상은 두 마디 대응이고, 그것이 지속되면서 말을 이어 나가는 것은 우리 시가의 보편적 특질 가운데 하나임을 이미 지적한 바 있다. 그런데 향가의 첫 구는 그러한 보편적 특질과 관계 없이 첫 구가 짧게 끊어지는 것으로 표기되어 있어 매우 특이하다는 인상을 받게 된다. 가령 〈찬기파랑가〉의 첫 구만 하더라도 '열치매'로 끝나는 것은 우리 시가의 보편성에 비추어 자연스럽지 않고 '열치매 나토얀 달이'까지로 이어져 한 구를 이루어야 그 뒤에 이어지는 '흰 구름 좇아 떠가는 안디하'와 순탄했을 것이다. 이 점이 자연스럽지 못함은 위에 보인 여타 향가 작품 모두에 해당된다.

그렇다면 이토록 자연스럽지 못하게 구를 끊어 내는 일이 매우 철저하게 지켜진 인상을 주는 것이 향가의 첫 구이고 보면 거기에는 무슨 이유인가가 반드시 있어서 그렇게 되지 않았겠는가 하는 생각을 하게 됨은 지극히 자연스럽다 하겠다.

노랫말이 자연스러움을 벗어나 억지스러울 정도로 끊기게 만들 만한 연유를 추리하노라면 여기에 관여했을 음악의 존재를 생각하게 된다. 널리 알려진 바와 같이 시조 종장의 첫 마디는 '아희야'나 '두어라' 혹은 '지금도' 등 3음절로 고정되어 있다. 그것은 시조 정형의 중요한 요소로서 오늘날의 시조 작시법에까지 지대한 영향을 미치고 있는데 그것이 그리 된 까닭은 음악과의 관련에서 찾는 것이 상식이다.

시조가 일찍이 가곡창으로 노래될 때 가곡의 음악적 구조는 다섯 개의 장으로 되어 있고, 그 중 넷째 장은 음악적으로 다른 장에 비해 길이가 짧되 반드시 3음절의 노랫말만 얹어 부르는 것으로 정형화되어 있었다. 그래서 가곡의 노랫말을 적은 많은 기록물 가운데는 시조 노랫말을 다섯 덩어리로 나누어 표기하고 그 중 넷째 덩어리를 3음절로 표기하고 있음을 본다.

시조와 그 음악의 관련에서 드러나는 바와 같은 성격의 이러한 규칙이 향가의 첫 구를 짧게 도막 내도록 강제하지 않았을까 하는 것이 하나의 가능한 추정이다. 그러지 않고는 여타의 구들이 비교적 노랫말의 의미 덩어리를 응집되게 이루고 있는 데 반해 첫 구가 그 응집성을 희생하면서까지 단소(短小)한 형태를 지니게 된 까닭을 찾기 어렵기 때문이다.

향가를 바라보는 국문학 연구의 시각은 오로지 그것을 시(詩)로 인식하는 쪽에 겨누어져 있지만, '향가' 또는 '사뇌가(詞腦歌)'라는 명칭에 쓰인 '가(歌)'라는 표현을 보거나, 『균여전』에서 사뇌가를 가리켜 '세상 사람들이 놀고 즐기는 데 쓰는 도구[世人戲樂之具]'라고 한 것을 보거나 이것은 어떤 종류의 음악을 동반한 것으로 이해하는 것이 옳다고 본다.

이러한 추정이 근거 있게 뒷받침되기 위해서는 향가를 노래했던 음악의 모습이 어느 정도의 윤곽이라도 드러내야 할 것이다. 그러나 그럴 정도의 근거를 우리는 갖고 있지 못한 것이 사실이다. 다만 〈보현십원가〉의 11수에 질서정연하게 위치를 차지하고 '탄왈(歎曰)'이나 '격구(隔句)' 또는 '병음(病吟)' 혹은 '성상인(城上人)' 등이 혹종의 음악적 지시어는 아닐까 짐작해 볼 따름이다. 비록 근거는 충분하지 않다 하더라도 음미해 볼 가치는 충분하지 않을까 한다.

향가 첫 구의 단소함에 관련된 해석이 이런 쪽으로 번지게 되면 향가를 표기한 『삼국유사』의 띄어쓰기가 다소 혼란스러움을 보이고 있다는 점에도 주목하게 된다. 우리가 흔히 4구체의 향가로 일컫는 네 작품 가운데 네 개의 덩어리로 띄어서 표기한 것은 오로지 〈풍요(風謠)〉 하나 뿐이고 나머지 〈서동요(薯童謠)〉 〈헌화가(獻花歌)〉, 〈도솔가(兜率歌)〉는 세 덩어리로 띄어 기록한 것도 심상치가 않아 보인다.

8구체라고 하는 것도 그렇다. 〈처용가〉는 띄어 놓지를 않아서 의미상 그리 된 것을 짐작할 따름이고, 〈모죽지랑가〉는 띄어 쓴 덩어리가 아홉이다. 그런가 하면 10구체라고 하는 것들도 여섯, 여덟, 아홉, 열의 덩어리로 되어 있는가 하면 심지어는 열하나로 나누어 놓은 것까지 있다. 이 가운데 아홉 덩어리로 된 것이 3수, 열 덩어리로 된 것이 2수로 많고 나머지는 다 하나씩이어서 종잡기가 어렵다. 그러나 이러한 표기 자체만을 가지고 생각한다면 향가를 4구체, 8구체, 10구체의 세 유형으로 구분하는 것이

과연 향가의 본모습을 제대로 이해한 것인가 하는 의문의 여지마저 생기게
된다.

　물론 4-8-10의 구형 분류는 〈보현십원가〉가 정연하게 열 덩어리로 나누
어 놓고 있는 것이 그 중요한 뒷받침이 되며, 『삼국유사』 소재 향가의 노
랫말의 의미상 덩어리도 또한 대체로 그렇게 분할 조정될 수 있다는 점이
또 다른 근거로 힘이 되고 있다.

　그런데 여기에는 쉽사리 넘지 못할 간극이 있다. 1075년에 이루어졌을
『균여전』의 향가는 정연한 10구체 표기로 되어 있고, 그로부터 200여년이
나 나중에 이루어진 『삼국유사』의 향가는 구의 수효가 정연하지 못하다는
것은 무엇을 뜻하는가?

　두 가지 추정이 가능하다. 하나는 만약 당대에 향가의 형식이 살아 있어
서 각기 그것을 기록했다고 본다면 『균여전』 기록시까지는 정연했던 향가
의 형식이 『삼국유사』 기록시에는 200여년이 흘렀으므로 많이 흐트러졌을
가능성이다. 또 다른 하나는 『삼국유사』는 옛날의 기록물을 참고하여 적은
것이고 『균여전』은 당대의 것이라면 신라 멸망으로부터 계산하건대 『삼국
유사』가 『균여전』보다 몇 백 년 앞선 사실을 기록하고 있다고 할 수도 있
게 된다. 그러나 무엇을 보고 적었다고 밝힌 『삼국유사』의 기록이 그 원본
인 책의 사실과 부합하지 않는 경우도 있고 보면 문제는 여전히 미궁으로
빠져들고 만다.

　그러나 이와는 무관하게 『삼국유사』와 『균여전』 양쪽이 다 향가의 첫 구
를 단소(短小)하게 표기하고 있다는 점만은 공통된다. 따라서 이 점은 향
가의 매우 중요한 문법이라 하지 않을 수 없게 된다. 그리고 이것은 향가
를 규정짓는 음악의 짙은 그늘로 추정해서 무리가 없을 것이고 그 점을 향
가의 중요한 문법으로 지적하고자 한다.

　향가에 드리운 음악적 그늘을 지적하는 것은 향가의 정체성을 구명하는
데 매우 중요한 일이 되겠지만 이와 아울러 우리 고전시가 전반을 이해하
는 하나의 커다란 틀로도 작용한다고 본다. 즉, 오늘날 우리가 익숙한 현
대시의 그것과는 달리 고전시가는 대체로 음악과 결부되어 향유되어 왔으
며 그것이 양식의 정체성에 중요한 역할을 한다는 점이다.

　〈안민가〉는 충담(忠談)이 경덕왕을 위해 지어 바친 노래이다. 그러나 그

것은 충담의 창작시 한 수가 아니라 널리 인구에 회자된 노래로 보는 일이 필요해진다. 월명(月明)의 〈도솔가(兜率歌)〉를 소개하고는 "지금 이를 '산화가(散花歌)'라 하지만 그건 따로 있고 의당 '도솔가'로 불러야 할 것임"을 강조한 기록이나, 〈풍요(風謠)〉를 소개하고는 '오늘날 방아노래로 씀'을 밝혀 놓은 것 등은 모두 노래로 널리 유포된 것을 말해 준다. 『균여전』에서도 〈보현십원가〉를 실은 부분에 '노래로 세상을 교화함〔歌行化世〕'이라는 표현을 쓴 것도 향가가 노래로서 널리 유통되었음을 뒷받침해 준다 하겠다.

고려시가가 주로 궁중의 연회에서 사용되는 무도곡(舞蹈曲)이었고, 시조는 가창곡(歌唱曲)이었으며, 가사는 가창(歌唱)되다가 나중에 음송(吟誦)되었다는 점은 양식마다의 특질을 이해하는 중요한 틀이 된다. 이는 고전시가의 이해가 노래로서의 자질에 충실함으로써 본질에 가까워질 수 있다는 전제를 재인식하게 한다. 그리고 이것이 현대시와 고전시가의 중요한 차이이고, 그런 본질에 근거하여 노래와 시를 설명하는 것이 옳음을 말해 준다 하겠다.

고려시가 : 경어와 관계의 의미

고려시가를 고려시가답다고 느끼게 하는 문체적인 인상은 여러 가지다. 그 하나는 상당량의 여음을 지니고 있다는 것이고 다른 하나는 글자의 수효에서 대략적인 기준조차도 발견하기 어려울 정도로 들쭉날쭉이 심하다는 점이다. 이 문제는 고려시가의 형식적 성격을 살피는 그 동안의 연구들에서 이미 상당 부분 언급이 된 바 있다.

여기서 새로이 관심을 가질 만한 고려시가의 특징적 문체 현상은 경어법의 사용이다. 실제로 고려시가는 상당수의 작품에서 경어법을 사용하고 있음이 드러난다. 작품별로 한 구절씩만 그 예를 들어 보면, 〈정과정(鄭瓜亭)〉의 '괴오쇼셔', 〈정읍사(井邑詞)〉의 '비취오시라', 〈동동(動動)〉의 '나ᅀᅡ라오소이다', 〈처용가(處容歌)〉의 '一時消滅(일시소멸)ᄒᆞ샷다', 〈서

경별곡(西京別曲)〉의 '좃니노이다', 〈정석가(鄭石歌)〉의 '노니ᄋ 와지이
다', 〈이상곡(履霜曲)〉의 '期約(기약)이잇가', 〈사모곡(思母曲)〉의 '업스
니이다', 〈가시리〉의 '도셔오쇼셔', 〈만전춘(滿殿春)〉의 '새오시라', 〈한
림별곡(翰林別曲)〉의 '혀고시라 밀오시라', 〈관동별곡(關東別曲)〉의 '伊西
爲乎伊多〔이슷하요이다〕', 〈죽계별곡(竹溪別曲)〉의 '遊是沙伊多〔노시사이
다〕' 등이다.

반면에 경어법의 사용이 보이지 않는 작품으로는 〈쌍화점(雙花店)〉[1], 〈청
산별곡(靑山別曲)〉, 〈상저가(相杵歌)〉, 〈유구곡(維鳩曲)〉 등이다. 또 경어
법을 사용한 작품 가운데도 전편이 경어로 되어 있는 것이 있는가 하면 어
느 부분만 경어이고 나머지 대부분은 평어로 되어 있는 경우도 상당하다.

그럼에도 불구하고 고려시가의 경어 표기는 일단 주목할 만할 정도로 특
징적인 현상이다. 이는 그 다음 시기의 장르인 시조나 가사에서 찾아보기
어려운 현상이기 때문이다. 물론 시조 중에서 경어 표기를 보이는 것이 없
지는 않다. 맹사성의 〈강호사시가(江湖四時歌)〉가 '亦君恩(역군은)이샷다'
라고 되풀이하고 있는 것, 그리고 '미나리 한 펄기를 캐어서 싯우이다/ 년
듸 아니야 우리님씌 바자오이다/ 맛이야 긴치 아니커니와 다시 심어 보소
서'라는 시조에서 보는 것과 같은 경어 사용이 심심치 않다.

그렇기는 해도 시조나 가사의 문체적 보편성으로 경어체를 거론하기는
어려울 것이다. 대부분의 작품이 '하리라, ─도다, ─노매라, 하노라, 어떠
리' 등으로 종결하고 있음은 시조나 가사가 경어의 사용과는 거리가 멀다
는 것을 입증한다.[2]

이러한 대비에서 드러나는 것은 고려시가가 경어법의 장르라는 사실이
다. 물론 이것이 '순수한 개념적인 체계를 어지럽히는 요소가 되는 일

---

1) 논의의 여지가 없지는 않다. 예컨대, '가고신던'의 경우는 '나'가 주어일 터인데 이
   때의 경어 사용이 타당한 것인가 하는 문제가 그러하다. 이 문제는 김완진교수가 이
   미 제기한 바, 〈청산별곡〉의 '잡스와니'의 경우를 두고 가정해 본 것처럼 '시에서의
   독특한 관용인지'의 의문이 없지 않은데(김완진, 문학작품의 해석과 문법, 『문학과
   언어』, 탑출판사, 1979), 이처럼 섬세한 논의는 다른 분들의 일로 미루고자 한다.
2) 물론 표현되는 내용에 따라서는 경어가 필요한 경우가 있고, 그런 경우에는 경어로
   표기되는 것이 우리 말의 관행으로 볼 때 당연한 것이지 장르의 특징적 현상이라고
   하기는 어려울 것이다.

탈'3)에 해당한다고 할 수는 없으므로 문체적 변이체라고까지 하기는 어렵다. 그러나 고려시가 상당수의 작품을 관류하고 있는 한 특징이라는 점에서, '문학 형식이 의존하고 있는 표지로서의 서체(écriture)'4) 혹은 '작자의 의식적 또는 무의식적인 관념구조를 경과한 결과인 대인문체소(stylème ad homines)'5)와 다소간의 연관을 갖는다고 할 수 있다.

경어 표현이 고려시가라는 장르의 한 표지로서 인정된다면 그러한 문체현상이 지니는 의미는 무엇인가. 그 단서는 오늘날 일상어의 관행에 있다. 경어의 사용은 화자와 청자의 관계에서 청자의 우월성을 인정할 때 나타난다. 이 점에서 고려시가는 우월한 자를 향한 발화라 할 수 있다. 우월성은 신분이나 나이 혹은 관계에 따라 결정되는데 고려시가의 우월자는 '님'이다.

고려시가의 경어체라는 장르표지가 지니는 의미를 해설할 수 있는 또 한 가지 단서가 있다. 정철이 지은 네 편의 가사 작품의 대비에서 이 단서가 드러난다. 정철의 가사 네 편은 경어가 아닌 평어를 주로 사용하는 특징을 지니는데, 〈속미인곡(續美人曲)〉의 '눌을 보라 가시ᄂᆞᆫ고'나 '구준비나 되쇼셔', 〈성산별곡(星山別曲)〉의 '들고 아니 나시ᄂᆞᆫ고' 혹은 '힁혀 아니 만나신가' 등은 경어 표현이다. 이 말들은 말을 건네는 상대가 구체화되어 있다.

〈속미인곡〉은 갑녀(甲女)와 을녀(乙女) 두 사람이 주고받는 말이라는 점에서, 〈성산별곡〉은 '성산'의 주인이라는 대상에게 말을 건네고 있다는 점에서 대화 상대의 구체성이 입증된다. 결국 경어는 대화의 상대가 상상적으로나 현실적으로 구체화되고 그 관계가 상대적 우월성을 지닐 때의 어법임이 분명해진다.

실제로 오늘날의 언어생활을 보더라도 이런 현상은 사실로 입증된다. 화제의 주체가 경어를 필요로 하는 상대일지라도 면전에 있지 않을 때는 경어를 쓰지 않을 수도 있고 실제로 많이 그렇게 한다. 그러나 면전에 있을 때에는 경어 표현의 회피는 거의 불가능해진다.

그러고 보면 고려시가의 경어가 지닌 문체적 의미는 다음처럼 해석될 수

---

3) 황석자, 『현대문체론』, 한신문화사, 1985, p.13.
4) 황석자, 앞 책, pp.120~123.
5) 소택수부〔篠澤秀夫〕, 『문체학원리』, 신요사, 1980, pp.77~82.

있다. 즉, 고려시가는 그 말을 건네는 대상을 면전에 있는 것으로 설정하는 직접 화법으로 되어 있으며 그 대상이 경어를 사용해야 할 대상이라는 특징을 지닌다. 이런 점에서 고려시가는 호소적인 장르라 할 수 있을 것이다. 고려시가를 두고 흔히 말하는 '진솔성'의 근원도 바로 이런 문체적 특징에 있지 않은가 한다.

이와는 반대로 시조나 가사는 독백적이거나 명령적이라 할 수 있다. 독백적이라는 점은 대화의 상대가 현실적으로 존재하는가 여부에 관계 없이 자신의 생각을 노래한다는 장르 특성에 해당하며, 명령적이라는 점은 대상을 상정하더라도 경어의 대상이 아닌 하대의 대상으로 설정되었다는 뜻이 된다.

고려시가가 실재하는 대상에 대한 호소를 장르 표지로 하는 점에서 직접 화법적인데 반하여, 그 다음 시대의 장르인 시조와 가사가 평어로 되어 있다는 사실에서 '문학적 관습의 추상화'라는 명제를 얻어낼 수도 있을 것이다. 이러한 문법이 이루어지기 위해서는 그렇게 할 수밖에 없는 구체적인 상황이 있었으리라는 점에서 추상화의 이전 단계를 구체화로 본다면, 고려시가의 구체성은 언어가 지닌 전언(傳言)의 직접성과 개인성을 보여 준다고 할 수 있다. 이 점에서 고려시가는 일상성이라는 구체성을 지닌다고 할 수 있다.

시조와 가사는 경어를 버림으로써 화자와 청자의 구체적 관계가 사상(捨象)된 공공(公共)의 언어가 되었다고 할 수 있다. 바꾸어 말하면 청자를 배제한 언어 형식이며 일종의 공문서같은 성격을 띤 것이다. 이런 점에서 이미 개인적이기보다는 문화적 공유물이며 제도 또는 관습으로서의 성격을 강하게 지니게 되었다는 뜻이다. 이 점에서 시조와 가사는 공공적이며 추상적이다.

우리가 소설 한 권을 손에 들 때와 편지 겉봉을 뗄 때 그 언어구조물을 수용하는 태도에 차이가 생기는 것6)은 분명하다. 전자가 상상 또는 허구 혹은 제도의 맥락에 서도록 하는 것이라면 후자는 현실 문맥에서 받아들이는 것을 의미한다.7) 전자는 간접적이고 타자지향적(他者指向的)8)이라면

---

6) 우리가 극장 문을 들어설 때, 자신도 모르는 사이에 현실의 맥락에서 떠나고 있음을 생각하면 이 점이 쉽게 이해된다.

후자는 직접적이며 자기지향적(自己指向的)이라 할 수도 있다. 전자는 박물관의 석기시대 유물이나 텔레비전의 연극을 구경하듯이 보면 되는 것이고 후자는 자기에게 걸려 온 전화를 받는 일과 같다.

후자에서 전자로 변해 가는 과정은 문학적 관습이 현실 맥락과 점점 더 유리되면서 견고하게 제도화되어 가는 절차를 보여 준다고 할 수 있다. 현대시에서도 경어 사용은 기도문과 같은 내용에서나 발견된다는 사실도 그러하고, 시조나 가사에서 쉽사리 인지할 수 있는 형식적인 특성이 고려시가에서는 두드러지지 않는다는 점도 이런 추리를 뒷받침해 준다.

경어 사용의 배제가 함의하는 것은 청자의 배제이며 따라서 관계의 배제이다. 관계의 배제는 문학적 관습과 장르라는 제도의 관행에 의지하여 예술로서의 자족적인 구조화로 나아간 흔적을 보여 준다. 이 점에서 문학의 역사는 특권화 또는 밀교화9)되어 온 과정이라 할 수 있으며, 바로 여기서 비롯된 문학성과 일상성이라는 부질없는 준별이 구체적 증거를 드러내기 시작했다고 할 수 있다.

권점과 율문 표지

〈용비어천가〉에 나오는 '―니'에 대해서는 종결인가 연결인가로 엇갈린 견해가 표명되어 왔다. 그 문제는 이 자리의 관심사가 아니지만, 이따금 출현하는 '―니이다'의 존재로 미루어 이 작품의 기반을 유지하는 것 또한

---

7) 근대 리얼리즘극의 원리가 제4의 벽을 통하여 '엿본다'는 기본틀을 갖고 있다는 점도 이와 관계된다. 무대 위의 일은 어디까지나 남의 일일 따름이며, 관객은 그것을 구경할 따름이다.

8) '남의 일' 혹은 '남의 이야기'라는 뜻으로 이런 용어를 사용한다. 이에 반해 '자기 일' 혹은 '자기 이야기'를 뜻하는 용어가 '자기지향성'이다.

9) 특권화란 문학의 역사가 그러하다는 뜻이다. 애당초 문학은 구비문학의 상태로 모든 사람의 공유였다. 그러던 것이 문자가 생겨나면서 문자를 소유할 수 있는 계층의 특권으로 개념 자체가 좁아지기 시작했다. 오늘날 문학과 민주주의의 관계를 논할 때 바로 이 대목이 치명적인 늪이 되어 별다른 진척을 보지 못하고 있다. 이 점은 고스만(Lionel Gossman, Literary Education and Democracy, *Between History and Literature*, Havard Unversity Press, 1990)에게서도 확인된다.

경어체임을 알 수 있다. 그러나 〈용비어천가〉의 특징적인 문체 현상을 논
의하기 위한 단서는 권점(圈點)의 존재가 아닌가 한다.

주지하는 바와 같이 이 작품 125장 전체에 권점이 다음과 같이 찍혀 있다.

불휘기픈남ㄱ.ㄴ.ㅂ.ㄹ.매아니뮐ㅆㅣ. 곶됴코.여름하ㄴ.니
시미기픈므른.ㄱ.ㅁ.래아니그츨ㅆㅣ. 내히이러.바ㄹ.래가ㄴ.니 (제1장)

이처럼 중간점과 아래점을 구분하여 찍은 권점이 갖는 의미에 대해서는
이미 해석이 이루어져 있다.10) 사실, 띄어쓰기조차 하지 않던 당시의 표
기법에서 이러한 문장부호를 사용한 것은 매우 중요한 표지라고 하지 않을
수 없다. 또 이러한 권점의 예를 다른 작품에서는 찾아 보기 어렵다는 점
도 존재 의의를 거듭 생각하게 한다.

아래점은 한 행을 2등분하는 구실을 하고 중간점은 그 2등분된 것을 또
다시 2등분하는 기능을 가진다는 점이 이미 밝혀진 바 있다. 이러한 2등
분 표지가 갖는 일차적인 의미는 병렬에 의한 균형이라 할 수 있다. 이 병
렬에 의한 균형은 우리 언어문화 전반을 관류하는 율격적 의장(意匠)이다.
음성과 의미의 양면에서 병렬에 의한 율격 형성의 현상은 두드러진다. 앞·
뒤, 위·아래, 동·서·남·북, 흑·백…… 등은 의미의 병렬에 의한 균형이고,
'엄마야/ 누나야/ 강변/ 살자'로 낭독하려는 경향은 율독할 때 부지불식간
에 나타나는 음성적 병렬의 균형이라 할 수 있다.

〈용비어천가〉의 권점은 이러한 병렬의 균형을 장르의 자질로 하면서 우
리 시가의 율격을 규정하는 장르 표지가 되고 있음을 보게 된다. 그것은
두 마디씩 대응하는 짝이 연첩되는 율격 구조를 보여 주는 효시라는 의미
를 지닌다. 이 점에서 권점은 율격 표지 이상의 다른 의미를 지닌다고 하
기 어렵다.

〈월인천강지곡〉은 〈용비어천가〉의 형식적 요소를 많이 답습한 작품이다.
따라서 율격적 장치를 갖추고 있는 것이며, 〈월인천강지곡〉과 〈석보상절〉

---

10) 정병욱, 증보판 『고전시가론』, 신구문화사, 1983. 김대행, 용비어천가의 권점에
   대하여, 『국어교육』 49·50합집, 1984, pp.111~128. 김대행, 『우리 시의 틀』,
   문학과 비평, 1989에 재수록.

의 문체 인상이 같지 않은 것은 바로 이러한 율격의 유무에 기인한다고 볼 수밖에 없다.

> 阿僧祇前世劫(아승지전세겁)[11])에 님금位(위)ㄹ ㅂ리샤 精舍(정사)애 안잿더시니
> 五百前世怨讐(오백전세원수)ㅣ 나랏쳔 일버아 精舍(정사)ㄹ디나아가니
> 〈월인천강지곡 기3〉

> 녯 阿僧祇劫時節(아승지겁시절)에 호 菩薩(보살)이 王(왕) 드외야 겨샤 나라홀 아아 맛디시고 道理(도리) 비호라 나아가샤 瞿曇婆羅門(구담바라문)을 맛나샤 자걋 오스란 밧고 瞿曇(구담)이 오술 니브샤 深山(심산)애 드러 果實(과실)와 믈와 좌시고 坐禪(좌선) 호시다가 나라해 빌머그라 오시니 다 몰라보습더니 小瞿曇(소구담)이라 호더라 菩薩(보살)이 城(성) 밧 甘蔗園(감자원)에 精舍(정사) 밍골오 호오아 안자 잇더시니 도죽 五百(오백)이 그윗 거슬 일버아 精舍(정사)ㅅ 겨ᄐ로 디나가니 그 도주기 菩薩(보살)ㅅ 前世生(전세생)ㅅ 怨讐(원수)ㅣ러라
> 〈석보상절〉

이처럼 확연하게 다른 두 인용문의 문체 인상을 지배하는 가장 주된 힘은 율격적 구조의 유무가 아닌가 한다. 분명하게 지적하기는 어렵지만 율격의 자질들이 표현에 제약을 가한 흔적은 감지할 수 있다. 일차적으로 그것은 문장의 압축으로 나타나지만 단순히 압축을 넘어서는 율격적 장치의 흔적도 발견된다.

그 율격의 성격을 보다 확연하게 이해하기 위하여 〈월인천강지곡〉에다가 〈용비어천가〉에서 보는 바와 같은 권점을 찍어 보면 다음과 같이 될 것이다.

> 阿僧祇前世劫에。님금位ㄹㅂ리샤。精舍애。안잿더시니
> 五百前世怨讐ㅣ。나랏쳔일버아。精舍ㄹ。디나아가니
> 〈월인천강지곡 기3〉

가상적이긴 하지만 이렇게 권점을 찍어 볼 수 있음은 〈용비어천가〉의 권

---

11) 원전의 표기는 한자만으로 되어 있다. 여기서는 원전의 한자를 앞세우고 괄호 안에 독음을 넣었다. 이하 다른 예도 같음.

점이 우리에게 제시하는 단서 때문이다. 그리고 이러한 실험적 권점 부여가 무리없이 받아들여진다면 그것은 권점이 시가의 자질과 밀접한 관련을 가진다는 것을 스스로 입증하는 징표라 할 수 있다. 따라서 이러한 권점의 배분은 다음 두 가지 문제에 대한 단서를 우리에게 제공한다.

첫째는 우리 시가의 율격 규칙은 음절의 수효보다는 의미의 배열과 관련이 깊다는 점이다. 작품 전체가 반드시 그런 것은 아니지만 이 예에서 보는 바와 같이 한 행의 구조는 조건 또는 원인(전반부) — 행위 또는 결과(후반부)의 짜임을 갖춤으로써 병렬의 균형을 지향하고 있음을 확인할 수 있다. 이러한 균형은 조선조 이후의 시가에서 두 마디가 대응하는 구조로 연첩되는 시조나 가사에서 충분히 확인할 수 있다.

둘째는 우리 시가에서 흔히 볼 수 있는 장형화에 관련되는 원리를 보여 준다는 점이다. 〈용비어천가〉와 〈월인천강지곡〉에 나오는 '—니'가 문법적으로 어떻게 설명되는지에 대해서는 분명한 판단을 갖고 있지 않다. 그러나 두 작품에서 인용한 부분이 보여 주는 바와 같이 두 줄로 된 시행이 각기 '—니'로 끝나고 있다는 점과, 두 줄의 의미를 형성하는 통사 구조가 동일하다는 점에서 보면 이는 또다른 의미의 병렬이라 할 수 있다. 바꾸어 말하면, 병렬 구조의 지속은 장형화의 원리가 된다는 점이다. 이 점은 후술된다.

〈용비어천가〉는 궁중에서 연행되는 음악의 가사였다. 그러면서도 이는 율문이라는 의식을 분명히 했던 것이 권점으로 나타났으며 그러한 율문의식에 기반해서 보는 바와 같이 산문과는 전혀 다른 율격적 장치가 이루어졌다 할 수 있다. 그것을 한 마디로 요약하면 병렬이 주는 균형성이며 그것이 형성하는 정연한 질서가 곧 우리 시가의 율격이 지닌 특성임을 일찍이 권점이 보여 준 것이라 할 수 있다. 〈용비어천가〉는 이 점에서 율문 표지로서의 가치를 지닌다.

병렬과 장형화

사설시조와 가사 그리고 잡가 등을 일러 장형의 시가라 할 수 있다. 다른 장르들에 비하여 상대적으로 긴 길이를 가졌기 때문이다. 이러한 장형 시가들의 문체를 결정하는 원리는 무엇인가 하는 문제의식은 소중할 수 있다. 특히 사설시조의 경우는 시조의 큼지막한 외형은 유지하면서 노랫말이 길어지고 있는데 그러한 외형적 확대에 기여하는 자질이 있을 것임을 짐작할 수 있다.

우선 사설시조를 살펴 보면 그것이 병렬의 원리에 의해서 이루어지는 것임을 쉽게 알 수 있다.

> 나모도 바히돌도 업슨 뫼헤 매게 쪼친 가토릐 안과
> 大川(대천) 바다 한가온대 一千石(일천석) 시른 빈에 노도 일코 닷도 일코
> 뇽총도 근코 돗대도 것고 치도 빠지고 브람 부러 물결치고 안개 뒤섯계 주자
> 진 날에 갈 길은 千里(천리) 만리 나믄듸 四面(사면)이 거머어득 져믓 天地
> (천지) 寂寞(적막) 가치노을 썻는듸 水賊(수적) 만난 都沙工(도사공)의 안과
> 엇그제 님 여흰 내 안히야 엇다가 フ을ᄒ리오

이 시조에는 세 개의 '안'이 병렬을 이루고 있다. '까투리', '도사공', '나'의 안이 그것으로 세 개의 '안'이 초·중·종장의 질서를 이루고 있어 일단 형식의 요건을 성취하고 있다. 따라서 이를 시적 발화로 볼 때 발화의 중추적 요소가 '나의 안'에 있음은 자명하며, 그런 점에서 '까투리'와 '도사공'의 안은 이만한 말을 엮어 낼 수 있게 한 자질로 작용하고 있다 할 것이다.

그런데 이 시조를 정작 장형으로 이끈 병렬은 이 '안' 자체를 나란히 놓은 병렬의 수준을 넘어서서 또다른 병렬이 장형화의 원리로 작용하고 있음을 본다. 중장에 해당하는 부분에서 특히 강력한 장형화가 이루어지고 있음을 보는데, 그러한 장형화를 이루어내는 힘이 바로 병렬에 있음을 볼 수 있다.

예컨대 '노도 잃고, 용총도 끊기고, 돛대도 꺾어지고, 키도 빠지고'는 항해를 불가능하게 하는 선체(船體)의 조건이라는 동질성을 가진 사항들의 병렬이다. '물결치고, 안개 잦아지고, 사면이 어두어가고, 도적이 나타나고'한 것은 순조로운 항해를 방해하는 불안 요소라는 동질성을 가진 사항

의 병렬이다.

동질성을 가진 사항의 병렬이라는 것은 구조주의자들이 말하는 계열체적 (paradigmatic)인 나열에 해당한다. 이 계열체 가운데 어떤 것을 선택하느냐에서 문체가 달라질 수도 있지만 우리의 관심은 그와는 다른 데 있다. 전언(傳言) 그 자체만을 목표로 하는 일상어와는 달리 계열체들을 병렬함으로써 문맥의 변화 없이 또는 문맥을 강화하면서 시가 문장의 통합체적 (syntagmatic) 특성을 이루어낸다는 점이다. 이것은 분명 일상 문어체의 어법과는 다른 일탈이라는 점에서 시가적(詩歌的)이다.

그런데 장터에서 물건을 파는 사람의 외치는 소리에서나 대중을 향한 정치 연설에서 우리는 이러한 계열체의 병렬 현상을 풍부하게 발견하기도 한다. 그 때에 우리가 느끼는 것은 단순한 수사적 나열의 인상을 넘어서서 확인되는 시적 율동감이다. 시의 율격이 지닌 미적 기능으로 흔히 지적되는 최면의 효과가 여기서 확인되기도 한다.

계열체의 병렬에 의한 장형화라는 문체 효과는 사설시조 말고도 더 나타난다. 예컨대 가사 그것도 후기 가사에서 풍부하게 나타나고, 이 밖에도 잡가 등에서 많이 볼 수 있는데 그 중에서도 휘몰이잡가는 이런 특징이 두드러진다.

> 칠팔월 청명일에 얽고 검고 찡기기는 바둑판 장기판 고누판 같고 멍석 덕석 방석 같고 철등 덕석 고석매 같고 땜장이 발등 같고 우박 맞은 잿더미 쇠똥 중화전 철망 같고⋯⋯

이것은 〈곰보타령〉의 앞 부분인데, 이 노래는 전편이 이처럼 '○○ 같고'로 이어지는 계열체의 병렬이라는 질서로 통합체적 자질을 삼고 있음이 확인된다. 일일이 예거하는 것은 번거로운 일이어서 피하지만 이러한 특징이 시가 장형화의 중요한 원리가 된다는 점에 의문의 여지가 없을 만큼 확연하다.

그런데 계열체의 병렬에 의한 시가의 장형화는 시가에서 양식화됨으로써 감지되는 현상이어서 그러하지 실제로는 일상의 언어에서도 널리 활용되는 자질임이 분명하다. 예를 들어 '이야기 길게 하기' 유형의 설화들은 '쥐가

한 마리 들어갑니다. 쌀 한 톨을 물고 나옵니다. 또 한 마리가 들어갑니다, 쌀 한 톨을 물고 나옵니다…' 하는 식으로 장형화를 성취한다. 이른바 반복이라고 하는 계열체의 병렬이다.

결국 계열체의 병렬이라는 장형화의 자질은 장형의 시가에서 양식화되면서 그 성격이 두드러지게 된 점이 인정되며, 여기서 나아가 해학적 태도 또는 요소와 결합하면서 그 미적 기능을 강조하게 되기도 하였다. 그러나 그 자질은 돌연한 것이 아니라 본디 일상어의 것이었다.

고전시가의 문법을 위하여

지금까지 고전시가의 양식별로 그것을 지배하는 규칙 가운데 특별한 인상을 가진 것을 살펴 보았다. 그러면서 각각의 양식이 지닌 구체적인 특질이 고전시가라는 총체를 어떻게 이루는가도 아울러 살펴 본 셈이다. 그리고 이러한 작업은 고전시가의 총체상과 각 양식의 구체상을 확연히 부각시키고자 하는 노력이라 할 수 있다.

그러나 논의된 화제 자체가 극히 제한적이어서 앞세운 의도가 어느 만큼 달성되었는지는 미지수다. 그러나 삼라만상이 다 그러하지만 그 중에서도 우리가 다루어야 할 언어 구조물 그 가운데서도 시가는 대단히 다양한 자질들의 집합이고 그래서 그 측면이 매우 다양할 수밖에 없다. 그러기에 그것을 살피는 틀도 총체적 모습을 입체적으로 드러내기가 쉽지 않다는 한계가 있다. 이 작업도 그러한 결과에 이르렀음이 분명하고 그것은 애당초 예견된 것이었다.

그러나 우리가 지금까지의 논의만 가지고도 몇 가지 고전시가를 보는 틀에 관해 말할 수 있게는 되었다고 본다. 그것은 고전시가가 꾸준히 음악과의 상관성 속에 있었다는 사실이다. 노래를 하는 음악의 경우 음악이 먼저냐 노랫말 없이 음악이 어떻게 성립하는가 하는 선후(先後) 논쟁은 어찌 보면 부질없는 것이다. 그것은 달걀과 닭의 순환론을 되풀이할 염려가 없지 않다. 분명한 것은 고전시가의 여러 자질들은 음악의 어떤 요소들과 긴밀한 관계를 가지고 생성되고 향유되었으며 그렇게 유지되어 왔다는 점이다.

이처럼 고전시가는 음악과 긴밀한 관계를 가져 왔으면서도 그 안에 꾸준히 말의 질서를 구현해 왔다는 점도 놓칠 수 없다고 본다. 〈용비어천가〉만 하더라도 음악으로 작곡이 되어 궁중에서 '치화평(致和平)' 등의 명칭을 달고 연희(演戲)되었다. 그만큼 철저한 음악적 질서를 동반한 작품이다. 그러나 〈용비어천가〉의 권점이 보여주듯이 그 노랫말은 철저히 율독의 분절을 고려하면서 창작되었던 것이다. 따라서 〈용비어천가〉의 노랫말을 지배하는 질서는 오로지 음악만이 아니었으며 문학으로서의 질서가 함께 관여함으로써 이 작품의 총체적 질서가 이루어진 것이다.

고전시가의 문법을 살핀 결과가 뜻하는 바의 초점은 결국 이 지점에 모아져야 할 것이라고 본다. 음악과의 깊숙한 상호작용 속에서 언어적 질서가 구현해 낸 고전시가의 노랫말을 설명하는 틀을 구상할 필요성이 있다. 한시의 글자수에 관한 규칙이 얼마나 엄격한가를 충분히 이해하고 있었던 고전시대의 우리 노랫말이 글자수에 대하여 너그러운 여유를 두고 전언(傳言)의 의미를 엮어 내는 장치를 할 수 있었던 의의를 고려하자는 뜻이다. 그것이 고전시가의 속살을 제대로 드러내는 일이 될 것이다.

악부가 바라본 우리말 노래

악부와 우리말 노래의 관계 맺기

악부시(樂府詩)와 우리말로 된 노래 사이에 어떤 관계가 있으리라는 짐작은 누구나 할 수 있다. 본디 협악(協樂)의 전통을 지녔던 『시경(詩經)』의 정신을 문학에 다시 불러들이자는 노력의 결과로 악부 양식이 나타나기 때문이다. 악부와 음악의 긴밀한 관련성은 중국 한(漢)나라 때에 음악을 관장하는 어가소(御歌所)의 명칭인 '악부(樂府)'가 그대로 문학의 장르명이 된 사실[1]에서도 짐작할 수 있다. 이는 마치 음악 용어였던 '시조(時調)'가 문학의 장르명이 되고 시간이 흐르면서 음악과 분리된 사정과 흡사하다.

악부라는 장르의 형성 과정이 이러하므로 우리 쪽의 악부 인식도 음악과 깊은 관련을 가질 수밖에 없었다. 우선 악부라는 양식의 도입 자체가 그런 모습을 보인다. 악부가 어떤 형태로든 음악과의 관련을 전제로 한다고 했을 때 그 관련의 실체는 응당 중국의 음악이었고 이 점은 악부라는 장르의 도입을 어렵게[2] 하는 난감한 요소였을 것이다. 그도 그럴 것이 한시(漢

---

1) 악부의 형성과 개념에 대해서는 이혜순, 한국악부연구 I, 『논총』 39, 이대 한국문화연구원, 1981과 심경호, 조선후기 한시의 자의식적 경향과 해동악부체, 『한국문화』 2, 서울대 한국문화연구소, 1981 및 장효현, 조선후기 죽지사 연구, 『한국학보』 34, 일지사, 1984 참조.

詩)의 창작에서 요구되는 성률(聲律)과 집운(什韻)의 문제만도 언어적 차이 때문에 습득과 활용이 어려운데 거기에 중국 음악의 본질까지를 이해함으로써 그것을 구현한다는 것은 지난(至難)의 과제3)였을 것임이 충분히 짐작된다. 실제로 우리 문학사에서 악부가 도입된 것이 이제현(李齊賢)의 『소악부(小樂府)』로 평가되어야 한다는 논의4)라든가, 악부의 창작이 조선조에 들어와서야 두드러진다는 사실 등이 그것을 입증한다.

  그러한 고민이 있어 악부의 도입이 늦어지기는 했지만 그런 문제의 해결을 위한 노력이 시가사(詩歌史)의 전개에 기여를 했다고도 할 수 있다. 악부가 본디 지녔던 외연(外延)과 내포(內包)를 우리 자신의 것으로 치환함으로써 그 해결이 가능했기에 악부는 필연적으로 우리말 시가와 관련을 맺게 되었기 때문이다. 한 예로 '소악부'라는 명칭의 등장은 본디 '악부'가 그 관련 요건으로 했던 '중국 음악'이라는 난제(難題)를 피하기 위한 방편으로 볼 수 있다.5) 또 이후의 악부들이 대체로 잡언(雜言) 형태를 취하되 우리 소재를 다룸으로써 변별성을 확보한 점도 그런 예다. 김종직(金宗直)의 『동도악부(東都樂府)』에서 담촌거사(澹村居士)의 『해동악부(海東樂府)』에 이르기까지의 대부분 악부시들이 이 범주에 드는데 중국의 성률(聲律)과 집운(什韻)이라는 시형식상의 고민에다가 음악적 요소까지 고려해야 되는 이중고(二重苦)를 털어버리는 대신 중국의 악부가 다루었던 민간고사적(民間故事的) 소재를 우리 것 가운데서 찾아 다룸으로써 악부의 자질로 삼았

---

2) 이가원(李家源)은 고려 때의 속악, 당악, 아악곡들을 가리켜 악부라 하고 따라서 고려시대가 악부의 성립기라고 한 바 있다.(『한국한문학사』, 민중서관, 1961, pp.84~85) 그러나 여기서 말하는 악부는 음악이라는 측면만 주목한 것이므로 개념상 별개의 것이다.

3) 중국의 악부와 우리 시 또는 음악 사이에 거리가 크다는 지적은 도처에서 볼 수 있다. 이것은 고민의 표현일 것이다. 이형상(李衡祥)의 『악부』서나 신위(申緯)의 『소악부』서가 그 대표적인 예다.

4) 이혜순, 한국악부연구 I, 『논총』 39, 이대 한국문화연구원, 1981, pp.12~13.

5) '소악부'라는 명칭의 사용에 대한 해석은 다양하다. 서수생, 이우성, 이종찬 등이 이 부분을 논의한 바 있고, 소악부의 '소(小)'가 칠언절구의 형식적 소형성을 지칭한 것이라는 견해가 우세하다. 이 해석에 대한 반성과 동의가 황위주, 『조선후기 소악부 연구』, 한국정신문화연구원 석사논문, 1983, pp.10~20에 자세하게 논의되고 있다. 그러나 이런 논의에도 불구하고 '소'의 의미가 '악부'라고 지칭되는 중화의 것과는 다른 어떤 것이라는 구분 의식을 포함하고 있음은 사실이다.

던 것을 볼 수 있다.

사정이 이러하므로 악부와 우리말 노래의 관계는 깊을 수밖에 없었다. 우리말 노래를 번역함으로써 악부의 자질을 지킨 소악부(小樂府)는 더 말할 것 없고 영사(詠史)나 기속(紀俗)으로 자질을 갖추려 했던 악부들도 음악의 문제를 완전히 떨쳐버릴 수 없었기에 서문에서 또는 고사 소개에서 혹은 영시(詠詩) 부분에서 우리말 노래에 대한 관점을 다소라도 내비치고 있다.

더구나 악부의 담당층이 문화적 상층에 속한다는 점에서도 이 자료들의 시가사적 가치는 높아진다. 이들은 문화적 현상을 분석하는가 하면 이론적 근거를 제공하기도 하고 비판도 하였다. 단순한 향유자를 넘어서서 우리말 노래에 대해 나름대로의 입론을 하고 있다는 점에서도 시가사를 체계화하는 데 훌륭한 단서가 된다. 실제로 조선 후기에 와서 악부들 자체가 풍성하고 다양해지는 변모를 보이는데 그런 변모 자체가 우리말 노래와 깊은 관련이 있다는 점에서도 중요하다.

조선 후기는 시가사에서 장르의 다양화 또는 혼효(混淆)의 시기로 인식되기도 하고 하층문화가 표면화된 시기로 판단되는가 하면 주체성의 확보 시기로 이해되기도 한다. 이런 점에서 사회·문화사적으로 주목되는 시기임은 물론 시가사적으로도 악부의 인식이 크게 변모한다는 점에서 중요한 의미를 갖는다.

그 단적인 예가 『고대본 악부(高大本樂府)』의 출현과 같은 것이다. 이자료는 한글로 표기된 시가집으로서 악부의 외적 조건이라 할 수 있는 한문 표기까지를 포기해버린 사례가 된다. 우리말 노래 또는 악부에 대한 인식이 여기에까지 이르게 된 경과를 살피는 것은 조선조의 시가사가 전개되어 온 발자취를 이해하는 데 도움이 되리라고 본다.

풍성했던 악부 창작

조선시대에 나온 악부는 30여 종이 넘지마는6) 우리말 노래와의 관련을 직접적으로 보여주는 주요 자료는 대체로 20여 종으로 한정된다. 그 유형은 소재와 기술(記述) 태도에 따라 크게 세 부류로 나눌 수 있다. 첫째는 영사(詠史) 혹은 기속(紀俗)적인 관심에서 우리말 노래를 대상의 하나로 삼은 것, 둘째는 특히 우리말 노래의 노랫말을 한시로 옮긴 것, 셋째는 음악으로서의 노래를 염두에 두면서 영시(詠詩)된 것이다.

가장 많은 자료가 첫째 유형에 속한다. 이익(李瀷)의 『해동악부(海東樂府)』는 김종직(金宗直)의 『동도악부(東都樂府』 및 심광세(沈光世)의 『해동악부(海東樂府)』와 동일한 관심과 태도로 신라 〈도솔가(兜率歌)〉에서 고려 〈장생포(長生浦)〉에 이르기까지 총 25건의 우리말 노래에 대해 영시(詠詩)하고 있으며 사항마다 그 내력이나 사연을 설명하는 기록을 남기고 있어서 시가관을 엿보게 하는 자료가 된다.

또 이광사(李匡師)의 『동국악부(東國樂府)』는 〈황하가(黃河歌)〉에서 〈백사가(百死歌)〉까지 7건의 기사가 있다. 이와 비슷한 것으로 조종현(趙宗鉉)의 『삼사이적(三史異蹟)』이 있기는 하나 우리말 노래를 다룬 것은 2건에 불과하다. 김양근(金養根)의 『동방고악부(東方古樂府)』는 12건의 우리말 노래 관계 기사를 담고 있으며 그 말미에 이어져 있는 〈동조(東調)〉는 둘째 유형의 자료에 속한다.

이 밖에도 이학규(李學逵)의 『영남악부(嶺南樂府)』는 영남지역과 관계 있는 우리말 노래 8건을 다루고 있고 『해동악부(海東樂府)』는 4건의 우리말 노래 관계 영시가 있다. 또 조현범(趙顯範)의 『강남악부(江南樂府)』가 2건, 박치복(朴致馥)의 『대동속악부(大東續樂府)』는 4건, 이복휴(李福休)의 『해동악부(海東樂府)』가 17건, 담촌거사(澹村居士)의 『해동악부 3(海東樂府三)』이 4건의 기록들을 보이고 있다.

둘째 유형은 이제현(李齊賢)의 『소악부(小樂府)』에서 보여준 태도를 이어받은 것이다. 이 부류는 다시 둘로 나누어 생각할 수 있는데 하나는 시

---

6) 악부의 개념은 그 역사만큼 다양하고 조선조의 악부 수용도 각각 다른 개념에 따라 이루어진 바 있다. 따라서 〈죽지사(竹枝詞)〉도 악부에 포함되고 잡가요 형식도 포함된다는 것도 논의된 바 있다.(심경호, 장효현 등의 앞 논문 참조) 그러나 여기서는 악부의 개념이나 범주와 같은 문제는 관심사로 하지 않는다. 일차적으로는 '악부'라는 명칭이 들어간 자료를 대상으로 하되, 악부라고 명명은 되지 않았다 하더라도 우리말 노래를 직접적으로 다루고 있는 잡가요 형식의 것들은 필요에 따라 논의에 포함한다. 이른바 의고악부(擬古樂府)는 우리 시가와 무관하므로 논외로 한다.

조를 옮긴 것이고 다른 하나는 그 밖의 노래들을 옮긴 것이다.

시조를 옮긴 것으로는 이형상(李衡祥)의 『호파구(浩皤謳)』가 시조작품 16수를 한역한 것을 필두로 『금속행용가곡(今俗行用歌曲)』이 평(平)·우(羽)·계(界) 세 개의 조(調)에 각기 1·2·3의 세 지(旨)로 나누어 55수의 시조를 한역해 놓았는가 하면 『장가(長歌)』에는 〈장진주사(將進酒辭)〉를 비롯한 사설시조 4수를 한역해서 그가 옮긴 시조는 총 75수에 이른다.

또 앞서 말한 김양근(金養根)의 『동방고악부(東方古樂府)』는 '동조(東調)'라 하여 '오륜(五倫)'이니 '감상(感傷)' 등 13항목으로 내용 분류를 하고 총 63수의 시조를 한역해 놓았다. 그런가 하면 신위(申緯)의 『소악부』에서는 총 40수의 시조를 한역하였으며, 그 영향으로 이루어진 것으로 보이는 이유승(李裕承)의 『속소악부(續小樂府)』가 10수, 원세순(元世洵)의 『속악부인(續樂府引)』이 17수를 한역하고 있다. 또 이유원(李裕元)의 「가오고략(嘉梧藁略)」에 들어 있는 〈소악부〉에는 총 45수의 시조가 한역되어 있다.

악부의 개념 또는 범주 규정에 관계 없이 시조의 한역을 수록하고 있는 자료가 더 있어서 이 방면의 논의에 좋은 참고 자료가 되기도 한다. 남구만(南九萬)의 『번방곡(飜方曲)』은 표제 그대로 우리 노래의 번역인데 총 11편의 작품을 번역해 놓았다. 이 밖에도 홍양호(洪良浩) 『청구단곡(靑丘短曲)』에는 26수의 시조가 한역되어 있어 이 부분의 추이를 판단하는 데 상당한 도움을 준다.

시조를 제외한 나머지 우리말 노래를 한역한 자료는 이유원(李裕元)의 『속악십륙가사(俗樂十六詞詞)』와 윤달선(尹達善)의 『광한루악부(廣寒樓樂府)』가 대표적이다. 이유원의 『속악십륙가사』는 〈관동별곡(關東別曲)〉이며 〈춘면곡(春眠曲)〉7) 등의 가사 작품과 〈초한가(楚漢歌)〉 등의 잡가에 이르기까지 16편의 노래 내용을 분간할 수 있게 첫대목이나 요지를 옮겨 놓고

---

7) 〈춘면곡(春眠曲)〉 등은 속칭 12가사라 하여 〈관동별곡〉 등의 유형과 구분되는 가사이기도 하다. 흔히 12가사만을 가창가사라고 보는 경향이 있으나 이유원의 기록에 의하더라도 〈관동별곡〉 등의 전기 가사가 가창되었음을 분명히 알 수 있다. 이런 점은 전기 가사의 가창물적 성격에 대한 재론을 필요로 하지만 이 논의는 다른 자리로 미룬다.

있다. 특히 그 앞에 나오는 『보제산악십륙수(補製散樂十六首)』에서는 노래의 연희적 성격을 영시(詠詩)하고 『속악십륙가사』에서는 노랫말을 한역한 점이 흥미롭다. 그 결과 정철의 〈관동별곡〉은 양쪽에서 다 다루어졌다.

윤달선의 『광한루악부(廣寒樓樂府)』는 판소리 〈춘향가〉의 내용을 108수〔疊〕으로 옮겨 놓고 있어서 내용의 기록이라는 점도 주목되거니와, 판소리로 대표되는 예술문화에 대한 관점을 보여준다는 점도 소중하다. "한 사람은 서고 한 사람은 앉는다. 선 사람은 노래하고 앉은 사람은 북장단을 친다."8)같은 기록은 지금도 판소리를 설명할 때 흔히 인용되는 대목이어서 그 자료로서의 가치를 입증하기도 한다.

또 이유원의 『관극팔령(觀劇八令)』도 흥미롭다. 광한춘(廣寒春), 연자포(燕子匏), 애여장(艾如帳), 중산군(中山君), 삼절일(三絶一), 아영랑(阿英娘), 화중아(花中兒), 장정후(長亭堠) 등으로 제목을 단 이 자료는 여덟 마당의 판소리 내용을 압축한 것이어서 『광한루악부』보다 폭넓게 판소리를 수용하고 있다.

셋째 유형은 악부의 본래 개념을 벗어나지 않으면서 노래와 시를 관련지어 보려는 의도적인 노력의 결과로 보인다. 말하자면 정통적인 한시가 아니라 한문으로 된 '노래'를 지어 보인 것이다. 그 예로 이형상(李衡祥)의 『차농구(次農謳)』, 이학규(李學逵)의 『앙가 오장(秧歌五章)』, 정약용(丁若鏞)의 〈탐진농가(耽津農歌)〉, 〈탐진어가(耽津漁歌)〉, 〈탐진초가(耽津樵歌)〉의 『탐진악부(耽津樂府)』가 이 유형에 속한다.

역사로서의 우리말 노래 수용과 교훈론적 관심

악부란 중국의 음악과 시의 결합을 그 속성으로 하는 것이었음은 이미 살핀 바와 같다. 따라서 한시로서의 시와 우리말 노래로서의 가(歌)를 결합할 수 있는 가교가 쉽사리 마련되기는 어려웠던 것으로 보인다. 그 결과 모색된 것이 역사적 사실로서의 우리말 노래라는 점에 대한 주목으로 나타

---

8) "一人立 一人坐 而立者唱 坐者以鼓節之"

난 것으로 보인다. 지나간 날들의 일을 악부시로 읊는 가운데 우리말 노래 작품에 관련된 사실을 다루는 방식이다.

　이것은 우리말 노래에 대해 언급을 하는 악부의 최초 형태이자 가장 보편적으로 또 뿌리 깊게 견지되었던 수용 태도이기도 하다. 김종직의 『동도악부(東都樂府)』가 총 7개항의 역사적 사실을 다루면서 4곡의 우리말 노래에 대해 언급한 것이 그 효시다.

　그런데 『동도악부』가 우리말 노래를 역사적 사실로 다루었던 선례는 그 뒤의 악부들에 한 표본이 되었던 것처럼 보인다. 이익(李瀷)의 『해동악부』가 총 117수 가운데 25수를 우리말 노래를 다루는 데 할애했고, 이광사(李匡師)의 『동국악부』는 총 29수 중 7수, 조종현의 『삼사이적(三史異蹟)』은 총 19수 가운데 2수, 김양근의 『동방고악부』가 전체 12수 전부, 이학규의 『해동악부』는 총 56수 가운데 4수, 이학규의 또 다른 악부인 『영남악부』는 67수 중 8수, 조현범의 『강남악부』는 153수 중 2수, 이유원의 『해동악부』는 전체 100수를 모두 음악에 대한 영사로, 박치복(朴致馥)의 『대동속악부(大東續樂府)』는 28수 중 4수, 이복휴(李福休)의 『해동악부』는 177수 중 17수, 담촌거사의 『해동악부 3』은 81수 중 4수를 우리말 노래 관계 기사로 하고 있다.

　이들은 모두 우리 역사를 악부로 영시하는 태도라는 점에서 공통된다. 그리고 15세기의 김종직에서부터 19세기의 박치복에 이르기까지 한결같이 유지되었던 태도라는 점에서 뿌리가 깊음을 보여 준다. 그러나 우리말 노래에 대해 특별하거나 집중적인 관심을 보인 것이라고는 하기 어렵다. 우리말 노래에 대한 언급이나 기사 비중에서 특별한 점을 발견하기 어렵기 때문이다. 예를 들어, 신라 때 노래 〈회소곡(會蘇曲)〉에 대해서 영시한 김종직의 『동도악부』를 보면,

會蘇曲	회소곡
會蘇曲	회소곡
西風吹廣庭	서풍은 너른 뜰에 불고
明月滿華屋	명월은 집안에 가득
王姬壓坐理繰車	왕녀는 오똑 앉아 물레를 잣고

六部女兒多如簇　육부 여인들 많이도 모여
爾筥旣盈我筥空　"네 광주리 차고 내 광주리 비었네"
釃酒揶揄笑相謔　술 건네고 야유하고 서로 웃기네
一婦嘆　　　　　한 여자 탄식이
千室勸　　　　　즈믄 여인 권면되어
坐令四方勤杼柚　온나라 부지런히 베짜게 하니
嘉俳縱失閨中儀　가윗날이라 규중 법도는 잃는다마는
猶勝跋河爭嚆嚆　시끌벅쩍 떠들기보다 한결 나았네

처럼 〈회소곡〉을 하나의 역사적 사실로 기록하고 있다. 이 작품의 서술을 가리켜 서정적이라고도 하고, 개인의 주관이 담겨 있다9)고도 하지만, 노래로서의 〈회소곡〉 자체보다는 그것을 둘러싼 일들의 역사적 의미에 주목하고 있음은 분명하다. 여기서 〈회소곡〉은 그 역사적 교훈을 드러내기 위한 매개자료 내지는 보조자료의 위치로 물러나 있는 셈이다. 기술(記述)의 태도에는 다소 차이가 있다 하더라도 이익의 『해동악부』가 〈회소곡〉을 다루는 태도도 역사적 사실의 영시라는 입장에서는 같다. 그 시의 전개를 보면,

東家藝麻西家同　동쪽집에 삼 심고 서쪽집도 한가지
田功績事相始終　가꾸고 길쌈하기 줄곧 한가지
凉秋七月八月時　서늘한 가을날 칠팔월 되니
濟濟村婦王宮中　수많은 여인들 왕궁에 모여
王宮貴姐儼同坐　귀한 아씨 왕녀까지 함께들 앉아
萬手分曹鬪女紅　모두를 편을 갈라 여공을 다투니
君不見　　　　　그대 못 보았나
公桑蠶室聖有制　나라님 누에치기 성인의 제도라
副褘且勞三盆手　왕녀 또한 바쁘게 손을 모으는 법
君不見　　　　　그대 못 보았나
公父賢母怒癡子　어진 부모는 못난 자식 보고 노하나니
職業有分宜各守　하는 일이 유분하니 제 분을 지킴이라
此事今有合古意　이런 일은 지금에도 고의에 합당하니

─────────────────────
9) 이혜순, 앞 논문. p.25. 심경호, 앞 논문 p.38 참조.

要令勤慢判勝負	부지런함과 게으름으로 승부를 가려
勝者可勸負者懲	이긴 자 더 권코 진 자 벌을 주니
設筵置酒不辭罰	잔치 차려 술자리에 벌주기도 무관
喜氣爭高鳳樓煙	기쁜 기운 다투어 봉루에 내처럼 솟고
歡聲亂動雞林月	기쁜 소리 계림에 달을 흔드는 듯
嘉俳席上舞者誰	가위 자리에서 춤 추는 자 누군가
會蘇一曲尤淸絶	회소 한 곡조가 더욱 아련하고녀
上獻王公供絺綌	위로는 임금께 베를 짜서 바치고
下與老穉爲衣被	아래로는 노소 함께 옷을 지어 입히니
我願王心如績麻	바라건대 임금마음 길쌈과 같으소서
績麻或斷紛不理	베짜다가 혹 끊겨 어지러워진다 해도
我願王政如添絲	바라건대 왕정은 올을 더 넣기라
添絲不已終諧事	올을 더 넣느라면 매사가 잘 되리니
願將此意繼葛覃	원컨대 이 뜻이 칡 뻗음과 같고자
播作聲詩付瞽事	시를 지어 읊어 역사에 부치노라

라는 시상의 전개가 보여주듯이 〈회소곡〉에 대한 관심은 노래 자체에 있지 않다. 마무리 부분에서 두드러지는 바와 같이 〈회소곡〉이라는 노래가 등장하는 과거사가 지니고 있는 역사적 의의와 교훈에 주목하고 있다.

여기서 발견되는 시가관은 어떤 것인가? 〈회소곡〉은 "회소! 회소!"라는 탄식으로 제목을 삼았으므로 일차적으로 주목되는 것은 그 정서적 상황일 수 있다. 그런데도 그 슬픔조차 다른 여인을 권면하는 단서가 된다고 본 것이라든가 그 탄식의 모습에는 전혀 무관심한 채로 길쌈의 노동적 가치나 그것이 왕도(王道)에 주는 교훈성만을 드러낸 것에서 우리말 노래를 바라보는 시각의 단서를 얻을 수 있다. 이러이러해서 이런 노래가 불렸으니 이를 보고 이런 것을 깨달아야 한다는 인식이다. 이것은 '우리말 노래로 무엇을 할 수 있는가' 하는 관점에서 우리말 노래를 본 것이므로 효용론적 관심이라 할 수 있다.

이처럼 우리말 노래를 역사적 교훈의 소도구 차원으로 이해하는 것은 영사악부의 기본적인 태도였던 것으로 보이는데 그러한 사실은 이 유형의 악부들이 다루고 있는 우리말 노래 작품의 비율을 보더라도 충분히 감지할 수 있다. 김종직의 『동도악부』는 총 7편의 기사 가운데서 4건의 우리말 노래 관련 기사를 다루고 있어 우리말 노래의 비중이 상당히 높은 셈이다. 그러나 그 이후의 다른 악부들을 보면 우리말 노래를 교훈의 자료로 삼는 비중이 훨씬 낮다. 이익의 『해동악부』 전체 117건 중 우리말 노래 25건인 것이 가장 높은 비중일 정도다. 그 나머지 악부들에서는 2건에서 4건 정도에 머무르고 있다. 역사에서 교훈을 찾는 관점을 지녔던 악부들로서는 우리말 노래의 교훈적 효용성이 다른 것에 비해 그다지 높지 못하다는 인식의 결과가 아닌가 한다. 더구나 심광세(沈光世)의 『해동악부』가 총 34건, 임창택의 『해동악부』가 총 41건의 역사적 사실을 영시하면서 단 한 편의 우리말 노래도 포함시키지 않은 사실에 이르면 그 점이 더욱 분명해진다. 그것은 과거가 되어버린 우리말 노래를 가지고 역사적 교훈성을 얻는 일이 그다지 효율적인 것이 못 된다는 인식을 반영하는 것으로 해석된다.

정서 표현으로서의 우리말 노래 인식과 표현론적 관심

우리말 노래의 교훈적 공리성이 보잘 것 없다는 인식은 어디서 왔을까? 일차적으로는 우리말 노래의 성격이 그러하다는 점에서 찾을 수가 있을 것이다. 그러나 우리말 노래의 교훈성을 인정하는 태도가 시대적으로 하향곡선을 그린다는 사실도 의미가 있는 것으로 보인다.

즉, 우리말 노래의 교훈적 공리성을 대치하는 다른 개념의 수립으로 볼 수 있다는 것이다. '시는 뜻을 말한 것〔詩言志〕'라고 할 때의 '뜻〔志〕'이 교훈으로 관류되는 '도(道)'로 인식되기를 멈추면서 '정(情)'의 문제를 부각시키게 되고 그럼으로써 우리말 노래가 지닌 예술로서의 특성에 주목하게 되는 시대적 추세를 형성했을 것으로 보인다.

이런 짐작은 김양근의 『동방고악부』와 이유원의 『해동악부』에 의해 뒷받침된다. 이 둘 모두가 과거의 사실로서 우리말 노래를 다루고 있다는 점은 동일하다. 그러나 이 둘 모두가 악부 전체를 우리말 노래 작품 또는 음악에 관련된 기사로 채우고 있는 점이 특이하다. 이런 점에서 과거의 사실을 다루었다는 점에서는 역사이되 일반적 역사가 아니라 음악사를 겨냥한 것이다. 이것은 악부를 음악 그 자체의 명칭으로 이해했던 결과로 해석된다.

그 결과 노래를 다루는 태도도 달라진다. 역사적 교훈의 소도구로 다루는 태도에서 벗어나 노래 자체의 의미나 정서를 다루고 있다는 점에서 다른 악부와 거리가 있다. 앞에서 본 〈회소곡〉의 경우만 하더라도 김양근의 『동방고악부』는,

會蘇曲	회소곡
會蘇曲	회소곡
蟋蟀亂我堂	귀뚜라미 어지럽고
葛履淒我足	짚신에 발은 서늘한데
良宵一刻惜	달밝은 밤 일각이 아깝고
千金風惠然	천금같은 바람은 불어와라
月如燭	달빛을 촛불삼아
月如燭	달빛을 촛불삼아
六部一席風成俗	육부 한 자리에 앉기 풍속이 되어
喧喧笑謔雜卑尊	떠들고 장난치기 어지러이 뒤섞이니
不待董威何待勖	감독을 하지 않고 힘쓰기를 바라라
我筐已滿爾筥虛	내 광주리는 벌써 차고 네 구럭 비어
廣庭哲哲燎樺束	너른 뜰에 활활 타는 햇불이여
勝者揖負者羞	이긴 자 팔짱끼고 진 자는 부끄러워
軋軋繰車聲相續	삐걱삐이걱 물레소리 끊임이 없고
聲相續杼軸勤	소리 함께 물레는 계속 돌아가니
會蘇會蘇	회소 회소
永夜仍達旭	밤새도록 더욱 사무치네

에서 보듯이 역사적 사실이 아니라 '회소'라는 탄식에 얽힌 정서적 측면에 초점을 맞추고 있다. 이것은 『동방고악부』가 제목 그대로 옛날의 악부 즉 음악적 사실을 기록하려는 의도에서 나와서 그리 된 것임을 알게 한다.

우리말 노래를 음악적 사실로 수용하려는 태도가 뜻하는 것은 무엇인가? 우리말 노래가 감정과의 연관 속에서 이루어진다는 점을 드러낸 것이 그

해석의 단서를 준다. 즉, 이 영시는 우리말 노래로 무엇을 할 수 있는가에 주목하지 않고 '우리말 노래란 무엇인가' 하는 문제에 관심을 가진 태도다. '회소'라는 노래의 정서적 색채가 달밝은 밤의 분위기와 함께 묘사되는 데서도 드러나듯이 이것은 우리말 노래의 정감적 측면을 강조한 것이고 그런 점에서 '표현으로서의 우리말 노래'라는 관점을 발견하게 된다. 이것은 시가관의 엄청난 전환이라 할 수 있다.

이유원의 경우는 그 방향이 또 조금 다르다. 동일한 〈회소곡〉을 영시하는 데도,

> 會蘇舞續會蘇歌　회소춤 속에 회소가 이어지니
> 百戱嘉俳集館娥　가윗날 놀이하자 아낙네들 모여
> 六部分明紅績考　육부가 길쌈한 실적을 가려
> 乙宵謝勝酒如駞　이긴 자에 밤새도록 술을 권하네

처럼 가무 연희로서의 면모를 기술하고 있다. 이것은 이유원의 『해동악부』가 겨냥했던 의도가 가악의 영사임을 짐작하게 하는 예다. 또 이유원의 『해동악부』가 백 수 모두 가악의 기록으로 채운 점은 이런 짐작을 뒷받침해 준다.

따라서 이유원의 『해동악부』는 악부를 가악으로 이해한 것이 분명하고 그 결과 우리말 노래는 연희의 한 요소인 것으로 이해했다는 해석이 가능하다. 이것은 '우리말 노래는 어떤 것인가' 하는 질문으로 요약되는 관점이다. 바꿔 말하면 우리말 노래가 예술이라는 관점의 수립이다. 지금으로 보면 지극히 당연한 것으로 보이는 예술로서의 우리말 노래라는 관점이 이유원에 의해서 구체화되었다는 점은 음미할 가치가 있다. 그것은 우리 시가사에서 예술성의 문제를 전면에 드러내는 기록이 되기 때문이다.

문화현상으로서의 우리말 노래 인식과 예술론적 관심

우리말 노래가 지닌 연희 예술로서의 성격은 우리가 공유한 문화 현상의

하나로 우리말 노래를 인식하게 했을 것임은 당연하다. 특히 어느 개인의 작시나 영가(詠歌)가 아니고 보편화하고 공유물이 된 우리말 노래를 영창(詠唱)하는 것은 일종의 유행가와 같아서 사회 전반의 관심사가 될 수 있기 때문이다. 우리말 노래가 당대 문화로서 악부에 수용되는 기반이 여기에 있다.

이 방면에 속하는 것으로 또 신광수(申光洙)의 『관서악부(關西樂府)』를 볼 수 있다. 물론 우리말 노래에 관해 많은 서술을 하고 있지도 않을 뿐더러, 관서에서의 가창(歌唱) 현장을 기록하고 이것을 기생문화 정도로 영시(詠詩)한 것은 오락적 즐거움을 추구한 개인적 놀이에 지나지 않는다고 하겠지만 그 짧막한 한 구절이 시조의 명칭 논의에 기여하게 된 점은 중요하다. 그것은 경건성을 비껴선 오락성이 우리말 노래 논의의 표면에 나서게 된 것을 의미하기 때문이다. 이는 '우리말 노래는 어떤 것인가' 하는 물음에 대한 대답이 될 수 있음과 동시에 쾌락적 효용성을 드러낸 것이기도 하다.

'우리말 노래는 즐거움을 위한 것'이라는 관점을 표면화하여 드러내는 일은 우리말 노래가 예술이라는 관점과 결합함으로써 가능했던 증거를 『관서악부』는 보여주고 그것이 문화현상으로서 가득해 있음을 인정함으로써 우리 문화를 보는 관점과 결합하게 된다. 김양근의 『동방고악부』에 나오는 〈이주곡(離舟曲)〉은 우리말 노래를 문화 현상으로서 수용한 예고, 마침 이만용(李晚用)의 〈이선악가(離線樂歌)〉라는 것이 있어 그것을 문화적 현상으로 어떻게 보았는가 하는 비교도 가능하다는 점에서 흥미롭다. 김양근은 '뱃길을 떠나 죽는 수가 많아서 이 노래를 불렀는데 슬프되 원망하지 않음〔哀而不怨〕'10)이라고 설명하고는,

送君自此遠   여기서 멀리 님을 떠나 보내니
漫漫海無限   넓고 넓은 바다 가이 없는데
一葉駕萬頃   한 조각 배 저어갈 바다는 만경
縈岸更遲徊   물가에서 빙빙 맴을 도네

---

10) "皇朝時我東航海而朝 孤舟水路多生死別恨 送者輒唱此哀而不怨 能得國風之體 遂爲東方樂府云"

棹夫笑指帛旌靜　사공은 웃으며 늘어진 기 가리켜도
禮成江邊人蒲臺　예성강 나룻가에 풀빛만 푸르고
天晴海晏一雁渺　맑은 하늘에는 외기러기만 아득한데
鷁首泛泛離鼓催　뱃머리 둥실둥실 북소리 재촉하니
精衛力盡波不渴　마음 아득 힘 다하고 파도는 출렁
其濟君靈須早來　님이여 가시거든 가시는듯 속히 오소
囉嗊一曲夕陽麗　옛노래 한 곡조만 석양에 곱고
夢中夜發相思梅　깊은 밤 꿈속에서 상사매만 활짝

라고 영시하고 있는데 시종 정서적 동향을 형상화하고 있다. 이에 반하여 이만용(李晩用)의 〈이선악가(離船樂歌)〉는 "서경에 악부가 본디 18무(舞)인데 이 중 6무(舞)는 전하지 않아 지금 12무(舞)만 있고, 〈이선악(離船樂)〉은 그 가운데 하나로서 물길로 북쪽을 향할 때 부르는 노래로 성조가 처완하고 만리창해에 배 떠나는 이별의 형상을 그려 사람들이 눈물을 흘린다."[11]고 설명한 다음,

檀箕以降一千年　단군 기자 이래 천년이 지나가니
海東樂府風掃煙　해동악부가 안개처럼 사라졌는데
西京兒女獨奇特　서경의 아녀자만 홀로 기특해서
綠窓朱戶傳歌絃　집집마다 여인네들이 이를 전하니
大小垂手十二舞　크고 작게 손 들어 십이무를 춤추네
去如俠客來如仙　가는 양 협객이요 오는 양은 신선이라
王母瑤池春爛熳　서왕모 요지연에 봄이 난만한 듯

까지 서술한 다음 주를 달아 '춤곡에 〈헌반도(獻蟠桃)〉라는 것이 있는데 서왕모(西王母)가 주목왕(周穆王)을 만나는 뜻을 형용한 것[12]'이라고 설명했는가 하면, 다시 시를 이어 "공손의 검무가 서릿발같이 돌아간다.〔公孫劍器霜回旋〕"라고 읊고는 "다섯번째는 검무다."하는 식으로 춤 전체의 진행에

---

11) "西京樂府本十八舞 而六舞無傳 今只有十二舞 離船樂卽居其一 盖水路朝北時所製 聲調悽惋 形容萬里滄海離船遠別之狀 令人黯然下淚"
12) "舞曲有獻蟠桃 盖狀西王母見周穆之意"

관해 설명한다.

그러고는 이 "만경창파지수에 가는듯이 돌아오소"라는 대목까지의 절차를 설명한 다음 이 노래의 정서에 대하여 "뱃머리에 달이 뜨니 돛 그림자 지고/ 뱃고물에 달 기우니 돛 그림자도 기웃/ 가자 하나 못 떠나서 돛이 맴도는데/ 뒷소리 가느다랗게 허공에 사무치네."[13]라고 그 애련함을 서술하고는 〈어부사〉로 이 연희가 끝나는 것까지 말한 다음 "이윽고 춤이 끝나 홍등이 고요하니/ 마치 벽해가 상전으로 변한듯/ 이 노래는 지은이는 알 수 없으되/ 객들은 흩어져도 서늘해 잠 못 이루네/ 오호라 한 가닥 노래가락이 비장하니/ 천하에 약국은 우리 조선이로다."[14]라는 식으로 나라에 대한 한탄으로 바뀐다. 이것은 〈이선악〉이 단순히 하나의 예능에 머물지 않고 우리 역사와 문화를 상징하는 뜻을 지닌다고 보았음을 드러낸다.

김양근의 〈이주악(離舟樂)〉이 그 노래의 정서를 드러내는 데 그친 감이 있다면 이만용의 〈이선악가(離船樂歌)〉는 그 연희의 내용과 절차에 대한 예술적 관심과 아울러 그 문화적 의미까지를 나름대로 추구하고 있다. 이 것은 연희 문화가 우리의 삶이라든가 민족성의 표백이라고 보는 관점인 바 '우리말 노래는 어떻게 이루어지는가?' 하는 질문에 대한 대답이 된다. 이 것은 우리말 노래가 삶의 투영(投影)임을 지적한 것이라는 점에서 우리말 노래와 삶의 관계 또는 우리 문화의 특수성 문제로 시각을 전이해 가는 것을 보여주고 있다.

사실 이런 관점이 수립됨으로써 우리말 노래를 바라보는 시각의 폭을 넓히는 계기가 되었을 것으로 생각된다. 윤달선의 『광한루악부』가 〈춘향가〉의 내용을 108수의 한시로 엮은 것이나, 이유원이 〈관극팔령〉에서 판소리 여덟 마당의 내용을 영시할 수 있었던 것은 이러한 시각 확대에 의해서 가능했던 것이며, 이형상의 『금속행용가곡』에서 악조에 대한 관심을 보인 것이나 이유원의 『해동악부』 및 『보제산악십륙수』 그리고 『속악십륙가사』 등이 우리 음악을 체계화하고자 한 것 등은 우리말 노래가 문화현상이자 우리 예술로서의 특수성을 지닌다는 점에 주목한 것이고 그런 일은 우리말

---

13) "船頭月高帆影正 船尾月斜帆影偏 欲發未發帆徘徊 餘音嫋嫋情空纏"
14) "須臾舞罷紅燈靜 怳如碧海爲桑田 此曲未知何人作 華堂客散寒無眠 嗚呼一歌聲悲壯 天下弱國吾朝鮮…"

노래에 대한 인식이 '우리말 노래는 어떻게 해서 이루어지는가'로 시작해서
'그래서 어떻게 되어 있는가'로 이어짐으로써 가능했던 것이라고 하겠다.

그렇다고 해서 우리말 노래를 문화현상으로 보고 그 내력과 특색을 드
러내는 일이 단지 악부만의 관심사였던 것은 아니다. 악부가 아닌 한문기
록으로 신위(申緯)의 『관극시(觀劇詩)』가 이미 나와 있고, 송만재(宋晚載)
의 『관우희(觀優戲)』가 있는가 하면, 유진한(柳振漢)의 〈춘향가〉도 있었
다. 이런 기록들의 출현은 문화에 대한 시각의 폭을 넓혀갈 수 있었던 시
대적 분위기 때문에 가능했음을 시사한다. 따라서 악부의 시가관도 이러한
시대적 분위기와 연합하면서 스스로의 시각을 확대하고 또 문화 전반을 자
극할 수 있었던 것으로 보아야 할 것이다.

나아가 우리말 노래가 문화현상이고 또 그럼으로써 우리 문화로서의 특
색을 지닌다는 것은 필연적으로 그 사람과 삶의 문제로 확대될 수밖에 없
다. 즉, 우리말 노래가 표현하는 것이 누구의 어떤 삶 또는 생각인가 하는
질문에 답하는 태도로 우리말 노래를 바라보는 것은 반영과 특질론의 자연
스러운 연장선에서 충분히 예상되고 실제로 우리말 노래의 수용도 그런 변
화를 보인다.

삶의 표현으로서의 우리말 노래 인식과 사회적 관심

이형상의 『차농구』는 농사 짓는 일의 여러 국면을 열 네 곡으로 나누어
지은 악부시다. 이런 점에서 '농사소리'라고 할 수 있지만 이 시를 가지고
가창하는 일이 가능했을지는 의심스럽다. 그렇다고 해서 실제로 있던 노래
를 한역한 것도 아니다. 그러므로 자신의 삶을 표현했다기보다는 농민들이
이런 생각을 지녔으면 하고 기대하는 의식을 표출한 목적시라고도 볼 수
있다.

그렇기는 해도 그가 밝힌 바와 같이 『차농구』는 강희맹(姜希孟)의 〈농구
(農謳)〉를 보고 그에 붙인 시다. 그리고 강희맹의 『금양잡록(衿陽雜錄)』을
보면 노래 곡목을 구체적으로 지적하여 '느린가락은 들밥 먹기 전 반나절

에, 잦은가락은 들밥 먹은 다음에'15) 한다고 하고, 또 실제로 노래된 것을 모태로 하고 있음16)을 밝히고 있다. 그러나 강희맹이 같은 자리에서 〈농구〉의 작자를 밝히고 있는17) 것으로 미루어 보건대 공동작에 의한 노동요라기보다는 의도적 작사에 의한 가창물이 아니었나 하는 추측도 된다. 농부들 자신의 것이라기보다는 밖으로부터 주어진 〈농부가〉류18)와 지향이 비슷하다는 점에서다.

사정이 그렇다 하더라도 〈농부가〉와 같은 시가 만들어질 수 있었던 것은 농민들의 삶에 대해 깊은 관심을 가짐으로써 가능했을 것이다. 강희맹은 벼슬을 사양하고 지금의 과천(果川)인 금양(衿陽)에 은거하면서 농사에 관한 저서를 남길 정도로 농촌에 깊은 관심을 가졌던 인물이다. 그의 〈농구〉는 농촌의 삶에 대한 관심의 표현이라고 볼 수 있다.

같은 판단이 이형상의 경우에도 가능하다. 그가 〈농구〉를 본받아 『차농구』를 지은 자체가 이런 관심이라 할 수 있기 때문이다. 따라서 이것이 가창되었는지 여부에 관계 없이 그의 악부시가 노동요적인 관심을 표명했다는 해석은 가능해진다. 물론 그 내용이 농민들의 절실한 삶을 그대로 드러냈다기보다는 목적론적으로 의도된 느낌이 없지는 않지만 그것도 농민의 삶에 이념과 목적의식을 불어넣는 한 방편이라고 이해할 수는 있다.

〈농구〉와 『차농구』가 목적의식을 가졌다는 사실은 이들이 우리말 노래를 문학으로 인식했음을 강하게 드러낸다. 음악성보다는 의미 지향에서 그

---

15) "自雨暘時若至待餉定爲慢調 用之於餉前半日 自鼓腹至濯足 定爲促調 用之於餉後"

16) "其慢調和辭之屎應阿地利者 村中之人交相呼喚 必稱兄弟者親之之辭也 新羅曲終必多農多利乎地利多利也 其稱利者譽農之辭也 其促調和辭之確者古老農者 商確事理審而有智者唯古之老農也 所謂噴者 歌終必吐氣振脣 頭婁農助其聲勢也"라는 『농구』 발문에서 '시옹아지리' 또는 '확자고로농' 등의 뒷소리를 보게 되는데, 그 음사(音寫)의 정확성이나 주석은 더 상고할 필요가 있겠지만, 뒷소리의 사용까지를 말한 것은 실제 가창을 기반으로 한 것임을 짐작하게 한다.

17) "右農謳十四章 雲松居士姜景醇之所作也"

18) 예를 들어, 완판본 「열녀춘향수절가」에 나오는 '어여로 상사뒤요 천리건곤 틱평시의 도덕 노푼 우리 셩군 강구연월 동요 듯던 요임군 셩덕이라 어여로 상사뒤요 순임군 놉푼 셩덕으로 니신 셩기 역산의 밧슬 갈고 어여로 상사뒤요…' 같은 〈농부가〉는 노동요 일반의 의미 지향과 형상화의 속성에서 벗어난다. 이런 점에서 안에서 자생한 노동요라기보다 밖에서 주어진 노랫말이 아닌가 싶다. 이에 관련된 연구로는 길진숙, 농부가류 가사문학 연구, 이대석사논문, 1990 참조.

것을 달성하려는 의도이기 때문이다. 비록 그것이 우리말로 된 노래 그 자체를 수용하여 악부시로 지은 것은 아니라 하더라도 시가가 특정한 목적에 기여하는 의미적 요소를 갖는다는 인식의 표백을 본다. 또 그것은 농민의 삶에 대한 관심의 표명이기도 하다. 교훈적인 생각들이 일반적으로 갖는 추상성이나 일반성과는 달리 구체적이고 특정한 삶에 대한 견해를 담은 것이라는 점에서 그러하다.

이학규의 〈앙가 5장(秧歌五章)〉도 같은 시각에서 이해할 수 있다. 〈앙가 5장〉은 '모내기를 할 때 남자들은 떼지어 어지럽게 부르고 여자들은 새로 지어서 노래한다'[19]는 설명을 붙였는데 '쌍금쌍금 쌍가락지 호작질로 닦아내어...'[20]나 '구름도 쉬어 넘는 고개 바람도 쉬어 넘는 고개...'처럼 지금도 짐작이 가는 노래가 있는가 하면 기박한 팔자타령이나 힘든 일을 하면서 갖는 기대와 한탄도 있다. 이런 노래에 주목한 까닭이 그 사연에 있었다는 점이 '새 노래말[新詞]'이라는 명칭으로 미루어 분명하고 그런 일은 농민들의 삶에 대한 관심이 있기에 가능했다고 할 수 있다. 노동요에 대한 관심은 우리말 노래에 대한 문학적 관심의 발로라 할 수 있고 그래서 그 일은 삶에 대한 관심이기도 하다.

노동을 업으로 하는 하층민의 삶에 주목하는 것은 악부 본래의 전통과도 부합한다. 본래 악부는 의식가(儀式歌)뿐만 아니라 민간가요도 대상으로 하였기 때문이다. 악부의 정립을 위해 노력했던 중국 한나라 때 민요적인 시가 많이 나온 것[21]도 이런 경위와 관계된다. 따라서 민간의 노동요를 악부로 옮기는 일은 그런 점에서 자연스러울 수 있었고 그 결과 그 삶에 대한 관심을 가지는 쪽으로 전개되어 간 것으로 이해할 수도 있다.

이런 관점에서 보면 노동을 하며 살아 가는 삶에 대한 관심이 그들의 노래를 옮기는 일에서 읊는 일과 연합하는 것은 지극히 자연스럽다고 할 수 있다. 말을 옮기는 것이나 묘사하는 것이나 그 대상의 드러냄이라는 점에서는 동일하기 때문이다. 정약용의 『탐진악부』[22]는 이 방면의 대표적인

---

19) "揷秧亦有法 男前而女隨 男歌徒亂耳 女歌多新詞"
20) 이 점에 대해서는 조동일, 『한국문학통사』 3, 지식산업사, 1984. p.245에서 대조하여 설명한 바 있다.
21) 후윤이[胡雲翼], 장기근 역, 『중국문학사』, 대한교과서주식회사. 1963. pp.43~46.

작품이라고 할 수 있다. 『탐진악부』는 〈탐진촌요〉 15수와 〈탐진농가〉 4수 〈탐진어가〉 10수를 가리킨다. 이들은 현존하는 우리말 노래를 한역한 것이 아니라 노동으로 삶을 이어가는 현실을 묘사한 것이다.

그러나 이 작품들은 우리말 노래와 직접적인 관계를 갖지는 않는다. 악부의 음악성이라는 측면에 기대어 이루어진 유형이라는 점에서 음악과는 관련을 갖지만 우리말 노래와는 무관하다. 그러면서도 농가류가 보여주는 노동이 생업인 삶에 대한 관심이라는 점에서 주목의 대상이 된다. 그것은 삶에 대한 관심의 표출이기 때문이다.

그런 점에서 이런 유형을 통틀어 사회적 관심의 표백이라고 할 수 있고, 비록 우회적이고 초보적이기는 하지만 우리말 노래와 삶의 관련이라는 점에서는 의의가 크다고 할 수 있다. 다만 악부시가 그 통시적 전개를 통해서 획득해 온 관심의 폭과 포용의 너비를 더 확대하지 못한 채 악부 본연의 모습으로 자꾸만 돌아가려 했다는 점은 한계가 아닐 수 없다.

시적 언어로서의 우리말 노래 수용과 표현론적 관심

고려 때 이제현의 『소악부』가 당시의 속요 10수를 한역한 것을 필두로 해서, 남구만(南九萬)의 『번방곡(飜方曲)』이 11수의 시조를 한역(漢譯)한 것으로 시작되는 우리말 노래 한역의 악부 유형이 있다. 이형상이 『호파구(浩嘘謳)』에서 16수를 한역하고, 『금속행용가곡』에서는 55수의 시조를 평·우·계 세 조를 각기 1·2·3지(旨)로 나누어서 한역하고, 그 뒤에 '장가(長歌)'라 하여 사설시조 4편을 한역하였으며, '별곡(別曲)'이라는 항에서는 국한문을 혼용한 창작인 〈창부사(愴夫詞)〉 9장을 싣고 있다. 홍양호(洪良浩)의 『청구단곡(青丘短曲)』은 26수의 시조를 한역했고, 김양근의 『동조(東

22) 탐진의 촌요·농가·어가 3부작을 가리켜 『탐진악부』라고 부르는 것은 이학규의 『영남악부』서의 "丁擇翁流寓湖南六七年 作爲耽津樂府數十章....嗣是而余又作若干篇"이라는 기록에 근거한다. 그러나 이학규가 본떠 지은 것이 『영남악부』라는 점을 들어 탐진의 3부작은 『탐진악부』가 아닐 것이라는 견해도 있다.(계명문화사 편집부, 저자 및 작품 해제, 『한문 악부·사 자료집』 3, 1988) 그러나 이 문제는 이 글의 관심사가 아니다.

調)』는 67수의 시조를 주제별로 나누어 한역하고 있다. 신위는 『소악부』
에 40수의 시조를 한역했고, 이유원도 『소악부』에 45수의 시조를 한역했
다. 그런데 이유원은 이와는 별도로 『속악십류가사』라 하여 〈초한가(楚漢
歌)〉, 〈길군악〉 등의 잡가와 〈관동별곡〉, 〈춘면곡〉 등의 가사를 그 첫 대
목이나 요지를 따서 한역하고, 〈관극팔령〉이라고 해서 판소리 여덟 마당의
핵심을 한시로 남겼음은 앞에서 이미 본 바와 같다. 또 윤달선의 『광한루
악부』도 〈춘향가〉의 내용을 108수의 한시로 옮겨놓은 것임을 본 바 있다.
그리고 소악부 형식으로 원세순(元世洵)의 『속소악부』는 10수의 시조를,
이유승(李裕承)의 『속악부인(續樂府引)』은 17수의 시조를 한역하고 있다.

우리말 노래의 노랫말을 한시 형식으로 옮겨 놓은 악부 유형은 그 일차
적 관심이 노랫말에 있었음을 보여준다. 우리말 노래가 지닌 음악성과 중
국의 악부가 본디 지녔던 음악성 사이에 상당한 거리가 있다는 점을 곤혹
스러워는 하면서도 우리말 노래가 얼마든지 한시의 모습을 할 수 있음을
입론하면서 이 일이 수행되기도 하였다. 그 예로 중국에서도 그 출신 지역
에 따라 악부를 못 짓기조차 하는데 소리 구조가 전혀 다른 우리야 우리
음악에 맞추면 된다[23]고 우리 식의 악부를 주장하기도 하였다.

중국이 나라로 인식되기보다는 세계관의 표준이었으리라는 짐작이 갈 정
도였던 그 당시에 우리 음악의 특징에 의거한 우리 시로서의 악부를 주장
한 것은 주체성의 표명이라는 점도 의의가 있다. 또 그런 주체성을 기반으
로 했기에 우리 시가가 비록 한문이긴 하지만 기록될 수 있었다는 점에서
시가사적 의의를 발견하게도 된다.

실제로 우리말 노래를 표기하기 위해서 '소악부'라는 용어를 사용한 것부
터가 그런 차이를 드러낸 것으로 볼 수도 있다. 또 『번방곡(飜方曲)』에서
'방곡(方曲)'은 이 땅의 노래라는 뜻이겠고, 『청구단곡(靑丘短曲)』에서
'단곡(短曲)'은 악부시보다 소형임을 의미했는지 아니면 시조를 '단가'라
고 하는 것과 관계를 갖는지 분간하기 어렵겠지만 분별하려는 의식이 있음
은 분명하고, 『동방고악부』에서 '동조(東調)'라고 한 것은 '해동(海東)'의

---

23) 李衡祥, 『次農謳』後記, "凡所謂樂府 必得中氣然後可也 東坡生長於蜀 所偏只鄂音
欲諧而未諧者氣類然也 吾東聲音已偏於齒 何能皆也 只依方音之平調羽調界面調 不失
五音則 何不可之"

'동(東)'과 같은 뜻일 것이다.

이렇듯이 우리의 노래라는 점을 굳이 강조하여 한역한 것은 무엇을 의미하는가? 지난날의 선비들이 지녔던 백과사전적 관심의 작용도 없지는 않을 것이다. 그러나 굳이 중국의 그것과 다른 것을 당연시 또는 변명해 가면서 우리 노래를 한역할 수 있기까지에는 우리 문화의 담당자라는 주체 의식이 필요했을 것임은 의심할 여지가 없다. 또 이형상이나 이유원처럼 음악에 박식한 사람들에 의해서 음악적 설명이 곁들여지고 분류되기도 했지만 이 부류에 드는 악부들이 보여준 태도는 대체로 노랫말의 한역에 치중했다는 점이 두드러진다. 그것은 노랫말 자체가 갖는 의미의 중시라는 점에서 문학적 언어로 우리말 노래를 인식했음을 보여준다.

이들이 보여주는 또 다른 특징은 우리말 노래의 노랫말을 한역하면서 그 형식이나 작자에는 별 주의를 기울이지 않고 있다는 점이다. 한 예로 이형상의 『호파구』 가운데 〈자재음(自在吟)〉을 보면,

青山自在自在	청산(靑山)도 절로절로
綠水自在自在	녹수(綠水) l 라도 절로절로
山自在水自在	산(山) 절로절로 수(水) 절로절로
吾亦自在渠亦自在	산수간(山水間)에 나도 절로절로
旣自在自在	그 중(中)에 절로 자란 몸이
吾將自在自在	늙기도 절로절로 늙으리다

처럼 절구도 율시도 아닌 형식을 취하기도 했다. 물론 소악부처럼 7언절구로 형식을 고정한 경우도 있긴 하나 대부분의 경우 형식이 자유롭다. 형식보다 내용을 중시했다는 것은 악부 자체의 잡체적 성격에도 관계가 되겠으나, 우리말 노래의 의미 지향을 중시했다는 측면도 무시할 수 없다. 이 점도 시적 언어로서의 우리말 노래에 주목한 결과라 할 것이다. 역시 이형상이 〈탄식갈(歎息喝)〉이라는 제목을 붙여 한역한 것을 보면,

歎息. 爾胡爲日暮來吾所
羔고고羔毛莊子 細矢莊子 蔓莊子 牡丹莊子 擧莊子 掛莊子 牝樞金 牡樞金 排目
擧矢 促錯釘 龍鄂鏽鐵傲傲然鎖停 屛風對曲曲曲撒入手 簇子突胡盧錄捲入手 嗟

嗟 彼歎息爾從那禮便入
爾汝來之夕 睡不堪着
한숨아 세한숨아 네 어너 틈으로 드러온다
고모장즈 셰술장즈 들장즈 열장즈에 암돌젹귀 수돌젹귀 비목걸시 쑥닥 박고
크나큰 줌을쇠로 숙이숙이 추엿는듸 병풍이라 덜걱 접고 족자 l 라 덕더골 말
고 네 어너 틈으로 드러온다
어인지 너 온 날이면 줌 못 드러 ᄒ노라

처럼 자유로운 모습을 보인다. 이는 형식보다 노랫말의 내용을 살리는 데
주력했던 태도의 반영일 것이다. 그리고 이런 태도는 우리말 노래의 의미
지향을 중시했다는 뜻도 된다. 이 점도 시적 언어로서의 우리말 노래가 지
닌 성정 표현적 측면에 주목한 결과라 할 것이다.

　시조를 한역하면서 작자가 누구인가 하는 문제에 관심을 보이지 않은 점
도 특이하다. 특히 이형상은 자신의 국문가집인 『병와가곡집』에서는 지은
이를 분명하게 밝혀 적었는데도 한역인 『금속행용가곡』에서는 작자 표기를
하지 않았다. 그렇다면 작자에 대한 무관심은 의도적인 무관심이거나 불필
요성에서 오는 무관심이라고 해야 옳을 것이다. 한역시는 우리말 노래의
원작자를 이미 떠나 번역한 사람의 것이라는 생각에서 의도적으로 원작자
에 대해 무심할 수도 있다. 또 그 노랫말이 이미 인구에 회자되어 구비문
학적 성격을 지니게 되면서 이미 공유된 것이므로 익명성을 지닌다고 보면
작자를 기억할 필요에 대하여 무관심할 수도 있었을 것이다.

　노랫말 한역이 형식과 작자에 대해 무심했던 점이 그 문학성에 주목함으
로써 이루어진 것임은 분명하다. 그러나 이를 두고 우리말 노래가 지니는
음악적 요소와 문학적 요소를 별개로 생각한 것이라고 하기는 어렵다. 우
리말 노래는 분명히 가창으로 존재했던 것이기 때문이다. 우리말 노래의
문학성과 음악성을 별개로 인식하면서도 그 융합성을 동시에 인지하고 있
던 흔적은 이형상과 이유원에게서 두드러진다.

　이형상은 『호파구』에서는 시적 언어로서 우리말 노래가 지닌 의미만을
드러내려 했고, 반면에 『금속행용가곡』에서는 악조 분류를 함으로써 음악
성을 강하게 드러내고자 하였다. 이유원도 『보제산악십륙수』에서는 음악으

로서의 우리말 노래를, 그리고 『속악십륙가사』에서는 시적 언어로서의 우리말 노래를 드러내려 하였다. 정철의 〈관동별곡〉이 음악 연회로서도 설명되고 내용의 가치로도 다시 거론된 사실이 그 이중적 모습을 보여준다. 따라서 이형상과 이유원은 우리말 노래가 지닌 음악성과 문학성을 포괄한 사람들이면서 또한 분리한 사람이라는 이중적인 면모를 지닌다. 그 포괄성이 우리말 노래의 전통적인 존재 양상을 드러낸 것이라면 분리성은 우리말 노래의 앞날을 예고하는 부분이라는 점에서 주목할 가치가 있는 부분이다.

우리말 노래의 앞날이라 함은 노랫말을 기록한 가집들이 18세기에 다양하게 출현한다는 사실과 연관된다. 이 가집들의 성격이 철저하게 노래책이었음은 분명하지만 우리말로 기록되는 일이 정당화된 그 자체가 시가사의 새로운 전개를 가져왔다는 의미를 지닌다. 노랫말의 수집과 보존이라는 의의는 물론이고 새로운 창작을 자극도 했다는 점에서다. 이것은 노랫말을 시적 언어로 인식하고 그것의 기능을 정서 표현에 중점을 두어 인식함으로써 가능했던 국면이다.

더구나 시조를 악부시로 한역한 자료들에서 교훈적 내용보다는 서정적 내용을 가진 것들이 높은 빈도를 보인다는 점도 주목할 만하다. 가장 높은 빈도를 보인 것으로 "묻노라 저 선사(禪師)야 관동(關東) 풍경(風景) 엇더터니/ 명사십리(明沙十里)에 해당화(海棠花) 불것느듸/ 원포(遠浦)에 양양(兩兩) 백구(白鷗)는 비소우(飛踈雨)를 ᄒᆞ더라"가 4회, "일정 백년 산들 백년이 긔 언미며/ 질병 우환 더니 남는 날 아조 적다/ 두어라 비백세 인생이 아니 놀고 어이리"가 4회 한역되었다. 그 밖에 3회 정도 거듭 한역된 것들24)도 대개 정감적인 내용으로 되어 있다.

지식인 의식과 교훈론적 시가관

악부가 우리말 노래를 바라보는 기본적인 태도는 어떠했던가? 이 질문에 대답하기 위해서는 당대의 보편적인 시가관을 참조할 필요가 있다. 악부의

---

24) "뉘라서 날 늙다던고…", "남훈전 달 밝은데…", "청산리 벽계수야…" 등이 한역된 것이다. 이들은 한결같이 정감적인 내용으로 되어 있다.

시가관이 당대 선비들의 그것에서 결코 자유로울 수는 없었을 것이기 때문이다.

당대의 우리말 노래 인식이 어떠했던가를 한 마디로 요약할 수는 없다 하더라도, 그 대강을 짐작할 수 있는 단서를 우리는 조선 후기의 가집들에서 발견할 수 있다. 그 한 예가 마악노초(磨嶽老樵)가 『청구영언』에 붙인 발문이다.

> 공자(孔子)는 시를 엮으면서 정풍(鄭風)과 위풍(衛風)을 버리지 않았으니, 이로써 선과 악을 갖추어 권계하고자 한 것이다. 시가 어찌 반드시 주남(周南)이나 관저(關雎)라야 하며, 노래가 어찌 반드시 순(舜)임금 때의 갱재(賡載)라야 하겠는가? 다만 성정을 떠나지 않으면 되는 것이다. 시는 풍아(風雅) 이래로 시대를 내려오면서 나날이 옛것과 멀어졌고, 한위(漢魏) 이후로는 시를 배우는 자들이 다만 말을 꾸미는 데만 몰두하는 것을 해박하다고 여기고 경물(景物)을 아름다이 수놓는 것을 솜씨 있다고 여겨서, 심하게는 성률(聲律)을 까다로이 따지고 자구나 연마하는 법이 나오기에 이르렀으나, 그래서 성정은 숨었다. 이러한 폐단은 우리나라에 와서 더욱 심했다. 오직 가요의 한 가닥만이 우뚝히 풍인(風人)의 남긴 뜻에 거의 가까와서, 정으로부터 솟아나는 것을 우리말로써 표현하여 읊조리는 사이에 우연히 사람을 감동시킨다. 길거리의 노래에 이르러는 강조(腔調)가 비록 다르게 다듬어지지 못하였으나, 무릇 그 느긋하고, 원망 탄식하고, 미처 날뛰며, 어지러이 헤매는 모습과 태깔은 자연의 진기(眞機)로부터 나온 것이다.

시는 수사에만 골몰한 나머지 성정을 드러내지 못하게 되었는데 우리말 노래는 그것을 할 수 있다는 옹호론이다. 이 인용문만 보면 우리말 노래에 대한 인식이 참으로 긍정적이고 포용적이라고 느끼게 된다. 물론 그러하다. 그러나 다른 측면도 없지 않다. 이런 진술이 굳이 필요하게 된 이유가 무엇일까? 특히 가집(歌集)의 서·발에서 이런 진술들을 흔히 보게 되는 까닭은 깊이 음미해 볼 필요가 있다.

당연한 것은 오히려 말하지 않는다는 경험에 비추어 보건대 이런 표현론적인 효용을 굳이 드러내어 말했다는 것은 자기방어적인 진술이라는 판단을 갖게 된다. 그 방어해야 할 주제는 두 가지로 요약된다. 하나는 당대를 지배했던 화이관(華夷觀)과 관련되고 다른 하나는 문필행위로서의 시와 관계된다. 중국이 세계관의 잣대였던 사회에서 중국과는 다른 우리말 노래를 드러내어 향유한다는 것은 표준에서 벗어나는 일이기 때문에 그 정당성이 입증되어야 했을 것이고 재도적(載道的) 문학관이 지배했던 시대에 눈물도 웃음도 가능한 감정적 육성으로서의 우리말 노래 또한 그 정당성 내지는 필요성이 입증되어야 했을 것이다. 마악노초는 그 점에 대한 변론으로서 표현으로서의 성정론을 펴고 있음을 엿보게 된다.

우리말 노래가 재도(載道)와는 거리가 있을 수밖에 없다는 인식은 보편적이었기에 그에 대한 대응은 표현론적인 성정론으로 달려갈 수밖에 없었다. 그런 관점의 정당화를 위해서 마련되는 용어가 천기(天璣), 진기(眞機), 자연(自然)[25] 등이었다. 물론 노래로도 교훈적 효과를 기대할 수 있다는 변론이 구구하게 마련되기도 하였지만[26] 그것도 역시 변명이었고 노래는 도(道)와는 거리가 먼 것으로 치부되었던 것이 분명하다. 그러기에 이황이 우리 시가를 가리켜 '말이 음탕하다' 하고 특히 〈한림별곡〉을 지적해서는 "너무 호기를 부리어 방탕한 데다가 흐느러지고 희롱하는 기색까지 있어서 군자가 가까이하기 어렵다."[27]고 비방할 수 있었고, 이현보의 〈어부사〉에 발문을 쓰면서도 노래는 손님접대용[28]이라는 말이 가능했던 것이다.

이런 태도가 이황 개인만의 관점이 아니었던 증거는 충분하다. 『소악부』에서 40수에 달하는 시조를 한역한 신위까지도 우리 노래를 가리켜 '말 놓는 법이나 곡의 꾸밈이 비루하고 거친 극단'[29]이라고 했던 것은 그런 사정을 말해 준다. 이런 인식은 아주 보편화되었기에 우리 시가를 수록하면서

---

25) 이런 용어 사용은 우리말 시가를 옹호하는 데 널리 사용되었다. 홍대용(洪大容)의 〈대동풍요서(大東風謠序)〉에 나오는 "惟其信口成腔而言出衷 曲不容安排而天眞呈露 則樵歌農謳亦出於自然者"와 같은 진술이 그 한 예다.

26) 장경세(張經世)의 『사촌집(沙村集)』 발(跋)에 보면 퇴계의 〈도산육곡〉을 가리켜, "의사가 진실하고 음조가 맑아서 선단(善端)을 일으키고 사예(邪穢)를 씻어낼 만하다(意思眞實 音調淸絕 使人聽之 足以興起其善端 蕩滌其邪穢 眞三百篇之遺旨也)"라고 옹호한 것이 그 예가 된다.

27) 이황, 〈도산십이곡〉 발, "吾東方歌曲 大抵語多淫如不足言 如翰林別曲之類 出於文人之口 而矜豪放蕩 兼以褻慢戲狎 尤非君子所宜尙"

28) 이황, 〈어부사〉 발, "每遇佳賓好景 憑水檻而弄煙艇 必使數兒 竝喉而唱詠"

29) 신위, 『소악부』 서, "塡詞度曲之法 亦可謂鄙野之極矣"

도 "중국의 노래는 풍아(風雅)의 격을 갖추었는데 우리 노래는 놀이에나
족하다."[30]고 비하하는 전제를 둔다든가 노래하는 사람 스스로가 가집에서
'노래란 한갓 보잘 것 없는 재주'[31]라고 스스로 천해져버렸던 경향을 얼
마든지 볼 수 있다. 앞에서 인용한 마악노초의 말도 실은 이런 자기 비하
에 대한 위로 내지는 변론이라고 보는 것이 올바른 해석이다.

이러한 당시의 분위기는 우리말 노래에 대한 인식이 결코 긍정적일 수만
은 없었던 것을 보여주는 한편 이런 우리말 노래를 정면에서 언급하기 위
해서는 '중국'과 '시'라는 이중의 상대개념을 제어할 장치가 필요했음을 시
사해 준다. 그 장치로서의 대안을 마련해 준 것이 악부의 성격이었을 것이
다. 악부가 음악과 관련된다는 점에서 그 '시'에 상대되는 '가(歌)'라는 자
기 비하적 개념을 해소할 수 있었고 악부가 민간의 일과 관련된다는 점에
서 '해동' 또는 '동국' 등의 제명을 내걸어 '우리의 것'을 다룬다는 명분을
확보함으로써 중국에 상대되는 자기비하적(自己卑下的)인 생각을 가릴 수
가 있었던 것으로 짐작된다.[32]

이런 일이 가능했던 것은 악부가 영사(詠史)와 기속(紀俗)의 두 부류로
크게 나뉘어지는 데서 볼 수 있는 것처럼 악부 자체의 성격이 역사를 노래
하고 풍속을 기록하는 데 중점이 있었던 점에도 관련되지만 다른 한 편으
로는 악부의 제작에 참여했던 계층들이 지녔던 지식인 의식도 크게 작용했
을 것이다. 한 사회의 지식인이 지니게 마련인 선두주자로서의 사명감 같
은 것이 민족이라거나 역사라거나 하는 것들에 대하여 전망을 한다든지 기
록을 남기고자 하는 쪽으로 전개되었으리라는 짐작이다.

예를 들면, 안정복(安鼎福)의 '역사가의 빠뜨림을 보충'하고 '후일을 위한
기록'으로 남기고자 한다는 진술[33]이라든가, 이익이 〈표풍곡(飄風曲)〉의
주기(註記)에서 금도(琴道)의 계보를 자세히 기록하고 '평조와 우조 각

---

30) 『방옹시여(放翁詩餘)』서, "中國之歌 備風雅而登載籍 我國所謂歌者 只足以爲賓筵之
娛"
31) 박효관, 『가곡원류』서, "歌雖一藝 乃聖世太平氣像之源流也"
32) 이 문제는 단순히 비하적 요소의 해소에 그치지 않고 악부 자체의 다양한 전개와
더불어 주체성의 문제 또는 문화를 보는 시각의 문제로까지 발전하게 되었음을 이
미 살핀 바 있다.
33) 안정복, 〈觀東史有感效樂府體五章〉, 『順菴先生文集』, '補史家之闕', '錄此以備後考'.

187곡이 남았으되 나머지는 흩어져 없어져 갖추어 싣지 못한다[34)]'고 한 것 등은 모두 기록으로서의 의의를 염두에 두어 거기에 충실하고자 하는 태도를 보여준다.

이런 태도는 필연적으로 그 기록이 왜 필요한가 하는 질문을 불러오게 되고, 그에 대한 대답은 효용론적인 관점에서 마련됨이 필연적이었을 것이다. 그래서『시경』의 전통이 사라진 뒤에 '풍속을 관찰하고 가르치는 일이 안 되고 감발흥기(感發興起)를 통한 가르침이 어려워져서' 좋은 말과 착한 일을 하는 사람을 가려 가르침을 위한 기록으로 삼고자 한다[35)]는 진술이 자연스러웠을 것이다. 물론 여기에는 지식인으로서 교화의 의무가 있다는 인식뿐만 아니라 당대의 공리적 문학관도 더불어 작용했을 것임은 충분히 짐작된다. 결국 기록의 의무와 교화의 효용이 지식인 의식과 맞물려서 악부의 포괄성을 정당화할 수 있었고 그 결과 우리말 노래에 대한 폄시를 극복하고 영사 혹은 기속의 일환으로 포용할 수가 있었다는 해석이 가능해진다. 이런 과정을 통해 주체성의 확보로 나아가는 통로가 마련되기도 하였다.

관리자 의식과 질서론적 시가관

목적론적 시가관의 연장선에 있는 것이 분명하지만, 그와 반드시 일치하지는 않는 또 다른 생각들을 악부의 여러 기록은 보여준다.

이제현의『소악부』에서 노래를 한역하고 주기한 말 가운데 "탐라의 이러한 곡은 아주 비루하기는 하지만 백성의 풍속을 보아 세태의 변화를 알 수 있다"[36)]고 한 데서 이미 나타나는 것이지만 노래는 민심의 표현이라는 인

---

34) 이익,『해동악부』, "所制音曲非一二 有二調 一平調 二羽調 共一百八十七曲 其餘聲 遺曲流傳 可記者無幾 餘悉散逸 不得具載"
35) 조현범,『강남악부』서, "其詩亡 而觀風祖化之政息焉 感發興起之敎弛矣", "十室之 邑 或有嘉言善行之人 而泯沒無傳 故敢此纂述" 이런 진술은 심광세의『해동악부』 서(可以贊詠鑑戒者 除出若干條 作爲歌詩 名曰海東樂府 以敎兒輩)라든가, 김양근의 『동방고악부』서(風謠被絃亦不害 爲勸懲之一助) 등 여러 군데서 일관되게 나타난다.
36) "耽羅此曲 極爲鄙陋 然可以觀民風 知時變也".

식이 그것이다. 이익이 〈처용가〉조의 영시에서는 처용의 기이함과 놀이에
빠진 것을 주된 관심사로 하면서도 주기(註記)에서는 네 신의 출현과 춤
그리고 참언을 구체적으로 설명하고 '노래로 경계한 것인데도 그것을 모르
고 탐락에 빠져 나라가 끝내 망했다'[37]고 강조한 것도 같은 류의 인식이라
할 수 있다.

이러한 태도는 앞에서 본 조현범의 『강남악부』서에 나오는 말 "민풍을
살펴서 정사를 바로하는 일이 어려워졌다."[38]는 말에서도 나타난다. 그 말
이 '감발 홍기로 가르침이 느슨해졌다[感發興起之敎弛也]'와 대를 이루고
있는 사실에서 우리는 이 말의 배경이 되는 인식의 자취를 엿볼 수 있을
것이다. 즉, 역사의 한 모습으로서 기록된 우리말 노래가 가르침을 줄 수
있다는 목적론이 지식인 의식에 기대어 구체화될 수 있었고 그것은 아래를
지향하는 것이었다면 그 연장선상에서 마련된 관풍적(觀風的) 우리말 노래
인식은 위를 지향한다는 점에서 지식인의 그것이라고는 하기 어렵다. 우리
가 규정한 지식인의 개념은 앞서 가는 사람이라는 내포를 지니고 있기 때
문이다.

우리말 노래의 목적론적인 인식이라는 점에서는 동일하더라도, '가르침
[敎之]'과 '풍속을 살핌[觀風]'은 그 지향이 다르다는 점에서 상당한 차이를
갖는다. '가르침'이 아랫사람을 향하는 것임에 반해 '풍속을 살핌'은 윗사람
에게 이르는 것이라는 점에서 교정의 의미를 내포하고 그 일은 선도자이기
보다는 중간자의 역할에 해당한다. 선구자이면서 또한 아랫사람이므로 중
간자이지만 그 중간자의 역할은 역시 지식인적인 선구자 또는 책임자 의식
을 바탕으로 하기 때문에 이를 관리자 의식이라고 바꾸어 말할 수 있을 것
이다. 가르침이 풍교(風敎)라는 용어로 대치될 수 있다고 한다면 이 말과
짝을 이루어 다니는 풍간(風諫)이라는 말이 이미 이런 관리자 의식을 내포
하고 있기도 하다.

중간자인 관리자의 지향은 비교적 뚜렷할 수 있다. 그것은 개인과 사회
를 질서의 범주 속에 있게 하는 일이다. 특히 조화로운 삶을 추구하는 경

---

37) 이익, 『해동악부』, "歌以警之也 時人不知 反以爲瑞 耽樂滋甚故國終亡" 이런 진술이
　　『삼국유사』에 이미 보이므로 그런 것을 본떴을 가능성은 인정된다.
38) "觀風規化之政息焉"

향이 강했던 조선조 시대에는 이런 의식이 두드러졌다고 할 수 있다. 삼강
오륜으로 명시되는 규범은 그런 의식을 드러내는 상징적 표본인 셈이다.
결국 악부가 영사와 기속을 주된 영역으로 하게 된 것도 그러하거니와 그
범주에 우리말 노래를 포함한 것은 질서를 표방하고 통어하고 가르치는 자
로서의 관리자 의식을 드러내는 부분으로 해석할 수 있다.

　그러기에 악부는 사회 구조의 골간인 정치적 질서에 우선 눈을 돌리게
됨이 당연해지는데 그런 목적을 위해 강조하게 된 것이 관풍에 이은 '정
사'의 측면이 아닌가 한다. 왕의 동생이 돌아옴을 기뻐해서 노래했다는
〈우식곡(憂息曲)〉이 5회39)나 다루어진 점도 그렇거니와 이 노래의 주안점
을 박제상(朴提上)의 충성과 그에 대한 연민에 둔 점40)은 이런 해석의 타
당성을 뒷받침해 준다. 또 김흠운(金歆運)의 충성스러운 죽음을 강조한 〈
양산가(陽山歌)〉가 4회나 등장하는 점, 예종(睿宗)의 〈벌곡조(伐谷鳥)〉가
풍(諷)을 강조하면서 3회나 다루어진 점, 그리고 민속의 환강(歡康)을 드
러내는 〈도솔가(兜率歌)〉가 세 군데서나 논의된 점들은 모두 이런 의식과
연관이 깊음을 알 수 있다. 그런가 하면 〈정과정(鄭瓜亭)〉이 거듭 논의된
것도 충신연주(忠臣戀主)라는 측면과 무관할 수 없고, 〈장생포(長生浦)〉가
왜군을 물리친 것과 관련하여 기사된 것도 정치적 질서와 관계가 깊을 것
이다. 더구나 이항복(李恒福)의 〈철령가(鐵嶺歌)〉가 악부와 소악부를 통틀
어 4회나 번역되고 특히 지사적 풍모와 관련지어 이야기된 것도 질서론적
드러냄이라고 해석할 수 있다.

　이러한 정사적 질서의 추구가 그 양식화된 현상으로서 '송도(頌禱)'라는
형식으로 나타나는 것은 자연스러운 것으로 이해된다. 〈도솔가〉의 민속 환
강이 송도의 내포를 갖는 것은 어렵지 않게 이해될 수 있거니와, 이익의
『해동악부』가 〈장단곡(長湍曲)〉과 〈대동강〉을 송도의 노래라고 강조하고
있는 점이나, 이광사가 〈황하가(黃河歌)〉를 송도지사로 지목한 점, 그리고
이유원이 〈금강성(金剛城)〉을 축원의 노래로, 〈야심사(夜深詞)〉를 군신(君

---

39) 이광사의 『동국악부』, 김종직의 『동도악부』, 조종현의 『삼사이적』, 이익의 『해동악
　　부』, 이유원의 『해동악府』
40) 조종현, 『삼사이적』, "間君浮海喜忘餐 一曲郊歌帶笑看 情敍孔懷憂已息 我心還慨大
　　阿湌"

臣)이 서로 즐기는 노래로 설명하고 있는 것은 모두 이런 의식을 드러낸 것으로 보인다.

질서라는 것이 억제와 조화에 의한 가치 분배적 측면을 갖는 것이라면 군왕과 백성 사이의 질서는 사회적 질서에 관계된다고 할 수 있다. 그런데 억제와 조화가 정돈을 의미하기도 한다는 점에서 개인의 문제로 전환될 수도 있다. 개인의 경우는 욕망이며 감정의 질서화를 떠올릴 수 있으며 개인의 이런 질서 문제가 결국 사회의 질서와도 연관된다는 점에서 개인과 사회는 손바닥의 양면과 같기도 하다.

이런 점에서 질서론적 시각이 개인의 질서화에 기여하는 과정이라는 측면에서 우리말 노래의 효용을 생각하게 된 것은 지극히 당연한 귀결이기도 하다. 더구나 노래라고 하면 오락이나 원탄(怨嘆)의 도구로 생각되는 측면이 강하고 이 점이 예악(禮樂)사상이 일러주는 악(樂)의 본질과 거리가 있었다는 점을 감안할 때 우리말 노래가 예악의 핵심에 어떻게 근접할 수 있는가를 드러내는 일은 악부가 명분을 지니기 위해서도 필요했을 것이다.

그러한 질서론적 명분은 '애이불비(哀而不悲)'류의 고아함을 표방하는 것으로 나타난다. 그 좋은 예가 이만용(李晩用)의 『동번집(東樊集)』에 나오는 〈이선악가〉다. 이 작품에서 서경(西京)의 〈이선악〉이 노래와 춤으로 엮어지는 정경을 자세하게 묘사하고는 "이 노래가 이렇듯이 슬프니 우리 조선이 약국으로 오랑캐의 풍파 밑에서 시달리기 참담하다."고 자신의 판단을 드러내 보이고 있다. 바로 이것이 질서론적 의식의 흔적이라고 할 수 있다. 슬프되 슬프지 말아야 한다는 질서론의 지향은 감정을 송두리째 드러내는 일 특히 슬픈 감정을 아무런 제어 없이 드러내는 일을 조화가 깨진 것으로 보는 것은 당연하다. 그런 의식에 의지해서 슬픔의 곡진한 표현은 오히려 비난의 대상이 될 수밖에 없었다.

그러기에 유독 여섯 차례나 〈대악(碓樂)〉을 논의하면서 백결선생(百結先生)은 그 가난에도 불구하고 그 음이 애조를 띠되 우아했다는 점을 한결같이 강조했을 것으로 이해된다. 또 다섯 차례나 거론된 〈회소곡〉에 대해서도 같은 측면을 강조하고 있음이 목격된다. 더구나 '회소'란 탄식의 음사(音寫)라는 사실이 널리 알려졌음에도 불구하고 영시에서는 그 탄식을 드러내기보다 노동의 문제에 초점을 맞춘 것도 탄식보다는 그 과정의 의미 추구에 중점을 두고자 하는 질서론적 태도의 반영이라는 점을 앞에서 살핀 바 있다. 이 부분에서 질서론이 개인 정서의 문제로부터 우리말 노래 자체의 미적 정돈의 문제로 전개될 빌미가 마련된다. 〈회소곡〉이 회자된 이유가 그 음이 애아(哀雅)해서였다는 말은 애이불비적(哀而不悲的) 정돈을 지니고 있다는 말과 다를 바 없기 때문이다.

결국 애이불비(哀而不悲)가 질서의 문제에 관련된다는 점과 그 지향이 조화의 문제에 관련된다는 점은 개인의 문제이기도 하지만, 그 기반이 되는 인식은 사회적 조화와 질서의 지향에서 출발한다는 점을 살폈다. 악부가 이런 점을 내세운 것이 악부 특유의 시가관이라고 하기는 어려울 것이다. 그것은 조선조 사회의 보편적인 인식과 궤를 같이하는 것이기 때문이다.

그러나 우리말 노래가 지니고 있는 상대적 약점으로 평가되는 요소가 중국이라는 나라와 음악이라는 것의 비교에서 출발한다는 점을 다시 상기할 필요가 있다. 악부의 고민은 그런 약점을 극복하는 일을 통해서 해결이 가능했으며 그런 점에서 악부의 작자들은 중간자인 관리자로서의 질서 의식이라는 안목에서 우리말로 된 시가를 가치 있는 것으로 평가하고자 했던 것이고, 그런 과정을 통해서 '우리'를 드러내는 악부의 존재가 가능했던 인식상의 연쇄 관계를 읽을 수 있다.

일상인 의식과 쾌락론적 시가관

효용론과 명분론이 팽배했던 사회라 할지라도 사실이 은폐될 수는 있을지언정 왜곡될 수 없음은 당연하다. 특히 애이불비(哀而不悲)를 아무리 강조한다 해도 언어 구조물일 뿐더러 선율의 효과까지를 겸하여 지닌 우리말 노래를 두고 그 전달에 의한 감동의 과정조차 송두리째 외면할 수는 없었을 것이다. 전달과 감동의 문제를 외면할 경우 목적론적 우리말 노래관까지도 부인될 것은 자명하기 때문이다. 따라서 교훈론이건 질서론이건 관계없이 그 목적론의 연장선상에서 감동의 효용이 논의되었던 것은 지극히 당연하다고 할 수 있다.

노래를 지어서 '위로'했다는 것은 전달이라는 측면에서는 사람들로 하여

금 눈물 짓게41) 하는 것과 동일한 구조를 가진다. 특히 시가가 우리말〔俚語〕로 되어 있다는 사실은 그 전달에서의 직접성을 강하게 지니게 마련이므로 이 측면이 더욱 강조될 수밖에 없다. 그 결과 관심을 갖게 되는 것이 말뜻의 문제42)일 것은 당연하며 이런 문제들이 어울린 결과로 말이 극히 처완(悽挽)하다든가, 고의(古意)가 있다든가, 지사(志士)의 풍모가 있다든가, 비리(鄙俚)하다든가 하는 판단적 기술이 제시될 수밖에 없었을 것임도 짐작이 간다.

말뜻의 문제는 결국 속마음의 드러냄이라는 속성을 가진다는 점에서 표현론적 관점에 직결될 수밖에 없음도 자명하다. 아무리 교훈적 태도와 질서론적 조화를 강조한다 해도 우리말 노래의 일차적 동인(動因)은 표현의 본능이기 때문이다. 그렇기 때문에 그 많은 명분론과 효용론의 제시에도 불구하고 우리말 노래가 '영탄하고 신음하는 나머지에 나오는 것'43)이라고 하여 슬퍼하고, 동정하고, 마음 아파하고, 기뻐하고, 두려워하고, 탄식하는44) 등의 일차적 감정으로 우리말 노래 각편을 설명하게 됨은 당연하다.

우리말 노래를 보는 태도가 여기에 이르고 악부 작자들의 기록들에서 목적론 또는 질서론적 인식과 함께 표현론적 진술이 뒤섞여 나타나는 것을 보면서 인간의 두 얼굴이라는 본성에 관해 생각하게 된다. 인간이 사회적 가면과 본능적 진면의 두 얼굴을 지니고 있다는 것은 매우 보편화된 분석이다.45) 그러나 명분론과 목적론을 앞세워 우리말 노래를 옹호할 필요성에도 불구하고 감정 표현이라는 우리말 노래의 본질이 여전히 강조될 수밖에 없었던 것은 우리말 노래가 그런 요소를 강력하게 지니고 있었다는 인식의 결과라고 볼 수 있다. 대부분의 우리말 노래 작품을 감정 표현의 술어로 설명하고 있음이 그 증거가 된다.

더구나 감정의 표현과 전달이라는 우리말 노래의 본질에 근거하여 그 즐

---

41) 이학규, 『해동악부』, 〈오관산〉 "四座試靜聽 此曲令人淚"
42) 김양근, 『동방고악부』, "口義之端的承接語法"
43) 신위, 『소악부』 서, "出於詠嘆唻呻之餘"
44) 우리말 노래에 관련된 주기(註記)들에서 '슬퍼하여〔哀之〕', '상심하여〔傷之〕', '탄식하여〔嘆〕', '기뻐하여〔喜之〕', '즐거워서〔悅之〕', '슬프고 원망스러워〔哀而怨〕' 등으로 표현된다.
45) 이에 대하여는 김대행, 『시가시학연구』, 이대출판부, 1989, pp.193~243을 참조.

거움을 논의하고 있는 많은 진술들은 의미심장하다. 노래하는 것으로 족히 즐겁다거나46) 잠을 쫓고 회포를 푼다47)는 등의 진술은 우리말 노래의 쾌락적 측면을 드러낸 것들이다. 이런 진술들이 교훈과 질서를 추구하는 명분 아래서도 동일하게 혹은 더 높은 강도로 개진되고 있음은 무엇을 뜻하는가? 그것은 인간의 두 얼굴이라는 본성에 관계될 것이다. 인간은 이념적으로도 인간이지만 본능적으로도 인간이기 때문이다. 오늘날 '인간적'이라는 말의 의미가 폭이 넓다는 사실로도 이 점은 짐작이 가능하다. 이 점에서 악부의 명분론자들도 역시 본능적인 본성을 드러낸다. 이 점에서는 일상적 인간일 따름이다. 이 때 지식인 또는 관리자로서의 이념적 가면은 사라진다.

우리가 관심을 갖는 것은 인간의 본성을 엿보자는 환원론적인 측면에 국한되지 않는다. 조선조 사회를 이념적 경직성으로 규정하는 것이 어느 면에서 타당하다고 전제한다면 우리 문학사에서 악부 양식의 도입이 늦어진 것은 충분히 이해됨을 살핀 바 있다. 그리고 명분과 목적 그리고 교훈적 효용을 두루 합리화함으로써 그 도입과 전개의 발판을 마련할 수 있었음도 확인한 바 있다. 문제는 그 다음이다. 그렇듯이 조심스럽게 이론적 방패를 마련하면서 도입된 악부 양식도 우리말 노래 양식의 표현적 쾌락성이라는 본질과 연관되면서 이념적 방패가 허물어지게 됨은 불가피하다. 그 결과로 나타나는 현상은 많은 악부의 출현과 다양한 우리말 노래의 수용이다. 판소리, 잡가, 민요에 이르기까지 그 수용은 넓은 범위에 걸쳐 이루어진다. 그리고 그 의미 있는 시기가 조선 후기라 할 수 있다.

과거에서 당대로 눈 돌리기

악부가 우리말 노래를 수용하고 관련지은 방식이 시가사에 던지는 의미는 무엇인가를 생각할 차례다. 이를 통시적인 변모와 공시적인 분류의 두

---

46) 박치복, 『대동속악부』, "謳吟詠歌自適其樂"
47) 김양근, 『동방고악부』, "閒中日閱東人雜調 以爲禦眠遣懷之資"

관점에서 해석할 수 있을 것이다.

우선 통시적 관점으로 본다면 우리말 노래를 수용하는 태도의 변모에서 과거지향적 관심으로부터 당대적 관심으로 변모해 온 궤적을 발견하게 된다. 영사적 관점에서 우리말 노래 작품을 이해하고 그 의미를 추출하려는 태도는 그것을 과거의 사실로 바라보는 태도라 할 수 있다. 이런 태도는 김종직의 『해동악부』에서부터 담촌거사의 『해동악부 3』에 이르기까지 뿌리 깊게 유지되어 온 관점이며 태도이기도 하다. 그러나 우리말 노래가 과거의 사실로 해석되는 한 그것은 지난날의 유물에 지나지 않는다. 그것의 현재적 의의는 교훈적이고 의도적인 목적에만 봉사하게 마련이다. 이런 점에서 우리말 노래에 대한 과거지향적 관심은 우리말 노래의 생명력을 잃게 한다.

그러나 우리말 노래를 당대적 관심으로 바라보게 될 때 우리말 노래는 생명을 가진 예술이며 삶의 표현이 될 수 있다. 이런 태도는 소악부로 대표되는 일군의 한역시가 그 주된 몫을 담당하면서 가사, 잡가, 판소리, 민요 등으로 관심의 폭을 넓혀간 후대 악부로 전개되었다. 악부가 우리말 노래를 수용하는 태도에서 당대적 관심으로 폭을 넓혔다는 사실은 그것의 역사적 가치보다는 문화적인 가치에 주목했다는 뜻도 된다. 그렇게 함으로써 비로소 우리말 노래가 지닌 문학적 가치가 두드러지게 된 사실도 중요한 의미를 갖는다. 그것은 하층문화의 공식화라는 의미도 지니기 때문이다.

이러한 변화는 조선 후기로 오면서 더욱 두드러졌기에 그 시대적 경과에 따른 시가사의 확대라고 말할 수도 있다. 계층의 차이에 따라 분명히 이질적일 수밖에 없는 시가문학이 문화의 표면에 드러나게 되고 또 공식화될 수 있었다는 사실은 시가사의 확대를 의미함은 물론 장르 간의 뒤섞임이 가능하도록 문을 열게 되었음을 의미하기도 한다. 특히 이학규의 『앙가 오장』에서 지금은 기능요로서의 모습이 사라진 '구름도 쉬어 넘는 고개…' 류나 '쌍금쌍금 쌍가락지…'가 기능요로 포착되고 있음은 많은 암시를 준다. 더구나 이것들이 시조로도 혼용되고 있다는 점에서 장르간의 넘나듦이 대단한 수준이었음을 암시받게 된다. 또 이유원의 『속악십류가사』에 〈진국명산〉이 나오는 것도 의미심장하다. 이것이 시조로 판소리 허두가로 또는 잡가로 두로 불리운다는 점은 장르 간의 넘나듦이 어느 정도였던가를 보여

주는 사례가 된다.

시가 장르 사이의 넘나듦은 문화의 모방이나 이동이라는 단순한 차원의 해석을 넘어서는 의미를 지닌다. 그러한 모방이나 이동이 문화 자체의 움직임이라기보다는 삶의 양태가 변모한 데서 오는 것이라는 점에서 그러하다. 특히 조선 후기에 등장한 상업적 전문 연예집단이 그 몫을 담당했으리라는 점은 『광한루악부』나 이학규의 『걸사행(乞士行)』을 통해서 짐작할 수 있는데 그것은 상업적 관심에서 시가의 장르를 넘나드는 일이 가능했음을 암시하기도 한다.

악부가 우리말 노래를 수용하는 태도에서 보여준 이러한 변모는 우리말 노래를 예술 오락의 한 양상으로 바라보는 관점이 수립된 것을 의미하기도 한다. 우리 시가사에서 특히 조선조의 시가사에서 우리말 노래가 교훈적인 목적에만 치우치는 태도를 버리고 오락의 방편도 된다는 점을 인정하고 드러낸 것은 중요한 의미를 갖는다. 이것을 가리켜 우리말 노래의 표현주의적 관점 확대라고 해도 좋을 것이다.

우리말 노래에 대한 인식이 이렇듯이 변할 수 있었던 원인은 여러 가지로 모색될 수 있을 것이다. 체제의 변화, 삶의 변화 등 상당한 해석이 제시될 수 있겠으나 우리의 관심사와 관련해서 말한다면 악부의 시가관에 의해 상당 부분 변화가 가능했다는 점을 분명히 할 수 있을 것이다. 이런 해석은 악부의 담당층이 우리 문화의 상층을 형성하고 있던 사람들이라는 점에서 분명해진다. 당대의 문화적 표준이었던 한문학의 영향을 떨치면서 우리 시가의 폭넓은 수용을 보임으로써 표면화가 가능했다는 점에서다. 판소리사의 전개가 상층인의 참여와 지원에 의해서 상당한 영향을 받았다는 사실과도 맥이 통하는 국면이다.

악부의 시가관이 이렇듯이 표현지향적으로 변모한 것은 감춤에서 드러냄으로의 변화라고 할 수 있을 것이다. 경건주의적인 교훈성으로 우리말 노래의 모습을 억제하던 태도에서 인간의 이성뿐만 아니라 감성 또한 절실하게 드러낼 수 있다는 인식은 드러냄 지향임이 분명하고, 그것은 인간의 본성을 감춤에 의해서 인간다워질 수 있다는 고전적 관점으로부터 인간의 표출이라는 근대적 관점으로의 이행을 뜻한다. 이런 점에서 우리 시가사는 이념화에서 실질화 또는 현실화의 길을 걸었다고 보아도 좋을 것이다.

악부가 계층 간의 넘나듦을 보인 과정은 배제로부터 포함으로 달려간 문화의 궤적이라고 할 수 있을 것이다. 지식인에게는 지식인의 문화가 있다는 식의 우월 의식이라든가 상스런 삶은 상스런 문화를 낳을 수밖에 없다는 고정관념이 무너지고 다른 계층의 문화가 지닌 아름다움과 즐거움을 함께 나누어 가지게 되었다는 것을 뜻한다. 이런 점에서 우리 시가사는 평준화의 길로 나아간 궤적을 보여준다.

중국에서 제것으로 눈 돌리기

악부가 우리 시가를 수용하면서 보여준 시가사적 의미는 중국문화 중심의 시각에 우리 문화를 추가하는, 즉 하나의 기준에서 기준의 복수화로 나아간 것을 보여주기도 한다. 악부의 초기에 상당한 고민을 보였던 중국적 요소의 극복은 제 나라 문화의 표면화라는 동인(動因)에 힘 입어서 가능했고 그 일에 악부는 상당한 기여를 했다고 할 수 있다. 이 점에서 악부를 통한 시가사의 전개는 문화적인 다원화의 길로 나아갔다고 할 수 있을 것이다.

악부를 통한 시가사의 전개가 뜻하는 것이 실질화·평준화·다원화의 방향이 될 수 있었던 것은 악부 자체의 성격에 기인한다는 점에서 악부와 우리말 노래의 관계가 중시될 수 있다. 악부양식 자체가 지닌 음악적 요소가 우리 음악과 다르다는 점에서 고민의 대상이었으나 그 극복의 과정에서 우리 시가의 자주성을 부각시키는 다원화가 이루어질 수 있었으며 우리말 노래가 지닌 표현적 측면 때문에 표현주의적 전개를 통한 실질화가 가능했고 그 자주성과 표현성의 공유를 통해서 평준화가 가능했던 것이다.

악부가 이러한 시가사의 전개에 그 자체의 성격과 방향 전환을 통해 기여했던 점을 문화사적 교훈으로 지적할 수 있으리라 본다. 문화사의 전개에서 외래문화의 막연한 수용은 언제나 그 아류를 낳는 데 머무르고 만다는 점은 쉽게 확인된다. 한시가 그 좋은 예로서 한시의 양식에 충실한 해동의 작품들은 그 특색이 없지 않음에도 불구하고 우리 문화로서의 독자성

을 말하기가 주저된다. 그러나 외래문화의 이질성을 놓고 고민할 때 그 이
질성은 새로운 창조물로 우리 문화의 특질을 지니게 된다. 표기상의 고민
을 절실하게 보여주는 향가가 그 좋은 예가 된다. 악부는 후자의 의미를
지닌다는 점에 그 의의가 있다.

악부가 우리 시가사의 이해에 던져주는 빛은 현대시에까지 확대시켜도
무방할 것처럼 생각된다. 악부의 담당자들이 보였던 지식인 의식이 교훈지
향의 태도를 보였던 점을 우리는 개화기 문학에서 다시 한 번 재확인하게
된다. 누군가를 가르치고 이끌어 가야 할 사람이라는 의식은 사회가 어지
러울수록 그 강도를 더하게 된다는 점도 재삼 확인된다. 그리고 지식인이
그 선각자로서의 임무를 민족주의적인 것으로 부여잡게 될 때 과거지향적
인 태도를 취하게 된다는 점을 우리는 1920년대의 시조부흥론에서 확인하
게 된다. 『해동악부』류가 보였던 과거지향이 중국 악부와의 이질성을 극복
하기 위한 방안이었다면 시조부흥론은 새로운 문명의 물결 앞에서 과거를
붙잡은 경우로 이해된다.

이러한 시각은 오늘날의 문학이 전개되는 방향에도 적용할 수 있을 것이
다. 무엇인가 극복할 주체성의 문제가 떠오를 때 목적성의 문학이 등장하
게 된다는 측면은 오늘날 노동문학이라든가 민중문학이 담당하고 있는 것
으로 볼 수 있다. 그리고 이질성의 극복을 위한 노력이 민족을 붙잡게 된
다는 측면은 오늘날의 민족문학론이 담당하고 있다고 할 수 있다.

이제 악부를 통해 본 시가사의 전개가 우리 문학의 미래에 대해 던지는
암시는 이렇게 요약할 수 있다. 실질화·다원화·평준화로 나아갔던 시가사
의 통시적 전개가 보여주듯이 우리 문학의 앞날도 그러할 것이라는 점이
다. 그렇게 함으로써만 문학사의 새로운 장은 열리리라는 점을 19세기까
지의 악부가 우리말 노래에 대해 보여준 태도에서 시사받을 수 있다.

현대시 전통을 논의하는 길

현대시 전통 논의의 경과

현대시의 전통에 관한 논의는 설진(說盡)된 느낌이 없지 않다. 이 방면의 논의가 시간적으로나 양적으로 이미 풍성하게 이루어진 바 있기 때문이다. 이 방면의 논의는 현대시 자체에 담겨 있는 전통성을 추출해 내는 작업으로 이루어지기도 하였으며[1] 한편 문학 일반의 연속성을 구명하려는 노력[2]의 일환으로 드러나기도 하였다. 그 동기나 과정이야 어떻거나 간에 현대시 전통에 관한 논의의 연구사 검토[3]에서 풍성한 논의를 가능하게 할

---

1) 이 방면의 성과는 오세영의 『한국 낭만주의시 연구』(일지사, 1980)가 민요시를 중심으로 전통성을 추구한 것과, 김대행의 『한국시의 전통연구』(개문사, 1980)가 한국시 전반을 대상으로 전통성을 추구한 것이 본격적인 작업이다. 이후 조동일의 『한국시의 전통과 율격』(한길사, 1982)을 비롯하여 김재홍의 『한용운 문학연구』(일지사, 1982) 및 조창환의 『한국현대시의 운율론적 연구』(일지사, 1986) 등 꾸준한 관심과 성과가 이루어진 바 있기도 하다.

2) 이 방면의 논의는 광범위하게 그리고 포괄적으로 이루어졌다. 김윤식·김현의 『한국문학사』(민음사, 1973)를 위시하여 정한모의 『한국현대시문학사』(일지사, 1973) 및 장덕순의 『한국문학사』(동화문화사, 1975) 등이 당위성의 수준에서 전통의 연속성을 추구하려 하였으며, 정병욱의 '고전문학과 신문학의 연속성', 『한국고전시가론』(신구문화사, 1979)를 위시하여 조동일의 '국문학의 지속성과 변화', 『우리문학과의 만남』(홍성사, 1978) 등이 그 발전적 연구 성과를 보인 것이며, 이런 포괄적인 관점에서의 작업은 그 수를 헤아리기가 어려울 정도로 광범위하게 진행된 바 있다.

정도가 되었다는 사실은 저간의 활발했던 사정을 알려 주고도 남음이 있다.

어떤 문제에 관한 논의가 활발했다는 사실 자체가 그 수준과 폭을 짐작하게 해 주기도 한다. 어떤 논의도 동일한 되풀이로 연구가 진행되는 일은 없기 때문이다. 반성과 발견으로 이어지는 것이 연구의 생명이고 보면 전통 논의의 활성화는 필연적으로 그 수준과 성과의 고양을 가져왔을 것임을 짐작하기 어렵지 않다.

그 동안 이 문제에 관해 이루어진 연구 성과를 일일이 점검하는 일은 이제 와서 새삼스러운 감이 없지 않을 것이다. 이미 연구사를 정리한 글4)들이 그러한 작업을 충분할 정도로 수행한 바 있으며, 그 같은 연구사 정리 이후에 새로이 괄목할 만한 연구사적 변화가 생겼다고 하기도 어려운 실정이기 때문이다.

따라서 여기서는 전통론을 조감하는 일보다도 새로운 작업이 필요할 것으로 보인다. 그 새로운 작업이란 전통론의 새로운 통로 내지는 출구를 모색하는 일을 뜻한다. 이 생각은 지금까지의 전통 논의가 어떤 수준에 이른 나머지 새로운 돌파구를 필요로 한다는 인식과 이어진다. 이런 관점에서 그 동안에 전개된 현대시 전통론의 경과를 점검함으로써 그것을 바탕으로 새로운 가능성을 모색해 보기로 한다.

개화기 이래의 전통 단절론적 시각

굳이 '전통'이라는 말을 사용하지는 않았다 하더라도, 전통의 문제가 관심사로 떠오른 것은 이른바 개화기부터였던 것으로 보아야 할 것이다. 이 땅의 '개화'라고 하는 용어 자체가 지니고 있는 내포를 떠올리는 것만으로도 충분히 알 수 있는 일이지만 개화란 과거로부터 물려받아 온 것들의 파기를 의미하는 것이었다. '개화'라는 용어가 '야만' 또는 '미개'에 대립하

---

3) 김재홍의 '한국문학의 전통 논의'는 『한국문학사의 쟁점』(집문당, 1986)에 발표되었다가 자신의 저서인 『현대시와 역사의식』(인하대출판부, 1988)에 재수록되었는데, 그 동안에 이루어진 전통 논의의 성과를 분석하고 있다.

4) 앞의 주에서 지적한 김재홍의 논문은 이 방면을 조감하는 데 좋은 참고가 된다.

는 이분법적 대립 개념을 함축하고 있다는 사실이 그것을 입증한다.

근대 과학문명의 선진 대열에 참여가 어려웠던 우리나라는 그 나아감에 발을 맞추지 못하였고 국제 정치의 흐름에도 민첩하게 대응하지 못했던 탓으로 다른 나라들에 비해 뒤늦은 행보를 할 수밖에 없었다. 그러한 우리의 당시 형편 때문에도 우선 과학화된 물질문명의 세례만으로도 우리 자신을 업수이 여기게 되었으며 동북아의 한 끝을 차지하고 있는 지정학적 여건 또한 그러한 열등감을 부추기기에 충분하였던 것으로 짐작된다. 그리고 그 열등감은 이른바 문명의 산물이라고 하는 가시적인 것들로부터 연유하는 것이 일차적이었으므로 이 물질문명의 충격이 그대로 고스란히 정신세계를 측정하는 잣대로 되어버렸음이 분명하다.

이런 시대적 여건에다가 일제 식민지 시대에 의도적으로 주입되었던 식민사관의 세례를 결정적으로 받음으로써 우리의 과거가 단절되어야 할 것으로 보였던 것은 거의 필연적일 수밖에 없었을 것이다. 또 나아가 그런 관점에서 본다면 우리가 과거로부터 물려받을 것이라고는 없다는 인식이 불가피했던 것이고 그러한 시대의 산물인 이른바 신문학이라고 하는 것은 과거로부터 물려받은 것이라고는 전혀 없는 것처럼 생각되었음이 오히려 당연했을 것으로 짐작된다. 그러기에 '이식문화론(移植文化論)'5)으로 대표되는 전통 단절의 시각이 그 때로서는 정당화될 수밖에 없었다.

지금으로서야 터무니없는 명제처럼 보일지도 모르지만 그런 시각이 그 시대를 지배할 수밖에 없었던 경위는 짐작이 되고도 남음이 있다. 또 그로부터 오랜 기간 동안 이른바 '바람이 불어오는 곳'으로 지칭되는 서구에 대한 정신적 머리돌림이 우리를 지배했던 동안 우리의 사고와 그 결과로서의 문화는 서구 편향적인 전통단절론적 시각과 행동양식을 지녀 왔다는 점이 시인되어야 하고 그 기간이 결코 짧지 않았다는 사실도 기억되어야 할

---

5) 이 용어는 임화 자신의 표현이되 김윤식의 '임화 연구', 『한국 근대 문예비평사연구』 (한얼문고, 1973)에서 지적됨으로써 학술용어화했다. 그러나 김윤식이 지적한 대로 임화 자신은 전통단절론을 부정한 바 있기도 한데, 그러한 이념적 표방에도 불구하고 실제로는 '이식문화론'으로 나아가게 된 것은 그가 우리 고전문학에 대한 앎이 없었기 때문이었다는 지적이 믿을 만하며, 그가 지향한 근대문학이 근대정신과 서구 장르를 모델로 했기 때문이라는 점은 김윤식의 논문(pp.592~596)이 자세히 분석하고 있다.

것이다.

또 이른바 개화기6)라고 하는 시대의 의식이 그러하였던 것처럼, 우리 삶이니 민족이니 문화니 하는 것도 물질적인 잣대로 재야 하는 것으로 보고자 하는 시각이 아직도 완전히 불식되지는 않고 있음을 인정하는 것도 필요할 것이다. 그것은 실상을 파악하고 장차를 전망하는 데 중요한 일이기 때문이다.

주체의식의 회복과 그 전개

전통론의 새로운 시각이 마련된 것은 1960년대였다. 현대문학은 고전문학과 단절되었는가 접맥되었는가 하는 문제를 놓고 주고받은 토론7)이 그 시발점이었는데 그 판단의 당부는 차치하고 또 그 논의의 수준 여하에도 불구하고 우선 이런 논의가 이루어진 사실 자체가 중요한 의미를 갖는다고 해야 할 것이다. 만산홍엽(滿山紅葉)이 아니더라도 한 잎 단풍만으로도 천하에 가을은 오는 것이라는 의미를 갖기 때문이다.

실제로 이 토론이 있고 나서 금방 전통에 관한 논의가 활기를 띠었던 것도 아니다. 또 그 논의 자체에서 주장된 전통 접맥론조차도 구체적이고 실증적인 논의로 전개된 것이라기보다는 당위론이거나 희망을 피력하는 측면에 머물고 만 느낌도 없지 않다. 그러나 지금으로 보면 지극히 소박하고 당연하기 짝이 없는 견해였지만 그것이 지닌 연구사적인 의의는 결코 가볍다고 할 수 없다. 그 까닭은 그것이 '민족'에 대한 인식을 근거로 하면서 민족 주체성의 문제로 나아가는 전망을 여는 시대적 산물이었다는 점 때문이다.

이 시기에 와서 민족의 문제가 왜 대두되었으며 그것이 민족문화론으로

---

6) '개화기'라는 용어에는 식민사관의 관점이 짙게 자리잡고 있다. 학계가 왜 이 점을 예사롭게 여기는지 궁금하지만 용어상의 혼란을 피하기 위하여 그대로 사용하면서 '이른바'라는 관형어를 붙여 둔다.

7) 월간지 『사상계』 1962년 6월호가 마련한 '단절이냐, 접합이냐'라는 토론이 바로 그 것이다.

전개된 역사적 의의가 무엇인가 하는 것은 다각적이고 깊은 천착을 요할 만큼 중요성을 지닌다. 그러나 얼른 지적할 수 있는 것으로 우선 1960년이라는 시대적 성격을 들 수 있지 않을까 한다. 4·19로 막을 연 1960년대는 정치·사회적으로 민족에 대한 각성이 점화되었던 시기[8]라고 할 수 있다. 그러나 곧이어 밀어닥친 5·16 군사혁명으로 그 불씨는 시련을 겪게 되었고, 그 결과 정치·사회적 측면에서 민족 주체성을 추구하는 문제는 위축될 수밖에 없었음이 사실이다.

그러나 일단 인식의 전환을 보인 민족 주체성에 대한 자각의 불씨는 열기를 더하면서 가능한 출구를 모색하게 되었으며 그 결과로 나타난 것이 문화적인 측면에서 민족 주체성 회복을 겨냥하는 움직임의 활성화였다. 그 결과 민족의 전통문화에 대한 재인식과 정리 발굴 작업이 사회와 학계의 관심사가 되었으며 그런 노력이 괄목할 성과를 이룬 바 있고,[9] 이러한 민족 주체성의 인식이라는 기반과 성과의 연장선에서 1970년대의 화려한 전통 논의가 마련되었다고 할 수 있다.

그렇게 10년이 지난 뒤인 1970년대는 전통의 계승론으로 치달아간 시대였다고 해도 지나친 말은 아닐 것이다. 이 때에 전통의 단절을 말하는 사람은 이미 찾기 어려웠으며 일간신문까지도 우리의 고전문학에 대해 관심을 보이면서[10] 전통의 계승론이라는 시대적 분위기에 일조(一助)를 했고 일찍이 전통의 단절을 주장했던 사람들까지 어느 틈엔가 이런 일에 팔을 걷어부치고 나서는 현상을 보이기도 했다. 평범한 사람의 생각이나 시각이 그 당대의 시대적 틀로부터 결코 자유로울 수가 없다는 평범한 진리를 확인하게 해 주는 부분이었다.

그 다음의 1980년대는 그 앞 시대에 이루어진 전통 논의를 심화해 나간

---

8) 한국민중사연구회의 『한국민중사Ⅱ』(풀빛, 1986)는 제6부에서 다루는 시기인 현대를 '통일민족국가의 수립을 위하여'라는 제목으로 규정하고 있고, 제2장에서 다루고 있는 4월혁명에서는 '민족통일운동'이라는 항목을 마련하고 있다.(pp.287~299)
9) 그 가장 두드러진 현상으로 전통예술의 부활적인 모습을 들 수 있다. 전국 규모의 민속 경연대회가 열리기 시작하여 오늘에 이르고 있다든지, 대학에서 가면극을 모태로 한 연극적 활동이 이루어진 것 등은 그런 성과의 하나다.
10) 『한국일보』가 1976년 6월에서 77년 3월까지 계속적으로 한국고전의 재인식을 위한 대담을 연재한 것이 그 대표적인 사례다. 이 대담은 그 뒤 『고전의 바다』(현암사, 1977)라는 단행본으로 출간되었다.

시기라고 할 수 있을 것이다. 전통의 구체적 실체를 현대시 작품 속에서 탐색11)해 내는가 하면 전통을 보는 시각이 다양해야 한다는 방법론적 성찰이 이루어지기도 했다. 지속과 변모의 두 갈래로 나누어 보는 시각이 등장12)했는가 하면 긍정적 계승과 부정적 계승13)이라는 용어도 등장했으며, 문제적 연속성이라는 새로운 관점으로 전통의 문제를 천착하려는 노력14)도 나타났다. 이러한 저간의 사정은 '전통론의 심화 과정'이라고 할 수 있을 것이며 그러한 과정을 바탕으로 전개된 90년대는 이른바 '세계화'라는 깃발에 휘둘리면서 우리것에 대한 관심은 그만큼 줄어든 결과 전통의 논의에 별다른 진전을 보이지 못한 것이 사실이고 그런 상태로 새 천년을 맞게 되었다.

당위론적 전통론의 결과

현대시의 전통을 추구하는 시대적 경과가 앞서 말한 바와 같았다는 사실이 그 논의의 지향을 성격적으로 규정하였다고 할 수 있다. 전통 단절론을 내세우게 되는 배경이 그 색다름과 신기함에 주목함으로써 이루어졌던 사실이 이미 예고했다고 할 수 있듯이 전통 계승론은 옛날과 동일한 것을 부각시킴으로써 이루어질 수밖에 없었다. 거기에다가 1960년대의 전통론적 분위기가 민족 주체성의 문제라는 배경을 지니고 있었기 때문에 그것은 당위론적인 모습을 띨 수밖에 없었다.

당위성의 전제와 동일성의 추구가 낳은 결과는 고유성을 부각시키는 작업으로 이어지는 필연적 경로를 밟게 된다. '한의 미학'15)이 논의되고

---

11) 오세영의 『한국낭만주의시 연구』(일지사, 1980) 등이 이런 작업의 사례가 된다.
12) 김대행, 『한국시의 전통연구』(개문사, 1980) 등이 이런 유형이다.
13) 조동일은 '전통의 퇴화와 계승의 방향', 『창작과 비평』 제3호(1966)이라는 논문에서 이런 전제를 마련한 바 있고, 그 구체적 작업으로 『한국시가의 전통과 율격』(한길사, 1982)에서 민요와 시조 및 현대시에서의 전통성 문제를 고찰한 바 있다.
14) 김흥규의 '한국문학의 위상', 『문예중앙』 제30호(1985)(『한국문학의 이해』, 민음사, 1986에 재수록)이 이런 관점을 제시한 바 있다.
15) 이런 시각은 오래 전부터 광범위하게 퍼져 있던 것인데 이 시기에 와서 다시 주목

'부정의 미학'이라는 요소가 부각되는가 하면 '인간 중심'이라든가 '여성 편향'16) 등의 시각이 등장한 것은 이러한 고유성 추구의 일환이었던 것으로 볼 수 있다.

여기서 한 걸음 나아가 민족 주체성을 내세우려는 의도가 선행하면 할수록 그 고유성 논의가 우수성이라는 시각과 연합하게 된 것도 필연적인 결과였다. '은근과 끈기'론이 제기되고 '신명풀이'며 '신바람' 등이 다른 문학에서는 보기 어려운 우수성으로 논의되는가 하면, 한(恨)에 관한 논의는 패배주의적 시각에서 나온 것이므로 제외되어야 한다는 주장이 나오게 된 것도 다 이런 사정과 관계가 깊다 할 수 있다.

그러나 그러한 논의들이 당위성과 고유성 및 우수성을 바탕으로 하고 있었던 점은 우리 문학을 폐쇄적으로 논의하는 시각적 협소성을 의미하기도 한다. 당위성이 선행한 결과로 분석적 천착보다는 인상적 판단만으로 성급한 제시를 한 혐의가 없지 않은 부분도 있고 고유성에 사로잡힌 나머지 문학의 본질에 대한 성찰 없이 논의를 전개한 경우도 있는가 하면 우수성을 앞세운 나머지 국수주의적 경향을 드러내기도 한 것은 부인하기 어렵다.

전통 논의의 방법론적 심화

전통 계승의 현상을 탐색하는 일이 당위성과 고유성 그리고 우수성이라는 지향 때문에 성급하고 거칠게 이루어진 것이 비교적 연구 초기의 모습이었다면 연구의 성과가 축적되면서 그 폭과 깊이가 다양화하고 심화되었음은 당연한 귀결이다. 초기에 흔히 시도되었던 인상적 진단이라든가 특정 작품의 대조를 통한 동일 요소 도출과 같은 작업 방식은 1970년대로 내려오면서 서서히 사라져갔던 것이 그 예다.

또 연구의 심화가 이루어지면서 한국문학사 전반을 거시적으로 통찰하면서 작품을 미시적으로 분석함으로써 전통을 구명하는 노력이 이루어진 점

되었다고 할 수 있다.
16) 정병욱의 '고전시가의 특질', 『한국고전시가론』(신구문화사, 1977)은 이런 관점을 집약적으로 정리한 논문이다.

이라든가 단순하고 표면적인 수준이라 할 수 있는 소재적 전통 찾기 수준
에서 정신적 요소의 추출로 나아가는 변화를 보인 것도 연구의 발전적 전
개라 할 수 있는 예들이다.

그러한 연구의 발전적 전개에서 가장 활발하게 이루어졌던 분야가 율격
론적[17]인 측면이다. 고전시가에서부터 현대시에 이르는 전작품을 대상으
로 망라하면서 전통적인 율격의 실체를 구명하는 작업은 우선 음수율론의
극복으로부터 이루어졌다고 할 수 있다. 음수율의 대안으로 율각(律脚),
음보(音步), 마디, 도막 등의 용어가 등장함으로써 용어 자체로서는 더욱
혼란을 보이게 되었으면서도 음절의 집합인 말마디들로 율격의 기본 단위
를 삼는다는 점은 학계의 공통된 합의에 이르렀다고 할 수 있으며 그 기본
적 인식 위에서 한국시의 율격적 전통을 추구하는 방향으로 논의가 전개되
었다.

물론 이 방면 연구의 지향은 아직도 구구하고 고유성 논의의 여파로 7·5조
가 고유 율격이라는 이상야릇한 견해도 제기되었지만 그런 지엽적인 일탈
에도 불구하고 율격을 통한 전통 논의는 상당 부분 전통의 실체를 드러내
는 데 기여했다고 할 수 있다. 그것은 소리내어 읽는 낭독의 현상보다는
말마디를 구성하는 이른바 작시의 원리로서 율격의 모습이 구체화된다는
가설에 이르게 된 점이다. 자수적(字數的) 동일성이 우리 시의 율격일 수
없듯이 낭독의 전통이 변모한 상태에서 낭독적 율격론에만 매달려 있어서
는 서구적 율격론과의 부정합성(不整合性)을 검증해 내는 데 머물고 말 것
이며 따라서 율격의 관습이 변모되는 실천적 측면을 고려에 넣으면서 율격
적 실체를 구명하는 인식적 전환이 필요하다[18]는 것을 나는 이미 제안한
바 있다.

---

17) 이 방면에는 조동일의 『한국시가의 전통과 율격』(한길사, 1982)을 비롯하여 조창
　　환의 『한국현대시의 운율론적 연구』(일지사, 1986), 성기옥의 『한국시가 율격의
　　이론』(새문사, 1986)이 단행본으로 나와 있으며, 여기에 김대행의 『우리 시의 틀』
　　(문학과 비평사, 1989)이 추가된 바 있다.
18) 김대행, 『우리 시의 틀』, 문학과 비평사, 1989 참조.

전통 논의의 광역화

  분석적 방법의 효율성에 기대어 성과를 거둔 전통론으로 '여성적 어조'를 들 수 있다. 어조라는 용어가 연구자에 따라 다소 뉘앙스의 차이를 보이면서 사용되기도 하였으면서도 '태도'의 문제에 연관된다는 기본인식은 대체로 같았고 그 결과 한국 시에서는 여성적 어조가 전통적으로 주조를 이루어 왔다고 분석된 바 있다. 더러 우수성으로서의 전통이라는 시각에 사로잡힌 사람들에 의해서 배척되기도 했던 이런 분석은 그러나 그 방법적 확실성으로 해서 논의의 정당성을 인정받기도 했다.19)

  문학이 사상과 감정의 표현이라는 점에서 한국문학 일반에 관한 논의의 일환으로 시의 배경이 되는 사상적 전통이 논의되기도 하였다.20) 그러나 그 사상의 구체적 점검 대상은 토박이 정신이라든가 불교 또는 무속과 같은 종교적 측면에 초점을 맞춘 것이 대부분인데 그 까닭은 우리의 정신사적 동태에 대한 체계화가 아직 소박한 수준인 데에 기인하는 것으로 보아야 할 것이다.

  불교가 우리의 전통적인 사상이냐는 의문은 고유성에 사로잡힌 회의라고 하더라도 기독교가 언젠가는 전통사상으로 간주되어야 할 것이라는 점을 고려에 넣고 보면 전통성의 개념에서부터 인식의 전환을 하지 않고서는 그 해결의 전망이 어두운 것도 사실이다.

  이 부분이야말로 외래 사상의 토착화라는 과정에 대한 사상사적 연구가 축적됨으로써 새로운 전망이 가능한 대목이라 할 수 있고, 이 문제가 시사하듯이 우리가 오래 변치 않고 지녀온 실체로서의 전통이라는 시각에서 벗어나는 것이 이러한 문제들의 해결을 가능하게 해 줄 것으로 예상되기도 한다.21)

---

19) 이런 인식도 일찍부터 보편화되어 온 것이지만 조창환의 『한국현대시의 운율론적 연구』(일지사, 1986)가 실증적인 분석을 통하여 이를 입증한 작업이다.
20) 김열규의 '근대문학과 전통'은 『한국문학과 전통』(서강대인문과학연구소, 1976)이라는 제목의 공저에 실린 논문으로 이 방면의 한 모형이 된다.
21) 이런 문제에 대한 성찰이 오세영의 '현대시와 문학사상', 『20세기 한국시연구』(새문사, 1989)에서 이루어진 바 있기도 하다.

감정의 문제와 관련해서 가장 많이 논의된 것이 한의 문제일 것이다. 그러나 용어 자체의 등장이 오래되었음에도 불구하고 이에 대한 과학적 접근이 별로 이루어지지 않았다는 점도 부인하기 어렵다. 따라서 인상적인 논의가 가장 성행했던 부분이기도 하다. 그러나 연구 성과가 축적되면서 이 부분에 대한 조명이 좀더 분석적으로 나아간 점도 성과라 할 수 있다.

정서의 문제이기 때문에 주로 심리 분석적 관점에서 접근하는 경향이[22] 주류를 이루었고 한(恨)이라는 용어 자체의 불명확성을 극복할 목적을 가진 언어분석적인 작업[23]도 여기에 곁들여진 바 있다. 그러나 한의 문제가 전통 논의 가운데서도 선험적 요소를 가장 강조하는 부분이라는 점에서 아직도 더 깊은 천착이 요구되는 부분임은 물론 우수성으로서의 전통이라는 시각의 극복이 더불어 요구되는 부분이기도 하다.

그 밖에도 '선비정신'이나 '원형' 또는 '유형성'[24] 등을 중심으로 한 전통의 탐색을 비롯하여 시 전통 탐색의 원천을 민요에서 찾는[25] 등의 전통론은 방법적으로 영역적으로 그 폭과 깊이를 더해 온 것이 사실이다. 그러나 이런 성과들을 통틀어 요약할 수 있는 성과는 전통을 보는 시각의 확대라 할 수 있다.

전통이라는 것을 선조적(線條的)으로 이어 오는 것이거나 항구불변적(恒久不變的) 현상으로 생각하던 시각에서 전환을 이룩한 것이 그것이다. 앞에서 이미 말한 바 있듯이 계승의 실상을 긍정적 계승과 부정적 계승으로 이원화하여 살핀다든가 보편성과 특수성의 양면을 아우르려고 한 것 혹은 지속과 변화라는 역동적 측면을 고려하는 태도, 혹은 삶의 문제가 형성하여 심층 속에 존재하는 연속성으로 정의한 문제적 연속성 등으로 논의가 확대되고 정치해졌다는 점 등은 1980년대까지의 전통 논의가 이룩한 발전적 성과라고 말해도 좋을 것이다.

---

22) 오세영, 『한국낭만주의시 연구』, 일지사, 1980 참조.
23) 정대현, 『한국어와 철학적 분석』, 이대출판부, 1985 참조.
24) 김열규, 앞 논문 참조.
25) 조동일, 민요의 형식을 통해 본 시가사, 『한국시가의 전통과 율격』, 한길사, 1982 참조.

관습적 실체 구명의 정치화

지금까지의 전통론이 그러하였던 것처럼 전통의 논의는 일차적으로 관습적 실체의 구명에서부터 출발할 수밖에 없다. 제아무리 새로운 방법과 시각이 동원된다고 하더라도 전통의 논의는 이런 실체의 구명에서 자유로울 수는 없을 것이다. 그 까닭은 전통이라는 것의 개념이 '과거가 현재에 물려준 것'26)이라는 통시적 요소를 지니고 있다는 점 때문이기도 하고 '오랜 기간 동안의 작품들이 공유하고 있는 속성'27)이라는 요소를 지니고 있기도 하기 때문이다. 그 구체적 실체의 성격이 무엇이며 어떠해야 하는가는 의도하는 바에 따라 달리 보일 수도 있겠지만 어느 경우건 전통이 실체를 통해서 파악되고 드러나야 한다는 것은 전통론의 당위일 수밖에 없다.

바로 이런 이유 때문에 그 동안의 전통 논의가 소재적 측면에서 근거를 찾기에 노력했던 것도 필연적 과정으로 이해될 수 있다. 실질적 논거를 확보하지 못한 채로 진행되는 전통 논의는 인상의 피력이나 희망의 제시로 끝날 염려가 있기 때문에도 전통적 실체의 드러냄은 무엇보다도 먼저 요구되는 일이었던 것이다. 문학 작품들에 나타난 소재적 동일성이나 주제적 유형 등을 드러내어 전통 논의의 논거로 삼았던 것은 이런 사정에 관계된다.

그러나 전통 논의가 여기서 머물고 만다면 그것은 지극히 일차원적이고 표피적인 문학 논의로 끝날 우려가 없지 않을 것이다. 문학은 문학을 이루는 여러 요소들로 구성되어 있는 것이 사실이지만 그 요소라는 것들이 유기체로서의 요소라는 점은 재론의 여지가 없다. 이는 문학 작품을 이루고 있는 요소가 전체와의 관련 속에서 논의되어야 한다는 당위성을 환기하기도 하며, 그러기 때문에 비교되고 고찰되는 작품들의 요소를 떼어서 따로 그것끼리만 논의하고 만다면 그것은 물리적 논의로 치달을 우려가 없지 않다.

사실, 신라 때의 어느 특정 작품과 현대시 한 편을 놓고 그 두 작품 사이에 나타나는 공통된 요소를 추출하여 이를 전통론으로 전개하는 식의 논

---

26) J.T.Shipley, *Dictionary of World Literary Terms*, The Writer, Inc., 1970.
27) R.Fowler, *A Dictionary of Modern Critical Terms*, Routledge & Kegan Paul, 1973.

의가 없지 않았다. 그러나 그런 논의는 천오백년 정도의 상거(相距)를 가진 두 작가가 우연의 일치로 그런 공통성을 보일 가능성이 얼마든지 있다는 형식논리적 오류를 내포할 뿐만 아니라 전통이라는 것이 어느 개인의 문제에 국한될 수 없다는 전통의 본질에 비추어서도 소박하기 짝이 없는 작업이라는 평가를 면하기 어려울 것이다.

이런 단순성을 극복하기 위해서는 전통의 실체를 드러내는 작업의 방법적 정치화(精緻化)가 요구될 수밖에 없다. 이 때 정치화라는 말은 방법적 세련을 뜻함은 물론이려니와 방법론적 시각의 전환을 뜻하기도 한다.

이 점은 문학이 인문활동이라는 사실과 깊은 관계를 가진다. 그 중에서도 우리가 주목해야 할 것은 정신적 측면에 깊이 관계된다는 점일 것이다. 인간의 정신활동이 단순히 표면화된 어떤 물리적 현상에 의해서만 일의적으로 논의될 수 없다는 점은 췌언을 필요로 하지 않는다. 그러면서도 막상 문학의 연구 특히 전통의 논의에 들어서면 가시적이고 물리적인 대상을 붙들고 씨름을 벌이는 광경을 왕왕 목격하게 됨이 흥미롭다. 이는 분석적 방법의 풍미가 불러온 한 양상이기도 하고 방법론적 심화가 미진한 데서 연유하기도 했을 것이다.

전통론의 새로운 지평을 열기 위해서는 이러한 즉물적(卽物的) 시각을 벗어날 수 있는 방법론적 정치화가 필요하다. 그 방법적 정치화는 관계 있는 것끼리 줄긋기식의 일차적 사고에서 탈피할 것을 요구한다. 문학이 인간의 언어적 행동 양식 가운데 하나라면 문학은 결국 인간 앞에 주어진 문제에 대하여 취하는 인간의 언어적 해결의 현상이라는 시각을 지니는 것도 그 한 방법이 될 것이다.

이런 논의를 위해서 인간과 언어적 행위의 본질과 양태에 관한 깊은 천착이 필요함은 물론이다. 그것은 우리의 문학 연구를 한 단계 향상된 수준으로 올려 놓는 일과 맞먹는 일이기도 할 것이다. 이렇듯 심화된 시각에서 드러낸 전통적 실체라야만 즉물적 전통론을 극복하고 문학의 본질에 접근하는 전통론이 될 수 있을 것이다.

예를 들어 풍습이니 인습이니 하는 것의 형식 그 자체를 전통으로 보는 것은 일차적이고 즉물적인 단계에 해당할 것이다. 물론 설날 어른에게 세배를 하는 그 행위 자체도 전통이라고 할 수 있지만 인문활동으로서의 문학을 대상으로 하는 전통론에서는 그러한 가시적 세계를 넘어설 필요가 있다. 세배를 하는 것과 '찬물에도 위아래가 있다'는 속담 사이에 가시적인 동일성은 없지만 그 정신적 기반은 동일하다고 할 수 있다. 이런 것을 천착해내는 일은 방법론적 세련을 통해서 가능할 것이다.

그러기 위해서는 김소월의 〈진달래꽃〉에 나타나는 물러섬은 〈처용가〉가 보여주는 물러섬과 같다는 즉물적이고 가시적인 것에 비견될 일이 아니라 오히려 〈찬기파랑가〉가 지니고 있는 언어화에 의한 해결 방식에서 전통의 요소를 찾아보는 노력이 필요할 수도 있다. 물론 이 경우와 같이 특정 작품을 단순 비교하는 식의 전통론이 지니는 문제점에 대해서는 이미 앞에서 충분히 지적한 바 있으므로 논외로 한다.

인과관계의 개념 도입

전통이 동일성의 개념을 내포함은 본질적이지만 인간의 활동에서 나타나는 동일성이라고 하는 것은 반복적 동일성일 수가 없다. 이 점은 앞에서 말한 즉물적 혹은 가시적 요소의 단순 대비가 소박한 차원의 전통론에 떨어지고 만다는 지적에서도 충분히 강조한 바 있다.

이 점을 전제한다면 전통이라는 것이 '과거가 그 현재에 물려준 그대로의 것'이라기보다는 '과거가 어떤 것을 물려준 결과로 그 현재에 야기된 것'이라는 개념으로 나아갈 수 있게 된다. 이 때 '과거가 그 현재에 물려준 것'과 '그래서 야기된 것'이 외견상으로나 실질적으로 상이할 수 있음은 물론이다.

물론 이런 논의를 더욱 섬세하게 하고 발전적 시각을 확보하기 위해서는 우리 문학사를 통하여 나타나는 이 방면의 공식성(公式性)을 추구해 볼 수도 있을 것이다. 과거가 그 현재에 물려준 것에 대해서 문학사의 각 시기들은 어떻게 반응했던가 —— 이런 질문을 앞에 두고 그 궤적을 그려봄으로써 거기서 어떤 보편적 현상이 발견된다면 이것을 전통적 현상의 하나로 보고 그 의미를 추출할 수도 있을 것이다. 이런 시각의 확보와 실증적이고 분석적인 추구는 결국 우리 문학사 연구의 심화로 이어질 것이라는 희망적 전망도 가능하므로 전통 연구가 단순히 그 자체의 논의로 끝나지 않고 생산적이고 발전적인 전개의 의의를 지닐 수도 있을 것이다.

가령 우리 문학사가 단순한 왕조사를 청산해야 한다고는 하면서도 대부분의 문학사가 왕조의 변화에 맞추어 기술되고 있는 것은 어떤 의미를 갖는가? 이것은 왕조의 교체와 문학적 관습의 현상 사이에 정합적(整合的)인 관계가 발견된다는 것을 뜻한다. 그것이 무엇을 의미하는가를 추구하는 것은 문학 전통론의 차원을 높이는 것이며 문학사 기술의 실질적 깊이를 확보하는 일이 될 것이다. 여기서 바로 그 앞의 시대가 물려주는 것에 대하여 반응하는 양식적 동질성이 도출될 것인지 아니면 삶의 조건에 대응하는 문학적 방식의 변화라는 점에서 공식성이 발견될 것인지는 예단(豫斷)하기 어렵지만 이미 현상으로 내보이고 있는 여러 양상들은 그런 논의의 가능성을 충분히 짐작하게 한다.

전통 논의에 인과(因果) 개념을 도입하자는 것은 문학 전통을 즉물적인 차원으로부터 정신적 차원으로 승화시키자는 뜻임과 동시에 인간 이해의 폭을 넓히자는 뜻이기도 하다. 인간은 단순히 반복적 답습으로만 그 삶을 영위하지는 않았다는 역사적 관점으로도 그러하거니와 인간을 단순 반복적 존재로 보는 관점이 인간관의 협소화 내지는 단순화에서 유래한다는 점에서도 그러하다.

반복으로서의 역사가 아니라 발전으로서의 역사라는 관점이 정당한가 여부는 차치하고라도 인간을 반복적 단순성으로만 규정하고 살피는 것은 인간의 정당한 이해에 미치지 못할 것이다. 이것은 이념이라기보다는 우리 삶의 경험적 논거들이 입증하고도 남음이 있다. 문학의 전통론도 이런 다양성을 고려하는 관점을 기반으로 할 때 방법적 전환은 물론 새로운 지평이 마련될 수 있을 것이다.

인간론적 시론의 관점 수립

문학 일반의 전통론에서 현대시의 전통 문제로 돌아올 때가 되었다. 문학 일반의 문제가 두루 논의되는 것은 문학이라는 대전제 때문에 필요불가

결한 것이었다. 그러나 우리 논의의 초점은 현대시에 두어야 할 것이므로 이 부분을 위한 특별한 논의가 필요하되 그것은 문학 일반의 문제와 깊은 연관 속에서 행해질 수밖에 없음 또한 불가피하다.

사실상 전통론의 전개는 상당 부분 시를 중심으로 이루어졌음을 이미 살핀 바 있다. 그것은 시가 그 만큼 전통의 본질을 많이 지니고 있다는 사실과도 관련되지만 한편으로 생각하면 시 자체를 이루는 자질들의 다양성에서 기인하기도 한다. 문예학의 최초 명명이 '시학'이었던 사정은 이런 점과 관계될 것이다.

시의 이런 측면은 전통 논의에서 시각의 다양화가 필연적이고 필수적임을 말해 준다. 그리고 그것은 즉물적 차원의 전통론에서 벗어나는 것을 뜻하기도 하면서 논의의 거점을 확대하는 것을 의미하기도 한다. 이 말은 전통 논의 자체가 시를 논의하는 방법론의 확충과 무관하지 않다는 뜻도 된다. 그러기 때문에 문학연구 방법의 심화 또는 다양화가 시급하다는 말로 치환되어버릴 수도 있다.

그러나 무엇이 이루어진 다음에야 무엇이 가능하다는 것은 변명에 지나지 않을 수도 있고 또 반드시 방법적 자각 이후에라야 문제의 해결이 가능한 것도 아니다. 필요성이 방법의 개발을 자극하기도 하는 상호작용이 문화의 제현상에서 흔히 목격되는 것은 이런 까닭이다. 전통론의 시각 전환을 위하여 관점을 확대하고 확충하려는 노력이 문학 연구 전체를 풍요롭도록 자극할 수도 있다는 것은 앞에서 문학사와의 관계를 논하면서 이미 살핀 바 있다.

따라서 시론적(詩論的) 관점 확충의 구체적 내용이 어떤 것이라야 할는지에 대해서는 섣불리 말하기 어렵다. 그러나 방법론의 개발이라는 문제와 시의 여러 자질들을 아울러 생각한다면 그런 전망의 실마리가 보일 수도 있다. 시작품을 예로 한다면 그것을 가능하게 하는 여러 요소를 떠올릴 수가 있다. 시를 쓰는 사람의 문제와 읽는 사람의 문제, 그 사람에 관련된 삶의 문제, 그 삶을 규정하는 여러 요소의 문제 등… 이렇게 생각을 전개시켜 나간다면 우리가 논의하고 구명해야 할 전통의 거점들이 얼마든지 떠오를 수 있을 것이다.

이러한 논의의 거점은 시 자체가 지니고 있는 여러 요소와 시를 둘러싼 여러 요소들을 두루 아우르면서 얼마든지 확대시켜 나갈 수도 있을 것이다. 한 마디로 말해서 시가 있게 하는 모든 것을 전통론의 대상으로 할 수 있으며 또 그래야 한다는 뜻이다. 그러나 여기서 유념해야 할 점이 있다. 그것은 시가 '인간'의 무엇이며 또 '언어'라는 독특한 양식에 근거하고 있는 무엇이라는 점이다. 이 부분은 인간과 언어에 대한 폭넓고 깊이 있는 통찰을 요구한다.

가령 인간은 어느 시대 어느 곳에서나 무한한 욕망을 추구하는 본능을 버리지 않는다는 불변의 속성이라든가, 동물로 설명되는 생물이면서 그 이상이기를 바라는 특성이 한결같이 유지되었다든가, 이성이나 감성 그 어느 한 쪽만으로는 결코 설명될 수가 없는 존재라든가 하는 등등의 문제로부터 얼마든지 많은 인간론을 도입할 수가 있다. 여기에 확정적이고 절대적인 하나의 답은 없다 할지라도 그것을 바탕으로 할 때에만 문학 전통의 논의는 타당성을 확보할 수 있을 것이다.

만약에 그런 고려가 없다면 인간을 사상(捨象)해버린 문학론이라는 편협성 또는 평판성(平板性)을 극복하기 어려울 것이며 인간을 단순히 반복적 생활 양태에 머무르는 동물 차원으로 격하시키게 될 것이기 때문이다. 그렇게 되면 문학에 역사라는 개념도 도입할 수 없을 것임은 물론 종교시와 〈각설이타령〉이 동일한 작품으로 간주되는 것도 피하기 어려울 것이다.

문학이 언어구조물이라는 명제도 중요하다. 언어를 학문의 대상으로 하는 많은 연구 분야가 있음에도 불구하고 언어는 그 정체를 명쾌하게 드러냈다고 할 수 없다. 이 사실은 문학을 생각할 때 언어에 대해 깊은 통찰이 필요함을 암시하기도 한다. 가령 언어와 그것이 가리키는 대상 사이에 대하여 인류는 아직 이렇다할 설명을 마련하지 못하고 있다는 사실이 그러하다. 언어 자체가 이러하므로 그것이 구현된 문학 작품에서 이런 고찰이 불가능하다는 것은 자명하다.

이런 문제의 해결이 어떻게 가능할 것인지에 대해서는 쉽사리 전망할 수 없겠지만 중요한 것은 그런 문제를 포함하여 언어의 제측면에 대한 폭넓은 고찰이 전통론에서 깊숙하게 고려되어야 한다는 점이다. 시의 율격을 논의할 때 오늘날 우리가 대하는 것과 같이 인쇄물로서 시각을 통해 전달되는 문자 배열만을 문제삼음으로써 율격의 논의가 어떤 모습을 보였던가 하는 점은 이미 충분히 드러난 바 있다. 이것은 언어의 실상을 고려하지 않은 데서 빚어진 방법적 오류라 할 수 있다.

마찬가지의 사례가 시조에 관한 논의에서 종종 발견되기도 한다. 시조는 널리 알려진 바와 같이 가창(歌唱)으로 전승되었던 장르다. 따라서 상당수의 작품이 가창의 관습에 의거하여 창작되었다. 이 점은 오늘날의 시인이 홀로 책상에서 머리를 맑히면서 시행을 적어나가는 것과 분명히 다른 점이다. 이런 차이에 대한 고려가 배제된 채로 오늘날 우리 앞에 기록된 문자로 존재하는 동일성 때문에 그 작품의 근원과 과정이 동일한 것으로 판단될 수는 없을 것이다.

이 문제야말로 언어의 문제로서는 아주 소박한 차원에 해당하는 것이면서도 인식의 전환이 더딘 부분이기도 하다. 이 점에서 언어의 문제에 대한 천착은 곧 문학 연구의 방법론은 물론 언어 연구 자체까지를 확충하고 심화하게 되리라는 전망이 가능하다. 전통에 대한 논의의 확충은 이렇듯이 논거가 되는 요인들의 다변화와 그 배경이 되는 연구들의 상호작용을 통해 꾸준히 이루어질 성질의 것이다.

율격론적 시각의 확대

모든 일이 그러하듯이 현대시의 전통을 논의하는 일도 이론적 이상을 제시하기는 쉽지만 그 실천은 어렵다. 목적이 바로 방법적 성숙까지를 성취시켜 주는 것은 아니기 때문이다. 그러기에 이론적 이상만 제시하고 그 실천적 결과를 내보이지 못하는 이론은 이론을 위한 이론으로 떨어지고 말 수밖에 없다. 지금까지의 많은 전통 논의가 그 화려한 이론적 이상의 제시에도 불구하고 실천의 측면에서는 이런 약점을 많이 내보였던 것도 사실이다.

이 글의 약점도 그와 크게 다를 바가 없다는 점일 것이다. 제시한 이론적 이상이 워낙 거창한 것이었기에 그에 반비례해서 약점의 골도 깊어질 수 있다. 그런 책임을 최소한도라도 면하기 위하여 이 부분의 논의가 필요해진다. 그 노력은 집요하고 구체적일 것을 요구한다. 그럼에도 불구하고 이미 말한 바 있듯이 현재로서는 전망이 가능할 뿐 당장의 개인적 실천이 어려운 광범하고 심층적인 작업이므로 여기서는 전통론의 새로운 지평을 위한 단서를 몇 가지 제시하는 데 그치고자 한다.[28]

현대시의 전통을 논의하는 데 일차적 고려의 좋은 대상은 율격이다. 사실 그 동안의 전통 논의에서 가장 많이 거론된 단골 메뉴도 율격의 문제였다고 해서 지나친 말은 아니다. 시의 언어적 모습으로서 외형적으로 일차적 의의를 지닌다는 점에서도 그러하고 전통 논의의 가시적이고 구체적인 실체일 수가 있다는 점에서도 그러하다.

그러나 율격적 현상의 즉물적인 논의가 언어의 실상과 결부되지 않은 채 활자적인 모습으로 논의되는 것은 실상을 바로 보지 못하는 결과를 낳는다는 점을 이미 지적한 바 있다.[29] 따라서 이 부분에 대한 논의는 과감한 시각의 전환이 요구된다. 그 일례로 시를 향유하는 언어의 실상과 관련하여 작시의 원리로 내세울 수 있는 것이 의미의 율격이라는 점에 주목한 필자의 논의를 들 수 있다. 이는 작시의 본질적 과정을 고려에 넣는다는 점에서 작시론적 시각의 전환이라는 의미를 갖는다.

예를 들어 '가자 가자 어서 가자'라는 언어 표현이 지니고 있는 구조의 원리는 '가자'를 a로 '어서'를 b로 구분할 때 $aaba$라는 구조로 요약될 수 있다. 이 $aaba$적 구조는 잣수에 상관 없이 그리고 환경에 상관없이 시적 표현의 기본 구조를 이루고 있다는 점에서 전통적이라 할 수 있다.

예를 들어 민요에서 흔히 발견되는 바와 같이 '가자 가자/ 어서 가자/ 이수 건너/ 백로 가자' 같은 것은 앞의 예에 비해서 음절수효가 배로 확장된 것이지만 여전히 $aaba$의 구조를 취하고 있는가 하면, 박두진(朴斗鎭)의 〈해〉처럼 장형화된 시에서도 여전히 구현됨을 볼 수 있다. 즉, '해야 솟아라/ 해야 솟아라/ 말갛게 씻은 얼굴/ 고운 해야 솟아라'에서 보듯이 '해야 솟아라'를 단위로 하는 $aaba$형이 이루어지고 있으며, 이런 예는 현대시 가운데서도 얼마든지 찾아 볼 수 있다. 이런 현상은 바로 이 의미 율격에

---

28) 이와 비슷한 작업을 필자는 이미 '시의 전통 탐색'(『우리 시의 틀』, 문학과 비평사, 1989)으로 발표한 바 있다. 따라서 이 글은 그 후속 작업이라는 뜻을 가지기도 한다.

29) 김대행, 『우리 시의 틀』, 문학과 비평사, 1989 참조.

기저한 조어법(措語法)이 단단한 뿌리를 이루고 있음을 알게 한다.

기실 이런 표현의 전통은 대단히 보편적이어서 민요에서 보여주는 흔적의 뿌리깊음과 함께 많은 현대시에서 확인되기도 한다. 고정희(高靜熙)의 시 〈청산별곡〉같은 작품에서 "해야 뜨지 마라/ 해야 뜨지 마라/ 동해 불끈 쥔/ 둥근 해야 뜨지 마라"를 발견할 수 있음은 고려 때 노래 〈청산별곡〉이 "살어리살어리랏다/ 청산에 살어리랏다/ 멀위랑 다래랑 먹고/ 청산에 살어리랏다"가 보여주는 aaba형식의 답습에 기인한다고만 하기는 어려울 것이다.

그러나 우리의 새로운 전통론이 지향해야 할 목표가 가시적인 것을 넘어서는 구조 원리의 차원으로 나아가야 한다고 지적했듯이 서정주(徐廷柱)의 〈국화 옆에서〉가 시적 발상에서 aaba형을 취하고 있음을 발견하는 것은 흥미롭다. 널리 알려진 작품이므로 원문의 인용은 피하겠지만 〈국화 옆에서〉의 네 연은 "한 송이 국화꽃을 피우기 위하여서"를 반복구로 하여 각 연이 이루어지되 "봄 - 여름 - 가을"의 순차적 구조를 가지고 있음을 우리는 다 알고 있다. 다만 여기서 예외는 세째 연인데, 세째 연은 "내 누님같이 생긴 꽃이여"라고 함으로써 다른 연들이 동질적으로 지닌 의미소인 '꽃 피우기 위한 시련'에서 벗어나 있다는 점이 다르다. 이런 의미상의 지향을 기준으로 한다면 전편의 구조가 aaba로 되어 있다는 판단이 가능하다.

이런 구조를 김소월의 〈접동새〉에서도 이미 확인[30]한 바 있지만 이 aaba의 구조는 우리가 흔히 생각해 온 가시적 실체의 분석을 통한 전통성 추구와는 그 입지가 다르다고 할 수 있다. 그 기본이 되는 단위는 언어 형식의 가시적 구체성을 갖고 있지만 단순히 거기에서 그치지 않고 시상 전체를 이루는 발상의 구조로까지 확대되어 있음을 입증하고 있기 때문이다. 이런 과정을 통해서 우리는 전통의 실체를 드러내는 차원의 높임을 기대할 수 있을 것이고 논의의 거점을 확충할 수가 있을 것이라고 전망한다.

---

30) 김대행, 김소월의 접동새—민요시의 정체, 오규원 편, 『한국 현대시 작품론』, 문장사, 1981. (김대행, 『우리 시의 틀』, 문학과 비평사, 1989에 재수록).

삶의 방식과 언어 표현

아무런 선입견 없이 다음 시를 살펴 보자.

> 나갔다. 들어온다. 잠잔다. 일어난다.
> 변보고. 이빨닦고. 세수한다. 오늘도 또. 나가 본다.
> 오늘도 나는 제5공화국에서 가장 낯선 사람으로.
> 걷는다. 나는 거리의 모든 것을.
> 읽는다. 안전 제일.
> 우리 자본. 우리 기술. 우리 지하철. 한신공영제4공구간. 국제그룹사옥 신축
> 공사장. 부산뉴욕제과점.
> 지하 주간 다방 야간 맥주홀. 1층 삼성전자대리점. 2층 영어 일어 회화 학원.
> 3층 이진우 피부비뇨기과의원. 4층 대한예수교장로회 선민중앙교회. 5층 에어로
> 빅댄스 및 헬스클럽. 옥상 조미료 광고탑.
> 그리고 전봇대에 붙은 임신·치질·성병 특효약까지.
> — 황지우, 〈활로(活路)를 찾아서〉

흔히 말하는 수사적인 분류로 명명한다면 이 시에서 가장 두드러지는 것
이 열거적 표현이라고 할 수 있다. 그런 관점에서 본다면 다음 시도 같은
특징을 지닌 것이다.

> 내가 당신을 사랑하는 것은
> 당신이 이뻐서가 아니다
> 젖은 손이 애처로와서가 아니다
> 이쁜 걸로야 TV 탈랜트 따를 수 없고
> 세련미로야 종로거리 여자들 견줄 수 없고
> 고상하고 귀티나는 지성미로야 여대생년들 쳐다볼 수도 없겠지
> 잠자리에서 끝내주는 것은 588 여성동지 발뒤꿈치도 안차고
> 써비스로야 식모보단 못하지
> 음식솜씨 꽃꽃이야 학원강사 따르것나
> 그래도 나는 당신이 오지게 좋다

    살아볼수록 이 세상에서 당신이 최고이고
    겁나게 겁나게 좋드라

                                              — 박노해, 〈천생연분〉

  열거적 표현이라는 점에서는 앞의 시와 같다. 그러나 이 두 편의 시는
그것 말고도 같은 점을 더 많이 지니고 있다. 그 가운데서 가장 두드러지
는 동질성은 세상을 바라보는 시각이 아닌가 한다.
  앞의 시는 세째 행의 '가장 낯선 사람으로'와 같은 표현에서 그 시각을
짐작케 하는 단서를 발견할 수도 있지만, 전체적으로 보면 그저 무심한 듯
이 모아 놓은 거리 풍경처럼 보인다. 그러나 그 거리 풍경들은 전체를 일
관하는 동질성을 가지고 있다. 그것을 딱히 무엇이라고 지적하기는 쉽지
않지만 그 동질성 가운데 한 가지는 '냉소적(冷笑的)' 대상이라는 점이다.
이런 거리 풍경이 없을 바 아니지만 1-4층의 간판 대비에서만도 그런 냉
소적 웃음은 느껴진다.
  두 번째 시의 실질적 전언(傳言)은 "나는 당신이 좋다."이겠으나 사실
그 말은 일종의 둔갑술적 언어라는 점이 느껴진다. 그 당신을 대비하는 대
상들의 부류나 속성 등을 통해서 우리는 그것을 감지할 수 있다. 여기서도
냉소적인 느낌은 동일하게 전해 온다. 그것은 요설(饒舌)의 형식을 통해서
구현되고 있는 것이기도 하다.
  이런 점에서 보면 이 두 편의 시는 세상을 향한 냉소를 담고 있음이 분
명하다. 겉으로 보는 수사학적 분류로 열거라고 명명할 수 있는 그 언어
표현의 실질적 의미는 바로 여기에 있다고 할 수 있다. 여기서 이러한 냉
소적 태도와 그 구현으로서의 요설이라는 전통이 있는 것은 아닐까 하는
가정을 가질 수 있고, 그러한 사례를 실제로 우리 문학에서 찾아볼 수 있
기도 하다.

    일신이 사자 하니 물것 겨워 못 살리로다
    핏겨같은 가랑이 보리알같은 수퉁이 잔 벼룩 굵은 벼룩 왜벼룩 뛰는 놈 기
  는 놈에 비파같은 빈대새끼 사령같은 등에 어이 갈따귀 사메여기 센바퀴 누른
  바퀴 바그미 거겨리 부리 뾰족한 모기 다리 기다란 모기 살진 모기 야윈 모기

> 그리 화진에 뽀오록이 주야로 빈 틈 없이 물거니 쏘거니 빨거니 뜯거니 심한
> 당버리 에 어려워라
> 　그 중에 차마 못 견딜손 오뉴월 복더위에 쉬파린가 하노라

　이 시조의 작자를 이정보(李鼎輔)로 표기한 가집(歌集)이 있기도 하지만 그 정확성을 알기는 어렵고 또 대개의 시조 작품이 그러하듯 이것이 누구의 작품인가 하는 것이 그리 문제가 되는 것은 아니다. 또 혹자는 이것이 관리들의 횡포를 빗대어 표현함으로써 세상을 풍자한 것이라고도 하지만 그 의도가 정확하다는 근거는 이 작품이 사회적 의식을 강하게 앞세웠다는 전제를 가져야만 가능한 것이기 때문에 신빙성이 덜하기도 하고 또 그렇게까지 문제를 가져가지 않더라도 우리의 논의에는 상관이 없다.

　문제는 이 시조가 요설의 형식으로 되어 있다는 점이고 그 대상이 되는 사물들이 앞서의 두 편에서 대상을 바라보는 시각과 그리 멀지 않은 속성들을 지녔다는 점이 중요하다. 열거를 통한 요설에서 드러나는 태도는 결코 진지하다고는 하기 어렵기 때문이다. 이런 태도는 시의 대상이 되는 사물에 전혀 삶의 무게를 싣지 않고 있다는 데서 확인된다. 이 점은 앞의 두 시의 그것과 동일하다. 여기서 요설의 형식이 삶에 대한 혹은 세상에 대한 냉소적 태도와 연관되리라는 가정이 가능하고 그런 가정은 다음과 같은 시조를 통해서 확인이 가능하다.

> 환상(還上)에 볼기 설흔 맞고 장리(掌利) 값에 외솥 하나 떼어 간다
> 사랑 둔 여기첩(女妓妾)을 원의 차사(差使) 등 밀어낸다
> 아이야 죽탕관(粥湯灌)에 개 보아라 호기(豪氣)를 겨워 하노라

　제시된 상황은 '볼기 설흔'과 '외솥 빼앗기기'에 이어 '첩 빼앗기기' 그리고 '죽으로 연명하기'로 이어진다. 한 마디로 처절의 극에 달한 상황이다. 이런 상황의 처절함에 비해서 태도는 "호기에 겹다"고 함으로써 그 상황에 반하는 태도 표명이 애상감(哀傷感)마저 불러일으키기도 한다. 그러나 그런 태도는 그 대상이 되는 사건들에 고뇌나 번민의 무게를 두지 않음으로써 가능한 것이라고 할 수 있으므로 오히려 냉소적 태도로 분류될 수

있다. 그리고 그것을 요설의 형식을 통해서 드러내고 있기도 하다. 이것이
시조의 정형을 벗어난 형식이면서 음악적으로는 낙시조(樂時調)로 분류되
어 불렸다는 사실은 이런 판단을 뒷받침해 준다.

이런 요설을 가리켜서 '이죽거림'이라고 명명할 수 있음은 그 태도로 보
아 타당하다. 문제를 앞에 놓고 진지하게 접근하기보다는 빈정거림을 통해
서 문제의 실상을 드러내고자 하는 방식이다. 그러므로 이런 요설의 형식
은 삶에 대한 냉소적 태도와 관련됨이 분명하다. 결국 삶에 대한 태도와
언어 형식 사이에 이런 관계를 수립하는 전통을 발견하는 것도 방법론적
전환에 기여할 수 있을 것이다.

사실 이런 이죽거림의 어법은 『대한매일신보』에 사회평론으로 연재되던
민요체시가[31]에서 흔히 볼 수 있는 현상이기도 하다. 『대한매일신보』가
비판적인 입장에 서 있었다는 점은 다른 기사들을 통해서도 확인된다. 따
라서 이 민요체시가들은 『대한매일신보』의 까십적 이죽거림의 태도를 반영
하는 것이면서 세상을 바라보는 냉소적 태도를 짐작할 수 있게 할 뿐만 아
니라 우리 문학 특히 시가에서 그 전통의 면면함을 엿보게 하는 사례이기
도 하다.

물론 요설의 형식이 반드시 이런 태도와만 연관을 갖는 것은 아니다. 따
라서 요설의 형식이라고 해도 그 지향은 다를 수 있으므로 그 유형화를 통
해서 또 다른 요소와의 관련이 발견될 수도 있을 것[32]이고 이 부분은 앞
으로의 숙제가 될 것이다. 다만 그런 작업의 활성화를 통해서 전통론은 그
깊이를 더하고 폭을 확대할 수 있을 것이다.

그러나 이와는 다른 문제로서 삶에 대한 냉소적 태도가 이죽거림의 구체
화를 통해서 드러나는 전통이 작자의 계층적 문제와 어떤 관계를 갖는 것
인지, 아니면 사회적 입장에서 연유하는 것인지 하는 것은 따로 분석되어

---

31) 여기서 '민요체시가'라고 한 것은 종래 '사회등가사'라고 불러오던 것에 대한 대
    안으로 필자가 제기한 것이다. 김대행, 『시가시학연구』, 이대출판부, 1991 참조.
32) 이런 문제는 연구방법의 심화 또는 다변화에 의해서만 출구가 찾아질 것이기도 하
    다. 바흐찐의 대화이론이 제시하는 '어조'의 관점같은 것이 그런 일에 도움이 될
    수도 있을지 모른다. Tzvetan Todorov, 『Mikhail Bakhtine: le principe
    dialogique, suivi de Ecrits du Cercle de Bakhtine』, 최현무 역, 『바흐찐 :
    문학사회학과 대화이론』, 까치, 1987 참조.

야 할 문제일 것이다. 휘몰이잡가처럼 성격이 같지 않아 보이는 요설의 예
도 얼마든지 추가할 수가 있기 때문이다.

시인 의식의 전통론

우리 현대시 초기에 시를 써서 문학사에 기록을 남긴 시인들의 면면을
자세히 살펴보노라면 한 가지 특이한 점을 발견하게 된다. 그것은 상당수
의 시인들이 지식인이라는 점이다.

시인이 지식인이라는 점이 특이하다는 말은 이상하게 들릴는지도 모른
다. 시인이야 어차피 지적 활동에 종사하는 사람이라는 점에서 본다면 지
식인일 것이 당연하다. 그러나 여기서 지식인이라고 특별히 지적한 것은
시를 쓰기 위한 지적 연마에 종사하지 않은 범칭으로서의 지식인에 속하는
사람들이 시를 쓰는 데 종사했다는 말이다. 최남선(崔南善)은 역사학자일
수도 저널리스트일 수도 있었으며, 한용운(韓龍雲)은 승려였고, 황석우(黃
錫禹)는 와세다[早稻田]대학 정경과(政經科)를 다녔으며, 오상순(吳相淳)
은 도오지샤(同志社)대학 종교철학과(宗敎哲學科)를 다녔고, 김소월만 해
도 도오쿄오[東京] 상과대학을 거쳤다.

지금처럼 분화된 직업 관념을 가지고 그 당시 출신대학이 곧 직업적 발
판이었을 것으로 보는 것도 무리가 있겠지만 이렇듯이 직업으로서의 시인
과는 무관한 지적 활동의 배경에도 불구하고 시인이 되었다는 것은 지식인
과 문학의 관계를 짐작하게 하는 단서가 될 수도 있다. 즉 시인은 요즘처
럼 그것을 업으로 하는 사람이 아니라 선각자 또는 선구자를 뜻할 수 있었
다는 점이다. 그것도 낯선 박래품(舶來品)인 신시(新詩)를 쓰는 것은 당대
에서 앞서 가는 사람들의 몫이라는 인식이 있었음직도 하고 또 그것을 할
수 있는 사람은 이른바 '먹물'을 남에 앞서서 먹은 사람이라고 생각했었으
리라는 해석도 가능하다.

이것은 결코 우연이 아니고 시를 쓰는 일 즉 글을 쓰는 일이 선비들의
몫이었던 오랜 전통의 결과가 아니었나 싶다. 따라서 시건 소설이건 그것
은 배운 자의 몫인 문필 행위에 속하는 것으로 인식되었던 것이고 이 점은

오늘날의 시인과 많이 다른 점이라고 할 수 있다. 여기서 시인 의식의 뿌리깊은 전통을 발견하게 된다. 그것은 시대에 따라 모습을 달리할 수는 있으되 앞서 가는 사람의 선진의식과 책임의식이 바로 시인의식이라는 전통이다.

『삼국유사』에 나오는 충담사(忠談師)와 월명사(月明師)는 이런 시인 의식의 모습을 구체적으로 보여주는 인물들이다. 두 사람은 나라 안에 어려운 일이 있을 때 각기 〈안민가(安民歌)〉와 〈도솔가(兜率歌)〉를 지어 그 어려움을 해소하는 데 기여한다. 그들의 신분은 승려였지만 신라 사회의 승려가 사회의 선진 혹은 주도 그룹에 속했으리라는 것은 얼마든지 추론이 가능하고 그런 전제 위에서 본다면 그들의 시인 의식은 선각자 혹은 지도자의 그것에서 멀지 않다고 할 수 있다.

이런 시인의식은 역사의 구비마다에서 강력하게 발휘된다. 시조에 남이(南怡將軍)장군이며 이순신(李舜臣)장군같은 무인(武人)들의 작품이 남아 있는 것은 시인이 무엇을 하는 사람인가를 짐작하게 해 주고 대부분의 시조 작품이 타이르고 인도하는 태도를 표출하고 있다는 점도 그러하거니와 정약용(丁若鏞) 같은 선비도 선각자 혹은 지도자로서의 시인이기를 지향한 모습을 그의 작품에 풍성하게 남기고 있다.

그런가 하면 이른바 개화기로부터의 그 혼란한 시기에 시를 쓴다는 일은 곧 그가 선각자임을 의식한 행위였음을 보여주는 좋은 본보기가 최남선의 예가 아닌가 한다. 그가 신체시를 도입한 것이나 그 신체시의 주제로 삼은 것들 그리고 나중에는 창가(唱歌)에만 몰두해버린 것들은 오늘날 직업인으로서의 시인을 생각하는 관점으로 관찰하는 것이 무의미함을 보여주고 있다.

역시 동일한 시인의식을 최근의 사회에서 우리는 풍성하게 발견할 수가 있다. 사회가 정치적으로 어려웠을 때 시로 이것을 고발하는 것은 궁극적으로 계도를 목적으로 한 것이라고 할 수 있고 그러한 의식은 '지식인의 사명' 론에 연결되는데 이것이 바로 선각자 또는 지도자로서의 지식인이라는 의식과 다를 바 없다고 할 수 있다. 지난날 사회가 어지러웠던 시절에 '노동문학'이라는 용어가 등장하고 공동작업에 의한 창작을 추구하기도 했던 적이 있다. 그런데 그 희망적인 이론 전개에도 불구하고 결과는 그다지 두드러지지 못했다. 이론적 추구는 매우 바람직한 가치를 표방했으면서도 노동자 자신보다는 그 방면의 지도적인 인사들이 그것을 주도하는 결과를 낳았던 것도 지식인으로서의 시인의 역할을 생각하게 하는 대목이다.

지도자 혹은 선각자로서의 지식인이 곧 시인이라는 의식이 우리 시의 전통적 요소라고 할지라도 그 작품의 세계가 반드시 사회를 향한 목소리만으로 나타날 수는 없을 것이다. 3·1운동 직후의 시인들이 보여주었던 시세계가 그 단적인 반증을 제공한다. 그러나 지식인이기에 오히려 더 병적으로 신음할 수 있었다는 가정이 전혀 무망(無望)하지 않을 것이고 그것조차도 선각자 혹은 지도자 의식의 발로였으리라는 추론이 가능하다면 사회가 어려울수록 세상에는 무관심하게 되는 선각자의 행동양식 가운데 하나라는 관점에서 그 시세계를 유형화할 수도 있지 않을까 싶다.

문제는 방법이고 정치한 분석이다. 바로 이런 점에서 전통론의 방법론적 세련과 치밀한 분석 그리고 인간의 요소를 반드시 고려하는 전통론의 수립이 요구되기도 한다.

언어 의식의 전통론

우리 시의 전통적 정서가 한(恨)인가 아닌가 하는 문제가 고유성 또는 우수성의 문제와 연관되면 오히려 실마리가 풀리지 않는다는 점은 앞에서 지적한 바 있다. 따라서 이 문제의 해명은 그 시각적 전환이 요구된다 하겠다. 그 한 가지 단서를 앞에서 살핀 바 있는 충담사와 월명사의 경우를 통하여 찾아보는 것도 한 방법이 될 수 있다고 본다.

충담사와 월명사는 〈안민가〉와 〈도솔가〉를 지어서 나라와 사회의 어려움을 극복함으로써 선각자 혹은 지도자로서의 지식인이라는 몫을 성취했지만 역시 두 사람 다 같이 서정적인 작품을 한 편씩 남기고 있다는 점이 흥미롭다. 물론 월명사의 〈제망매가(祭亡妹歌)〉의 경우는 그 노래를 지어 재를 올릴 때 지전(紙錢)이 바람에 날려 서쪽으로 갔다는 효용론적 측면을 부각한 기록이 덧붙여져 있기는 하지만 그것은 『삼국유사』를 관류하고 있는 설명 태도에 관계되는 것으로 보아 무방할 것이다.

그리고 본다면 〈찬기파랑가(讚耆婆郞歌)〉나 〈제망매가(「祭亡妹歌)〉의 예는 말 그대로 서정을 드러낸 노래이며 그 기조가 되는 인식은 애상적 비애감을 바탕에 깔고 있다. 전통으로서의 한(恨)이 논의되는 것은 바로 이런 애상적 비애감에 관련되기도 한 것이 사실이다.

이 부분의 논의를 위하여 이런 질문을 던져 보는 것도 한 방법이 될 것이다. 즉, 왜 우리 시에는 적극적인 정열을 노래한 찬가류의 작품이 드문가? 긍정적인 가치를 앞세우면서 사람을 격동케 하고 고무 추동하는 노래가 지어지지 않은 이유가 무엇인가? 그것은 우리 민족의 삶에 대한 태도에 관계되는가? 아니면 세계관의 패배주의적 색칠 때문인가? 이런 질문들에 답을 구하는 과정에서 우리는 전통론의 발전적인 실마리를 찾아낼 수가 있지 않을까 한다.

기껏해야 〈용비어천가(龍飛御天歌)〉 정도의 찬가를 문학적 유산으로 지니고 있는 우리로서는 그 긍정적 정열을 표방한 작품의 빈곤이 전통적으로 유지되어 온 언어관에 기인하지 않는가 하는 가정을 해 볼 수 있을 것이다. 물론 "말이 씨 된다."는 속담처럼 언어의 주술적 힘을 간파한 흔적도 분명하지만 문학 작품 중에 유독 말이 씨가 되도록 고무 추동하는 예가 드물다는 것은 역시 '말은 말일 뿐'이라는 인식에 뿌리를 내리고 있기 때문이 아닌가 싶다.

이것은 언어를 보는 관점이 표현론적인 쪽에 치중되어 있다는 말도 된다. 노래의 언어를 신들림(possession)의 언어로 보거나 전달의 언어로 보기보다는 자기를 표현하는 것으로 족하다는 인식이라고 할 수 있다. 가령 김소월의 〈먼 후일(後日)〉이 되풀이해서 강조하는 '잊었노라'가 상대방에게 전달하기 위해서 마련된 말이라기보다는 자기 스스로에게 다짐하는 말이라고 보는 것이 그 시의 바른 이해가 된다. 그렇다면 그 말은 독백의 언어일 뿐 그 언어를 통해서 타인을 어떻게 움직이려는 의지의 표현이라고는 할 수 없다. 한용운(韓龍雲)의 〈님의 침묵(沈默)〉이나 〈이별〉이 모두 타인을 향한 전언이라기보다는 자신을 위무(慰撫)하기 위한 다짐의 언어이며 따라서 독백에 해당한다는 점은 이 사실을 입증한다.

시는 언어구조물이고 언어는 언어일 뿐이라는 인식은 그것이 곧 청자(聽者)를 움직이거나 현실을 흔들어 놓는 쪽보다 자신의 위안을 구하는 쪽을 지향하게 되었다는 해석이 가능하다면 우리 시가 보여주는 소극적인 갈등

해소 방식이 이런 언어관에 연관된다고 보아 무방할 것이다. 〈찬기파랑가〉
가 '찬(讚)'이라고 해서 찬가적 요소를 가지고 있으면서도 타인의 고무·추
동보다는 흠모의 개인적 정을 표출하는 데 치중하고 있다든지, 〈제망매가〉
가 '미타찰(彌陀刹)'에서의 만남을 기약하는 자기 다짐으로 나아간 것도
그런 예가 된다. 이런 사례는 고려 때의 노래를 비롯하여 시조 등에서 무
수히 발견할 수 있으며 특히 〈강호사시가(江湖四時歌)〉류의 찬가적 작품들
조차도 자기 다짐의 어법을 취하고 있다는 점은 이런 추론을 뒷받침한다고
할 수 있다.

결국 언어는 언어일 뿐 현실이 아니라는 언어관은 자기 독백의 언어로
이어지고 태도라는 측면에 연결될 때는 소극적일 수밖에 없으며 그래서 그
갈등 해소의 방식이 애상적 비애감을 드러내는 한의 요소가 되었으리라는
것이 이 부분의 추론이다. 그러나 이 문제는 앞으로 더 많은 논거를 확보
하면서 검토되고 입증되어야 할 하나의 가정일 뿐이다.

예를 들어 우리의 말하기 방식이 외국어에 비해서 훨씬 강렬한 측면이
없지 않다는 것도 이런 것과 관련이 있지는 않을까 한다. '죽어도'라든가
'절대로' 같은 표현을 쉽사리 사용할 수 있는 것이 어쩌면 언어가 언어일
뿐 현실이나 사실 그 자체는 아니라는 점과 관련되지는 않을까 하는 논의
도 해 봄직한 일이다.

하나의 가정적인 전통론으로서 시를 지탱해 온 언어관의 문제를 거론했
지만 이런 관점이 논거에 의해서 지지를 확보하게 된다면 그 의의는 클 것
이다. 그런 것을 통하여 가시적인 대상을 앞에 놓고 벌이는 전통론의 단계
를 극복할 수가 있을 것이기 때문이다. 그리고 앞으로의 시 전통론은 이런
측면에 조명이 가해짐으로써 방법론적 세련과 성과의 깊이를 더할 수 있을
것이다.

연구방법의 새 차원을 바라보며

지금까지 현대시 전통론의 연구사적 경과를 간추림으로써 앞으로의 보다
심화된 전통론을 가늠해 보고 그 구체적 단서를 위하여 몇 가지 잠정적인

가정을 제시하였다. 필요한 곳에서 필요한 만큼의 논의가 전개되었으므로 이제 특별한 결론이 따로 있을 것 같지는 않다. 또 논지를 요약하는 것도 부질없는 일일 것이다.

다만 우리의 전통론이 민족 주체성이라는 측면에 기대어 고무되고 추진되었다는 사실이 전통론의 방향을 오도(誤導)하기도 했다는 점만은 다시 한 번 상기해 두려 한다. 모든 일이 그러하듯이 목적론적인 요소가 강렬하면 할수록 그 건강성이나 순수성은 훼손되는 정도가 심하다. 앞으로의 전통론은 특히 이 점을 경계할 필요가 있다. 그런 당위에 사로잡힌 나머지 고유성이나 우수성을 추구하는 일에 몰두하다가는 우리 문학이 한낱 보잘것 없는 지방문학에 지나지 않는다는 결론에 도달할 염려도 없지 않기 때문이다.

문학이 그 자체로서 보편성과 특수성이라는 모순을 내포하고 있다는 점을 다시 한 번 분명히 인식하는 것도 중요하다. 전통론 또한 그 모순된 명제인 보편성과 특수성을 아우르는 포괄의 원리를 바탕으로 추구됨이 마땅하다. 우리 문학의 보편성과 개별성을 동시에 드러내는 것이 우수성을 드러내는 일에 이른다는 역설도 가능하기 때문이다.

그런 기반 위에서 우리가 앞으로 해야 할 일은 방법론적 차원의 고양(高揚)을 위한 노력이며, 그것은 이 일을 위한 필요조건일 것이다. 이 글은 그 바람직한 목표를 제시하기는 하였으되 그 구체적 실천은 지극히 가정적인 수준에 머무르고 만 감이 없지 않다. 이것이 이 글의 약점이다. 그런 약점에도 불구하고 즉물적이고 가시적인 수준의 전통론을 극복하고자 노력했던 것이 이 글의 지향이다. 결국 이런 지향을 가지고 추구한다면 전통론의 새로운 지평은 마련될 수 있으리라는 것이 이 글의 최종적인 전망이다. 그것은 이 방면에 종사하는 사람들의 숙제가 될 것이다.

다만 누누이 강조한 것처럼 문학이 인간의 정신적 산물이라는 점에서 그리고 언어구조물이라는 점에서 인간과 언어의 두 요소를 언제나 놓치지 않으면서 탐색하고 사고하는 것은 전통론의 충분조건이 될 것이다. 인간이 지니는 여러 측면을 아우르면서 언어가 지니는 여러 양상들을 관찰한다면 문학의 논의로서도 폭과 깊이를 더할 것이며 전통론 또한 그 본질에 맞는 모습을 띠게 되리라고 전망한다.

중요한 것은 그 필요조건과 충분조건을 놓치지 않는 일일 것이다. 그렇게 함으로써만 언어이되 언어 이상인 문학의 전통을 바로 살필 수 있을 것으로 전망한다.

시낭송의 고민과 그 해법

시낭송과 율격론의 과제

학교, 특히 초등학교에서 학생을 가르치는 교사들은 낭독 지도에 곤혹을 느낀다고 한다. 산문의 경우는 그래도 덜하지만 시 작품인 경우에는 문제가 사뭇 심각하다고들 한다. 시를 어떻게 낭독하는 것이 바른 낭송이며, 어떻게 해야 시답게 읽는 것이고, 또 시적 효과를 내는 것인지에 관련된 참고사항도 기준도 전혀 없다는 데서 겪게 되는 어려움을 호소한다.

이런 고민은 국어교사라면 누구나 없이 다 할 것이다. 그러나 이 문제를 해결해 줄 만한 시원한 대책은 없다. 이것이 시의 율격 또는 낭독과 관련하여 우리 앞에 가로 놓인 현실적인 문제다.

아주 오래 전 일이지만, 영국의 대학 교수가 한국을 방문하여 이런 말을 한 적이 있다. "한국의 시낭송 테입을 영국사람들에게 들려 주었더니 그것을 들은 영국인들은 한결같이 그것을 시낭송이 아니라 연설을 듣는 것 같다고 하더라." 그럴 것이다. 영어는 액센트가 뚜렷해서 액센트의 차이가 의미까지 다르게 만드는 언어다. 그런 영어를 사용하는 영국의 시 낭송 관행에 비겨 본다면 강약도 고저도 분명치 않은 우리의 시낭송이 자기네와 같은 시낭송으로 인식되기 어려웠을 것은 너무 당연하다. 그로부터 많은 세월이 지난 지금에도 이 문제는 여전히 그대로 남아 있다.

이러한 사실은 시의 율격과 관련하여 다음과 같은 생각의 실마리를 제공한다. 하나는 우리 시의 율격이 영국의 시가 지닌 율격과는 전혀 다른 어떤 성격을 지니고 있으리라는 점이고, 다른 하나는 그것이 지금 분명하게 인식되지 못하거나 실제적인 구체성을 띠지 못함으로써 인식상의 혼란을 나타내고 있다는 점이다. 율격론의 혼란은 곧 낭송의 틀이나 표준형을 구축하기 어렵게 한다. 문제는 바로 여기에서 비롯된다.

낭송의 문제는 이렇듯이 심각해도 그 기준을 제공해야 할 우리 시 율격의 정체는 여전히 오리무중이다. 대강만 생각해 보더라도 우리 시에는 글자수 지키기의 강력한 전통이 있었던 것도 아니고, 그렇다고 소리가 길고 짧거나 강하고 약하거나 하는 율격의 기본적인 요소가 음성상으로 갖추어진 것도 아니다. 그러니 우리 시에서는 어떤 율격도 성립할 수 없는 것이 아닌가 하는 생각도 든다. 하물며 평음(平音)이니 측음(仄音)이니 하는 성조(聲調)조차 없으니 그런 생각은 더더욱 강해질 수밖에 없게 된다.

그래서 우리 시에는 율격이 없는 것이 아닌가 생각을 해 보는 사람도 있는 모양이지만, 시라는 것은 본질적으로 리듬이 있어야 한다는 근원적인 조건에 비추어 그런 생각을 밀고 나가기가 어렵게 된다.

각급 학교의 국어 교실에서는 언제인가부터 음보(音步)라는 것을 나누는 기호로 '/'표를 사용하면서 음보 구분을 함으로써 율격을 학습하는 것이 보편화되어 있다. 그러나 그러한 음보 구분은 다만 목측(目測)으로 추정되는 3-4음절 단위의 덩어리로 나누는 행위일 따름이지 낭송의 모습을 구체화해 주지는 못한다.

이러한 음보 구분이 낭송에 영향을 주는 요소가 있다면 한 음보로 추정되는 말 덩어리를 한꺼번에 발음하고, 그 덩어리와 덩어리 그러니까 음보와 음보 사이에 약간의 쉼[休止]을 둔다는 정도일 것이다. 이럴 정도로 낭송의 규칙이나 틀은 느슨할 따름이고, 율격론은 소리 냄의 현상과는 무관하게 시각적(視覺的) 혹은 의미론적 인상에 기대어 전개되고 있는 실정이다. 율격이 일차적으로 소리의 현상이라면 낭송의 바른 틀을 세우기 위해서나 율격 논의의 바른 방향 정립을 위하여 이 두 가지를 관련지어 논의하는 일이 꼭 필요해진다. 그리고 그 일은 시급한 과제이기도 하다.

율격 논의가 어지러운 까닭

율격 문제를 논의하는 한 사례로 옛시조를 생각해 보기로 한다. 고시조의 형식이 갖는 자질 가운데서 오늘에 남겨진 것이 있다면 그것은 대략 다음과 같은 것들이다. 첫째는 시조가 세 장(章)으로 씌어진다는 것, 둘째는 시조의 각 장이 네 마디로 되어 있어서 열다섯 자(字) 안팎으로 되게 마련이라는 것, 셋째는 그러한 형식에서 글자의 수가 엄밀하게 정해져 있지는 않다는 것—대개 이 정도가 아닌가 한다.

이러한 형식성을 낳게 만들었던 그 당시의 여러 가지 생성론적 조건들은 이미 사라졌다. 예를 들어 시조는 노래로 부르는 것이라든가, 정해진 음악이 있어 그 음악성에 부합하는 작사가 되어야 한다는 것이라든가, 그 노래의 방식에도 다양하면서 엄격한 규칙이 있다든가 하는 것들은 오늘날 이미 시조 작시의 자질로서 더 이상 작용하지 않는다.

한 장르를 지탱해 주던 여러 가지의 관습이 사라졌다는 말은 그 형식성에 필연적인 변화를 초래한다는 말이 될 수도 있다. 문학의 역사에서 장르의 성격이 고정불변(固定不變)이라기보다는 변전(變轉)을 거듭함이 보편적인 것은 그러한 관습의 변화와도 관계가 있다. 예를 들어, 낭독(朗讀)을 전제로 한 소설과 묵독(默讀)을 전제로 한 소설 사이에 문체상의 차이를 보이는 것은 바로 이와 같은 이유로 이해된다.

시조의 율격을 살피려 할 때, 맨먼저 당하게 되는 어려움은 율격론(律格論)의 혼란이다. 국문학 연구 초기의 음수율론에서 오늘의 다양한 이론에 이르기까지 율격론은 혼란을 거듭해 왔고, 이러한 혼란은 낭송을 위한 율격의 구조를 이해하고 대상의 실상을 파악하는 데 상당한 어려움을 야기하였다. 이 점은 이 방면의 이론가들이 책임을 통감해야 할 것이고, 나 자신도 이 점에서는 예외일 수 없다.

그래서 논의의 편의를 위하고, 논의의 거점을 마련하기 위해서 문제의 근원이라 할 율격의 본질이 무엇인가에서부터 시작하는 것이 좋을 듯하다. 율격이 본질적으로 갖추어야 하는 자질은 대체로 다음 세 가지로 요약할 수 있다.

첫째, 율격은 음성적(音聲的) 현상이다. 시를 이루는 기본적인 요소가 언어이기 때문에 율격은 마땅히 언어의 음성적 자질을 바탕으로 해서 이루어지게 되어 있다. 낭송의 문제가 율격론쪽으로 전개되는 까닭도 여기에 있다. 이래서 음성이 아닌 다른 요소에 의해서 드러나는 율격에 대해서는 관형어를 붙여 표기하는 관습이 있다. 계절의 리듬, 인생의 리듬, 의미의 리듬 등이 그 예가 된다.

둘째, 율격은 대립적(對立的) 교체(交替)에 의해서 이루어진다. 대립적 교체의 자질은 언어 체계에 따라서 다르다. 영어로 된 시는 강약률(強弱律)을 이룬다든가, 중국어의 음성적 특성을 바탕으로 하는 한시가 고저율(高低律)을 이룬다든가 일본의 시는 음수율(音數律)을 이룬다든가 하는 것은 그 시의 언어적 기반인 음성적 자질에서 비롯하는 것이다.

셋째, 율격을 이루는 요소로 주기적 반복성(反復性)을 들 수 있다. 음성적 현상이 대립적인 교체의 양상을 보인다 해도 그것이 일회성(一回性)이라든가 우연성(偶然性)에 의한 것이면 율격적 자질을 갖추었다고 하기 어렵다. 대부분의 정형시는 이러한 주기적 반복성을 일정한 양식성의 차원으로 끌어올림으로써 이루어진다.

율격의 기본 자질이라는 점에서 본다면, 시조는 율격 현상의 구현에 매우 불리한 입장이다. 우선 시조가 가창(歌唱)되었다는 사실은 낭송 수준의 음성적 질서를 구현하는 데 상당한 어려움을 낳았으리라는 짐작이 가능하다. 낭송에서 드러나는 것이 음성적 질서임에 반하여 선율적 질서에 강하게 기속(羈束)을 받게 되면 노랫말의 길고 짧음이나 높고 낮음과 같은 말소리로서의 특징은 그 선율의 형성에 강한 영향력을 발휘하기가 어렵게 된다. 따라서 가창으로 향유된 고시조는 그만큼 낭독적 율격 형성의 가능성에 제약을 받았을 것으로 짐작된다.

이러한 약점이 비단 시조만의 특수성이라고는 하기 어렵다. 대부분의 고시가(古詩歌)가 가창이라는 동일한 조건 아래서 창조되고 향유되었던 것임을 우리는 알고 있다. 고전시의 장르를 굳이 '시가(詩歌)'라고 부르는 이유도 여기에 있다. 그러므로 고시가 장르에 해당하는 작품들은 음성적 질서로 율격을 구현하는 작시를 하지도 않았을뿐더러 그것이 율격적 자질로 인식되지도 않았을 것임은 물론이다. 율격론의 혼란이 바로 여기서 비롯한다. 다시 말하면 낭송의 전통이 지속되지 못했던 것이다.1)

유연성과 응집성의 실상

낭송보다는 창으로 향유되던 환경적 요인에 따라서 시가의 노랫말은 음성적으로 구현되는 율격보다는 어떤 또 다른 질서에 의해 '시(詩)'임을 드러내는 쪽으로 기울었을 것임은 짐작하기 어렵지 않다. 바로 그 '어떤 또 다른 질서'가 바로 의미상의 율격이다. 이 점은 뒤에서 자세히 살피게 된다.

다만 옛날의 시가가 음성보다는 의미의 율격에 기대어 작시되어 왔다고 해서 시조나 가사와 작품들에 낭독으로 구현되는 율격적 현상이 전혀 없지는 않다. 오히려 시조와 가사는 훌륭한 낭송의 자료가 된다. 이 말은 현대의 시조가 율격적 정형성을 구현할 수도 있다는 말이다. 특히 많은 율격 이론가들이 율격 논의의 자료로 시조를 흔히 이용하고 있는 사실은 시조가 낭송의 자료로도 상당한 정도의 자질을 갖고 있음을 입증해 준다.

이것은 시조가 본디 장르의 속성으로 의미의 율격을 자질로 했으면서도 워낙 정제(整齊)된 형식이고 형식미(形式美)를 즐기던 장르였기 때문에 그리 된 것이 아닌가 한다. 문제는 그 형식미의 정체를 바르게 알아차리는 일이 될 것이다.

형식미라는 관점에서 고시조의 노랫말을 살피면 그 형식이 매우 느슨해서 규칙이라고 꼭집어 내세울 만한 것이 없어 보인다. 실제로 고시조의 노랫말 마디는 '한산섬/ 달 밝은 밤에/ 수루에/ 혼자 앉아'처럼 3-4음절을 한 마디의 기준수로 삼은 것이 감지된다. 그렇기는 하지만 '달 밝은 밤에'가 이미 5음절이 되어 있는가 하면, '올 님/ 못오면/ 잠조차/ 아니온다'처럼 어떤 때는 2음절이 한 마디가 되기도 하고, 때로는 '우리는/ 그런 줄 알므로/ 매양 취코/ 노노라'와 같이 6음절이 되는가 하면, '지금에/ 풍년을 못 만나니/ 그 새 날 속인가/ 하노라'처럼 7음절까지도 허용하는 적절한 넘나듦이 가능하였다. 한 마디를 이루는 음절의 수효를 가지고 규칙을 세우려 들면 이처럼 자유로운 넘나듦이 매우 혼란스러운 느낌을 주고, 이것을 일러 규칙이라 할 수가 있는가 하는 의문도 생긴다.

---

1) 옛날의 낭송법이라고 할 것이 없었던 것은 아니나 그것은 대체로 창(唱)에 가까운 율조를 지니고 있었다. 이는 현대의 교실이 요구하는 낭송과는 판이한 것이었다.

그러나 그것이 역으로 우리 시낭송의 강점이 될 수도 있다는 생각을 해 본다. 정형률이 지배하는 시에서는 엄격한 규칙성이 강조된다. 그러나 시라면 자유시가 먼저 떠오르는 오늘날 같은 시대에는 그 규칙상의 불완전성 내지는 느슨함, 곧 자유로움이라고까지 할 수 있는 넘나듦이 오히려 미덕이 될 수도 있다.

이 점은 우리의 시낭송이 글자수의 들쭉날쭉을 바탕으로 삼아 인위적으로 소리를 만들어 냄으로써 일상어가 아닌 시적 율조를 형성하는 유연성을 보이는 데서 입증이 된다. 예를 들어 '철령/ 높은 봉에/ 쉬어 넘는/ 저 구름아'와 같은 구절에서 보듯 2음절도 4음절의 마디와 동등하게 소리를 냄으로써 시적 율조가 형성되고, 때로는 7음절 8음절까지 4음절의 길이와 같은 소리를 내도록 조정하는 유연성은 자유시의 그 들쭉날쭉한 변화를 시적 낭송으로 포용하는 데 큰 어려움을 느끼지 않게 만든다.

시조에서 강하게 드러나는 글자수의 들쭉날쭉을 유동성(流動性)이라고 한다면, 이 유동성이 낭독상의 유연성을 형성한다고 할 수 있다. 그러면서도 이것이 평온한 질서로 인식되는 근원으로 우리는 '두 마디 대응'이라는 의미론적 응집성을 들 수 있다. 이러한 의미론적 응집성이 안정감을 형성한다는 점에서 우리 옛노래의 율격적 특징을 '유동적 안정감'이라고 해 둔다.

두 마디 대응이란 인접한 두 개의 노랫말 마디가 의미론적으로 상호 긴밀한 호응관계에 놓이는 것을 가리킨다. '사람이/ 생겨나서'나 '배우지/ 않으며는'처럼 두 마디씩 의미론적으로 짝을 이루는 대응관계를 갖춤으로써 응집성을 구현하였다. 이처럼 글자수의 들쭉날쭉을 여유로 허용하면서 두 마디가 합쳐서 의미상의 단위성을 지님으로써 맥락의 흐름을 유창하게 이어가도록 하는 데 우리 시가 율조의 특징이 있는 것이다.

이러한 현상은 시가만이 아니라 일상 생활에서도 널리 관찰된다. 대중집회의 구호가 대체로 "우리 농민/ 다 죽인다// 농촌정책/ 바로잡자//"와 같은 구조를 갖는 점도 유동적 안정감의 음성적 구현이라 할 수 있다. 또 표어가 대체로 "자나 깨나/ 불조심// 꺼진 불도/ 다시 보자//"와 같은 형식을 갖는 것도 이러한 율조적 특성과 관계가 깊다.

형식과 내용의 음성적 조화

두 마디씩 대응하는 짝을 이루기만 하면 글자수의 상당한 차이까지도 감싸 안아 시적 율동감을 느끼게 해 주는 것이 우리 율격의 전통이었다.2) 실제 로 옛날의 시가 노랫말은 모두가 이런 유연성에 근거를 두었다.

늙고/ 병든 몸이// 초당(草堂)에/ 누웠으니//
청풍(淸風)은/ 문을 열고// 명월(明月)이/ 방에 든다//
두어라/ 청풍명월(淸風明月)이// 내 벗인가/ 하노라//

이 시조를 이렇듯이 마디지워 낭독하는 데서 우리는 두 가지 중요한 사 실을 확인하게 된다. 하나는 각 장의 첫째와 셋째 마디가 대체로 3음절로 되어 있다는 점이고, 다른 하나는 종장의 둘째 마디가 다섯 자로 되어 있 는데 이 현상은 시조에 두루 통용되어 있다는 점이다.

첫째 현상과 관련된 율적 의미는 무엇인가. 각 장의 첫째와 셋째 마디는 두 마디씩 짝을 이루는 데서 앞짝에 해당한다. 그 앞짝이 뒤의 짝보다 음 절수가 적다는 것이다. 그런데 마디와 마디는 등장성을 지니므로 어느 짝 이 다른 어느 짝에 길이를 맞추어야 한다. 대개의 경우 4음절로 된 뒤의 짝에 맞추기 위해 3음절인 앞의 짝을 길게 늘이는 것이 보통이다.

그런데 길게 늘이는 방법은 여러 가지 모형이 가능하다. 3음절의 발음을 각 음절마다 조금씩 늘이는 방법도 있겠고, 그 중 어느 하나를 길게 늘이 는 모형도 가상(假想)된다. 우리의 낭독 관습에서는 앞짝의 3음절 가운데 세 번째, 즉 끄트머리 음절을 길게 늘이는 것이 감지된다. 말하자면 초장 첫마디는 2음절이어서 '늙(1+1)고(1+1)'와 같이 소리를 내기도 하지만, '초(1)당(1)에(1+1)'와 같은 소리냄을 전형으로 한다는 것이다. '초당에' 를 발음하는 것처럼 뒷부분을 늘이는 관행을 중시하는 경우에는 2음절인 '늙고'조차 '늙(1)고(1+1+1)'처럼 극단적인 발음 조정을 하려는 경향마저 보이게 되는 것이 관습적인 실상이다.

---

2) 김대행, 『우리 시의 틀』, 문학과 비평사, 1989, pp.64~83.

그런데 시적 율독의 이유 때문에 길어진 음절은 소리가 높아진다. 고저(高低)나 강약(强弱)의 구분이 음소적 변별력을 갖지 못하는 한국어에서 길어진 소리는 높아지고 높아진 소리는 강한 소리가 되는 것이 보통이다. 그러니까 대응하는 두 마디 가운데 앞짝은 뒤가 높아진다. 여기에 뒤짝이 대응한다. 대응의 필요성과 함께 우리말에서 어절의 첫음이 높은 소리 또는 강한 소리가 되는 일반성 때문에 뒤짝의 첫 음절을 강하게 소리내고 뒤는 낮춘다. 그래서 낭독 소리의 변화를 그림으로 나타내 보면 다음과 같이 된다.

 늙고/ 병든 몸이// 초당에/ 누웠으니//
   ↗   ↘   ↗   ↘

이와 같이 물결이 출렁이듯이 흘러가는 소리의 흐름이 우리 시낭송의 율격적 모습이라 할 수 있다. 더구나 우리 국어에서는 음소 자체에 강약이나 고저와 같은 변별적 자질이 없었기에 이처럼 시행에서 새로이 조성되는 소리의 높낮이 변화를 통해 율적인 체계를 구현했다고도 할 수 있겠다.

지금까지 살핀 바로도 충분히 추정이 되지만, 3음절인 마디는 4음절 마디에 짝이 되도록 소리를 늘여 발음했듯이 5음절이 넘는 마디를 4음절 마디에 짝지으려면 소리를 짧게 줄여야 한다. 이 때 어느 한 음절을 줄이기보다 5음절 전체를 촉급(促急)하게 조금씩 줄이는 것이 감지된다.

정상적인 속도보다 짧게 줄여 빨리 발음하는 것은 그 각 음절들의 음성 인상을 강렬하게 부각시키기보다 한데 엉긴 분위기를 만든다. 다시 말해서 말의 의미가 강조되기보다 스쳐 지나가는 인상을 주게 된다.

이러한 소리의 인상이 시조 형식의 의미 구조와 절묘하게 조화를 이루는 것이다. 잘 알려진 바와 같이 시조의 형식을 일반적 구성 형식인 기승전결(起承轉結)로 나누어 보면 종장의 처음과 둘째 마디는 전(轉)에 해당한다. 전(轉) 부분을 촉급하게 읽는 것은 그 다음 부분의 의미를 분명하게 각인(刻印)하는 데 도움을 준다. 그런데 종장의 셋째와 넷째는 구성상 결(結)에 해당한다. 주제가 확정되고 주지(主旨)를 부각하는 부분이다. 따라서 촉급하게 지나친 앞 부분은 뒤의 결(結)이 지닌 의미적 중요성을 증대시켜 주게 되는 것이다.

이른바 개화기라고 불리는 19세기말과 20세기초에는 한 마디의 글자수를 4음절로 정형화하려는 노력이 일부에서 나타나기도 하였다. '창외월석/ 명랑한데/ 이내심사/ 불평하야/ 전전반측/ 하는중에/ 나라일을/ 생각한즉/ 위급하기/ 짝이없다'와 같이 띄어쓰기조차 넉 자 단위로 끊으면서 이루어진 표현들이 그런 예인데, 이처럼 엄격한 글자 수효 맞추기가 명을 이어가지 못한 역사적 사실에서도 우리는 이 유동적인 안정감이 곧 율격적 유창성으로 이어지는 근거임을 확인할 수가 있다.

따라서 시조의 형식이 애당초는 낭독과 무관하게 형성된 것이었다 하더라도 낭독상의 효과를 충분히 노릴 수 있는 중핵적 요소를 시조 형식은 그율격적 자질로서 지니고 있음이 입증된다. 이처럼 절묘한 조화를 보이는 낭독적 요소를 지니고 있기에 시조는 그렇게 명이 길었는지도 모른다.

자유시의 리듬과 낭송

그렇기는 하지만 오늘날에도 시조시를 읽는 낭독법은 정립되지 못한 채로 있다. 그것은 우리의 전통적인 낭독이 오늘날의 학교 교육에서 요구하는 것과는 전혀 이질적인 방법으로 시행되어 온 것이기 때문인데 이런 이유 또한 율격론을 오랜 혼란 속에 밀어넣기도 했던 것이다.

이야기를 율조(律調)의 문제로 좁혀 생각한다 해도 많은 질문이 있을 수있을 것이다. 가령 우리 시의 정형(定型) 율격(律格)은 뭐냐 하는 질문이 전면에 나설 수 있겠는데, 이 점이 해결되지 않고서는 율조에 관한 논의가 이루어질 수 없을 것이다. 예컨대 김소월(金素月)의 많은 시작품을 가리켜 '7·5조라서 민요조'라는 식의 이야기가 아직도 가능하다면 율격 논의는 부질없는 것이 되고 말 것이다.

그 동안에 율격에 관해서 많은 논의가 있어 왔지만, 그리고 율격의 유형에 관해서 합의된 바는 적지만, 적어도 우리의 율격이 자수를 헤아리는 음수율만은 아닐 것이라는 데에는 합의가 이루어진 것으로 보인다. 그렇다면 박래품(舶來品)인 7·5조가 왜 쉽사리 우리 민요가 지닌 생(生)의 리듬과 연합할 수 있었을까. 이를 먼저 해명하는 것은 현대시 율격을 논의하는 데 필요한 긴 경로를 단순화하려는 뜻이다.

결론부터 먼저 이야기하자면 7·5조가 전래되어 쉽게 우리의 구미에 들어맞을 수 있었던 것은 7·5조가 네 마디로 나누어질 수 있기 때문이다. 혹 7·5조를 3·4·5조 또는 4·3·5조라고 음수율적 분할을 하는 사람도 있지만 이는 우리 율격의 속성에 대한 고려가 선행되지 않은 채 목측(目測)으로 감지되는 말덩이의 분할에 기준을 둔 결과인 것으로 보인다.

예를 들어 7·5조라서 낭독하기에 좋다는 김소월의 시 〈산 위에〉의 첫연은 다음과 같은 낭송의 마디로 구분된다.

산 위에/ 올라서서/ 바라다/ 보면
가루막힌/ 바다를/ 마주/ 건너서
님 계시는/ 마을이/ 내 눈/ 앞으로
꿈 하늘/ 하늘같이/ 떠오릅/ 니다

이렇게 한 행이 각기 네 개의 마디로 나누어지지만 이것은 가능한 여러 가지 율독의 한 모형에 지나지 않는다. 셋째 행의 경우만 하더라도 다음과 같은 변형이 얼마든지 가능하다.

님 계시는/ 마을이/ 내/ 눈 앞으로
님 계시는/ 마을이/ 내 눈/ 앞으로
님 계시는/ 마을이/ 내 눈 앞으/ 로

이처럼 다양한 변주가 있기는 하되 그 모두가 한 행을 네 개의 도막으로 나누어 읽으려 한다는 점에서는 같다. 따라서 어떻게 나누든지 네 도막으로 나뉘는 속성이 바로 7·5조의 본질 가운데 하나라고 해도 좋게 된다. 바로 이 점이 7·5조로 하여금 우리 민족의 생의 리듬에 쉽게 연합할 수 있게 해 주었던 것이다.

논의가 산만해지는 것을 피하기 위하여 자세한 논의는 삼가겠지만 앞에 보인 예 가운데 '내 눈 앞으로'는 세 어절인데도 그것을 어떻게 결합시키고 분할하느냐는 읽는 사람의 율조에 대한 관습에 맡겨져 있게 된다. 또 첫째와 셋째 행의 '바라다보면'과 '떠오릅니다'는 한 단어이지만 이를 촉급하게 한 덩어리로 읽는 대신에 적절한 곳에서 나누어 읽게 된다. 그것을 어디서 나누는가는 읽는 사람의 판단에 의존하게 된다.

앞에서 이미 확인한 바이지만 우리의 낭독 관습은 필요에 따라서 두 단어 혹은 세 단어까지도 한 마디로 싸잡아서 읽기도 한다. 앞의 시에서 '산 위에'나 '님 계시는'처럼 두 단어의 성격이 짙은 단어에 대해 그 구분에 별로 주목하지 않으면서 한 마디로 뭉뚱거려 버리는 것은 우리 낭독 관습이 그러함을 입증하는 징표가 된다.

그렇다면 때로는 좀 긴 축에 드는 한 단어를 둘 내지 세 마디로 나누어 읽고, 반면에 둘이나 세 단어를 한 마디로 붙여 읽기도 하고, 혹 한 음절만 있는 마디는 쉼을 포함해 가면서 늘여 읽고… 이런 식의 무리한 마디 나누기는 왜 생기는 것인가?

그 까닭은 한 마디의 발음 지속시간을 비슷하게 하려는 노력에 있다. 강약률(强弱律), 고저율(高低律), 장단율(長短律) 등을 취하는 어느 율격에서든 마디에 해당하는 음보는 음절수를 기초로 해서 그 규칙성이 부여된다. 따라서 한 음보는 예외적인 경우가 아닌 한 발음 지속 시간상 같은 길이를 갖게 된다.

우리 시 율격도 마찬가지여서 한 마디는 그 주변의 마디와 동일한 길이의 지속시간을 지니려 한다. 이것을 등장성(等長性)이라 한다. 다만 그 등장성이 반드시 일정한 수효의 음절수에 의해서 이루어지지 않는다는 점이 특이하다. 그래서 혹자는 우리 시의 이러한 특성을 가리켜 음보율(音步律)이라고도 부르는 모양인데 그런 명명(命名)은 잘못된 것으로 보인다.

음보(音步)란 그것이 무엇에 근거한 음보이든지 주변의 음보와 본질적으로 동일한 길이를 지니게 마련이라는 속성을 생각하면, 한 마디의 발음 지속시간이 동일한 것을 두고 음보율이란 말을 사용할 수는 없다. 또 음수율이라는 것이 3·4조니 7·5조니 하는 명칭을 사용하는 것은 음절의 수효에 차이를 두는 규칙이 있음을 뜻한다. 그러니까 음보율이라는 것이 진정 있다면 거기서는 3·4음보조, 2·3·4음보조 등의 명명이 가능한 음보 수효상

278 제3부 노래와 시의 전후좌우

의 규칙성이 나타나 보여야 할 것이다. 그런데 그런 것은 없다.

두 마디 대응의 안정감

시조를 통해서도 이미 확인한 바 있고, 7·5조를 검증하는 과정에서 7·5 조가 네 마디로 배분될 수 있기에 우리의 생의 리듬에 자연스레 접합할 수 있었다고 했는데 여기에도 중요한 전제가 앞세워져 있다. 그것은 우리 시의 율격을 '마디'의 단위로 파악해야 한다는 것, 그리고 단지 나누어지는 덩어리라는 뜻에서 마디가 아니라 등장성(等長性)을 갖춘 마디가 짝을 이루고 있어야 한다는 것이다. 우리 전통 시가 율격의 이러한 특성을 가리켜 '두 마디 대응 연첩'이라고 규정한 바 있다.

가령 낭독의 문제와 관련짓기 위해서 낭독의 한 오랜 형태로 볼 수 있는 판소리의 아니리를 예로 살핀다.

말 못하고/기절하니//엎드렸던/형리 통인//고개 돌려/눈물 씻고//매질하던/ 사령들도//눈물 씻고/돌아서며//……〈춘향가〉

이처럼 두 마디씩 짝을 이루면서 계속되어 나가는 것이 율적인, 다시 말해서 리드미칼한 낭독으로 인식된다. 이러한 율적 구조는 한 사람이 낭독하고 여러 사람이 듣고 즐겼다는 고전소설의 문체에 주류를 이루었고, 그와 같은 율적 안정성이 낭독과 그 청취에 홍미를 부여할 수 있었다는 점은 쉽게 짐작이 간다.

그런가 하면 현대시에 와서도 이러한 율적 모습이 정형적인 것으로 인식되고 수용되는 것을 볼 수 있다. 다음 시는 글자의 수효로 보건대는 일정한 율격을 형성하고 있다고 말하기는 어렵다. 그럼에도 불구하고 우리가 지금 살피고 있는 발음 지속시간의 등장성이라는 점에서 보면 두 마디 대응 연첩이라는 점이 금방 드러난다.

강나루/ 건너서//
밀밭/ 길을//
구름에/ 달 가듯이//
가는/ 나그네//
길은/ 외줄기//
남도/ 삼백 리//
술 익는/ 마을마다//
타는/ 저녁 놀//
구름에/ 달 가듯이//
가는/ 나그네//

— 박목월, 〈나그네〉

이 시의 율적인 매끄러움 또는 유창함의 요인을 가리켜 '일부에 7·5조가 들어 있고 전체는 그 변형으로 되어 있기에 그런 것'이라고 하는 사람도 있다. 그러나 그런 설명은 역시 오해에서 나온 것이다. 우리의 관점은 일곱 자와 다섯 자라는 글자수의 묘미가 아니라 두 마디가 짝을 이루면서 이어지기에 그러하다는 것이다.

의미론적 짝짓기의 안정감

그러면 두 마디 대응의 연첩이면 모두 율적인 유창성이나 안정감은 보장될 것인가? 이 점이 확인되어야 유동적인 안정감의 실상이 드러나게 된다.

기계적으로 두 마디 대응이 이루어진다면 일단 그 필요 조건은 충족시키는 셈이 된다. 그렇기는 해도 그러한 기계적인 율격구조가 유창하고 안정적인 율조의 형성을 보장한다고는 하기 어렵다. 다음 예는 그런 이해의 단서를 제공한다.

단 비 맞고/ 난초 잎은//
새삼/ 치온데//

> 볕 바른/ 미닫이를//
> 꿀벌이/ 스쳐 간다//

— 조지훈, 〈산방(山房)〉

이 시의 율적 매끄러움은 나누어 보인 대로 두 마디 대응의 연첩으로 된 구조에서 온다. 그러나 이 시의 둘째 연을 다음과 같이 재조직한다고 가정해 보자.

> 꿀벌이/볕 바른//
> 미닫이를/스쳐 간다//

두 마디 대응이라는 조건은 충족되었으나 율적인 매끄러움은 원래의 시에 훨씬 미치지 못함을 느낄 것이다. 고쳐 본 시는 흔히 말하는 산문적 문장의 형태인 주어가 첫머리에 오는 순서로 어순을 새로 정돈해 본 것이다. 또 두 마디 대응도 갖추어졌다. 그런데도 율적인 매끄러움은 느껴지지 않는다. 왜 그런가? 여기서 우리는 두 마디 대응은 형식적 필요 조건이지만 그 대응 사이에는 형식적인 요소에서 한 걸음 더 나아가 또 다른 요소가 대응을 이루어야 하는 것임을 확인하게 된다.

여기서 '또 다른 요소의 대응'이라고 할 때의 '또 다른 요소'는 '의미'를 가리킨다. 다시 말하면 의미상으로 대응이라는 응집성이 갖추어져야 한다는 뜻이다. 앞의 시를 평이한 문장으로 정돈하여 그 의미적 대응관계를 나타내 보면 다음과 같이 된다.

> 꿀벌이 볕 바른 미닫이를 스쳐 간다.

이처럼 의미가 대응하는 것은 줄로 이은 말끼리가 의미상 가장 가깝다는 뜻도 된다. '꿀벌이'라는 말은 나머지 세 마디 가운데서 '스쳐 간다'와 가장 가깝다. '주어 : 서술어'로 짝을 이루기에 그러하고, 또 '볕 바른'은 '미닫이를'

과 가장 가까운데 그 까닭은 '수식어 : 피수식어'로 짝을 이루기에 그러하다.

여기까지 살피고 나면 앞서 본 조지훈의 〈산방〉이 왜 율적인 유창함과 안정감을 지녔는지가 분명하게 드러난다. 시인은 그 점을 알고 '볕 바른/ 미닫이를//'로 한 덩어리를 만들고는 이어 '꿀벌이/ 스쳐 간다//'를 한데 엉기게 하였다. 의미적 대응이 그렇게 해서 순조롭게 된 것이고, 그 결과 율적 매끄러움과 안정감이 생기게 되었다.

이처럼 글자의 수효에서는 유동적인 유연성을 보이면서 의미상의 응집성으로 안정감을 구현하는 것이 우리 시의 율격적 기저이며, 그것은 낭송의 율조로 이어지게 된다. 행을 가르지 않아 줄글처럼 보이는 시행도 두 마디 대응 연첩의 구조가 되면 그런 특성을 갖게 된다.

> 해야/ 솟아라// 해야/ 솟아라// 말갛게/ 씻은 얼굴// 고운 해야/ 솟아라//
> 산 넘어/ 산 넘어서// 어둠을/ 살라 먹고// 산 넘어/ 밤 새도록// 어둠을/
> 살라 먹고// 이글 이글/ 애띤 얼굴// 고운 해야/ 솟아라//
>
> — 박두진, 〈해〉

> 벌레 먹은/두리기둥//빛 낡은/단청//풍경 소리/날러간//추녀/끝에는//산새도
> /비둘기도//둥주리를/마구 쳤다//
>
> — 조지훈, 〈봉황수(鳳凰愁)〉

이런 예를 보면서 우리는 이른바 청록파(靑鹿派)의 세 시인이 갖고 있는 공동 특질이 그 율적 기저(基底)의 유사성에 있다는 말도 대담하게 할 수 있게 되는데, 세 시인의 시세계가 각기 조금씩 다른 면모를 지니고 있으면서도 굳이 청록파라고 말할 수 있는 배경, 그리고 그들의 시에서 느껴지는 동질감은 바로 이런 율적 구조가 겉모양과는 달리 공통된 유창성과 안정감을 확보하고 있는 데서 온다고 할 수 있다.

시낭송의 어려움을 넘어서

그렇다면 이러한 율격 구조가 갖는 미적(美的) 기능은 무엇인가? 질문

방식을 바꾸어, 율적 유창성이나 안정감이 주는 쾌감은 어디서 오는 것인가?

여러 가지의 견해가 있을 수 있다. 일정한 규범의 틀에 맞는 형식을 창안해 냈다는 성취의 쾌감도 율격의 미적 기능에 든다. 읽는 쪽에서 본다면 예상되는 율적 구조에 안온하게 맞아 들어가는 느낌을 가짐으로써 쾌적함을 느끼게 된다.

그러나 이런 점에서라면 우리 시의 율적 특성은 그런 쾌감을 불러일으키고 충족시키기에 무척이나 빈약한 느낌이 없지 않다. 외국의 정형 율격에 비한다면 우리의 그것은 너무 소박해서 오히려 빈약한 수준이기까지 하다. 바로 이 점이 우리 율격의 정체를 오랫동안 안개 속에 있게 했던 요인이라고 본다.

그렇기는 하되, 율격 일반이 갖는 생리적 쾌감을 충족시켜 주는 데는 우리 시의 율격도 마찬가지 기능을 갖는다. 그 쾌감의 근거는 신체적 리듬과의 상관에서 생겨난다. 예컨대 우리의 신체적 리듬이 호흡, 심장 박동보다 빠르게 진행되는 시의 율격은 긴장하게 하고 흥분 고양하게 한다. 반대로 신체의 리듬보다 느린 율격은 침잠하고 안정되게 하는 것이다. 바로 그 때문에 시에는 율격이 요구되고 또 낭송이 그것을 실현하는 것이기도 하다.

그런데 지금까지 주로 율적 안정감을 지닌 두 마디 대응 구조를 중심으로 낭송의 문제를 살폈다. 그러나 낭만주의(浪漫主義) 이래로 개인성(個人性)의 추구를 이상으로 해 온 현대정신과 정형적 율조의 미학은 상당한 거리를 지니고 있음이 사실이다. 그럼에도 불구하고 고시조와 정형 율조를 살핀 것은 낭송의 유동적 안정감이 현대시의 낭송에도 하나의 시사를 던져 주리라고 보기 때문이다.

현대정신의 자유로움은 개성의 다양성을 추구하는 것이므로 일률적으로 규정되기 어렵다. 따라서 이러한 자유로움을 두고 일률적인 낭송의 규칙을 세운다는 것은 애당초 어려운 일일 것이다. 그러고 보면 결국은 시낭송의 문제는 율적 안정감의 문제로 귀착되고 만다. 그것이 아무리 자유로운 것이라 할지라도 일단 시로서의 자질을 지니기 위해서는 율적 구조를 갖추어야 하기 때문이다.

그 점에서 볼 때 우리 시의 낭송은 매우 유연하면서도 안정감을 지닐 수 있음이 지금까지의 논의에서 드러난 셈이다. 그럴 수 있는 자질을 음절수의 자유로움이라는 유동성이 유연성을 형성하는 데에서 찾을 수 있으며, 그러면서도 두 마디가 대응하되 그것도 의미론적 대응이라는 구조를 갖출 때 안정감을 지닐 수 있음을 확인한 셈이다.

따라서 시의 말 놓임과 행 배열이 어떠하건 간에 율동감 있는 낭송의 요건은 물결형인 ╱╲형의 음성적 변화로 갖추어지며, 그것을 가능하게 하는 것은 마디들 사이에 음절의 차이가 있어야 한다는 것, 그것도 특히 앞 마디가 뒷 마디보다 적은 음절수를 지니는 것이 바람직함을 확인하였다. 여기에 의미론적 짝짓기의 대응이 이루어져야 함은 물론이다.

그럴 때 시는 비로소 시다운 율조를 구현하면서 낭송이 수월해진다는 것이 이 글의 가정이다. 예를 들어,

> 한 송이의 국화꽃을 피우기 위해
> 봄부터 소쩍새는
> 그렇게 울었나 보다.

라는 서정주의 〈국화 옆에서〉 첫연은 그 행 배열이 어떠하건 상관 없이 다음과 같은 마디 편성으로 낭송의 유인력을 발휘하게 될 것이다.

> 한 송이의/ 국화꽃을/ 피우기/ 위해/
> 봄부터/ 소쩍새는/ 그렇게/ 울었나 보다./

이 낭송을 위한 구조 개편은 두 마디씩 짝을 지어 이어지는 구조를 이상으로 하고 있는 경험적 관습을 보여준다. 따라서 첫연의 이러한 구조화가 다음 연에도 영향을 가하게 마련이어서,

> 한 송이의/ 국화꽃을// 피우기/ 위해//
> 천둥은/ 먹구름// 속에서/ (쉼)//
> 또/ 그렇게// 울었나/ 보다.//

와 같은 낭송의 형태를 취하는 경향을 보일 것이다. 그러나 여기서도 낭송의 질서를 형성하는 변형은 얼마든지 가능하다. 기계적인 낭송 마디의 대응이라면 위에 보인 것과 같은 분할을 하지만, 의미론적 대응을 중시한다면 위의 둘째 행은 다음과 같이 마디 구분을 달리함으로써 의미론적 대응을 중시할 수도 있다.

    한 송이의/ 국화꽃을// 피우기/ 위해//
    천둥은/ (쉼)// 먹구름/ 속에서//

　이러한 재분배는 '먹구름'이 그 앞의 '천둥은'보다 그 뒤에 있는 '속에서'와 의미론적 유관성을 강하게 지니기 때문에 나타난다. 이런 경향은 셋째 연의 안정적인 네 마디 구조를 거쳐 마지막 넷째 연에서도 다시 나타나

    노오란/ (쉼) //네 꽃잎이/ 피려고//
    간밤엔/ 무서리가// 저리/ 내리고//
    내게는/ 잠도 오지// 않았나/ 보다.//

처럼 의미적 대응과 인위적 음성 율조를 구현하는 마디 편성으로 구분하여 낭송을 하게 될 것이다. 이러한 모든 경향은 시의 낭송이라는 전제와 기대가 가져오는 관습적 읽기의 틀을 구체화하는 현상에 해당한다.
　그렇다고 해서 모든 시가 다 이러한 두 마디 대응의 구조로만 읽힐 수는 없음은 물론이다. 그렇지 않을 수 있는 것이 바로 자유시의 권능이고 가치이기 때문이다. 그러나 우리가 교육적 수준의 낭송을 생각하는 것은 대체로 승복할 수 있는 표준성을 고려하는 것이다. 따라서 이러한 시낭송에 적합한 자료일 때 낭송 지도를 위한 자료로서의 가치는 높아질 것이다.
　그러고 보면 낭송의 문제가 작시법으로까지 번져 가게 된다는 이야기도 된다. 그것은 사실이다. 어느 시인이 시를 지을 때 낭송의 구조를 생각하지 않겠는가. 다만 유동적 안정감의 구조를 택하는가 혹은 그 반대인가는 그 시인의 체질에 관련되며, 그 시가 추구하는 바와 밀접하게 연관될 것이다.
　그리고 그 모든 문제는 시인의 자유의지에 따라 결정될 것이다.

제4부 노래하는 사람의 시선

시인과 비시인의 갈림길 : 황석우

시인의 한 세상

신문학의 초창기를 말할 때 상아탑(象牙塔) 황석우(黃錫禹)는 빼놓을 수 없는 존재다. 그는 1919년 1월 13일자의 『태서문예신보』에서 최초로 시작(詩作)을 보여준 뒤, 『삼광(三光)』, 『폐허(廢墟)』, 『장미촌(薔薇村)』 등의 문예지를 중심으로 1920년대의 시단(詩壇)을 풍미했던 시인이다.

그러나 황석우의 시에 대한 논의는 『장미촌』의 주재자였다는 선에서 그치고 만다. 사실은 그 뒤 1928년부터 1934년까지 간행된 『조선시단』을 주재했으며 이 기간에 발표된 작품은 그의 『자연시집』 한 권 분량에 이를 정도로 많은 분량이다.

이처럼 작품의 양으로 보나 당시 시단(詩壇)에서의 위치[1]로 보나 결코

---

1) '시단에서의 위치'라 함은 '시사적(詩史的) 위치'라는 말과 동의어가 아니다. 이 말은 작품의 질과 관계 없이 문단에서의 주도적 역할을 담당했다는 표현에 가깝다. 황석우를 '상징시인의 대표자'라고 한 우이동인(牛耳洞人)('상징시인에 대하여', 『조선시단』 5호, 1929. 4.)의 말이라든가, 또는 그를 가리켜 '조선 시단의 자부(慈父)'(전운향(全雲香), '조선 시단의 자부(慈父) 황석우 씨의 재현(再現)', 『조선시단』 5호, 1929. 4.)라고 한 것, 혹은 '상아탑의 작품에 선부(善否)를 말하는 것은 실로 항우

다른 시인에 뒤지지 않을 그의 후기 작품이 시문학사에서 거론되는 일이 드문 것은 무슨 까닭인가? 아마도 그 까닭은 그의 시작품이 문학사의 전개와 상당한 거리를 보이고 있기 때문이리라는 추정에 이르게 된다. 그러한 추정이 진정 옳은 것인지 그렇다면 그 원인을 어디서 찾아야 할 것인지 살펴려 한다. 따라서 이 일은 한 시인의 시세계를 살피는 일이자 동시에 시인은 어떨 때 시인다운 것인지를 살피는 일도 될 것이다.

시인의 시인다움 혹은 우수함은 어떤 것인지를 굳이 해명하고자 하는 까닭이 있다. 우리 문학사에서는 황석우의 경우와 흡사한 사례를 몇 사람에서 보게 된다. 특별한 사유 없이 시작 활동을 중도에 그만둔 시인으로 김광균(金光均), 김기림(金起林) 등을 들 수 있으며 이들이 시단이나 시문학사에서 차지한 위치도 황석우 초기의 그것과 비슷하다.

그렇다면 그만한 능력을 가졌던 시인들이 왜 붓을 꺾지 않으면 안되었던가? 더욱이 그 원인이 밖에서 주어진 것이 아니고 내부로부터 연유한 것이라는 점에서 이들의 시작 포기 과정은 음미해 볼만한 가치가 있다. 그것이 어떤 사조의 압력에 의한 것이었다면 사조사적인 정리에 일조가 될 것이고 재질에 관한 것이라면 시인과 비시인의 분별에 대한 당시의 시적 성숙도를 돌아보는 역사적 판단과 맞물리게 될 것이다.

이런 관점에서 김광균(金光均), 김기림(金起林) 등을 살핀 성과는 비교적 자세한 부분까지 이루어져 있는 것으로 보인다. 예를 들어 김광균이 중도에 시를 포기한 것은 그가 회화시(繪畵詩)를 추구했기 때문이라는 것, 여기서 회화가 곧 시일 수 없는 한계가 드러났을 때 다른 돌파구를 찾아내지 못한 그는 시작을 포기하지 않을 수 없었다는 것이 지적되었다.[2] 그런가 하면 김기림의 경우는 출발부터 모더니즘에 대한 인식이 잘못되어 있었다든가[3] 소월(素月)류의 식물적 센티멘탈리즘을 거부했던 그가 기실은 이방(異邦) 취향의 센치멘탈리즘에 빠짐으로써 한계에 부딪쳤다든가[4] 하는

(項羽)를 보고 역사(力士)인 듯하다는 셈'('동인(同人)의 말', 『장미촌』 1호, 1921. 5.) 등의 표현은 바로 문단에서의 위치를 말해 주는 것이라 할 수 있다.
2) 김윤식, 장서언론(張瑞彦論), 『현대시학』 1970, 2월호, pp.59~60.
3) 송욱, 『시학평전』, 일조각, 1963, pp.187~194.
4) 정한모, 『현대시론』, 민중서관, 1973, pp.98~101; 김용직, 30년대의 모더니즘과 센치멘털리즘, 『국어국문학』 61호, 1973. 9.

등의 설득력 있는 연구가 이루어져 있다.

그러나 유독 황석우의 경우는 그의 시적 변모과정이라든가 시작 포기 내지는 시작품의 파탄을 가져 온 원인에 대한 본격적 연구가 없었다. 다만 언급이 된다면 시문학의 형성기인 1920년대 초기의 위치라든가5) 아니면 그의 시가 관념적이고 상징주의적 색조를 띠고 있다든가6) 또는 후기의 그의 시는 형용 위주의 시로 변했다든가7) 하는 정도의 언급이 있을 따름이다. 더욱이 이러한 언급들은 황석우 한 사람의 시적 세계를 탐색한다기보다 당대의 문학사를 말하는 과정에서 곁들여 취급되는 정도였다.

따라서 여기서는 본격적으로 황석우를 다루되 그 주된 관심을 시적 변모와 좌절의 원인 탐구에 둔다. 즉, 그의 작품만을 논의의 대상으로 하자는 것이고 그의 전작품을 앞에 놓고 그 변모와 과정을 살피고 그 원인을 추정해 보자는 것이다. 이러한 생각의 바탕에는 개인적 정체성의 지속적 측면이 있다는 전제가 깔려 있다. 황석우의 작품에서는 그가 내보인 이미지의 특성에서 그것이 관찰될 것이다.

관념과 추상의 시세계

황석우가 『태서문예신보』, 『폐허』, 『장미촌』 등을 중심으로 작품 활동을 하던 시기를 전기라고 한다면 이 시기의 그의 시가 지닌 특징은 '관념적' 인 것으로 평가된다. 그러나 관념적이라는 단어가 지닌 의미는 다양하다. 일반적인 의미로서는 '생각'이라는 뜻을 지니는 데서 비롯하여 인식론의 한 방법으로서 물질적 존재를 넘어선 영원 불변의 본질적 세계를 뜻하기도 한다. 그런가 하면 심리학적인 측면에서 말하는 심상론에 해당하는 관념도 있고 미학에서 말하는 주관적 가치 평가라는 의미도 포함된다. 이처럼 다의적인 단어인 관념이 황석우의 시를 규정하는 용어로 사용되었다면 혼란

5) 『폐허』의 동인으로서, 『장미촌』의 주재자로서의 위치에 대해서는 백철(白鐵)의 『국문학전사』(p.303)와 조연현(趙演鉉)의 『한국현대문학사』((pp.350-1) 등을 비롯하여 문학사를 논하는 자리에서 빠짐없이 언급된다.
6) 백철, 조연현 등의 앞 책.
7) 정한모, 『한국현대시문학사』, 일지사, 1974, p.267.

을 피하기 위해서도 그 확정저 의미를 밝혀 둘 필요가 있다. 또 이런 작업
은 그의 시가 변모해 갔다는 과정을 좀더 명확하게 밝혀 보기 위한 전제이기
도 하다.

황석우의 시를 관념적이라고 규정할 때 그 용어에 대한 설명은 아무도
한 바 없다. 그러나 그 의미는 그의 작품을 예로 들어 보인 다음과 같은
언급에서 드러난다.

> △ 신아(新我)의 서곡(序曲)
> 용사(勇士)야 들으라, 미래(未來)의 호구(戶口)에 나가 들으라.
> 관능(官能)의 폐구(廢垢), 희(噫), 낙월(落月)의 밋으로
> 고요히, 애달게, 울녀 나오는
> 존(尊)한 욕일(蓐日)의 곡 — 신아(新我)의 송(頌)
> 위(僞)의 골동(骨董)에 마(魔)한 날근 나는 가고
> 영아(嬰兒)는 참회(懺悔)의 암(闇) — 삼위일체(三位一體)의 태(胎)에 협소
> (頰笑)ㅎ다.
> 자연(自然), 인생(人生), 시간(時間). (이하 줄임)8)

> 한문현토투(漢文懸吐套)의 육당(六堂) 이전의 문체라 하겠으며 관념의 희
> 롱이라고 볼 수 있다. 그러나 일견 낡아 보이는 이러한 표현들 속에 과거에
> 보지 못했던 시적 관념의 덩어리 같은 것이 아직 녹지 않은 채로 별견(瞥見)
> 된다.9)

『태서문예신보』 14호(1919. 1. 13.)에 발표된 이 작품에 대한 위의 언
급에서 우리는 두 가지 의미의 관념을 이해할 수 있다.

먼저 '관념의 희롱'이라는 말은 시상을 언어로 형상화하는 데 있어서 사
물의 실체를 떠난 상식론적 인식의 표현을 뜻하는 것으로 보인다. 이는 인
용문의 전후 문맥인 문체, 표현 등의 어구로 보아 심증이 가는 것으로서
결국은 인용한 시 가운데 보이는 '미래(未來)의 호구(戶口)', '관능(官能)

---

8) 시 작품의 표기는 한자를 노출시켰다. 그러나 여기서는 발표 당시에 한자로 표기한
   것을 괄호 안에 넣어 표기한다. 앞으로 인용하는 작품의 표기도 이와 같이 한다.
9) 정한모, 앞 책, p.265.

의 폐구(廢坵)', '위(僞)의 골동(骨董)에 마(魔)한 날근 나', '삼위일체(三位一體)의 태(胎)에 협소(頰笑)' 등의 표현을 지칭하는 말일 것이다.

다시 말해서 이같은 표현들은 구체적 사물의 인식이라기보다는 추상적이고 막연한 인식이며, 체험적 인식이라기보다는 도식적이고 개념적 인식이라는 말인 셈이다. 따라서 이 경우의 황석우 시가 관념적이라는 것은 시적 대상에 대한 시인의 인식이 다분히 추상적이라는 말과 동의어가 되는 셈이다.

다음으로 인용문에 보이는 두 번의 '관념'이란 말은 시적 상상력이라는 말의 동의어로 보인다. 즉, '아직 녹지 않은 시적 관념의 덩어리'란 표현은 시적 형상의 구체화에 실패한 채 일반적으로 말해지는 생각에 머물러 있는 상태를 지칭한 것으로 짐작된다. 이는 앞에 인용한 시에 등장하는 시어들을 일별할 때 금방 드러나는데 구체어는 거의 없고 추상어로 시종한 것을 보아 그런 추정이 가능해진다.

결국 황석우의 시가 관념적이라는 말은 인식론적 관념도 아니고 심리학 용어로서의 관념도 아니며 더구나 미학적 주관성과는 거리가 먼 것임을 알 수 있다. 그 관념은 단지 '추상'과 '개념'의 동의어가 되는 셈이다. 그렇다면 황석우의 시세계는 개념적 추상의 세계 또는 추상적 개념의 세계라고 바꾸어 말할 수 있게 된다.

여기서 개념적 추상이란 그의 시적 상상력을 지칭하는 것이 되고, 추상적 개념이란 대상에 대한 인식 태도를 말하는 것이 된다. 또한 시적 상상력은 이미지로써 구현된다는 점에서 황석우의 시는 추상적 이미지라는 견해가 성립될 수 있고, 사물에 대한 인식 태도가 시의 어조(語調, tone)[10]를 결정하는 점에서 그의 시가 추상적 어조를 지녔다는 설명이 가능할 것이다.

종래 아무런 용어 개념의 규정 없이 사용해 온 관념적이라는 해석에 비하여 구체적인 해석을 가한 앞의 언급은 이처럼 두 가지 측면에서의 관념적 면모를 적시해 준 셈이며 또한 황석우의 시세계는 이미지와 인식의 태도 두 측면에서 접근되어야 할 필연성을 시사한 것이기도 하다.

---

10) 'tone'이란 용어는 작중 화자의 태도를 말한다.(C. Brooks & R. P. Warren, Understanding Poetry, pp.181~182.) 작중 화자가 곧 작자의 동의어는 아니지만 이 태도가 곧 작자의 대상에 대한 인식 태도와 이어질 것임은 당연하다.

구상 지향과 추상적 결과

황석우의 시에 나타난 이미지를 그 상상력 표현이라는 측면에서 볼 때 앞서 인용한 『태서문예신보』에 실린 〈신아의 서곡〉은 추상적임이 드러났다. 그러나 이어 발표된 〈어린 제매(弟妹)에게〉 (태서문예신보 16호)라는 제목 아래 실린 네 편의 시는 상당한 변모를 보여 준다. 그 중 두 편만 예시한다.

△ 봄
가을 가고 결박 풀어저 봄이 오다
나무, 나무에 바람은 연한 피리 부다

실강지에 낯 감고 밤 감아
숫밧에 매여 한 바람, 한 바람식 당기다.

가을 가고 결박 풀어져 봄이 오다.
너와 나 단 두 사이에 맘의 그늘에

현음(絃音), 감는 소리, 타는 소리
시야, 봉오리야, 세우(細雨)야, 달아

△ 열매
애(愛)는 밀색(密色)으로 익고
이곳, 저곳에 취자(醉者)의 써듬 들리다
아 여름은 열니다. 사랑의 가지에 붉게 열니다.
「노래하라, 노래하라」고 째는 손벽 치고 가다.

이상 두 작품에서도 그가 나중까지 즐겨 사용했던 관용적인 한자어투라든가 시적 주제를 모호하게 만드는 사족적 부연같은 것은 발견된다. 그러나 중요한 것은 〈신아의 서곡〉에서 보이던 추상적 이미지들이 상당히 구체적으로 바뀌고 있다는 사실이다. 이미 객관적 상관물(objective correlatives)을 획득하는 것도 보이며 특히 〈봄〉에서는 적절한 반복 구절에 의

한 접속구조[11]를 통하여 대상을 내적 조응의 세계로 전개해 가는 시상의 발전도 보이고 있다. 그런가 하면 '째는 손벽 치고 가다'와 같은 의유(擬喩)까지 동원하고 있다.

이처럼 짧은 시간적 간격을 두고 발표한 시에서 앞서의 것과는 판이하게 선명한 이미지를 구현한 것은 그의 시세계가 추상적 이미지보다는 구상적 이미지의 추구로 발전해 갈 가능성을 암시하는 징표라 할 수 있으며 실제로 그 이후 발표된 그의 시작품들은 그가 이미지의 선명도에 신경을 쓴 흔적을 보여 준다.

> 흙비갓치 탁(濁)한
> 무덤터〔墓場〕의 선향(線香)내 나는 저녁 안개에 휩새힌
> 끗업는 광야(曠野)의 안으로
> 바람은 송아지〔雛牛〕의 우는 것 갓치
> 조상(弔喪)의 종(鍾)소래 갓치
> 그윽하게 불어 오며
> 나의 영(靈)은 사(死)의 번개 뒤번치는
> 흑혈(黑血)희 하늘밋
> 활문산(山)에 기도(祈禱)하는 기독(基督) 갓치
> 업디여 운다.
>
> —〈애인(愛人)의 인도(引渡)〉

『폐허』 창간호(1920. 7. 25)에 발표된 9편 가운데 하나인 이 시가 '—갓치'라는 직유 단위를 동반한 확장문(擴張文, elaborate sentence)[12]으로 되어 있는 것이 두드러지게 눈에 띈다. 확장문이란 동일한 성분의 어사(語辭)를 다량으로 동원하는 성분 반복의 문형으로 시에 이같은 문형이 사용될 때 그 이미지는 장식적인 것이 되거나 구체화하거나 하는 상반된 결과를 가져 온다. 다시 말하면 한 이미지의 구현을 위하여 동질적 의미의

---

11) Barbara H. Smith, *Poetic Closure*, The University of Chicago Press, 1968, pp.109~139.
12) 이 용어는 W. Baker의 Syntax in English Poetry(University of California Press, 1967)에서 사용한 것이다. 김대행, 현대시의 통사적 변형고, 『한국시가 구조 연구』 삼영사, 1976 참조.

어사가 여러 번 사용되는 방사구성(放射構成)13)은 장식적으로 되어 도리어 이미지를 모호하게 만든다. 그러나 이질적인 의미 내용의 어사가 한 이미지를 향해 방사선으로 구성되었을 때는 이미지의 이질적 충돌에 의해 신선감을 조성하고 나아가서는 이미지의 폭을 넓히는 구체화의 결과를 보이게 되는 것이다.

그런데 〈애인의 인도〉에서 보는 직유법의 되풀이는 일단 이미지의 선명성을 위한 의도적인 노력으로 보인다. 비유란 그 말이 뜻하는 대로 대상을 그려내기 위한 노력의 결과인 까닭이다. 따라서 이후 그의 시에서 무수히 발견되는 비유가 지향하는 바가 그랬던 것과 마찬가지로 구상적인 이미지에의 지향을 엿볼 수 있다.

그러나 이같은 구상 지향의 결과가 정반대로 나타나는 점에 유의할 필요가 있다. 그것은 『폐허』기의 퇴폐적 분위기와의 연합에 의한 결과이기도 한 것으로 이 시기의 표현은 부연적(敷衍的)인 확장문으로 바뀌고 있는 것이다.

> 황혼의/맥(脈)풀린, 힘없는 애통(痛)한 접문(接吻)의 자욱,
> — 〈석양(夕陽)은 써지다〉

> 네의 그 미소(微笑)는 처음 사랑의 쓰거운 황홀(恍惚)에 턱괴힌/소녀(少女)의 살적가〔鬢除〕를 춤추어 지내는/봄 저녁의 애교(愛嬌) 만혼 바람과 갓고
> — 〈석양(夕陽)은 써지다〉

> 전광자(癲狂者)의 기개품갓치, 어름비〔氷雨〕갓치, 여울〔渦〕지고
> — 〈태양(太陽)의 침몰(沈沒)〉

> 나의 영(靈)과/불탄 터와 갓흔/태양(太陽)이 써오르는 검은 구름의 압/한 무리 유령(幽靈)의 주정(酒酊)하는/야녀(野女)의 괴이(怪異)한 천막(天幕)
> —〈음락(淫樂)의 궁(宮)〉

---

13) 방사구성은 동일한 성분이 중복 사용됨으로써 수식받는 말을 중심으로 수식어가 부챗살 모양으로 방사형을 이루는 것을 가리킨다. 앞 책 참조.

내 몸이 선지피 투성이가 될 때/나는 그 피를 저 속사포(砲)의 탄환(彈丸)
갓 치/네 니마에 던저 뿔릴 때/한 잔인성(殘忍性)의 쓴 깃분을 늣길 때
— 〈혈(血)의 시(詩)〉

이상 몇 개의 예만으로도 짐작되는 바와 같이 그의 이미지는 동질 의미
의 확장문으로 되어 장식적이며 추상적인 이미지로 부연 설명되고 있다.
다시 말하면 구상 지향으로서의 비유가 지나치게 사용됨으로써 이미지는
신선감을 상실하게 되고 압축되지 못한 채 느슨하게 확산되어 버린 것이다.
더구나 황석우의 이미지가 지닌 그만의 특성은 오히려 다음과 같은 관찰
에서 더욱 확연하게 드러난다.

아아 네 얼골은 왼갓 진리(眞理)의 백과전서(百科全書)일다.
아아 네 얼골은 가장 걸작의 로맨쓰일다.
아아 네 얼골은 일편(一篇)의 통속적(通俗的) 강화(講話)일다.
— 〈백과전서(百科全書)〉

『폐허』창간호에 실린 9편 중 하나로 '언으 노인(老人)의 얼골을 보고서'
라는 부제가 달려 있는 시다. 시의 내용대로라면 시인은 대상인 노인의 얼
굴에서 얻은 세 가지의 인식적 명제를 계사형(copula form) 은유14)로 표
현하고 있다. 얼핏 보면 구체적이고 객관적인 인식으로도 보인다.
그러나 여기서 생각할 것은 시가 사물에 대한 새로운 인식의 표출이며
그 자체가 독자적 존재로서의 가치를 지녀야 한다는 점이다. 문학이 보편
성과 개별성을 동시에 지닌다는 전제에 비추어 볼 때 하나의 시작품이 시
로 서기 위해서는 독자성을 지니고 있어야 할 것이다. 또한 이 독자성이란
새로운 인식이라는 것과 같은 뜻이기도 하다. 그런데 황석우의 시에서는
이 새로운 인식의 측면이 많이 결여되어 있음을 발견하게 된다.
가령 어느 노인의 얼굴이 '진리의 백과전서, 걸작의 로맨스, 인생의 통속
적 강화'로 비유되었을 때 그것은 상식론적 인식에 불과하며 일반인의 관용
어법과 다를 바 없기도 하다. 이런 것은 사은유(死隱喩, dead metaphor)

14) Christine Brook-Rose, *A Grammar of Metaphor*, London, 1958, p.18.

에 포함되는 '책상다리', '고동이 운다', '유수 같은 세월' 등과 거리가 멀지
않다.

그의 이러한 상투어법적 표현은 곧 이어 계속되는 『장미촌』(1921. 5. 24)의
서시격인 〈장미촌(薔薇村)의 향연(饗宴)〉에서도 드러난다.

> 고독(孤獨)은 내 영(靈)의 월세계(月世界),
> 나는 그 우의 사막(沙漠)에 깃드려 있다.
> 고독(孤獨)은 나의 정열(情熱)의 불토(佛土),
> 나는 그 우에 한 적은 장미촌(薔薇村)을 세우려 한다.

그가 즐겨 쓰던 시어인 '영(靈), 사막(沙漠)' 등이나 '영(靈)의 월세계(月
世界)'나 '정열(情熱)의 불토(佛土)' 등의 추상적 결합 은유 또한 당대의 유
행어거나 관념적 상투어로서 새로운 관계의 인식과는 거리가 멀어 보인다.

이처럼 황석우는 시적 상상력의 구현인 이미지의 형성에서 사은유 내지
는 관용어법의 범주를 벗어나지 못함으로써 결과적으로 이미지의 추상화
및 상투화를 초래한 셈이다. 시인이 한 작품의 존재 가치를 결정짓는 새로
운 인식의 이미지를 형성하지 못했을 때 그 이미지는 시인의 체험이라기보
다는 일반의 체험으로 떨어지고 구체적 개인적 상상이라기보다는 추상적이
고 대중적인 연상이 되고 만다.15)

물론 『폐허』와 『장미촌』 시기의 그의 시에 상징적 취향이 엿보인다거나
당시의 시대적 패배의식의 반영인 음습한 분위기가 있다거나 하는 그의 또
다른 시세계를 여기서 도외시하려는 것은 아니다. 다만 이미지의 구현이라
는 시적 존재 근거의 측면에서 볼 때 그의 시적 재질은 선구적 시단 활동
에도 불구하고 일단 의심이 된다.

---

15) 그러나 여기서 말하는 추상적 이미지와 상징시가 추구한 추상적 이미지와는 구별
    해 둔다. 상징시의 추상성은 정조(情調) 혹은 영률(靈律)로 이해되는 것임에 반해
    황석우 시의 추상성이란 구체화의 통념적 표현 과정에서 빚어진 것이라는 데 차이
    가 있다.

시단 활동과 시의 품질

    사실 황석우만큼 시적 생애의 기복이 심한 시인도 아마 드물 것이다. 그의 시작 활동은 두 차례의 긴 침묵 기간을 갖고 있으며 그 침묵 기간이 지나고 나면 어떤 의미에서건 시적 상황에 변모를 가져왔던 것도 사실이다. 그의 첫 번째 침묵 기간인 만주 방랑기16) 이후 『조선시단』을 주재하면서 시단에 복귀한 그는 『폐허』와 『장미촌』에 관여하던 지난날의 그와는 작품상 많이 달라져 있었다.

> 어느 날 '새벽'의 체부(遞夫)가
> 지구국(地球國) 자연방(自然方)
> '인간전(人間殿)'이라는 한 장(張)의
> 편지(便紙)를 가지고 와서 지상(地上)에 내던진다.
> 그 편지(便紙) 이면(裏面)에는 '조화옹(造化翁) 배(拜)'라 하였고
> 그 문면(文面)에는 왈(曰) "경계자(敬啓者) 다름 아니라 TIME부(府) 령(令)에 의(依)하여
> 여름과 그의게 쌀닌 일체(一切)의 가족(家族)은 더려 가고
> 우주(宇宙) 악단(樂壇)의 총아(寵兒) 제금가(提琴家) 가을군(君)을 보내니
> 한울 새로 물들인 맑은 대자연(大自然) 속에서 가을 군(君)의 바람줄[風絃]을 타는
> 풀 곡조(曲調), 나무닙 곡조(曲調), 물결 곡조(曲調) 등(等)의 여러 가지 명곡(名曲)에
> 울고 짜고 한심 늣기여 마음것 향락(享樂)하라" 하였더라
>   ― 〈일매(一枚)의 서간(書簡)〉

    『조선시단』 창간호(1928. 11. 7)에 실린 시로 몇 해 동안의 만주 방랑을 끝내고 돌아와서 발표한 이른바 자연시 시리즈 가운데 맨처음 작품이다.17) 종래 지녔던 음습한 발상이나 시어는 사라지고 없다는 점에서 보면

---

16) 그의 연보가 확실히 작성된 바는 없지만 『장미촌』을 발간한 1921년 이후, 그리고 1928년 『조선시단』을 창간하기까지 사이에 만주를 방랑한 것으로 되어 있다.(『조선시단』 창간호, '축사' 참조.)

대단한 변모가 보인다. 그러나 염상섭(廉想涉), 박팔양(朴八陽), 이시구
(李瑞九) 등 5명이 황석우에 대한 축사를 바치는 가운데 화려하게 등장하
여 잡지 발간을 주재하면서 발표한 시로서는 지나치게 비시적(非詩的)이다
못해 반시적(反詩的)인 느낌마저 준다.

이후 계속하여 『자연송』이라는 한 권의 시집을 채울 만한 분량으로 발표
되는 시편들은 이미 이런 수준의 산문으로 변하고 있음을 보게 된다. 그런
점에서 '자연송과 자가송(自家頌)'18)이라는 주요한(朱耀翰)의 인신 공격에
가까운 비난이 나온 것도 무리는 아니었던 것이다.

그의 시가 이토록 비시적인 상태로 파탄해버린 것은 흔히 말하는 대로
시적 재질의 탓19)으로 돌릴 수 있고 결국은 그것이 옳은 답일 것이다. 그
러나 그의 재질 가운데 어떤 점이 시적 파탄의 주된 원인이었을까? 이 문
제에 대한 답을 구하기 위해 우리는 다시 그의 시가 지닌 추상적 이미지
또는 관용어법적 발상을 들 수가 있을 것이다.

여기서 관용어법적 발상이라는 데 주목할 필요가 있다. 앞서 인용한 〈일
매(一枚)의 서간(書簡)〉이라는 시에서 가을을 알리는 낙엽을 '새벽의 체부
(遞夫)'라든가 '한 장의 편지'로 그려 내는 수법은 가히 고전적이라 할 수
있다. 여기서 고전적이라 함은 우리가 고대소설에서 익히 보아 온 "화우
동산 목단화갓치 펑퍼지고 고운 사랑, 연평 바다 그물 갓치 얼키고 맷친
사랑, 은하 직녀 침금갓치 올올이 이은 사랑"20)식의 상투적 표현일 따름이
며 개인적 체험이라든가 개성적 세계 인식과는 거리가 멀어 보인다는 점을
가리킨다.

이같은 이미지의 평판성은 70여 편에 가까운 자연시 어느 것을 보아도
공통된 현상으로서 개인적이고 참신한 유추의 결핍이 그의 시를 파탄에 이
르게 하는 원인이 되고 있음을 확인하게 해 준다.

---

17) 그의 시집 『자연송』에는 동경 시절의 작품이라고 적고 있다.
18) 주요한, 자연송과 자가송 — 황석우군의 시집을 독(讀)함. 『동아일보』 1929년 2월
5~6일.
19) 김윤식, 한국근대시사고, 『시문학』 37호, 1974. 8.
20) 완판본 『열녀춘향수절가』.

상징과 형용의 거리

혹자는 말하기를 황석우가 전기에는 상징주의적 시를 후기에는 이미지 중심의 시를 썼다고도 한다. 그러나 이런 견해는 그의 작품 외적인 것만을 피상적으로 살핀 결과인 것처럼 보인다. 『폐허』 창간호에 김억(金億)과 함께 상징주의를 소개하고[21] 〈벽모(碧毛)의 묘(猫)〉라는 시를 썼던 황석우는 일견 상징주의에 심취했던 것처럼 보인다. 하지만 상징주의기라 할 『폐허』 창간호 소재 아홉편의 시를 보면 그런 상징주의 운운의 평가는 허구인 것 같다.[22] 이들 아홉 편의 시는 황석우 자신의 설명대로 세기말적(世紀末的)[23]인 것이 주류를 이루고 그렇지 않은 것이 약간 있을 따름이다. 후자에 속하는 것으로 〈세 결심(決心)〉, 〈백과전서(百科全書)〉 등을 들 수 있고 나머지 일곱 편은 전자에 속한다. 『장미촌(薔薇村)』에 발표한 두 편의 시도 음습한 어사(語辭)와 병적인 발상이라는 점에서 전자에 속하는 것들이다.

이렇게 본다면 그의 전기시 경향은 상징적이라기보다는 오히려 퇴폐주의적이며 김억(金億)의 상징주의가 건강한 향토색과 결합하여 간 것이나 주요한의 〈불놀이〉 이후가 자연적 광명 쪽으로 변해 간 것과 상반된다는 점에서 대조적이다.

물론 그는 김억과 함께 상징주의의 이론 소개자였다. 그러나 그가 소개한 상징주의에서 알레고리와 상징주의를 혼동하고 있는 미숙함이 있고 일본적 상징주의의 지엽적 모습인 퇴폐적 경향으로 많이 윤색되었다는 사실도 간과할 수는 없다. 따라서 그의 시를 상징적이라고 하기에는 지나치게 병적인 요소가 많은 것을 지적해야 할 것이다.

그의 시에서 보들레르류의 조응(照應, correspondances)이나 베를레느류의 음악성이나 랭보류의 투시(透視, voyant) 또는 말라르메류의 무한성

---

21) 『폐허』 창간호에 '일본 시단의 2대 경향'이라 하여 상징시에 대한 소개를 하고 있다.
22) 나중에 밝히겠지만 〈벽모의 묘〉라는 작품은 논의로 한다.
23) 〈태양은 잠기다〉라는 시의 끝부분에 "이 전편의 시 안에 '저녁'이란 말이 만이 씨혀 잇스나 이는 한 세기말적(世紀末的) 기분에 붓잡힌 나의 최근의 사상의 경향을 가쟝 솔직히 낫하낸 자(者)일다. 독자여 양지(諒知)하라."라는 설명이 붙어 있다.

같온 것을 찾기는 힘들다. 다만 그에게 상징주의적 요소가 있다면 그것은
병적인 발상과 결합한 분위기나 정조(情調)의 형성을 들 수 있을 것이다.

> 태양(太陽)은 잠기다, 저녁구름〔夕雲〕의 전광자(癲狂者)의 기개품갓치,
> 어름비〔氷雨〕갓치, 여울〔渦〕지고, 보라빗으로 여울지는 끗없는 암굴(岩窟)
> 에 태양(太陽)은 잠겨 써러지다.
> 태양(太陽)은 잠기다, 넓은 들에 길 일혼
> 소녀(少女)의 애탄(嘆)스러운 가슴 안 갓흔
> 황혼(黃昏)의 안을 숩〔潛〕여 태양(太陽)은 잠기다.
> 태양(太陽)은 잠기다, 아아 죽는 자(者)의 움푹한 눈갓치
> 이국(異國)의 제단(祭壇)의 앞헤, 태양(太陽)은 휘도라잠〔翔沈〕기다.
> ― 〈태양(太陽)의 침몰(沈沒)〉

'세기말적 기분에 잡혀서 쓴 것'이라고 밝히고 있는 이 시에서 발견하게
되는 것은 까닭없는 신음이다. 아무런 유추도 허락하지 않는 '이국의 제단'
이며 수많은 음습한 수식어를 지닌 '암굴'이며가 도시 어떤 상황의 설명이
요 인식인지 종잡을 수가 없다. 다만 수많은 직유를 통하여 구체성을 확보
하려는 노력을 볼 수 있을 따름이다.

따라서 상징주의가 직접 기술(記述)이나 구체적 이미지를 피하고 암시에
의해서 혹은 비설명(非說明)의 상징에 의해서 독자의 마음 속에 재현시키
는[24] 것이라면 황석우의 시는 직접적 기술이자 구체적 이미지의 사용이라
는 점에서 그리고 암시나 상징보다는 설명적 방법에 시종하고 있는 점에서
상징주의와는 거리가 멀다. 그러고 보면 그의 시에 붙여 주었던 상징시라
는 판정은 『폐허』에 썼던 상징주의 소개와 당대의 병적 분위기에 감염된
경향을 두고 내린 것이었음이 드러난다.

그의 시에 대한 평가가 문학 외적인 방향으로 나아간 것은 『조선시단』
시기에 발표한 시를 두고 형용 위주의 시라고 한 것에서도 드러난다. 조선
시단 8호(1934. 9.)에 실린 〈시가(詩歌)의 제문제(諸問題)〉라는 글에서
그는 이렇게 말하고 있다.

---

24) C. Chadwick, Symbolism, Methuen & Co. Ltd., 1971, pp.1~2.

　시(詩)의 제작(製作)에는 아무래도 '형용(形容)'이 첫째 가는 기술적(技術的) 조건(條件)이다. 형용(形容)이 제 지경(地境)에 이르지 못한다면 그 시(詩)는 죽은 자(者)이다. 그 형용은 '과부족(過不足)'을 모다 피(避)한다. ― 중간 줄임― 그럼으로 시의 형용이 완성되지 못한 곳에는 운율(韻律)의 존재가 업다. 곳 운율은 그 형용을 싸르는 기분(氣分)이다. 형용은 물조직(物組織)이며 운율은 그 조직에 의존한 생명작용이다. 형용 지상주의의 입장을 가지는 나의 예술인적 편집(偏執)이 곳 이런 관점의 우에 잇다.

　상징주의를 '구상(具象)에 부(富)한 시(詩)'25)로 이해했던 흔적을 남기고 있는 황석우라는 점을 두고 보면 이미지의 구체화가 곧 시의 길이라고 보는 그의 시적 거점을 드러내는 말이다. 이런 점에서라면 "나는 상징주의 시를 써 본 일이 없다."는 그의 말26)이 옳고 또 그는 정직하였다고 할 수 있다.

　다만 그가 이러한 형용론은 펴던 1934년의 문단을 생각하면 이야기가 달라진다. 알려진 바와 같이 1930년대는 시문학파, 구인회 등을 비롯하여 서구의 문학이론이 널리 도입되었고 한편에서는 이미지즘 운동까지도 전개되던 시기였다. 이런 시기에 초등학생의 습작같은 그의 형용론은 너무 소박하고 단선적이어서 시대에 저만치 뒤쳐져 있었다.

　　　그대들 혁명가(革命家)의 의지(意志)는 창천(蒼天)과 갓고
　　　그대들 혁명가(革命家)의 혼(魂)은 그 존귀(尊貴)함이 사막(沙漠)에 피는 사보뎅의 꼿과 갓고
　　　그대들 혁명가(革命家)의 정열(情熱)은 태양(太陽) 우의 푸로미넨스와 갓고
　　　그대들 혁명가(革命家)의 피는 지심(地心)을 쒸여 휘도는 용암액(溶岩

25) '일본의 상징시', 『폐허』 창간호, 1920.
26) "꼿흐로 일언(一言)해 둘 것은 시가를 분명히 몰으는 일부 독자측에서 걸풋하면 편자(황석우를 가리킴-필자)의 시를 상징시라고 평하는 일이 종종 잇스나 아여 그런 평은 고지듯치 마러 주시라는 것입니다. 편자는 본래가 그런 류의 시작(詩作)을 시험해 본 일이 업슴니다. 편자의 과거에 쓴 시들이 다른 것에 비하여 비교적 어려운 점이 잇섯기때문에 그런 되지 못한 평을 밧게 된 듯합니다. 그러나 그것은 상징시가 아니엿슴니다."(『조선시단』 2-3합병호, '여언(餘言)' 1928. 12.)

液) 갓고
　　그대들 혁명가(革命家)의 주먹은 저 타오르는 태양(太陽)덩이와 갓고
　　쏘 그대들 혁명가(革命家)의 분노(憤怒)하는 감정(感情)은 벽력(霹靂)과
갓고 원자탄(原子彈)의 폭발(爆發)과 갓고
　　그대들 혁명가(革命家)의 기상(氣像)은 놉흔 산(山)봉오리 위에 주저안
즌 맹호(猛虎)와 갓고 사자(獅子)와 갓다.
　　　　　　　　　　　　　　　　　　　　　　— 〈그대들 혁명가(革命家)〉

　시의 정신을 무엇으로 이해했던 것인가조차 의심스러운 형용 지향의 그
의 작품은 시인으로서의 자격을 의심케 한다. 이는 '구상(具象)에 부(富)'
하고 '형용(形容) 제일(第一)'을 추구하되 시적 상상력이 그것을 뒷받침하
지 못한 결과로 도달한 상투적 추상화라 할 만하다.
　그리고 보면 황석우의 시에서 변하지 않는 측면으로 이미지의 추상성을
들 수 있을 것이고 이와는 반대로 변한 측면으로 시적 소재를 선택하는 눈
이 전기에는 추상적이었고 유행 추구적이었음에 반해 후기에는 구상적인
자연물을 향했다는 점을 들 수 있을 것이다.
　이 모든 과정은 그가 과연 시인이었던가 그리고 시인은 어째서 시인인가
하는 질문을 우리에게 던져 준다. 줄글로 쓸 것을 줄을 나누어 쓰면 모두
가 시가 되는 것은 아닐진대 사물에 대한 인식의 새로움도 그 형상의 독창
적이고 개성적인 추구도 보여주지 못하는 사람에게 우리는 시인이라는 이
름을 붙여 주기 어려울 것이다. 문제는 재질(才質)이며 황석우에게는 그것
이 결여되어 있었음을 그의 작품이 확인해 준다.

인식의 태도와 시를 쓰는 이유

　황석우는 시를 잘못 이해하고 있었을 뿐만 아니라 시인으로서의 정체성
조차도 지니지 못한 흔적을 보여준다. 시인이라면 최소한도 자기가 바라보
는 세상을 향한 눈 정도는 지니고 있어야 할 것이다. 그런데 그에게는 일
반적이고 공식적인 관찰의 확인이 있을 뿐 그다움은 없다. 다시 말하면 일

반적 타당성과 보편성에 주목한 사람이었지 사물의 의미를 찾아 헤맨 자는 아니었다는 뜻이다.

그런 특징을 〈태양(太陽)의 침몰(沈沒)〉이라는 시에서 찾아 볼 수 있다. 이 시는 세 가지의 이미지로 이루어진 것으로 보인다.

(1) 암굴(岩窟)에 잠기는 태양(太陽) ― 전광자(癲狂者)의 기개품, 어름비갓 치 여울짐 ― 〔혼란〕
(2) 황혼에 젖어 잠기는 태양 ― 길 잃은 소녀의 가슴갓치 애탄스러움 ― 〔애상〕
(3)이국의 제단에 잠기는 태양 ― 죽는 자의 움푹한 눈같음 ― 〔절망〕

이렇게 형상화된 세 개의 태양은 슬픔과 절망이라는 동질 이미지의 반복에 해당한다. 이처럼 반복적으로 덧칠해 나간 형상은 기개품, 어름비, 길 잃은 소녀의 가슴, 죽은 자의 움푹한 눈 들이다. 시인이 나타내고자 했던 바 '잠기는 태양'의 혼란, 절망, 애상의 비유로서는 비교적 정확한 편이다.

그러나 문제는 정확한 것이 바로 시적인 것은 아니라는 점이다. 널리 알려진 바와 같이 비유란 비유되는 대상 사이의 이질성이 전제되는 과정이다. 굳이 엘리어트식의 기상(奇想, conceit)을 갖다 대지 않더라도 비유란 이질적 이미지의 접합에 의해 새로이 형성되는 시적 발견일 때 참신성을 가지며 그럼으로써 의미를 지닌다.

가령 '납 같은 잿빛의 바다'라고 했을 때 납과 바다 사이에는 색채의 동질성만이 존재한다. 그리고 그것은 누가 보아도 동질의 색채일 것이다. 색채로서는 동질이므로 비유로서는 정확할지 모른다. 그러나 지나치게 객관적이기 때문에 거기엔 시적 인식이 개입할 여지가 없다. 왜냐하면 시적 비유란 주관적이며 또 상상을 자극하는 것이라야 하기 때문이다.27) 이와 같은 예로 유치환(柳致環)이 '이것은 소리 없는 아우성'이라고 깃발을 형상화했을 때 얻어지는 효과를 들 수 있다. 보조관념인 아우성은 상상의 촉진작용을 하는 매제가 된다는 말이다.

또 시적 인식이란 점에서 이런 설명도 가능할 것이다. 가령 휘날리는 기

27) H. W. Wells, Poetic Imagery, Russell & Russell, 1961, p.23.

를 보고 그것을 새의 비상에 비유하는 경우와 찢어진 기를 보고 내분(內
紛)의 국가에 비유하는 경우, 전자는 실제적 비유요 후자는 시적 비유라고
한다.28) 왜냐하면 전자는 기의 묘사를 위해 새의 비상이 원용된 것이고
후자는 기에 의하여 '나(인간)'에게 속한 '무엇(인간의 존재)'를 드러내는
행위이기 때문이다. 전자가 객관적 인식이라면 후자는 주관적 인식이요,
전자가 과학적 비유라면 후자는 주관에 투영된 시적 비유이다. 웰즈(H.
W. Wells)는 전자를 역은유(inverse metaphor), 후자를 직은유(direct
metaphor)로 구분하고 있다.

　다시 〈태양의 침몰〉로 돌아가 보자. 이 시에 사용된 비유는 모두가 객관
적이고 과학적인 비유임을 알 수 있다. 앞서 논했던 사은유 또는 보편성의
문제는 차치하고 대상을 주관적 인식을 통해 드러낸 자취가 보이지 않는
다. 이에 반해 김소월(金素月)의 〈진달래꽃〉에 등장하는 영변 약산의 진달
래꽃 같은 것은 이별의 한이 확산되는 주관적 사물이며 서정주(徐廷柱)의
〈국화 옆에서〉도 이러한 설명의 예가 된다. 소쩍새의 울음, 먹구름 속의
천둥, 그리고 이어 국화는 내 누님이 되고, 그것이 다시 '내게는 잠이 오지
않는 것'이 되어 주관적 자아로 삼투되어 들어오는 대상이 된다. 쉽게 말해
서 감정이입(感情移入, empathy)이다. 이처럼 시에서 독자가 읽게 되는
것은 대상과 표현 주체의 서정적 상호 몰입이다. 대상과의 사이에 단 한
치의 거리도 없는 밀착이며 혼합-화합의 상태다.

　시를 말하기 위해 그림을 끌어들이는 것은 어떨까 싶다. 서정성이라는
것을 분명하게 해 두기 위해 동양화의 산수도(山水圖)를 생각하는 것도 도
움이 된다. 산수도에는 오직 대상의 제시만이 있다. 그러나 그것은 모방
(mimesis)이 곧 창조(poiesis)에 해당함을 보여준다. 산이며 물이며 화가
가 택한 것은 곧 화가의 서정적 상관물이다. 그것은 단순한 외부세계의 존
재가 아니라 예술가의 주관 속에서 여과된 이차적 대상이다. 산문인 사물
이 시로 결합된 것이다. 한시(漢詩)의 회화성에 매료되었던 에즈라 파운드
의 이미지즘도 결국은 산수도의 그것과 같은 것이고, 랜섬이 말한 물리적
시(physical poetry)도 지향점은 같다. 이런 세계를 두고 흔히 동양적 표

---

28) H. W. Wells, 앞 책, pp.24~25.

현으로 물아일체(物我一體)라는 말을 쓴다.

객관적인 모습으로 제시되는 그림에서조차 감정 이입이 요구됨에 비추어 본다면 황석우의 시는 바로 이 점에서 결정적인 실패를 하고 있다는 결론이 나온다. 아니 그것은 실수라기보다 애당초 감동보다는 글엮기에 치중한 그의 태도 또는 관점에서 비롯된 것이라 함이 옳을 듯하다. 그가 노린 것은 분명하게 드러내는 형상 그 자체였을 따름이며 그것도 매우 유행적인 어사의 조합 또는 상투적 제시였다.

시를 쓰는 이유는 한두 가지로 잘라 말하기 어려운 노릇이다. 그러나 어째야 시가 되는가는 대상을 통한 인간의 인식과 발견을 함축해야 한다고 말할 수 있다. 그래야 비로소 감동도 정서도 있게 되는 것이다. 그러나 황석우는 그 점에 소홀하였다. 저가 느끼고 저가 제 눈으로 바라보는 대신에 그저 그려 내기에 급급하였다. 그래서 그는 결국 영화관의 간판이나 이발소 그림을 그리고 마는 결과를 낳았다고 하겠다. 그러한 사실의 근거를 우리는 그가 즐겨 사용한 역은유에서 찾을 수 있다.

밤에
구름 속으로 들어가는 달은
그를 숭배(崇拜)하는 처녀(處女)들과
쏘는 그의 친(親)한 동창(同窓)의 벗들의
니마 쌈 식기럼갓치 보이고

낮에
구름 속으로 들어가는 태양(太陽)은
산(山)골작이의 맑은 물 가운데
가슴 헛치고
목물하려 쒸여듬과 갓치 보인다.

이 시에는 표현의 주체가 제거되어 있다. 아니 몰인간(沒人間)이라고 함이 옳다. 비유의 공식을 연습이나 하듯이 그저 그리기만 하고 있으며, 그러기에 아무런 감정적 공감도 없고, 개성도 보이지 않는다. 그의 후기 작품 70여 편이 모두 이러하다.

그러나 그것은 그의 후기에만 나타나는 징후는 아니다. 이미 그의 전성기라고나 할 『폐허』기에 표현의 상투성을 통해 몰개성을 드러낸 바 있다. 그에게 있어서 시적 형상화는 유행적이고 분위기 있는 것이면 족했지 개성은 중요하지 않았다.

김기림(金起林)의 시를 상식 이하의 선으로 혹평하였고29) 시단의 주제자로 군림하고자 한 황석우가 의지할 수 있는 거점이 '형용 제일주의'였던 것은 무슨 까닭일까? 그가 담당했던 시단에서의 역할이나 관계를 보건대 사람 사는 일에는 승하되 시에는 둔감했기 때문이라는 사실 말고는 달리 더 찾아 낼 이유가 보이지 않는다. 결국은 재능의 문제요 가슴의 문제였다.

황석우는 시를 썼으되 엄밀한 의미에서는 시인이 아니었다. 오직 물리적 관찰자요 남들 즐겨 쓰는 말을 조합하여 옮겨 놓는 배우적 인사였을 따름이다. 연극에서 배경의 설정은 곧 극중인물에 대한 설명도 된다는 정도의 이해만 갖추었더라도 그의 시가 그 정도로까지 파탄하지는 않았을지 모른다.

그러나 그는 시인으로서 파탄했고, 서정에 관한 한 맹목에 다름 없었으며, 그 서정성의 결여가 그의 시를 인간 부재의 시로 만든 것이다.

시인의 비시적 기울어짐에 대하여

작가는 그의 생애 가운데 가장 훌륭한 작품 하나로 그 위대성을 인정받을 권리가 있다. 가령 셰익스피어 같은 진정한 작가에게도 타작(駄作)은 얼마든지 있다. 그럼에도 불구하고 세상은 그를 위대한 작가로 인정한다. 그에게는 타작을 뒤덮을 만한 걸작이 있기 때문이다.

그렇게 보면 황석우는 위대한 시인일 수 있다. 그에게 〈벽모의 묘〉라는 걸작이 있기 때문이다. 지금까지 이 작품에 대한 언급을 피한 것은 이 작

---

29) 『조선시단』 8호(1934. 9.)에서 '최근 시단 개별(槪瞥)'이라는 제목으로 김기림(金起林), 모윤숙(毛允淑), 조영출(趙靈出) 등의 시에 대하여 평을 하면서 김기림에 대하여 다음과 같이 말하고 있다. "이1연의 '아스팔트 우에는 4월의 석양이 조럽고'라는 구(句)의 소운(所云) '조럽고'는 무슨 다른 말의 오식(誤植)이 안일까? 그대로 보면 그 어의(語義)가 통(通)해지지 않는다.

품이 그의 여타 작품과 너무나 다른 세계를 보이고 있기 때문이다. 황석우
가 어느 작품에서도 빠뜨린 적이 없는 직유도 거기엔 없고 직설적인 기술
도 없다. 당대의 시단 수준으로는 상당하다고 할 수밖에 없다.

어째서 동일인에게 이처럼 커다란 간극이 생기는가. 그 단서를 위하여
최남선(崔南善)에 대하여 생각할 필요를 느낀다. 잘 알려진 바와 같이 최
남선은 신체시와 함께 거론되는 사람이다. 그 가치는 나중에 두더라도 문
학사에서 의미 있는 변화를 가져 온 시인이다. 그런 그가 나중에 철저히
매달린 것은 정형 율격을 버리는 신체시가 아니라 정형으로 돌아가는 창가
였다. 그 내용도 서정이나 철학보다는 지리나 역사와 같은 지적(知的) 대
상들이었다.

무엇이 그로 하여금 새로운 실험보다는 안정된 의지로 달려가게 했을까?
그에 대한 답을 시적 재능에서 찾을 도리밖에 없다. 그의 신체시 작품이라
할 〈꽃 두고〉나 〈태백산 시집〉 등에서 무절제한 산문으로 지나치게 달려가
버렸던 그의 시적 뒷모습을 보면서 우리는 그의 재능을 의심하게 된다.

서정이건 인식이건 시의 자루에 담을 알맹이에 승산이 서지 않을 때 시
인들이 형식에 매달리는 일은 흔히 보는 사건이다. 최남선이 창가에 매달
린 것은 황석우가 형용에 매달린 것과 흡사하다고 볼 수 있는 근거가 여기
에 있다.

그러나 두 사람 다 문단이라 할 무대에서는 힘을 지니고 있었다. 그 때
의 문단이란 출판사의 사장이거나 편집장에 의해서 움직이는 것이었으며
지금도 그런 모습은 많이 다르지 않다고도 할 수 있다. 그것은 사실이다.
그러나 우리는 문단을 말하고 있는 것이 아니라 문학을 말하고 있는 것이다.

1920년대의 문단을 주무른 황석우는 비시적(非詩的) 행적을 남겼다는
점, 그리고 이 시대에 문단에서 멀리 떨어져 있던 김소월(金素月)과 한
용운(韓龍雲) 등은 시사(詩史)에 길이 남아 우리를 '눈감아 생각'하게 한다
는 점은 시인은 물론 문학을 사랑하는 모든 사람이 생각할 만한 교훈이 아
닐 수 없다. 여기서 우리는 시인의 길에 대한 하나의 암시를 얻는다.

말졸보기와 돋보기의 시각 : 이용악

작품에서 시작하는 시인론

　이용악(李庸岳). 1914- ?. 시집 『분수령』(1937), 『낡은 집』(1938), 『오랑캐꽃』(1947)과 『현대시인전집 1 이용악집』이 있으며 평양의 조선문학사가 그의 작품으로 〈피발선 새해〉(1951), 〈평남관개시초〉(1956) 10여편, 〈우리 당의 행군로〉(1961) 등을 평가하고 있으며, 〈봄〉(1954)이라는 작품이 평양 문예출판사에서 나온 『해방후 서정시 전집』(1979)에 실려 있다. 그는 백여 편의 시를 남긴 사람이다.

　이용악을 논의하는 모든 출발은 여기서부터다. 그는 시인이기에 우리가 기억하는 사람이고, 그를 평가하는 척도가 어떠하든지 간에 그는 시를 쓴 사람으로서만 의의를 가진다. 그가 함경북도 경성에서 출생하였다든가, 일본에서 대학을 다녔다든가, 귀국하여 한 때 신문사 기자로 있었다든가, 해방후에 옥고를 치렀다든가, 혹은 6·25때 월북하였다든가 하는 것들은 그의 시를 이해하는 자료가 되는 한에서만 살펴볼 가치를 가질 따름이다. 시인이 아니라면 그저 곡절이 많은 한 세상을 살아간 갑남을녀(甲男乙女)에 지나지 않을 수도 있기 때문이다.

　이 말은 시인론을 작품으로부터 출발하자는 말이다. 노래하지 않는 가수를 상상할 수 없듯이 시가 없는 시인도 존재하지 않음은 자명하기 때문이다. 그리고 우리가 시인을 기리는 이유는 그가 시를 쓴 사람이기 때문이다.

그럼에도 불구하고 우리의 작가론은 왕왕 곁길로 달려가 버리는 경우가 없지 않다. 시인도 인간이기 때문에 그런 작가론이 때로는 불가피하기도 할 것이다. 그러나 불가피하다는 것을 이유로 시보다 앞선 다른 자료로 시인을 말하는 것은 의미가 없을 것이다.

이 글은 이용악 전부를 다 살필 능력을 갖지 못한다. 실제로 그런 일이 가능한가 하는 질문도 있겠지만 그보다는 논의를 제한하여 초점화하고자 하기 때문이다. 시인이면 지녀야 하고 또 지니게 마련인 그 시의 말씀씨라든가 말씀씨에 나타난 체취 같은 것은 일단 논외로 한다. 이 글은 오로지 그가 '무엇'을 노래했는가에 중점을 두고자 한다. 그 '무엇'은 그가 본 세상의 종류와 그 세상의 성격에 관계되는 것이다. 눈에 띄는 세상의 종류와 성격은 그 시인의 세상보기와 살아가기에 깊은 관계를 갖는다는 믿음이 여기에는 뒷받침되어 있다.

내가 세상 보기와 세상에서 나 보기

젊은날의 이용악이 쓴 시에서는 침울한 냄새가 난다. 그가 바라본 세상이 결코 밝지 않았음을 그의 시들은 느끼게 한다. 삶이란 것이 어차피 근심과 걱정의 연속이라는 일반적 경험칙에 기초하더라도 그의 삶은 그다지 밝은 환경에서 이루어지지 못했던 징표라 할 수 있다. 이런 판단은 그가 처했던 시대적 환경과 그가 일본 유학시절에 겪었던 고생을 근거로 해서 확인되는 부분이기도 하다. 그의 시 가운데는 그 자신을 가리켜 '노동자' 라고 한 것도 있는데 이런 표현들도 그의 삶이 팍팍했음을 추정케 하는 단서가 되어 준다.

그런 눈으로 바라보는 세상의 풍경은 눅눅하고 어두울 수밖에 없었을 것이다. 그리고 그런 특징은 1930년대에 프로문학의 경향을 계승하여 일제의 탄압에 대한 민족 해방의 열망을 드러내는 시의 주된 지향[1]이라는 점

---

1) 한계전, 일제 강점기 시사의 전개, 『한국현대시사의 쟁점』, 시와시학사, 1991. pp. 86~87.

에서도 돌연하지 않다. 그런 점에서 보면 이런 세상 풍경을 그리기가 이용
악만의 것이라고 할 수는 없다. 의미를 부여한다면 그가 그런 계열에 있다
는 점이며 당대를 풍미하던 시문학파류의 기교주의에 몸을 담지 않았다는
점일 것이다.

이용악의 시가 지닌 특징 가운데 중요한 것은 그의 세상 보는 눈이 변하
고 있다는 점일 것이다. 같은 세상 그리고 같은 풍경을 보되 보는 방식이
바뀌고 있다는 점이다. 그의 세 시집 『분수령』, 『낡은 집』, 『오랑캐꽃』에
는 각각 '항구'를 두고 쓴 시가 나오는데 이 시들 사이에 세상 보는 눈의
차이를 느끼게 하는 단서가 눈을 멈추게 한다.

먼저 맨처음 시집 『분수령』에 나오는 〈항구(港口)〉에서는 눈을 밖으로
향하여 나를 발견하고 있음을 본다.

> 태양(太陽)이 돌아온 기념(記念)으로
> 집집마다
> 카렌다아를 한장식 뜯는 시간이면
> 검누른 소리 항구(港口)의 하눌을 빈틈업시 흘럿다
>
> 미언 해로(海路)를 익여낸 기선(汽船)이
> 항구(港口)와의 인연(因緣)을 사수(死守)할여는 검은 기선(汽船)이
> 뒤를 니어 입항(入港)햇섯고
> 상륙(上陸)하는 얼골들은
> 바눌 끗흐로 쏙 썰럿자
> 솟아나올 한 방울 붉은 피도 없슬 것 갓흔
> 얼골 얼골 히머얼건 얼골쑨

이렇듯이 항구의 풍경들을 일람하고는 "나는 날마다 바다의 꿈을 쑤엇다
/ 나를 밋고저 햇섯다/ 여러 해 지난 오늘 마음은 항구(港口)로 돌아간다"
고 하고 있어 끝부분에 가서야 나에게로 시선이 귀착되는 것을 볼 수 있
다. 그러나 「낡은 집」에 나오는 〈우라지오 가까운 항구에서〉는 시선이 오
로지 자신에게만 집중되고 있음을 본다.

걸어온 길까에 찔레 한 송이 없었대도
나의 아롱봄은 자옥자옥을 뉘우칠 줄 몰은다
어깨에 쌓여도 하얀 눈이 무겁지 않고나

철없는 누이 고수머릴랑 어루맞이며
우라지오의 이야길 캐고 싶던 밤이면
울 어머닌

서투른 마우재 말도 들려주셨지
졸음졸음 귀 맑히는 누이 잠들 때꺼정
등불이 깜박 저절로 눈 감을 때꺼정

다시 내게로 헤여드는
어머니의 입김이 무지개처럼 어질다

항구를 두고 노래한 이 시가 보여주는 것은 오히려 항구의 풍경이 아니
라 '나'의 내면 풍경이다. 결국 이 시에서는 나를 통해 항구를 보고 있다
는 말이 된다. 그러기에 이 시는 "드나드는 배 하나 없는 지금/ 부두에 호
젓 선 나는 멧비둘기 아니건만/ 날고 싶어 날고 싶어"라고 노래하게 됨을
본다.

풍경을 통해 나를 본다는 것을 대상에서의 자아 발견이라고 한다면 나를
통해 풍경을 본다는 것은 자아의 인식에 의한 세계의 재구성이라고 할 수
있을 것이다. 그리고 이 해석이 어느 방향으로 나아가는가 하는 것은 그
세계관이 나아가는 궤적을 보여 주기도 할 것이다. 세번째 시집 「오랑캐꽃
」에 실린 〈다시 항구에 와서〉는 그 세상 재구성의 방향을 보여준다.

모든 기폭이 잠잠이 내려앉은
이 항구에
그래도 남은 것은 사람이올시다

한 마디의 말도 배운 적 없는 듯한 많은 사람 속으로
어질게 생긴 이마며 수수한 입설이며

그저 조와서
나도 한 마디의 말 없이 우줄우줄 걸어나가면
저리 산 밑에서 들려오는 돌 깨는 소리

시바우라 같은 데서 혹은 메구로 같은 데서
함께 일하고 함께 잠자며
퍽도 친하게 지내든 사람들로만 녁여집니다.

서로 모르게
어둠을 타 구름처럼 흩어졌다가
똑같이 고향이 그리워서
돌아온 이들이 아니겠읍니까

'나'는 고향 그리워 다시 항구에 온 것이라는 말을 앞세우지 않아도 나를 통해서 사람들을 이해하고 있는 눈을 본다. 이것은 일종의 동류의식이고 그 동류의식의 끝은 동지애 혹은 인류애로 나아갈 것임을 예감케 한다. 이용악이 대상을 읽는 눈이 이렇듯이 동지적인 애정에 뿌리를 두고 있음은 그의 시들에서 흔히 보는 것인데, 그 빛깔은 눅눅하고 침울한 것이라 할지라도 그 눅눅하고 침울한 고통을 나누어 갖는 공감을 읽을 수 있으며, 나중 그가 북쪽의 문예정책에 입각한 시를 쓰면서도 다른 시들과는 달리 비교적 서정성이 강한 시2)를 쓸 수 있었던 힘도 이런 데 기반했을 것으로 짐작된다.

그런데 세상 풍경을 통해 나를 보는 것과 나를 통해 세상을 본다는 것은 어떤 의미를 가지는 것일까? 생리적으로 말한다면 사람은 누구나 자신의 눈을 통해 세상을 본다. 그러나 그것은 물리적인 지각의 수준을 말함이다. '본다'는 말에는 그런 물리적인 혹은 생리적인 지각 이상의 뜻이 있을 것이고, 그것은 사고와 판단을 뜻하는 것이며, 바로 이 부분이야말로 인간이 인간일 수 있는 이유일 것이다.

---

2) 윤여탁, 한국전쟁후 남북한 시단의 형성과 시세계, 『한국현대시사의 쟁점』, 시와시학사, 1991. pp.427~428.

졸보기에서 돋보기로

그러고 보면 자기 눈을 통해 세상을 본다는 것은 주관적 인식의 기준을
지니게 되었다는 뜻이 될 것이다. 대체로 젊은날에는 외부의 자극에 의해
서 자기를 깨닫게 되는 데 비해서 나이가 들어가면서 자신의 의지와 주관
을 확립해 가는 것은 일반적인 현상인데 이용악의 시는 그런 변화를 '항
구'를 보는 시각에서 대표적으로 보여주고 있는 셈이다.

이것을 가리켜 졸보기의 시각에서 돋보기의 시각으로 나아간 것이라고
비유하고자 한다. 오목렌즈를 통하여 되도록이면 넓은 세상의 삼라만상을
보고자 하고 그 속에 자기를 위치시켜 보는 것은 흔들리는 의지를 반영한
다. 그러나 돋보기로 물체를 확대해 보듯이 하나를 골똘히 응시하면서 거
기서 속속들이의 의미를 헤아리고자 하는 것은 주관이 확보된 태도에서 나
올 수 있다. 마치 젊은날에는 오목렌즈를 끼고 나이가 들면 볼록렌즈를 끼
는 안경의 원리와도 닮아 있다.

이용악이 일찌기 돋보기의 시각을 확보했다는 것은 〈제비갓흔 소녀(少
女)야〉와 〈전라도 가시내〉를 대비하면 더욱 분명해진다. 첫번째 시집 『분
수령』에 실린 〈제비갓흔 소녀(少女)야〉는 '강 건너 주막(酒幕)에서'라는
부제가 붙어 있어 술집 작부를 두고 노래한 것임을 알 수 있는데 그 슬픈
운명을 가슴 아파 하는 것은 분명하지만 시각이 대상의 일반성과 원경화
(遠景化)에 머물러 있음을 본다.

> 손톱을 물어뜻다도 살그만히 눈을 감는
> 제비 갓흔 소녀(少女)야
> 소녀(少女)야
> 눈 감은 양볼에 올ㅅ정이 돗친다
> 그럴 째마다 네 머리에 써돌
> 비극(悲劇)의 군상(群像)을 알고 십다
>
> 지금 오가는 네 마음이
> 탁류에 흡살리는 강가를 헤매는가

비새는 토막에 누덩이를 쓰고 안젓나
쭝쿠레 안젓나

소녀에 대한 연민이 가득한 눈으로 대상을 바라보고 있음은 분명하지만 그것은 어디까지나 세상을 세상으로 바라보기에 지나지 않는다. "너의 노래가 어부(漁夫)의 자장가처럼 애조롭다/ 너는 어느 흉작촌(凶作村)이 보낸 어린 희생자(犧牲者)냐"라고 소녀의 역정과 근원을 묻고 있고 동시에 수난의 아픔을 그리고는 있더라도 세상은 세상으로 있을 따름이지 나는 아니다. 그러나 〈전라도 가시내〉에 오면 세상을 보는 눈이 달라진다. 대상을 대상으로 보거나 대상을 통한 나를 보기가 아니라 내 눈으로 세상을 보는 확대경의 시선이 됨을 본다.

온갖 방자의 말을 품고 왔다
눈포래를 뚫고 왔다
가시내야
너의 가슴 그늘진 숲속을 기어간 오솔길을 나는 헤매이자
술을 부어 남실남실 술을 따르어
가난한 이야기에 고히 잠거다오

네 두만강을 건너왔다는 석 달 전이면
단풍이 물들어 철리 철리 또 철리 산마다 불탔을 겐데
그래두 외로워서 슬퍼서 초마폭으로 얼굴을 가렸더냐
두 낮 두 밤을 두루미처럼 울어 울어
불술기 구름 속을 달리는 양 유리창이 흐리더냐

이 시가 보여주는 생각들은 나를 통한 세상보기다. 전라도에서 왔다는 술집 아가씨에 주는 눈길은 나의 눈으로 그 대상을 확대시켜 들여다 본 내면의 풍경이지 〈제비갓흔 소녀(少女)야〉가 보여주는 바와 같은 대상의 주변 풍경들이 아니다.

졸보기의 눈길과 돋보기의 눈길은 결국 대상의 어디를 보는가와 관계될 것이다. 졸보기의 눈이 대상의 외면을 바라보면서 그것들을 두루 포괄하려

고 할 때 그것은 묘사의 세계로 나아갈 것이다. 반면에 돋보기의 눈으로 대상을 초점화하고 확대하여 들여다 볼 때 그것은 내면의 응시로 나아갈 것이다.

사물의 내면에는 무엇이 있는가? 그것도 우리는 일률적으로 말할 수 없을 것이다. 내면을 들여다 보더라도 거기 보이는 것은 보는 사람의 눈이 머무는 곳에 따라서 다를 것이고, 그 시선을 결정하는 것은 애당초 보는 사람의 의지에 따라 결정될 것임은 자명하다. 이제 그것을 알아볼 차례다.

그리기에서 이야기하기로

문학이 언어구조물인 이상 그것이 무엇인가를 말하고 있는 이야기이리라는 것은 자명하다. 이래서 이야기시론3)이 대두되기도 하지만 중요한 것은 이야기가 아니고자 하는 시도 있다는 사실이다. 언어구조물이면서도 이야기가 아닐 수 있다고 할 때 우선 문제되는 것이 이야기라는 말의 개념이 무엇인가 하는 점일 것이다.

'이야기'라는 말의 사전적 의미는 '어떤 사실이나 현상에 대하여 일정하게 줄거리를 잡아 하는 말'이다. 이 정의에 의하면 이야기를 이루는 가장 중요한 요소는 줄거리인 셈이다.

이야기의 또 다른 사전적 정의는 '사실이나 있지 아니한 일을 그럴듯하게 꾸며 하는 말'이라는 것이다. 이 정의에 의하면 이야기는 허구를 뜻한다. 그리고 이 정의에 기대어서 문학의 허구성이 더러 강조되기도 하지만 문학이 허구라고 규정하는 것이 본질의 천착일 수 없음은 이미 지적된 바4) 있고 여기서 좀더 심하게 말한다면 허구니 실재(實在)니 하는 구분조차도 지나치게 유물적인 구분이 아닐 수 없다. 눈에 보이고 손에 만져지는 것만이 실재라고 하는 것은 인간의 마음을 도외시한 판단이라고 볼 수밖에 없다.

---

3) 최두석, 이야기시론, 『리얼리즘의 시정신』, 실천문학사, 1992, pp.13~24.
4) 최두석, 앞 글, p.16.

그렇다면 이야기를 이루는 뼈대를 우리는 줄거리라고 할 수 있겠는데 줄거리의 모습은 매우 다양할 수 있다는 점에 동의가 필요하다. 줄거리라고 하면 흔히 기·승·전·결의 구조를 떠올리는 것이 일반화되어 있기 때문이다. 이것은 구조적 완결성에 근거해서만 줄거리의 성립을 인정하려는 경향을 낳는다.

그러나 줄거리의 제시 방법에는 여러 가지가 있을 수 있다. 시작이 생략된 채로 결과만을 제시하는 줄거리가 있을 수 있는가 하면 결말이 영영 드러나지 않은 줄거리도 있을 것이다. 후자의 가장 좋은 예는 우리 삶의 경우다. 우리가 생명을 유지하고 있는 한 우리의 결말은 아직 나지 않았지만 우리는 우리 삶의 줄거리를 유지할 수가 있다. 그리고 전자의 경우는 이야기 국면에 따라 얼마든지 예상할 수 있다. "단도직입적으로 말해 이리 되었다."는 말은 이런 경우에 쓰게 된다.

그러고 보면 이 세상에 이야기 아닌 것이 없을 듯도 하다. 그러나 그렇게만 생각할 수는 없을 것이다. 시집 『분수령』에 나오는 〈국경(國境)〉이라는 시를 두고 생각해 본다.

> 새하얀 눈송이를 나흔 뒤 하눌은 은어(銀魚)의 향수(鄕愁)처럼 푸르다 얼어죽은 산(山)톡기처럼 집웅 집웅은 말이 업고 모진 바람이 굴쑥을 싸고돈다 강건너 소문이 그 사람보다도 기대려지는 오늘 폭탄을 품은 젊은 사상(思想)이 피에로의 비가에 숨어와서 유령처럼 나타날 것 갓고 눈 우에 크다아란 발자옥을 쏘렷이 남겨줄 것 갓다 오늘

이 작품의 전문인데 이를 두고 줄거리 운운하기는 어려울 것 같다. 심정을 말하고 있다는 점에서는 이야기라고 하겠으나 시작이건 결말이건 줄거리를 말하고 있다고는 하기 어렵기 때문이다.

이용악의 시편들에서 이런 경향은 제법 발견된다. 그리고 이런 경향은 1930년대의 우리 시가 지녔던 한 경향이기도 했음을 알고 있다. 그것을 일러 모더니즘적 경향[5]이라고 할 수도 있을 것이다. 순간의 압축된 정서와 기교를 앞세우려 할 적에 흔히 보게되는 묘사 지향, 우리는 이것을 일

---

5) 윤영천, 민족시의 전진과 좌절, 『이용악 시전집』, 창작과 비평사, 1988. p.195.

러 '그리기'라고 해도 좋을 것이다.

그러나 그의 시는 실마리와 결말을 보여주는 줄거리를 갖는 경향을 주된 것으로 한다. 꼭 그런 것만은 아니라 할지라도 대체로 초기시집 『분수령』 보다는 나중 시집 『오랑캐꽃』으로 가면 줄거리 지향을 더욱 강하게 보여준 다. 그의 시로는 대표적인 것이라 할 〈오랑캐꽃〉이 그러하다.

> 안악도 우두머리도 돌볼 새 없이 갔단다
> 도래샘도 띳집도 버리고 강 건너로 쫓겨 갔단다
> 고려 장군님 무지무지 처드러와
> 오랑캐는 가랑잎처럼 굴러 갔단다
>
> 구름이 모혀 골짝 골짝을 구름이 흘러
> 백 년이 몇 백 년이 뒤를 니어 흘러갔나
> 너는 오랑캐의 피 한 방울 받지 않었것만
> 오랑캐꽃
> 너는 돌가마도 털메투리도 몰으는 오랑캐꽃
> 두 팔로 햇ㅅ빛을 막아 줄께
> 울어보렴 목놓아 울어나 보렴 오랑캐꽃

이 시가 표상과 전망의 그 어느 쪽에 서 있는가 또는 그것은 과연 성공 했는가 하는 논의[6]는 별개로 하자. 그러고 나면 이 시가 오랑캐꽃의 내력 을 이야기하고 있음에 눈을 줄 수 있다. 그것은 내력이라고 해도 좋고 시 말(始末)이라고 해도 좋다. 비록 시의 앞머리에 소개한 민담과의 관련에서 그것이 감지되는 것이라고는 하더라도 이 시는 분명 오랑캐꽃의 줄거리이 고 그것은 실재냐 허구냐의 논란을 떠난다.

내력과 시말을 말한다는 것은 필연 줄거리를 갖는다는 말이 되고 그러기 에 그것은 '전설이나 이야기 또는 민담 혹은 민적 없는 사람들(유민)의 삶 의 줄거리를 담은 언어'[7]로서 서사적이라는 판단에 이르게 한다. 그리고

---

6) 이숭원, 이용악 시의 현실성과 민중성, 『현대시와 현실인식』, 한신문화사, 1990, pp.78~80.
7) 김윤식, 정지용과 김기림의 작품세계, 『근대시와 인식』, 시와 시학사, 1992, p.352.

이러한 서사적 경향은 그의 첫 시집 『분수령』에 나오는 〈풀버렛소리 가득 차 잇섯다〉 등에 이미 드러나 있지만 아무래도 그 가장 구체적인 모습은 두번째 시집에 나오는 〈낡은 집〉이 될 것이다.

> 갓주지 이야기와
> 무서운 전설 가운데서 가난 속에서
> 나의 동무는 늘 마음 조리며 잘았다
> 당나귀 몰고 간 애비 돌아오지 않는 밤
> 노랑 고양이 울어 울어
> 종시 잠 이루지 못하는 밤이면
> 어미 분주히 일하는 방앗간 한구석에서
> 나의 동무는
> 도토리의 꿈을 키웠다
>
> 그가 아홉살 되든 해
> 사냥개 꿩을 쫓아단이는 겨울
> 이 집에 살던 일곱 식솔이
> 어대론지 살아지고 이튿날 아침
> 북쪽을 향한 발자옥만 눈 우에 떨고 있었다

그의 작품 가운데 상당히 긴 편에 속하는 이 시는 고향 떠난 유이민(流移民)의 긴 내력이 적혀 있어 줄거리를 가진 이야기를 하고 있음이 완연하다. 이는 그의 시가 그림을 그리지 않고 이야기를 하고 있음을 말해 준다. 그리고 이 시가 이야기를 하고 있음은 이미 살핀 바 있듯이 돋보기를 통한 세상보기요 나의 눈을 통한 풍경보기라는 설명을 가능하게 한다.

이 점에서 이용악은 역사가다. 그는 세상을 자신의 역사적 상상력을 통해서 바라보고 있다는 말이다. '역사란 역사가와 사실 사이의 부단한 상호작용이며 현재와 과거 사이의 끊임없는 대화'라는 말을 굳이 앞세우지 않더라도 이용악 앞에 있는 삼라만상은 과거의 내력으로서의 현재로 해석되는 것들이기 때문이다. 이 점에서 그는 인과론적이기도 하다. 그가 돋보기로 대상을 보면서 자신을 투사하는 시각을 지니게 되었던 것도 이런 관점에서 나온 결과일 수 있다.

암울에서의 탈피가 뜻하는 것

이용악이 해석한 삼라만상의 역사는 암울한 것이었다. 해방 전에 쓴 그의 시편은 한결같이 그 점을 드러내는 데 골몰해 있다. 이것은 그 삶의 조건들이 그러했던 점과 연관을 가질 것이다. 그러나 동시대를 살면서도 전혀 다른 눈으로 세상을 보던 시인들이 있었다는 점에서 그의 시는 대비될 만하고 그래서 '식민지 지식인의 암울한 세계인식'[8]이라는 규정이 당연하다.

그의 시가 암울에서 벗어난 것은 을유 해방 이후였다. 그는 1946년의 전국문학자대회를 거치면서 문학은 이념 실천의 무기라는 확신에 차게 되고 1946년 9월의 철도파업을 다룬 〈기관구에서〉처럼 격렬한 목소리로 외치게 된다. 그의 시로서는 변모에 해당하겠으나 그것 또한 그의 시대와 그가 선택한 이념이 그로 하여금 세상을 그렇게 보도록 했기 때문이라는 점에서 자신의 눈으로 세상을 보고 그 내력을 이야기하는 돋보기의 시는 여전히 유지되고 있었다고 하겠다.

이러한 경향은 북으로 간 뒤의 시로 소개되는 〈평남관개시초〉(1958)에서도 유지되고 있다. 〈평남관개시초〉는 〈흘러들라, 십리굴에〉, 〈위대한 사랑〉, 〈두 강물을 한곬으로〉, 〈덕치마을에서〉, 〈열두 부자 동뚝〉, 〈전설 속의 이야기〉, 〈격류하라, 사회주의에로〉 등 10여 편의 서정시로 되어 있다고 하는데 그 소개된 대부분의 어조는 부르짖음에 가까운 고무와 찬양임을 보게 되며 그러기에 그것은 암울이 아니라 강렬한 희망과 기쁨의 빛을 띤다.

> 아득히 먼 세월 그 앞날까지도
> 내 나라는 젊고 또 젊으리니
> 우리 시대의 복판을 흘러흘러
> 기름진 류역을 날로 더 넓히는
> 도도한 물결
> 행복의 강하
> ......

---

8) 최두석, 민족현실의 시적 탐구:이용악론, 『리얼리즘의 시정신』, 실천문학사, 1992, pp.122~126.

격류한다 승리의 물줄기는
우리의 투지 우리의 정열을 타고
사회주의에로!
사회주의에로!

이 시는 「조선문학사」가 칭찬한9) 대로 사회주의적 사실주의에 충실하고, 주제사상을 확고하게 붙잡았고, 수령에 대한 찬양을 담고 있어 북한의 문예정책10)으로 확립된 6대 원칙에 입각하여 씌어진 것임을 알 수 있다. 그러나 그 소종래(所從來)야 어떠하든지 간에 그의 시가 희망의 시선으로 세상을 보게 되었고 유장하던 어조에서 격렬한 어조로 바뀌어 있음은 분명하다.

그러나 이 시기의 시에서도 그의 이야기적인 그리고 내력담적(來歷談的)인 특성이 아주 사라진 것은 아니다. 〈흘러들라, 십리굴에〉의 한 부분이 그런 모습을 보여준다.

간고한 분초를 밤없이 이어
거대한 자연의 항거를 전복한 우리
암벽을 까내며 굴속에 뿌린땀이
씻기고 씻기여 강물레 풀려
격류하는 흐름소리...
저것은 바로 천년을 메말랐던
광활한 벌이 몸부림치는 소리
새날을 호흡하며 전변하는 소리다

전체적인 시각은 현재에 주어져 있으면서도 생각은 이따금 지난 날의 과정으로 돌아가는 것을 이 시는 보여준다. 원인이 있었기에 결과가 있다는 생각에는 변화가 없다는 것을 보여주는 대목이다. 그런 모습을 좀더 확연히 해 주는 것은 1954년에 쓴 것으로 되어 있는 〈봄〉 그리고 다음에 소개하는 〈평남관개시초〉 중의 〈두 강물을 한곬으로〉다. 여기 후자의 전문을 소개한다.

9) 사회과학원 문학연구소, 『조선문학사』(1945-1958), 1978, pp.323~326.
10) 김대행, 『북한의 시가문학』, 문학과 비평사, 1990, pp.35~105.

- 연풍저수지를 떠난 대동강물이 제2간선에 이르면 금성양수장에서 보내는
청천강물과 감격적인 상봉을 하고 여기서부터 합류하게 된다. -

물이 온다 바람을 몰고
세차게 흘러온 두 강물이
마주쳐 감싸돌며 대하를 이루는 위대한 순간
찬연한 빛이 중천에 퍼지고

물보다 먼저 환호를 올리며
서로 껴안는 로동자, 농민들 속에서
처녀와 총각도 무심결에 얼싸안았다.

그것은 짧은동안 그러나 처녀가
볼을 붉히며 한걸음 물러섰을 땐 -
사람들은 물을 따라 저만치 와아 달리고
저기 농사집 빈 뜨락에 흩어졌다가
활짝 핀 배추꽃 이랑을 찾아
바쁘게 숨는 어린 닭무리

물쿠는 더위도 몰아치는 눈보라도
공사의 속도를 늦추게는 못했거니
두 강물을 한곬으로 흐르게 한
오늘의 감격을 무엇에 비기랴

무엇에 비기랴 어려운 고비마다
앞장에 나섰던 청년돌격대
두 젊은이의 가슴에 오래 사 무 쳐
다는 말 못한 아름다운 사연을

처녀와 총각은 가지런히 앉아
흐르는 물에 발목을 담고 그리고 듣는다
바람을 몰고가는 거센 흐름이
자꾸만 자구만 귀띔하는 소리
《말해야지 오늘같은 날에야
어서어서 말을 해야지…》

이 시 또한 현재의 상황에 눈을 주고 그 벅찬 감격을 노래하고 있음은 물론이다. 그렇기는 하지만 시적 결말은 과거의 연장으로서의 현재로 귀결된다. 두 물이 하나로 합치는 것으로 암유되는 처녀와 총각의 사랑 그리고 그 사랑이 있게 한 고난이 이제는 하나가 되리라는 암시는 시적 솜씨로 잘 어우러져 있다.

그러나 우리의 관심은 그 시적 짜임이 아니라 이용악이 여전히 사연이나 내력을 들여다보는 데 소홀하지 않고 있다는 점이다. 이것은 그의 시적 특질이라고 할 만도 하다. 그러나 그보다 더 중요한 것은 삼라만상의 내력을 이야기하는 시각의 변화가 있다는 점이다. 해방 전이나 북으로 간 뒤나 사물의 역사를 들여다보는 그의 시각은 같고 또 과거의 결과로서의 현재라는 인식은 동일하지만, 그 과거 혹은 내력과 현재의 관계는 판이하다는 점에 주목하자는 것이다.

해방 전의 시가 보여주는 삼라만상의 과거는 암울한 것의 원인이었으며 그런 점에서 원인으로서의 역사였다. 그러나 북으로 간 뒤의 시에 나타나는 과거는 현재와의 대비로서의 역사다. 이것은 그 각각의 삶이 그러하기 때문이라는 해석이 일단 가능하다. 그러나 중요한 의미는 그 다음이다. 그것은 삶의 또다른 조건과 시의 관계에 대한 의문의 형식이 된다. 그리고 그 의문은 이용악이라는 시인이 어떤 유형의 시인인가에 답하는 것이 될 것이다.

시인의 길에 대한 암시

맨 먼저 제시했어야 할 의문을 이제 말하고자 한다. 도대체 잘 쓴 시란 어떤 것이며 훌륭한 시인이란 어떤 시를 쓰는 사람인가? 이 점에 대하여 우리는 저마다의 관점에 따라 말할 수 있을 것이다. 그리고 그 관점조차도 삶의 조건이나 상황에 관계될 것이다.

이 말은 문학을 보는 기준의 변화를 예고한다. 삶 자체가 문제될 때에는 그것을 드러내는 시라야 하고 삶의 조건이 문제가 될 때에는 또 그것이라야 하고 인간의 혼이 문제가 될 때는 그것이 가장 우선시될 것이다. 이렇게 되면 유구한 세월을 두고 우리를 감동에 떨게 하는 불멸의 문학이란 없는 것일까? 이 문제를 이용악에 결부시켜 다시 또 의문을 보태고자 한다.

이용악의 시가 독특한 시세계를 지니고 있음은 이미 살폈다. 그리고 앞에서 살핀 이외에도 그의 시가 지닌 장치는 상당하다. 그의 시가 대상이나 자신의 정서에 함몰되지 않으면서 적절한 시적 거리를 유지하고 있는 점이라든가 개인의 신화보다는 집단의 문제를 주시하면서 공동의 체험을 찾아 나서고 있는 점 등이 그렇다. 적절한 방언의 구사가 보여주는 환기적 가치의 효과도 상당하다. 상당한 수준의 시인이라는 평가는 이런 점에서도 가능해진다.

그런데도 의문은 새로이 추가된다. 시인은 왜 시를 쓰는 것인가? 아주 기본적인 수준으로 생각해서 표현동기와 전달동기를 들 수 있겠으나, 그것으로도 대답이 옹색하기는 마찬가지다. 술에 취한 사람이 기나긴 이야기를 그것도 되풀이 되풀이하는 것은 아마도 표현 본능에 관계되는 부분일 것이다. 그러나 그것은 저 좋아서 하는 노릇일 따름이지 듣는 사람의 관심을 끌지는 못하는 경우가 대부분이다. 그것이 시인의 몫이나 의도가 아닐 것임은 분명하다.

전달동기로 생각해 보자. 거기에는 두 가지의 의도가 있을 것이다. 정보 전달이 그 하나라면 듣는 이를 설득하려는 것이 또 다른 하나일 것이다. 정보 전달이 시인의 몫이라면 그 정보는 뉴스적 가치가 있는 것이거나 철학 서적과 같은 삶의 비결이라야 할 것이다. 듣는 이의 설득이 목적이라면 그것은 진리에 관련된 것이라야 할 것이다. 어느 한 순간과 조건은 그것이 진리적 보편성을 지니지 못하는 한 단명할 것이다.

그렇다면 이용악은 어떤 의도의 시인인가? 그가 돋보기를 낀 눈으로 사물을 응시하고 자신의 주관으로 세상을 해석함으로써 우리에게 보여준 세계는 어떤 것인가? 그리고 그의 돋보기가 도수를 더하여 이념으로 굳어지면서 삼라만상의 과거를 단절로 설정했다는 것은 어떤 의미를 지니는가? 그것을 우리는 근원적인 일관성이라고 말할 수 있을 것인가?

시대를 뛰어넘어 우리에게 감동을 주는 문학이 지녀야 할 것이 무엇인가에 대한 답을 여기서 찾을 수 있을 성싶다.

따뜻한 법어에 이르는 길 : 정완영

시인은 왜 시를 쓰는가

맹랑하고 멀쩡한 질문을 하나 해 본다. 시인은 왜 시를 쓰는 것일까? 보통 사람이 하는 대답이 다르고 시인이 하는 대답이 다를 것이라는 짐작은 간다. 시인이라 해도 시인마다 그 대답이 한결같지는 않을 것이라는 데까지도 생각이 미친다. 그러나 그 대답이 어떤 내용의 것일지 쉽게 추리되지는 않는다.

이런 물음은 참 멍청하고 당돌한 질문이기도 할 것이다. 그것은 마치 열심히 사는 사람을 붙들고 '왜 사느냐'고 묻는 것과 다를 바 없기 때문이다. 실로 열심히 사는 사람은 왜 사는가를 생각할 필요도 없고 또 그럴 겨를조차 없을는지도 모른다. 그런 것을 생각지 않고 산다 해서 사는 의의가 감소하는 것도 아닐 터이고 왜 사는지를 분명히 인식하고 산다 해서 꼭 훌륭한 삶을 영위한다는 보장이 서는 것도 아닐 것이다.

그런데도 백수(白水) 정완영(鄭椀永)선생의 시를 읽으면서 이런 질문을 떠올리는 것은 이 시인이 시조시인이라는 이유도 있다. 그러면 의문은 이렇게도 바뀔 수 있다. 시조시인은 왜 시조를 쓰는 것일까? — 이렇게 자문하고 자답할 말을 찾아 본다. 이 시인의 시를 그런 눈으로 바라보면 뭔가 좀 배우는 것이 있을는지 모르겠다.

소리도 보이는 시인

이 시인의 작품들을 읽다 보면 문득 문득 낯익은 시어가 나온다. 〈봉춘 (逢春)〉, 〈행기(行碁)〉, 〈연과 바람〉, 〈오동꽃 — 병처(病妻)에게〉 등에 나오는 '봤었다'가 그것이다. 이런 식이다.

더러는 채반만하고 더러는 맷방석만한
직지사(直指寺) 인경소리가 바람 타고 날아와서
연(蓮)밭에 연(蓮)잎이 되어 앉는 것도 나는 봤느니 — 〈연과 바람〉 셋째 연

알듯도 하고 모를듯도 하다. 고향 동구 밖의 연밭과 함께 살았던 삶의 기억이 직지사 인경소리와 어우러지는 연잎의 풍경으로 정돈되는 것은 알 겠다. 그러나 거기까지는 그렇다 치더라도 인경소리가 연잎 위에 앉는 것 도 아니고 아예 연잎이 되어 앉다니. 그리고 그것을 굳이 '봤었다'고 못박 아 말하는 뜻은 무엇일까. 이 수수께끼를 풀기 위해 계속해 읽어 보는 다 음 연은 이렇게 이어진다.

훗날 석굴암(石窟庵) 대불(大佛)이 가부좌(跏趺坐)하고 앉아
먼 수평(水平) 넘는 돛배나 이 저승의 삼생(三生)이나
동해(東海) 저 푸른 연(蓮)잎을 접는 것도 나는 봤느니 —〈연과 바람〉 넷째 연

짐작하기로는 동해가 한 장 연잎이듯 삼라만상이며 우리 삶 전체가 그저 한 장 연잎에 둥실 실린 것을 보았다는 말이겠다. 그런 생각이 그럴듯하다 는 느낌을 갖게 하는 것은 이 시의 마지막 연이다.

설사 진흙 바닥에 뿌리 박고 산다 해도
우리들 얻은 백발(白髮)도 연(蓮)잎이라 생각하며
바람에 인경소리를 실어 봄즉 하잖는가.   — 〈연과 바람〉 마지막 연

이쯤이면 알듯도 하다. 진흙 바닥에 뿌리 박고 살기야 연생(蓮生)이나 인생(人生)이나 마찬가지. 그래 이 시의 앞부분에서 시인은 연밭 되어 가

는 양이 우리 사는 양이라고 거듭 말했었나 보다. 그러기에 인경소리에 어우러지는 한 장의 연잎과도 같은 한 생을 깨닫고 또 그렇게 다짐하는 모양이다. 그런 깨달음에 이르기 위해 시인은 소리도 보았고 부처님의 섭리도 보았다는 말이겠다. 바꾸어 말하면 그것을 보았기에 그런 깨달음과 다짐이 가능했다는 말도 되겠다.

그렇다면 이 '본다'는 말은 무슨 뜻일까? 생각해 보면 본다는 말처럼 많은 뜻을 갖는 것도 드물 듯하다. 응시, 주시, 목격, 목도, 관찰, 통찰… 이 모두가 다 본다는 말이다. 이 시에 나오는 '봤었다'는 그 중 어떤 뜻일까?

그 해석의 꼬투리를 나는 '소리도 본다'는 데서 찾는다. 이 세상의 그 누구도 소리를 보는 사람은 없을 것이다. 그런데 시인은 그런 것을 봤었다고 한다. 여기서 나는 조금 고집을 부리고 싶어진다. 소리까지 볼 수 있는 것은 눈이 아니라 머리일 것이다. 그렇다면 그것은 그저 보는 것이 아니라 아는 것이요 깨닫는 것이리라.

이런 해석이 그럴듯하다고 우기기 위하여 나는 헤세의 '싣달타'는 강물을 보고 깨달음에 이르렀다고 말하고 싶어진다. 또 소동파(蘇東坡)의 〈적벽부(赤壁賦)〉가 강물을 바라보며 "가는 것이 저와 같다.'고 했던 것 아니냐고 말한 것이 바로 깨달음일 터이니 보는 것은 곧 깨달음이 아니냐고 말하고도 싶어진다. 인생조차도 그윽히 들여다보는 이런 시는 그 증거가 되어 줄 법하다.

오늘은 우리집 뒷곁
배밭 길을 혼자 거닐며

할미새 울음소리가
호록 호록 배꽃이 되어

온 과원(果園) 반면(盤面) 가득히
실리는 걸 내가 봤었다.   ― 〈행기(行碁)〉 끝 부분

인생이 바둑두기라는 깨달음에 이른 이 시는 소리가 화하여 꽃이 되고, 꽃이 그대로 세상이 되고, 그것이 온통 삶임을 깨닫는 조화로운 요술을 보

여 준다. 시를 읽노라면 이것 저것 분간할 필요 없이 소리로, 풍경으로, 삶으로를 넘나들다가 드디어 고개 끄덕이게 되는 것은 이 시에도 나오는 '봤었다'의 신비로운 조화라 할 만하다.

그러고 보면 내가 한 질문에 이렇게 답하는 것은 어떨는지 모르겠다 — 시인은 깨달음을 전하기 위해 시를 쓰는 것이라고. 난해한 이론을 들어 이 것을 입증하는 것은 실없는 노릇일 것이다. 그러나 실로 그만한 깨달음이 없이 줄줄줄 읊어 대는 시라면 그건 종달이 노래만도 못하리라는 점만 생 각해도 시인이 시를 쓰는 까닭의 한 가닥을 알 것도 같다.

애정이 곧 서정

그럼 이 시인이 그리하였듯이 세상을 물끄러미 보고 있노라면 다 깨달음 에 이를 수 있을까? 우리가 이야기하고 있는 화제로 바꿔 본다. 바라보기 만 하면 누구나 시인이 되는 것일까? 그렇지도 않고 그럴 수도 없다는 단 서가 이 시인의 작품에 있다.

사흘 와 계시다가 말없이 돌아가시는
아버님 모시두루막 빛바랜 흰 자락이
왠일로 제 가슴 속에 눈물로만 스밉니까.

어스름 짙어 오는 아버님 여일(餘日) 위에
꽃으로 비쳐 드릴 제 마음 없사오매
생각은 무지개 되어 고향길을 덮습니다.

손 내밀면 잡혀질 듯한 어린제 시절이온데
할아버님 닮아가는 아버님의 모습 뒤에
저 또한 그 날 그 때의 아버님을 닮습니다.　　　　　— 〈부자상(父子像)〉

이 시는 아주 쉽고 평이하대서 중학교 교과서에까지 실린 것이지만 글 쎄, 이처럼 대상을 바라볼 수 있게 되자면 어찌해야 되는지 그리고 그 수준 높은 설명을 어떻게 하는지에 대해서는 아는 바가 없다. 아버님의 모시 두루막 자락이 어찌하면 내 가슴 속 눈물이 되는지, 어떻게 바라보면 고향 길로 무지개 같은 생각이 달려가는지, 그 모습을 닮은 자신의 모습이 어떻게 하면 보이는지. 감정 이입이니, 자아 회귀니, 동일시니, 뭐 그럴 듯한 용어가 없는 것은 아니겠지만 그것은 그저 과학적 설명일 따름. 설명한다고 해서 누구나 그런 눈을 가지게 되는 것은 아니리라.

그렇다면 시인이야말로 남다른 눈을 가진 사람이라 해야 옳다. 그리고 시인이 그렇다는 점은 쉽게 확인이 된다. 시인은 참으로 보통 사람에게는 보이지 않는 모든 것을 본다. 이 시인은 잠까지도 보니까 말이다.

> 어젯밤 놓친 잠을
> 머리맡에 불러 본다
>
> 어린 제 실개울의
> 풀섶에서 놓쳤던 것
>
> 그 예쁜 피라미떼를
> 잠여울로 불러 본다.
>
> 뼘 남짓 뜨락에는
> 체로 걸은 아침 나절
>
> 나무도 지난밤을
> 뜬눈으로 세웠던가
>
> 물든 잎 피라미 떼를
> 빈 마당에 놀려 놨다.
>
> 장독대 닦아 주며
> 바람 햇살 골라 주며
> 아내는 물새 다리
> 잔물결을 밟아 주며

엷은 꿈 베갯머리에
피라미떼 보내 준다.   ― 〈낮 잠을 부르며〉

이 시인이 들려 준대로 생각하니 아슴아슴한 잠이 곧 피라미떼인 것을 알 듯도 하다. 그러고 보면 멋모르고 살아 가는 우리들에게 이것은 이것이고 저것은 저것이라고 일러 주는 이가 시인인 모양이다. 이 또한 그것의 정체를 깨닫게 함일텐데 누구나 그 일을 할 수 있는 것은 아니리라. 그래서 전에 어떤 큰스님은 "산은 산이요, 물은 물이로다." 했던 것인가.

그러자면 남다른 눈이 있어야 할 터이다. 그 남다른 눈이 이런 것 아닐까 싶다.

산 아래 살자 하니
그도 산을 닮는 걸가

오늘은 약수터에
물 길으러 간 아내가

흡사 그 원추리꽃 같은
산노을을 입고 왔다.   ― 〈아내의 노을〉

원추리꽃 같은 산노을이 어떤 것일는지 나 같은 상상력으로는 헤아릴 길이 없다. 그러나 그것이 따뜻한 시선으로 바라볼 때에만 보이는 것이리라는 짐작은 간다. 눈빛만으로도 사랑의 말들을 다 새겨 들을 수 있었던 시절을 회상하는 것도 이럴 때 도움이 된다. 그렇다. 사랑으로 바라보는 시선이라야 대상이 바로 보이고 바로 보아야 그것은 아름답다.

그러고 보면 서정이라는 것이 별다른 것이 아니라 삼라와 만상에 대한 애정임을 알 수도 있을 것 같다. 그렇다면 시인은 사랑하는 사람이라고 바꾸어 말해도 될 듯하다. 시인이 시를 쓰는 것은 바로 그런 사랑의 이야기일 것이다. 우리가 무엇을 사랑하며 살아 가야 하는가를 일러 주기 위하여 사랑이 가득한 시선으로 세상을 바라보고 그 바라봄을 읊조리는 것이 시를 쓰는 이유라고 해도 좋을 것이다.

넘나들기의 자유로움

사랑이 가득한 눈으로 대상을 그윽히 바라보면 어디에 이르는 것일까?
그 대답을 이 시에서 찾아 본다.

이 돌은 내 고향 직지사(直指寺)
저문 산의 타종(打鐘) 소리

연(蓮)잎 같은 푸른 바람에
너울너울 실려 와서

천리 밖
만려(萬慮)의 창 아래
뚝 떨어진 쇠북소리.　　　　　　　　　— 〈직지사(直指寺) 범종 소리〉

종소리가 연잎에 내려앉는 것이 이 시인의 눈에만 보이는 것임은 앞에서
이미 알았지만 그것이 다시 바람에 실려 와 이 천리 밖 근심 많은 삶 속에
한 덩이의 돌로 내려 앉을 수 있는 것 — 아니다, 한 개의 무심한 돌덩이
에서 고향 하늘에 남아 있을 종소리를 들을 수 있는 것은 남다른 귀와 남
다른 눈이 있어야 가능할 일이다.
그러나 그것도 답이 아닐는지 모른다. 남다른 눈이야 가진 사람이 있을
법하고 남다른 귀도 뛰어난 사람이 얼마든지 있을 것이다. 그런 사람들이
야 날렵하고 재기 발랄하게 이 세상을 헤엄쳐 다니지 않겠는가? 그들이 증
권 시장의 기미와 동태를 알아차리고 권력이 흘러가는 곳을 재빨리 간파하
는 데야 남다를 것이다. 그러나 한 덩이 돌맹이에 고향이 들어앉아 있고
종소리가 깃들여 있음을, 그래서 거기에 따뜻한 인정의 온기가 숨쉬고 있
음을 어찌 듣고 볼 수 있으랴.
그것은 그렇게 할 수 있는 사람만의 세상이다. 그렇게 할 수 있는 것은
사랑이 있어서임을 앞에서 보았다. 발 밑의 벌레 한 마리가 무심한 것이
아니고 발 끝의 돌뿌리 하나가 그저 지나치는 것이 아니라 그 또한 내 삶

의 일부로 여기고 사랑하는 마음이라야 할 수 있는 일일 것이다. 그래야
눈으로 소리를 보고 귀로 모습을 듣는 힘을 비로소 가질 것이다. 말하자면
이런 세계일 것이다.

> 깃 고운 자재암(自在庵)을
> 구름 속에 묻어 두고
>
> 북소리 그 한 끝을
> 밟고 서면 어디일까
>
> 저문 산 잠기는 그림자
> 업어 내린 물소리　　　　　　　　　　　　　— 〈물소리 산사(山寺)〉

　구름과 산 그림자가 북소리와 물소리를 업고 있는 고즈넉한 그림 한 폭
을 읽어 깨우치는 사람이야 있겠지만 그런 그림을 아무나 그릴 수 있는 것
은 아닐 것이다. 이 시인이 그려 냄으로써 우리는 비로소 그 그림을 볼 수
있게 되었다. 그래서 우리는 이 시인을 통해 비로소 하나의 깨달음을 얻는
것은 아닐까? 세상 모든 것을 다 사랑하다 보면 오관(五官)을 넘나드는 자
유자재(自由自在)를 얻게 되는 것이라고.
　우리 삶이 각박하고 우리 사는 일이 늘상 헤매임으로 이어지는 것은 우
리의 생각이 눈은 눈, 귀는 귀, 입은 입으로 지나친 구획을 하고 있기 때
문은 아닌가 생각해 본다. 그런 생각은 이 시인의 시를 보면서 떠오르는
것이지만 눈으로 보기나, 귀로 듣거나, 입으로 말하기나, 그 모두가 다 내
것이건만 눈은 귀를 모르고, 입은 눈을 모르고, 저마다 제 각각 내 생각도
아니고 내 말도 아닌 말을 하면서 살아 가는 세상에서 그 부질없는 단절을
벗어나는 길이 무엇인지를 여기서 보는 듯하다.

> 그 무슨 숙생(宿生)의 연(緣)인가
> 어딜 가나 절이 따르네
>
> 이 밤도 장명등(長明燈)만한

먼데 시름 밝혀 두고

뻐꾸기 한 목청 같은
봉은사(奉恩寺)를 베고 눕는다.   ─〈대치동(大峙洞)〉끝 부분

시름을 눈으로 보고 소리를 베고 눕는 사람. 시름조차 사랑할 수 있는
경지에 이르면 보는 것마다, 듣는 것마다, 만지는 것마다 그 모든 삼라만
상이 다 비밀을 열고 내 가슴 속으로 오는 것인가부다.
  그래서 이 시인에게서 우리는 다시 한 마디의 비밀을 엿들을 수 있을 듯
하다. 시인은 왜 시를 쓰는가? 이 세상 삼라만상이 모두 가슴을 열고 다가
와 제것이 되기에 그것을 말하지 않고는 견딜 수 없어서 아니 저도 모르는
사이에 그것을 말해 버릴 수밖에 없어서 시를 쓰는 것이라고.

경중정의 시세계

  백수(白水) 정완영(鄭椀永)선생의 시에서 강하게 느끼는 것은 동양화의
화폭을 보는 것 같다는 점이고 그것이 시가 되고 보니 한시론(漢詩論)의
한 중추가 되어 있는 경중정(景中情)이 무언가를 알 듯도 하다는 점이다.

영화도 무성턴 여름도
끝내는 아주 가는구나

뜰 아래 풀벌레 소리
낭자하게 울려 놓고

파초닢 비 젖은 한 잎만
꺾어 놓고 가는구나   ─〈파초(芭蕉)닢 꺾어 놓고〉

더위를 식히는 것인지 가을을 재촉하는 것인지 한 줄기 비가 스쳐가고
난 뒤에 밤을 새워 우는 풀벌레 소리와 함께 가을이 문 밖에 와 있는 시간

— 그것을 이 그림은 꺾이어 늘어진 파초잎으로 바꾸어 놓고 있다. 그러기에 이 그림에는 쓰다 달다 말이 없지만 알 사람은 다 알고 느낄 사람은 다 느끼는 소슬(蕭瑟)이 있으며, 그 사느로운 정감은 설명을 저만치 넘어선 곳에 있다. 이런 것을 향해 객관적 상관물이니 심상(心象)이니 하는 용어를 갖다 대는 것도 참으로 부질없는 짓이리라. 이것이야말로 경(景) 속에 정(情)이 있는 바로 그 세계일 것이다. 그래서 사람들은 둘이 하나되어 있는 것을 칭찬했다.

> 정과 경은 이름은 둘이나 실제로는 분리될 수 없다. 시에 있어서 신묘한 작품은 묘하게 합치됨이 끝이 없다. 잘된 시에는 情 속에 景이 있는 것이 있고 또한 景 속에 情이 있는 것이 있다.[1]

그러고 보면 이 시인은 경(景) 속에 정(情)을 담는 것에 아주 능하다는 말이 되는데 그런 특징이 어디서 오게 된 것일까 짐작해 본다. 백수 정완영 선생이 옛날에 그림 공부를 한 적이 있는지는 알아 보지 못하였다. 그런데도 시를 그림으로 쓴다. 그러나 이런 저런 글을 들여다보면 동양 고전에 조예가 깊은 것은 금방 드러난다. 그러한 조예가 곧바로 그의 시에 그림으로 배어 나오는 것은 아닐까 생각할 수도 있는데 그러고 보면 이 시인은 동양적 시의 전통에 뿌리를 내려 세상을 사랑하고 있음을 알겠다. 사랑하니 소리든 뭐든 다 보이고, 다 보이니 보이는 것만 노래를 해도 그 속에 일천 간장이 다 녹아 있고, 오만 가지 세상살이가 다 스며 있는 모양이다.

사람이 이 세상에
무엇하러 왔나 하면

청냉포 빈 솔밭에
솔 가꾸러 왔나부다
아니면 강물을 빙 돌려
울음 울러 왔나부다   — 〈청랭포(淸冷浦)〉

---

1) (情景名爲二 而實不可離 神於詩者 妙合無垠 巧者則有情中景 景中情) - 王夫之 〈薑齋詩話〉

이 시를 읽노라면 문득 '천만리 머나먼 길에 고운님 여의옵고'로 시작되는 왕방연(王邦衍)의 시조가 떠오른다. 그가 본 것은 '내 안 같은 물'이었고 이 시인이 본 것은 솔밭과 강물이다. 사람은 저마다 제 눈으로 세상을 본다더니 과연 그런 모양이다. 그래서 대상과 나를 넘나들게 되면 경(景)이 곧 정(情)이요 정(情)이 곧 경(景)이 되는 세상이 되는 모양이다. 굳이 말은 하지 않지만 그 빈 솔밭과 애돌아간 강물에 잠자는 역사의 한(恨)과 고독을 어쩌면 나도 알 듯 싶은 것은 이 담담한 그림 때문이요 그 화폭 가득히 덮여 있는 정(情) 때문이리라.

그런지 어쩐지는 잘 몰라도 고흐의 해바라기보다도 프랑스 지폐에까지 그려진 윗도리 벗고 외치는 여자 그림보다도 이름없는 어느 화원(畵員)의 한 폭 텅 빈 것같은 산수화에 눈이 더 가는 사람이라면 경중정(景中情)의 세계에 얼만큼은 가까이 가 있는 셈이겠다. 그래서 나는 또 하나의 답을 구한다. 시인이 시를 쓰는, 더구나 시조 시인이 시조를 쓰는 까닭 — 그건 마치 유전자처럼 우리 마음에 추를 내리고 있는 정(情)으로 세상 보기의 전통 때문이 아니겠는가.

그의 고향과 전통의 뿌리

이 시인이 정(情)으로 세상을 바라보는 눈을 천부적으로 타고 났는지 아니면 그렇게 세상 보는 법을 생이지지(生而知之)하였는지 아니면 독공(獨工)으로 깨쳤는지 그것은 내가 알 턱이 없다. 다만 백수 정완영 선생의 시를 읽다 보면 또 하나 눈에 띄는 것이 고향에 관련된 시가 무척 많다는 점이다. 그의 어느 시절 시집도 고향 노래가 없는 것이 없다.

고향 그리워하는 것이야말로 동양적인 정서인 듯한 생각이 드는 것은 사실이지만 그가 시조시인임을 생각하면 이것은 좀 특이하다. 단언하건대 우리의 옛날 시조에는 고향을 노래한 것이 거의 없다. 조사를 해 보고서 소스라치게 놀랐던 것이지만 한시에는 고향 노래가 많은데도 시조에는 그런 주제가 드물다.

그 까닭을 나는 시조가 주로 노래로 불리었다는 데서 찾은 바 있다. 붓으로 쓰는 경우에는 고향 그리움을 말하기에 좋아도 노래하는 분위기에서는 고독이나 향수를 말하기가 적절하지 못했기에 그리 되었을 거라고 해석한 일이 있다. 그 해석을 고집하자는 뜻에서가 아니라 백수 정완영선생의 시에서 고향 노래를 자주 듣게 되는 것을 나는 특별한 의미로 보고 싶다.

오늘날의 시조야 글자 수만 맞춰 놓으면 될 듯도 하다. 그러나 원래 시조를 버텨 주었던 자질인 노래가 빠져 나간 빈 자리를 무언가로 채우지 않고서는 시조답다는 느낌을 주기가 어렵다. 말을 제아무리 아끼고 교묘하게 꾸며도 어딘지 모르게 시조라는 느낌이 들지 않는 시는 대체로 그 점에서 묘(妙)를 얻지 못한 탓이라고 나는 생각한다.

백수 정완영 선생은 그 자리에 고향을 갖다 놓은 것이라고 보려는 것이다. 고향이라는 것이 각자에게 불러 일으키는 생각이야 천차만별이겠지만 그래도 누구나 함께 동의할 수 있는 것은 옛날에 대한 그리움과 사랑이 아닌가 한다. 물론 그 사랑의 실질적인 모습도 사람마다 많이 다르기야 할 것이다. 그러나 그것은 그립고 사랑스러운 것이며 그냥 고향이라는 말만으로도 우리는 눈시울을 붉힐 수 있는 것이다. 그런 생각을 확인하게 해 주는 작품이 이런 것이다.

> 시골서 보내 온 모과
> 울퉁불퉁 늙은 모과
>
> 서리 묻은 달 같은 것이
> 광주리에 앉아 있다.
>
> 타고난 모양새대로
> 서너 개나 앉아 있다.
>
> 시골서 보내온 모과
> 우리 형님 닮은 모과
> 주름진 고향산처럼
> 근심스레 앉아 있다.

먼 마을 개 짖는 소리
그 소리로 앉아 있다.

시골서 보내 온 모과
등불처럼 타는 모과

어느 날 비라도 젖어
혼자 돌아오는 밤은

수수한 바람소리로
온 방안에 앉아 있다.

— 〈모과(木瓜)〉

어찌 생각하면 그냥 보통 모과로도 이만한 정경이며 이쯤의 소리며를 들을 수 있었을는지도 모른다. 그러나 굳이 그것이 '고향서 보내 온 모과'인데서 우리는 모든 복잡한 절차를 생략하고 공감의 길로 손잡고 나아갈 수 있게 되는 것이 아닌가? 그것은 고향이라는 거의 원형질적인 것이 발휘하는 위력이라고 생각한다. 그러기에 그의 고향 생각은 언제나 따뜻하다.

서울역 매표소에서
차표 한 장 사서 든다

내 고향 시냇물의
버들붕어만한 차표

오늘밤
별무리 찬란할
하늘 한 장 사서 든다.

— 〈고향차표〉

천진난만한 어린아이에게서나 들을 수 있을 법한 고향의 환상을 이 노시인에게서 확인하는 마음이 흥겹기만 하다. 물론 이 시인에게도 고향이 안

타깝고 구차스러운 기억으로 남아 있던 시절이 없지는 않았다. '내 고향 하늘빛은 열무김치 서러운 맛-〈고향 생각〉'인 적도 있었고 '어머님 켜 놓고 간 등불만한 설움-〈홍시(紅柿)〉'이기도 했으며, '허심(虛心)한 하늘-〈향산심곡(鄕山心曲)〉'의 땅이기도 하였다. 그러나 이만한 세월의 물굽이를 스쳐 온 뒤 고향은 '남겨 둔 까치밥 같은-〈까치밥〉' 것이고 생각만 해도 '꿈의 도랑물 흐르는-〈눈감고 앉아〉' 곳이다.

누구나 살 만큼 살고 나면 고향을 그렇게 생각하게 되는지에 대해서 나는 아는 바가 없다. 그러나 삼라만상을 사랑하는 바탕에 고향이 있고 보면, 그 거의 본능이나 맹목에 가까운 그리움에 있고 보면, 어찌 그 무엇 혹은 어느 하난들 무심한 것이 있겠는가. 또 그래서 그것을 사랑에 충만하여 정을 실어 바라보다 보면 생각하는 것만으로도 아름답지 않을 수 있으랴.

그러고 보면 어느 작품에서나 묻어 날 것만 같은 고향은 시인만의 고향이라기보다 우리 모두의 마음을 다독거리는 인정의 세계라 할 만하다. 이 시인은 음악이 빠져 나간 공백에 이 원형질적인 고향의 정서를 떡하니 버텨 놓음으로써 누구나 낯익은 느낌을 갖게 하고 그 말이 내 말, 내 마음, 내 노래라고 생각하게 만드는 셈이다. 이런 것을 굳이 전통이라고 지칭하는 것조차 번거로울 듯하다.

시조를 쓰는 이유

근자에 들어 이 노시인은 경전(經典)에나 있을 법한 말을 많이 한다는 느낌이 든다.

> 고향에 내려가니
> 고향은 거기 없고
>
> 고향에서 돌아오니
> 고향은 거기 있고…
> 흑염소 울음소리만
> 내가 몰고 왔네요   — 〈고향은 없고〉

이 시는 얼핏 역설적 상황을 생각하게 하고 또 나아가 '색즉시공 공즉시색(色即是空空即是色)'을 떠올리게 한다. 인간은 본질적으로 모순된 존재이기에 손에 쥐면 딴 것을 바라보고 잃고 나면 그것을 그리워하게 마련이다. 그래서 인간이 인간다와지는 거라고도 하지만 알면서도 깨달음에 이르기는 좀체로 어려운 경지라서 부처의 말을 떠올리게도 된다.

물론 이 시인이 부처와 다른 것은 아직도 '흑염소 울음소리'와 더불어 있기 때문일 것이다. 또 그렇게 머물러 있는 것은 무엇에나 정주지 않고는 견디지 못하는 이 시인의 성품 때문이지 본질은 결국 부처나 한가지일 것이라고 나는 생각한다. 그뿐이 아니다.

> 지난 날 내 고향은
> 경상도(慶尙道)라 일렀는데
>
> 요즘은 내 본향(本鄕)이
> 구름 너머 저곳일세
>
> 아닐세
> 구름도 더 너머
> 하늘 너머 저곳일세
>
> ― 〈구름3〉

이 시를 읽으면서 나도 모르게 옷깃을 여미게 되는 것은 이런 말을 편안하게 할 수 있으려면 얼마만한 세월을 어떻게 살면 그리 되는가를 짐작하기 어렵기 때문이다.

나는 어쩌면 그 대답을 구하려고 시인이 시를 쓰는 이유를 물었는지 모른다. 그런데도 알 듯 알 듯 하면서도 그 정체를 분명히 말할 수 있을 만큼 이해한 것 같지는 않다. 근원에 고향 생각처럼 따뜻한 마음을 두고 사랑으로 바라보면 소리도 보이고 세상 사는 일도 보이고 그래서 보이는 것만 말해도 물안개같은 정(情)이 피어 오르게 되는 것인지, 그렇게 한참을 살다 보면 우리 사는 일이 무엇이란 것도 깨닫게 되는 것인지. 과연 그럴 수 있는 것일까? 그러나 아무나 그렇게 되는 일이라면 굳이 시인이 되어야 할 까닭도 없을 듯싶다. 그러나 아닐 것이다.

지금까지 말을 아껴 왔지만 시조가 시조인 까닭 가운데 중요한 것 중 하나가 형식의 문제임은 췌언을 필요로 하지 않는다. 전체가 45자 안팎으로 된다는 그 자체가 우선 시조다움의 출발이다. 그 안에 복잡하게 살펴 볼 만한 여러 특징이 더 없는 것도 아니다. 그러나 가장 중요한 것은 45자 정도로 말을 아껴 아껴 해야 한다는 조건이다. 그 무엇보다도 먼저 그래야 시조답다.

백수 정완영 선생의 시조를 살피면서 굳이 형식의 문제를 거론하지 않았던 것은 그런 논의가 큰 의미를 띄지 않기 때문이었다. 말을 지극히 삼가 제한된 울타리를 크게 넘어서는 일이 적었던 시인에게 형식 문제를 들이대는 것은 논의하기에 편할는지 몰라도 이미 저 스스로 드러난 것을 굳이 들추어 번거로움을 빚는 이상의 의미가 없기 때문이라는 생각에서였다. 또 이미 그런 생각을 시인 스스로 분명히 밝혀 두기도 하였다.

> 다른 이들은 틀이 좁아 할 말을 다 못 담겠다지만 나는 천지의 말씀을 다 내려 앉혀도 오히려 남을 이 그릇에 채울 말을 찾지 못한다.
> — 시집 〈난(蘭)보다 푸른 돌〉 서문

그러고 보면 시조 시인이 시조를 쓰는 이유와 삶의 모든 것이 환히 보이는 이치를 이제는 얼마간 알 수도 있을 듯하다. 사랑으로 따뜻함으로 바라보면 모든 것이 다 보이건만, 그것을 아껴 아껴 말을 삼가고 줄이다 보면 그 구경(究竟)에 가서는 법어(法語) 같은 말을 뚝뚝 던질 수가 있게 되는가 보다.

그것은 이 시인이 세상을 들여다보고 바라다보며 걸어 온 길일 것이다. 우리가 함께 보아 왔듯이 사랑으로 깨닫고 그렇게 깨달은 세상 이치를 말하기 위하여 시인은 시를 쓰는가 보다. 나는 다음과 같은 시에서 그러한 시인의 길을 읽는다.

저만치 벗어 논 안경
이만치에 눈감은 나

그 사이 흐르는 것은
세월인가 강물인가

삿대로 강류(江流)를 찌르면
추수공장 천일색(秋水共長天一色)을.

— 〈안경5〉

'보는 자'로서의 시인 : 오규원

시인론의 방법

무엇보다도 먼저 시인은 시로 그의 우주에 대답한다는 생각이다. 시인도 어차피 사람이고 그런 이치로 본다면 그의 삶이 시와 무관할 수도 없다는 모든 가설들은 옳다. 그러기에 시인을 철저하게 이해하자면 그에 관련되는 모든 사항을 아는 것이 필요하다는 주장도 생겨나고 그것도 옳은 일이다.

그러나 한 시인을 철저하게 이해하고자 하는 시인론만 있는 것이 아니라 한 시인에게 가장 두드러지는 특징을 살피는 시인론도 있을 수 있다. 한 시인의 가장 주된 특질은 그것을 보여 주는 그의 시에 담겨 있다는 소박한 전제를 앞세우고 보면 부분으로도 전체를 말할 수 있을 것이다. 바다물이 짜다는 것을 알자면 손가락으로 찍어 맛보는 것으로 족하지 태평양 물을 다 마실 필요는 없다는 지혜가 이런 제한적 시인론을 뒷받침해 준다.

둘째, 어느 시인이라도 그의 시세계는 복합적인 것이 보통이어서 그의 시를 이루고 있는 여러 가지 특성들이 다양하게 들어 있게 마련이다. 그리고 그러한 모든 특성들을 다 합해서 살필 때에 비로소 한 시인의 시세계는 입체적으로 조감될 수 있다. 그러나 입체적 조감을 위한 시인론 못지 않게 그 시인의 두드러진 면모를 부각시켜 내는 시인론도 중요하다. 전자가 시인에 초점을 맞추는 시인론이라면 후자는 문학사적 위상을 조명하는 시인론이 된다.

사실 시이거나 정치이거나 역사를 말한다는 것은 변화를 서술하는 것이고 변화란 특이성의 집합이 보여 주는 궤적이라 할 수 있다. 문학사란 그 특이성의 생성과 소멸을 인과 관계로 풀어 보이는 것이다. 한 시인이 주는 강력한 인상은 그 인상의 질료가 강력한 특이성을 지니고 있기 때문이다. 그 강력한 특이성이 결국은 문학사의 항목이 된다는 점에서 본다면 시인은 그의 전집으로보다는 한 편의 시로 문학사에 등재(登載)된다고 해야 옳을 것이다. 이런 점에서 특징을 드러내는 제한적 시인론의 의의도 인정된다.

셋째, 그 시인은 그 시인일 뿐이다. 한 인간이 세상을 살아 감에 있어서도 전혀 상이한 얼굴을 지닐 수가 있다는 것은 굳이 융(Jung)의 심리학적인 설명을 빌어 오지 않더라도 경험을 통해 얼마든지 알 수 있다. 공시적(共時的)으로 그러한데 통시적(通時的)으로 본다면 그러한 상이성(相異性) 또는 변화가 얼마나 심할 것인가는 굳이 따져 보지 않아도 충분히 짐작할 수 있다. 그래서 한 시인의 시세계에 나타난 변화를 적당한 시기로 갈라서 드러내는 일을 시인론의 주요 임무로 삼는다.

그렇기는 하지만 이 글은 그런 것을 고려하지 않으려고 한다. 그래서 내 세운 말이 '그 시인은 그 시인일 뿐'이라는 것인데 어느 시인도 시세계의 변화는 있을 것이지만 그 점을 논외로 하는 시인론도 있을 수 있다는 말과 통한다.

시간의 흐름에 따라 변화해 간 한 시인의 시세계를 살피는 일은 그 이질성을 드러내는 일이 된다. 그러나 한 시인이 보인 이질성만을 설명하는 것이 문학 설명자의 일은 아니라는 생각이다. 여기서 더 나아가 그러한 변화를 관류하여 흐르고 있는 동질성까지를 설명해야 비로소 한 시인의 시인론은 성실한 것이 될 수 있다.

그런데 나의 능력은 거기에 미칠 수가 없기 때문에 아예 그 점을 이 글의 목적에서 제외하기로 한다. 그런만큼 이 글이 공소(空疎)하고 피상적(皮相的)일 수밖에 없다는 점에 대해서는 그리고 일관성이라고 하는 잣대에 좌우될 가능성이 많다는 점에 대해서는 책임이 중할 수밖에 없다.

한 시인의 시세계를 살피는 방법적 통로를 살펴 보았는데 여기서는 한 시인에게서 드러나는 제한적이고 특징적인 동질성에 초점을 맞추어 논의하고자 한다. 그러니까 응당 한 시인이 지닌 어느 한 가지 특징에만 초점을 맞추게 되는데 이것이 시인론으로서는 아주 제한적이라는 점은 분명하다.

시인론의 방법을 이렇게 정하고 시인 오규원(吳圭原)의 시작품도 1987년에 낸 『길 밖의 세상』이라는 선집을 대상으로 하는 방법을 취했다. 그의 연보에 따르면 1971년의 『분명한 사건』을 필두로 해서 1973년에 『순례』, 1975년에 시선집 『사랑의 기교』, 1978년에 시론집 『현실과 극기(克己)』, 1978년에 『왕자(王子)가 아닌 한 아이에게』, 1981년에 『이 땅에 씌어지는 서정시(抒情詩)』, 1983년에 시론집 『언어와 삶』, 1985년에 시선집 『희망 만들며 살기』, 1987년에 『가끔은 주목받는 생(生)이고 싶다』를 출간한 것으로 되어 있다.

그처럼 많은 시집들을 낸 시인이면 당연히 그의 전작품을 살피면서 논의를 해야 할 일이지만 앞에서 이미 내세운 바 있는 전제를 감안한다면 『길 밖의 세상』이라는 시선집에 요약적으로 제시되어 있는 그의 작품만으로도 논의가 가능할 것으로 판단한 것이다.

하기야 시에 무슨 요약이 있을 것이며 한 편 한 편이 다 유별(有別)한 생명체인데 어찌 요약적인 관찰이 있을 수 있을까마는 한 시인이 그의 손으로 가려뽑은 시들에는 그의 사랑과 희망이 동시에 담겨 있으리라고 전제한다면 이런 요약적인 살핌도 허용될 수는 있으리라 본다.

'보는 자'로서의 시인

오규원의 시를 일별할 때 가장 두드러지는 특징의 하나가 '본다'라는 시어를 많이 사용하고 있는 점이다. 바로 이 점이 그의 다른 어떤 특징보다도 두드러진 것이다. 그래서 시인 오규원을 '보는 자(者)'로 규정하면서 논의를 시작하려는 것이고 거기에 초점을 맞추어 계속 생각해 보고자 한다.

우선 그의 초기시에서부터 '본다'는 말은 도처에서 발견된다.

어제 저녁 관념의 마을에 가서
나는 보았다
몇 사람이 주먹을 움켜쥐고
벽 뒤에 숨어서
나의 일생(一生)을 훔치는 것을
공지(空地)에 쌓여 썩어 가는
대화 속에서
남몰래 언어들이 탈출하는 것을

— 〈김(金)씨의 마을〉

'숨어서 훔치는 것'을 본다든가 '남몰래 탈출하는 것'을 본다든가 하는 일
은 모두가 은밀한 일이어서 그가 남들과 함께 있다기보다는 혼자 있거나
홀로 깨어 있어서 보는 사람이라는 느낌을 짙게 주지만 그는 의식적으로
무엇인가를 보려 하는 사람이다. 그가 '보는 자'라는 심증을 갖기에 충분할
정도의 사례가 '투닥거리는 화투를 보고 있었다'〈김(金)씨의 마을〉, '겨울
숲을 바라보며/완전히 벗어버린/이 스산한 그러나 느닷없이 죄를 얻어' '우
리를 아름답게 하는 겨울의 한 순간을 들판에서 만난다'〈겨울 숲을 바라보
며〉, '다시 보라고 하는구나'〈코스모스를 노래함〉, '어둠은 역시 자세히 봐
도 어둡다'〈어둠은 자세히 봐도 역시 어둡다〉, '사람을 통해 구부러지는 길
과 무덤을 보고/내 머리 위에 탕아처럼 누운 정신 나간 하늘을 보았다'〈
바다의 길목에서〉처럼 도처에 널려 있다.
　초기의 시에서나 그 나중의 시에서나 거의 분간이 되지 않을 정도로 많
은 예를 통해서 오규원이 '보는' 시인이라는 결론을 내려도 무방할 것 같은
데 그러한 증거는 '본다'는 말의 확장선상에서도 나타난다. 예를 들어 그의
초기시에 아주 흔한 표현으로

시간의 육신(肉身)이 부서지고 있다
들쥐들이 갉아먹은 뜰이
조금씩 간격을 두고
분쟁(紛爭)을 제기하는 나무들이
어둠에 구멍을 뚫고 있다.

— 〈현황(現況) B〉

같은 것을 볼 수 있는데 여기서 보이는 '─고 있다'는 문법적으로 말하면 진행의 형태로서 '본다'는 말에 대신하여 보는 행위를 드러내고 있는 것을 알 수 있다. 이러한 진행태(進行態)의 표현은 그의 최근 시에서도 널리 사용되고 있어서 그의 '보는' 자세가 흐트러지지 않고 있음을 드러내는데 그러한 태도의 일관성이 보지 않아도 보이는 경지에 이르게 한 것은 아닌가 하는 생각을 갖게도 한다.

> 나뭇잎이 흔들리는 소리가 보인다
> 나뭇잎과 나뭇잎의 밤 사이로
> 밤의 길을 만드는 소리가 보인다
> 도둑의 길이 보인다

  여기서 소리가 보이는 것이 시적으로 어떤 표현 효과에 해당하느냐 하는 수사학적인 질문은 할 필요가 없을 것이다. '본다'고 하거나 '보인다'고 하거나 그것은 같은 정신의 지향이라는 사실이 중요하지 문법적으로 능동(能動)과 피동(被動)이라는 식의 외형은 그다지 중요하지 않을 것이다. 마치 수사법상의 직유나 은유가 외형상의 차이에도 불구하고 그 지향은 동일하다는 점과 비슷하기 때문이다. 그런 점에서 앞서 말한 진행태의 표현도 '본다'라는 시어와 하등의 차이가 있을 리 없다.
  그의 시가 '보는' 지향에 경도되어 있음을 드러내는 사례는 또 있다.

> 인식의 마을은 회리바람이더라 흔들리는 언어들이더라
> 무장(武裝)한 나무들이더라
> 공장에서 석탄(石炭)들이 결사적(決死的)이더라
> 인식의 마을은 겨울이더라 강설(强雪)이더라
> 바람이 동상에 걸린 가지를 자르더라
> 싸늘한 싸늘한 적설기(積雪期)더라 밤이더라
> ─ 〈인식(認識)의 마을〉

  '─더라'로 표현되는 어법이 무엇인가를 알기 위해서는 이 시의 앞에 '내가 보니'라는 말을 삽입해 보면 그 정체가 대번에 드러난다. 마치 간접화법

의 형태와 같다는 느낌을 주는 이 형식은 결국 '보는' 행위를 전제하고 있
고, 그러한 예가

> 상처의 어두운 골짜기에서
> 날아오르는 새들
> 깊고 오래된 메아리 하나처럼
> 잔 가지 사이로 길의 부리를 묻는구나
>
> — 〈적막한 지상에〉

의 '——구나'라고 할 수가 있다. 그리고 이러한 예는 도처에서 발견된다.

그의 시가 '보는' 일에 얼마나 철저한가를 입증하기 위해서는 통계를 내
보면 더욱 확실할 수가 있을 것이다. 그러나 통계라고 하는 것이 필연적으
로 지니게 마련인 피상성의 문제도 그렇거니와 굳이 수를 헤아려 보지 않
더라도 그의 시를 일관해서 흐르고 있는 것이 '보는' 일임은 낯선 독자라도
금방 알아차릴 수가 있을 정도다. 그리고 그의 이러한 지향은 작품 속에서
도 압축적으로 드러난다.

> 보아야지, 보아야지
> 듣지 말고 직접 보아야지
> 아암, 옳은 말씀
>
> — 〈김(金)씨의 마을〉

> 아무것도 바라보지 않는 저 눈이야말로
> 피곤해서 피곤해서 곧 눈을 뜰
> 가장, 불길한, 가장 불길한 눈이다
>
> — 〈골목에서〉

직접 보아야 한다는 결의와 믿음 그리고 보지 않은 것은 불길한 눈이라
는 확신을 시인의 정치적 발언으로 생각해도 좋을 만큼 분명한 어조로 말
하고 있는 이 시적 화자들의 목소리에서 우리는 오규원이 '보는' 시인임을
확인하면서 논의를 진행해도 좋으리라 생각한다.

시인이 보는 세계

그토록 치열하게 시인이 보고자 한 것, 그래서 결국은 보고야 만 것은 무엇인가? 이 점에 대해서 답을 주는 것은 그의 시행들이다. 그리고 모든 서정시가 일차적으로 자아(自我)에의 회귀(回歸)이듯이 그의 시도 그러하다.

> 마을의 끝에 가면
> 풀밭 속에 마을의 발이 보인다
> 주저앉은 마을의 바지가랭이 속의
> 공동(空洞)과
> 하얀 한쪽 발이 보인다
>
> ― 〈육체(肉體)의 마을〉

그 모습이 어떠하냐에 관계 없이 이 시가 보고자 한 것은 마을의 모습이다. 그리고 마을은 그 주인이 누구냐에 관계 없이 그 안에 삶을 지니고 있을 것을 내용물로 하기 때문에 그것의 질에 관계 없이 시인은 자신의 삶을 바라보고 있는 셈이다. 자신의 삶이라고 해 놓고 보면, 삶과 자신은 또 다른 두 가지일 수도 있을 것 같지만 실은 그렇지 않다. 삶이 없는 개인이란 어디 있을 것인가? 그리고 어차피 목숨이 과정일 바에야 삶이 곧 자신인 것이다.

철저하게 자신을 응시하는 태도는 그의 시에서 자주 발견된다.

> 잠이 오지 않는 밤이 잦다
> 오늘도 감기지 않는 내 눈을 기다리다
> 잠이 혼자 먼저 잠들고, 잠의 옷도, 잠의 신발도,
> 잠의 문패(門牌)도 잠들고,
> 나는 남아서 혼자 먼저 잠든 잠을 내려다본다
>
> ― 〈남들이 시를 쓸 때〉

마을이 삶과 따로일 수 없고 삶이 자신과 별개일 수 없듯이 잠도 나와 별개일 수 없다. 그런데 내가 잠을 내려다본다는 것은 결국 누가 누구를

본다는 것인가?

그러나 시인의 시선이 자신에만 국한되지 않는 것은 어쩌면 당연한 일인지도 모른다. 나란 결국 무엇인가? 우주를 등에 지지 않은 나도 이 세상에 존재할 수 있는가? '남'과 '나'라는 상대적인 개념을 버리고 전체와 부분의 분류학적인 개념을 떠날 때 우주는 바로 '나'일 수밖에 없다. 그러므로 시인의 시선이 우주며 세상이며를 향하는 것은 결국 자신을 들여다보는 일과 다르지 않다. 그러한 생각은 필자의 것이 아니고 시인의 작품 속에서 여기저기 발견된다.

> 겨울 숲을 바라보며
> 완전히 벗어버린
> 이 스산한 그러나 느닷없이 죄를 얻어
> 우리를 아름답게 하는 겨울의
> 한 순간을 들판에서 만난다
>
> — 〈겨울 숲을 바라보며〉

겨울 숲은 어쩌면 내가 아닌 남일 수도 있다. 서구적인 분류자가 좋아하는 양분법으로 말하자면 내가 '자아'라면 겨울 숲은 '세계'일 것이다. 그러나 세계를 짊어지고 포함하지 않는 자아가 있을 수 없음을 이 시의 끄트머리가 극명하게 말하고 있음을 본다.

> 한 벌의 죄(罪)를 더 겹쳐 입고
> 겨울의 들판에 선 나는
> 종일 죄, 죄, 죄 하며 내리는
> 눈보라 속에 놓인다

바라보는 것은 숲이고 그것은 '세계'인 것이지만 '벗음'과 '입음'이 결국은 하나이듯이 숲과 내가 하나임은 눈 내림과 벗음이 하나인 것과 같은 등식으로 설정된다. 이렇게 본다면 그의 시가 바라보고 있는 것은 세상이며 우주일지라도 결국은 나의 세계가 아닌가 하는 느낌을 갖게 된다.

이러한 판단은 그의 시에서 보기 드물게 씌어진 역사 이야기를 보면서도 확인할 수가 있다. '거리에서 술집 뒷골목에서, 그리고 들판에서 가을은 우리를 역사 앞에 세운다'로 시작되는 〈코스모스를 노래함〉이라는 시의 끝구절은 다음과 같다.

> 다시 보라고 하는구나. 이런 것과는 아무 상관이 없는 듯한 자질구레하기만 한 우리의 집 뒤와 골목에서, 느닷없이 또는 고통스럽게 죽어가야만 했던 사람들이 걸어간 발자국을 되살려 놓고 우리들이 잊을까봐 저기 저렇게 가을이 해마다 보여주는, 죽어가야만 했던 사람들의 찢어진 손이며 살점이며 피, 핏방울……

그의 다른 작품들과는 아주 다른 어조로 쉽게 말을 하고 있는 어법이 어떤 뜻을 지니는가 하는 점도 관심의 표적이 될 수는 있겠으나 여기서는 그런 것은 논외로 하고, 역사가 결국은 내가 살아가는 일이라는 데 이르는 소박한 뜻을 살피는 것이 유효할 것이다. 아니 가을의 선홍빛 단풍과 흩어지는 낙엽에서 역사 속으로 사라져 간 사람들을 보는 뜻을 이해하면 될 것이다.

역사란 무엇인가에 대하여 우리가 여러 가지의 대답을 할 수는 있겠지만 그 어떤 대답도 우리와 무관한 역사라는 개념은 세울 수가 없는 이치가 무엇인가? 그것은 앞에서 말한, '세계가 곧 나'라는 이치와 같기 때문이다. 이런 것을 감정이입(感情移入) 운운하는 것은 의미보다 기술에 더 주목하는 설명법이 될 것이다.

이런 점을 근거로 해서 우리는 다음과 같은 결론을 얻을 수가 있다. 즉 오규원은 시인이기에 삼라만상을 바라보지만 그 삼라만상은 결국 자기 자신이기에 바라보는 것이기도 하다. 물론 그가 바라보는 것이 때로는 열리지 않는 문이기도 하고 그 문 저쪽에 살고 있는 남들의 세계이기도 한 것은 볼 수가 있지만 그 때의 남도 그저 남이 아니고 내가 짐지고 있는 우주로서의 남이라는 것은, 의식에 들어오지 않으면 보이지 않는다는 인식론의 전제를 들먹이지 않더라도 추정이 가능할 것이다.

오규원이 그토록 집요하게 보고자 한 것이 결국은 자신이었다는 점은 뒤에서 살피게 될 그의 생각의 궤적을 판단하는 데 상당한 단서가 되어 줄 것이다. 그 문제는 뒤로 미루어 두고 이렇게 먼저 생각해 본다. 그 집요한 자기 응시를 통해서 그가 발견하고자 한 것은 무엇인가? 다시 말하면 '보는' 시인으로서의 그가 궁극적으로 보고자 했던 것은 어떤 것인가? 하나의 나뭇잎을 바라보더라도 생물학자의 그것과 화가의 그것이 다르듯이 똑같이 시인이라 하더라도 그 보기의 체질적 차이는 있는 것이 아닐까?

　이런 관점에서 오규원의 시를 살펴 보면 그가 보고자 한 것이 무엇이었는가를 보여주는 단서가 발견된다. 〈거울 또는 사실에게〉라는 시가 바로 그것인데 이 시는 전문을 읽어 보는 것이 이해에 도움이 된다.

　　　　1
　　　나는 지금 거울 앞에 있다 거울의
　　　입구는 거울만큼의 크기로 넓고 단정하고

　　　거울의 안은 더도 아니고 덜도 아니게
　　　나의 크기만큼 차 있고 나머지는 비어 있다

　　　거울이 아니고 인간인 나는 늘 큰 키 덕분에 내 머리와 모가지는
　　　거울 밖에 있고 심장부터 발까지는 거울 속에 있거나

　　　혹은 내 아랫도리는 거울 밖에 있고
　　　머리와 심장은 거울 속에 있다

　　　나는 지금 거울 앞에서 걷고 있지만 거울 속의 나는
　　　아랫도리이거나 윗도리이거나 둘 중의 하나이다

　　　아랫도리이거나 윗도리이거나 그 중 하나가
　　　거울 밖으로 나오면 나는 하나가 된다

　　　　2
　　　나는 거울을 보지 않는다 면도를
　　　할 때도 한 손으로 면도기를 들고
　　　다른 손으로 수염을 더듬는다 그래도

수염은 잘 깎인다
우리집 딸놈은 자기 아버지가 잘 생기지는 못했지만
멋있다고 믿고 있다. 딸놈의
착각이 재미있으므로 나는 거울을 보지 않는다

오규원에게 보이는 세상은 두 개다. 하나는 거울 속의 세상이고 하나는
거울 밖의 세상이다. 그런데 거울 속의 세상은 아랫도리이거나 윗도리이거나 한, 부분적인 것이거나 아랫도리는 거울 밖에 있고 머리와 심장은 거울
속에 있거나 한, 분열된 것으로 규정한다. '거울 밖으로 나오면 하나가 되
는' 것은 그런 생각을 압축한 표현일 것이다.

이런 생각은 그가 진정으로 보고자 하는 것이 거울 같은 평면적인 것이
아니라 궁극적으로 하나가 되는 실체라는 점을 암시한다. 결국 그는 사물
혹은 삶의 표피나 평면을 보려는 것이 아니고 그 현상의 너머에 있는 본질
을 보고자 한다는 말이 된다. 그런 생각을 확인하게 해 주는 대목이 '2'라
고 번호 붙여 나누어 놓은 곳이 아닌가 한다.

"나는 거울을 보지 않는다" 하고 "면도를 할 때도 손으로 수염을 더듬어
서 잘 깎는다"는 것은 보는 것이 아니라 만지기에 의해서 실체가 확인된다
는 뜻인데 그에 있어서 만지기란 결국 대상의 본질을 꿰뚫어보기일 것이
다. 딸이 '자기 아버지가 멋있다고 믿고 있'듯이 그 생각 속에 실체가 있기
때문에 이런 경우는 착각이 곧 실상일 수도 있다.

그러고 보면 있음이란 무엇이며 없음이란 또 무엇인가? 그것은 인식의
저 너머에 도사리고 있는 실체라고 믿으면서 그는 그것을 궁극적으로 뚫어
보고자 하는데 그런 생각을 드러내는 것이 바로 다음과 같은 시행일 것이다.

밝힐 수 없다고 해서 그것이
사실이 아니라고 말할 수 없듯
어딘가에 무엇인가에 그것이 있는지 모른다고 해서
우리집에 그것이 없다고 할 수 없듯

— 〈우리집의 그 무엇엔가〉

이런 시행을 읽노라면 그가 객관적 실체 혹은 객관적 존재라는 것을 신

봉하는 것 같은 느낌이 들지만 지금까지 보아 온 것처럼 그는 현상의 저 너머에 있는 본질을 믿으면서 그것을 읽기 위해 '보는' 일을 계속하는 시인 이라고 할 수 있고, 이 점에서 그는 이원론자(二元論者)이면서도 이원론자 가 아니고, 상징주의(象徵主義)의 냄새가 나면서도 상징주의자와는 다르 다. 특히 그의 '보는' 행위는 프랑스 시인 랭보(A. Rimbaud)와 매우 흡사 한데 오규원은 오규원이지 랭보가 아니다. 이 점은 뒤에서 다시 검토하게 될 것이다.

시인의 바라보는 자리

자기를 혹은 그 삶을, 그것도 그 본질을 꿰뚫어 보고자 하는 이 시인이 그것들을 바라보고 있는 자리는 어디인가? 이 문제를 판단하는 데 좋은 단 서가 그의 시선집에 붙인 '길 밖의 세상'이라는 제목이다. 길이 지니는 원 관념이 구체적으로 무엇이건간에 그것은 자신이라든가 그 삶과 전혀 무관 한 것일 수 없는 것이고 보면 '길 밖의 세상'이란 말이 뜻하는 것은 이중적 인 것으로 보인다. 하나는 삶의 밖에 있는 현상이라는 뜻이니까 앞에서 살 핀 바 있는, 그가 보고자 한 실체를 함축하는 뜻이 될 것이고, 다른 하나 는 현상의 밖에 서서 그 현상의 실상을 응시한다는 공간 개념을 지니게 된 다. 그리고 그 표현은 기이하게도 오규원의 시세계가 지니는 두 가지를 다 암시한다.

그가 보고자 하는 것이 현상을 넘어서 그 다음의 실질이라는 점은 앞에 서 살폈으니까 이번에는 그가 길 밖에 서서 사물을 보고자 한다는 시인의 위치 설정에 대해서 살펴보기로 한다.

그가 서서 바라보는 자리가 길밖이라는 것을 시사하는 작품은 많다. 앞 에서 이미 살핀 바 있듯이 '마을의 끝에 가면' 보일 것이 보이는 것도 그렇 고, '관념의 마을에' 가서 볼 것을 보는 것도 그러려니와 '출근하면서 버스 를 타고 옆에 앉은 여자의 얼굴을 훔쳐 보는' 것도 그의 관찰에는 시점의 이동이 필요함을 드러낸다.

그 중에서도 가장 강렬하게 시인의 위치를 드러내는 것은 다음과 같은
시다.

풍경을 아름답다고 하기 위해서는
풍경을 알거나 모르거나 간에 끝가지
풍경처럼 멀리 떨어져 보아야만 한다
가까이 가 보라, 가가이 가면 풍경은
풍경이 아니라 다른 존재가 된다
풍경 속에 들어가 보라, 풍경 속에서는
풍경은 사라지고 사물이 나타난다.

— 〈두 풍경(風景)의 두 가지 이야기〉

'멀리 떨어져'서 보아야 하고 '가까이 가서는 안 되고 풍경 속에 들어가
면' 더더욱 안 된다는 되풀이는 바라봄의 자리가 어디여야 할 것인가를 강
경하게 말하고 있다는 점에서 주목할 만하다. 아마 이러한 표현은 그가 바
라보는 위치가 '길 밖'임을 주저없이 드러내는 부분일 것이다.

그러기에 그는 사물을 바로 그리고 확실하게 보기 위해서 늘 자리를 옮
긴다. 일상적이고 관습적인 현상의 자리에서는 아무것도 보지 못하리라는
선언이 담겨 있는 구절은 이런 것이다.

— 만남이 무엇인지도 모르고
너는 자꾸 만나자고 한다

나를 만나려거든
나 대신 그 낱말이 있는 곳에 가 보라
차라리 그 낱말을 따라
다른 길로 가 보라

— 〈만남이 무엇인지도 모르고 — 순례(巡禮)·17〉

다른 길로 가야 하고 그 길로 간다면 모두가 다니는 길과는 다른, 그러
니까 길 밖일 수밖에 없는 길이 될 것이고, 거기에서야 비로소 만날 수 있
다는 것은 시인의 보는 자리가 바로 거기라는 주장을 담고 있다. 그러기에

시인은 진정한 것을 보기 위해 길을 떠나는 나그네일 것이고 나그네가 되기 위해서는 늘 문을 나서야 한다. 그의 시에 '문'이 자주 등장하는 것은 그 때문인 것으로 이해된다.

> 우리가 문을 밀고 나설 때
> 그 문이
> 다시 문 앞의 바람을 밀고
> 그 때마다 그 문이
> 그대와 나의 앞과 길을
> 조금씩 허물 때
>
> 나의 무의미한 한 순간의 발놀림과
> 그대의 손놀림이 우리의 눈 앞에
> 한 잎 나뭇잎처럼 매달려
> 우리의 눈 속을 기웃거릴 때
>
> 그 때다. 그대와 내가
> 한 잎 뒤의 세계를
> 서둘러 훔칠 때는
>
> — 〈우리가 기다리는 것은 — 순례(巡禮)·15〉

'한 잎 뒤의 세계'라고 극명하게 밝히고 있는 것은 그가 보고자 한 실체일 것이지만 그것을 보기 위해서는 문을 밀고 나서야 한다는 뜻이 드러나는 이 시는 그의 작품 가운데 많이 나오는 문의 의미를 압축하여 지니고 있다. 결국 문을 밀고 나서서 길을 떠나면 그가 속한 세상과는 거리를 유지하게 될 테니까 그토록 필요하다는 거리를 두고 바라볼 수가 있을 것이다. 그래서 시인은 명징한 눈으로 세상을 바라보게 되는 것이고, 그렇게 해서 바라보이는 세상은 늘 다니는 일상의 길 밖에 있는 그 본질이며 실체가 될 것이다. 이런 한결같은 믿음을 우리는 그의 작품 도처에서 확인하게 된다.

먼 곳을 멀게 가까운 곳을 가깝게, 낡은 것을 낡은 것으로 보여주는 유리창(琉璃窓)아. 아침이다 인사(人事)를 하자. 그러나 보이는 것만 보여주고 보이지 않는 저쪽, 보이지 않으므로 더욱 보고 싶은 것은 하나도 보여주지 않는 그대. 그리하여 유리창도 결국 유리(琉璃)로 된 벽(壁)이다라는 사실을 볼 때마다 다시 깨닫게 해 주는 순진한 유리창(琉璃窓)아. 밤새 안녕!

— 〈네 개의 편지(便紙)〉

'유리창도 결국 유리로 된 벽'이라고 말하는 것은 '보고 싶은 것은 하나도 보여주지 않기 때문이라는 것인데, 그러기 때문에 보고 싶은 것을 보기 위해서는 남이 마련한 벽이며 그저 투명한 벽일 뿐인 그것을 넘어서야 할 것이다. 그것이 바로 '길 밖의 세상'이 아니겠는가? 이런 점에서 오규원은 행동자가 아니고 관찰자일 뿐이다. '보는 자'의 숙명일 것이다.

그런 숙명을 지니고 있기에 그는 늘 혼자인 것이 당연하다. 앞에서 인용한 〈남들이 시를 쓸 때〉가 보여주듯이, '잠이 혼자 잠들고' 자기는 잠으로부터 걸어나와 있으니 그것은 길 밖의 세상인 것이고 그래서 혼자일 수밖에 없음은 당연하다. 그의 시가 북적거림보다는 외로움의 정적 같은 냄새를 많이 풍기고 있음은 '보는 자'에서 출발하는 그의 시적 자세에서 말미암는 귀결일 것이나, 그러한 그의 태도가 반드시 관조라고 하는 것에 해당할지는 판단하기 쉽지 않다. 다만 끝없이 '길 밖의 세상'으로 나서고 '길 밖의 세상'을 보려고 한다는 사실이 중요하다는 것을 지적할 수 있을 따름이다.

길 밖의 세상 모습

이 시인이 '길 밖의 세상'에 가서 본 '길 밖의 세상'은 어떠했는가? 이 말은 오규원의 세계관이 어떠한가 하는 말로 바꾸어 놓을 수가 있다. 그러나 한 시인의 세계관이라고 하는 엄청난 실체를 어찌 다 그리고 함부로 말할 수가 있겠는가. 다만 그의 시가 특징적으로 함축하고 있는 한 단면만을 드러내서 거론하고자 한다. 이런 한계 때문에 앞에서 이 글의 전제로 많은 제약을 내세우기도 했던 것이다.

그의 시적 표현에서 상당한 비중을 차지하고 있는 것이 '젖은 것은 다시 젖지 않는'과 같은 표현이어서 이런 것이 그의 시적 재치에 해당하는 것으로 여겨질 때도 있지만, 그러한 어법에서 드러나는 그의 세계 관찰법은 반어법(反語法)이나 역설(逆說)이 그러하듯이 이원적인 세계관에 상당히 깊게 들어가 있음을 보여준다. 그가 무척이나 흥미있어 하는 내색을 하면서 쓴 근래의 시가 이 점을 간명하게 보여준다.

> 1 (양쪽 모서리를
>   함께 눌러 주세요)
>
>   나는 극좌와 극우의
>   양쪽 모서리를
>   함께 꾸욱 누른다
>
> 2 따르는 곳
>   ⇩
>   극좌와 극우의 흰
>   고름이 쭈르르 쏟아진다
>
> — 〈빙그레 우유 200㎖ 패키지〉

흥미있어 하는 내색을 한다는 것은 우유 봉지에 적힌 표현을 그대로 갖다 쓴다거나 화살표를 그대로 옮기고 있다거나 하는 표현의 태도에서 짐작되는 것인데 우리의 관심은 그보다도 우유 봉지를 누르는 행위가 '극좌와 극우의 양쪽 모서리를 함께 꾸욱'이라는 표현으로 나타나는 데 주어진다. 극좌와 극우가 한데 모여야 무엇인가 이루어진다는 그의 생각이 우유 봉지의 구조로 간결하게 표현되고 있어서 읽는 이도 신선하다. 비록 그것이 도식적(圖式的)이긴 하지만 도식적인 그만큼 생각은 분명하게 드러나기에 우리의 눈을 끄는 것이다.

그러나 자세히 눈여겨 보면 이 시인의 시는 이러한 발견으로 가득해 있음을 볼 수가 있다.

저기 저 담벽, 저기 저 라일락, 저기 저 별, 그리고 저기 저 우리집 개의 똥 하나, 그래 모두 이리와 내 언어 속에 서라. 담벽은 내 언어의 담벽이 되고, 라일락은 내 언어의 꽃이 되고, 별은 반짝이고, 개똥은 내 언어의 뜰에서 굴러라. 내가 내 언어에게 자유를 주었으니 너희들도 자유롭게 서고, 앉고, 반짝이고, 굴러라. 그래 봄이다.

봄은 자유다. 자 봐라. 꽃 피고 싶은 놈 꽃 피고, 잎 달고 싶은 놈 잎 달고, 반짝이고 싶은 놈은 반짝이고, 아지랑이고 싶은 놈은 아지랑이가 되었다. 봄이 자유가 아니라면 꽃 피는 지옥이라고 하자. 그래 봄은 지옥이다. 이름이 지옥이라고 해서 필 꽃이 안 피고, 반짝일 게 안 반짝이던가. 내 말이 옳으면 자, 자유다 마음대로 하여라

— 〈봄〉

"봄이 자유가 아니라면 꽃 피는 지옥이라고 하자"는 말에 중요한 생각이 다 담겨서 이 시의 시상을 엮어 가는 것처럼 보이는데 자유와 지옥이라는 상반된 세계가 결국은 같은 것임을 드러내는 것이 이 작품의 의미 지향이라고 할 수 있을 것이다. 그것이 자유이건 지옥이건 필 꽃은 다 피고 반짝일 것은 다 반짝이는 법이니까 결국은 같다는 생각이다.

그러나 이 시가 명명(命名)과 실체(實體)의 무관함을 이야기하고 있는 것이라는 관찰이 있을 수 있음을 감안한다면 다음과 같은 시에서 양분된 세계의 만남 또는 동질성을 확인할 수가 있을 것이다.

바람에게는 낮은 창문도
희망이고

몸이 무거운 나무에게는 떨어지는
잎 하나도 기쁨이다.

층계 위에 오래 앉아 있은 나는
내려가는 것이 희망이고

— 〈분식집에서〉

높은 것이나 낮은 것이나 내려감이나 올라감이 실은 다 같은 것임을 말하기 위해서 이 시는 그 상대적인 항을 설정하고 그렇게 인식되는 상대성을 대입하고 있지만 근본적으로 그것은 같은 것이고 또 그러기에 본질은 동일하다는 결론에 이르고자 하는 노력을 보여주고 있다.

혹은 이러한 상대성이 관찰자의 입장인 주견에 따라서 대상을 달리 보게 할 수 있다는 의미만을 부각시키려고 한다면 다음과 같은 시는 그것이 단순한 관찰의 문제가 아님을 입증해 보일 것이다. 이 시를 보면 알겠지만 오규원의 대다수 작품이 그러하듯 몇 개의 이항 대립이 명확하게 설정되어 있다.

눈이, 하얀 눈이 온다 나는
나의 적(敵)인 내 자식들과 벽과 나의 적(敵)인 적(敵)과
눈싸움을 한다 보드라운
눈송이를 두 손으로 모아 쥐면
차고 무서운 힘이 된다 눈이
하얀 눈이 오면 피가 따스하다
피가 따스할 때
내 피가 따스할 때 눈싸움을 하자
눈싸움은 아직 피가 따스할 때의 싸움

눈은 높은 곳에서 내려온다 눈이
내려오는 것은 하늘의 집이 이 땅의
낮은 곳에 있고 나의 적(敵)들과
내 집이 그곳에 있고
눈이 제일 먼저 가장 낮은 곳에
쌓이는 것도 아직 따스한 사랑이
낮고 더러운 우리집 근처에
젖어 있는 탓이다 눈이
하얀 눈이 온다 나는 낮은 곳에서
눈을 뭉치고 눈 오는 날만큼은
나에게도 너에게도 차고 무서운
눈덩이를 던지며 싸운다

'자식 : 적' 그리고 '차가움 : 따스함', '높음 : 낮음' 등이 이원적으로 제시되고 있지만 전체가 주는 느낌은 마치 성경의 한 구절을 듣는 것과 같다는 것에 착안을 하면 그 두 가지의 이원성(二元性)이 궁극적으로 하나이며 그러기에 하나가 됨으로써 비로소 본질적인 실체를 드러낼 수가 있음을 주장하는 목소리이기도 하다.

그것은 마치 "우리는 어디서나 앉는다/일어서기 위해서도 앉고"(〈우리는 어디서나〉)라고 하는 말처럼 표면적으로는 서로 다른 두 세계가 근원에 있어서는 하나임을 암시하는 것이라는 점에서 양분법이되 양분법이 아니다. 그러므로 오규원이 길 밖에서 바라보고 확인한 길 밖의 세상은 보기에는 둘이라도 본디는 하나인 세계이며 그것이 그가 본 우주의 정체다.

이러한 사실의 확인은 도처에서 나타나는데 '구멍 : 마개'의 두 가지 분별법이 얼마나 피상적인가에 대해서

> 뚫린 구멍마다 마개가 있을 것 같아 찾아 보면 모두 마개를 가지고 있습니다.
> 제일 잘 만들어진 마개를 가진 것은 마개를 버리고 온몸으로 마개가 되어있는 구멍입니다.
> 그 구멍은 구멍이 스스로 꼭 차 있습니다.
>
> ─ 〈구멍〉

라고 말하고 있는 데서 찾을 수 있다. 구멍과 마개가 다른 것이 아니고 구멍이 곧 마개이며 마개라야 한다는 모순어법(矛盾語法)에서 우리는 이 시인의 세계관을 확인할 수가 있는데 어찌 보면 그러한 생각은 음(陰)과 양(陽)이 만나서 이루는 생성을 뜻한다고도 할 수 있지 않을까 싶기도 하다.

그러한 생각은 여러 곳에서 보이는데,

> 빈집은 어느 곳이나 대문이 열려 있어 열쇠가 있어도
> 잠긴 곳이 없어 내가 열 수 없었듯이
>
> ─ 〈바다의 길목에서〉

처럼 잠그는 것과 여는 것이 결국은 같다는 표현으로도 나타나고 또,

문이라고 해서 반드시
열리기도 하고 또 닫히기도 하지 않고
또 두드린다고 해서 열리지 않는다

어느 집에나 문이 있다
어느 집이나 문은
담이나 벽을 뚫고 들어가
담이나 벽과는 다른 모양으로
자리잡는다

담이나 벽을 뚫고 들어가
담이나 벽과 다른 모양으로
자리잡기는 잡았지만

담이나 벽이 되지 말라는 법이나
담이나 벽보다 더 든든한
문이 되지 말라는 법은 없다

― 〈문(門)〉

담이나 벽을 뚫는 것이 문이지만 어느 문이나 반드시 열리는 것이 아니라
는 점에서 결국 문은 담일 수도 있고 벽일 수도 있다는 말은 얼마나 눈부
신 발견인가? 문은 열기 위해서 있는 것인가 아니면 잠그기 위해서 있는
것인가 하는 물음까지도 내포하는 이런 생각은 사물이 본질적으로 하나임
을 발견하려고 그가 애쓰고 있음을 드러내 준다.
　그가 바라본 세계가 궁극적으로 상동성(相同性)의 원리 위에 서 있음을
확인하게 해 준 사실로 미루어 그는 시란 무엇인가 하는 질문에 대해서
'세상은 무엇인가'에 답하는 것이라고 설명하려는 시인이라 할 수 있다.
이 말은 그가 보려고 하는 것이 그리고 확인한 것이 '어떻게'라고 하는 문
제와는 다소 거리가 있음을 뜻한다. 이 점에서 방법론의 시인이라기보다는
본질론의 시인이라고 할 수 있을 것이고 현상적 세계보다는 본질적 세계를
바라보는 사람이라고 할 수 있을 것 같다.

길 밖의 세상이 뜻하는 것

흔히 문학의 연구는 문학이 가지고 있는 것들을 일목요연하게 드러내서 정당한 평가를 얻을 수 있게 한다는 공리적인 말들을 많이 하지만 만약에 그런 목적을 위해서라면 독단에 가득한 눈으로 이런 일을 할 것이 아니라 여럿이 모여서 배심원이 되고 재판관이 되어서 이야기를 하는 것이 더 나은 일일 것이다.

그렇다면 이런 글이 할 수 있는 일은 무엇인가? 어쩌면 문학사적인 자리 매김을 겨냥할 수도 있을 것이다. 그러나 그런 일이야말로 문학적인 식견이 뛰어나고서나 가능한 일이라는 점에서 이 글이 그런 임무를 맡는다면 사양했을 것이다. 그러므로 결국은 독단이겠지만 이 시인의 시가 갖는 한 가지 특징은 어떤 맥락 위에 있는가 하는 점을 생각해 보는 것으로 이 글을 끝맺으려 한다.

이미 말했지만 오규원의 시는 사물의 본질을 보려 하고 그것은 '길 밖의 세상'으로 요약할 수가 있는데 그가 본 세상은 다양한 현상의 저편에 있는 하나의 본질이다. 이 점에서 그는 상징주의자와 많이 닮아 있다는 말도 앞에서 했는데 그것은 상징주의가 이원론적인 세계관에서 출발한 것을 지칭하는 말이었다. 그리고 상징주의가 그러했듯이 현상의 너머에서 궁극의 세계를 발견하려 했다는 점에서도 상징주의의 그것을 많이 닮아 있다고 할 것이다.

상징주의자 가운데서도 말하자면 랭보 같은 시인과 흡사한 데가 있는데 랭보의 시학이 '보는 자'(voyant)인 사실과도 매우 가까움을 발견할 수가 있다. 그러나 오규원은 오규원이지 랭보는 아니다. "나의 사상을 나에게서 떼어놓고 그것을 관찰하고 그것에 귀를 기울인다."고 한다거나 "현실의 배후에 있는 별세계를 투시한다."는 점에서는 그가 랭보와 흡사하다 하겠으나 오규원은 랭보처럼 "현실을 새로운 세계의 창조를 위한 소재로 보"지 않았다는 점에서 다르고 '현실을 재구성하려고' 하지 않았다는 점에서 다르다.

오규원은 현실의 배후를 보되 그것이 무엇인가에 관심을 가진 사람이지 그것의 재구성이나 재창조로 나아가려고 한 것 같지는 않다. 그렇기 때문에 그는 랭보의 실패를 반복하지 않고 아직도 자신의 시세계를 살찌울 수가 있는 것인지도 모르겠다.

오규원이 랭보와 같되 같지 않다는 것은 지극히 당연한 일이기도 하지만 그런 사실이 어쩌면 각기 지닌 문화의 차이에서 기인하는 것은 아닐까 하는 의구심도 가지게 된다. 요즘에 흔히 보는 바이지만 이항 대립을 준거틀로 삼는 분석적인 설명 방식은 물론 서구에서 활발하게 개발된 것이기도 하지만 동양에도 그런 것이 없는 것은 아니다. 없는 것은 아닌 정도가 아니라 동양의 음양 사상은 그런 생각의 전형이다. 또 양분법적인 설명은 인류가 고안한 설명 방식 가운데서 가장 잘 된 것이라는 점에서 보편성이 있기까지 하다.

그러나 랭보가 그러했고 그가 소속된 유파인 상징주의가 그러했듯이 그들의 양분법은 대립상을 보이기 위한 것임에 비하여 동양의 음양이론식 설명은 그 결합의 양상을 보이기에 주력한다는 데 차이가 있다. 바로 이 점이 랭보와 오규원의 차이라고도 할 수 있을 것이다.

랭보가 현실 뒤의 것을 읽어 내고 그것을 향하여 현실을 개조하려고 한 것은 '현실'과 '다른 세계'라는 양분적인 대립을 주로 생각한 것이다. 오규원이 현상과 그 가변성의 세계를 통해서 궁극적으로 그 양분된 세계가 동질적임을 보고 있음은 양분이 겉으로만 그러할 따름임을 확인하는 과정이다. 오규원은 양분된 세계의 결합이라는 동양적 시각을 지닌 시인이고 그런 점에서 그는 군자(君子)의 길을 찾는 시인이기도 하다.

그의 시에 보이는 모순어법에서 우리는 종교적 내음새를 맡을 수도 있다. 존재의 본질을 끝까지 추구하려는 종교적 지향과 사물의 본질 끄트머리에 궁극적으로 이르고자 하는 시적 지향이 같은 표현을 낳는 것은 어찌보면 지극히 당연한 일이 아닐까 싶다. 그러면서도 그의 시에서 어쩌면 이상(李箱)의 냄새가 많이 난다는 점도 부인하기 어려운데 이상이 찾아 나섰던 본질의 궁극과 오규원의 그것이 행복한 결합을 했는지에 대해서는 단언하기 어렵다.

다만 '보는 자'로서의 시인 오규원은 자신이 세계임을, 세계가 하나임을 꿰뚫어보고자 시를 쓰는 사람이고 그의 작품들은 그런 발견의 기록이라 할 수 있다. 이렇게 보면 그는 철학자의 길을 가는 시인이지 정치가의 길을 가는 시인은 아님이 분명하다.

찾 아 보 기

김대행(金大幸)

  서울대학교 사범대학 국어과를 졸업하고 같은 대학교 대학원 국어국문학과에서 석사
학위와 박사학위를 받았다. 숭전대, 이화여대 교수를 거쳐 현재는 모교인 서울대학교 사
범대학 국어교육과 교수로 재직중이다.

  저서로『한국시가구조연구』,『한국시의 전통연구』,『고려시가의 정서』(공저),『시조유형
론』,『운율』(편저),『우리 시의 틀』,『북한의 시가문학』,『시가시학연구』,『문학이란 무엇
인가』,『춘향전 어떻게 읽을 것인가』(편저),『시조』(역주),『한국문학강의』(공저),『국어교
과학의 지평』 등이 있다.

노래와시의세계

초판 인쇄
1999년 12월 15일
초판 발행
1999년 12월 20일
지은이
김 대 행
펴낸이
이 대 현
펴낸곳
도서출판 **역락**
서울 특별시 중구 필동3가 28-19
(진성빌딩 306호) 100-273
Tel. 02)2268-8656
FAX.02)2264-2774
등록 제2-2803호(1999. 4.19)
ISBN 89-88906-07-1-93810
정가 15,000원